BROBYGGARNA

JAN GUILLOU:
Om kriget kommer 1971
Det stora avslöjandet 1974
Journalistik 1976
Irak – det nya Arabien (med Marina Stagh) 1977
Artister (med Jan Håkan Dahlström) 1979
Reporter 1979
Ondskan 1981
Berättelser från det Nya Riket (med Göran Skytte) 1982
Justitiemord 1983
Nya berättelser (med Göran Skytte) 1984
Coq Rouge 1986
Den demokratiske terroristen 1987
I nationens intresse 1988
Fiendens fiende 1989
Reporter (reviderad utgåva) 1989
Åsikter 1990
Den hedervärde mördaren 1990
Stora machoboken (med Leif GW Persson och Pär Lorentzon) 1990
Gudarnas berg 1990
Vendetta 1991
Berättelser 1991
Grabbarnas stora presentbok (med Leif GW Persson) 1991
Ingen mans land 1992
Grabbarnas kokbok (med Leif GW Persson) 1992
Den enda segern 1993
I Hennes Majestäts tjänst 1994
En medborgare höjd över varje misstanke 1995
Hamlon 1995
Om jakt och jägare (med Leif GW Persson) 1996
Svenskarna, invandrarna och svartskallarna 1996
Vägen till Jerusalem 1998
Tempelriddaren 1999
Riket vid vägens slut 2000
Arvet efter Arn 2001
Häxornas försvarare. Ett historiskt reportage 2002
Tjuvarnas marknad 2004
Kolumnisten 2005
Madame Terror 2006
Fienden inom oss 2007
Men inte om det gäller din dotter 2008
Ordets makt och vanmakt 2009
Brobyggarna 2011

JAN GUILLOU

Brobyggarna

DET STORA ÅRHUNDRADET
I

Läs mer om Piratförlagets böcker och författare på
www.piratforlaget.se

ISBN 978-91-642-0442-4

© Jan Guillou 2011
Utgiven av Piratförlaget
Omslag: Eric Thunfors
Omslagsfoto: Corbis / Upplandsmuseet / Travelhistory.org / Privat foto
Tryckt hos Nørhaven i Danmark, 2014

I

Vikingaskeppet

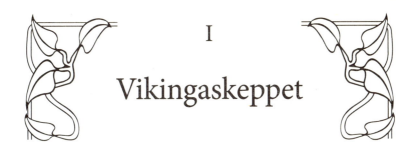

MÄNNEN BLEV BORTA på havet. Så var det bara. Det hade hänt förr och det skulle hända igen, ty sådan var kustfolkets lott i livet, på Osterøya som på andra öar och vid andra fjordar.

Därmed hade gossarna Lauritz, Oscar och Sverre blivit faderlösa, liksom småtöserna Turid, Kathrine och Solveig.

Vad som hade hänt där ute visste man inte och det vanliga var att man heller inte skulle få veta. Stormen hade visserligen varit svår, som sena februaristormar kunde vara. Men Lauritz och Sverre var säkra seglare, storvuxna och starka som få och uppvuxna på havet. Det sades om dem, bara halvt på skämt, att de tvivelsutan var av vikingasläkt. Deras far hade varit likadan.

Man kunde bara gissa. Isbildning var inte så troligt så här års. Inte heller att de skulle ha gått på grund eller kommit ur kurs och gått i kvav mot en bergvägg, därtill var de alldeles för sjösäkra och kände vattnen i fjordarna och rutten ut mot havet som sina egna breda handflator. Det kunde ha varit masthaveri, eller hade de haft sådan fiskelycka att lasten blivit för tung och förskjutits när de var på väg undan stormen. Det nyttade ändå till intet att gissa.

Prästen från Hosanger kom efter en vecka när han kunde vara säker på att allt hopp var ute och att ansvaret för de två änkorna nu övergått från deras män till kyrkan. Han kom med ångbåten till bryggan vid Tyssebotn och fick sen fråga sig fram.

Gården Frøynes låg inte långt från ångbåtsbryggan, i lä bakom en hög stenkulle. Gården hade två bostadshus, vilket var högst ovanligt, fähus, två lador och visthusbodar som var flera hundra år gamla och byggda på höga stolpar för rovdjurens skull. Allt var väl underhållet och vittnade snarare om ett blygsamt välstånd än om fattigdom, som annars var det vanligaste ute på öarna. Bröderna Eriksen hade varit arbetsamma och gudfruktiga och tagit väl hand om sina familjer. De hade till och med byggt sin egen fiskebåt med lastrum som rymde dubbel fångst.

Prästen mötte de två änkorna, de hade redan anlagt svart klädsel, i det något större av de två bostadshusen där Lauritz hustru Maren Kristine och hennes tre pojkar bodde. Inne i salen satt pojkarna finklädda och rödgråtna på rad i en av långbänkarna och intill dem de tre små flickorna som var döttrar till Sverre Eriksen och hans hustru Aagot. Flickornas små klänningar var svarta och prästen tänkte att de just färgats om från vitt. De sex barnen var en hjärtskärande syn.

De två änkorna satt stelt strama i ryggen när de lyssnade till prästen. De behärskade sig, fällde inga tårar. Det syntes att de höll på sin värdighet.

Några tröstens ord hade han inte, ty vad funnes i så fall att säga? Han höll sig till det praktiska. I de fall det inte fanns några lik att begrava genomförde man en särskild minnesgudstjänst som avslutades med välsignelse av de dödas själar. Datum bestämdes.

Därefter kom alla de svårare frågorna om hur de två familjerna nu skulle klara sig utan inkomsterna från havet. De två änkorna var unga, kanske bara några år över trettio, om ens det, och särskilt Maren Kristine var påfallande vacker, rödhårig, fräknig, stora blåa ögon. Och i besittning av en inte alltför blygsam gård. Hon borde inte ha någon svårighet att skaffa en ny karl, inte hennes svägerska heller.

Men detta samtalsämne vore just i denna stund ytterst olämpligt och därför förhörde sig prästen om de umbäranden som låg närmast i tiden. Matförsörjning hade man på gården, kött från får, grisar och höns och därtill fyra mjölkkor. Med färre munnar att mätta skulle änkorna också kunna tillverka ost av överskottet och sälja. De sade sig också kunna väva och färga tyg.

Hade de tre faderlösa småtöserna varit äldre hade man tvingats till det vanliga, att sända dem som pigor till herrskapsfolket inne i Bergen. Men nu gick det inte an när den äldsta av dem inte var mer än nio år.

Med gossarna var det annorlunda, även om de inte var mer än tolv, elva och tio år. De kunde få arbete som lärlingar inne i Bergen där allt som hade med sjöfart och fiske att göra tillverkades, byggdes och reparerades.

Den saken hade änkorna redan tänkt på. Maren Kristine hade en bror, Hans Tufte, som arbetade som repslagare hos Cambell Andersen på Nordnes. Hon hade redan skrivit till honom. Han var nästförman på repslageriet, så något måste ändå hans ord betyda och om Gud så ville skulle man därför snart ha tre munnar färre att mätta. Och med tiden också en liten inkomst från pojkarna.

Prästen sneglade på de tre rödgråtna gossarna som satt med sänkta huvuden i långbänken utan att vare sig säga något eller med en min visa vad de tänkte om att lämna hemmet i Tyssebotn för att hamna som arbetare inne i staden. Att det inte var så de tre fiskarsönerna önskat sig framtiden kunde man vara säker på. Men nöden hade nu ingen lag.

Så mycket mer fanns inte att resonera om för prästen. Han berättade vagt om de välgörenhetssällskap inne i Bergen som han skulle kontakta, men han kunde givetvis inte lova någonting. Med sorg i hjärtat åt han av deras nybakade bröd eftersom han visste att det skulle ha varit värre att tacka nej än att bokstavligen ta brödet ur munnen på de sex barnen. Fiskarbefolkningen längs Osterfjorden var strikt mån om både moral och värdighet.

När han begav sig mot ångbåtsbryggan och hamnen för att leja någon att segla honom hem till Hosanger kände han både lättnad över att den tunga plikten var avklarad och dåligt samvete för sin lättnad. Det hade kunnat vara mycket värre. En svår tid i sorg och fattigdom hade änkorna likväl framför sig.

De skulle, som seden bjöd, sörja minst ett år innan de ens tänkte tanken att ta sig nya män, i nöd snarare än lust.

* * *

Jon Tygesen hade varit maskinist på ångbåten Ole Bull ända sedan den sattes i trafik på våren 83. Numera behövde han bara kasta en kort blick över relingen för att veta exakt var man befann sig på rutten med fjorton bryggor från Bergen. Men utsikt hade han tröttnat på och fann de där utlänningarna som börjat åka ångbåt enbart för nöjes skull helt obegripliga. På den här resan var de fyra nöjesresenärer, två män och två kvinnor, såvitt han förstod från England. När man befann sig ute på fjorden satt de och kurade på sina lädersäten i förstaklassalongen. Men så fort man lade till kom de ut, klädda i tjocka rockar med pälskragar, pekade upp mot fjällsidorna och gestikulerade. Kvinnorna gav då och då ifrån sig små utrop av någonting han antog var hänförelse. Underligt folk.

Vid Tyssebotn hade han själv gått ut för att ta sig en nypa luft. Det var sol men kyligt och under natten hade det kommit mycket snö uppe på Högefjell, fastän det redan var i början av maj.

Han lade märke till de tre små gossarna nere på kajen utan att riktigt veta varför. Kanske för att de hade hemstickade tröjor i ovanliga blåa färger, men kanske snarare för att deras svartklädda mor drog blickarna till sig. Hon var en stilig kvinna även i sorgkläder och tog stramt farväl av sina tre söner. Hon tog dem i hand och de bockade och så vände hon på klacken för att gå, tog några steg, ångrade sig, sprang tillbaka, sjönk ner på knä och omfamnade dem alla tre kort och hårt. Sedan reste hon sig tvärt och gick utan att se sig om.

Jon Tygesen förstod vilka de tre pojkarna var, han hade hört om hur fiskebåten Soløya gått under med man och allt. Stackars små satar, tänkte han. Nu skall de in till stan och slita hund, kallt är det och de har förstås bara råd med däcksplatsbiljetter. Just då kom kaptenen och frågade honom om något och han tappade bort pojkarna med blicken efter att de märkligt säkert och sjövant gått över den gungande landgången.

De hade redan passerat Eikangervåg, en god bit på väg alltså, när han upptäckte de tre pojkarna vigt slinka nerför den aktre lejdaren i maskinrummet. Själv stod han förut och skyfflade kol bakom den stora ångpannan, så de kunde inte se honom. Han vilade på skyffeln och betraktade dem, antog att de bara ville sno åt sig lite värme. De hade varit de enda däckspassagerarna, alla andra hade betalat tjugofem öre i tillägg för att få plats inomhus. Ute på däck var det svinkallt. Det var förstås mot reglerna. Passagerare fick självklart inte uppehålla sig i maskinrummet. Han måste alltså köra ut dem. Fast ändå, resonerade han, vore det kristligt att vänta en stund innan han upptäckte dem, så att de åtminstone hann värma sig något. Men när han stod och betraktade dem i smyg såg det ut som om det alls inte var värmen de kommit för, utan ångpannan och maskineriet. De pekade ivrigt och gestikulerade med en glimt av glädje i sina annars så sorgsna ansikten. Jon Tygesen fick plötsligt tårar i ögonen.

Han gick beslutsamt ut från sitt gömställe och frågade myndigt varför det fanns passagerare nere i maskin. De två minsta såg ut som om de tänkte ta till schappen bort mot lejdaren, men den äldste stod kvar och svarade på sin nästan obegripliga dialekt att han bara velat visa sina bröder hur en ångmaskin fungerade. Jon Tygesen kom av sig eftersom han var nära att brista i skratt.

"Du var allt en kavat liten gosse, så du vet hur en ångmaskin fungerar?" frågade han roat överseende. "Då kanske det inte är någon idé att jag berättar för er?"

De tre pojkarna nickade ivrigt. Och Jon Tygesen började sin invanda runda som han då och då ombads utföra för bättre folk från stan. Han tog det systematiskt som vanligt, började med själva kraftkällan vid koleldningen, vidare förbi den stora blänkande ångpannan i koppar och mässing och gick sen över till att beskriva kraftöverföringen med vevaxlar, kugghjul, mekaniska principer och allt.

Pojkarna hade snart ett saligt leende på läpparna alla tre och det verkade konstigt nog som de begrep allting. För ibland var det någon av dem, blygt i början, som sköt in en fråga om något som Jon Tygesen hoppat över för att inte göra det hela för komplicerat. Det var märkligt. Hur i all världen kunde tre små fiskarpojkar från Osterøya finna sig så väl till rätta i ett modernt maskinrum, som de väl ändå inte kunde ha sett förut?

Nej, medgav de, de hade aldrig varit ombord på en ångbåt. Men de hade läst om maskiner någonstans, oklart var men antagligen någon tidskrift. Det var ändå ingen tvekan om att de begrep och var ovanligt intresserade.

När Ole Bull lade till vid den nyanlagda kajen vid Murebryggen såg Jon Tygesen till att pojkarna verkligen hade en släkting som mötte dem, vinkade farväl och gick fundersamt ner i sitt maskinrum.

* * *

De kände knappt sin morbror Hans, han hade ju varit borta flera år inne i staden. Han såg överraskande liten ut, hade små händer jämfört med deras far. De svarade blygt enstavigt på hans frågor om hur resan varit och om hur syster Maren Kristine mådde medan de gick genom staden.

Pojkarna hade varit i Bergen förut, men aldrig på riktigt. Sommartid när vädret var fint hade de ibland fått följa med far och farbror Sverre med fångst som såldes direkt vid kaj. Men de hade aldrig varit inne i själva staden och när de nu kommit över sin första osäkerhet och blygsel fann de så mycket att se på och fråga om att de enligt morbrodern påminde om skarvungar som såg ut att vrida nacken av sig själva.

Morbror Hans hade en bostad som kallades lägenhet vid Verftsgaten nära vattnet där det bodde en hel hop främmande människor i ett och samma hus, som var tre våningar högt. Lägenheten bestod av ett rum och kök med jungfrukammare, det hette så. Det var där de tre bröderna skulle bo. Morbror Hans hade själv snickrat tre små kojer åt dem.

De fick träffa morbror Hans hustru Solveig, bockade och tog i hand som de blivit lärda och förmanade av mor. Hustru Solveig berömde dem för deras vackra stickade tröjor och sade något om mors förmåga som de inte förstod. Två ting var särskilt märkvärdiga med stadsboende. Det ena var att det kom vatten ur en kran fastän man bodde flera meter över marken. Det andra, som man måste lära sig genast, var det särskilda sättet att skita för stadsbor. Det hängde en nyckel intill köksdörren. Den gick till ett av de numrerade utedassen som stod nere på gården och man delade dass med en granne och inga andra fick skita där. En gång i veckan kom nattmännen och hämtade tunnorna. Nattmännen var ett nytt ord, lite kusligt. Och lika spännande som de stora råttorna nere på gården. Middag åt man i köket, efter den vanliga bordsbönen. Mest fisk och potatis och fläsk en gång i veckan, precis som hemma på Osterøya.

* * *

Lauritz, Oscar och Sverre fann sig snabbt tillrätta på Cambell Andersens repslageri som låg bara tio minuters gångväg från hemmet på Verftsgaten. De var kvicktänkta och hade gott handlag med rep och verktyg, så gott att morbror Hans började få nyfikna men uppskattande frågor från arbetskamraterna och förmannen. Han förklarade att de ju var fiskarpojkar som varit till sjöss sen femårsåldern och fått lära sig att hugga i med både det ena och det andra. Deras far och farbror hade till exempel egenhändigt byggt en ovanligt stor fiskebåt och då hade pojkarna förstås varit med som handräckning.

Redan efter en vecka bestämde förman Andresen utan att ens fråga uppåt att pojkarna Lauritzen skulle ha lön efter en månad, i stället för efter de sedvanliga tre månaderna. För utan tvivel skulle de här gossarna snart bli händiga repslagare.

På söndagarna spatserade man. Morbror Hans förklarade att det hette så. Efter gudstjänsten gick man i finkläderna runt i staden utan att ha något ärende och hälsade här och där på dem man mötte. Den väg de tre bröderna tyckte mest om gick upp till den lilla konstgjorda fjorden, som inte skulle kallas fjord utan något annat, som hette Lille Lungegårdsvann. På söndagarna rodde män i skjortärmarna och med rocken intill sig på toften runt med damer som satt i aktern och höll ett paraply över huvudet även om det inte regnade. Varför de rodde på det viset var till en början gåtfullt. De skulle ju ingenstans och de fiskade inte. Morbror Hans förklarade att i staden rodde man så för nöjes skull, ungefär som man spatserade, fast med båt. Det gjorde inte saken mindre egendomlig.

Längs ena stranden på Lille Lungegårdsvann, på norrsidan, låg Kaigaten med stora hus i både tre och fyra våningar med skulpturer och krusiduller längs fasaderna. Eftersom husen var i sten måste belastningen på grunden vara förfärligt stor, anmärkte pojkarna redan första gången de fick se den förnäma gatan och de frågade morbror Hans hur man löst det problemet. Han sade något om att sten var så tungt, så byggde man sten på sten blev det hela stadigt av sin egen tyngd.

Han märkte mycket väl att pojkarna inte trodde honom, men någon bättre förklaring hade han inte. Det var en sak han själv aldrig grubblat över.

När pojkarna efter en och en halv månad, tiden närmade sig nu Sankt Hans, fick förskott på sin första lön kunde de betala för vad de ätit hemma hos morbrorn och hustrun Solveig och hade ändå en slant över. Efter omröstning som slutade två mot en bestämde man att sända de överskjutande fem kronorna hem till mor. Lauritz hade hellre velat inhandla en bok om lokomotiv.

Allting såg så ljust ut. Ändå slutade det redan före hösten i katastrof. I efterhand förbannade Hans Tufte sig själv för att han inte varit mer vaksam. Inte kunde han ens ana att pojkarna smet ut under de ljusa juninätterna, de var ju så små. Om han hört något så hade han väl bara trott att någon var på väg ut på dass. Han försökte förtvivlat urskulda sig med att han aldrig för sitt liv hade kunnat veta något. Han hade inte ens märkt att de hela tiden led av sömnbrist, som de måste ha gjort.

Det värsta, det han gruvade sig mest för, var hur han skulle förklara det eländiga slutet på pojkarnas stadsliv för syster Maren Kristine.

* * *

Christian Cambell Andersen var tjugoåtta år, äldste son till repslagarmästare Andersen och skulle snart ta över verksamheten. Han var en stilig karl, med galant mustasch och märkligt nog fortfarande ogift. Möjligen kunde man se honom som en yngre medlem av Bergens societet, även om det var svårt att bestämma sådana gränsdragningar. Han var i alla fall fullvärdig medlem av såväl Jernbanekomitén, som av teatersällskapet och välgörenhetslogen och herrklubben Den gode Hensikt. Han hade alltid huvudet fullt av idéer och var populär i sällskapslivet.

Inför ledigheten på Sankt Hans hade han ett ärende förbi kontoret vid en tidpunkt när arbetet börjat gå på halvfart. Till sin förvåning mötte han några arbetare på väg över gårdsplanen mot ett skjul som hade stått tomt halvtannat år. Man hade haft det som extralager för hampa.

När han förhörde sig om vad som stod på och varför karlarna bar stora brandyxor över axeln fick han svävande svar om "ungarnas rackartyg", men att det snart skulle vara åtgärdat. Det väckte hans nyfikenhet och han följde med bort till skjulet och öppnade själv de gistna dubbeldörrarna.

Det han fick se gjorde honom först så häpen att han bara stod och gapade medan han irrade runt i sitt minne. Där stod en mer än halvfärdig båt. Men ingen roddbåt eller segeljolle utan en modell. Utan tvekan ett vikingaskepp.

"Herregud", mumlade han tyst för sig själv när det äntligen gick upp för honom vad han såg, "det måste vara Gokstadsskeppet!"

Ivrigt slet han åt sig en tumstock som en av arbetarna haft på sig i sidofickan på arbetsbyxorna och började mäta upp båten. Den var, med de nya måttenheter som just införts i både Norge och Sverige, 4,6 meter lång och 102 centimeter bred midskepps. Det kunde mycket väl stämma.

Saken skulle genast kontrolleras och han började halvspringa över gårdsplanen mot huvudbyggnaden, men ångrade sig plötsligt och vände tillbaka.

"Vad ska ni med yxorna, karlar?" frågade han.

"Jo, förman sa att vi skulle hugga upp skiten och städa rent", svarade den äldste av dem oroligt. Ägarsonens upphetsade iver var ju inte att ta miste på.

"För Guds skull, rör ingenting där inne!" beordrade han. "Lämna allt som det är, med verktyg och allting. Och vad var förresten det där om ungars rackartyg?"

Svaret gjorde honom mållös, det verkade omöjligt. Skulle de där tre nyanställda lärlingarna som blott var i tioårsåldern ha kunnat bygga det här? Och förresten, var fanns pojkarna?

Det försagda mumlande svaret var illavarslande. Förman Andresen hade daljat upp de små tjuvarna och avskedat dem genast. Och så hade nästförman, deras onkel, fått ta dem till ångbåten och skicka hem dem.

På vilket sätt var de tjuvar? undrade Christian Cambell Andersen.

Jo, de hade ju stulit virke från brädgården och sågen nästgårds, visserligen från högen av stuvbitar, men stöld var det ju likväl. Och verktygen hade de snott i repslageriets reparationsverkstad.

Han nickade resignerat åt förklaringen, det nyttade ingenting till att just nu börja dividera om saken. Han upprepade bara sin order att ingenting fick röras i skjulet, det gällde även de "stulna" verktygen och annan materiel där inne. Och så hastade han upp på sitt kontor och rotade runt i hyllan av vikingalitteratur.

Som så många andra vid den här tiden, för att inte tala om alla utländska turister, var Christian Cambell Andersen vikingaentusiast. Fridtjofs saga kunde han utantill, utgrävningarna av det första välbevarade vikingaskeppet vid Gokstad hade han följt noga ända sen han fyllde tjugoett.

Till slut fann han vad han sökte, boken som innehöll de exakta måtten på Gokstadsskeppet, 23,3 meter långt och största bredd midskepps 5,20 meter, om man räknade om siffrorna från fot och tum. Han ställde upp divisionstalet på ett papper och räknade snabbt. Det stämde på centimetern, pojkarna hade byggt sin modell exakt i skala 1:5.

Han sjönk ner på sin engelska kontorsstol och försökte förstå. Men det gick runt i huvudet på honom, han måste se närmare på pojkarnas arbete! Han reste sig beslutsamt och gick med långa steg tillbaks ner till skjulet på andra sidan gården och slog upp de båda dörrarna för att få ljus.

De hade lyckats perfekt med klinkbygget, vilket var obegripligt med tanke på skeppets kraftigt svängda linjer som gick ihop i fören och aktern och var bredast midskepps. Dessutom vred sig både stäven och aktern brant uppåt och hur några småpojkar utan de rätta verktygen hade kunnat skapa de djärva eleganta linjerna med hjälp av trä som de bara mer eller mindre slumpmässigt kunnat hitta på brädgårdens skräphög framstod som mirakulöst.

Han smekte bordläggningen med handen. Inte en sticka, varje detalj var minutiöst slipad. På sidostyckena upp utefter stäven syntes ett fantasimönster av drakslingor utkarvat i reliefer, mer än halvfärdigt. Till den utsmyckningen fanns ingen känd förebild, åtminstone inte på Gokstadsskeppet, det var Christian Cambell Andersen helt säker på, det skulle han i så fall ha känt till. Men drakslingorna såg ändå helt autentiska ut, konstnärligt fulländade.

Tofterna satt inte i båten, utan stod lutade mot en av långväggarna inne i skjulet. Men också de hade mjukt slipade ytor och där skulle man nog sitta bekvämt. Vilken skada att de här pojkarna inte kunnat få avsluta jobbet innan någon idiot kom på dem!

Rackartyg? Daljat upp, avskedat och skickat hem!

Det värsta var inte att det var så grymt och okristligt, utan att det var så enfaldigt. Repslagare var visserligen varken sjömän eller skeppsbyggare, men öga för ett vackert skepp borde man kunna kräva av var bergensare. Nå, det här skulle givetvis ställas till rätta. Frågan var bara hur. Det tålde att tänka på.

Som de flesta andra i staden var han uppe på Engen för att se midsommareldarna några timmar senare, men han hade hela tiden tankarna på annat håll och gick tidigt från festligheterna eftersom regnet hängde i luften och han inte ville komma våt till herrklubben. Det var överenskommet att han skulle ha ett whistparti just i kväll med Halfdan Michelsen, som var i hans egen ålder och snart skulle ta över stadens förnämsta skeppsbyggeri, och redarna Mowinckel och Dünner, som båda var betydligt äldre än Christian och Halfdan, men sade sig ha nöje av att utbyta tankar med den generation som var på väg att ta över. Förutsatt att man inte talade politik.

Christian spelade uselt under några whistpartier och de andra märkte säkert att han hade tankarna på annat håll, men man var försynt nog att inte fråga. Det gällde ju troligtvis en eller annan hjärtesak, och sådant talade man inte om på Den gode Hensikt. Det ansågs vara var mans ensak.

Men när de satte sig ner för sin sedvanliga pjolter efteråt, då regnet smattrade mot de tjocka blyinfattade rutorna, brasan sprakade och de engelska läderfåtöljerna knarrade hemtrevligt, klämde han fram vad han grubblade över.

Han berättade utan omsvep och rakt på. Utan hans förskyllan hade några förmän på repslageriet sparkat tre lärlingar, och dessutom klått upp dem med läderremmar, för att de – hör och häpna – hade byggt en nästan helt färdig och perfekt skalenlig modell av Gokstadsskeppet.

De andra stirrade på honom som om han blivit tokig.

"Hur gamla var de där lärlingarna?" frågade skeppsredare Dünner försiktigt.

"Omkring elva år, skulle jag tro", svarade Christian förläget. Han var rädd att bli utskrattad.

Det blev han också, de andra kunde inte hejda sig, men ursäktade sig fort och viftade avvärjande med händerna. En förlägen tystnad följde.

"Jag har ett förslag", sade Christian sammanbitet. "Jag slår vad om att herrarna för det första kommer att häpna och ge mig rätt när ni ser detta mästerverk. Och för det andra kommer ni att stå för min pjolter året ut för att gengälda er misstro. Och i det motsatta fallet står givetvis jag för all konjak och sodavatten resten av året!"

Den spända stämningen löstes upp i skratt och man sände genast bud efter en karjol från W M Bøschen på Kong Oscars gate. I det här vädret var det inte till att tänka på promenad, även om det inte var så långt till repslageriet på Nordnes.

En halvtimme senare, medan hästdroskan väntade, kunde Christian slå upp dörrarna till det gamla skjulet. Han höll upp två fotogenlyktor för att lysa upp midsommardunklet. De andra drog häftigt efter andan, de var skeppsfolk och insåg omedelbart vad de såg. Men ingen kom sig för att säga något på en lång stund.

De började i stället undersöka bygget och efterhand meddela varandra olika fynd och observationer. Som till exempel att gossarna inte använt spik, utan klarat att sammanfoga bordläggningen enbart med hjälp av dymlingar. Men hur hade de kunnat tillverka dymlingar utan en svarv? Halfdan, som själv var skeppsbyggare sen barnsben, undersökte en dymling närmare, tog en hammare och kil, slog försiktigt ut den och granskade den noga, först med rynkad panna och sedan med ett brett leende. Han höll så ett muntert litet föredrag och försäkrade att man hade att göra med minst sagt snillrika "rackarungar". De hade täljt dymlingarna för hand, men i kilform. Sedan hade de lindat den del av dymlingsämnet som skulle gå genom de borrade hålen i bordläggningen med hampa, rätt glest, och lagt på ett lager tjära. Sedan bankat in dymlingen med hammare så att tjäran och hampan komprimerades och arrangemanget satt hårt fast. Därefter hade de bara sågat av ändarna och slipat utanpå med sandpapper.

Men hur hade pojkarna kunnat få till kurvorna i träet, när de till exempel skulle konstruera den kraftiga avrundningen i både stäv och akter? De såg sig om i det flackande ljuset från fotogenlamporna för att finna en förklaring och fann den också. Mot bortre kortsidan av skjulet stod en vattenhink uppgillrad på några stenar och det fanns tydliga spår av eld under hinken. De hade använt sig av vattenånga. Det mest rörande fyndet var själva förlagan. Den satt uppklistrad på ena långväggen och bestod av bilder i färgtryck av Gokstadsskeppet, både som det sett ut i början och slutet av restaureringen och som man föreställde sig att det sett ut i färdigt skick för tusen år sen. Där fanns också några enkla ritningar och mått. Bilderna kom från en billig tidskrift för hem och nöje och var som byggnadsritningar tämligen torftiga.

Christian noterade att det dock inte fanns några förslag till hur stäv och akter dekorerats med drakslingor bland tidningsbilderna.

Man for tillbaks till klubben på strålande humör, de andra sade sig genast vilja påbörja plikten att se till så att Christian, givetvis på deras bekostnad, aldrig gick nykter från klubben så länge året varade.

Men när man skålade första gången på denna midsommarkvälls andra dryckesrunda spred sig en stämning av högtidlighet bland vännerna i den nu nästan tysta klubben. Det var sent och de flesta andra hade redan gått hem.

Det man sett var mirakulöst, därom var de alla eniga. Tre småpojkar, med kanske fyra, fem års skolgång, det var väl det som stod till buds där ute på öarna, hade gjort något som skulle ha dugt gott som mästarprov för en skeppsingenjör. Herrens vägar var i sanning outgrundliga. Tre fiskarpojkar från Osterøya, varför hade Han begåvat just dem med sådant tekniskt snille? Vad skulle de haft för nytta av ett sådant hjärnans kugghjulssystem när de lade ut garn efter torsk?

Christian, som inte trodde särdeles mycket på vare sig Herren eller hans outgrundliga vägar, invände torrt att hur det nu än var med den saken så skulle dessa pojkar faktiskt inte bli fiskare. De skulle nämligen bli järnvägsingenjörer och brobyggare.

De andra såg först häpet på honom medan tanken sjönk in. Så nickade de glatt instämmande. Idén var lika briljant som självklar. För den som så ville rentav ett tecken från Guds finger.

Bergens Jernbanekomité hade bildats redan 1872 och de var alla aktiva medlemmar. Men det hade gått trögt med planerna på järnväg eftersom politikerna borta i Kristiania tycktes anse att bergensarna, som ju ändå var sjöfolk, gott kunde fortsätta att segla till huvudstaden. Om de nu hade ärenden där. Stortinget hade motvilligt gått med på att låta bygga järnvägen mellan Bergen och Voss, den var i bruk sedan några år. Men det stora språnget återstod, att bygga vidare från Voss över hela Hardangervidda och ner till Kristiania. Politikerna gnällde och sade att det var omöjligt att bygga järnväg så högt upp och i sådan kyla, sådana snömassor och åtta månaders vinter. Dessutom saknade Norge ingenjörsvetenskap på den nivån, inte ens i Schweiz hade man lyckats med ett liknande projekt. Att ge sig på något som var dömt att misslyckas redan från början skulle därmed, trots vissa naiva optimister i Bergen, bara leda till ett oansvarigt slöseri med statens begränsade resurser.

Att Bergensbanen, som projektet kallades, vore en oerhörd teknisk och ingenjörsvetenskaplig utmaning kunde man vara överens om. Men inte att det vore omöjligt.

"Alltså och följaktligen", konkluderade skeppsredare Dünner när de vridit och vänt på saken några varv. "Vi utbildar våra egna ingenjörer, förser dem med världens förnämsta tekniska utbildning. Den betalar vi för. Men de betalar tillbaks genom att bygga vår järnväg."

Det blev tankfullt tyst runt bordet. Man beställde in en sista pjolter och skålade med Christian, som från och med nu hade ett halvår på sig att dricka på de andras bekostnad. Men tystnaden fortsatte. Det fanns något oerhört i Dünners tanke som gjorde dem försagda.

"Det är ett grannlaga beslut", sade skeppsredare Mowinckel till slut. "Jag håller med Dünner i sak, rent förnuftsmässigt. Men bara Gud råder över pojkarnas liv, inte vi, hur mycket vi än skulle vilja investera deras begåvning i det vi så hett eftertraktar. Men låt mig

säga så här. Den gode Hensikt söker alltid välmotiverade välgörenhetsinsatser. Här har vi en ung änka på obestånd med tre exceptionellt begåvade söner. Räcker inte det till en början?"
De andra nickade instämmande och höjde sina glas i samförstånd. Man bestämde att Christian skulle få uppdraget att söka upp änkan.

* * *

Det var för en gångs skull en helt molnfri junidag, det hade regnat oavbrutet tio dagar i sträck när Christian steg ombord på Ole Bull ute på Murebryggen. Det var ovanligt mycket turister ombord den här dagen, det hade kanske med väderomslaget att göra. Mest tyskar som det verkade. Hela förstaklassalongen var full så att man rentav satt lite trångt och obekvämt. Christian skulle just ta sig en tur ut på däck när en kvinna som satt granne med honom frågade om han talade tyska. Och när han bekräftat det började hon fråga om vikingar och eftersom han själv var så passionerat intresserad av ämnet hade han svar på nästan allt. Andra i hennes sällskap började lägga sig i med nya frågor så att han snart kände sig som någon sorts *turistguide*. Det var ett nytt ord för ett nytt yrke.

Utlänningarna var som tokiga i vikingar och på somrarna vällde de numera upp i fjordarna från när och fjärran. Det var lite underligt, men förstås bra för Norge. Mycket pengar hade de, de där utlänningarna.

När han till slut kunde ursäkta sig och gå ut på däck såg han på utsikten med andra ögon. För den som var född på Vestlandet och inte kände till något annat skulle världen naturligtvis se ut så här. Glittrande vatten. Snöhöljda fjälltoppar, bergsstup tvärt ner i havet, höga vattenfall. Men om man kom från en sotig storstad som London eller Berlin?

Kanske kunde det vara en god affär att börja investera i turismen. Repslageri i all ära, men fanns där en lika vinstgivande framtid som i de nya turisthotellen? Det var en intressant fråga. Och ett bra samtalsämne någon kväll på klubben.

När han steg av vid Tyssebotns enkla brygga där landgången svajade betänkligt var det som om något snörptes ihop inom honom. Nu kunde han inte längre distrahera sig med utsikt, nu måste han börja koncentrera sig på det besvärliga samtal han hade framför sig.

Det föreföll inte som om någon hade kommit för att möta honom, trots att han självklart skrivit i förväg för att anmäla sin ankomst. Konstigt. Inte ens någon av de där snillrika små gossarna hade änkan skickat för att ta emot sin gäst. Han fick fråga sig fram.

När han sent omsider steg in i den dunkla salen på Frøynes satt de tre gossarna med sänkta huvuden på rad i en långbänk. De vågade inte se upp mot honom.

Änkan Maren Kristine satte sig stelt i en stor snidad trästol, med drakslingor noterade han, och pekade tyst att han skulle sätta sig på en likadan stol mitt emot. Hon hade ännu inte yttrat ett ord, inte ens en välkomsthälsning. Det var spöklikt.

Christian måste behärska sig hårt för att inte drabbas av panik. Han tycktes befinna sig i en mardröm där han var ytterst ovälkommen. Det luktade svagt av ko i rummet. Änkan Maren Kristine var dessutom, så fel att tänka på det just nu, en av de vackraste kvinnor han sett, obetydligt äldre än han själv, om ens det. Hon bar svarta kläder och svart huckle, men delar av hennes tydligen långa, mörkt kopparröda hår stack fram under det svarta tyget. Hennes ljusblåa ögon betraktade honom lugnt men inte vänskapligt. På bordet framför honom stod ett litet fat med kakor. På timmerväggarna hängde hemvävda bonader av ett slag han aldrig sett, som han gärna skulle vilja se närmare på, men det var inte tid för det nu. Han måste genast komma till sak eftersom familjen tycktes tro att han kommit för att utkräva ytterligare repressalier.

"Jag är glad att ni kunde ta emot mig med era söner, Fru Eriksen", började han med en kraftansamling. "Jag har några saker att säga som är viktiga och jag ska ta dem i tur och ordning."

Han gjorde en paus och sneglade på pojkarna. Ingen av dem vågade se på honom, de verkade inställda på ytterligare elände.

"För det första", fortsatte han, "måste jag be att få gratulera er, Fru Eriksen, till att ha välsignats med tre så begåvade söner. Det var med hänförelse, ja det ordet måste jag använda, som jag såg deras modell av Gokstadsskeppet."

Han tystnade och sneglade på nytt mot pojkarna som förvånat lyfte sina huvuden, utbytte några snabba blyga leenden men fort blev allvarliga, rädda att mor skulle se dem och sänkte åter huvudena som i bön.

Deras mor hade fortfarande inte rört en min. Han hade aldrig sett någon kunna behärska sig så och blev inte klok på om det var rädsla eller fientlighet hon dolde.

"Den nästa sak jag vill framföra", fortsatte han med större tillförsikt att äntligen kunna bryta spökstämningen, "är en uppriktig ursäkt från firma Cambell Andersen när det gäller det sätt som våra anställda så illa lönade pojkarna för deras enastående bedrift. Jag kan försäkra er, Fru Eriksen, att om jag själv eller min far, vi som äger firman, hade varit de första att upptäcka detta fantastiska bygge så hade fortsättningen blivit mer lycklig, och framför allt mer rättvis. Det hade blivit belöning i stället för stryk och avskedande."

Nu först reagerade änkan, men i gengäld desto tydligare. Hon drog häftigt efter andan, inte bara en utan flera gånger och hennes behagfulla barm hävdes upp och ner och Christian skämdes för den lika oundvikliga som opassande observationen.

"Vet ni, Herr Cambell Andersen", sade hon kontrollerat fastän hon fortfarande flämtade, "att inga ord hade kunnat göra mig mer lycklig. Det är det enda jag kan säga."

De tre pojkarna satt inte längre hopkrupna med sänkta huvuden. De hade rätat på ryggarna och betraktade gästen granskande och förväntansfullt. Christian Cambell Andersen kände sig lättad, nu trodde han att isen var bruten och att det bara var att ånga på med mera kol under pannan.

"Vidare", fortsatte han och prövade ett första leende, "så har jag med mig pojkarnas lön för den tid de felaktigt varit avskedade. Och därtill har jag ett erbjudande som jag vill att ni skall ta ställning till, Fru Eriksen. Det kommer från den välgörenhetsloge i Bergen som jag också representerar, men har inget med firman att göra. Den gode Hensikt, som vi kallar oss, har ett styrelsebeslut på att vi skall bekosta pojkarnas utbildning, först på Katedralskolan i Bergen, senare på den polytekniska skolan för högre utbildning av gossar i Kristiania. Och slutligen ingenjörsutbildning vid universitetet i Dresden. Det är världens förnämsta universitet för ingenjörer. Det ligger i Tyskland."

De tre pojkarna i långbänken stirrade mållöst på honom, ungefär som han hade väntat sig. Men änkan Maren Kristine visade inte med en min vad hon tänkte. Han tystnade och väntade ut henne. Det gick säkert ett par minuter och han började undra om han hivat ombord en alldeles för stor last på en gång. Kanske förstod de inte vilket stort förslag han kommit med?

Änkan satt fortfarande tyst och nickade då och då omärkligt för sig själv, som om hon inom sig repeterade vad hon skulle säga. Till sist drog hon djupt efter andan och talade långt, säkert, utan att staka sig fast på en tung dialekt som han först nu insåg var svår att begripa.

"Prästen sade samma sak som ni, Herr Andersen. Han menade på att dessa gossar skall icke bliva fiskare. De skola därför flytta in till Bergen för att lära sig det stora i världen. Men jag vet nu, som jag visste då, att de där skolorna tar barnen ifrån oss. Dem som får sådan undervisning kom int tillbaka. Aldrig. Då sade jag nej. Och nu säger jag nej. Dürför att jag behöver tre små män i stället för en mycket stor man som jag hade på gården. En man som havet tog."

Christian Cambell Andersen blev först så häpen att han inte kom sig för att svara. Här kom han med en furstlig gåva, nästan som de tre konungarna inför Jungfru Maria och Jesusbarnet, och lade den glittrande framför en svartklädd fiskaränkas fötter. Och hon avvisade honom utan att ens staka sig på orden när hon talade.

Han måste tänka efter. Han sneglade åter mot pojkarna som satt rakt upp i långbänken och stirrade på honom och modern med förskräckta uppspärrade ögon. Det kändes som om de förtvivlat hoppades att han nu skulle säga något förödande klokt och bra. Men han var tom i huvudet, totalt överrumplad.

Men lång tystnad gick ju an i det här huset. Hon hade låtit honom vänta i oändliga minuter. Nu gjorde han samma sak medan hon grubblade.

"Vet ni, Fru Eriksen", började han långsamt medan han fortfarande famlade efter orden. "Nu är sommartid, tid för höbärgningen uppåt sluttningarna. Pojkarna är då tryggt hos er. Katedralskolan börjar inte sin undervisning förrän efter det man kallar sommarferien och det är flera veckor efter höbärgningen. Det är det första. Det andra är att vi inom logen Den gode Hensikt självklart har beaktat, förlåt tänkt på, Fru Eriksens svåra belägenhet. Vi har därför beslutat, att därest vi får utbilda pojkarna som jag föreslagit, skall vi också förse er med en änkepension som gott och väl kan ersätta förlusten av dessa käcka gossars arbete vid gården."

Det sista var inte sant. Det hade han just hittat på. Men här hade man alltså suttit några välbeställda män i Bergen och inte förstått vad det skulle innebära för en nybliven fiskaränka att berövas sönerna. Den dumheten, eller åtminstone fantasilösheten, fick man väl rätta till med ett diskret extra beslut om änkepension.

Och om nu någon paragrafryttare i styrelsen menade att han överskridit sina befogenheter, vilket han hade gjort, så skulle han, så hjälpe honom Gud, själv stå för änkepensionen.

Den vackra änkan hade på nytt tystnat och tänkte igenom vad hon skulle säga. De tre små sönerna satt spikraka i ryggen, lätt framåtlutade utan att för en sekund släppa sin mor med blicken. Det var ingen tvekan om vad de ansåg.

"Mor", sade plötsligt en av dem, "förlåt att jag talar utan att ha mors tillstånd. Men en sak måste jag säga. Vi tre söner vill det här mer än någonting annat i livet. Större kunde vi inte drömma. Och vi svär att alltid ta väl hand om mor."

De två andra gossarna nickade ivrigt instämmande.

Christian Cambell Andersen fick på nytt en stark känsla av drömlik overklighet. Den lille ingenjören eller skeppsbyggaren eller brobyggaren eller vad han skulle bli hade plötsligt talat som om Snorre Sturlasson skrivit orden. Kort, direkt och lagt argumenten i tre satser. Likväl dröjde hans mor med svaret. Av hennes ansiktsuttryck kunde man inte sluta sig till vad hon grubblade över eller vartåt det nu lutade. Så sken hon plötsligt upp lika överraskande som när solen en helt grå dag bryter fram med strålande ljus över fjorden.

"Herr Christian Cambell Andersen", sade hon. "Stort är mitt förtroende för er goda vilja. Också min tillförsikt är stor. Tag väl hand om mina söner."

Också hon talade som i en vikingasaga, tänkte han.

* * *

I en av de värsta stormarna den hösten infann sig rektorn på Katedralskolan i Bergen som adjungerad till styrelsemöte hos Den gode Hensikt under punkt arton på dagordningen. Saken gällde utvärdering av gossarna Lauritzens första månader av undervisning.

Det hade till en början varit svårt att placera dem, inledde rektorn. Deras kunskaper var ju så ojämna. Det hade tydligen gått i någon sorts skolgång hos en lokal präst där ute på Osterøya. Det vanliga alltså: att lära sig räkna och skriva och sen adjöss och ut på fiskebåt. Så i vissa avseenden, framför allt när det gällde tyska språket, geografi och modern historia, låg de långt efter sina jämnåriga.

I andra avseenden var det tvärtom. De hade begåvning för matematik och fysik som måste beskrivas som alldeles enastående. Den yngste gossen hade dessutom en konstnärlig talang som var högst iögonfallande. Summa summarum skulle de snabbt hämta in alla sina jämnårigas försprång, bland annat därför att de studerade med en iver och glädje som vanliga borgarbarn i staden dessvärre sällan kunde visa upp. Att alla de tre gossarna Lauritzen var exceptionella studiebegåvningar var höjt över varje tvivel.

"Men kan man göra dem till diplomerade ingenjörer i Dresden?" grymtade mötesordföranden otåligt. Det var tydligen så det formella beslutet måste skrivas.

En spänd tystnad följde i det ekboaserade styrelserummet, förutom ljudet av regnet som piskade mot de blyinfattade fönstren. Ledamöterna såg strängt på rektorn som tycktes ha kommit av sig när han fick den konkreta frågan.

"Förlåt om jag uttryckte mig otydligt, det var verkligen inte min mening", svarade han till slut något avmätt och snörpte på munnen. Det verkade som om han tyckte att han fått en dum fråga.

"Låt mig därför göra ett nytt försök att beskriva saken så att intet utrymme för missförstånd kan uppstå", fortsatte han ilsket. "Om det är några gossar på hela Vestlandet som ni kan göra till diplomingenjörer i självaste Dresden, så är det dessa tre!"

Ordföranden lät sig inte provoceras av den något tillrättavisande tonen i rektorns svar, utan slog klubban i bordet, tackade för rektor Helmersens närvaro och övergick till nästa punkt på dagordningen för välgörenhetslogen Den gode Hensikt.

 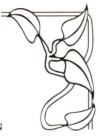

II

1901

DE SISTA DAGARNA I DRESDEN

"HERRAR DIPLOMINGENJÖRER! Här i Dresden har vi en synnerligen lång tradition att utbilda Tysklands, och därmed världens, främsta ingenjörer. Så var det vid tiden för Königliche Sächsisches Polytechnikum och så är det än idag på denna vår Technische Hochschule.

Ändå är förutsättningarna idag mer strålande för de nyutexaminerade än någonsin tidigare i vår månghundraåriga utbildningstradition. Mina herrar, en värld ligger nu för era fötter, men det är en helt ny värld. Det tjugonde århundradet kommer nämligen att skåda större tekniska framsteg än vid någon annan epok i mänsklighetens historia. Den moderna tekniken kommer nu att gå fram språngvis och så grundligt förändra världen att de av våra kolleger som utexamineras här om hundra år kommer att se på vår tid, som vi idag ser på stenåldern.

Det som var vildsinta fantasier igår, eller rentav idag, kommer att bli verklighet i morgon. Då är inte längre utmaningen att resa jorden runt på 80 dagar som Jules Verne skrev om. Då kommer vi att resa jorden runt på – 8 dagar! Vi kommer att erövra lufthavet och de flesta av oss i denna sal kommer att uppleva flygtrafik för passagerare, inte bara mellan olika länder, utan också mellan kontinenter.

På samma sätt kommer vi att erövra världshavens djup och för att åter anknyta till Jules Verne så kommer 'en världsomsegling under havet' snart att vara verklighet.

Vi kommer att se i mörkret, tala med varandra på tusen mils avstånd, färdas på järnväg i över 200 kilometer i timmen, skapa byggnader hundratals meter höga, finna metoder att genomlysa och inspektera den mänskliga kroppen utan att göra våld på den, sitta i Dresden och lyssna på musik från Bayreuth med samma hörbarhet som om vi var på plats i konsertsalen, våra räkneapparater kommer att bli hundra, kanske tusen gånger effektivare än dem vi brukar idag och jag är säker på att åtminstone ni unga kommer att få uppleva hur den första tyska vetenskapsmannen landstiger på månen, ehuru Jules Vernes tekniska rekommendationer på just den punkten inte är mycket att hänga i julgranen."

Där kom de första skratten. De nyutexaminerade unga ingenjörerna hade ditintills suttit blick stilla, som förhäxade, utan att ge minsta ljud ifrån sig. Rektor på Technische Hochschule var känd som en mycket god talare, men den här gången överträffade han både sig själv och de höga förväntningarna.

"Kort sagt", fortsatte han, "om bara några årtionden kommer världen att se helt annorlunda ut på grund av våra tekniska framsteg. Vi kommer att föra ut vårt kunnande till de fattiga delarna av världen, som vi redan påbörjat i Afrika. Vi kommer därmed att skapa jämlikhet mellan olika folk och raser och därför är det vi har framför oss inte enbart ett projekt för män med räknestickan som själ, eller en fråga om fysikens lagar och annan naturvetenskap. Det är också i hög grad ett humanistiskt projekt ni har framför er.

Den omvälvande tekniska förändring som världen nu skall genomgå, i detta det tjugonde århundradet, innebär i ett särskilt avseende en större välsignelse för mänskligheten än allt annat.

Krig som metod att lösa politiska problem kommer inte längre att kunna tillämpas. I en värld så tekniskt avancerad som den ni skall vara med att skapa från och med idag och under resten av era yrkesliv kommer vi att förpassa krigen till historiens sophög. Krig är primitiva, därför är högteknologiska krig contradictio in adjecto, en inbyggd självmotsägelse.

Och det är denna värld ni nu går ut för att rita, bygga och konstruera. Jag lyckönskar er av hela mitt ingenjörshjärta!"

Därefter följde stormande applåder som inte tycktes kunna upphöra. Det blev som på operan, stampningar i golvet först, sedan reste sig den ene frackklädde examinanden efter den andre så att glädjeyttringarna slutade med stående ovationer. Så vidtog själva diplomutdelningen. De som fått högst poäng på sin examen ropades upp från nummer tio till ettan. Det var en oerhörd merit att placeras bland de tio främsta i Dresden, en säker biljett till de intressantaste och bäst betalda anställningarna i Europa. Var man en bland de tio kunde man välja och vraka.

En engelsman belade tiondeplatsen, fick komma upp och ta emot sitt numrerade diplom och möttes av artiga applåder, mest förstås från den engelska bänken. Man sade att rika engelsmän som inte kom in på Cambridge sökte sig till Dresden i stället, något som alla engelsmän i staden – händelsevis dock rika allihopa – bestämt förnekade.

Nummer nio var en berlinare, nummer åtta hamburgare.

Nummer sju var en norrman, Oscar Lauritzen, som fick matta artiga applåder. De tre bröderna satt tillsammans. Hoppet för Sverre var redan ute, Oscar lättad och Lauritz alltmer nervös allteftersom antalet diplom uppe på podiet där tiogruppen stod för sig försvann. Lauritz gjorde sitt bästa för att se oberörd ut, men hans bröder intill honom hade ingen svårighet att genomskåda det försöket.

"Tänk på att det är tävling, Lauritz", viskade yngste brodern Sverre. "Sen när förlorar du en tävling?"

Han syftade på Lauritz karriär som tävlingscyklist. Förra året hade han på hemmavelodromen i Dresden blivit Universitetseuropamästare. Tysk mästare och Dresdenmästare var han flera gånger om.

Till slut återstod bara två diplom. När andraplatsen gick till en leipzigare kallsvettades Lauritz och kunde inte tänka klart. Självklart borde han ha varit bland de tio främsta, det visste alla. Men...?

Rektor, vältalaren, som fått examinanderna att rysa och känna hur håren på underarmarna reste sig, drog ut på spänningen när han steg fram med ettans diplom i handen.

"Märkligt nog", sade han, "är årets etta någonting särdeles omodernt och tekniskt primitivt. Nämligen en cyklist!" Saken var alltså klar, bröderna kastade sig fram och dunkade kraftfullt sin storebror i ryggen. Själv försökte han värja sig och se allvarlig ut, som om han vore den ende bland 57 utexaminerade diplomingenjörer som inte förstått vem cyklisten var.

"Får jag be vår Europamästare Lauritz Lauritzen komma fram!" ropade rektorn högt för att överrösta de applåder som redan dånade i salen. Lauritz var, som alla segrare i kampen mot andra universitet, en populär man.

Efteråt när de tre bröderna stod med varsitt diplom under armen ute på Georg Bährstrasse i trängseln av nyutexaminerade och föräldrar var deras känsla att världen nu verkligen låg för deras fötter.

Några års hundgöra väntade dem uppe på Hardangervidda, det var en skuld att betala av, sedan var de fria. När järnvägsbygget var klart kunde de försöka bygga upp en egen ingenjörsfirma inne i Bergen, Lauritzen & Lauritzen & Lauritzen, som de brukade skämta.

De sade fortfarande "inne i Bergen", det satt i sen barndomen ute på Osterøya. Nu skulle de först gå raka vägen till Dresdner Bank och visa upp diplomen för att därefter enligt överenskommelse utkvittera tusen mark var. Det var avskedsgåvan, en sorts festsalut, från Den gode Hensikt, som tagit sig an dem redan som repslagarlärlingar, rentav avskedade repslagarlärlingar, hos Cambell Andersen ute på Nordnes.

Tusen mark var en övermåttan schangtil examenspresent, det motsvarade väl åttatusen norska kronor, mer än en årslön som järnvägsingenjör på Bergensbanen.

Väl stadda vid kassa skulle de gå hem och tillfälligt hänga av sig frackarna och sen byta skjorta till kvällen. Examensbanketten skulle också avätas i frack.

Deras resa hade varit lång, men nu var de framme vid målet. Det borde för alla tre bröderna ha varit deras livs lyckligaste dag och ingenting de såg hos varandra tydde på något annat.

Men det fanns en sak som Lauritz inte hade berättat för sina bröder. Det fanns också en sak som Oscar inte hade berättat för sina bröder. Och det fanns en sak som Sverre absolut inte hade berättat för sina bröder.

* * *

Oscar satt sent på kvällen, andra kvällen efter hennes försvinnande, på polisstationen nära Hauptbahnhof i Süd-Vorstadt, för övrigt inte så långt från Technische Hochschule.

Han var orakad och svettades trots att det var en sval majkväll. Om förrgår varit hans livs lyckligaste dag måste detta vara den olyckligaste.

Maria Teresia var definitivt försvunnen. Puts väck. Inte ett spår, inte ett brev, inte ens en blodfläck någonstans, ingenting.

Han hade stått på järnvägsstationen redan tjugo minuter innan tåget till Berlin skulle avgå, det var första resan mot deras nya lyckliga liv. Hon äntligen befriad, på väg till ett nytt land och en ny identitet. Han överväldigande förälskad och nästan vantrogen inför den lycka som uppfyllde honom. När tåget avgick, i precis det ögonblicket, skulle han ha öppnat den flaska champagne han hade packat i bagaget.

När det var tre minuter kvar hämtade han ut sitt bagage från kupén, två välfyllda resväskor. Något måste ha försenat henne och då kunde han självklart inte resa. Det var nervöst, det var också förargligt att missa tåget och på något sätt lyckas mobilisera spänningen på nytt nästa dag inför flykten mot en ny värld, i fler avseenden än vad den strålande talaren syftat på vid examensdagen.

Hon kom inte. Tåget avgick med en vissling och tunga långsamma stånkanden från loket.

Först måste han få tag på en droska och skicka hem bagaget. Själv måste han promenera bort till Madame Freuer och fråga om hon visste något. Det var pinsamt, men kunde inte hjälpas.

Madame Freuer var som väntat sur och tvär, men tycktes inte ha uppfattningen att Maria Teresia rymt, utan bara att hon "rest bort". Och det stämde ju självklart. Det vill säga, det stämde inte. På vägen till järnvägsstationen hade hon... rövats bort? Överfallits? Rånats? Låg skadad på ett sjukhus?

Han försökte täcka över sin rädsla och oro med vackra bilder av henne. Han skulle aldrig kunna älska en kvinna som han älskade Maria Teresia. Det var han förvissad om med tjugofemåringens hela livserfarenhet i ryggen. Det fanns ingen kvinna som hon, ingen vackrare, ingen mer charmerande och kvick och infallsrik, ingen mer... erotisk.

Polisen hade knappast bemött honom artigt eller ens yrkesmässigt. Först hade Oscar vänt sig till vakthavande på avdelningen för försvunna personer.

När han berättat historien för den gamle trötte, fete och ointresserade, minst femtio år gamle polissergeanten på avdelningen för anmälan av försvunna personer hade han blivit skickad vidare till bedrägerirotelen. Vilket var fullkomligt vettlöst. Dessa indolenta korkade byråkrater förstod inte ett dyft av sakens allvar. Och nu till råga på allt hade man skickat honom till sedlighetsrotelen som om det gällde något vanligt bordellärende!

Hennes levnadsöde var i sanning djupt gripande. Hennes mor var spansk grevinna, därav hennes mörka, nästan svarta ögon som han kunde drunkna i utan att se dem, bara genom att tänka på dem. Hennes far var en frånskild greve från München, eller förstås utanför München eftersom de ägt ett slott på landet som varit i släktens ägor sedan 1200-talet.

De hade bott i solen nere i Spanien, strax utanför Valencia, med apelsinlundar runt egendomen och det blå Medelhavet i fjärran. Hon hade haft små vita lamm att leka med och starka män tog ibland upp henne i sadeln och red med henne runt ägorna där man födde upp stridstjurar.

Och så hade lyckan i ett slag, en natt med storm och åskväder, förvänts i den djupaste olycka. Hennes mor, med de blixtrande svarta ögonen, var maniskt svartsjuk och drog kniv (hennes misstankar visade sig senare helt ogrundade) och i självförsvar dödade då hennes far sin högt älskade spanjorska. En sådan fullkomlig katastrof!

Vid rättegången kunde fadern inte, eftersom han var så ädel, åberopa självförsvar. Och det vore honom djupt främmande att dra fram sin frus svartsjuka inför allmänt beskådande i en simpel rättegång. Följaktligen dömdes han till döden och avrättades i en garrott, en sorts strypmaskin.

Vid fem års ålder hade Maria Teresia därför sänts hem till en synnerligen elak faster på slottet utanför München. Men eftersom fastern blivit förmyndare och eftersom Maria Teresia i själva verket var den rättmätiga arvtagerskan, så hade fastern först placerat henne på barnhem, åberopandes allehanda skäl. Och därefter betalat häxan till barnhemsföreståndare att sälja den lilla oskyldiga flickan vidare till en bordell långt bort, i Leipzig.

Maria Teresia hade sedan länge gett upp hoppet om att återta sin rätt till slott och egendomar, hade hon berättat gråtande. Men hon hade aldrig gett upp hoppet om ett bättre liv och hon sparade alltid pengar för framtiden, hon hade sjutusen mark i en hattask med dubbel botten.

Han hade själv sett asken.

En dag, hade hon hoppats, fastän hoppet försvagats alltmer när tiden gick, skulle en man, en ung vacker och intelligent blond man, helst från Norden, komma och rädda henne. De skulle fara till hans land, han skulle förlåta henne det tidigare lidandet som de båda skulle dra ett streck över och så skulle de leva lyckliga.

Oscar hade fantiserat vildsint om Maria Teresias första möte med Mor Maren Kristine. Mor skulle aldrig någonsin kunna föreställa sig Maria Teresias förflutna, annat än möjligen den lyckliga barndomen. Mor visste inte vad en bordell var.

En trött, orakad polisman, lika orakad som Oscar vid det här laget, kom ut och betraktade honom ungefär som om han vore förbrytare.

"Det är du med den försvunna horan?" frågade han högst okänsligt. "Kom in och berätta!"

Rummet var ett litet kyffe med utredningspärmar huller om buller, ett skrivbord och två stolar där läderstoppningen spruckit på båda. Belysningen var svag, bara en glödlampa under grön skärm på polismannens bord.

"Nå!" sade polismannen trött. "Vad hette hon?"

"Maria Teresia."

"Från bordellen på Schmaalstrasse eller det flottare stället uppe vid operan, vad heter det?"

"Salong Morgenstern."

"Jag förstår. Ett ögonblick."

Polismannen gick in i ett angränsande rum och talade mumlande med någon och kom tillbaks med en tjock dokumentsamling mellan två läderpärmar hopbundna med svarta snören.

"Vi har tämligen god ordning på hororna här i Dresden", mumlade polismannen medan han bläddrade i dokumenten. "Regelbundna läkarkontroller, de sägs vara de medicinskt ofarligaste i Tyskland just därför. Tvångsbehandling om det är något enklare, förvisning om det är syffe. Var det Maria Teresia ni sade?"

"Ja."

"Utmärkt, för här har vi henne. Judith Kreissler, född 1875 i Posen, dömd för bedrägeri en gång, i Hamburg, avtjänade ett år. Anmäld ytterligare, åtalet nedlagt, hm. Ja, det ser ut som..."

"Hon heter faktiskt Maria Teresia, hennes mor är spanjorska, därför hennes svarta ögon!" avbröt Oscar.

Polismannen drog djupt efter andan och suckade, men han såg inte det minsta hånfull ut.

"Maria Teresia är givetvis ett mycket vackert namn, fullt värdigt en drottning, förlåt jag menar inte att vara ironisk. Men det är bara ett, ska vi säga, artistnamn. Hennes svarta ögon beror möjligen på att hon är judinna, men spansk är hon inte. Hon kommer som sagt från Posen."

Tiden stannade för Oscar. Allt hon hade berättat hade han kunnat se framför sig lika tydligt som om han varit åsyna vittne. Spanien, apelsinlundarna, det blå Medelhavet, den temperamentsfulla vackra modern med håret uppsatt med någon sorts kam i nacken som hette något speciellt han just nu glömt, den ädle distingerade fadern.

Allt var alltså lögn? Det var inte möjligt! Han hade till och med sett hattasken där hon förvarade sina under synnerliga umbäranden intjänade pengar.

"Jag måste fråga en sak", sade polismannen stillsamt. "Fick hon möjligen pengar av er strax före detta mystiska försvinnande?"

"Ja, och det är det som gör mig så orolig, hon kan ju ha blivit rånad. Hon fick tusen mark!"

"Får jag fråga varför?"

"Hon kunde växla in dem i guld till ett 50 procent högre värde."

"Hurdå?"

"Ja, alltså. Det var en äldre kund som hon höll mycket av men som hon inte längre... hade några förbindelser med. Men han kunde ge henne en särskild rabatt, det hade med bokföring i hans firma att göra, och hursomhelst kunde hon förvandla mina tusen sedelmark till guldmark och det skulle vi slå samman med hennes, det måste jag påpeka, större sparkapital. Det var vår start i det nya livet."

Polismannen såg trött ut, men inte det minsta fientlig. Han lyfte upp båda armbågarna på bordet och gned sig med fingrarna över ögonen. Han var flintskallig, hans kavaj illa sydd, hans mustasch illa ansad, han var kort sagt ingen man att lita på.

"Ni är ju en intelligent person, herr diplomingenjör", sade polismannen medan han fortfarande gned sig i ögonen. "Det måste man utgå från att ni är om ni är nummer sju i årets kull av världens bästa ingenjörer. Att ni samtidigt är en idiot sammanhänger med er ålder. Hur gammal är ni? Tjugosex?"

"Ett år yngre, erkännes."

"Maria Teresia, om vi ska fortsätta att använda pseudonymen, har med små variationer genomfört det här bedrägeriet tre gånger förut. En gång blev hon dömd, två gånger slapp hon undan därför att målsäganden inte ville driva saken till sin spets. Det är just det som gör den här typen av brottslighet så snillrik. För säg, skulle ni vilja uppträda som vittne i denna sak inför stadsrätten i Dresden? Vi kan hitta henne, det är nog inget problem. Alla horor på bättre bordeller i Tyskland är registrerade och ordentligt bokförda. Så om ni vill driva saken vidare får vi tag på henne. Men vill ni det? Pengarna kan ni tyvärr glömma, de har gått till nån hallick. Nå, lägger vi ner det här ärendet omedelbums?"

Världen hade exploderat för Oscar. Han hade tappat förmågan att både tala och tänka. När han reste sig för att sträcka fram handen till avsked var han så knäsvag att han höll på att falla omkull.

Det kändes som om han flöt ut från polishuset i en osynlig ström, inte som att han gick för egen kraft. Hans synfält tycktes krympa, framför sig såg han bara bilden av polismannen som stampat på, hällt skit på, pissat på det vackraste någonsin i livet. Polismannen tände en cigarrett och plockade ihop akten om bland andra Maria Teresia, alias Judith Kreissler från Posen.

Han satt på en bänk vid Terrassenufer och stirrade ner i Elbes mörka vatten. Nattkylan mot pannan gjorde honom gott, hans kortslutna hjärna började fungera på nytt.

Maria Teresia existerade inte, allt hade bara varit en dröm. Såvida det inte var det närvarande som var en mardröm. Nej, verkligheten var alldeles för påtaglig, publiken som börjat strömma ut från Semperoper. De gav en föreställning av Richard Strauss, Feuersnot, Sverre påstod att den knappast var värd att se. Festklädda operabesökare började promenera förbi hans bänk, de skrattade, talade högt, de var utan tvivel verkliga.

Polismannen hade kallat honom idiot och det gick inte att invända mot den beskrivningen från en utomstående och objektiv betraktare. Det var dessutom värre än så, han var en självbedragare. Den kärlek som varit större än allt annat i hans liv hade aldrig funnits i verkligheten, det som varit det största och vackraste i hans liv var en illusion. Och vad var det då för mening med att leva?

Som om han plötsligt kommit till insikt reste han sig och promenerade upp på Augustusbron, stannade mitt på bron, höll sig krampaktigt i järnräcket och stirrade ner i den sävliga svarta strömmen.

Det skulle gå fort. Han var en usel simmare, så om han nu välte sig över räcket var det oåterkalleligt och det vore den enda hedervärda lösningen. Han hade låtit en hora lura av honom hela examensgratifikationen från Den gode Hensikt. Han skulle aldrig kunna se sina bröder i ögonen mer. Han måste bort, långt bort.

* * *

När Lauritz steg av tåget på den lilla landsortsstationen väntade häst och vagn från Schloss Freital. Kusken meddelade att turen bara skulle ta en knapp halvtimme.

Det var ett vackert kuperat landskap med mestadels vinfält på vägen mot slottet och det stora avgörandet.

Än en gång tänkte han igenom förutsättningarna utan att hitta något skäl att se annat än optimistiskt på vad baronen skulle komma att svara.

Sommarsäsongen, när hela familjen von Freital och allt tjänstefolket lämnade sitt stadsresidens på Wigordstrasse mellan Carolabrücke och Albertbrücke för det långa sommarlovet på slottet, hade ännu inte riktigt kommit igång. Baronen hade rest ensam i förväg. Och om han nu svarat på Lauritz högst formella skriftliga anhållan om audiens genom att bjuda ner friaren till Schloss Freital, med middag och övernattning, så såg det inte annat än bra ut. Då kunde planen inte gärna vara att svara nej på den stora frågan.

Baronen var hedersordförande i Dresdens velodromcykelförbund och Lauritz var en av förbundets mest framgångsrika cyklister någonsin. Det måste också verka till hans fördel.

Han hade gått ut som etta på examensdagen och det hårda arbete som låg bakom den placeringen hade mycket mer med Ingeborg att göra än med prestigen eller tävlingen som sådan. Hon hade försäkrat honom att Far skulle bli kolossalt imponerad om han lyckades med den bedriften, rentav mer än av tävlingssegrarna på velodromen.

Det enda som låg honom i fatet var förstås att han var fattig, möjligen också att han inte var adlig, även om baronen för något år sedan fått för sig det. När han fick veta att gården Frøynes var uppkallad efter vikingaguden Frej och att samma familj bott där i tusen år blev han märkbart imponerad och berättade att hans egen familj bara bott åttahundra år på Schloss Freital.

Sedan lät han undersöka saken närmare och fick visst reda på allt väsentligt ur hans eget sociala perspektiv, att bröderna Lauritzen kom från en fiskarfamilj.

Likväl var han årets etta på Technische Hochschule. Och baronen hade bett honom resa ända ner till Freital. Hade avsikten varit att avfärda den stora frågan hade det varit enklast och minst pinsamt för alla parter att klara av saken på vinterresidenset i Dresden.

Allén upp mot slottet var kantad av flerhundraåriga blommande kastanjeträd. Det var vackert och mäktigt. Men det stora huset fick honom att känna sig liten, liten på någon sorts ovärdigt sätt. Han började för första gången under resan bli nervös när han och kusken, som bar hans bagage, gick över gruset mot huvudentrén.

En betjänt i livré öppnade porten just när Lauritz osäkert höjt handen för att bulta på. Betjänten hälsade välkommen, övertog Lauritz resväska och meddelade att herr baronen väntade med middag i köket om en halvtimme och att klädseln borde vara lantligt enkel, visade Lauritz uppför en bred trappa till andra våningen, bort i en lång korridor.

Gästrummet var magnifikt, minst hundra kvadratmeter, sängen dold under en ljusblå sänghimmel och en sorts draperier av brokad i mörkare blått och silver, framför ett av de höga fönstren stod ett litet sirligt skrivbord med svängda ben. Han hade glömt vad den möbelepoken kallades.

"Lantligt enkel" klädsel och middag i köket? Hur skulle han tolka det beskedet?

Sverre som kunde allt sådant hade utrustat honom med tre uppsättningar kläder. Dels dem han reste i, kavaj, silverfärgad väst och midnattsblå slips, dels frack ifall han skulle hamna på middag med fler personer, men dels också en engelsk kostymering med tweed och en stickad slips om det skulle bli "mer vardagligt". Och så var det tydligen.

Var middag i köket en avsiktlig nedgradering av gästen, ett sätt att markera? Han kände sig osäker på allting, kläder, baronens avsikt, vad middag i köket betydde, när han gick nedför de breda kalkstenstrapporna i slottet.

Betjänten fångade upp honom nere i hallen och visade honom vägen mot köket. Där väntade baronen, mycket riktigt klädd på ett sätt som faktiskt liknade den stil som Sverre rekommenderat som reserv.

Köket var enormt, mitten av rummet dominerades av en gigantisk stenskiva där kastruller i koppar och råvaror trängdes. I ena hörnet av rummet fanns en liten alkov omgiven av fyra fönster. Där var dukat för två.

"Herr diplomingenjör!" hälsade baronen och kom honom till mötes med utsträckt hand. "Jag har hört nyheten, ni blev etta och det är verkligen en bedrift med tanke på konkurrensen i Dresden. Säg vill ni inte dricka ett glas vin, vår egen skörd från förrförra året, en silvaner?"

Det fanns naturligtvis ingen möjlighet att tacka nej. Och därefter skulle han dessvärre avtvingas ett omdöme. Sverre hade förutsett även den möjligheten, att han skulle serveras ett sachsiskt vin. Han skulle då bara säga att det hade "en intressant frisk smak, men möjligen fortfarande var lite ungt". Det räckte för att framstå som en man av värld i Sachsen.

Nu visste han dessutom att vinet bara var två år gammalt.

Baronen höjde glaset mot honom när de satt sig vid det elegant dukade bordet i alkoven med alla fönster. Lauritz försökte se eftertänksam ut när han druckit. För hans vidkommande var det ett vitt vin vilket som helst.

Baronen betraktade honom förväntansfullt när de skålat.

"Hm", sade Lauritz. "En intressant, frisk smak. Möjligen lite ungt. Men jag måste verkligen, ja jag är ju ingen kännare, säga att det var mycket gott."

Så hade han klarat sig förbi det blindskäret.

"Ja, jag tror nog också att det här vinet når sin topp först om två år", meddelade baronen och drack på nytt för att riktigt känna efter.

Det föll Lauritz in att han satt i en konstig dröm, i Tysklands avlägsna östra hörn, i ett av de mindre vindistrikten fjärran från det renommé som tillkom rhen- och moselviner, eller för den delen viner från Franken. För att avgöra sitt livs framtid, sin lycka eller olycka, måste han uttala sig om något han absolut inte begrep sig på.

Och mannen mitt emot honom, tydligt på gott humör, en man i femtioårsåldern med tendens till skallighet och blåa ögon, som snabbt kunde växla mellan fryntlig vänlighet och iskyla, bestämde spelets alla regler. Det var bara att försöka lägga sig på rulle. Det hette så inom cykelsporten när man låg tätt efter ledaren och följde hans minsta rörelse utan att ta några egna initiativ. Förrän mållinjen närmade sig.

"Jag hade tänkt så här", sade baronen vänligt när han druckit en ny rejäl klunk och en betjänt genast steg fram och fyllde på deras glas på nytt och sedan blixtsnabbt drog sig tillbaks utan att baronen tycktes ha lagt märke till honom, "att eftersom vi bara är två män och inte behöver hålla på några former så ville jag bjuda på sådan mat som man inte gärna serverar kvinnor, *Eisbein mit Knochen* och en torr riesling som jag då dessvärre inte gärna kan presentera härifrån Sachsen. Och så äter vi karlmat, bara herr diplomingenjören och jag, och ni ska veta att den här kökshörnan är min älsklingsplats här i huset. Jag menar, så att ni inte tror att jag på något sätt nedvärderar min ärade herr diplomingenjör genom valet av serveringsplats. Det passar, hoppas jag?"

"Det passar självklart alldeles utmärkt, herr baron. Jag är mycket tacksam för att ni kunde ta er tid till detta högst privata samtal därför ..."

"Så, nu tar vi det lite lugnt, herr diplomingenjör!" avbröt baronen. "Jag är väl medveten om varför ni söker mig. Min dotter Ingeborg har minst sagt upplyst mig på den punkten. Men den frågan föreslår jag att vi väntar med tills vi dricker kaffe i salongen. Passar det herr diplomingenjören?"

"Också det passar självklart alldeles utmärkt, herr baron."

"Mycket bra! Låt oss då förlusta oss med sådan mat som män bland män kan njuta av när inga fruntimmer finns i närheten."

Varför skulle man vänta med frågan? Lauritz var på bortaplan, i högsta grad så. Det enda han kunde göra var att spela med.

De serverades varsitt gigantiskt stycke fläsklägg med lite surkål. Och rädisor, antagligen mest för färgens skull. Till dessa gigantiska köttstycken skulle man dricka, något motsägelsefullt trodde Lauritz, en torr riesling från Rheingau.

Baronen hade ett samtalsämne. Han ville veta allt om Lauritz framtidsplaner. Och för Lauritz del fanns då ingenting annat att göra än att berätta, fullt sanningsenligt, historien om tre fattiga pojkar från en ö utanför Bergen som genom en ödets nyck fått stipendier att utbilda sig till diplomingenjörer vid världens förnämsta institution för teknik.

Självklart skulle nu de tre bröderna återvända till Norge för att delta i ett av de största och djärvaste järnvägsbyggena någonsin. Det var därför bergensarna hade bekostat denna utbildning i Dresden. Det innebar att de skulle vistas några år i arktisk kyla och leva under ytterst primitiva förhållanden. Men det var en hederssak, en skuld att betala av.

"Jag har stor respekt för er hederskänsla, herr diplomingenjör", meddelade baronen, "men ni är trots allt nummer ett bland alla högt kvalificerade ingenjörer. Ni har därmed alla möjligheter till de bäst betalda ingenjörstjänsterna i världen. Jag har faktiskt sonderat terrängen något, jag har ju mina kontakter. Ni kan bli, om inte rik, så dock välbeställd om ni stannar i Tyskland. Har inte det fallit er in?"

"Jo, det har fallit mig in", medgav Lauritz. "I samma ögonblick som tågen går över glaciären, det som så många i mitt hemland beskrev som en omöjlighet, så är min skuld återgäldad. Då ska jag söka mig till Tyskland."

"Jag förstår. Och cykelsporten?"

"I en värld av snö och is lär det inte bli mycket cykling. Jag har sålt min cykel."

"Det beklagar jag, ni hade haft minst fem år framför er i en tävlingskarriär som bara befinner sig i början."

Baronen såg nu lite dyster ut. Deras tallrikar var överfyllda av benen från fläskläggen. Det salta köttet hade tvingat dem att dricka en hel del vin.

"Kaffe och konjak i biblioteket!" kommenderade han plötsligt och den svartvitklädda personalen reagerade som om de fått en elektrisk stöt och satte omedelbart igång en serie åtgärder medan värden med en beskyddande arm om Lauritz skuldror ledde ut honom från favoritplatsen i köket.

Biblioteket var onekligen mer ståndsmässigt, fyra fem meter i tak, hela väggarna täckta av böcker.

"Äldre släktingars intresse", förklarade baronen. "Här lär finnas Voltaire och förstaupplagor av både Goethe och Schiller och jag vet inte vad. Slottet kommer som ni väl vet att övergå till min äldste brorson efter min död?"

"Nej, det visste jag inte, hur kan det komma sig?"

Lauritz hade blivit överrumplad och han insåg det inte förrän det var för sent. Trodde baronen att han försökte gifta sig till Schloss Freital?

"Jo, så är det", sade baronen, snoppade en cigarr och räckte över åt Lauritz. En betjänt var genast framme och tände, Lauritz hade inte ens varit medveten om att han stått dold i rummet.

"Ingeborg är min äldsta, ännu inte gifta dotter", fortsatte baronen medan han puffade igång glöden på sin cigarr. "De yngre systrarna har vi lyckats placera, en i Greifswald, en i Hessen. Men Ingeborg kommer alltså inte att ärva detta hus."

"Det är faktiskt något vi aldrig någonsin diskuterat, därav min okunnighet", sade Lauritz. Han kände sig plötsligt misstänkliggjord, en fattig lycksökare på väg att förföra en dam från överheten.

Baronen svarade inte på en stund medan han övervakade serveringen av konjak åt dem båda.

De drack och de rökte sina cigarrer, fortfarande under tystnad.

"Då så!" sade baronen. "Då är vi framme vid den stora fråga som herr diplomingenjören hade tänkt ställa mig, skälet för detta möte. Varsågod!"

Lauritz kände sig som om någon plötsligt slagit honom i huvudet. Alla hans väl uttänkta formuleringar var som bortblåsta. Baronen puffade på sin cigarr och såg roat på honom, som om allt var ett elakt skämt.

"Ingeborg och jag älskar varandra", började Lauritz, torr i munnen och tog en snabb nervös klunk konjak innan han fortsatte. "Vi har därför enats om att jag skulle söka upp er för att anhålla om hennes hand."

"Men ni hade inte tänkt flytta upp på en glaciär och bo i en fjällhydda?" frågade baronen utan ironi, utan skämtsamhet, utan aggression, som om han bara var ute efter en ren sakupplysning.

"Nej, det hade vi inte", svarade Lauritz. "Först måste jag och mina bröder klara av vårt arbete med järnvägen mellan Bergen och Kristiania."

Baronen svarade inte. Han rökte, såg upp mot taket och verkade tänka efter.

"När en kvinna vill gifta sig under sitt stånd", började han tankfullt efter sin plågsamt långa tystnad, "finns bara två kända anledningar. Den ena är lättbegriplig, då handlar det om pengar. En sån som jag offrar en dotter till en rik fläskhandlare och han tillför familjen kapital. Det är rationellt, mången dotter har tagit på sig detta ok för familjens bästa. Så är nu inte fallet här. Den andra anledningen till mesallians är den vi kallar kärlek. Jag är inte alls oförstående på den punkten, jag har också varit ung. Men jag kan försäkra er att Ingeborgs kärlek inte skulle överleva särskilt länge uppe i snöstormar på en glaciär i en liten hydda eller vilka enklare bostäder som nu erbjuds. Ni skulle båda dra olycka över er."

"Just därför hade vi tänkt vänta tills detta hedersuppdrag var avklarat", svarade Lauritz.

"Men då kan ni ju återkomma med er fråga om fyra fem år, herr diplomingenjör!" utbrast baronen. Det verkade som om han spelade överraskad.

"Vi ville så gärna förlova oss redan nu", svarade Lauritz. "Vi inser att det blir svårt att vänta så länge, men vi är båda beredda på den uppoffringen."

Baronen drack sin konjak långsamt och försiktigt och lade ifrån sig sin cigarr. Lauritz var hänvisad till att sitta och vänta.

"Jag har ett krav", sade baronen till slut. "Ni måste kunna erbjuda Ingeborg ett anständigt liv. Om ni tar en av de många anställningar i tyskt näringsliv som ni genom mina förbindelser kan få mycket lätt, så uppfyller ni detta mitt minimikrav. Låt era bröder resa till den där glaciären. Stanna kvar i Tyskland, ni talar språket som en av oss, ni är en prydnad för den germanska rasen. I en tid av ett säkerligen dramatiskt tekniskt framåtskridande skulle ni utan tvekan kunna göra er lycka här. Tala med era bröder! De borde förstå ert predikament. Jag är en modern man, tro inget annat. Jag har inga som helst invändningar mot att ni är från det lägre ståndet, tvärtom finner jag det fascinerande att sådan begåvning som er kan dyka upp ur folkdjupet. Det är bara en sak som står över allt annat i den fråga vi nu diskuterar. Min dotters lycka. Där torde vi vara överens. Tala med era bröder. Om två av tre järnvägsbyggare kommer tillbaks är väl det ändå gott nog?"

"Så herr baron svarar alltså inte nej?"
"Nej, det gör jag inte. Men inte heller ja. På skrivbordet i ert rum kommer ni, nu när ni snart drar er tillbaka, finna ett antal erbjudanden om tjänst vid några av Tysklands mest välrenommerade företag. Så, får det lov att vara en konjak till?"

* * *

Tåget sniglade sig upp mot Dresden och Lauritz blev alltmer otålig. Han bedömde att resan skulle ha gått snabbare med häst och vagn. Han skulle gott och väl hinna hem till avskedsmiddagen hos Frau Schultze, så det var inget bekymmer. Men han skulle helst se att samtalet med Oscar och Sverre var avklarat innan man satte sig till bords.

Det hade inte varit lätt att komma fram till ett beslut, eftersom det fanns så många starka skäl som talade emot.

Den gode Hensikt hade lagt ner mycket pengar, han ville helst inte räkna ut hur mycket, på att göra honom och hans bröder till järnvägsbyggare och brokonstruktörer. Och målet för denna satsning var det som så många bergensare eftertraktade mest av allt, bygget av Bergensbanen.

De var moraliskt skyldiga att återgälda. De hade belönats med en furstlig gratifikation för två dagar sedan, man kunde se det som en kompensation för den magra lön som väntade uppe på Hardangervidda. Och de hade tagit emot pengarna, gladeligen till och med. Det minsta man kunde begära av den som smet från plikten vore att han betalade igen de pengarna.

Och det som talade för att han nu skulle välja och vraka bland de många lysande anställningsmöjligheter, varav tre faktiskt i Dresden, som baronen presenterat för honom, var enbart privata och egoistiska skäl.

Han älskade Ingeborg, tvekade aldrig att för sig själv använda det stora ordet, och hans kärlek var besvarad. Deras liv tillsammans och för evigt kunde börja genast.

Skulle Oscar och Sverre över huvud taget kunna förstå hur tungt denna kärlek vägde i hans vågskål? Eller än värre, skulle de ens kunna respektera att han på fullt allvar övervägde att svika sin plikt, och därmed lämna dem båda i sticket, för någonting som de båda antagligen uppfattade som ytterst diffust?

Kärleken hade de aldrig talat om, möjligen skämtat om, eller ironiserat över i samband med något bordellbesök vid festligare tillfällen. Hur skulle han inför Oscar och Sverre alls kunna göra troligt att hans kärlek till Ingeborg var så stark att den upphävde allt annat i livet, heder och plikt framför allt?

Möjligen skulle diskussionen sluta med att han mer eller mindre på sina bara knän bad dem förlåta honom sveket när de själva gav sig upp på vidderna och han i stället kastade sig rakt in i sin privata lycka i ett land som, jämfört med Hardangervidda, flödade av mjölk och honung.

Det gick inte att handla så mot deras vilja. Det var vad han til syvende og sidst kommit fram till. Han skulle be dem om lov, be att två bröder täckte upp för den tredje.

Det var i viss mening som att singla slant, eftersom han inte hade den bittersta aning om vad de skulle säga. De hade ju inga egna erfarenheter av stor kärlek.

Äntligen framme på Hauptbahnhof hastade han sig fram genom trängseln, kanske disträ, kanske mindre uppmärksam än vanligt, eftersom han tyckte sig skymta Oscar på plattform ett där tågen mot Berlin avgick.

Han promenerade hela vägen hem till König Johannsstrasse, som om allting behövde tänkas igenom ytterligare ett varv. Det verkade möjligen som en överloppsgärning, men man kunde inte vara nog genomtänkt när det gällde avgörande samtal. Som det visat sig när han fick tunghäfta och luft i huvudet hemma hos baronen.

Klockan var halv fem på eftermiddagen när han steg in genom grindarna vid den stora villa som han och bröderna haft som hem de senaste fem åren. De disponerade en av de fristående vita flyglarna helt för egen del. Sovrum, kök och matsal på nedervåningen, en jättelik ateljé på övervåningen där de hade sina ritbord och en modelljärnväg som på tjugofem kvadratmeters yta tog sig fram genom ett fjällandskap i papier maché. Allt det konstnärliga, det vita snöklädda fjället i mitten av modellen, de små stationshusen och fläckarna av naturtrogen granskog, hade naturligtvis varit Sverres ansvar. Oscar och Lauritz hade varit mer intresserade av att bygga lok och järnvägsvagnar.

När han steg in genom porten på nedervåningen kände han omedelbart att någonting var fel, fast omöjligt att säga vad. Kanske att det låg en slips på golvet i tamburen, kanske att huset var helt tyst, ingen grammofon från Sverres rum, över huvud taget inte ett ljud. Alla dörrar var stängda.

När han knackade på och öppnade dörren till Oscars rum blev han alldeles kall av den syn som mötte honom. Rummet var tömt och det såg ut som om det skett i brådska. Garderobsdörrarna stod öppna, kläderna var utrivna på golvet, resväskorna borta.

Var det kanske ändå Oscar han sett slinka undan i mängden på Hauptbahnhof?

Fylld av onda föraningar rusade han bort mot Sverres rum. Där var ordningen förstås oklanderlig, men resväskorna borta. I garderoberna hängde rader av kvarlämnade kläder som kanske inte var à la mode, gubevars. Men en stor del av kläderna var borta. Grammofonen stod kvar. Toalettartiklarna var försvunna från badrummet.

De hade båda packat och rest sin väg, åtminstone Oscar dessutom i all hast. Det var ett mysterium.

De måste väl ha lämnat ett brev efter sig. Eller var det bara ett smaklöst skämt?

Han skyndade in på sitt eget rum, men där låg inget brev, sprang vidare ut i köket, inte där heller. Skulle han gå över till Frau Schultze och fråga, de måste ju ha sagt farväl till henne om de rest i förväg, dessutom hälsat någonting till honom.

De kunde ha ställt ett brev på hans ritbord uppe i ateljén, det var egentligen den mest logiska platsen, det var där de brukade lämna meddelanden till varandra.

Han sprang uppför trappan med tre steg i taget. På hans ritbord, fastklämda under den långa vinkellinjalen fanns två vita kuvert. Nästan skräckslagen gick han fram och upptäckte att det ena tvivelsutan var skrivet av Sverre, den sirliga eleganta handstilen lämnade inga tvivel om den saken. Inte den kantiga och lite plottriga stilen på det andra kuvertet heller, det var Oscar. Båda bröderna hade skrivit samma adressering: Till min käre bror Lauritz.

Han lossade de två breven från linjalen och gick bort med dem till fåtöljgruppen vid de stora fönstren där de suttit så många kvällar efter arbetet vid ritborden. Han vägde breven i handen, de var båda lätta, innehöll knappast mer än ett ark papper.

Någon sorts bävan fick honom att tveka att öppna breven. Varför hade de till en början skrivit två brev? Hade de varsin förklaring till sitt försvinnande?

Han ville egentligen inte veta, inte läsa breven. Det kunde bara vara onda nyheter, vad det än var frågan om. Men självklart kunde han inte smita från sitt ansvar, han måste läsa breven, ju förr dess bättre. Vem först, Oscar eller Sverre?

Han singlade slant för att tvinga fram ett beslut som han ändå inte ville ta och slet därefter upp Oscars brev. Det var kort och melodramatiskt:

Käre Lauritz, min högt älskade bror och kamrat!
Jag har denna dag inte bara lämnat Dresden för alltid. Min förtvivlan och min vanära är så stor att jag knappt förmår säga mycket om den. Och igår stod jag länge i den kalla kvällen på Augustusbrücke och övervägde allvarligt att definitivt lämna denna världen. Jag har varit så förälskad att ni bröder aldrig skulle kunna göra er en föreställning om det, ingenjörer som ni är. Jag har blivit grymt sviken och bedragen, jag har blivit avlurad mina tusen mark å det skändligaste. Jag kommer aldrig att kunna se någon av er i ögonen mer. Jag flyr mycket långt bort.
Adjö
Oscar, er förtvivlade bror

Lauritz satt och vägde brevet i handen och försökte förstå vad där faktiskt stod. Oscar hade utsatts för någon form av bedrägeri. Tydligen av någon som han var bedårad av, i ordets bokstavliga mening. För detta skämdes han, vilket var begripligt.

Om nu detta var allt, så var det både sorgligt och förargligt men knappast världens undergång. Oscar hade ibland haft en tendens att spela den unge lidande Werther, men det hade Lauritz aldrig tagit riktigt på allvar.

Det hela var en impulshandling i förtvivlan, i sinom tid skulle Oscar komma tillbaks med svansen mellan benen och såren halvläkta och sedan skulle de läka helt. Herregud han var ju inte mer än tjugofem år gammal.

Lauritz blev generad över sin självpåtagna farbroderlighet. Själv var han tjugosex år. Nå, om nu Ingeborg kommit och sagt att allt bara hade varit en lek, att det dessutom varit praktiskt att ha en utländsk älskare så att inga rykten skulle bli kvar i staden när han tvingats ge sig av till det fjärran Norden, och att han vore en ytterst inbilsk person om han trodde att en som hon någonsin kunde "älska" en sån som han.

Ja, då hade nog också han stått på någon av broarna över Elbe och stirrat ner i den svarta strömmen. Så vem var han att döma Oscar?

Dessutom var det frågan om färska, visserligen stora, sår som borde kunna läka. En dag i framtiden skulle Oscar ha fru och barn i Bergen och det som nu var katastrof och största förtvivlan skulle på sin höjd bli en cyniskt rolig historia om ungdomens dårskap.

Men det kunde han lika gärna säga om sig själv, efter jämförelsen med den mardröm han tecknat om sig själv och Ingeborg.

Och vilken olycklig kärlekshistoria skulle han nu få höra av Sverre – märkligt att de alltid undvikit ämnet i sina annars så förtroliga samtal bröder emellan – hade Sverre också drabbats av Den Stora Olyckliga Kärleken?

Det hade han inte alls. Problemet var snarare det omvända, att hans stora kärlek var besvarad och att han nu låtit sig enleveras. Av en man. En viss Lord S.

Homosexualitet var inte bara naturvidrigt, det var dessutom obegripligt. Lauritz hade förstås hört skabrösa historier om vad som försiggick vid den engelska klubben eller i teatersällskapet eller operasällskapet i Dresden. Men sådant sladder hade han aldrig trott på, just därför att han inte trodde att det ens vore fysiskt möjligt att... nej, han ville inte tänka den tanken till slut.

Men nu hade han någon form av svart på vitt, han kunde inte gärna ifrågasätta sin egen brors bekännelse. Det var också något som Sverre betonade särskilt:

Det är två saker, min käre Lauritz, som jag tror Du inte kan förstå enbart med din intelligens. Det ena är kärleken, som poeter har försökt skildra i mer än tvåtusen år. Vi är alla indränkta i denna kärlekens eviga höga visa. Ändå, när den en dag drabbar oss, om den nu gör det, därom vittnar alla som välsignats, så blir upplevelsen så oändligt mycket större än vad vi föreställt oss. Trots att man kunde tro att vi vore synnerligen väl förberedda genom alla dessa texter. Men så är det, kan jag försäkra. Jag hoppas innerligt att du en gång får uppleva detta.

Det andra som du inte kan förstå i din ingenjörssjäl, något jag absolut inte menar nedsättande, vi är alla ingenjörer, är att denna stora känsla kan omfatta en man. Jag kan bara försäkra Dig att så är det.

Lauritz läste passagen för andra gången och måste på nytt lägga ifrån sig brevet. Det hans yngste bror beskrev var inte bara en skändlighet, utan med rätta brottsligt. Det var dessutom en förbrytelse mot Gud.

Det var inte lätt att försöka hålla huvudet kallt i denna svåra stund. Något försvar eller ursäkt för en sådan... böjelse fanns inte.

Det gjorde på sätt och vis Sverres förklaring till själva flykten lättare att acceptera:

> *Du måste också förstå, min käre bror, att en man med min särskilda läggning skulle få det svårt på Hardangervidda och omöjligt i Bergen. Vår Mors hjärta skulle brista om hon fick veta. Med min Lord S kan jag leva ett liv som alla andra, inte bara för att vi pederaster lätt accepteras i den engelska kulturen, utan också för att vi kan bo avskilda på hans egendom. Där kan vi utveckla våra planer för ett effektivare järnvägsnät i England, bland mycket annat. På Hardangervidda passar jag illa, i Bergen ännu sämre och hos Mor vore det katastrof.*
>
> *Jag utgår från att i framtiden, det här tror du inte på Lauritz men jag skriver det ändå, kommer sådana som jag att vara inte bara avkriminaliserade utan också jämbördiga medborgare. Vi befinner ju oss, som Rektor så elokvent underströk, i mänsklighetens största århundrade.*
>
> > *Din mycket käre och beundrande bror*
> > *Sverre*

Lauritz grät, det man annars aldrig gjorde i familjen. Så det var nog första gången, men grät gjorde han.

I förrgår hade de kanske varit världens tre lyckligaste bröder, det var åtminstone den känsla han mindes. Men det var något som inte stämde.

Han tog fram de två breven och kontrollerade dateringen. Sverres brev var från i förrgår. Så fort Lauritz tagit tåget ner mot Freital hade han lugnt och ordnat, förberedd sedan länge, organiserat sin flykt med den engelske homofilen.

Oscars brev var daterat i går. När han smugit upp för att sticka in sitt brev under linjalen på ritbordet hade han alltså till sin förvåning funnit ännu ett brev från Sverre, som han självklart inte öppnat. Ingen av dem visste att den andre skulle rymma.

Och här satt han ensam kvar med hela katastrofen i knät. En konsekvens, insåg han nu, var självklar. Han hade just dömts till Hardangervidda på fem år medan homofilerna förlustade sig i

London med onämnbara ting och Oscar, med handen för pannan, flydde lidande ut i världen!

Det var inte rättvist. Förutom att det var en katastrof.

Ingen katastrof är rättvis, insåg han när han lugnat ner sig lite och torkat tårarna, han var tacksam för att ingen sett honom gråta.

Det var också så det hade börjat, med en katastrof. I en vinterstorm hade de blivit faderlösa. Genom ett gudomligt ingripande hade de räddats från evig fattigdom och slaveriarbete för några kronor om dagen.

De nådde ända fram till sina diplomingenjörsexamina och världen låg för deras fötter. Och så drabbades de ånyo av katastrof. Det var sannerligen inte lätt att förstå den gudomliga planen bakom detta.

Han lät blicken glida genom ateljén. Så hårt de hade arbetat, och vilka underbara kvällar hade de inte haft tillsammans! Till skillnad från andra studenter hade de förmånen av att arbeta tillsammans, alltid kunna fråga varandra till råds, alltid diskutera alternativa lösningar, alltid låta Sverre till sist rita upp förslaget.

Hans drakslingor fanns numera inkarvade i fönsterbågarna, Frau Schultze hade blivit överförtjust, hon var ju Norgeentusiast. Hon hade rentav bett honom göra fler sådana dekorationer åt bekanta, givetvis mot överdådig betalning.

I fem års tid hade de alltid ätit söndagsmiddagarna hos henne i stora huset. När de kom som gymnasister från Kristiania hade de inte bara talat bruten tyska, de hade varit sociala grobianer.

Hon började med bordsskicket och liknande enkla ting innan hon övergick till klädsel och konversation. När de samtalade med henne under söndagsmiddagarna var det inte bara samtal utan också *konversation*. Först hade hon valt ämnen som inte skulle göra dem osäkra, det vill säga sådant som hade med Norge att göra.

Hon och hennes salig man hade tillhört de tidiga turisterna, de som reste till fjordarna redan på 1880-talet. Där hade man börjat samtalen. Och samtidigt fått lära sig att servetten ligger till höger och brödet till vänster. Och hon hade hela tiden rättat deras tyska. Tills det inte längre behövdes. Hon hade gjort dem till unga världsmän på fem år, vilket hon själv framhöll med stolthet som ett socialt experiment som fick hennes nära vänner att häpna. Det fanns någon pjäs på det temat, men då var det en enkel kvinna, inte tre fiskarpojkar från Osterøya, som blev omgjord.

Och nu var allt detta slut. Där stod ritborden på rad. Där borta sov modelljärnvägen bland naturtrogna fjäll och skogar.

Och nu var det slut. Allt var slut.

Två saker måste ovillkorligen genomföras. Han måste äta avskedsmiddagen hos Frau Schultze. Och han måste skriva ett antagligen mycket långt brev till sin älskade.

III
LAURITZ
HARDANGERVIDDA
MAJ 1901

HAN FÖRBANNADE SKIDORNA högt och förtvivlat. Han förbannade också sitt övermod när han inhandlat dem. Då, för fyra dagar sedan, befann han sig i Kristiania och väckte viss munterhet i friluftsaffären på Prinsens gate när han ville köpa skidor dagen före självaste Frihetsdagen 17 maj. Det föreföll onekligen något sent på året, för i huvudstaden hade löven spruckit ut, vårblomster prunkade i rabatterna, all snö var borta sen länge och gatorna rensopade från vinterns grus och skräp. Karl Johan, där barnen snart skulle paradera, var pyntad med flaggor hela vägen från Stortinget upp till slottet.

Nu stod han på en öde isvidd med vatten över anklarna. Det översta lagret av isen hade brustit under honom och under några skräckfyllda sekunder trodde han att han var på väg att gå ner sig, trots att man försäkrat honom att det ännu var någon månad kvar innan isarna skulle gå upp här i fjällvärlden.

Då, i affären, hade han betackat sig för alla tips om skidåkning. Åka skidor kunde ju alla norrmän, det var som att cykla, hade han påstått. Hade man en gång lärt sig satt det i för resten av livet.

Nu visste han att det inte var sant och att barndomsminnena bedrog honom. När isen låg vrång längs fjordens stränder och man omöjligt kunde ta sig ut med båt hade han och bröderna fått åka skidor efter mor och far till kyrkan om söndagarna, det måste ha varit tre mil tur och retur. Det mindes han inte som någon särskild ansträngning.

Det var då det. Nu var han halvt utmattad. Det var inget fel på hans fysik, det var bara ett drygt år sedan han blivit Europamästare i bancykling och de längre, mer konditionskrävande sträckorna, hade varit hans starkaste sida. Då, när han stolt vandrade nedför Prinsens gate med skidorna över axeln och mötte alla förvånade blickar, hade han sett fram emot en härlig, stärkande tur över fjället.

Och nu stod han mitt ute på en sjö han aldrig hört talas om, Ustevand, med vatten över fotknölarna och kände iskylan komma krypande uppför vader och smalben. Och än värre, han såg döden närma sig i form av ett våldsamt väderomslag.

När han gett sig av på morgonen från Ustaoset hade det varit strålande sol från en helt molnfri himmel. Men nu reste sig en himmelshög vägg av snöyra framför honom som närmade sig i rasande fart. Solljuset började redan försvinna och inom några minuter skulle han vara helt förblindad. Hjälp fanns inte, ingen människa i närheten och heller ingen människoboning. Bara vitt fjällandskap och så denna förbannade is som dolt ett tunt överlager som inte bar honom. Hans fötter höll på att domna av den våta kylan.

Han var uppfostrad på havet och visste ingenting om fjällvärlden. Nu skulle han snart förlora all sikt i piskande snö och den hårda vinden som kom tjutande rätt mot honom, allt högre ju mer den närmade sig. Det ven redan om öronen och hans byxben fladdrade som oskotade segel.

På havet fanns liknande faror, som Far en gång inpräntat i sina tre små söner. Om man till exempel gick in i dimma så gällde det att ta en fast kompasskurs mot något landmarke det sista man gjorde innan sikten försvann, och sedan hålla den kursen tills man fick landkontakt och kunde orientera sig. Det borde vara samma sak nu.

Hans skidspetsar pekade i den riktning han varit på väg, ungefär tolv kilometer bort där Ustevand tog slut och där någon skulle möta honom på stranden. Han rotade fram sin kompass och tog ut riktningen, drog djupt efter andan och började klafsa sig fram i issörjan. Den tunna överisen brast under honom för varje steg, ryggsäcken

55

kändes som lastad med bly, han svettades våldsamt över hela kroppen medan fötterna domnade alltmer av kylan. Det fanns ändå inget annat att göra än att tvinga sig vidare. För varje steg han förde en skida framåt och upp på den tunna skarebelagda överisen hoppades han. Men det brast på nytt när han sköt fram nästa fot. Var tionde meter stannade han, kontrollerade kompassen, vände sig om och försökte se sitt eget spår i snöyran för att förvissa sig om att han höll kursen rak. Han försökte räkna på tiden, som om han varit på havet, men insåg snart att det inte spelade någon roll. Om han plötsligt såg stranden dyka upp några meter framför honom i snöyran så var det ju inte kollisionsfara utan räddningen.

Han övervägde om han skulle lämna den tunga ryggsäcken på isen, men bestämde sig för att det kanske snarare var bättre att bibehålla ansträngningen och den höga temperaturen inombords för att rädda sig från förfrysning, det kändes som om överskottsvärmen också spred sig ner till fötterna. Dessutom ville han inte komma fram som en skeppsbruten, eller ännu värre en ynkrygg som inte ens kunde hålla rätt på sitt eget bagage.

Plötsligt bar isen under honom och skidorna gled upp på den tunna skaren utan att det brast under honom. Först kände han en oändlig lättnad, det kunde inte vara många kilometer kvar till stranden, och sen bara någon halvmil kvar till Nygaard där han skulle inkvarteras.

Lättnaden blev kortvarig. När de plaskvåta skidorna kom upp på fast snöunderlag bildades snabbt en ismodd under dem på minst en tum. Föret blev ännu tyngre än när han vadat sig fram under den tunna överisen. Han måste stanna, det gick inte att ta sig fram med så mycket klabb under de tunga breda hickoryskidorna.

Ett alternativ var att ta av sig skidorna och gå till fots, det kunde rentav vara bättre för att hålla fötterna igång. Men det skulle gå långsamt med den dubbla bördan och han var redan våldsamt försenad. Och det var snöstorm med noll meters sikt, han kunde inte längre kontrollera sitt spår bakåt.

Gud ville han inte be till. Det var en principsak. Gud skulle inte besväras i onödan med sådant som man kunde klara själv. Lika lite som man kunde be Gud om rikedom kunde man vända sig till Honom i struntsaker. Till Gud skulle han förvisso be denna afton när det här besväret var avklarat, men bönen skulle då som vanligt handla om det han själv inte hade makt att påverka. Om hans och Ingeborgs framtid.

Det kändes som om de våta fötterna skrek av smärta. Det var antagligen bra, bättre i alla fall än om de blivit känslolösa. Nu återstod bara en sak att göra.

Med viss möda krånglade han av sig den trettio kilo tunga ryggsäcken, det var böckerna som stod för övervikten, tog av vantarna och fumlade loss de isiga skidbindningarna. Han fick rota en stund i sin hårdpackade ryggsäck innan han hittade en kniv. Så började han noggrant skrapa skidorna. Det var i alla fall en sak han kom ihåg från barndomen. Att om man hamnade i klabbföre så måste man skrapa skidorna helt rena innan man kunde fortsätta. Lämnade man minsta isfläck kvar så var det runt den som det först byggdes upp en ny kulle och sen en växande utdragen sträng av is och hårdpackad snö, och så var det samma som innan. Det var inte så kallt, kanske bara fyra, fem minusgrader, men vinden förstärkte kyleffekten till mer än det dubbla. Han tvingade sig att hålla ut trots att fingrarna börjat stelna och skrapade båda skidorna helt rena.

När han äntligen kunde ta de första stavtagen framåt hade han ett utmärkt glid, för varje benrörelse for han två meter framåt med betydligt mindre ansträngning an förut. Och när han nu kunde skida på riktigt fick också fötterna så mycket mer rörelse att de vaknade till liv på nytt. Det enda han nu oroade sig för var att det kunde vara öppet vatten eller svag is närmast stranden, så att han skulle gå ner sig just när han var nära räddningen. Eller så kanske isbildningen inte såg ut på en insjö, utan bara vid havet?

Det var ändå bäst att hålla den goda farten så länge det gick och vara noga med kompassen. Sikten var fortfarande praktiskt taget noll och han höll ögonen nästan helt hopknipna. Att de små vassa iskristallerna piskade honom i ansiktet gjorde inte så mycket, det motverkades av den hetta som ansträngningen byggde upp inom honom. Men öppnade han ögonen blev smärtan av den isiga finkorniga snön för stor.

Var detta vansinne eller rentav en vansinnig dröm? Han var ensam i ett snöhelvete men de skulle ha varit tre bröder på den här skidturen. Oscar hade deserterat, Gud vet vart men i värsta fall långt bort i världen. Att Oscar blivit bedragen, skändligen bedragen, var illa. Mer än så, det var... han letade efter det norska ordet för hjärtekrossande, fann det inte och insåg att han först helt nyligen börjat övergå till att försöka tänka på norska i stället för tyska. För en vecka sedan hade han varit hemma i Dresden, nu var han oåterkalleligen hemma i Norge.

Hemma i Norge?

Utan att förstå varför brast han plötsligt i skratt, stannade flämtande och lutade sig framåt över sina korsade skidstavar och snyftade mer än skrattade. Han befann sig i en rasande snöstorm uppe på Hardangervidda där han knappt kunde se kompassnålen framför sig och började till och med få svårigheter att hålla sig upprätt. Och detta var ändå på våren, en mild årstid jämfört med vad som väntade om bara några månader, efter den korta sommaren. Och bara Gud visste hur lång tid han skulle tvingas kvar i detta vita helvete och dessutom arbeta för en struntlön.

Men han var här och ingenting kunde ändra på det. Snöstormen skulle inte hindra honom, inte heller de värre vinterstormar som väntade. Det var en fråga om heder. Det välvilliga borgerskapet i Bergen hade skänkt honom och bröderna den förnämsta ingenjörsutbildning som fanns att få i världen. Och priset att betala tillbaks var så sett inte för högt. Bygga broar, bygga tunnlar, bygga Bergensbanen.

Men Oscar hade deserterat som ett våp, med handen för pannan bullrande av olycklig kärlek och sårad stolthet, förmodligen klädd i blå kavaj och gula byxor som Goethes än större fåne.

Sverre hade också deserterat men det var lika så gott. Sverre ville han inte längre betrakta som sin bror, Sverre fanns ej mer.

Han hade god fart på skidorna nu, borde kanske ta det mer långsamt och försöka kontrollera kompassen oftare.

Själv skulle han i alla fall betala tillbaks, han skulle bygga broar för tre. Sant var visserligen att han hade fantiserat om att desertera han också, men det var när han inte hade en ringaste föreställning om de andras planer. Som det nu blev hade han i alla fall inget val. Brödernas flykt hade lika mycket som baronens hårda villkor tvingat honom och Ingeborg att leva åtskilda i flera år.

Baronen var lättare att förstå. Rentav lättare att ursäkta.

Klabbföret hade på nytt gjort skidorna tröga, det verkade som om det fanns regndroppar i snön som piskade honom i ansiktet. Det förklarade saken, men snöstormen visade inga tecken på att bedarra. Han stannade och försökte slå skidorna fram och åter i spåret, men isen eller isfläckarna där under satt för hårt. Bara en sak att göra. Av med skidorna och fram med kniven.

När han började skrapa av isfläckarna och den hårdpackade snön från skidorna slog det honom att han inte längre frös om fötterna. Den snabbare skidåkningen med ständiga upp- och nedåtböj hade värmt också fötterna. Men han var våt av svett under kläderna och visste väl med sig att han inte längre kunde stanna för att vila, då skulle svetten snart bilda en isskorpa runt hela kroppen. Det måste gå fort att få skidorna isfria. Ändå inte för fort, så att han måste stanna på nytt.

Han hade förstås kunnat bli rik, kanske inte rik i baronens ögon men tillräckligt för att kunna erbjuda Ingeborg ett "anständigt liv", som baronen uttryckte saken. Han hade kunnat välja och vraka bland det ena anbudet mer lukrativt än det andra. Hur enkelt hade det inte varit att falla för den frestelsen? Och därmed få Ingeborg att älska tills döden skiljde dem åt.

Det hade varit förfärligt med tre deserterande bröder, tre svikare. En skam, en omöjlig tanke.

En man står vid sitt ord, lika mycket ett underförstått ord till järnvägsentusiasterna bland Bergens borgerskap som ett uttalat löfte, som till Ingeborg. Han hade svurit att aldrig älska någon annan, aldrig gifta sig med någon annan. Också det ordet skulle han hålla.

Ingeborg mot hedern, det var ett olösligt dilemma. Och det var bara i sådana svårigheter man kunde vända sig till Gud.

Med stelnande fingrar tvingade han sig att skrapa bort även de minsta små iskristaller han kunde ana i snögloppet, beklagade sig muttrande över att han inte hade tunnare handskar, de tjocka sälskinnsvantarna han köpt på Prinsens gate var för otympliga. Just när han var färdig dog vinden plötsligt ut och solen trängde igenom i snötöcknet, först bara som en överrumplande ljusning, sen ett vitt skimrande klot bakom sönderrivna molnskyar på låg höjd, sen plötsligt bara enstaka moln, de första glimtarna av blå himmel och så samma strålande sol som när han startat på morgonen. Den magiska förvandlingen var över på några minuter.

Han såg ut mot sitt eget skidspår genom det tunna snötäcket på isen. Det löpte något ringlande, ömsom lite åt vänster, ömsom åt höger och tillbaks. Han antog att det var när han stannat där ute och kontrollerat kompassen som han måste ha korrigerat kursen utan att märka det själv. Mycket intressant.

Stormen virvlade bort över isen på Ustevand, för varje sekund allt längre bort och det som nyss varit dån och vindtjut hade nu ersatts av total tystnad.

När han vände sig om åt andra hållet upptäckte han att han befann sig mindre än tio meter från stranden. Han såg också en man som stod hundra meter bort och tycktes syssla med att demontera ett vindskydd. Det måste vara ingenjörskollegan som kommit för att möta honom. Han tog på sig skidorna och gled med långa kraftfulla stavtag kollegan till mötes.

"Hej, du är lite ny på skidorna ser jag", hälsade kollegan förargligt nog. "Daniel Ellefsen, assistentingenjör", fortsatte han, tog av sig den bredbrättade hatten och sträckte fram näven.

"Lauritz Lauritzen, ingenjör", svarade Lauritz avvaktande. I hans anställningspapper stod ingenting om att han var något annat. Så tog han den framsträckta handen.

De mönstrade varandra. Det första Lauritz lade märke till var att den andre var långhårig som en kvinna och brun som en neger, hans ansiktshud påminde om läder.

"Vi säger du till varandra här uppe", meddelade den andre.

"Inte mig emot", svarade Lauritz.

Där tog konversationen slut. Daniel Ellefsen packade ihop sitt vindskydd och spände på sig skidorna och började utan vidare staka iväg samma väg han kommit i sitt delvis översnöade spår. Lauritz följde efter i spåret så gott han förmådde. Det tog dem tjugo minuters hårt arbete, åtminstone för Lauritz, att ta sig upp till Haugastøls blivande stationshus. Grunden var redan lagd, ett drygt dussin arbetare höll på att resa byggnadsställningar för överbyggnaden. Intill låg en barack, det rök hemtrevligt ur en ranglig skorsten i svart plåt.

"Resten av vägen till fots", sade den andre, spände av sig skidorna och pekade mot en sörjig stig som ledde vidare upp till inkvarteringen vid Nygaard.

"Låt mig ta dina skidor, du har mer än nog att knoga med din mes", fortsatte han, fick skidorna från Lauritz och kastade utan vidare upp dem på axeln intill sina egna och började gå på den steniga och slaskiga stigen.

Lauritz skulle gärna ha gått upp jämsides för att samtala, han hade tusen frågor. Men den andre gick på för hårt, han orkade knappt hanga med bakefter. Inget blev sagt på den timme det tog dem att ta sig upp till gården.

Lauritz förstod inte hur han skulle tolka tystnaden, om den uttryckte något obestämt misstroende mot honom själv som nykomling, möjligen också som överordnad trots att han var några år yngre. Eller om det var en fåordighet som helt enkelt kom sig av miljön, att den övermäktiga naturen förminskade människor. Han flåsade snart rätt ljudligt, vilket den andre inte tycktes märka, eller kanske struntade i, och han hade på nytt börjat svettas. Det var visserligen bra, eftersom han var våt runt hela kroppen och det hade känts kallt under skidturen upp till Haugastøl.

Nygaard var en liten samling låga hus, med ett undantag. En timmerstuga i två våningar var påfallande mycket större. Det var dit de var på väg.

"Stugan kallas Ingenjörshuset", förklarade den andre när de stampat av sig snön om fötterna och stigit in. "Du kan hälsa på kockan Estrid, hon serverar oss kvällsvard klockan sju. Själv är jag försenad, fick vänta längre än jag trodde nere vid Ustevand, måste se till ett bygge. Något du vill fråga om?"

"Ja", sade Lauritz. "Hur är det med postgången härifrån?"

"Så här års två gånger i veckan, brevbäraren kommer på skidor från Haugastøl. Han går mellan Geilo och Finse."

"När kommer han nästa gång?" frågade Lauritz.

"I morgon vid pass tvåtiden. Det beror på vädret, men han måste ta sig upp till Finse före mörkret. Väntar du redan post?"

"Nej, men jag vill skriva. Och så en fråga till. Var ska jag bo här i huset?"

Den andre såg plötsligt överraskande generad ut.

"Förlåt", sade han. "Här uppe tror man att allting är självklart, det är en ovana du också kommer att lägga dig till med. Men i alla fall. Du och jag bor i de två rummen på nedre botten, med salen och den stora spisen mellan oss. Det är för värmens skull, man måste turas om att gå upp och elda hela vintern. På övervåningen har vi kontor. Vi ses framåt aftonen."

Så vände kollegan utan vidare på klacken och försvann.

Lauritz tog itu med det "självklara" och kunde till en början konstatera att ett av de två sovrummen på nedre botten var tomt och det andra inte. Han släpade in ryggsäcken och såg sig omkring i vad som skulle bli hans hem på obestämd tid, åtminstone något år. Rummet var tre gånger fyra meter. Grov stockpanel, breda golvplankor, alla springor isolerade med mossa. Ett fönster, ett bord, en stol, ett rangligt klädskåp och en bred säng i allmogestil, lite för kort. Rummet doftade av timmer och tjära.

Han ryste till av köld och erinrade sig att han var våt på hela kroppen. Fötterna hade kallnat på nytt. Med ett ryck slängde han upp ryggsäcken på den breda sängen och började rota fram kläder, men ångrade sig och gick i stället ut i förstugan och in i köket. Där satt kockan Estrid intill en värmande järnspis och flög upp som en liten orolig fågel när han steg in. Hon hade skalat potatis.

"Förlåt!" utbrast hon och rodnade, oklart varför, liksom oklart vad han skulle förlåta.

"Goddag Estrid", hälsade han. "Jag är Lauritz, den nye ingenjören och Estrid får gärna kalla mig vid bara förnamn. Men nu undrar jag om Estrid skulle kunna hjälpa mig med en liten sak?"

Hon nickade men tycktes inte våga svara. Hon var söt, blond nästan som snö och med det långa håret i en enda fläta som hängde en god bit ner på hennes rygg. Hon såg ut att vara mellan arton och tjugo år.

"Jag skulle behöva en balja med varmt vatten", fortsatte han. "Och så har jag en hoper svettiga kläder som skulle behöva tvättas, fast det är inte så bråttom. Skulle det gå att ordna?"

"Javisst ingenjörn, ska jag bära in vattnet i salen framför spisen?" svarade hon lågt och fort med nedslagen blick.

"Ja, det blir alldeles utmärkt, tack så mycket Estrid", sade han och gick.

En halvtimme senare när han hunnit sortera sitt bagage och lagt upp skrivdon och böcker och tidskrifter på det rangliga skrivbordet stod han naken framför den kraftfulla öppna spisen i en zinkbalja och försökte bada sig från topp till tå. Han hade börjat med att lägga sig på knä över baljan, gnida in håret med grönsåpa och sedan skölja det. Stående i baljan tog han sedan det hela från ansiktet och vidare nedför kroppen. Satt sedan en stund och lät sig lufttorka på kroppen med fötterna kvar i baljan. Det brann och stack som nålar.

Han klädde sig i rena kläder, vaxade sin mustasch som börjat slokna betänkligt, satte sig vid skrivbordet, slätade ut ett pappersark framför sig och doppade pennan i bläckhornet. Det slog honom omedelbart att han kanske tagit med sig för lite bläck. Kunde man rekvirera mer via brevbäraren?

Vad skulle han nu skriva till henne, bortsett från det rent sakliga? Han hade kommit fram. Resan mellan Dresden och Kristiania tog tre dygn. Resan från Kristiania långt upp i snövidderna tog fyra dygn. Det var alltså en vecka sedan de skiljdes utanför Hauptbahnhof. En mycket vacker byggnad förresten, någon gång i livet ville han bygga något liknande. Fast förstås inte i barockstil utan något nordiskt.

Tillbaks till saken. Han var framme, resan hade gått utan komplikationer, lite snöstorm sista skidturen bara, men den gick fort över. Under resan hade han haft mycket tid för sig själv, mycket tid att tänka. Utan tvekan skulle hans fångenskap uppe i glaciärvärlden vara flera år. Men ingenting, inte ens den mest bitterljuva längtan, varade för evigt. Om man tänkte efter var han själv bara tjugosex år gammal och hon tre år yngre. Om de höll sin pakt skulle de vinna till slut. Landskapet omkring honom var ödsligt men vidunderligt vackert.

Han såg hennes ansikte framför sig i snöstormen, liksom mot de resliga snöklädda fjälltopparna och de isbelagda sjöarna, han tänkte alltid på henne, längtade alltid, sände henne tusen förbjudna kyssar. Ungefär så.

Han skrev sitt brev prudentligt noga, säker på att använda konjunktiven rätt för att understryka en viss elegans trots den mycket rustika – det var det ord han använt – miljö han från och med nu befann sig i.

På kuvertet skrev han namn och adress till hennes närmaste väninna Christa med det hemliga tecknet som avslöjade den verkliga adressaten, förslöt kuvertet och torkade av bläckpennan.

Sedan lade han sig på sängen och först nu, när han klarat av allt han måste denna första dag i straffkolonin, upptäckte han hur det värkte i kroppen. Han hade fått skoskav, stora blåsor, på båda hälarna. Träningsvärken på framsidan av låren och i höfterna var den värsta han kunde erinra sig. Kanske för tre år sen när han börjat hårdträna på allvar i velodromen i Dresden. Då, möjligen då, men säkert vid inget annat tillfälle i livet hade hans kropp upplevt sådana smärtor efter vanligt hårt arbete.

Han drog ett par fårskinnsfällar över sig och somnade utan att ens märka det, utan att ens fatta att han sovit när han vaknade av att han hörde klirr av porslin ute i salen. Det var sent eftermiddagsljus som strilade in genom det lilla fönstret med handblåsta skrovliga glas. Nej, rättade han sig, här hemma i Norden var kvällarna mycket längre så här års, klockan närmade sig säkert sju och kvällsvard.

När han steg ut från sitt sovrum satt kollegan Daniel redan vid bordet där Estrid ställt fram en stor ångande gryta mellan de två matplatserna, det doftade starkt av fårkött i hela rummet.

"Kom och ta för dig, Lauritz", grymtade Daniel med mat i munnen. "Konservtiden är äntligen slut så du valde på så vis rätt årstid att komma upp."

"Konservtiden?" undrade Lauritz.

"Ja, konservtiden. Och så klippfisk förstås. Mellan november och mars går inga transporter hit upp, bara brevbäraren. Då blir det konserver och torkad fisk. Vill du ha vin, eftersom det är första kvällen?"

"Finns det?" undrade Lauritz förvånad.

Snart hade Estrid ställt fram en flaska på bordet med den kortfattade innehållsförteckningen *Rødvin*. De skålade under tystnad. Åt sen en stund, också under tystnad.

"Du är inte särskilt pratsam av dig, Daniel, det kan man inte beskylla dig för", sade Lauritz till slut. Något måste han säga för att bryta tystnaden som började gå honom alltmer på nerverna.

"Neej", svarade den andre dröjande, lade ner sina bestick och såg ut att tänka efter. "Det blir lätt så här uppe", fortsatte han. "Man delar rum så länge så till slut har man hört alla den andres historier. Arbetet är också rätt enahanda, vi gör i stort sett samma saker hela tiden, så det är heller inte så mycket att prata om. Och efterhand tystnar man. Man märker det inte själv, man liksom bara glider in i tystnaden."

"Men jag kom ju just, mina eventuella historier kan inte ha tröttat ut dig!" invände Lauritz.

"Det är sant."

"Och jag behöver din hjälp med både det ena och det andra."

"Också sant."

"Och jag har många frågor."

"Det vet jag, det hade jag också när jag var ny. Så vi får väl börja där. Vad vill du veta?"

Lauritz åt en stund av fårgrytan medan han tänkte efter. Maten smakade som i hans barndom, minnesbilder av Mor och söndagsmat i salen flimrade förbi.

"Först om min personliga utrustning", började han beslutsamt. "Vad saknar jag som jag borde ha haft med mig?"

Den andre log lite snett och skakade på huvudet. Sen drog han efter andan och kom med en liten föreläsning som i ord räknat förmodligen var mer än han sagt under den senaste månaden, att döma av hans beskrivning av den stora fjälltystnaden.

Pälsmössa med öronlappar var bra under vintertid när nordvästan ven om öronen. Den Lauritz haft på sig när han kom skulle passa utmärkt då. Men nu kunde han lägga den åt sidan, nu borde han ha en hatt med breda brätten, för att skydda ögonen. Och solglasögon, självklart. Snöblindheten var inte att leka med. En del arbetare som kom upp på våren, särskilt den period man kallade den vita våren, från mars till slutet av maj, saknade ofta solglasögon. De kunde bli liggande i veckor med bandage runt ögonen och svåra smärtor.

Det var till en början det viktigaste, och det enklaste, att åtgärda. I Järnvägsbolagets bodar kunde man köpa allt sådant, den närmsta låg nere i Haugastøl.

Skidorna var en mer komplicerad sak. Snön skiftade karaktär hela tiden, från hårt vindpackade drivor till skare som bar på morgnarna men brast framåt eftermiddagarna, till djup nysnö där man kunde sjunka ner till midjan om man hade fel sorts skidor, då skulle förresten de breda hickoryskidorna som Lauritz haft med sig passa utmärkt. Nu var de sämre. Den närmsta tiden borde han ha något smalare skidor, av björk eller ask, med tjära och fett inbrända på undersidan. Renskötarna som kom förbi gården med jämna mellanrum för att sälja kött hade just sådana skidor som de tillverkade själva. Och mer än gärna sålde.

Tjocka kläder hade man inte så stor användning för, ingen gav sig frivilligt ut i snöstorm. Och hamnade man där ändå, vilket man gjorde ibland, så satt man sällan stilla utan gnodde på för glatta livet för att komma hem. Tjocka kläder var i vägen om man skulle ta sig fram fort. Skydd mot vinden var mycket viktigare, han måste alltså ha en anorak. Fanns också att köpa i Järnvägsbolagets bodar.

Fast det kunde ju hända att man fastnade i en snöstorm och måste gräva ner sig i snön. Då kom tjocka kläder till pass, eller ännu hellre en sovsäck i renskinn. Gav man sig ut i osäkert väder måste man för säkerhets skull ha sådana reserver i ryggsäcken. Det var order från överingenjör Skavlan.

Tja, det var väl, såvitt Daniel kunnat se, de viktigaste upplysningarna han kunde ge Lauritz vad utrustningen beträffade. Inköpen var inga problem, alla fick kredit i bodarna.

Lauritz insåg, något generad, att hans noggranna planering för sin packning lämnade en hel del övrigt att önska. Men det skulle åtminstone gå fort och lätt att göra de nödvändiga kompletteringarna.

Efter sin förvånansvärt gladlynta föreläsning skakade Daniel Ellefsen ironiskt på huvudet åt sig själv.

"Så mycket har jag fanimej inte snackat på ett helt år", sade han.

"Jag gissade ett halvår", svarade Lauritz torrt. "Och mer prat blir det, hoppas jag. För vad är det viktigaste jag måste veta om arbetet?"

"Du menar inte det rent tekniska, ritningar, konstruktioner, mätningar?"

"Nej, allt sånt kan jag åtminstone föreställa mig, om nu teorin stämmer någorlunda med praktiken. Men jag antar att jag kommer att bli förman för ett antal arbetare och om sådant kan jag ärligt talat ingenting. Och jag vill ju inte skämma ut mig redan från början. Förstår du ungefär vad jag är ute och far efter?"

"Ja, jag tror det. Men jag har varit här i tre år och åren här är mycket längre än vanliga år nere i låglandet. Det är som om jag inte längre ser det som är speciellt för oss här uppe, jag måste tänka efter en stund."

De skålade i sitt vin och avslutade måltiden under förnyad tystnad. Lauritz fick för sig att kollegan glömt bort frågeställningen. Först när Estrid blygt och tyst dukat ut efter dem, men lämnat vinflaskan och glasen kvar på bordet, såg det ut som om Daniel Ellefsen gjorde sig beredd på en ny verbal kraftansträngning. Han började med att slå upp varsitt nytt glas vin åt dem. Sedan lutade han sig lätt tillbaka, betraktade de grova bjälkarna i taket och såg ut som om han tog andligen sats.

Det speciella, började han, var förhållandet mellan ingenjören och basen för arbetslaget. Ett arbetslag bestod i regel av mellan tolv och sexton man och de valde själva vem de ville ha till bas, både för arbetet och inne i baracken. Basen bestämde allt inom laget, från sådana saker som vems tur det var att ligga inne hos kockan till hur alla arbetsmoment skulle läggas upp. Det var han som förhandlade om ackordet, allt arbete här uppe skedde på ackord.

Basen var den egentlige chefen för arbetet. Formellt var han förstås underställd ingenjören, men i praktiken var det han som ledde hela arbetet. Det var bara att acceptera. De män som valdes som basar hade många års erfarenhet, de kunde se på en skäring hur lång tid den skulle ta, de kände alla variationerna i bergets granit, i regel var det granit man arbetade med, de kunde se om man var nära ett ras inne i en tunnel, de var kort sagt oumbärliga.

Ingenjörens ansvar var allt det matematiska, att mäta höjd, bredd och riktning för en tunnel, att bestämma vilken typ av brokonstruktion man skulle använda sig av, allt sådant. Om basarna ville fråga om något så gjorde de det. Men det tjänade ingenting till att försöka hänga över axeln på dem med instruktioner under själva arbetets gång. Särskilt inte om man var ung och ny.

Det var väl det hela. Åtminstone om man skulle försöka beskriva vad som skiljde arbetet på Bergensbanen från andra arbetsplatser i landet. Daniel Ellefsen tystnade som om allting därmed var sagt. Lauritz satt med rynkad panna och grubblade över vad han skulle fråga först.

"Vad är en skäring?" började han och kände sig genast dum för att han börjat i en detalj.

Daniel Ellefsen svarade inte först utan doppade bara sitt pekfinger i vinglaset och ritade upp en mjuk båge på bordet.

"Fjällsida", sade han och doppade på nytt fingret i vinet och ritade in ett stor L i fjällsidan.

"Skäring, tåget måste runda fjällsidan på jämn mark."

"Ja, förstås", sade Lauritz generat. "Jag var bara inte bekant med ordet. Men för att ta något svårare. Hur i Herrans namn ska jag kunna förhandla om ackord?"

"Svårt i början", medgav kollegan. "Du får ett förslag från basen som ligger nära det rätta priset på arbetet. Och så prutar du lite och så tar han i hand och saken är klar. Eller du säger att du måste fundera lite och frågar mig. Sen lär du dig, så märkvärdigt är det inte. Den bas du kommer att träffa i morgon är Johan Svenske, en av de bästa. Har varit här sen 1895. Nej, nu är det dags att ta kontoret!"

Han reste sig hastigt upp och pekade att de skulle till övervåningen. Det hade börjat skymma, så de tände en fotogenlampa. Lauritz fick en packe handlingar som låg i en lädermapp med hans namn på.

Det var enkla ritningsförslag på tre broar, det som skulle bli hans första arbetsuppgift. Han kunde inte se något som verkade fel i förslagen, men bestämde sig för att han ändå måste se de tänkta byggnadsplatserna innan han kunde ta ställning. Nu fanns inte mycket att göra. Han ursäktade sig snart och gick ner för att lägga sig. Daniel Ellefsen satt djupt försjunken i sina ritningar och utförde små räknestycken på ett papper vid sidan av. Han tycktes inte märka att Lauritz gick och han besvarade inte godnatthälsningen.

Det var iskallt i hans sovrum men han antog att fårskinnsfällarna skulle hålla honom tillräckligt varm. På nytt påmindes han om all träningsvärk i kroppen och hade svårt att hitta en sovställning som inte smärtade.

Det här var hans bönestund. Men han bad inte till Gud på det vanliga sättet, inte på knä vid sängkanten, inga knäppta händer, inget blundande. Han resonerade med Gud. Tackade för en lycklig framkomst, men brydde sig inte om att tänka på eller resonera om de svårigheter med arbetet som han tyckt sig se i kollega Ellefsens beskrivningar. Det väsentliga nu var prövningen Gud utsatte honom för. Hur länge den skulle vara kunde han inte veta, bara att han måste klara av den. Gud prövade var man. Den som klarade Hans prövning kunde därefter möjligen, men ingalunda säkert, få sin belöning. I Lauritz fall var det nu som alltid, och allt framgent, en fråga om Ingeborg och ingenting annat. För henne skulle han uthärda allt.

IV
OSCAR
TYSKA ÖSTAFRIKA
MAJ 1902

NÄR DE LÅNGA regnen äntligen upphörde kändes det som om han var våt ända in i själen. Den finkorniga jorden, den sorts jord afrikanerna använde för att tillverka soltorkat tegel, hade förvandlat lägret till en sörja av röd välling och solens återkomst fick det till en början att kännas som om man bodde i en ångbastu eller ett turkiskt bad.

Han hade insisterat på att befinna sig på plats när regnen var som häftigast och vattenståndet som högst i Msuriflodens tre armar och strömmarna som stridast. Det var bara frågan om enkelt sunt förnuft. Han måste bygga tre broar inom en sträcka på mindre än två kilometer och ville till varje pris undvika sin företrädares misstag med för låga konstruktioner som slets sönder redan två veckor in på de långa regnen. Det var ett begripligt misstag, men det hade försenat arbetet med två månader eftersom allting måste göras om från början.

Afrikanska floder skiljde sig från floder i den civiliserade världen på så vis att de såg helt ofarliga ut stora delar av året, som strängar av sandöken utan en synlig droppe vatten. Men under regnperioden förvandlades de till rasande vattenmassor som slet sönder allt i sin väg. Det var en mycket intressant lärdom. Det påminde honom om Herr Doktor Fichte, som under sina föreläsningar i mekanik alltid hade framhållit att fantasi och improvisation är den sanne ingenjörens hemliga tillgångar, rentav det som skiljer honom från medelmåttan, alltså detta man lär i praktiken och inte kan inhämta genom enkla bokstudier av de fysiska lagarna.

Nu kunde han alltså inleda arbetet med att gjuta betongfundamenten som skulle bära upp broarna tillräckligt högt över vattnets nyckfulla förstörelsekraft. Det hade varit värt besväret att dag och natt under femtio dygn känna sig mer som en dränkt katt än som tysk diplomingenjör i civilisationens tjänst.

Därmed borde allt ha varit gott och väl. Men det var då som mardrömmen tog sin början.

Först var händelserna mer egendomliga än skrämmande. Under den andra regnfria natten försvann två swahiliarbetare från avdelningen för kreosotbehandling av syllar. Det fanns till synes ingen naturlig förklaring. Man hade hört talas om att engelsmännen uppe i norr hade avsevärda problem med deserterande arbetare. Men det var mer begripligt. Engelsmännen var barbarer som använde sig av slavarbetare som de importerade från Indien och andra asiatiska kolonier. Med jämna mellanrum levererades hela båtlaster av dessa magra, sjösjuka och arma satar, han hade själv sett en sådan last när den lossades i Mombasa och det var en högst upprörande syn. Därtill kom att engelsmännen tycktes föreställa sig att kinin mot malaria och smittkoppsvaccinering bara var till för vita, eftersom de ändå hade så riklig tillgång på infödingar. Att somliga herrar arbetare flydde för livet under sådana omständigheter var inte att förvåna sig över.

Men det här järnvägsbygget var tyskt och således civiliserat. Så varför skulle ett tyskt bygge drabbas av deserteringar? Tre nätter i rad försvann arbetare från lägret.

Också infödingarna fann till en början detta oförklarligt, eftersom man befann sig 236 kilometer från Dar es-Salaam och ingen väg fanns att gå tillbaka utom den järnväg som man själva hade byggt. Och bara ett tjugotal kilometer från den plats där man nu befann sig vidtog en stor ökenliknande stäpp utan en droppe vatten. De försvunna männen hade dessutom avstått från innestående lön. Och en

236 kilometer lång promenad på järnvägssyllar under brännande sol, utan vatten och proviant föreföll som ett omöjligt företag.

Föga förvånande kom infödingarna, även de som hade kristnats, snabbt fram till att man hade att göra med illdåd från onda andar. Oscar måste för sig själv motvilligt medge att detta inslag av vidskepelse bland bemanningen gjorde hans ansvar än större. Han var sannerligen inte missionär, även om han alltid ansett att de gjorde ett storartat arbete för att sprida ljus i mörkret. Men hans uppdrag var att bygga järnväg och broar och öppna landet för handel och kunskapsspridning, inte att predika den rena protestantiska läran, som han för övrigt inte trodde på själv. Men nu kom hans moraliska skyldigheter ändå att tangera teologin, eftersom han måste övertyga de skräckslagna negrerna om att onda andar helt enkelt inte fanns. Först och främst måste han då finna en rationell förklaring till de nattliga försvinnandena.

I en av de snabbt uttorkande flodarmarna som nu förvandlats till en samling grönslemmiga pölar där instängda fiskar desperat krälade om varandra inför de lystet väntande fiskörnarna uppe i bladverket längs stränderna, fann man de första konkreta spåren. En blodig halvt sönderliten röd fez och resterna av en människoarm.

Det gjorde inte saken mycket bättre. Swahilierna började genast tala om kannibaler, vilket som hypotes var lika nedslående för arbetsmoralen som föreställningen om onda andar.

För Oscars vidkommande var kannibaler att föredra framför onda andar. Man hade trängt långt in i Tanganyika och möjligen hade man nått ett område där det fortfarande fanns kannibaler, även om alla i förvaltningen i Dar med snörpta munnar försäkrade honom att detta oskick var utrotat.

Kannibaler var dock verkliga människor, fullt möjliga att bekämpa. I lägret fanns tio välbeväpnade askarisoldater och det betydde avsevärd eldkraft. Kannibaler kunde de uppspåra och oskadliggöra.

Men när han studerade den sönderslitna armen man hittat i den uttorkade flodbädden ansåg han att rena förnuftet måste säga var och en att här var det frågan om något helt annat. Han kallade på sin assistent Hassan Heinrich och bad honom genast hämta jägaren Kadimba. De tre sökte sedan ensamma vidare nedåt flodarmen, men nu bar han själv sin Mauser och Kadimba den Mannlicher som var hans reservgevär. De behövde inte gå långt innan de fann kadavret efter en av de försvunna kreosotarbetarna, nästan allt kött var borta. Kadimba hade inga svårigheter att förklara vad som hänt och hans beskrivning var konsistent och högst trovärdig. Dessutom stöddes hans resonemang av de spår i sanden som han med tillkämpat pedagogiskt tålamod beskrev som spår efter två äldre hanlejon. Kadimba läste spår i naturen med samma självklarhet som om det varit tryckt skrift.

Hans förklaring till det inträffade var saklig och precis. *Bwana ingenjör Oscar* bör veta, sade han, att när lejon blir gamla så kommer yngre och starkare lejon och driver bort dem från flocken. Det är oundvikligt. Förr eller senare blir den mäktigaste *Simba* gammal och då händer detta. Här har vi två gamla bröder. De kan inte jaga utan sina kvinnor, som nu tjänar andra herrar. De kan inte springa ikapp zebrorna längre, än mindre antiloperna. Om människor finns i närheten blir vi deras byte, eftersom människor är enkla att döda, särskilt i mörkret. Simba vet att vi inte kan se i mörkret som han. Dessa två gamla bröder har nu fått smak på människokött och de kommer att återvända för att döda ända tills vi dödar dem.

Det var en avgörande kunskap som genast krävde vissa organisatoriska åtgärder. För det första måste man få hela arbetsstyrkan i lägret att förstå den verkliga anledningen till de nattliga försvinnandena, hur obehaglig sanningen än var. Dock sannolikt mindre obehaglig än föreställningarna om kannibaler och onda andar.

För det andra kunde tältlägret kring bygget inte längre organiseras i preussiskt räta rader av numrerade tält. Man måste dra samman tälten i små cirklar och bygga en *boma* av taggiga buskar runt varje tältgrupp och det arbetet måste påbörjas genast, det måste gå före brobygget till och med.

För det tredje måste man organisera jakten på de två människoätande lejonen. Det senare var tvivelsutan hans uppgift. Som ställföreträdande chefsingenjör med särskilt ansvar för brobyggnationer, som hans arbetsbeskrivning löd, var han också lägrets högst ansvarige för ordning och disciplin. För ordningens upprätthållande hade han hittills skjutit fyra noshörningar, som antingen anfallit lägret och ställt till oreda just som noshörningar brukar, eller också trampat sönder den övervattnade banvallen och orsakat mycket onödigt extraarbete. Han hade gett upp när det gällde de besvärliga giraffer na som ständigt rev ner telegrafledningen, de var helt enkelt för många.

På jägaren Kadimbas inrådan hade han då och då dödat en elefant och låtit den ligga kvar på platsen för att få elefanterna att undvika att komma i närheten av järnvägen. Stanken från en ruttnande frände skrämde dem. Enstaka noshörningar uppe på banvallen var illa nog, en elefanthjord var rena katastrofen. Och kontinuerligt hade han och Kadimba jagat *hartebeest* och *impala* och andra smärre antiloper för att bidra till lägrets köttförsörjning. Så långt var allt gott och väl. Men någon särdeles skicklig jägare var han inte. Skjuta kunde han visserligen, under studietiden i Dresden hade han tillhört stadens skarpskyttekompani. Men det var en helt annan sak. Och det var inte mycket till tröst att hans Mauser utan tvekan var världens förnämsta gevär, vida överlägsen i anslagskraft om man jämförde med allt vad engelsmännen fick hålla till godo med. För nu handlade det inte om fysikens lagar, utan om Simba. Dessutom i mörkret.

Medan lägret byggdes om efter hans anvisningar, han hade ställt in allt annat arbete under dagen, satt han ensam i sitt tält med vevgrammofonen. Av de få nya musikstycken han fått med sig från sin senaste permission i Dar es-Salaam var Schuberts ofullbordade det han föredrog i melankoliska stunder, eller när han behövde överväga allvarliga problem, som nu.

Vid sidan av Doktor Ernst var han den ende civiliserade mannen i lägret och därtill den som måste fatta beslut i alla frågor som inte rörde medicinska avgöranden eller rena hälsofrågor. Så länge det gällde att mäta brospann eller anvisa de platser där man skulle gjuta broarnas fundament var allt en naturlig ordning. Hans auktoritet var självklar. Ingen neger skulle få anledning att ifrågasätta honom. Nu måste de därtill utgå från att han var den enda räddning som stod mellan dem och en fasansfull död i Simbas käftar.

Han hade själv sett en sådan död när han passerade med en transport upp mot linjens mest framskjutna punkt. Fyra lejon slet en zebra i stycken och den visade fortfarande svaga livstecken när de började äta. De slet upp buken först. Det fanns ingen anledning att förmoda att de skulle behandla mänskliga byten annorlunda.

Frågan var om han var värdig infödingarnas förtroende när det gällde att döda lejon. Mycket gott kunde han föra med sig från den civiliserade världen för att förvandla den mörka kontinenten, han som alla andra vita. Men nu gällde det något av det mest skräckinjagande man kunde tänka sig långt inne i Afrikas mörka hjärta: människoätare.

Det fanns alltså bara ett förnuftigt beslut att fatta och detta alldeles oavsett hur det skulle komma att påverka infödingarnas respekt för honom. Att avstå vore ren dårskap.

Han förbannade sin lättja, att han inte ägnat mer tid med Hassan Heinrich i deras ömsesidiga språkövningar under sena kvällar, där han talade tyska och Hassan Heinrich först upprepade hans ord och sedan svarade på swahili. Han hade nämligen velat tala med Kadimba ensam, så att så få som möjligt i lägret fick nys om att han måste ta råd av en neger. Men nu var detta ogörligt, saken var alldeles för allvarlig för att man skulle kunna tillåta sig ens smärre språkliga missförstånd. Han stängde av sin musik och slog till gonggongen intill tältöppningen. Hassan Heinrich steg omedelbart in.

"Se till att få hit Kadimba så fort som möjligt!" beordrade han. "Och sen vill jag att du sitter med oss under samtalet så att vi båda helt säkert förstår vad den andre säger."

Kadimba hade aldrig varit inne i hans tält förut och såg märkbart besvärad ut när han steg in efter Hassan Heinrich. De hade visserligen skjutit en hel del tillsammans när de höll efter noshörningar och annan ohyra, eller fyllde på köttförråden, men aldrig umgåtts på det här intima sättet. Också Oscar kände sig till en början något förlägen, men ett plötsligt infall gav honom en naturlig samtalsöppning.

Kadimba hade som de flesta infödingar ute i bushen mer eller mindre groteska tatueringar eller rituella skärsår här och var. Så var det bara, och det var inget att fästa sig vid. Men nu slog det honom att Kadimbas sår på båda kinderna mycket väl kunde ses som symboliska ärr efter klor. Så han frågade först om detta och hans gissning visade sig träffa rätt. Ärren föreställde mycket riktigt revor efter lejonklor.

Kadimba kom från en stam nära det hav som *muzungi* kallade Victoriasjön och för hans fränder var Simba lika viktig i tankevärlden och i jakten, som fiende och andeväsen med magiska krafter, som för massajerna uppe i norr. För att tas upp i jägarnas och männens gemenskap måste en ung man först döda Simba med spjut och sköld, precis som hos massajerna. Och fick man då inga rivsår så att säga den naturliga vägen så skars de in i ansiktet under invigningsfesten. Det var finare att ha sådana ärr som gjorts av far och farbror under den stora festen, för det visade att man kommit oskadd från mötet med Simba och var en jägare med tur.

Oscar hade ett skämt på läpparna om rätt man på rätt jobb, men han hade lärt sig att sådan vit mans humor skulle gå över huvudet på lägrets kanske just nu viktigaste man.

I stället bad han om en plan för den kommande jakten. Skulle man försöka skjuta lejonen när de kom tillbaks för att fälla nya mänskliga byten, eller skulle man försöka spåra dem och hitta dem i deras daglega? Det borde bli det första avgörandet gissade Oscar, men han försökte se säker ut när han framställde saken.

Av Kadimbas ansiktsuttryck när Hassan Heinrich översatte framgick tydligt att frågan var både väsentlig och svårbesvarad. Kadimba tänkte en stund innan han långsamt började formulera ett svar.

"Simba vet var vi finns men vi vet inte var han är, det är det första att tänka på Bwana Oscar", började han. "Jag kan spåra de två bröderna åt er och vi har tio askaris i lägret. Det blir tio gevär och så har vi en Mauser och om jag kanske får låna er Mannlicher. Ändå är detta ingen bra idé. Bättre vänta här tills de två bröderna kommer, för de kommer helt säkert."

"Varför det?" avbröt Oscar häpet innan han ens hört om det fanns en fortsättning på Hassan Heinrichs översättning.

Kadimba förklarade att han kände de här två gamla lejonen, att han måhända hade träffat på dem förut i en annan värld eller annan tid, hursomhelst kände han dem inom sig. Spåren och deras försiktighet och deras hunger efter människa hade sammantaget sagt Kadimba vilka de var och hur de tänkte. De var båda mycket gamla, kanske nio, tio år och helt skalliga, utan man. Precis som äldre män blir – muzungi fortare än svarta män. Kanske skulle de två fortfarande kunna döda *mbogo*, den gamle ensamme buffeln, men det var inte säkert. Om några år när deras tid hade kommit skulle hyenorna ta dem en och en. Men dessförinnan hade de ett stort förråd av lättjagad människa för att äta sig till förnyad styrka och ett längre liv. De var båda mycket erfarna och listiga och visste att de bara kunde jaga i mörkret och sova väl gömda hela dagarna.

Det betydde att om man spårade dem, vilket inte skulle vara så svårt, särskilt inte nu när marken fortfarande var fuktig efter de långa regnen, två timmar eller tre timmar eller kanske kortare, så skulle snart varje snår man såg framför sig kunna vara deras daglega. Och tio askari med sina läderstövlar, hårda benlindor och slängande gevärskolvar som raspade mot varenda buske skulle berätta för bröderna på ett avstånd som fem långa spjutkast att här kom människorna för att hämnas. Unga och mindre erfarna lejon som också fått smak på människokött skulle kanske stanna kvar för att anfalla om de hörde att vi kom i deras spår. Det skulle kosta dem livet och vi skulle också mista en eller två man. Och då var allt över. Men det går inte med de här två bröderna. När de hör oss komma går de bara undan. Jag spårar dem vidare och de går undan på nytt. De väntar på mörkret. Och vi måste vända hem före mörkret. Om vi visste var de tog daglega, och om det var tillräckligt nära, och om de återvände till samma plats varje dag, så kunde vi omringa dem och sakta krympa cirkeln och till slut skjuta dem båda när de försökte bryta sig ut. Men vi vet inte tillräckligt för att döda dem på så vis. Vi måste börja i en annan ände, att försöka skjuta dem när de kommer in i lägret om natten. Men det dröjer. När Simba kommer i natt blir han förvirrad och misstänksam för att vi har ändrat lägret. Han vet mycket väl vad en boma är, där har han varit förut för att döda boskap. Men vi har eldar här och var och det gör honom än mer försiktig. Han kommer inte i natt, inte heller nästa natt, även om vi säkert kan hitta färska spår i närheten. Men när han blir hungrig kommer han och har redan valt ut den boma han tänker anfalla. Tredje natten från nu bör vi sitta på pass, helst högt upp med överblick, kanske uppe på en av förrådsvagnarna där vårt järnvägsspår slutar.

Det visade sig att Kadimba hade fullkomligt rätt. Först på tredje natten efter nyordningen i lägret, med spridda eldar och taggiga förskansningar runt de numera uppsplittrade grupperna av tält, kom de två lejonen tillbaka.

I början av kvällen kände sig Oscar väl tillfreds uppe på taket till en av de två kvarlämnade förrådsvagnarna. Han satt bekvämt i en fåtölj man burit upp från hans tält med en filt om benen och sin Mauser i knät. Så länge det var skjutljust var han full av tillförsikt. Kadimba hade försäkrat honom att lejon dog lätt om man bara träffade dem någonstans mitt i kroppen, inte ute på kanterna men mitt i kroppen. Bogen, hjärta, lungor skulle förstås döda besten så gott som på platsen. Men inget lejon överlevde heller ett skott längre bak, i buken. Det var en stor träffyta på lejon och Bwana Oscar var en god skytt.

Solnedgångarna hade åter blivit röda glödande skådespel nu när regnperioden var över sen några veckor. Skymningsljuden hade kommit tillbaka ute i skogen, han kände de flesta vid det här laget, även om han inte hade tyska namn på fåglarna, grodorna och det egendomligt ömkligt skriande ljudet som man förargligt nog bara hade ett engelskt namn på, *bush baby*. Tyska Vetenskapsakademien hade ännu inte lyckats bestämma sig.

Också i den första skymningen, när eldarna fortfarande brann friskt och han ännu kunde höra dämpade samtal från arbetarna som lade sig till ro inne i sina befästa borgar av törnen och ris, kände han välbefinnande. Ännu i maj kunde nätterna bli rätt kyliga, även om det inte bet på en norrman. Detta var intet jämfört med vissa fuktiga råkalla nätter hemma vid fjorden.

Hjemme vid fjorda. Han hade tänkt orden på norska och det slog honom att det var något ytterst ovanligt. Han tänkte alltid på tyska, när han inte rabblade glosor på swahili för att rekapitulera kvällens lektion med Hassan Heinrich.

Han såg fjorden framför sig, varje udde där, varje fjälläng, de vita grannhusen och enstaka segel ute på det mörkblå vattnet, vänner, släktingar eller åtminstone bekanta på väg för att bärga *skreien*, den lekmogna torsken som gav extra högt pris, eller om de seglade mot Bergen för att sälja en redan svällande fångst.

Han slogs av en överväldigande känsla av overklighet. Där, vid fjorden eller åtminstone inne i Bergen, skulle han egentligen ha befunnit sig just nu. I stället satt han i Afrika, exakt på den punkt där civilisationen slutade, där nästa brobygge skulle uppföras. På andra sidan den sinande floden fanns bara det afrikanska mörkret. Sakta men obetvingligt stretade järnvägen framåt, över milsvida malariaträsk, genom öknar, genom till synes ogenomträngliga busksnår och skogar, men ständigt och envist framåt.

Det var den goda sidan av saken. Hans liv var inte förfelat. Han var en kugge i det gigantiska maskineri som höll på att införliva hela den mörka kontinenten i civilisationen, en historisk uppgift av ofattbara dimensioner.

Den andra sidan av saken var att hans liv, på ett mer personligt plan, helt självklart var förfelat. Dessutom var han en svikare.

Han skulle förvisso ha byggt järnväg, just i denna stund, mellan Kristiania och Bergen, tillsammans med sina bröder. Där saknades sannerligen inte utmaningar, somliga brobyggen på Hardangervidda borde vara minst lika komplicerade som dem han själv arbetade med just nu. Men utmaningarna där uppe, 10 000 kilometer rakt norrut, bestod snarare av snö, is och stark vind än av rasande nyckfulla floder. Eller lejon som åt människor, förmodligen vita människor med samma aptit som svarta.

Lejon. Simba.

Och så var han plötsligt tillbaka i verkligheten som nu blivit kolsvart. Han såg knappt handen framför sig och det hade blivit alldeles tyst, både ute i den omgivande skogen och nere i lägret. Kadimba satt bara tio meter bort i samma position som han själv ovanpå den andra järnvägsvagnen. Men de kunde inte tala med varandra, inte ens viska. Kadimba hade försäkrat att lejon hör människans viskning som om man skrålade för full hals.

Eldarna hade falnat till glöd runt de taggiga buskborgarna där nere. Han hade all förståelse för att ingen hade lust att smyga ut i den svarta natten för att fylla på ny ved. Men det innebar också att han snart skulle vara praktiskt taget blind och helt beroende av sin hörsel. Han hade visserligen inte skjutit så mycket som somliga av de gamla veteranerna från det sista dåraktiga, men dock säkert det sista kriget mellan Tyskland och Frankrike, de som alltid såg så preussiskt stränga ut med vaxade knävelborrar, de som kommenderade Dresdens skarpskyttar. I gengäld var han inte heller döv som de flesta av dem.

Men människans hörsel är intet mot de afrikanska vilddjurens, det hade han redan lärt sig. Och Simbas stora mjuka tassar på den upptrampade och nu något svampiga röda jorden runt lägret borde för hans vidkommande vara fullkomligt ljudlösa.

Han kom att tänka på att han själv och Kadimba bara satt tre meter upp och båda med ryggen ogarderad. Kunde ett lejon ta så höga språng? Antagligen.

Man måste alltså förbättra arrangemanget till nästa natt, spänna linjer av tunna trådar bakom de två järnvägsvagnarna och fästa en del tomma konservburkar här och var som larmanordning. En briljant ingenjörslösning som kom för sent som vanligt, försökte han galghumoristiskt gaska upp sig.

Tystnaden var total. Liksom mörkret, eftersom eftersläntrande moln från regnperioden dolde till och med stjärnhimlen. Månen var dessutom i nedan, man borde ha tänkt på det också.

Rent sakligt sett, om man nu skulle tro Kadimba på hans ord, och han var otvivelaktigt experten på området, inte trots att han var afrikan utan just därför, så var han själv och Kadimba just nu de enda synliga lejonbytena i lägret. De satt som två utplacerade beten, utan taggiga buskar omkring sig, högt upp till allmän beskådan.

Den rent tekniska lösningen vore att sitta omringad av spjut fästa i fyrtiofem graders vinkel. Ett lejon som då tog ett språng med sikte på jägaren skulle spetsa sig själv. Men också det var en senkommen teknisk lösning. Just nu var han lockbete utan skydd. Så förhöll det sig rent faktiskt och det var meningslöst att försöka förneka.

Han måste ha slumrat till efter några timmar där han ömsom grubblat över förbättringar i arrangemanget och ömsom försökt betvinga sin dödsrädsla. Ändå måste han ha slumrat till.

Plötsligt exploderade den bortre delen av lägret i skrik och slammer från kokkärl och annat och något som måste vara vilddjurets vrål, med resonans som från en mycket stor kropp. Snart syntes irrande bloss från facklor, och det upprörda tjattret från infödingarna steg mot den svarta natthimlen. Man kunde uppfatta något som lät som ett skri i dödsångest och därefter mer lättolkat, ett rytande lejon. Och ännu ett.

Först i gryningen kunde man reda ut vad som hade hänt. Båda lejonen hade kommit tillbaka och de hade funnit en smal tunnel eller gång in under en av de taggiga buskförskansningarna. De hade gått in den vägen, hittat ett tält som inte var helt tillslutet, släpat ut en man samma väg de kom och inte ens dödat honom förrän de befann sig på utsidan av boman, det var då man hade hört dödsskriet.

Kadimba var kortfattad men precis när han satt med vid Oscars frukost och förklarade händelseförloppet. Lejonen hade undersökt lägret noga, kanske två nätter, innan de slog till. De hade valt den samling tält som låg längst bort från de två utplacerade skyttarna. Och det var inte tur. Det var list.

Att de så lätt hade kunnat tränga sig igenom de taggiga buskarna berodde på att, just som Kadimba hade vetat från början, båda var helt skalliga. Ett lejon med stor, kraftig man hade inte tagit sig igenom där de här bröderna slank in.

"Bwana Oscar", suckade han sen mer generad än oroad, "de här lejonen kommer att bli till stort besvär för oss. Och somliga här som inte är jägare som Bwana Oscar och jag själv, kommer snart att börja tro på onda andar igen."

* * *

Tron på trolldom och onda andar tycktes obetvinglig. Ingenting bet ju på dessa demoner i lejonskepnad och de lät sig aldrig överlistas. Paniken var nära och en kväll gav sig en man vilt skrikande iväg från lägret och in i skogen och han sågs aldrig mera till. Alltså hade han blivit förhäxad av de onda lejonandarna som hämnades därför att man gjort det allt svårare för dem.

Det var den allmänna meningen i lägret och Oscar oroade sig alltmer för vad som skulle hända när nästa transport kom tuffande från Dar med förnödenheter och ny arbetskraft. Förmodligen måste han då beordra sina askaris att vakta järnvägsvagnarna med monterade bajonetter och skjuta skarpt om någon eller några försökte kapa tåget för att fly.

Han och Kadimba hade försökt allt. De hade förstärkt varje boma runt tälten med en kort palissad så att bestarna inte skulle kunna krypa under taggbuskarna. Kadimba och han själv led svårt av sömnbrist efter sitt nattliga vakande som visserligen kändes något tryggare nu när himlen blivit molnfri och månljuset allt starkare. Men ingenting tycktes hjälpa, lejonen fann alltid en ny taktik när de mötte nya hinder.

Och de blev alltmer arroganta. De hade börjat anmäla sin nattliga ankomst med det ljud som folk i Europa kallar för lejonets rytande, ett ljud som hörs på en kilometers avstånd i den afrikanska natten, ett dovt mullrande ljud som får nackhåren att resa sig på var man, svart som vit. Kadimba förklarade att det ljudet är Simbas sätt att tala om att han nu närmar sig sitt eget jaktområde och varnar alla för att inkräkta på hans rätt. De två lejonen hade börjat betrakta järnvägsbygget som deras privata köttfarm där maten alltid stod framdukad. Oscars känsla av vanmakt började närma sig desperation.

Och vad den tilltagande vidskepligheten beträffade, detta som han som företrädare för tysk kultur hade ett särskilt ansvar att bekämpa, så blev det inte bättre efter att de två hade visat sig i fullt dagsljus. Snarare tvärtom.

De anföll arbetarna vid det första brofästet vid pass tvåtiden på eftermiddagen. De kom verkligen som onda andar och blixtsnabbt ut från det färska gräset intill brofundamentet på flodbanken, slet till sig en av arbetarna som gått undan ett stycke för att uträtta sina behov och försvann lika snabbt med sitt byte in i det skymmande gräset. Allt var över på några sekunder.

Men de hade ändå visat sig tillräckligt länge för att alla på platsen skulle få en skrämmande klar bild av hur de såg ut. De var mycket tunga, större än vanliga lejonhannar. Och de var helt flintskalliga, inte en tillstymmelse till man vare sig kring huvud, hals eller bog. Det gav dem ett groteskt utseende, lejon fastän inte lejon.

Oscar hade haft sin Mauser lutad mot en bropelare bara några meter bort men ändå inte haft en chans att skjuta förrän allt var över. Det enda han kunde göra var att ge den självklara ordern att allt gräs från brofästet och minst femtio meter bort måste hackas ner, om så för hand med pangas. Liar hade man dessvärre inte tillgång till.

Nästa dag satt han uppe på brofundamentet, beredd med Mausern i hand och hoppades förgäves. Lejonen upprepade aldrig den överraskande nya taktiken.

I stället tycktes de ha fått en idé av lukten från mänskliga exkrementer. Två sena eftermiddagar i följd fann de nya byten i samma hukande skyddslösa position alldeles i lägrets utkant. Det var ett beteende som järnvägsbolaget sett mellan fingrarna med, detta att negrerna föredrog att uträtta sina behov ute i naturen. Det hade inte betraktats som något större problem, ett järnvägsbyggarläger var i regel ständigt i rörelse så att när en plats var kontaminerad flyttade man sig automatiskt några kilometer framåt och bort från stanken. Men här vid brobygget hade man nu på grund av alla förseningar blivit kvar en hel månad. Och när insikten spred sig i lägret, att den som gick för långt bort för att skita i högsta grad riskerade livet, så förvandlades den nära omgivningen inom loppet av några dagar till en stinkande kloak.

Det blev droppen för Doktor Ernst, som annars var en timid och tillbakadragen person som mest sysslade med sin malariaforskning. Men han var också som lägerläkare ansvarig för alla sanitära förhållanden. Den spenslige lille mannen var visserligen dubbelt så gammal som Oscar, men hälften så tung och avsevärt kortare och hade aldrig tidigare höjt rösten. Men när han kom instormande i Oscars tält, utan att fråga först, vid tiden för aftontoaletten, var han vit i ansiktet av vrede och pekade stumt på sin högra stövelspets. Han hade uppenbarligen trampat i avföring.

Oscar försökte desarmera situationen med humor och påpekade med låtsad stränghet att han väl förstod Herr Doktor Ernsts förlägenhet, men att det ändå kunde te sig olämpligt att så handgripligt illustrera problemet som att släpa in orenheten i hans tält. Oscars försök till skämtsamhet hade ingen som helst dämpande effekt, snarare tycktes den underbygga det oväntat magnifika vredesutbrott som den lille mannen nu levererade.

Som om det inte var illa nog med de malariaproblem som nu stod för dörren! Skulle man också dra på sig en koleraepidemi, eller dysenteri, som närmast oundvikligen skulle bli följden av denna sanitära slapphet! Vi var inte i Afrika för att bete oss som okunniga vildar, vi var i Afrika för att sprida den tyska civilisationen och där inbegreps icke kolera!

Det fanns inget i sak att invända mot Doktor Ernsts proklamationer, inte ens det där om den tyska civilisationen. Oscar bad Herr Doktor Ernst att lugna ner sig, sätta sig och föreslå en åtgärdsplan.

Därefter flöt samtalet lugnare. Afrikanska vanor hit eller dit, från och med nu skulle man upprätta en fungerande latrinanordning, av militärt snitt snarare än det hemlighus som Oscar och Doktor Ernst själva använde. Alltså gräva en djup ränna, fästa sittstänger och omge anordningen med en vägg av flätad vass. Gärna avgränsningar där inne, med samma vasskonstruktion, med tanke på infödingarnas välkända blygsel för just dessa mänskliga behov. Vilket var desto märkligare med tanke på att de i vissa andra onämnbara sammanhang över huvud taget inte visade någon blygsel. Men med detta var det som det var.

Första åtgärden under morgondagen, innan någon som helst byggnationsverksamhet påbörjades, måste bli att ta itu med latrinbygget. Och icke minst viktigt. Utanför anläggningen måste det finnas tvättmöjligheter och var och en som inte tvättade sig efter förrättning måste få sträng reprimand. Denna form av hygieniska åtgärder var av sådan vikt att det i värsta fall kunde handla om hela besättningens välbefinnande. Förutom att ett forskningsprojekt rörande malaria äventyrades. Samt måste all ikringliggande avföring fraktas bort och grävas ner, om så med väpnad eskort från askaritroppen!

Oscar fann intet att invända. Själv var han ingenjör och väl hemmastadd i den moderna naturvetenskapen, som mer än någon annan disciplin skulle skapa den nya fredliga världen. Men när det gällde medicin var han, om inte totalt obildad, så åtminstone knappt mer än allmänbildad. Vad beträffade frågan om personlig hygien såg han den mer som en fråga om snygghet än som allvarlig hälsofråga. Å andra sidan fanns ingen anledning att betvivla, än mindre bestrida, Doktor Ernsts sakkunskap.

Det skulle inte bli helt lätt att förvandla nästa arbetsdag till en enda samlad insats mot avföringsproblemet i stället för att fortsätta bygget. Alla var angelägna om att få broarna klara så snart som möjligt, så att man kunde flytta från den förhäxade platsen. Somliga sade sig nämligen veta att de onda andarna var stationära och vredgades över intrånget på deras territorium. Men enligt Kadimba skulle det inte spela någon som helst roll om man flyttade lägret några kilometer bort. Lejonen skulle bara följa efter, med samma självklarhet som andra mer normala lejon följde zebrorna eller bufflarna.

Huvudproblemet var alltså de till synes osårbara lejonen. Till dags dato hade de dödat femton människor i lägret. Den väntade arbetsförstärkningen med nästa transport från Dar var därför efterlängtad.

Han måste finna ett sätt att skjuta de två bestarna. Det var nästan lika mycket en principsak som en humanitär fråga. Han var Bwana Oscar och arbetsledaren, det var hans ofrånkomliga ansvar.

Nästa dag medan arbetsstyrkan knotande och maskande uppförde latrinanordningen efter hans enkla ritning i sanden, och än mer motvilliga män skyfflade avföring för vidare transport, presenterade han en ny plan för Kadimba.

En av järnvägsvagnarna var avdelad på hälften med ett kraftigt järngaller. Tidigare hade man använt den låsta avdelningen för transport av löner, vetenskapliga instrument, vapen och ammunition.

Om man nu placerade två askaris bakom gallret, öppnade järnvägsvagnens motstående kortsida och använde soldaterna som bete?

Kadimba såg förbryllad ut när han hörde idén och tänkte efter länge innan han försökte formulera ett svar. Men hans swahili var så dålig, eller åtminstone svårförståelig, att Oscar måste kalla in Hassan Heinrich för att tolka.

"Jag tror", sade Kadimba, "att Bwana Oscar har en bra idé. Jag borde ha tänkt på det här själv och jag ber om ursäkt. På vanliga lejon hade en sådan fälla aldrig fungerat. Men dessa bröder är inga vanliga lejon. De tar människa varhelst de kan finna en. Det kan fungera. När Simba kommer in för att ta sitt byte drar våra askari igen den stora falluckan vi måste bygga i vagnens ände. Simba kommer att bli mycket vred och väcka oss alla, innan våra män skjuter honom. Men vi skall hjälpa Simba att hitta fram och jag vet hur."

De slaktade en av de sista återstående getterna som förvarades i den andra järnvägsvagnen och släpade getens lungor, hjärta och hela tarmpaketet i en cirkel runt lägret för att låta doftspåret sluta uppe i järnvägsvagnen med den gillrade fällan.

Idén var tvivelsutan god, men det visade sig svårt att finna två frivilliga bland de i vanliga fall tappra och modiga askarisoldaterna. Deras första invändning var att det borde vara jägare som satt där och spelade bete, inte soldater. Oscar förklarade att han själv skulle överta jobbet efter två nätter och sedan turas om med Kadimba men att han suttit och vakat så många nätter att han måste sova, helt enkelt måste. Han lovade dock på sitt hedersord.

Det var ytterst oklart hur dessa väpnade negrer uppfattade hans deklaration om hedersord. Såvitt han visste var den allmänna inställningen i Afrika att ett ord från en *muzungu* aldrig gällde som sanning. Hursomhelst hade han som chef på platsen det högsta befälet och den som vägrade skulle disciplineras och därefter förlora sitt jobb. Och vid inspektion av järngallret inne i järnvägsvagnen där fällan skulle gillras höll alla med om att inget lejon skulle kunna ta sig igenom sådana galler. Om det var frågan om ett vanligt lejon, vill säga. Men mot onda andar förslog inga galler i världen, ens om de var av guld.

Oscar anmärkte torrt att tillgången på guld var högst begränsad i lägret och att stål var fem gånger starkare än guld. Ett påpekande som trots sin vetenskapliga självklarhet inte tycktes övertyga någon.

Mer eller mindre med tvång låste han in två frivilliga som han själv utsett i den bur som utgjorde halva järnvägsvagnen, kontrollerade att de två uppenbart skräckslagna männen hade fungerande gevär, anvisade dem repet de skulle dra i om Simba kom på besök, önskade avmätt godnatt och gick därefter omedelbart till sitt tält,

Så fort han dragit moskitnätet runt sin säng och lade huvudet på kudden somnade han utan att ens hinna få dåligt samvete för att inte ha tvättat sig och borstat tänderna.

Han hade ingen aning om hur länge han sovit eftersom hans sömn mer liknat medvetslöshet. Och först fattade han inte varför han vaknat eller ens var han befann sig. Men så hörde han skottsalvorna och vrålet från ett lejon.

När han i nattskjorta och med en fotogenlampa sträckt över huvudet kom fram till fällan i järnvägsvagnen såg han först av allt att öppningen hängde på trekvart. Det var dessutom oroväckande tyst där inne.

Han tog ett djupt andetag, fylld av onda aningar även om förnuftet försökte lugna honom – inget lejon kunde bryta sig igenom tvåtums stålgaller – innan han vräkte undan den trasiga falldörren och lyste in i vagnen. Det enda han först såg var fyra ögonvitor borta bakom gallret.

"Var Simba här?" frågade han fastän han redan visste svaret.

De två männen föreföll så förlamade av skräck att de inte kunde svara honom.

Nästa morgon utredde han noga händelseförloppet. Och han tänkte att om svarta män alls kunde vara bleka om nosen så gällde det nog i hög grad hans två askaris som fungerat som väpnat bete. Han fick med hjälp av Hassan Heinrich fråga om gång på gång innan han kunde fastställa vad som hänt.

Simba, en eller två, det var oklart, hade plötsligt befunnit sig inne i järnvägsvagnen. De två askarisoldaterna hade, möjligen med visst dröjsmål på grund av de onda andarnas mentala kraft, gjort som de varit tillsagda att göra, dragit i repet så att falluckan slagit igen. Därefter hade de, i kolmörker givetvis, öppnat eld. De hade skjutit elva till tretton skott i mörkret och då bevisligen träffat så oturligt att de splittrat den låsanordning som tillslutit fällan, varvid Simba sett en öppning, trängt sig ut genom den och försvunnit i natten. Det var det hela.

Oscar skrev sin rapport med tårar i ögonen. De hade varit så nära att bli av med detta helvetesproblem och ändå misslyckats. Om han inte varit en civiliserad människa skulle nog också han ha börjat luta åt teorin om trolldom och onda andar.

Det kändes som om han borde ge upp, hoppa på nästa transport till Dar, kvittera ut sin slutlön, återvända till Norge och göra det han varit ämnad till från början. Inför denna svarta ondska hade han ingenting att sätta emot, han var ett dåligt exempel på hur den vite mannen skulle föra civilisation och modernitet till Afrika. Han var ett misslyckande för andra gången i livet.

Han hade just tänkt den plågsamma tanken till slut när han hörde att Kadimba stod utanför tältet och kallade på honom. Han gick modstulet ut och upptäckte att hans jaktkamrat såg förvånansvärt glad ut.

"Bwana Oscar, vi kommer att döda ett lejon innan solen går ner", försäkrade Kadimba och sken samtidigt upp i ett strålande vitt leende.

Oscar kunde inte behärska sig utan kastade sig om halsen på Kadimba, fann sig dock snabbt och bad om ursäkt.

Kadimba, som nu gick med en sorts fjädrande optimistiska steg, tog honom med till den ramponerade järnvägsvagnen och började berätta vad han läste i spåren. Nu behövdes inte Hassan Heinrich, för när de bara talade jakt förstod de varandra fullkomligt.

Det fanns blod inne i järnvägsvagnen, färskt blod, både på golvet vid den plats där Simba trängt sig ut, och blod som hade stänkt mot den sönderskjutna fälluckan.

Kadimba smetade loss lite blod med pekfingret, höll upp det till beskådan och smakade triumferande på det.

"Det är hans lever, Bwana Oscar, vi kan hitta honom och döda honom nu, om han inte redan är död", förklarade Kadimba med ett nytt strålande leende. Sedan gick han ut och pekade på de för Oscar osynliga blodspåren i den röda jorden och visade med hela handen riktningen dit Simba gått undan.

De beväpnade sig efter en stadig frukost, fyllde sina vattenflaskor och började gå på spåret. Till en början var det tydliga språngspår med många meter emellan, sedan hade Simba lugnat ner sig och gick stadigt och långsamt. Efter några hundra meter blev Oscar orolig och stannade för konsultation. Såvitt han kunde se, förklarade han, följde de nu ett oskadat lejon som utan brådska gick undan för dem. Kadimba skakade på huvudet och pekade ner i en tydlig spårstämpel efter en av baktassarna.

"Se Bwana Oscar! Alltid se. Han går med utspärrade klor och brett mellan sina fingrar."

Innebörden var oklar för Oscar, men han svalde den förtreten och frågade vad nu detta kunde betyda. Det betydde att Simba hade ont, att han var på väg att dö. Och att han visste det, vilket gjorde honom desto farligare. Men de här spåren var några timmar gamla. Och som för att ytterligare övertyga tog Kadimba upp en liten klump röd jord, gnuggade den mellan fingrarna, lånade Oscars vita handlov och smetade ut en tydlig blodfläck.

De hade gått en timme, vilket föreföll Oscar mycket långt för ett skadat djur och han kunde inte undgå att märka att också Kadimba börjat bli något osäker. Han föreslog att de skulle sätta sig och ta en paus. Kadimba nickade och log. De satte sig ner och skruvade upp sina vattenflaskor.

Oscar försökte samla sig till någon sorts slutsats. Lejonet var träffat av en kula som gått genom dess lever och ut på andra sidan. Det var ett vetenskapligt faktum. En människa hade i motsvarande situation varit medvetslös och döende för länge sen, detta lejon hade gått i närmare en timme. Det var motsägelsefulla fakta, han visste inte längre vad han skulle tro.

"Kadimba, vet du var han är?" frågade han.

Kadimba såg förvånat på honom och pekade sedan på ett tätt snår femtio meter bort.

"Han ligger där, vi är framme, Bwana Oscar. Det var därför jag trodde att vi skulle stanna här och vänta en stund", svarade Kadimba med en axelryckning. "Kanske är han död, kanske är han inte död. Men där borta är han."

"Vad gör vi nu?" frågade Oscar.

Kadimba log och osäkrade sin Mannlicher och tecknade åt Oscar att göra detsamma med sin Mauser.

De gick fram halvvägs till snåret och stannade. Kadimba tecknade nu åt honom att skjuta lågt mitt in i snåret, men sedan snabbt ladda om. Han gjorde som han blivit tillsagd, tänkte samtidigt att det måste vara första gången han tog order från en neger, sköt ett lågt skott och laddade snabbt om.

Lejonet kom med ett vrål och som en grågul blixt rakt emot dem och de sköt båda samtidigt och lejonet föll några meter ifrån dem, försökte resa sig men träffades då av två nya skott och låg sparkande med bakbenen en kort stund innan det blev stilla.

"Han var svår att döda, men nu är han död", konstaterade Kadimba.

Som en ond ande kom han, tänkte Oscar och petade för säkerhets skull med gevärspipan mot lejonets öga som inte blinkade.

Först nu kunde de börja betrakta monstret. Kadimba försäkrade att det var det största lejon han någonsin sett.

Det krävdes sex man för att bära lejonkroppen tillbaks till lägret. Allt arbete för den dagen inställdes och man tog fram det sista förrådet av bayerskt öl för att fira medan alla män dansade runt lejonkroppen i cirkelvarv på cirkelvarv och sjöng sånger om hur tappra alla varit när de dödat Simba.

Oscar drack sig för första gången ute i bushen berusad på öl, tämligen varm öl, men hade sinnesnärvaro nog att se till så att lejonet flåddes innan skinnet förstördes. Många frivilliga anmälde sig den här gången.

Han ville behålla skinnet som bevis, delvis för huvudkontoret nere i Dar, men mest för männen i lägret. Han skulle låta spänna upp det högt när det saltats och torkats, som standar över lägret men också som påminnelse om att inga onda andar fanns som inte den vite mannen kunde besegra.

Han var ändå, till och med just innan han somnade i en blandning av lyckorus, vanlig berusning och utmattning, väl medveten om att det inte var över. Den andre brodern Simba var oskadd.

V
LAURITZ
HARDANGERVIDDA
MAJ 1901

LAURITZ VAR STEL i hela kroppen när han vaknade av att Estrid tassade runt ute i salen och dukade fram frukost. Han tvingade sig ur sängen och insåg att de enda uppmjukningsövningar han kunde var de som cyklister använde sig av både före och efter hårda träningspass. Något släktskap mellan cykel och skidor måste ändå finnas, antog han, och satte igång med en serie övningar.

Frukosten bestod av römmegröt, flatbröd, getost och fläsk, det var viktigt att lassa in en hel del inför hårda arbetsdagar. Daniel hade återgått till sin tystnad och Lauritz kom inte på något sätt att få igång samtal, var inte ens säker på att det behövdes.

Den tekniska utrustningen förvarades uppe på kontoret. Lauritz försåg sig med en teodolit, en Zeiss konstaterade han nöjt, mätstänger, stativ, ritningar och millimeterrutat papper för att kunna göra skisser nere vid brobyggena på sträckan efter Ustaoset.

De skulle åt olika håll, Daniel uppåt till ett tunnelbygge vid Vikastølen, han själv nedåt. Klockan var strax efter sex på morgonen, det hade varit en kall natt och skaren bar.

Det gick fort utför på sådant underlag, nästan farligt fort eftersom han flera gånger var nära att falla. Men även efter att han dragit ner på takten gick det fort och lätt, hans packning med instrument, mätstavar och skrivdon vägde inte ens hälften av vad han haft i ryggsäcken dagen innan.

Vid den första planerade bron låg arbetarnas barack. Hela arbetslaget sysslade med snöskottning. De hade rensat upp en väg mellan baracken och det blivande bygget och höll nu på att avlägsna snö från de två tänkta brofästena som låg femton meter isär över en klyfta med en bäck, nu fortfarande frusen, åtta meter ner.

Lauritz åkte ner på bäckens is, stannade på ungefär tjugo meters håll och betraktade platsen. Arbetarna uppe vid brofästena verkade inte ta någon notis om honom och varken ökade eller minskade takten i snöskottningen.

Stenvalv, utan tvekan en valvbro i sten, det måste vara helt rätt, tänkte han, drog av sig ryggsäcken och letade fram ritningsförslaget. Det mesta verkade logiskt och bra, men han tyckte sig ändå se ett eller annat som kunde förbättras. Han svängde på sig ryggsäcken och segade sig uppåt i en halvcirkel tills han var framme vid det ena blivande brofästet som höll på att friläggas från all snö. Bergknallen verkade bestå av solid mörk granit, det var utmärkt.

En av männen där uppe, klädd i stor grå slokhatt och med långt svart skägg, körde ner sin spade i snön, gick beslutsamt fram mot Lauritz, fick av sig hatten och räckte fram en hand av stekpannestorlek till hälsning.

Lauritz lyfte av sig sin alldeles för varma vargpälsmössa och tog den utsträckta handen.

"Du är basen Johan Svenske?" frågade han helt i onödan.

"Högst densamme och du är nye ingenjörn, angenämt", svarade bjässen och kramade Lauritz hand för hårt, helt säkert med avsikt.

De mönstrade varandra under några sekunder. Männen i arbetslaget brydde sig inte om dem utan skottade på i samma takt som förut.

"Det skall bli en valvbro i sten har jag förstått", sade basen. "Vi skulle ha fått material till byggnadsställningar idag på morgonen, men det tycks vara försenat. Kommer väl framåt eftermiddagen."

Mannen talade lite egendomligt. Först trodde Lauritz att det var någon nordlig obekant dialekt, men så slog det honom att det var en blandning mellan svenska och norska.

"Heter du Svenske eller är det bara vad man kallar dig?" frågade Lauritz.

"Jag heter Johansson, det där med Svenske är mer som en hederssak", flinade basen och lade in en stor prilla snus. "Vi har ett stenbrott bara femhundra meter härifrån om du undrar."

"Bra", sade Lauritz. "Jag skulle vilja visa dig ritningarna och diskutera några ändringar. Kan vi gå upp och sätta oss i baracken?"

Basen ryckte på axlarna och slog ut med armen till tecken på att Lauritz kunde skida upp i förväg.

Han hade hunnit breda ut ritningarna på ett av de fyra matborden framför den glödheta lilla kaminen när Johan Svenske kom in, slog sig ner och utan vidare vände upp ritningen mot sig själv och studerade den en kort stund.

"Det är det vanliga, inget nytt, inget konstigt", konstaterade han och sköt ifrån sig ritningen med en frågande min, som om allting varit självklart redan från början, till och med innan han sett ritningen.

Lauritz tvekade kort om hur han skulle presentera sin förändring. Det gällde att inte visa någon osäkerhet.

"Här", sade han och vred runt ritningen så att båda kunde se och pekade med en blyertspenna, "finns en svag punkt. Berget som vi ska fästa norra valvbågen vid lutar svagt utåt som du ser. Det är inte så bra. Vi skulle behöva en sju meter lång hylla inåt som vi sen fyller på med sten som stöd, så att valvet alltså får stöd både horisontellt och vertikalt. Vad anser du om det?"

Han avvaktade utan att visa sin nervositet medan basen nyfiket studerade ritningen, rev sig i skägget och funderade.

"Det är en bra idé", sade han till slut. "Det där skulle vi ha gjort på flera ställen, men det blir ju dyrare. Höjer ackordet. Jag hade ett förslag men räknar om det. Vi får spränga och borra oss ner minst en halvmeter. Gånger sju meter, gånger fem meter. Det blir en del kubik det."

"Ja", sade Lauritz, "men det blir en mycket säkrare bro."

"Javel. Ingenjörn tycks veta vad han snackar om. Men först skottar vi rent, sen får solen göra resten."

"Solen?"

"Ja. När den svarta stenen börjar sticka fram i dagen så fäster solen bra så här års. Vi får rent och torrt på några dagar och kan börja spränga. Om vädret står sig, det vet man ju aldrig."

Det verkade som om de hade funnit varandra. Lauritz blev mer glad än lättad, det kändes märkligt spännande att samarbeta med någon som var en motsats till honom själv, som lärt sig allt i praktiken i stället för i föreläsningssalar.

Han bad om hjälp av några man till att hålla mätstavarna eftersom han nu skulle göra finmätningen på själva byggnadsplatsen.

Karlarna som hjälpte honom hade utan tvekan assisterat på samma sätt förut, de ifrågasatte inga instruktioner och visade ingen otålighet där de stod med sina stänger och avvaktade klartecken för att flytta sig bakåt några meter åt gången.

När Lauritz var halvvägs igenom sina mätningar och anteckningar kom de två försenade slädarna från Ustaoset med material till byggnadsställningarna. Hästarna som var små och sega fjordingar stretade hårt, det stod vit ånga ur näsborrarna på dem. Hälften av snöskottarna släppte sina skovlar och började lossa repen runt slädarnas last. Samtidigt föll de första snöflingorna.

Lauritz såg upp mot himlen. Han hade varit så upptagen av sitt mätinstrument att han inte märkt väderomslaget. Himlen hade blivit mörkt grå och vinden ökade samtidigt som snöandet tilltog. Utan att basen sagt ett ljud om saken slängde karlarna upp sina skovlar på axeln och började gå upp mot baracken. De två man som höll mätstängerna föreföll något otåliga och undrande.

De hade förstås rätt, tänkte Lauritz när han såg hur linsen började fyllas med blöt snö. I det här vädret kunde han inte längre vare sig mäta eller anteckna. Han visade med handen att också de skulle ta sig in i baracken. Bara under den korta promenaden dit upp tilltog stormen. Det var annorlunda än när han gått där ute på isen, märkte han.

Det här var tung blöt snö, inte som gårdagens små vassa iskristaller. Karlarna makade sig tillrätta inne i baracken. De flesta lade sig ovanpå sina bingar, några drog fram en kortlek och satte sig vid ett bord, någon satte sig vid kaminen och började smörja ett par stövlar med fett. Johan Svenske bjöd de två kuskarna och Lauritz att sitta ner vid samma bord som han själv och frågade om han kunde bjuda på kaffe. För man visste ju inte, som han sade, om det här var en storm som var över på tjugo minuter eller tjugo dagar. Kuskarna ynkade sig över hästarna. Blöt snö och hård vind var det värsta, förklarade de. Särskilt efter en hård transport som den man just haft från Ustaoset. Sån där slasksnö lade sig som en tjock våt matta över ryggen på kräken och kylde ner dem alldeles för fort. I värsta fall kunde de få lunghostan och dö.

Lauritz sneglade på basen, som inte med en min visade vad han ansåg om risken för sjuka hästar. Stormen tilltog där ute. Vinden ylade snart runt husknutar och takfall och då och då riste det i hela huset.

"Kan vi inte ta in hästarna?" frågade Lauritz som om det vore den naturligaste sak i världen. Det var en chanstagning, han var rädd att göra sig dum men han tyckte synd om hästarna. Och det fanns gott om utrymme i barackens mitt, alldeles vid ingången.

Basen Johan Svenske flinade brett. Men vänligt snarare än hånfullt, önsketänkte Lauritz.

"Javel", sade basen och rev sig i skägget. "Jag tänkte liksom att det inte passade sig så bra med skitande hästar och ingenjörsbesök i samma barack. Men om ingenjörn säger det så..."

Han nickade glatt åt de två kuskarna som suttit på helspänn efter Lauritz förslag och nu reste sig blixtsnabbt och tumlade ut i stormen. Dörren slog vilt i vinden efter dem innan någon muttrande gick och stängde den.

En stund senare stod två mycket våta, mycket stillsamma fjordingar med hängande öron i farstun medan deras ägare med händer och armar svepte bort lagret av våt tung snö från deras ryggar.

Kokerskan kom ut från sin kabyss, gjorde stora ögon och skrek hotfullt att hästskit hade hon inte betalt för att ta hand om. Hennes utbrott väckte bara munterhet och man försäkrade henne att här i baracken var nog både den ene och den andre van att ta hand om hästskit. Det var bara att skovla in den i kaminen.

Kaffet var hett och förvånansvärt starkt och gott. Lauritz trivdes, det gjorde han faktiskt och kunde inte hitta något annat ord för sitt välbefinnande än just det. Här var alla lika, ingenjör som kusk som bas som rallare. Och om han måste stanna över natten så var det väl inte mer med det. Här fanns visserligen ingen telefon, som i ingenjörsbostäderna. Men vädret var väl förklaring nog om han inte dök upp till kvällsvarden i Nygaard.

Han började ställa frågor till Johan Svenske om skillnaden mellan de olika arbetslagens specialiteter och vad Johan Svenske själv föredrog. Det var inte bara artig konversation, han ville verkligen lära så mycket så fort som möjligt om allt det man inte kunnat veta i Dresden. Den teoretiska kunskapen hade han redan i bagaget, det var han övertygad om. Men allt det andra, det som Daniel Ellefsen antytt, det som Johan Svenske snabbt och med små åthävor övertygat honom om, var den kunskap han hade störst behov av.

Johan Svenske var inte nödbedd, han var dessutom yrkesstolt och en god berättare. Tunnlar och broar var hans sak, broarna på somrarna och tunnlarna på vintern. Med tunnlar var det framför allt så att man hade svårt att värdera ackordet. Man kunde börja ett jobb och från mynningen ta sig fram tre meter om dagen. Men en bit in ändrade sig berget, ibland nästan som på djävulskap, och då kom man bara en halv meter om dagen. Såg man vilken granit man hade att göra med kunde man lätt bedöma hur fort, eller hur långsamt, den skulle ge med sig. Bäst var den röda graniten, värst den ljust gråa. Den kunde man knappt sjunga sig igenom. Jo, sjunga. Det var det bästa. Två man vred stenborren, två man slog släggorna. Två slag, ett vrid, två slag, ett vrid, det blev en särskild rytm.

Han klappade i händerna och uppmanade några karlar att sjunga helvetessången, den man tog till när det var som djävligast. Några män började lite blygt, man var inte van att uppträda vare sig för ingenjörer eller andra utomstående, men snart föll flera in och till slut dånade baracken av, förvånansvärt tyckte Lauritz, vacker trestämmig sång. Man riktigt såg framför sig hur det dammade av de klingande släggorna och hur svettiga starka armar sakta men obönhörligt envist vred borren längre och längre in i den vrenskande graniten tills man äntligen nått tillräckligt långt för att lägga in dynamiten i hålen.

Hårdast var tunnlarna, farligast skäringarna utefter bergssidorna. Det berodde på de ständiga rasen. När de kom måste man kasta sig in mot fjällsidan för att inte krossas eller, för all del vanligare, bli blåslagen. Lösningen var att hålla folk ovanför skäringarna som med släggor gick på allting som såg ut att kunna ge sig iväg, så att man kunde få bort åtminstone sådant som var en tydlig fara. Men berget var lurigt, sprickor som inte syntes på ytan kunde växa i hemlighet när de liksom tappade fotfästet av skäringen. Och så brakade helvetet löst när man minst anade det.

Broar var enligt Johan Svenske det mest angenäma. Dels var det ju sommartid, dels ett arbete som dag för dag gick fortare än tunnlar och skäringar. Men det var något annat också, det var vackert på något sätt. Som den här välvda stenbron de skulle ta itu med härnäst. Nu hade Johan Svenske äntligen fått se ritningen, men den såg precis ut som han föreställt sig, ja nästan i alla fall. Nu skulle det ju tillkomma en nyhet, det där med att spränga ner ett horisontellt stöd för konstruktionen. Det var fanimej inte dumt tänkt. Säga vad man ville om ingenjörer, men ibland hade de sina ljusa stunder.

Lauritz blev varm inombords. Han var van vid beröm från såväl lärare som cykeltränare. Och en man skall aldrig förhäva sig. Men de här orden från Johan Svenske var något mycket annorlunda, och värdefullt. De hade ju tre broar framför sig och Lauritz var gröngöling. Diplomingenjör från Dresden, men gröngöling.

Stormen hade avtagit betydligt, vilket var överraskande för Lauritz men inte för de andra. Några karlar gick ut på farstubron och kikade upp mot himlen och ropade tillbaks in att nu var det bara att ta till skyffeln igen. Det hade kommit tre decimeter våt, särskilt tung och djävlig, snö. Allt man skottat tidigare denna arbetsdag var nu dubbelt upp, om man räknade skillnaden mellan tung blötsnö och gammal smält snö.

Kuskarna ledde ut sina vrenskande hästar, det verkade som om kräken inte ville lämna stugvärmen. De hade i alla fall skött sig väl och märkligt nog inte skitit alls.

Lauritz bedömde att han bäst använde sin tid om han återvände till Nygaard, då kunde han göra ritningen helt klar för det ena brofästet tills i morgon och komma tillbaks för att avsluta mätningarna vid det andra brofästet. Han frågade till råds om vädret och Johan Svenske kallade fram en liten halt karl som bligade en stund upp mot himlen och sedan försäkrade att nu kom det högtryck, det skulle bli kallare men klart. Lauritz tackade för sig och spände på sig skidorna. Klockan var inte mer än fyra på eftermiddagen, han borde vara hemma i god tid till kvällsvarden, bedömde han.

Det hade tagit en timme ner på skaren. Tre timmar tillbaks föreföll som en väl tilltagen marginal.

Redan efter en halvtimme började han tvivla starkt på sin sakkunnighet i bedömningen. Snön var tung och våt, men gjorde heller inget motstånd, hade ingen bärkraft. Också hans breda hickoryskidor sjönk ner tre decimeter, det var som att vada fram i vit gröt. Och eftersom varje rörelse framåt blev extra trög drabbade ansträngningen tämligen exakt hans träningsvärk från gårdagen. Snart övervägde han om han skulle återvända till arbetarbaracken. Någon vrå att sova i skulle han säkert få.

Men det vore förargligt. En gröngölingsingenjör som inte ens kunde skida hem efter dagen som alla andra. Han bet ihop och fortsatte.

Att behärska muskelsmärta var han van vid, ansåg han. Den som bäst hanterade mjölksyran i spurten vann. Och han vann oftast, han var Europamästare.

Fast det var med publik som hurrade och skrek. Dessutom en publik där en av åskådarna betydde mer för honom än alla andra människor. Och en annan, hennes far, som hade större makt över hans livs lycka eller olycka än alla andra.

Han försökte distrahera sig med minnesbilder från Dresden, tänka bort smärtan i låren och framkalla den ena Dresdenscenen efter den andra.

Velodromen. Den särskilda doft som blandades av gummi, olja, svett och lack, det lite rödaktiga lacket, som bildade en yta lika perfekt slät som glas. Den ovala inåtlutande banan var förmodligen byggd i bokträ, brädorna var minutiöst tillskurna och inpassade i varandra utan minsta springa eller upphöjning i skarvarna. Om det inte vore för lacket skulle velodromen ha sett vitaktig ut, nu påminde färgen snarare om den på stränginstrument som violin och cello.

Han måste stanna och andas. Först nu insåg han att det fanns ett alldeles logiskt skäl till hans andningssvårigheter. Han befann sig på mer än tretusen fots höjd och kroppen hade ännu inte anpassat sig. Det var som under första dagen på bergsvandring i Alperna.

Det skulle bli bättre om några dagar när kroppen började vänja sig. Men den insikten var ingen tröst just nu. Han spände av sig skidorna, kastade upp dem på axeln och började pulsa uppåt anläggningsvägen intill den framtida järnvägslinjen. Redan efter ett par minuter fann han att det inte blev lättare, snarare ännu tyngre.

En stadig kall vind från nordväst gjorde att slasket höll på att frysa till, det krasade allt högre när hans smalben skar genom det översta snölagret. Inte ett moln på himlen, solen var på väg ner bakom bergstopparna och hela sträckan uppåt förvandlades till jättelika spegelytor av att de vita gnistrande fjällsidorna belystes snett. Han måste börja gå med hopknipna ögon, han hade inte glömt vad kollega Ellefsen sagt om snöblindhet.

Sächsische Staatsoper. Men så sade ingen i Dresden även om det var det formella namnet. Semperoper hette det. Richard Wagner hade varit verksam där tidigt, men liksom operans arkitekt Gottfried

Semper blivit förvisad från Sachsen av politiska skäl, de hade visst varit för demokratin. Senare blev båda, i synnerhet Wagner, förlåtna och baronen älskade särskilt Ringen, helst av allt Die Valkyrie.

Det var en annan sorts distraktion. I fantasin försökte han framkalla den mäktiga Valkyrieritten, den gjorde sig väl i det här landskapet. Jotunheimen låg faktiskt inte så långt bort. Men han hade inte samma minnesbilder från Ragnarök och måste fantisera fram valkyriorna igen.

Nej, det här gick inte längre. Han måste på nytt ta på sig skidorna. Den fallande temperaturen efter de sista värmande solstrålarna kanske hade det goda med sig att det skulle bli skare som bar skidorna.

Guld och elfenbensfärg, den stora ridån var lila, eller purpur om man skulle vara fin, den färg romerska kejsare och generaler färgade sina mantlar med. Färgämnet kom från en liten havssnäcka, det var dyrare än guld. En fullkomligt gigantisk ljuskrona svävade över parketten.

Men som operahabitué i Dresden hade han varit en bedragare, dock en bedragare med en icke oansenlig ursäkt. Baronen hade ett årsabonnemang, en loge ständigt reserverad på första raden. Platserna på hela första raden, utom den kungliga logen, var reserverade av den sachsiska överklassen. Baronen själv gick uteslutande på de föreställningar som han betraktade som de sunt tyska, kort sagt Wagner.

När Lauritz vunnit sitt första universitetsmästerskap fick han som extrapris ynnesten av en plats i baronens loge för resten av säsongen. Baronen var hedersordförande i universitetets Velocipedklubb, därav det till synes märkliga sambandet.

När han fick erbjudandet hade han först dröjt med svaret och letat efter artiga sätt att avböja den alltför tidskrävande hedersbetygelsen. Han tränade hårt och han arbetade lika hårt med studierna. Och det som enligt hans mening mer än någonting annat kännetecknade opera var att det tog en sån satans tid.

Skidorna började fästa i skaren, han sjönk inte längre ner så djupt.

Om han drog sig utåt kanten på den sörjiga transportstigen kunde han få till något som möjligen liknade ett spår. Även om han inte skulle ha så mycket nytta av det just nu så blev det till god hjälp när han skulle tillbaks nästa dag.

Fasansfulla tanke, men så var det. Det som nu kändes som en sista avgörande ansträngning var bara slutet på den första arbetsdagen. I morgon skulle han igenom samma prövning på nytt.

Tillbaks till operan. Vad baronen inte såg när han lutade sig över bordet vid segerbanketten, Dresden hade också tagit hem lagsegern, och framförde sitt generösa anbud om abonnemangsplats på Semperoper var dotterns min på hans vänstra sida. Ingeborg nickade ivrigt men snabbt åt honom och vände sig genast åt ett annat håll. Han tackade alltså översvallande ja till inbjudan.

Om det var Wagner på repertoaren var baronen själv alltid med i logen tillsammans med sin hustru. Det krävde list, kallblodighet och diskretion. En snabb beröring då och då som såg ut som en tillfällighet. Han kunde stödja hennes arm när det äntligen blev paus och hela sällskapet gav sig iväg mot förfriskningarna. Hon kunde omärkligt föra sin fot allt närmare hans, helst i något dånande crescendo som garanterat skulle fånga faderns hela uppmärksamhet. Och så en snabb, nästan omärklig beröring som fick blodet att susa vid tinningarna.

Vid de tillfällen då Semperoper spelade fransk eller italiensk opera kom inte baronen själv och följaktligen inte heller hans hustru. Då satt Ingeborg och han själv längst in i logen, så långt från balustraden som möjligt. Det var där de kysst varandra för första gången redan till ouvertyren till Den tjuvaktiga skatan

Baronen genomskådade dem alltför fort. Åtminstone vidtog han försiktighetsåtgärder, så att Ingeborg alltid skulle ha husföreståndarinnan eller en väninna med sig. Men husföreståndarinnan kunde inte ta ledigt för opera hursomhelst. Hade baronen gäster, vilket han ofta hade under stadssäsongen, var hennes närvaro i huset ofrånkomlig. Det var hon som förde befäl över hela tjänarstaben.

Skidorna bar plötsligt. Av solen återstod bara en röd- och guldglänsande strimma i väster bakom höga fjäll. Det skarpa ljuset som skurit som knivar i hans ögon hade övergått i rosa skymning. Han hade redan missat kvällsvarden, insåg han. Och påmindes samtidigt om att han var glupande hungrig, nästan på gränsen till illamående. Men skidföret bar, det blev knappt decimeterdjupa, våta men helt släta, spår efter honom. Under natten skulle de förvandlas till isbana, för snabba att åka utför, för bakhala att ta sig uppför. Just nu var det ändå mycket bättre än att vada i slask som han gjort i flera timmar.

Genast när han tappade greppet om sina minnesfantasier kom smärtorna i låren och höfterna tillbaka. Och, nästan värre, skavsåren på hälarna. Han måste fort tillbaks till sina Dresdendrömmar.

De hade börjat mötas i förväg och promenera till Theaterplatz. Antingen ute på Augustusbrücke över Elbe, eller på strandpromenaden Terrassenufer. Ingeborg hade nämligen smidit planer med en väninna som visserligen var av mycket god familj men avskydde opera. Eftersom baronen bara var medveten om det förra men inte det senare, hade han odelat förtroende för denna väninnans dygdighet. Vad han således inte hade en aning om var att hon bland åtskilliga förskräckliga uppfattningar var anhängare av allmän och kvinnlig rösträtt, liksom Ingeborg.

Christa brukade diskret avlägsna sig från logen just när andra akten börjat och inte komma tillbaks förrän precis före nästa paus. Hon brukade ta med sig den sorts litteratur som hon ändå måste läsa i smyg till damtoaletten och försäkrade att arrangemanget var alldeles utmärkt för hennes del. Ingen, inte ens hennes egen far, som var minst lika strikt och politiskt förstockad som Ingeborgs, kunde föreställa sig att Christa satt på operans damtoalett och läste förbjudna böcker. Dessutom var det en principsak att understödja intrigen, förklarade hon. Den moderna kvinnan, den kvinna som nu skulle stiga in i ett helt nytt århundrade av framsteg, var inte bara berättigad till rösträtt, utan också till kärlek efter eget och fritt val. Även sådan kärlek som på intet sätt välsignats av religiösa ritualer.

Om baronen anat att hans dotters betrodda väninna hyste dessa skandalösa idéer hade han snabbt fått slut på intrigen. Men inte hade han ens kunnat föreställa sig något så djupt anstötligt från en så väluppfostrad ung dam? Väninnan Christa var dessutom lika förslagen som Ingeborg när det gällde att spela fin fröken från det förra århundradet.

Lauritz hade inte utan vånda kommit fram till att också han, till skillnad från sina bröder och de flesta män han kände, var anhängare av kvinnlig rösträtt. Arbetares och fiskares rösträtt hade han alltid varit för. Skulle annars feta bagarmästare, droskägare, bankirer och repslagarmästare inne i Bergen ha rösträtt, men inte män som hans far och hans farbror Sverre?

Det var första steget i den logiska modell av resonemang som Aristoteles anvisade. Nästa steg kom då obönhörligt. Om nu alla rallarna och tunnelarbetarna i Johan Svenskes lag, dessa förträffliga män, skulle ha rösträtt? Vad då med kvinnor som Ingeborg och Christa, så oändligt mycket mer bildade och kunniga om allt som hörde till andens men inte handens verk? Logiken var ofrånkomlig. Men ändå inte något han gärna ville diskutera bland andra män.

Det var mörkt när han kom fram. Nå, mörkt blev det inte längre, inte så länge himlen var klar och fjälltopparna och fjällsidorna fortfarande täckta av snö. Det blev bara blå skymning.

När han stampade av sig is och slask i farstun kom Estrid ut för att ta emot honom, blyg och förskrämd som tidigare, och frågade vad som hänt.

Han sade som det var, utan omsvep. Han var bara en usel skidlöpare, det hade tagit mycket längre tid än han trott att ta sig hem. Men han skulle vara evinnerligt tacksam om det funnes något att äta.

Hon nickade tyst och försvann ut i köket. Daniel Ellefsen satt uppe på kontoret, fotogenlampan var tänd där uppe. Men han kom inte ner för att hälsa eller fråga vad som stod på. Det hade Lauritz inte heller väntat sig.

En stund senare satt han med en kraftig soppa på torrfisk och potatis, spekekött från ren, flatbröd, smör, getost och vatten med torrmjölk vid sidan av. Han åt koncentrerat och snabbt.

När han med värkande lår knixade sig uppför trappan till kontoret med sina ritningar under armen såg kollegan, som satt och räknade på ett ark vid sidan av sin ritning, upp som hastigast och nickade.

"Du fick slita på hemfärden", sade han efter en stund.

"Jo", medgav Lauritz. "Slask halvvägs upp till knäna. Vet jag nu och nu är det så dags. Jag har skavsår på båda hälarna. Det blöder."

"Sårsprit finns inne i skåpet där borta, den vita flaskan med rött kors på. Ta av dig om fötterna, såren behöver luft så att de torkar. Byt till rena och tjockare strumpor. Glöm inte att ta med whiskyn när du åker ner i morgon."

"Whiskyn?"

Så var det. Jernbanebolaget höll varje barack med två flaskor whisky var lördagskväll. White Horse, inköpt på fat, tappad på flaska i ingenjörsbarackerna. Vatten till sin toddy fick rallarna hålla med själva.

Nästa morgon blev hans livs hårdaste. Han hade kunnat sova ett dygn, kändes det som, men tvingat sig till en och en halv timmes arbete vid ritbordet innan han måste erkänna att han inte längre kunde hålla ögonen öppna.

Av sömnen mindes han ingenting, bara att han gått och lagt sig i det kalla sovrummet och dragit fårskinnsfällarna över huvudet. Nu värkte hela kroppen, också magmusklerna och baksidan på överarmarna. Han kände sig mer som invalid än som norsk diplomingenjör, "viking" gubevars, från Dresden.

Han tvingade sig igenom cyklistens vanliga uppmjukningsövningar och tänjningar. Smärtorna genomborrade honom från alla håll. Dessutom plågades han av en het sveda i ansiktet.

När han en stund senare, efter att ha kämpat på sig kläderna, ställde sig framför rakspegeln kände han knappt igen sitt eget ansikte. Han var rödmosig och uppsvälld över ögonbrynen, på näsan och kindknotorna var huden fylld av vattniga blåsor. Hans första häpna tanke var att han fått kopporna. Men det var förstås solen som bränt sönder ansiktet. Strålningseffekten mångdubblades antagligen av det gnistrande vita landskapet. Och den kalla vinden mot huden gjorde att man underskattade faran.

Vid frukosten väntade han i det längsta med att ta upp ämnet. Han hade hoppats att kollega Daniel skulle säga något självmant. Men det var att hoppas för mycket.

"Jo, det var en sak", sade han när de hunnit till kaffet. "Som du ser har solen gått hårt åt ansiktet mitt."

"Du kommer att fjälla av dig skinnet tre gånger, sen är det över. Framåt juli ser du ut som jag", svarade Daniel tankspritt som om saken varit fullkomligt självklar.

"Jaha, det var ju bra att veta", muttrade Lauritz surt. "Men innan jag får tillfälle att göra vissa kompletterande inköp i handelsboden i Ustaoset undrar jag om du möjligen skulle kunna låna mig en hatt och ett par solglasögon. Om det inte är för mycket begärt, vill säga. Jag menar, det kanske är ett arrangemang som skulle kräva ett flertal ord?"

"Visst, det går bra", svarade Daniel, till synes oberörd av ironin.

Så tystnade han och såg ner i kaffet. Lauritz suckade ljudligt och demonstrativt men det hade ingen effekt. Fortfarande bara tystnad. Lauritz harklade sig menande. Det hjälpte inte heller.

"Så här kan vi inte ha det", sade han när tålamodet tog slut. "Jag uppskattar förstås att du är beredd att låna mig solglasögon och hatt, mitt ansikte kommer att vara oss båda än mer tacksamt. Men du kan ju inte vänta dig att grejorna kommer till mig självmant?"

"Förlåt, du har rätt", sade Daniel, reste sig och gick in i sitt rum. Strax kom han tillbaks med en hatt och ett par goggles som såg ut som sådana automobilförare i Tyskland brukade använda. Han lade sakerna på bordet, utan att säga något. Lauritz började känna sig smått desperat.

"Och den där whiskyn som jag skulle ta med mig till rallarbaracken, var finns den?" vidtog han uppfordrande.

"I kallförrådet ute i köket bakom skafferiet. Whisky fryser inte."

"Tack för upplysningen. Men säg, om nu rallarna får en ranson whisky till lördagskvällen, gäller samma förmån ingenjörerna?"

"Nej, det kostar tre kronor flaskan för oss."

"Jag förstår. Då har jag ett förslag. Jag väntar mig förstås inte att du ska kommentera det, men i alla fall. Jag bjuder på en flaska whisky i kväll och med detta har jag givetvis en baktanke. Nämligen att stimulera min närmaste arbetskamrat till lite övning i konversation."

Daniel Ellefsen såg upp från sin kaffemugg som han tyckts studera högst ingående. Plötsligt såg han helt närvarande ut.

"Det är inget dumt förslag", sade han. "Du har helt säkert rätt, jag kan behöva lite övning i konversation. Men jag betalar hälften."

Så svepte han i sig sista kaffeslurken, gick ut i farstun och hängde på sig ytterkläder och mes. Sen slog det i ytterdörren och snart hördes svagt det frasande ljudet av skidor mot hård skare.

Lauritz log och skakade på huvudet, drack också han upp det sista kaffet och reste sig stönande för att gå ut i köket och leta fram whiskyflaskorna till Johan Svenskes arbetslag.

Det blev en skräckinjagande färd nedåt brobygget. Det spår han dragit upp i slasksnön kvällen innan hade nu förvandlats till hård is med ett tunt lager mjuka kristaller på ovansidan som ytterligare förbättrade glidet. Han antog att en skicklig skidlöpare inte behövt mer än en knapp halvtimme för att ta sig ner. För hans del blev det betydligt värre. Redan i första backen var han tvungen att sätta sig på ändan när det började gå för fort undan. Det blev en del hårda törnar och så fick han ont också i den enda delen av kroppen som inte värkte. Som tur var hade han förutsett risken och svept in de två whiskyflaskorna i varsin tjock ylletröja för att inte slå sönder dem under resan.

I de alltför branta backarna var han tvungen att gå med skidorna på axeln. Men när det bara lutade måttligt eller var slät mark tog han på sig skidorna på nytt. Efterhand blev han djärvare och prövade allt brantare backar. Tills han landade i ett moln av frasande skarsnö och låg intrasslad i skidor och stavar, dock med ryggsäcken överst. Han kunde snabbt konstatera att han inte brutit någonting och att whiskyflaskorna fortfarande var hela. Men de blåfärgade glasögonen hade han tappat och det tog honom en god stund att hitta dem.

När han kom fram till byggplatsen nere vid baracken upptäckte han att snöskottningen gått märkligt fort. Båda de blivande brofästena låg så gott som fria ute i solljuset och skottarlaget befann sig en god bit bort från baracken. Det såg ut som om de höll på att gräva fram en väg, antagligen till stenbrottet som Johan Svenske talat om.

Han skidade bort mot snöskottarna, stannade och ropade och vinkade med staven. Mannen med den stora gråa slokhatten som tvivelsutan var basen körde ner sin skovel i snön och började gå mot baracken. Lauritz skidade i förväg.

När Johan Svenske kom in och stampade av sig lite sockeraktig frostsnö satt Lauritz redan vid ett av matborden med de två whiskyflaskorna och nya ritningar framför sig.

"Ska ni skotta hela vägen till stenbrottet?" frågade Lauritz. "Sade du inte att det var femhundra meter?"

"Jojomänsan", sade basen och svepte ner sin hatt på bordet intill ritningarna. "Här kan inte fan sitta och rulla tummarna och vänta på att våren skall göra jobbet, då går det åt hälvitta med ackordet."

"Och våren här uppe är väl inte alltid till att lita på?"

"Nej inte fan. Om två dagar är vi framme vid stenbrottet. Och så kan det komma en meter snö över natten. Och då är det bara att börja om. Tack för whiskyn. Men på måndag behöver jag dynamit."

"Hur mycket?" frågade Lauritz osäkert.

"Tio kilo tänker jag vi ska ha för att öppna stenbrottet och få till brofästena. Resten gör vi för hand, slägga och spett."

"Då kommer jag med dynamiten på måndag", sade Lauritz som om det var en självklarhet. I själva verket hade han ingen aning om rutinerna för hur dynamit skulle rekvireras, levereras och kvitteras. Han gissade bara. För eftersom basen nu frågat honom så verkade det som om han skulle leverera. Förvarade man dynamit uppe i ingenjörsstugan? Det föreföll farligt. Eller kanske i någon före detta visthusbod på lite avstånd från de andra byggnaderna på Nygaard? Eller någon helt annanstans. Hursomhelst hade inte Johan Svenske reagerat på upplysningen att Lauritz personligen skulle leverera dynamiten – tio kilo dynamit i ryggsäcken? Då var det väl så det gick till.

Lauritz tog fram sina nya ritningar där han mer exakt anvisat hur de största blocken i stenvalvet skulle utformas och hur byggnadsställningarna skulle resas. Johan Svenske studerade ritningarna med rynkad panna, han verkade något irriterad. Lauritz gjorde sitt bästa för att inte avslöja den osäkerhet han kände komma krypande. Han kunde inte ha räknat fel någonstans, även om han varit trött när han stapplat upp på kontoret under gårdagskvällen. Så det var inte det. Men något var ändå skäl för basens missnöje.

"Jo, jag ska säga ingenjörn att det här ser inte så dumt ut, inte alls", började den väldige mannen långsamt medan han rev sig i det yviga skägget. "Ingenjörn vet nog tammejfan hur man bygger en bro. Men det vet jag också och det ingenjörn ritar det ser jag liksom framför mig på platsen. Det här blir min sextonde bro i sten."

"Jag förstår", sade Lauritz avvaktande. I själva verket förstod han inte alls.

"Så då är vi överens, då?" föreslog Johan Svenske efter en lång tystnad.

"Överens om vadå?" måste Lauritz fråga, det gick inte längre att låtsas att han begrep det han inte begrep.

Johan Svenske såg ner i bordet och log. Han hade förstått.

"Ingenjörn är ju ny här", sade han vänligt med sänkt röst. "Den där förbättringen vid det västra brofästet som ingenjörn ritade till var bra, det sa jag också så fort jag sett'en. Så vi kom ju bra överens från början och det är inte det sämsta. Men vi är alltså överens om att ingenjörn sköter teodoliten och jag bygger. Omvänt skulle det ju inte fungera. Ingenjörn mäter och räknar på vinklarna och avstånden, men bygget sköter jag. Blir det bra?"

"Det tror jag faktiskt", svarade Lauritz. "Sexton broar, det var inte illa. Vet du hur många jag har byggt?"

"Nä, men då var det väl inte broar här uppe i snön?"

"Ingen!"

Johan Svenske häpnade först och brast sen ut i bullrande skratt. De skakade hjärtligt hand. De hade en överenskommelse.

Om det inte varit för de outhärdliga smärtorna hade hans hemfärd blivit behaglig som en söndagspromenad längs Elbe. Solen kom nu bakifrån, och på slät mark kunde han staka sig framåt med böjda knän utan att anstränga vare sig höfter eller lår eller slita på sina skavsår. När han dubbelstakade gled han nästan tio meter för varje stavtag. Uppåt var det inte heller så illa som han befarat. I det såphala glidet, den isränna till spår han klafsat fram i slasket kvällen innan, gick det att ta sig fram med hjälp av armarna utom när det blev tvärbrant. Då tog han av sig skidorna och gick sakta haltande uppåt på skrå, som man går i berg. Någon brådska hade han inte, han skulle vara tillbaka mitt på dagen och kunde sen vila till framåt kvällsvarden. Och whiskyn, tänkte han förväntansfullt. Det vore väl ändå bra märkvärdigt om Daniel skulle dricka whisky tigande.

Hur lätt denna hemfärd än varit, med bästa tänkbara skidföre, stapplade han som ledbruten in till sin säng och låg helt stilla en lång stund utan att ens snöra av sig pjäxorna. Han skulle inte ha orkat en dag till, inte kunnat gå upp i gryningen nästa morgon och ge sig av på nytt. Men nästa dag var Herrens vilodag i den mest bokstavligt tänkbara innebörden. Då skulle han inte röra en muskel, bara läsa.

Han hade varit sparsmakad med böcker i bagaget och tur var det, med tanke på hur blytung ryggsäcken blivit i snöstormen ute på Ustevand. Men Shakespeares samlade verk i ett enda band med psalmbokstunna sidor borde hålla honom med läsning rätt länge, liksom Georg Brandes tjocka bok med kommentarer. Om Shakespeare visste han inte tiondelen av vad han visste om Goethe och Schiller. Han var ju inte mycket för det engelska.

Med stön och gnäll, tacksam för att ingen såg eller hörde honom, tvingade han sig till slut ur sängen för att få av sig pjäxor och kläder. En stund senare sov han djupt utan att heller den här gången ha hunnit grubbla en stund eller resonera med Gud.

Estrid hade oväntat lagat till en ren festmåltid med spekekött som första tilltugg och därefter paradrätten framför alla andra på vidderna, "ripa på ingenjörsvis", vilket betydde med gräddsås, potatis och morötter och rödvin därtill. För Lauritz kändes det nästan som en gudomlig belöning efter uthärdad prövning. Till och med Daniel Ellefsen hade piggnat till och gjorde rentav små försök till konversation innan de ens hade börjat ta itu med whiskyn. Lauritz uppmuntrade honom med allehanda frågor, till en början om riporna.

Daniel svarade förstås enstavigt, men Lauritz gav sig inte utan frågade envist på medan rödvinet sköljde ner det delikata ripköttet. Till slut fick han till och med ur Daniel en lika märklig som kanske typisk historia om Nygaard.

Bonden på Nygaard, som Lauritz ännu inte hade träffat trots att han väl var att formellt se som värd för de två ingenjörerna, hette Tollef Nygaard och var traktens ivrigaste och helt säkert förnämste jägare, mest på vildren. Han och sonen Ole sålde för det mesta sitt renkött och sina ripor. De körde fjordingssläde till Geilo där de sålde kött och fisk och köpte mjöl och kaffe.

Tollefs bäste vän och jaktkumpan hette Gjert Kaardal, den hårda jakten på vintrarna band genom åren de två allt närmare samman. De kom efterhand fram till att det skulle underlätta jakten om Gjerts dotter Sigrid gifte sig med Tollefs son och när de pratat löst om det några år gjorde Gjert slag i saken. En sommardag med tunt snötäcke tog han dottern och en präktig mjölkko med sig och vandrade de sju milen upp till Nygaard. Väl framme räckte han över kon och knuffade fram sin förmodligen vilt rodnande dotter till beskådan. Det gick bra. Sonen Ole blev omedelbart förälskad och att det kan ligga mycket i den historien förstår man när man ser hustru Sigrid på Nygaard, ett ståtligt fruntimmer än idag.

Allt detta hade Daniel Ellefsen, låt vara under trycket av till en början nästan förhörsliknande frågor från Lauritz, lyckats berätta redan till rödvinet.

Och whiskyn lättade därefter än mer tungans band hos honom. Han började rentav fråga tillbaka, exempelvis om vilken sorts ingenjörsexamen Lauritz hade. När Lauritz, inte utan stolthet, något han snabbt fick ångra, berättade att han hade en diplomingenjörsexamen från Dresden mulnade Daniel och muttrade att det kanske förklarade saken.

"Vilken sak?" undrade Lauritz förvånat.

"Att jag är assistentingenjör och att du som är yngre än jag, och dessutom nyanställd, är ingenjör. I min familj hade vi inte råd med en sån där dyrbar examen, jag fick nöja mig med Teknikhögskolan i Köpenhamn."

"I min familj hade vi över huvud taget inte råd ens med skolgång", svarade Lauritz lågt och såg besvärat ner i bordet. Han trodde sig ha funnit den ömma tån hos Daniel och trodde sig också förstå att den där tystnaden inte bara hade med det trolska inflytandet från vidderna att göra, utan än mer med vanlig okomplicerad avundsjuka.

"Det var välgörenhetssällskapet Den gode Hensikt i Bergen som betalade hela min och min bror Oscars utbildning, från Katedralskolan och uppåt", fortsatte han. "Min far var fiskare, han och hans bror gick i kvav ute på havet, vi var därefter lusfattiga. Som tack för utbildningen är jag nu här på Nygaard, ledbruten och skinnflådd i ansikte och på hälarna. I stället för ute i världen och tjänar pengar."

"Som tack för utbildningen?" undrade Daniel med en glimt av äkta intresse och nyfikenhet i blicken.

"Ja, det var som ett underförstått villkor. De där herrarna var ju obotliga entusiaster, optimister också för den delen, när det gällde att bygga Bergensbanen. Man hade invänt från Stortinget att det inte fanns tillräckligt goda ingenjörer i Norge för ett sådant projekt. Så då beslöt bergensarna att utbilda egna ingenjörer. Och här är jag. Skål!"

"Det var verkligen som faan!" utbrast Daniel och höjde sitt whiskyglas så häftigt, att det skvimpade över. "Så du är fiskargrabb från Vestlandet, det hade man aldrig kunnat tro!"

"Hurså aldrig kunnat tro?" undrade Lauritz uppriktigt förvånad.

"Jag talar ju inte precis Kristianiadialekt."

"Nej men se dig i spegeln! Mustaschen, överklassfrisyren med kort snagg, ditt sätt att sitta till bords, ditt sätt att tala med vår kocka. Jag var säker på att du kom från någon skeppsredarsläkt i Bergen, de där dialekterna kan jag ändå inte skilja mellan, jag är ju borta från Hamar. Skål igen tammejfan!"

Han svepte resten av sitt whiskyglas, sträckte sig genast efter flaskan, höll först på att servera sig själv, men ångrade sig, bugade skämtsamt som till ursäkt och fyllde i stället Lauritz glas till brädden.

"Så du kan alltså fiska?" frågade han sen som om det varit den mest naturliga fortsättningen på samtalets oväntade vändning.

"Ja, naturligtvis. Och segla."

"Också fiska under isen efter öring?"

"Ja, också under isen efter öring."

"Ska vi göra det i morgon?"

"Det tycker jag låter som ett charmant förslag, käre bror", svarade Lauritz med parodiskt överklassmanér och tvinnade samtidigt sin mustasch.

Deras skratt kom som en befrielse.

Under resten av kvällen söp de sig fulla och började berätta historier för varandra, utan minsta tanke på att det var början till slutet på alla samtal. Om nu Daniel haft rätt, eller varit helt sannfärdig, när han påstod att tystnaden kom när alla historier oundvikligen var berättade.

Nästa morgon gick de upp fyra timmar senare än vanligt, inte oväntat med värkande huvuden. Ändå var de fast beslutna att genomföra sitt öringsfiske.

De hämtade nät uppe i en av bodarna på Nygaard, yxor och rep hade de i sina egna förråd. Lauritz band samman fyra skidstavar i bambu till en lång stång och med nät och snöskovlar på axlarna pulsade de ner till stranden, det var en för kort bit för att besvära sig med skidor och Lauritz hävdade dessutom att vilodagen för hans del vore förstörd om han så mycket som såg ett par skidor.

De valde en plats nära utloppet från Nygaardsvand till Ustevand, Lauritz förklarade att på sådana platser var det strömt antingen åt ena eller andra hållet och i strömmen hittade fisken sin föda.

De yxade upp ett första hål i isen och lade ut sin bambustång för att mäta upp avståndet till nästa hål och efter fem hål hade de hela sträckan för ett nät. Lauritz körde ner bambustången genom det första hålet och fäste ett rep i handöglan, så lirkade han anordningen fram mot nästa hål, där Daniel tog emot. När de fått ner ett rep hela vägen från första till sista hålet sänkte de ner sitt första nät och drog det med repet under isen. Efter att ha lagt tre nät på det viset spärrade de av hela den sträcka där Lauritz förmodade att fisken skulle finnas. Till slut skottade de bort så mycket snö de förmådde ovanför näten så att mer ljus skulle tränga igenom isen. Ljuset skulle locka sländlarver och annat som fisken åt, förklarade Lauritz.

Han var redan nöjd med dagen när han en halvtimme senare lade sig till rätta ovanpå fårskinnsfällarna för att ta itu med Shakespeare. Om inte skidåkning, så åtminstone fiske var som att cykla, tänkte han. Hade man en gång lärt sig satt det i. Det var antagligen samma sak med segling.

De fick gott om fisk när de tog upp näten framåt kvällningen. De tog med sig så mycket som behövdes för två dagar in till kockan. Resten skottade de ner i en snödriva utanför husknuten. De hade nog med öring för flera veckor.

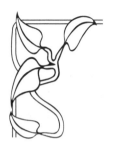 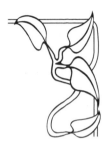

VI
OSCAR
TYSKA ÖSTAFRIKA
JUNI 1902

FÄLLAN I JÄRNVÄGSVAGNEN fungerade inte längre. Efter att Oscar och Kadimba turats om att sitta som väpnat bete bakom järngallret i en dryg vecka gav de upp. Kadimbas förklaring till misslyckandet var högst plausibel. Han menade att båda bröderna Simba varit med vid det första tillfället, som slutade med att en av dem dödades. Den överlevande brodern visste alltså att järnvägsvagnen var en fälla.

Men han hade ändå inte låtit sig skrämmas bort och även till det fanns det en förklaring enligt Kadimba. Det hade varit svårt nog för två gamla lejon att försörja sig, det var därför de specialiserat sig på människa. För en ensam hanne i den höga åldern blev det förstås ännu svårare. Därför hade han inget val, han måste överleva ensam genom att äta lättfångade människor.

Och lättfångad var sannerligen människan, insåg Oscar resignerat. Den återstående brodern Simba hade en förunderlig förmåga att improvisera och ständigt finna nya jaktmetoder. Och för varje ny attack måste man komma på ett nytt försvar, varvid den sluga besten uppfann en ny taktik.

Han kom på morgonen och slet åt sig en av männen som gick i kolonn på väg mot brobygget. I fortsättningen gick ingen till eller från bygget utan väpnad eskort, vilket askarisoldaterna inte hade något emot, eftersom de då fick ägna flera timmar om dagen åt att tjänstgöra som soldater, i stället för att arbeta med ovärdiga sysslor som att bära räls, järnvägssyllar eller timmer till konstruktionen av brospann.

Därmed sjönk arbetstakten ytterligare. Man hade förlorat tjugoen man i lejonens käftar och nu dessutom många mantimmar från tio askaris. Glädjen över att en av demonerna sköts som vilket som helst lejon var snart borta. Oscars förtvivlade känsla av vanmakt kom lika snart tillbaka.

Åter började han betrakta sig själv som en ovärdig representant för civilisationen och det blev inte bättre av att han plötsligt fick chansen att skjuta det återstående lejonet men missade.

En söndagseftermiddag när allt arbete låg nere och en behaglig lättja härskade i lägret hördes plötsligt skrik och tumult från vattenbärarna som kom flyende in i lägret vilt fäktande med armarna och ropade att Simba kommit tillbaka.

Oscar var snabbt på fötter och på väg mot den korta stigen mellan lägret och brunnen man grävt nere i en av de sinade flodarmarna. Där upptäckte han till sin skräckblandade glädje hur lejonet låg över en av de vattenbärande åsnorna och just hade börjat ta för sig. Det märkliga var att besten inte slank undan när han såg en människa med gevär komma emot sig, i stället höjde han huvudet, blottade alla sina tänder och röt mer kraftfullt än Oscar någonsin hört ett lejon ryta, det här var ett helt annat ljud än det man brukade höra i mörkret ute i skogen.

Han stannade, intog knästående och siktade. Men av hans andfåddhet, eller om det var rädsla eller båda, vispade gevärspipan runt i alla möjliga riktningar tills han sköt i ren panik och missade.

Lejonet försvann då blixtsnabbt och Oscar förbannade sin klumpighet och obetänksamhet och kunde genast börja räkna upp vad han skulle ha gjort i stället. Han skulle ha väntat tills andfåddheten lagt sig, sedan avvaktat tills lejonet reste sig upp så att han fick större träffyta, han skulle ha tagit bättre stöd mot knät, han skulle ha gjort än det ena än det andra, bara inte det han gjort i verkligheten. Han hade skjutit lejonet hundra gånger i tankarna när Kadimba kom fram och frågade vad som hade hänt. Han svarade bara kort att han missat, utan några förklaringar eller ens bortförklaringar. Kadimba gick bort till skottplatsen och började undersöka marken runtomkring och gick sedan ett stycke i lejonets spår. Av allt att döma fann han ingenting eftersom han inte visade några särskilda reaktioner. Han kom långsamt gående tillbaka och såg ut mer som om han grubblade än var besviken.

"Det ser bra ut, Bwana Oscar", sade han. "Kulan har gått genom bortre delen av buken och ut genom vänstra baklåret, men jag vet inte om benet är krossat eller om han bara har köttsår, blodet säger inget om den saken och jag har inte hittat några benflisor."

"Men jag såg ingen som helst skottreaktion från honom!" invände Oscar. "En sån träff borde ha märkts ordentligt, men nu var det som om jag skjutit ett löst skott. Ingenting hände utom att han bara sprang iväg som en blixt."

"Han låg alltså ner över åsnan när Bwana Oscar sköt", konstaterade Kadimba. "Ja, då kan det se ut så där."

Oscar kände hur hans förtvivlan började övergå i hopp.

"Du sade att han var skjuten genom bakre delen av buken, då kommer han alltså att dö?" frågade Oscar fastän han borde veta svaret.

"Ja, han är slut, han kommer inte tillbaka, hyenorna tar honom inom ett par dar", bekräftade Kadimba. "Vi behöver inte bekymra oss om honom mer."

Oscar vägde för och emot. Att gå efter ett skadskjutet lejon som inte var omedelbart nära döden var det farligaste man kunde göra i Afrika, så mycket trodde han sig veta.

Men han ville ha skinnet, beviset för att även det andra djävulslejonet var tillintetgjort. Alla i lägret måste få se det, annars skulle talet om odödliga andeväsen bara börja om. Förresten ville han gärna ha med också det här skinnet till huvudkontoret i Dar.

Därför beslöt han att man omedelbart skulle uppspåra och göra slut på Simba. Kadimba visade inte vad han ansåg om detta utan gick bara bort till lägret och hämtade Mannlichern i Oscars tält och lite extraammunition.

Så började de gå på spåret. Oscar gick bredvid Kadimba med sin Mauser riktad framåt från höften. De behövde inte gå länge förrän spåret löpte in i ogenomträngliga snår.

Kadimba gick då i en vid cirkel runt de täta buskagen, fortfarande med Oscar som livvakt i högsta beredskap. När de kom tillbaka till utgångspunkten berättade Kadimba att lejonet låg där inne i snåren, mindre än tjugo meter ifrån dem. Att han inte gått till anfall kunde bero på två saker. Att sårfebern gjort honom orkeslös eller att han redan var död. Men det var inte så troligt efter en sådan skada i bortre delen av buken.

Eller kunde förklaringen vara att han låg där inne där han kände sig säker och väntade på att hans förföljare skulle närma sig genom snåren? Och det skulle man inte göra. Det gällde i stället att få ut lejonet på öppen mark, men då behövde man hjälp från lägrets alla askaris.

De gick tillbaka till lägret och samlade upp soldaterna och utrustade dem med fotogendunkar och facklor. När de återvände till platsen gick Kadimba på nytt runt snåren för att konstatera att lejonet inte smitit iväg. Under tiden satt Oscar och väntade i skuggan under ett jättelikt baobabträd, minst tolv meter i omkrets.

När Kadimba kom tillbaka slog han sig ner bredvid Oscar och började viskande redogöra för vad man skulle företa sig, så att Bwana Oscar kunde utdela alla order, askarisoldaterna skulle inte lyda någon annan i lägret.

Planen var enkel men farlig. Tio askaris omringade snåren med varsin fackla så att de stod i en halvcirkel och bara lämnade fritt åt det håll varifrån lejonet hade gått in i snåren. Där utanför väntade Oscar och Kadimba med gevären skjutberedda tjugofem meter bort.

På Oscars signal tände man eld på snåren från alla håll utom ett och började skjuta inåt snåren ner mot marken där man trodde att Simba låg och gömde sig. Till en början tycktes ingenting ske och alla andades ut eftersom man drog slutsatsen att lejonet var dött.

Sedan skedde allt med blixtens hastighet. Lejonet var redan fem, sex meter utanför snåren när Oscar upptäckte att han kom störtande på rak kollisionskurs. Han sköt och lejonet föll, men reste sig omedelbart och fortsatte anfallet och han sköt igen, men hann inte ladda om för ett tredje skott innan han hade besten över sig. Det sista han hann tänka var att hålla geväret mellan sin hals och det fruktansvärda vrålande gapet. Sedan slogs han till marken av en enorm tyngd och kraft och hann inte ens bli rädd innan allt var över; Kadimba hade i stället för att skjuta på avstånd sprungit fram och stuckit in sin Mannlicher underifrån som ett spjut mot lejonets hjärta innan han tryckte av.

Den enorma tyngden rullade av honom och han kravlade fort undan och reste sig för att inte tillskyndande askaris skulle se hans förargliga belägenhet. Lejonet låg i sina sista svaga dödsryckningar.

Först på hemvägen mot lägret – det krävdes även denna gång sex man för att bära det enorma skalliga lejonet – märkte han att hans skjorta var helt nedblodad och att han blödde kraftigt från sin högra kind. Handen blev våt av blod när han tog sig över ansiktet.

"Det är Simbas klor", förklarade Kadimba med ett brett leende. "Bwana Oscar och jag har blivit bröder, båda har vi Simbas revor i ansiktet, vi tillhör samma stam."

"Mer än så, Kadimba", svarade han lågt så att inte de andra jublande och sjungande skulle höra. "Mer än så, eftersom du räddade mitt liv. Du och jag kommer alltid att veta att så var det."

* * *

Doktor Ernst var pladdrigt munter på ett sätt som föreföll Oscar närmast opassande. Den annars så strikte vetenskapsmannen kom struttande in i tältet i blankpolerade ljusa läderstövlar, slips och kavaj och med en rödvinsflaska sträckt över huvudet och proklamerade högtidligt att i kväll måste man fira. Beteendet var så olikt honom att Oscar åtminstone snuddade vid tanken att Herr Doktor rentav satt i sig de sista resterna av sårspriten.

Det var därför Oscar hade bjudit på middag. Doktor Ernst hade under tio dagars tid buttert och ytterst petigt behandlat hans sår efter lejonklor på högerkinden. Det hade sett en aning oroväckande ut i början, det måste medges, men varje kväll hade läkaren med viss brutalitet tvättat såren rena med sprit och sedan låtit det friska blodet som flöt fram under resterna av var och gamla sårskorpor lufttorka. Han hade förklarat ingående, väl ingående enligt Oscar, att den elakartade infektionen kom sig av att rovdjur, särskilt asätare, samlar på sig en enastående rik och intressant bakterieflora under sina klor.

Man hade flyttat lägret till andra sidan floden, bortom de tre nybyggda broarna och organiserat tälten som förut, i räta rader i stället för hopgyttrade i små cirklar med taggsnår som förskansning. Luften var åter frisk att andas och man hade en tämligen lätt byggsträcka framför sig i ungefär en månad innan man på nytt kom in i ett skogsområde. Oscar och Kadimba hade kunnat ägna sig åt lite jakt så att det fanns gott om kött i lägret och nu skulle alltså Doktor Ernst trakteras med en stek från en liten röd *duiker*, som fått hängmöra så länge som Oscar vågat i den tilltagande hettan. Han ville tacka för den omsorgsfulla och synbarligen framgångsrika sårbehandlingen.

Men Doktor Ernst hade något helt annat, och som det visade sig, betydligt viktigare att fira än några halvläkta infektionsfria lejonrevor på en ingenjörskind.

"Denna blauburgunder, vilket för övrigt är ett vin som jag tror passar utmärkt till viltkött, har jag sparat för något synnerligen värt att fira, och nu är vi, tack gode Gud, äntligen där!" utropade han och höll vad som måste vara lägrets absolut sista vinflaska ånyo sträckt över huvudet, innan han plötsligt återfann sin värdighet, bugade stelt och satte sig ner vid det dukade bordet.

"Då måste jag verkligen få gratulera, Herr Doktor, men jag är förstås ytterst nyfiken på vad saken gäller, tydligen inte er framgångsrika behandling av mina infekterade sår?"

"Nej ingalunda, Herr Diplomingenjör, med all respekt givetvis, små sår ska man inte förakta, särskilt inte i Afrika, men nu gäller det något mycket större. Vi står nämligen inför ett efterlängtat vetenskapligt genombrott."

Doktor Ernst reste sig spänstigt och letade fram en korkskruv på samma plats i samma typ av mahognyskåp där han förmodligen förvarade sin egen och började korka upp flaskan medan han ivrigt förklarade, eller snarare föreläste:

De träd som tillhörde släktet Cinchona var såvitt hittills känt huvudsakligen hemmahörande i Andernas regnskogar, de mest kända givetvis Cinchona calisaya och de närstående succirubra och ledgeriana. Redan på 1820-talet hade franska kemister lyckats isolera alkaloiden kinin ur barken på dessa latinamerikanska träd. Men nu hade det alltså visat sig, just här på denna expedition, att det fanns en variant av samma släkte här i Afrika, utan latinskt namn än så länge, ehuru Doktor Ernst hade för avsikt att hos tyska Vetenskapsakademien ansöka om att få uppkalla den nyfunna arten efter sig själv, i så fall en oerhörd ära. Men fullt rättvist. Oscar försökte se intelligent och intresserad ut, vilket inte var helt lätt. Han var inte klar över den tydligen mycket stora betydelsen av dessa rön.

"Inser ni vad detta betyder, unge Herr Diplomingenjör!" utbrast läkaren medan han tämligen vårdslöst serverade vinet.

"Herr Doktor Ernst får ursäkta...", tvekade Oscar innan han plötsligt kom på vad det handlade om. "Menar ni verkligen, Herr Doktor, att ni funnit ett ämne som gör att vi kan tillverka kinin här i Afrika?"

"Helt riktigt, Herr Diplomingenjör!" utbrast den nu närmast euforiske läkaren, rättade till sin pincené och höjde sitt vinglas till en skål.

Oscar gjorde detsamma. De såg varandra stint i ögonen, drack varsin klunk, bugade stelt mot varandra och satte ner glasen.

"Detta kan ju ha en enastående både vetenskaplig och praktisk betydelse", funderade Oscar medan Hassan Heinrich serverade köttet med "gräddsås" som i smaken låg mycket nära riktig grädde. Det var nava, saften från en kaktusväxt.

Jo, så var det, fortsatte Doktor Ernst, ett mycket viktigt genombrott. Han hade arbetat hårt och länge med projektet utan att säga någonting om det, då han inte hade någon vilja att gå triumfen i förväg. Även om han varit tämligen säker på att han var på rätt spår. De rent botaniska iakttagelserna han gjort redan för två år sen hade förefallit honom säkra, liksom de första kemiska testerna. Men han hade nu under den senaste månaden likväl genomfört ett kliniskt experiment. Det föll sig ju särskilt tacksamt så här i början på malariasäsongen.

Han hade indelat negrerna i tre grupper. Först en kontrollgrupp som fick placebo och därefter grupperna A och B som fick varsin variant av de preparat han framställt. Det statistiska utfallet var klart signifikant, även om de här förbaskade lejonen ställt till det genom att inte kunna äta proportionerligt av de negrer de infångade. Bortfallet till följd av lejon var, märkligt nog, störst i den grupp som fått placebo. Det kunde finnas en intressant förklaring. Huvudsaken var emellertid att försökskaninerna i såväl grupp A som i grupp B just nu saknade varje symptom på malaria. Medan förstås placebogruppen var ganska illa däran och till stora delar måste ersättas vid nästa leverans av ny arbetskraft.

Vad som återstod, men det fick bli en senare fråga med tillgång till bättre laboratoriemöjligheter, var förstås att finna den idealiska balansen mellan variationerna A och B. Men summa summarum hade de nu ett verkningsfullt medel mot malaria som med relativt enkla metoder kunde tillverkas också ute i fält.

Det var utan tvekan en stor vetenskaplig framgång, det var uppenbart också för Oscar. Det innebar också en ekonomiskt betydelsefull förändring. Malarian stod för de största förlusterna av arbetskraft under järnvägsbygget. Det innebar flera svårigheter, främst att man hela tiden måste skola in de nya som kom för att ersätta de som dött. Oscar höjde på nytt sitt glas och de enda vita männen i lägret, och de enda med tillgång till kinin, bugade på nytt stelt mot varandra.

"För vetenskapen som vi kan använda för att bygga upp Afrika!" föreslog Doktor Ernst.

"Och för järnvägen som kan föra kunskapen ut i landet", lade Oscar till.

Det blev en munter kväll. Köttet var sannerligen både mört och läckert och de sög länge och försiktigt på sin blauburgunder för att få den att räcka så länge som möjligt. Den upprymda stämningen var ovan och något märklig eftersom de två männen aldrig skämtat eller ens smålett inbördes. Och när Doktor Ernst berättat tre varv med blott ett fåtal variationer om sina medicinska rön kom han in på helt andra botaniska iakttagelser.

En sådan var att man ofta fällde ädla träd längs järnvägen. Det skulle vara fri sikt om möjligt tjugofem meter åt båda hållen från spåret uppe på banvallen. Det var delvis ett militärt önskemål, i händelse av infödingsuppror, men man föreställde sig också att viltskadorna kunde begränsas om man gjorde järnvägen mer synlig. Som ett resultat av denna ordning låg det nu enligt Doktor Ernst tusentals mahognyträd längs järnvägen, dömda till förruttnelse och termiternas ihärdiga käftar.

Så långt i resonemanget villade han bort sig något och kom in på att det förhöll sig med mahogny precis som med träd av släktet Cinchona. Också för mahogny var det kända ursprunget amerikanskt, nordamerikanskt eller från Honduras. Men det fanns alltså mahogny också i Afrika.

Väl tillbaks till trädfällningen längs järnvägen påpekade han att förstörelsen av mahogny närmast var en synd, därtill irrationell och oekonomisk. Eftersom det ändå gick tomma järnvägsvagnar tillbaks till Dar efter varje förrådstransport till bygget borde man kanske kunna åstadkomma någonting bättre än att bara betrakta denna kapitalförstörelse. Järnvägen var visserligen viktigare än allt annat, men ändå? Om nu järnvägsbolaget hade koncession att hugga ner vartenda träd längs linjen, och som framgått rätt att lämna allt detta material till insekterna, borde det då inte kunna bli en sidoinkomst för bolaget att samla in träden, lasta dem på tomma returvagnar och sedan sälja detta överskott väl framme i Dar? Hellre än förruttnelse, borde man tycka.

När vinet var urdrucket tycktes Doktor Ernst bli mycket trött, han verkade rentav en aning berusad, vilket var orimligt efter en halv flaska vin – de hade delat vinet med millimeterrättvisa – men kanske var han uttröttad efter sitt hårda arbete den senaste tiden, på så vis mer berusad av framgången än av vinet.

Oscar hade däremot svårt att somna efter att Doktor Ernst brutit upp. Hans tankar fladdrade mellan de två stora nyheterna. Doktor Ernst hade till synes löst det utan jämförelse största problemet med den afrikanska arbetskraften, det dödliga svinnet. Människoätande lejon var trots allt ett ovanligt problem, åtminstone i den omfattning man upplevt de senaste månaderna.

Den andra nyheten var alltså att det låg ädelträ för hundratusentals – eller miljontals? – mark och ruttnade längs järnvägsbygget. Vem ägde denna mahogny? Järnvägsbolaget eller protektoratet Tyska Östafrika? Eller rentav tyska staten? Några andra alternativ kunde inte finnas.

Det skulle då möjligen vara den som tog vara på spillet, så att säga städade upp längs linjen. Det tålde att fundera på.

* * *

Oscars ankomst till Dar es-Salaam blev lika överraskande som genant. Han hade verkligen inte väntat sig någon mottagningskommitté, än mindre uppståndelse. Eftersom han kom från flera månaders tjänstgöring ute i bushen hade han heller ingen aning om att han var en germansk hjälte av episka dimensioner. Framför allt hade han inte kunnat föreställa sig vad stadens två tidningar berättat om hans jakt på de människoätande lejonen eftersom det för hans vidkommande mest handlat om en plågsamt lång rad av misslyckanden som slutade med att Kadimba räddade hans liv. Dessutom borde allt överskuggas av Doktor Ernsts vetenskapliga genombrott.

Han reste alltid i lokklass, som man skämtsamt kallade passagerarutrymmet bredvid lokföraren, dels för den händelse att det plötsligt skulle finnas djur på spåret som måste skjutas eller skrämmas iväg, dels för sällskapets skull. Och just den här lokföraren, eller rättare sagt Herr biträdande tågmästaren med det passande namnet Schnell, var den av förarna han trivdes bäst tillsammans med, en sorglös bayrare med grötig dialekt. De hade alltid något att tala om som mestadels rörde den europeiska självpåtagna bördan att lyfta Afrika upp till civilisationen.

När tåget stånkade in på järnvägsstationen i staden tackade han Schnell för sällskapet, hoppade av i farten och gick bakåt mot den sista vagnen där han hade sitt enda bagage, förutom Mausern som hängde över hans vänstra axel och Doktor Ernsts välfyllda och förseglade portfölj som han bar i högra handen som han lovat på hedersord: att bara släppa väskan i sådana situationer då naturen kallade och man svårligen skulle klara av den saken med en tung portfölj i ena handen. Möjligen kunde undantag från denna regel godtas om det gällde att besvara anfall från aggressiva infödingar, avliva någon noshörning eller dylikt. Portföljen innehöll såvitt han förstod rapporter till såväl järnvägsbolagets huvudkontor som till tyska Vetenskapsakademien.

I sista vagnen låg hans två torkade och saltade lejonskinn som han skulle överlämna till järnvägsbolaget. Han hade organiserat två askaris för att bära dem till huvudkontoret. När de lastat av de stela och otympliga skinnen tog han täten och försökte snedda över stationsbygget. I ögonvrån noterade han att det märkligt nog stod en mässingsorkester mittför banvallen, ungefär där stationens huvudingång skulle byggas. Den stora bastuban glänste i kvällssolen. Han grubblade inte närmare över den saken.

Men han och hans bärare hade inte hunnit långt över det skräpiga bygget innan en tjänsteman i den officiella grå uniformen med vit tropikhjälm kom andfått hastande mellan kringspridda brädor och armeringsjärn.

"Herr Diplomingenjör Lauritzen! Jag måste be att få påkalla er uppmärksamhet", flåsade löparen.

Oscar eskorterades till mässingsorkestern och ställdes upp mellan de två askarisoldaterna som höll varsitt stelt lejonskinn framför sig. Herr Överste Järnvägsdirektören Dorffnagel skyndade fram och ville skaka hand, så att Oscar måste lasta över portföljen i vänster hand.

Handslaget blev utdraget och snart svettigt i eftermiddagshettan. Alla måste stå stilla utan att röra så mycket som en min medan två fotografer tog bilder, först utan och sedan med magnesiumblixtar.

Därefter tog mässingsorkestern upp Die Wacht am Rhein. Överste Järnvägsdirektören Dorffnagel tog av sig sin tropikhjälm och höll den under högra armen, Oscar gjorde detsamma med sin bredbrättade hatt, fortfarande utan att släppa Doktor Ernsts portfölj.

Såvitt han förstod var den vita tropikhjälmen en del av tysk uniformsstandard. Själv bar han en bredbrättad hatt i ett grovt presenningsliknande material, så den var tvivelsutan reglementsvidrig. Dessutom försedd med ett band av leopardskinn runt kullen (en illa skjuten getplundrare som han och Kadimba inte funnit förrän hyenorna slitit sönder den och förstört skinnet). Som järnvägsanställd förväntades även han uppträda i tropikhjälm. Inte mycket att göra åt nu. Det var bara att stå i givakt inför nationalsången.

Tropikhjälmen var en löjlig och obekväm huvudbonad ute i bushen, men gällande vetenskap hade slagit fast att den vite mannens huvud var för känsligt för den starka och vertikala instrålningen vid ekvatorn. Det antogs föreligga en risk för att vit mans hjärna skulle koka sönder utan tropikhjälm. Det påfundet var säkert engelskt, det fanns åtminstone roliga historier om engelsmän som sov i tropikhjälm.

Så långt gott och väl, han hade lyckats stå i stram givakt och distrahera sig med att tänka på annat under nationalsången för att inte flina åt den överdrivna ceremonin.

Men det var inte över. Ingalunda över.

Askaris med bärstol kallades fram och en procession organiserades med Oscar buren främst, därefter två man som bar lejonskinnen, därefter mässingsorkestern, därefter den tio man starka delegationen tjänstemän från järnvägsbolaget och generalguvernörens kontor och sist gruppen av askaris med gevär över axeln, allt i god tysk ordning.

Processionen gick ner i stadens centrum, mässingsorkestern spelade självfallet marschmusik, raka vägen till Tyska huset som inrymde såväl klubben som restaurang och delar av den lokala administrationen.

Inne i stora samlingssalen var det dukat till fest. Mässingsorkestern hade slutat när man kom fram, men grupperade sig nu olycksbådande i salens bortre ände, medan Oscar knuffades upp på ett podium tillsammans med Herr Generalguvernören och Herr Överste Järnvägsdirektören. Det skulle uppenbart hållas tal, sorlet i publiken, kanske 150 personer, lade sig sakta. Pinsamt nog hade Oscar fortfarande sitt gevär i rem över axeln och portföljen med Doktor Ernsts helt säkert ovärderliga vetenskapliga material i högerhanden.

Herr Generaldirektören höll ett kort och kärnfullt tal. Han förklarade att vad vi nu varit med om var en av Guds många prövningar för alla och envar. Vi hade dock aldrig haft några naiva föreställningar om att det skulle bli lätt att häva den afrikanska kontinenten upp till likaställd mänsklig nivå. Oerhörda utmaningar hade vi såväl bakom oss som framför oss. Och ett av de mest skräckinjagande och brutala umbäranden det stora järnvägsprojektet hittills råkat ut för kunde vi nu lämna bakom oss.

Den germanska andan hade bestått prövningen. Och för detta var Herr Diplomingenjören Lauritzen vid järnvägsbolaget värd den största respekt.

Sedan höll Herr Överste Järnvägsdirektören Dorffnagel ungefär samma tal med tillägget att det också var frågan om järnvägsbolagets germanska anda.

Festen kunde nu omedelbart inledas. Åtminstone så snart de stormande applåderna lade sig.

Oscar kände sig än mer förlägen. Alla män i det stora sällskapet var strikt korrekt klädda. Själv var han klädd i en löst hängande kakiskjorta med korta ärmar, kraftiga svettfläckar under armhålorna, en hatt med leopardskinn och oputsade stövlar. Bara hans tyska uniformsbyxor av ridbyxemodell, som han aldrig använde i fält, råkade stämma med konvenansen.

När de steg ner från podiet och applåderna fortfarande pågick ödmjukade han sig inför den högste järnvägschefen och framställde önskan om att få dra sig tillbaka en kort stund för att å sitt lilla tjänsterum uppe i bolagets Gasthaus ordna sin hygien. Och i synnerhet sin klädsel.

"Kommer alls icke på fråga unge Herr Diplomingenjör Lauritzen, ni är dagens hjälte och det förefaller säkert oss alla här väl så passande att ni också ser sådan ut. Får jag till att börja med, innan vi sätter oss till bords, bjuda på en utmärkt Weissbier, just ankommen från Dortmund, måste drickas den närmaste tiden innan den förfars!"

Därmed var åtminstone hälften av förlägenheten avklarad för Oscar. Men bara hälften. Han dristade sig därför till att framställa ett nytt önskemål till högste direktören. Att dels få överlämna den portfölj från Doktor Ernst som han svurit att inte lämna ifrån sig till någon annan, samt att dels också, förslagsvis med samma transport till huvudkontoret, få avlämna sin Mauser, då han fann det olämpligt att supera beväpnad i så gott sällskap.

Herr Överste Järnvägsdirektören Dorffnagel bemötte hans blygsamma önskemål med ett gott skratt, kallade därefter till sig några underlydande som i sin tur raskt skulle organisera väpnad eskort till huvudkontorets stora valv.

Strax hade Oscar en stor skummande, något grumlig men lagom källarsval Weissbier i sin hand. Det var himmelskt, det var, när han slöt ögonen, som en tiotusen kilometers blixtresa tillbaks hem. Om nu Tyskland var hem.

Norskt öl var i vart fall inte lika gott.

Festen blev omedelbart mycket tysk. Mässingsorkestern började obönhörligen spela och skulle som vanligt aldrig sluta, sorlet steg mot taket. Man drack öl i ofantliga mängder, sjöng snart med i orkesterns repertoar, även Oscar när han ibland kunde stycket. Svetten pärlade från alla tillknäppt uniformsklädda, de svajiga fläktarna i taket var mer dekorativa än effektiva. Oscar mådde även därför, i sin lätta bushklädsel, förträffligt.

Som hedersgäst var han placerad mellan generalguvernören och högste järnvägsdirektören, en remarkabel ära för en enkel ingenjör. Av den upphackade konversationen, ständigt avbruten av skrålande sång, började han sakta få en bild av vad man firade. Något helt annat än det som verkligen hänt.

Telegraflinjen hade ju mestadels varit avbruten (de fördömda girafferna) och därför hade huvudkontoret fått tämligen rapsodiska rapporter om lejonplågan vid Msurifloden. Därtill kom att lägrets telegrafist Wilhelm Bodonya tydligen var en icke oäven litterär begåvning. Hans dramatiska rapporter om lejonjakten tycktes ha nått oanade höjder.

Ovanpå det kom de två tidningarna i Dar, Deutsche Nachrichten och Tanganyika Abendblatt, som tydligen tävlat ursinnigt om vem som bäst, eller mest snarare, kunde brodera och dramatisera de redan överdrivna rapporterna från huvudkontoret.

Berättelsen om hans misslyckade lejonjakt, som han för övrigt aldrig skulle ha klarat av, eller ens överlevt, utan Kadimba hade antagit herkuliska proportioner. Han skulle smygande ha förföljt lejonen ute i mörkret, funnit deras gömställe under täta taggbuskage och ålande gett sig in efter dem, dödat det ena och brottats med det andra, därav hans rivmärken på högra kinden, vilka halvt läkta sår alla kunde se som bevis på att historien var sann. De två onekligen mycket stora lejonskinnen, som snart skulle pryda huvudkontoret, fungerade också som ovedersägliga bevis för hans otroliga hjältedåd. Utom möjligen den lilla detaljen att skinnen, när de garvats, mjukats upp och rengjorts, knappast skulle visa sig ha kulhål mellan ögonen.

Det var på sätt och vis huvudkontoret som organiserat alla överdrifterna. De hade sänt en fotograf till lägret för att dokumentera skinnen, Oscar hade poserat en kort stund och sedan glömt bort saken, som då bara framstått som ett irriterande litet avbrott i dagens arbete. Att man sedan försett pressen med bilderna hade nog att göra med svårigheterna att rekrytera nya arbetare.

Hursomhelst var det just nu under ompabompa, öl och sång, knappast rätt tidpunkt att försöka korrigera, eller ens nyansera, legenden. Det skulle bara uppfattas som i värsta fall falsk blygsamhet, i bästa fall överdriven gentlemannamässighet. Så det var bara att mumla med i berättelserna. Det var en sorts teater.

Däremot fanns något klokt att säga just i denna stämning, något som han gruvat sig för att framföra och gång på gång försökt formulera utan att bli nöjd.

Nu efter åtta öl och vid synnerligen hög ljudnivå i festlokalen uppstod ett lika gyllene som oväntat tillfälle.

"Herr Överste Järnvägsdirektör, jag har en fråga!" skrek han för att överrösta orkestern.

"Fråga vadhelst, Herr Diplomingenjör!" skrek högste chefen tillbaks.

Just då nådde orkestern fram till ett avslutande crescendo och Oscar avvaktade tills det blev tillfälligt tyst i väntan på nästa stycke.

"Jag har plockat upp en del ädelträ på vägen hem, träd som vi måste fälla för järnvägen", sade han i mer normal samtalston. "Är det i god anständig ordning att jag säljer stockarna, jag menar hellre än att de bara skulle förfaras ute i bushen?"

"Herr Lauritzen, ni har gjort järnvägsbolaget en enorm tjänst. Tag med er och sälj vad ni behagar av dessa träd och se det som en gratifikation", hann högste chefen svara, samtidigt som han dunkade Oscar i ryggen, innan musiken bröt ut på nytt.

Aftonen avslutades med att Generalguvernören reste sig, höjde sin ölbägare och tackade för en strålande fest och än en gång framhöll det goda exemplets makt för att förstärka den germanska insatsen för civilisationens framåtskridande i Tyska Östafrika.

Mässingsorkestern tog avslutningsvis upp Die Wacht am Rhein och alla reste sig och stod i givakt. Därmed var festen slut.

Den följande morgonen blev kärv och han kunde inte sova bort bakruset eftersom han hade en sedan länge inövad disciplin att gå upp i soluppgången. Våtare kvällar, och nätter med för den delen, hade han haft åtskilliga under studieåren i Dresden. Lite Weissbier borde inte ha bekommit honom så illa. Hade det med klimatet att göra, eller med människans allmänna anpassning till naturen, så att öl passade i svalt klimat och palmvin till södern? Nej, han erinrade sig att det hade blivit en del Schnaps på slutet. Det var sannolikt lika förödande i Afrika som i Tyskland.

Han steg upp och gick fram till sitt numrerade privata skåp för kläder och toalettartiklar, letade fram rakkniv, borste och tvål. Varje anställd hade sitt eget skåp som ställdes ner i källaren när man återvände till lägret och bars upp igen till det rum man tilldelats när man kom tillbaks till Gasthauset.

Ett intelligent och praktiskt system, på sätt och vis mycket tyskt.

Mitt i tankegången kom han av sig och smekte den bruna blankpolerade träytan på skåpet. Mahogny, men tvivelsutan av tysk tillverkning. Han kände igen låstypen och mässingsbeslagen. Alltså ett tyskt mahognyskåp?

Han letade en stund och fann en firmastämpel på skåpets undersida. Möbelfirman låg i Frankfurt am Main. Det var närmast komiskt om man tänkte efter. För om han nu förstått Doktor Ernst rätt så var mahogny i dess hittills kända form ett nordamerikanskt trädslag. Amerikanska arbetare hade fällt och sågat träden. Därefter hade de som råvara skeppats över Atlanten till Rotterdam eller Hamburg. En möbelfirma i Frankfurt am Main hade köpt råvaran, tillverkat bland annat en serie klädskåp som man sålt till Östafrika! Efter nya oändliga transporter.

Och uppe vid järnvägsstationen hade han nu en vagnslast som fraktats praktiskt taget gratis i bara två dagar. En ekonomiutbildad person skulle säkert ha mycket att säga om den saken. Men själv var han ingenjör och närmast demonstrativt ointresserad av penningtrillande. Han ryckte på axlarna och började energiskt skärpa rakkniven mot läderremmen.

Efter en gedigen frukost i Gasthausets lilla matsal, råggröt, ägg, fläsk och kaffe, gick han ut för en promenad klädd i enkla kakikläder och med lågskor i stället för läderstövlar, men förstås med den bredbrättade hatten på huvudet. Det fanns inget behov av korrekt klädsel före lunch.

Som vanligt i Dar sökte han sig nedåt hamnen, hav och båtar drog honom alltid till sig. Det var högvatten och de rundbukade fartygen som kallades *dhow* låg inne vid kaj där man lossade eller lastade. Det som skulle ut i världen var mest sisalbalar, copra och enstaka elefantbetar. I gengäld lossades möbler, bomullstyg och lådor med glaspärlor, som blivit en stor industri i Tyskland eftersom det var det mest begärliga betalningsmedlet i Östafrika. Blanka svettiga ryggar i solskenet, hårt arbetande karlar – det ständiga tjatet om lata afrikaner hade sannerligen inte något fog.

De var outbildade, de var inte vana vid europeiska verktyg. Det var hela saken, för arbeta kunde de och de var finurligt händiga med rep och sina *pangas* som de använde på en mängd områden.

Det var visserligen besvärligt ute på järnvägsbygget, för att inte tala om brobyggena, eftersom de dog i malaria i nästan samma takt som man hann utbilda dem.

Återigen slog det honom vilken enorm betydelse Doktor Ernsts upptäckter kunde få, inte bara för järnvägsbygget, utan för all organiserad verksamhet i det hittills oåtkomliga hjärtat av Afrika. Exempelvis kunde man mångdubbla antalet geologiska forskningsexpeditioner, allt det afrikanska guldet måste ju komma någonstans ifrån.

De första fiskebåtarna, utriggare som antingen paddlades eller gick för latinsegel, var på väg in. Han älskade doften av färsk fisk, kanske för att det påminde honom om det som egentligen var hemma, det som varit hela hans barndom. Ingen fisk här nere doftade som torsk märkligt nog, men de var ofta mycket vackrare. Och en del faktiskt rent ut sagt delikata, särskilt den blåa typen av havsabborre som hade ett namn på swahili som lät som "arbetsfisk". Den smakade som en blandning av steinbit och breiflabb. Fast räkorna var torra och träaktiga i smaken, även om de var mycket större.

Han svettades kraftigt, men det hade inte med hettan att göra. Hettan bekom honom normalt inte, möjligen i november, men inte nu i juni. Svetten generade honom, inte så mycket för att den kom sig av överdriven alkoholkonsumtion kvällen innan, utan för att han såg ett och annat småleende från passerande swahilier och indier. De ansåg att muzungi inte tålde sol. Vilket var struntprat av samma slag som det där med de lata afrikanerna. Att skydda sig mot kyla, särskilt fuktig kyla, kunde vara ett helvete. Med värme var det mycket enklare, bara att ha hatt och dricka mycket vatten.

Lunchen oroade han sig inte för. Det skulle väl i stort sett bli en mer lågmäld repetition av gårdagens hyllningar och kanske löneförhöjning. Det viktigaste, som han sannerligen inte fick glömma, var att framhålla betydelsen av Doktor Ernsts fantastiska rön. Lejonlegenden hörde gårdagen till, men nu måste det handla om Doktor Ernst.

När han kom tillbaka till bolagets Gasthaus hade han strövat planlöst i flera timmar norrut till den stora udden och tillbaka och det hade blivit ebb så att de stora dhowbåtarna låg på snedden uppe på land. Det var förstås därför de hade skrov som påminde om jättelika valnötter, för att två gånger om dygnet ligga på fast land utan att knäcka spanten ens när de var tungt lastade. Ett intressant men logiskt sätt att lösa problemet med det kraftigt växlande tidvattnet i Indiska Oceanen. Högre upp på Vestlandet hade man valt en helt annan väg, det var kanske därför vikingaskeppen hade legat så högt i vattnet, nästan som om de varit flatbottnade.

Han beställde dusch nere i receptionen, gick upp på sitt rum och drog av sig alla kläderna i en hög som han sen kastade i tvättkorgen. Nästa morgon skulle de hänga rena och strukna utanför hans dörr, precis som ute i bushen. *Ordnung muss sein.*

Frågan var om han skulle klä sig i den tyska uniformen eller i vit linnekostym till lunchen. Det var inte lätt att veta.

Å ena sidan var det söndag, vilodagen. Och han var inte i tjänst utan i staden för en tio dagars *Urlaub*. Det talade för civil klädsel.

Å andra sidan var Herr Överste Järnvägsdirektören ytterst formell, petigt tillrättalagd i allt liksom hans stora röda mustasch där inte ett strå låg fel. Tog han någonsin av sig uniformen?

Jo, han var kristen, mycket kristen. Så på vilodagen gjorde han det. Alltså valde Oscar vit linnekostym med svart kravatt och hans lättnad var enorm när han på slaget ett infann sig i klubbhusets förstaklassmatsal och fann Överste Järnvägsdirektören Dorffnagel klädd exakt som han själv.

De började med en stor ölsejdel till Oscars lättnad. Somliga strikt kristna drack inte alkohol, inte ens öl, på Herrens vilodag. Och att föra kristendomen till Afrika var en av de stora uppgifterna, ett av skälen till att Tyskland åtagit sig den humanistiska uppgiften att rädda Afrika.

Oscar inledde konversationen med att tacka översvallande, ödmjukt och korrekt för gårdagens storstilade mottagande, fastän hans ringa insatser vid Msurifloden knappast motiverade sådan extravagans. Frau Schultze skulle ha blivit stolt över honom.

När väl det var sagt bad han att få påpeka att det fanns en betydligt större nyhet från Msuri, som tills vidare kanske borde behandlas mer diskret.

Hans högste chef tystade honom med en snabb handrörelse.

"Det är synnerligen glädjande att ni påpekar just den saken, Herr Diplomingenjör", viskade han och lutade sig framåt i en sorts kollegialt samförstånd.

Så gjorde han en konstpaus och såg sig omkring. Det fanns inget sällskap inom hörhåll, de båda satt lite avsides vid det förnämsta fönsterbordet med havsutsikt. Alltså hade de egentligen ingen anledning att viska.

"Jag fruktade att ni, med all respekt för era egna insatser, alltså verkligen, därom råder inga som helst tvivel, men jag fruktade att ni inte hade klart för er vad det var ni förde med er i den där portföljen. I stället visade ni diskretion och omdöme. Mycket bra."

"Herr Överste Järnvägsdirektören har alltså tagit del av Doktor Ernsts vetenskapliga rapport?" frågade Oscar, nu också han viskande.

"Ja, jag drabbades av lite nyfikenhet när jag kom hem i går natt. Vår strikte vän Generalguvernör Schnee blåste ju av festen aningen i förtid igår, kanske han ansåg att vi alla borde vara vid bästa vigör under dagens gudstjänst. Förresten såg jag er inte där. Försov ni er?"

"Absolut inte, Herr Överste Järnvägsdirektör", svarade Oscar och slog ner blicken. "Den genanta sanningen är helt enkelt den att jag glömde bort att det var söndag. Jag gick ut på en tidig morgonpromenad, såg att alla arbetade som vanligt i hamnen, tänkte inte på att de var muhammedaner. Det var obetänksamt av mig, jag ber om ursäkt men så var det."

Högste chefen nickade eftertänksamt.

"Ärlighet", sade han, "tillhör våra främsta dygder, fastän alltför sällsynt, men det är en sak jag uppskattar. Doktor Ernst har alltså invigt er i sina rön? Jo, jag försökte läsa igår kväll av ren nyfikenhet, men jag måste medge att saken egentligen krävde nyktrare kaluv. Men sedan kunde jag inte somna. Förlåt mig dessa indiskretioner men det är ju ändå ingen som hör oss. Och så steg jag upp tidigt i morse och läste på nytt. Ni inser förstås vad detta betyder?"

"Jo självklart", medgav Oscar. De stora förlusterna i människoliv, som var järnvägsbyggets största belastning eftersom järnvägen oundvikligen måste gå rakt genom det ena malariaområdet efter det andra, skulle nu på ett effektivt sätt kunna begränsas, till och med kunna upphöra.

Uppmuntrad av den andres min som uttryckte både förvåning och respekt, fortsatte Oscar djärvt till nästa slutsats, väl medveten om att han då också framställde sig själv som mer lojal, mer patriotisk och politiskt insiktsfull än han var. Ty, fortsatte han, Doktor Ernst hade möjligen gjort upptäckter som innebar enorma konkurrensfördelar.

Det var ett ord han tog i sin mun för första gången. Han föraktade annars såväl ekonomer som politiker. Och därför, fortsatte han i samma stil, borde en sådan sak såvitt han förstod, inte avhandlas hursomhelst på en munter fest.

Han hade hycklat, förstås. Men det hade bara runnit ur honom. Anledningen till att han inte nämnt någonting om Doktor Ernst under gårdagens fest var lika enkel som den var tudelad. Han blev snabbt smickrad och full och musiken var alldeles för hög för mer komplicerade samtal.

"Vet ni, Herr Lauritzen, ni får förresten kalla mig vid efternamn i fortsättningen i stället för hela formalia, ska vi skåla för det?"

"Tack Herr Dorffnagel, jag känner mig verkligen hedrad", sade Oscar och höjde sitt ölglas samtidigt som värden och chefen.

De såg varandra stint i ögonen, bugade stelt och drack.

"Jo, som jag just sade Herr Lauritzen, eller rättare sagt, det hann jag inte ens säga. Men vad jag hade för avsikt att säga var att ni är en ung man som har stora möjligheter att gå långt. Jag uppskattar verkligen att ha er i min tjänst och det var mer tur än skicklighet att jag anställde er, det kommer så mycket patrask och lycksökare hit. Men när jag såg närmare på er ansökan fann jag ju att ni var inom tiogruppen i Dresden och då var förstås saken klar. Hur har ni förresten tänkt tillbringa er ledighet här i Dar?"

"Med fiske, Herr Dorffnagel, jag kommer ursprungligen från en fiskarfamilj i Norge."

"Utmärkt. Ni kan embarkera vilken ni vill av våra egna fiskebåtar, det är de blåmålade utriggarna. Hälsa bara från ledningen. De går ut när floden... ja, det där vet ni väl bäst själv. Återigen skål!"

De behövde nytt öl efter skålen. Men ur Oscars synvinkel gjorde det inte så mycket. Nästa högvatten skulle inte komma förrän vid mörkrets inbrott och det var redan för sent. Fisket fick anstå till nästa dag.

De åt en strålande lunch på fisk och skaldjur.

VII
LAURITZ
HARDANGERVIDDA
JUNI–JULI 1901

DET VAR EN förunderlig lycka att segla. Han behövde inte mer än kasta en blick på vinden för att veta hur många slag han behövde för kryssen mellan Ustaoset och Haugastøl, att segla var lika självklart som att andas eller gå. Såg han någon av båtarna hissa segel kunde han genast bedöma om seglet var för stort och behövde revas något för att inte sladdra och tappa dragkraft. Eller omvänt.

Jernbanebolaget disponerade tre båtar vid Ustaoset, två Arendalsjakter och en Hardangerjakt, de hade alla ett storsegel med spridare och ett försegel. De var för smala och ranka för att vara särskilt sjödugliga ute på fjordarna, men här uppe i fjällen hade man alltid byggt sina båtar på det viset. Lastade man dem tungt blev de betydligt mer stabila.

Det var finväder och sommar. Man sade att en sådan sommar hade man inte haft på många år, annars brukade snön aldrig vara helt borta i dalarna och på fjällsidorna förrän en bra bit in i juli. Det hade inte snöat på flera veckor och fjällsluttningarna hade exploderat i blomsterprakt, isranunkeln som kommit först och då varit vit och växte i långa revor och sett ut som snödrivor som inte smälte, hade just börjat skifta färg mot violett. Gräs, lavar, purpurbräcka, mossa och gullbräcka färgade dalgångar och fjällsluttningar omväxlande i gult, violett, rosa, starkt blått och grönt, till och med svart och grått.

Lauritz satt vid rorkulten på en av Arendalsjakterna och njöt av tillvaron på ett sätt som han var högst ovan vid, det var som om seglingen blåste bort alla malande tankar om hur länge hans fångenskap i fjällvärlden skulle vara. Hur länge Ingeborgs far skulle tolerera hennes olika undanflykter med att ständigt skaffa sig ny utbildning före ett högst eventuellt äktenskap med lämplig man, eller så grubblade han över hur Mor Maren Kristine hade det nere i Tyssebotn – hennes brev var inte särskilt upplysande – eller över vilken stuga han skulle spärras in i kommande vinter.

Det enda som för tillfället upptog hans tankar var seglingen. Man kunde till exempel fråga sig om hans förmåga hade med arv eller miljö att göra, en av tidens nya tvisteämnen inom modern vetenskap. Kunde han segla därför att han uppfostrats fram till tolvårsåldern i en miljö där alla kunde segla? Eller var det en genetiskt fortplantad förmåga som gått i arv genom seklerna? Hemma vid Frøynes hade alla människor seglat de senaste tusen åren. Var tusen år tillräckligt lång tid för en genetisk mutation, som Darwin talade om, och för att skapa en särskild, seglande människoras? Det hade han ärligt talat ingen aning om, genetik var inte hans ämne, han arbetade med sådana frågor som kunde besvaras med hjälp av en räknesticka.

Det ansågs inte riktigt passande att en ingenjör arbetade med segeltransporterna här vid järnvägsbygget, som om det arbetet vore alldeles för simpelt, ungefär som att sköta hästtransporterna. Han hade kommit på att slå vad om att han seglade fortare än alla andra, för att på så vis tillskansa sig nöjet. Det blev inte mycket till kappsegling eftersom han drog ifrån den andra Arendalsjakten redan efter två slag. Men ett vad var ett vad och nu seglade han nöjd vid sin rorkult i sällskap med en förtjust *flisegut*, lärling eller handräckning, som hette Trygve och som strålade av lycka där han satt lutad mot masten mitt i båten. Tanken var att han skulle lära sig segla för att en dag överta jobbet, även om det knappast varit meningen att han skulle ha en ingenjör som lärare.

Det svåra med lärarjobbet var att sätta ord på kunskapen. Allt Lauritz företog sig vid rodret och med skotningen kom automatiskt utan att han själv riktigt kunde förklara varför. Om han i ett visst läge ändrade kursen något för att gå högre upp i vind så skulle farten självklart öka. Men hur visste han det i just det ögonblicket? Han seglade på instinkt, inte på teoretiska kunskaper. Det påminde om Johan Svenske, som aldrig hållit vare sig räknesticka eller teodolit i sin hand, men ändå visste hur bron skulle byggas eller graniten huggas. Den förmågan kunde förresten inte förklaras med genetik.

Båtfrakterna hanterade för det mesta det tyngre godset, till exempel byggnadssten från något av stenbrotten, cement och sand. Det blev rejäla ballaster och trög segling. Särskilt på kryssen upp mot Haugastøl, men desto snabbare om man gick tomt tillbaka i undanvinden. En känsla av frihet var det hursomhelst i båda riktningarna.

Dåligt samvete för att han höll sig borta från mer ingenjörsanpassat arbete behövde han inte ha. Den milda våren och det envist goda sommarvädret hade gjort att de tre stenbroar som var hans beting skulle bli klara en månad i förväg. Johan Svenske och hans arbetslag kunde förvänta sig ett strålande ackord och dessutom hinna gå på ett nytt utomhusjobb innan vintersäsongen kom. Vart han själv skulle kommenderas visste han inte, det kunde bli vadsomhelst och varsomhelst längs linjen.

Man hade anmält inspektion om några dagar, vid Sankt Hans. Överingenjör Harald Skavlan skulle infinna sig i egen hög person och det var väl då det skulle komma besked. För Daniel Ellefsen var läget annorlunda. Han hade övergått från sitt vinterarbete vid Vikastølstunneln till skäringar lite längre västerut. När snön kom skulle han bara tillbaks in i tunnelarbetet.

De trivdes ihop numera, vore synd om de skulle skickas på olika håll och få nya kolleger att dela vinterkvarter med.

* * *

Överingenjör Skavlan kom spatserande i sällskap med avdelningsingenjör Olav Berner. Spatserande var rätt ord, det såg faktiskt så ut när de småpratande, utan en svettdroppe, utan över huvud taget något tecken på trötthet, dök upp vid stationsbygget i Haugastøl. Skavlan hade med vandrarstav och ryggsäck gått från Voss – från Voss tolv mil bort! – och vid Hallingskeid hade han fått sällskap med Berner. Därifrån hade det bara tagit dem två dygn att gå ner till Haugastøl.

De två chefsingenjörerna var på inspektionstur längs hela bygget, från Voss till Geilo. I Haugastøl hade de inte funnit något att anmärka på, stationshuset stod mer än halvfärdigt, alla stenväggarna var resta och man höll på med takstolen. Huset skulle bli färdigt i god tid före vintern och då hade man ny inkvartering för nyanställda ingenjörer. Daniel Ellefsens arbete med skäringar och tunneln vid Vikastøl lämnade intet övrigt att önska, hävdade de två cheferna och vandrade obesvärat vidare mot Ustaoset, där man skulle fira Sankt Hans. Men först skulle den nye ingenjören Lauritzens tre stenbroar inspekteras. De sände bud efter Lauritz, som motvilligt lämnade sin segelbåt, men order var order.

Han mötte dem vid den första stenbron, såg redan på avstånd hur de stod och gestikulerade och tycktes inbegripna i en inte helt lugn diskussion. Det bådade inte gott.

När han kom fram hade de två cheferna lugnat ner sig och hälsade artigt formellt och kallade honom herr Lauritzen, vilket kändes något avigt. Det där med att alla ingenjörer var du med varandra gällde tydligen inte de högsta cheferna. Men å andra sidan var det första gången de sågs. Lauritz hade skrivit på anställningshandlingarna hos en avdelningsdirektör i Kristiania.

"Här har skett en del modifieringar i förhållande till ursprungsritningarna", gick Skavlan strängt rakt på sak när de hälsat och tagit på sig hattarna på nytt för solens skull.

"Ja, det är alldeles riktigt", svarade Lauritz defensivt och stramt som inför en professor i Dresden.

"Herr Lauritzen kanske skulle vilja upplysa oss om vad som föranlett dessa förändringar?" fyllde Berner på.

Lauritz såg från den ene till den andre av de två cheferna. De var förvånansvärt lika, klädda i tweed och slips, marschkängor och vandrarstavar, långa och smärta utan ett uns fett på kroppen, gråa mustascher, kortklippta som små rotborstar.

Han började rabbla siffrorna ur minnet om lutningsgraden som motiverat en horisontell insprängning för att förstärka stödet vid västra brofästet, och om den extra kostnaden som kunde motiveras med betydligt förbättrad säkerhet, och vad han kom på att haspla ur sig med så säker min han förmådde. Han märkte inte först att de två äldre kollegerna föreföll roade.

"En del av stenblocken här i den nedre delen ser inte riktigt ut som på ritningarna, hur förklarar ni det Lauritzen?" frågade Skavlan.

Det var knepigare att förklara, det gick inte att motivera med fysik och matematik. Men det gick inte heller an att ljuga.

"Det har med en egensinnig… egensinnig men mycket kompetent bas att göra", sade han och avvaktade.

"Så ni tar order av en bas, herr Lauritzen. Är inte det lättsinnigt?" frågade Skavlan.

"Nej, det tycker jag inte", försvarade sig Lauritz. "Det är ju en stenkonstruktion utan cement, allt måste passa i slutänden hur man än räknar. Om sten tre är något för stor, ergo sten fyra något mindre i förhållande till ritningen. Dessutom har jag det största förtroende för den här basen, han är rentav beundransvärd. Och vi har diskuterat varenda sten, jag var här praktiskt taget dagligen."

"Vad heter basen?" frågade Skavlan kort.

"Johan Svenske."

"Jaha, det förklarar saken. Nå, då tror jag vi kan vandra vidare till de andra två byggena."

De två cheferna vände honom närmast demonstrativt ryggen och gick i förväg, lågt diskuterande. De visade tydligt att de inte ville att Lauritz skulle höra. Fylld av onda aningar höll han sig på respektfullt avstånd. Efter bara tjugo minuter var de framme vid nästa bro. Ungefär samma sorts diskussion utspelade sig som vid den första bron. Och så gick de vidare på samma sätt.

Vid den tredje bron pågick fortfarande arbetet, ena valvet hade nått halvvägs och där var byggnadsställningarna nedtagna. Men från mötespunkten högst upp och österut stod fortfarande byggnadsställningar. Man höll just på att vinscha upp en sten för att lägga den på plats.

Men nu stannade arbetet av, vilket det inte skulle ha gjort om Lauritz kommit ensam. Arbetarna radade upp sig och tog av sig hattarna, Johan Svenske steg fram och tog de två cheferna i hand och bugade, glömde i hastigheten av Lauritz.

Den strikta stämningen från de två föregående inspektionerna var plötsligt försvunnen. Skavlan dunkade Johan Svenske i ryggen och gratulerade och förhörde sig om möjligheten att samma arbetslag kunde ta ett nytt ackord efter ett kort sommaruppehåll, för det här jobbet skulle ju vara klart redan i början på juli. Johan Svensk sade sig inte vara ovillig, fast han kunde inte svara för alla karlarna i laget. Men han skulle utan vidare kunna fylla de vakanser som kanske uppstod. Lite berodde det förstås på vad det var för ett nytt jobb och vilken ingenjör man skulle få på halsen.

Skavlan pekade skämtsamt med tummen över axeln mot Lauritz. Johan Svenske häpnade först, några skräckfyllda sekunder för Lauritz som inte kunde tolka reaktionen, men så sken den väldige basen upp, spottade iväg en brun salivstråle som nästan träffade Lauritz fot, gick fram och lade sin ramlika högerarm om axlarna på Lauritz, skakade honom kärvänligt fram och tillbaka och vände sig mot de två cheferna utan att släppa björngreppet runt Lauritz.

"Pojken ser inte mycket ut för världen, det medges", flinade Johan Svenske glatt. "Men en sak ska jag säga herrarna översteingenjörer, att dum är han inte. Så tammejfan. Räkna och mäta kan han och sten förstår han sig på. Hur nu det har gått till när han bara lärt sig i teorin. Vi jobbar bra tillsammans."

"Jamen det var väl utmärkt", sade Skavlan torrt. "Den här bron ser ut att vara klar om... fjorton dar?"

"Tio dar", rättade Johan Svenske, skakade glatt om axlarna på

Lauritz ännu en gång innan han släppte honom och vände sig mot de två höga cheferna. "Tio dar, sen sommarledighet i tio dar, den lyxen är man inte vad vid. Och sen vad?"

"Fjorton dars ledighet", korrigerade Skavlan. "Vi måste flytta en barack, bygga en större för fyrtio man rättare sagt, men er barack här borta ska flyttas. Fjorton dar alltså, sen ska ni infinna er på Finse. Överenskommet?"

"Överenskommet!" sade Johan Svenske, tog de båda cheferna i hand och gick tillbaks mot jobbet.

Bara några ögonblick senare såg allt ut precis som när de kommit till arbetsplatsen. Ett stort stenblock hissades uppåt med block och taljor, svavelosande eder skar genom den tunna fjälluften. De tre ingenjörerna vände på klacken och började gå mot Ustaoset. Det skulle ta dem några timmar.

Skavlan lade kort armen om Lauritz skuldror och drog honom till sig, mellan honom själv och avdelningsingenjören Olav Berner, chefen uppe på Hallingskeid. Det var tydligen inte längre meningen att Lauritz skulle larva efter de två andra på behörigt avstånd.

De gick fem minuter under tystnad. Lauritz måste hela tiden kämpa för att inte hamna på efterkälken i stenskravel och halkiga våta fjällsidor där vatten strilade oupphörligt, ibland i rännilar, ibland i små bäckar. Det var ett halkigt och förrädiskt underlag, men det tycktes inte besvära de två chefsingenjörerna det bittersta.

"Du har världens förnämsta ingenjörsutbildning när det gäller brobyggen och tunnlar", sade Skavlan när han lika plötsligt som överraskande bröt tystnaden.

"Ja, i och för sig finns inget universitet som överträffar Dresden, såvitt jag vet", svarade Lauritz försiktigt.

"Jo, så är det ju", fortsatte Skavlan. "Det visste vi också i teorin, nu vet vi det i praktiken. De där tre stenbroarna var bara ett prov, vi ville se något konkret. Ja, jag har vänner i Den gode Hensikt, jag kan hela historien från början. Du har gjort de tre bästa stenbroarna på hela sträckan. Så är det."

"Inte bara jag, Johan Svenske har lika stor del i arbetet", värjde sig Lauritz besvärat. Han antog att han rodnade under slokhatten, och det gjorde han inte ofta.

"Stämmer förstås", sade Olav Berner. "Men det är ju en del av det hela. Här uppe är inte som på låglandet, här måste man få det att fungera med basarna och Johan Svenske är en av våra allra bästa. Och du ska veta att han vanligtvis är snål med erkännanden till ingenjörer. Yrkesstolt är han, nämligen. Anser att det är han och hans lag som gör jobbet och att såna som vi bara springer och stör med vår oförskämt höga lön."

"Ligger det inte något i det", dristade sig Lauritz att säga. "Här är ju inte bara att bygga, räkna och rita, här måste man först och främst uthärda naturen."

"Jomenvisst", instämde Skavlan. "Snön och vinden är det vi har att slåss mot mer än något annat."

"Ja, för inte var de där tre broarna särskilt komplicerade", fortsatte Lauritz uppspelt av att på något sätt ha blivit godkänd. "Redan romarna skulle faktiskt ha byggt de där broarna på ungefär samma sätt. Åtminstone på låglandet. Så märkvärdigt var det alltså inte, jag menar konstruktionstekniskt."

De andra svarade inte, Lauritz ångrade sina förnumstiga funderingar. Men sagt var sagt.

De två cheferna gick till synes långsamt med lugna steg, och ändå så mycket snabbare än Lauritz. Solen hade sjunkit såpass att de kunde ta av sig hattarna. Bara de högsta fjälltopparna var fortfarande snöbelagda, det var en så varm sommar redan i juni att man aldrig sett något liknande här uppe. Åtminstone inte så långt tillbaka som någon kunde komma ihåg. Sommaren 1901 skulle leva länge i mannaminne.

"Vi har ett bygge framför oss som är såpass svårt att det finns de som säger att det är omöjligt", vidtog Skavlan plötsligt som apropå ingenting. De hade kanske gått en halvtimme utan att säga något.

"Så vi ville veta om du var rätt man. Och det är du", fyllde Berner i.

Lauritz kom sig inte för att säga något. Det svindlade i hans fantasi. Det måste ju handla om någonting mycket annorlunda, något som det ännu inte fanns någon motsvarighet till längs hela linjen.

De andra sade ingenting mer, de väntade tydligen ut honom. Och som han hade lärt av Daniel gick det an att vara långsam innan man svarade. Men nyfikenheten drev honom obönhörligen mot frågan.

"Vad är det ni vill att jag ska bygga?"

"En bro. Men inte vilken bro som helst. Ett spann på trettiofem meter över en fors. Rejäl fallhöjd", svarade Skavlan.

"En valvbro alltså", konstaterade Lauritz samtidigt som han drog efter andan.

"Ja. En valvbro mellan två tunnlar", bekräftade Olav Berner. "Antingen klarar vi det bygget eller också måste vi dra om hela linjen, en försening på flera år."

"Jag förstår", sade Lauritz utan att alls förstå. "Var ligger den?"

"Vid Kleivevand, över Kleivefossen", sade Skavlan. "Vi gör så här. Först går vi till Ustaoset och firar Sankt Hans, jag kan försäkra dig att som nu har vi aldrig någonsin haft det på Sankt Hans här uppe. Sen går du med oss upp förbi Finse och ser på hela härligheten. Förresten bör du göra dig beredd att flytta till Finse om någon vecka."

"Vad ska jag göra där?"

"Inte mycket, till en början. Det behövs en mindre bro över Finseå, som ligger några hundra meter väster om stationen. Bron behövs för att vi ska kunna börja ett tunnelarbete, vi har redan byggt en ingenjörsbostad och som du hörde ska vi ta dit en stor barack för två arbetslag, så att de kan jobba skift över vintern. Då är du på gångavstånd eller skidavstånd från det stora brobygget, bara arton kilometer. Men nu talar vi inte mer om det, nu skall vi ha en fin Sankt Hans i bara skjortärmarna."

De båda äldre männen ökade takten och tystnade, som om de nu inte tänkte på annat än sensationen av att se Sankt Hans-eldar i bara skjortärmarna.

Det var 21 grader i luften när de åtta ingenjörerna på hela sträckan

Geilo-Hallingskeid under sång och skratt drog ut i de tre segelbåtarna vid Ustaoset till en liten holme ute på den spegelblanka sjön. De hade en god last av spekekött, öl, brännvin och whisky. Från holmen hade de utsikt inåt mot nästan hela den sträckning som tåget en dag skulle gå längs Ustevand. Just nu föreföll allting möjligt, rentav självklart. De kunde i sin fantasi se hur ångloken tuffade fram utefter stranden, passerade en och annan skäring med tak över, men mestadels ute i det fria. Ju mer de drack desto säkrare blev de på att Bergensbanen alls inte var någon omöjlighet, som olyckskorparna kraxade om i Kristiania och Stortinget. Vad som var värre, det skämtade man galghumoristiskt om, var att nästan ingen enda av de niohundra arbetare man hade igång trodde att järnvägen skulle bli verklighet. Jobbet tog de ändå för att det var bra betalt även om det var omöjligt. Inte ens de bästa basarna, inte ens Johan Svenske, trodde att projektet var möjligt. Det var åtminstone vad som berättades ute vid den falnande elden på holmen.

Lauritz tvivlade på att Johan Svenske skulle höra till olyckskorparna. Skulle denne björn till man, som hade en så finstämd känsla för ett valvs båge, som drev sina rallare med både tillit och fast hand, kunna göra arbetet utan tro? För Lauritz föreföll det omöjligt. Ingen man kunde arbeta så väl utan tro.

Någon tog upp en sång som handlade om Norges självständighet. Stämma efter stämma fyllde i och snart dånade sången ut över det vita vattnet i midsommarnatten.

Lauritz sjöng pliktskyldigast med. Norges självständighet gentemot Sverige föreföll honom inte som någon stor sak. Norge var Norge och Sverige var Sverige och hans hem var Osterøya som inte hade med vare sig Kristiania eller Stockholm att göra. Vad hade det någonsin haft för betydelse ute på Osterøya, eller än mindre hemma på Frøynes, att man haft dansk kung i fyrahundra år och svensk kung i knappt etthundra år?

En sådan, möjligen lättsinnig, uppfattning vore det nog inte så klokt att torgföra bland hans sjungande ingenjörskolleger. Ett sådant tilltag skulle med säkerhet förstöra denna sagolika midsommarnatt.

* * *

Han fick nöjet att segla de två chefsingenjörerna från Ustaoset till Haugastøl. Det var för en gångs skull inte vind från väst eller nordväst, utan från sydost, så det gick fort undan, slör hela vägen. De två äldre uppskattade nöjet och omväxlingen men tycktes helt oförstående inför Lauritz påpekande att det blev betydligt bekvämare på detta sätt, eftersom man fick femton kilometer kortare sträcka att gå.

De hade en frikostig matsäck, inklusive öl och tunga sovsäckar i renskinn att släpa på.

När de lagt till vid Nygaard krängde de genast på sig ryggsäckarna och satte av upp mot Finse. Detta var ny terräng för Lauritz och först var han bara muntert nyfiken på vägen upp mot den plats där han tydligen skulle komma att tillbringa nästa vinter. Snart blev han mer betänksam.

Redan efter någon timme passerade de trädgränsen, till och med fjällbjörken försvann. Efter ytterligare någon timme gick de i snöslask. Lauritz förargade sig på nytt över att ha svårt att hänga med. De två andra gick med korta steg i en absolut jämn takt, utan synbara ansträngningar. Genant nog visade de också någon sorts faderlig omsorg om Lauritz, så att de turades om att gå först och spåra i den allt tyngre snön, noga med att hela tiden hålla honom sist, där det var enklast att gå. De talade inte med varandra, än mindre med Lauritz, var och en gick i sina egna tankar.

Efter tre timmar kom de till en plats där några stora flata och svarta stenhällar stack fram i snön. Där stannade de, svängde av sig ryggsäckarna och började rota fram matpaketen och ölen. Utsikten var vidunderlig, kalfjäll åt alla håll, intet mänskligt liv i sikte. Men i fjärran en stor blå glaciär.

"Där är Hardangerjökulen", sade Skavlan och pekade. "Det är dit vi ska hän nu på första dagen."

Lauritz konstaterade uppgivet att det måste bli fråga om ytterligare halvannan timme. Men han sade ingenting. Han skulle hellre gå tills han stupade.

De åt en stund, getost, flatbröd och renkorv och drack varsin öl innan det blev dags att ge sig av på nytt. Nu var de tvungna att hela tiden hålla sig till den slaskiga transportvägen i spåren efter packhästar och slädar, vid sidan av vägen var snödjupet för stort och skaren bar inte längre. Hittills hade det varit lätt molnigt, men snart brände solen från en helt klarblå himmel. Ljuset från snötäckta fjällsidor och från bergstopparna blev smärtsamt skarpt. De drog på sig sina solglasögon.

Själva Finse var inte mycket att se. Två baracker, en för rallarna som redan var färdigbyggd, en mindre och halvfärdig för ingenjörer. I närheten stod en fortfarande översnöad jakthydda i sten, solen hade bara lyckats frilägga taket än så länge.

Men den sista timmen på väg förtrollades Lauritz ändå av den mest storslagna syn han upplevt, den enorma glaciären, Hardangerjökulen. Den låg som en blåskimrande rovdjurstass över fjället på andra sidan den gråfläckiga sjön där isen höll på att gå upp. Trötthet en av den långa marschen satte fart på Lauritz fantasi. Ideligen riskerade han att snubbla eftersom han inte kunde slita blicken från glaciären. Den förvandlades från rovdjurstass till sagoslott för övernaturliga väsen, eller snarare någon sorts gudaboning, allteftersom det sneda ljuset från väster skapade nya skuggor och nya blå ljusskulpturer. Hur gammal var en glaciär? Han hade ingen aning, men den borde åtminstone vara kvar från den senaste istiden för tiotusen år sedan. Men hur många istider hade den överlevt? Han tröstade sig med att han säkert inte var ensam okunnig på den punkten.

Ju närmare de kom det lilla arbetslägret i Finse, desto bredare och mer uppkörd av hästhovar och slädar blev transportvägen. Sista biten gick de jämförelsevis bekvämt.

Ingen av de tre männen hade sagt något enda ord den sista timmen. Nu såg Skavlan upp mot solen och frågade Berner om de ändå inte skulle fortsätta till Hallingskeid i stället för att sova över. Lauritz antog först att det var ett rått skämt. Men Berner verkade inte ta det så, funderade en stund och sade att det nog var bättre att man först inspekterade de två i tiden mest näraliggande byggprojekten här i

Finse, sen åt kvällsvard, sen kom iväg mycket tidigt nästa morgon. Skavlan suckade demonstrativt, men längre blev inte diskussionen till Lauritz lättnad. Han hade inte klarat att gå en timme till och han kunde för sitt liv inte begripa hur de två äldre männen orkade så mycket. Själv hade han sedan länge anpassat sig till den höga höjden, så det var inte det. Hans lungkapacitet var det inget fel på. Alla smärtor han kämpat med efter de första veckornas skidåkning var borta. Nu värkte kroppen ändå, men i helt andra benmuskler och särskilt i knäna. Men hade de två cheferna sagt att man likväl skulle vidare till Hallingskeid samma dag hade han utan att göra några miner eller invändningar följt med dem. Och möjligen dött på vägen, svimmat åtminstone. Men hellre det än att vara gnällig.

De installerade sig i den färdiga halvan av ingenjörsbaracken, hälsade på basen som var en gammal rallare från Haugesund som tydligen gått åt fel håll i livet, upp i fjällen i stället för ut på havet.

Att ta paus var det självklart inte tal om. Skavlan rotade fram ritningar och kartmaterial ur sin ryggsäck, sade åt Lauritz att bära med sig en teodolit med stativ och så traskade de bort i snösörjan.

Den lilla Finseån var fortfarande delvis isbelagd, men det var öppet vatten och strid ström just där stenbron skulle byggas. Den föreföll helt oproblematisk och skulle bli klar innan sommaren var över, åtminstone om det här finvädret stod sig. De mätte några punkter för att kontrollera att ritningen stämde, men här fanns inte mycket att diskutera. De traskade vidare en bit uppåt tills de bedömde att isen höll så att de kunde ta sig över. Lauritz tyckte ändå att det knakade oroväckande när han, som definitivt var tyngre än de andra två, var på väg över.

De tog sig mödosamt fram i snön mot nästa byggprojekt, som föreföll att bli betydligt svårare än den lilla bron. Den prospekterade järnvägslinjen gick rätt in i ett berg ett par kilometer från Finse. Här skulle det alltså byggas en tunnel, som redan var döpt till Torbjørnstunneln, oklart varför. Men så skulle den i alla fall heta.

Tunnlar var tunnlar och svårighetsgraden varierade normalt bara med granitens densitet. Det speciella problemet just här var att man måste igenom en avsevärd snömängd innan man kom fram till den planerade tunnelöppningen. Eftersom den sida av berget som låg åt Finsehållet vette åt öster, och snö och vind mestadels kom från väster, hade följden blivit en jättelik pyramidformad snödriva som fyllts på i lä för vinden vid bergets fot. Man visste att den här snömängden aldrig smälte under sommaren och följaktligen måste man gräva sig fram till berget. Det kunde bli oväntat svårt. Där inne i snömassorna rådde permafrost och snön var i värsta fall blandad med grus och sten. Snöskovlar bet inte på sådan betongliknande snö, man måste använda hackor och spett. Det kunde ta sin rundliga tid.

Lauritz ställde upp sitt stativ med teodoliten, mätte höjd högst och lägst och därefter längsta avstånd och närmaste i den pyramidformade jättedrivan. Därefter tog han fram sin räknesticka och gjorde ett snabbt överslag. De andra betraktade honom under tystnad, vilket oroade honom. För säkerhets skull räknade han mot sin vana två gånger, men kom förstås till samma resultat.

"Jag får det till att vi har en snömängd, hela mängden alltså, på 90 000 kubikmeter", meddelade han. "Ett arbetslag på sexton man skulle klara av... men då måste vi ta hänsyn till ovanligt besvärlig hårdfrusen snö, cirka 12 000 kubik på en sommar, alltså ungefärligen sextio arbetsdagar. Och så kommer ny snö nästa vinter. Hela snömängden går alltså aldrig att få bort."

"Nej, det säger sig självt", sade Skavlan. "Men om du tänker dig en skäring genom snön, sex meter bred, vad får du fram då?"

Lauritz tog fram räknestickan på nytt. Han kände sig egendomligt förlägen, som på examination inför stränga lärare.

"Då kan det gå", sade han efter en stund. "En sådan hög gång genom snön skulle bli på mellan 11 och 12 000 kubik. Förutsatt förstås att det inte finns några helt okända svårigheter där inne."

"Lustigt", sade Skavlan. "Du kom fram till nästan på kubiken samma resultat som vi på huvudkontoret. Skillnaden är möjligen att vi tog lite längre tid på oss."

Utan att mer blev sagt packade de ihop sin utrustning och började gå tillbaks mot sin halvfärdiga barack nere i Finse.

"Skulle man inte kunna använda dynamit, börja uppifrån och skapa någon sorts konstgjord lavin?" undrade Lauritz efter en stunds pulsande.

"Förmodligen inte", flämtade Skavlan, han flämtade verkligen till Lauritz förvåning och möjligen skadeglädje. "Problemet är att snön är för hård på vissa ställen och för porös på andra. Det går inte att spränga i sån snö, effekten går inte att beräkna och det här bygget har redan krävt ett dussin människoliv. Jag skulle vid Gud önska att det stannade där."

På sluttningen ner mot Finse och dalarna såg de små svarta pärlband av hästtransporter. Nu vid midsommartid kom transporterna helst nattetid då snöslasket frös till så att slädarna gled lättare. Lauritz fick veta att det mest handlade om byggnadsmaterial, plank, sten till husgrunder, cement och sand, förutom all proviant. Senare på sommaren när det blivit möjligt att gå torrskodd ända upp till Finse kom gårdfarihandlare och brännvinslangare.

Det hade börjat mörkna, så mycket det nu mörknade i slutet av juni, och de ville inte störa i rallarbaracken, även om de naturligtvis fått kvällsvard där om de frågat. I stället gick de ner till sin ingenjörsbarack som låg tyst och kall, tog fram sina renskinnssovsäckar och letade upp varsitt krypin. Sen samlades de vid ett provisoriskt bord som rallarna hade varit hyggliga nog att snickra ihop innan de drog sig tillbaks för natten. Det blev samma skaffning på nytt, renkorv, flatbröd och öl.

Man åt en stund, först under tystnad, sedan började de två cheferna försiktigt fråga ut Lauritz om tysk ingenjörsutbildning. Själva hade de sina examina från Köpenhamn på 1870-talet och det var lätt att inse att allting gått framåt en hel del sen dess. Särskilt i Tyskland.

Eftersom Lauritz inte kände till någon annan utbildning än sin egen, och inte ens kunde föreställa sig hur det gått till i Köpenhamn på 1870-talet, blev han villrådig, visste inte vad han skulle berätta.

Djärvt bad han de äldre kollegerna att fråga ut honom i stället. Det första de frågade var hur han gjort sitt räknestycke uppe vid den pyramidformade snödrivan. Han bestämde sig för att ta frågan på allvar fastän den tycktes handla om självklarheter, tog fram papper och blyertspenna och ställde snabbt och tydligt upp ekvationerna. De två cheferna lutade sig spänt nyfiket fram över bordet.

Från Finse gick de tidigt på morgonen, gudskelov inte "i gryningen" tänkte Lauritz, det skulle ha varit vid ettiden på morgonen efter bara två timmars sömn. Nu hade han fått vila sin värkande kropp i närmare fem timmar. Olav Berner hade låtit de andra två sova vidare medan han gick ut, gjorde upp eld intill husknuten och lagade till kaffe. Det fanns ännu ingen spis inne i ingenjörsbaracken.

Den här dagen blev lindrigare än dagen innan när de gått sträckan Nygaard-Finse. Först bar det föralldel uppåt ännu ett stycke, men sen blev terrängen lättare när de gick ner i Moldådalen där det var snöfritt. Sen uppåt igen genom ett ökenliknande stenlandskap till Hallingskeid, där Olav Berner och ingenjörskollegan Ole Guttormsen redan bott i flera år. Därifrån ansvarade de för sträckan västerut mot Myrdal och Gravhalstunneln.

De stannade till vid det lilla gedigna stenhus som var ingenjörsbostad och kompletterade sin skaffning.

Det tog dem ytterligare några timmar förbi sjöarna Grøndalsvand och Kleivevand innan de var framme.

Synen var hisnande. Lauritz drog så häftigt efter andan att han inte kunde dölja det när Skavlan pekade ut platsen hundra meter upp längs lodräta klippväggar där brospannet skulle byggas. Han försökte maskera sin bävan genom att säga något om att det måste bli en fantastisk utsikt när man for över den bron.

De gick uppför den östra sidan och satte sig på några stenblock så nära de kunde komma den plats där det ena brofästet skulle finnas i en oviss framtid, kanske flera år. Långt där nere dånade Kleivefossen. Ola Berner gjorde på nytt kaffe och Skavlan tog fram ritningar ur sin ryggsäck. Bredvid lade han en karta över området, började peka och förklara.

Man befann sig 6,5 kilometer öster om Myrdal och här uppe, på den västra bergssidan, skulle Kleivevandstunneln mynna ut. Och där skulle brospannet sluta an.

Enda transportvägen upp, Kleivegjelet, var illa känt för alla ras, men det fanns ingen alternativ transportväg. Man fick ta det nätt med små hästar och små kärror.

Stenen skulle hämtas två kilometer bort där man hittat ett lämpligt stenbrott, sand från Grøndalsvand tre kilometer bort, cement från Flåm, dit var det 25 kilometer, material från byggnadsställningarna från Kaupanger i Sogn, ännu längre bort. Så såg logistiken ut. Och vad tyckte nu Lauritz om uppgiften?

De två andra såg spänt nyfiket på honom.

Det var inte så lätt att säga något vare sig klokt, förtroendeingivande eller humoristiskt.

"Det blir självklart mitt livs utmaning", försökte han. "Den största svårigheten är lika självklart den höga höjden."

"Ja, vi har ingenting som ens liknar det här längs hela banan", funderade Berner. "Vi vet till exempel ingenting om hur våra goda rallare kommer att reagera när vi skickar upp dem så högt."

"Det är inte det som är problemet med höjden", invände Lauritz försiktigt. "Hela regelverket av träbjälkar kommer att vara så tätt att man slipper se avgrunden när man går där uppe. Problemet är det här!"

Han pekade ner i ritningsförslagen.

"De här byggnadsställningarna kommer inte att stå emot många snöstormar."

"Och du har ett bättre förslag?" frågade Skavlan.

Lauritz tyckte sig höra en ton av irritation i frågan men insåg samtidigt att han inte gärna kunde backa.

"Ja, det hoppas jag verkligen", sade han. "Men det är först nästa sommar som vi ska börja bygget, förstår jag. Då har vi gott om tid att lösa de återstående problemen. Jag ska komma med förslag till huvudkontoret."

"Gott", sade Skavlan och räckte fram handen till avsked. "Behåll ritningarna och kartorna. Nu går jag hem till Voss."

Han tog Berner lika kort i handen, slängde upp ryggsäcken på ena axeln och gick sin väg nedför berget.

"Han tänker sig nog att vara hemma i Voss i natt. Utan att övernatta någonstans", mumlade Berner. "Jaha, då går väl vi också hem?"

De gick samma väg tillbaks till Hallingskeid förbi de två sjöarna, småpratande lite om byggnadsställningar, vinterstormar och det dramatiska vattenfallet Kleivefossen. En dag skulle turisterna vallfärda dit, trodde Berner.

Lauritz tog paus för kaffe och lite mat vid ingenjörsbostaden i Hallingskeid men avböjde sturskt att stanna över natten. Han skulle gott hinna till Finse före midsommarnattens korta mörker, påstod han. Berner rynkade pannan, men sade inte emot.

De första timmarna gick Lauritz i något som påminde honom om lyckorus. Det var innan det gick upp för honom att det verkligen var frågan om en sorts rus.

Men det var första gången han upplevde de sensationer som kan uppstå inne i huvudet när man går länge på hög höjd. Först var det musik inne i huvudet, mycket verklig musik som om han satt mitt i en symfoniorkester. Samma stycke om och om igen, det gick inte att stänga av. Det var ett mycket känt parti ur en orkestersvit av Bach och det irriterade honom omåttligt att han inte kom på vad det hette.

Ingeborg och han promenerade längs Elbes strand inne i Dresden, hon bar en grafitgrå hatt med flor och breda brätten och en lila hellång sammetsklänning. Hon talade för en gångs skull inte politik, utan det var nu hon för första gången skämtade om hur hon var Andromeda och han Perseus. Det var mer än en allegori, hävdade hon bestämt.

Det där stycket som slagit rot i hans huvud och bara började om hela tiden var förstås Air, löjligt att det skulle vara så svårt att komma ihåg det.

Hjälten Perseus kom till Andromedas undsättning i sista ögonblicket. Just när vidundret steg ur havet för att sluka henne störtade Perseus fram och höll upp Medusas avhuggna huvud och monstret sjönk, bokstavligen således, som sten i havet. Andromeda och Perseus levde lyckliga tillsammans resten av jordelivet.

För Ingeborgs del var den klippa vid havet där hennes far fjättrade henne varje år regattan i Kiel, ett av den tyska societetens största årliga evenemang. Eller äktenskapsmarknad, som Ingeborg föraktfullt kallade tillställningen. Där visades hon nämligen upp, liksom tidigare småsystrarna, för den ene efter den andre i passande ställning. Störst hopp hade fadern knutit till en bayersk prins. Det skulle förstås ha smakat fågel för käraste far, skrev hon ironiskt. En prinstitel från den bayerska kungafamiljen kunde ursäkta vilket havsvidunder som helst i Kiel, till och med ouppfostrade manér som att sluka adelsfröknar hela.

Det värsta var inte att förevisas som på vit slavhandel, enligt Ingeborg, även om det var illa nog. Nej, det mest förolämpande var att fadern inte tog hennes vilja på allvar.

Dalen låg bakom honom, han var på väg mot högre höjd och plötsligt bytte hjärnan grammofonskiva. Nu blev det ett minst lika känt stycke som det förra, den här gången av Chopin. Självklart kom han inte på vad stycket hette, även om han tycktes kunna varenda not utantill.

Gång på gång hade hon försökt förklara för fadern att han aldrig skulle kunna tvinga henne att stå inför Gud i en kyrka och säga ja om hon inte menade det (att hon över huvud taget inte trodde på någon gud var en invändning som hon besparat honom). Och till någon annan än Lauritz Lauritzen skulle hon aldrig säga ja, det hade hon svurit på.

Liksom han hade svurit på att det var Ingeborg eller ingen annan.

Nocturne nr 2 hette stycket, självklart. Det var en av hennes favoriter inom det hon kallade den borgerliga musiken och hennes far kallade fruntimmersmusik.

Lauritz gick mycket långsamt, närmast släpade sig fram. Ändå var det som i ett lyckorus och någon smärta kände han inte ens i knäna. Han längtade efter mörkret, det lilla mörker som bjöds så här års. Vädret var alldeles klart, temperaturen sjönk, kanske skulle han se stjärnorna någon gång efter midnatt och med den takt han nu tog sig fram skulle han inte vara på Finse förrän då. Det var sensationellt att utmattning kunde upplevas som fysisk lycka.

Ledningen hade förtroende för honom, de hade gett honom det största, farligaste och svåraste arbetet på hela järnvägssträckan. Han skulle göra rätt för sig, betala tillbaka. Sedan var han fri. Bron skulle bli hans storverk, hans motsvarighet till att hugga huvudet av Medusa.

Kanske en långsökt liknelse, kanske också hybris.

Gudarna straffade alltid hybris, åtminstone på Perseus och Andromedas tid. Men inte hans Gud, åtminstone inte om det gällde en prövning, åtminstone inte om det var den sanna kärleken som var drivkraften, eller hur? Resonerade han med Gud.

Inte kunde man väl påstå att han förhävde sig. Gud måtte se att han underkastade sig denna hårda prövning av hederlighet och anständighet.

Ibland när han resonerade med Gud tänkte han inte i ord eftersom det han längtade mest efter kunde te sig förmätet att uttala. Han tänkte det i bilder när han nu långsamt stapplade sig uppåt i den ökande snömängden. Syrebristen i hjärnan gjorde att bilder av Ingeborg och musik dansade om vartannat i huvudet på honom. Han satt vid rorkulten, havsvinden blåste i hennes blonda hår, de var ensamma ombord och äntligen fria.

Båten hette Ran, efter sjögudens maka. Eller om man nu skulle kosta på sig en eftergift åt baronen så hade båten namn efter Fridtjofs vikingaskepp. Inte heller det namnet kom han ihåg just nu.

Synen av Ran var så verklig att den kändes mer som ett minne än som en omöjlig önskedröm. En dag skulle han uppleva den på nytt, det var han plötsligt helt säker på.

Det var som om Gud hört bön och svarat honom med en bild, på samma sätt som han själv bad, utan ord. Eller höll han på att tappa förståndet?

Han var uppe på höjderna, såg ett svagt ljus där nere från Finse. Det var inte långt kvar nu. Det var skymning, midsommarskymning på väg mot den korta stunden av mörker. Han måste få se stjärnbilden i natt, han bara måste.

I sitt senaste brev hade hon berättat om ett mirakel uppe på himlavalvet. Hon hade sett det flera gånger nere i Dresden, men där var sommarnätterna mycket mörkare. Hennes intresse för naturvetenskap var delvis tillkämpat, som en sorts principsak, eftersom den allmänna uppfattningen, också Lauritz uppfattning innerst inne, var att naturvetenskapen var männens domän. Mannens hjärna var mer lämpad för matematik, således också för ingenjörsvetenskap, fysik och kemi och därmed också medicin. Det var allmän vedertagen kunskap och han hade alltid blivit förlägen när hon ifrågasatte sådana självklarheter.

Samtidigt var det kanske det draget hos henne som han älskade mest, vid sidan av allt det andra som gjorde en kvinna attraktiv, hennes doft, hennes dragningskraft, hennes humor, det som man skulle kunna kalla hennes kvinnliga intelligens, således, förmågan att alltid finna motargument.

Kunde man göra samma saker med en kvinna som Ingeborg, som man alltså älskade rent, som man gjorde med kvinnor på horhuset?

Det var den mest förbjudna tanken, så skamlig att han aldrig vågade tänka den. Det var bara nu i hans egendomliga tillstånd av nykter berusning som en sådan fråga kunde tränga upp till ytan som en ful braxen som snappade efter luft.

Han satte sig ner på en sten, djupt skakad av sina förbjudna fantasier och såg ner mot jökeln som vilade som ett hemlighetsfullt monster där nere. Knappt någon blå färg syntes längre i skymningen. Det snurrade i huvudet och han djupandades flera gånger i rad, som när man fyller lungorna inför ett sprinterlopp i velodromen.

Hans enda vittne var Gud. Ingen hörde honom, ingen skulle någonsin få veta vad han tänkte nu.

De hade älskat fysiskt tre gånger, han hade alltid ansträngt sig för att vara försiktig och måttfull, uppträda med den värdighet som den mest privata av alla situationer krävde. Det hade varit en himlastormande upplevelse varje gång. Som ett mirakel, en omöjlig dröm, någonting som inte kunde hända och ändå hände.

Det var inte han som hade propsat, han föraktade studiekamraters skryt om sådant, han hade tvärtom gjort allt för att visa att han älskade henne djupt, innerligt och för evigt. Och därför respekterade henne mer än någon annan kvinna på jorden.

När han självbefläckade sig, något som förvisso alla män tycktes förnedra sig till här uppe, så fantiserade han om vissa horor i Dresden. Men aldrig om henne, det skulle ha varit att besudla kärleken.

Hennes engagerade tal om den fria kärleken hade han alls inga svårigheter att acceptera på ett teoretiskt plan. Kvinnor hade rätt att rösta, följaktligen samma rätt till kärlek som män. Den kristna idén om sexuell synd var ett påfund för att ytterligare förtrycka kvinnan.

Också detta resonemang kunde han acceptera. Det var logiskt och demokratiskt.

Men när hon, tredje gången de kunnat smyga sig undan ute på Christas familjs lantställe söder om Dresden, ville rida ovanpå honom, hade han blivit förskräckt och generad.

Det var ibland mycket angenämt som ren förlustelse, sådant man gjorde på horhuset, men så kunde man inte gärna bete sig med den man älskade rent.

Gud skrattade åt honom. Han kunde inte förstå varifrån den upplevelsen kom, men den var verklig, Gud skrattade åt honom!

Det var snart mörkt, han reste sig och gick vidare nedåt.

Han var förstås utmattad, men egendomligt lycklig, när han vacklade fram till dörren till den nya ingenjörsbaracken på Finse.

Det krasade om hans steg i nattfrosten. Han övervägde om han skulle dra fram sin sovpåse ur ryggsäcken och lägga sig ner för att stirra sig till sömns mot stjärnorna. Nej, han skulle somna tungt på grund av utmattningen. Och vakna i slask. Men han skulle vänta lite till, fram till nattens mörkaste stund.

Det var karaktäristiskt för hans älskade Ingeborg att briljera med intressen som man vanligtvis inte tänkte på som kvinnliga. Därav bland annat hennes vurm för astronomi.

Först hade hon tjatat sig till en lärarutbildning, allt för att låta tiden gå inför hotet att bli bortgift. Sedan hade hon börjat utbilda sig till sjuksköterska. I Tyskland ansågs att överklassens döttrar var särskilt lämpade som sjuksköterskor i krig.

Men det var bara en listig plan från hennes sida. I och med att hon hade en lärarutbildning och en sjuksköterskeexamen så var hon formellt kvalificerad för att söka in på den medicinska fakulteten i Dresden. Det var en oerhörd tanke. Hon hade ännu inte vågat meddela sin far den upprörande planen.

Hon hade pekat ut alla stjärnbilderna för honom, hon tycktes känna hela himlavalvet. Andromeda och Perseus var deras bilder, han kunde nästan alltid finna dem.

Han lade sig ner på skaren, knäppte händerna under nacken och började irra med blicken fram och tillbaka över det norra himlavalvet.

I sitt senaste brev berättade hon om ett mirakel i stjärnbilden Perseus. Hon skämtade om, eller var det kanske inte alls skämt, detta mirakel. Där hade just i år, 1901, en ny stjärna fötts, ljusstarkare än allt i omgivningen. Hon hade visserligen haft en del förklaringar till hands om supernova och exploderande sol och annat. Men där skulle likväl finnas en ny stark stjärna, som visade att Perseus, han Lauritz, fått ett tecken från den gud han själv trodde på.

Det var sant. Stjärnhimlen syntes klart nu under de kanske mörkaste tjugo minuterna på natten.

Mitt inne i stjärnbilden Perseus fanns verkligen en ny stjärna, mycket ljusstarkare än alla andra i omgivningen. "Tack Gode Gud", mumlade han, strikt emot sin vana att tala till Gud på detta direkta sätt.

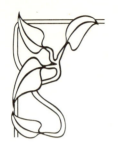 

VIII
OSCAR
TYSKA ÖSTAFRIKA
NOVEMBER 1902

EFTER KILIMATINDE HADE de en lång sträcka av lätt terräng framför sig genom gles miomboskog, de kunde utan svårigheter lägga en kilometer räls per dag de närmaste veckorna.

Men å andra sidan var det den vidrigaste tiden på året, novemberhettan var outhärdlig på eftermiddagarna och Oscar hade motvilligt tvingats acceptera att arbetsstyrkan drog sig in i skuggan och sov upp till tre timmar om dagen. Det skulle dröja närmare en månad innan lättnaden kom med de korta regnen.

Ur jaktsynpunkt var hettan inte enbart av ondo, särskilt inte om man kunde disponera ett lokomotiv och en täckt järnvägsvagn under en extra dags uppehåll vid varje transport från Dar.

Han hade tagit Kadimba med sig och under glatt samspråk med bayraren Schnell hade de tuffat ner ungefär femton kilometer längs linjen, förbi den plats där missionärsparet Zeltmann hade börjat bygga sin missionsstation, för att nå ett område med blandad savann och skog som sett lovande ut när det gällde köttjakt, mängder med impala, eland och buffel. Det hade inte tagit dem många timmar att få ihop ett köttförråd tillräckligt stort för att förse lägret med mat för tio dagar framåt, om man bara räknade med det färska köttet. Men så tillkom också de reservförråd man kunde bygga upp genom att skära köttet i remsor och hänga upp i trädgrenarna runt lägret. Den afrikanska hettan torkade snabbt varje köttyta hård och ogenomtränglig för fluglarver.

Paret Zeltmann hade markerat sin station, eller åtminstone den plats de hoppades skulle få järnvägsbolagets tillstånd att kallas station, med ett enkelt kors av två grovhyvlade akaciastammar. De hade börjat bygga sina hus, de som skulle bli kyrka och skola, en kilometer bort från järnvägen för att komma nära en flod som inte torkade ut ens i november. Oscar hade varnat dem för floden, särskilt för flodhästarna som kom upp för att beta på natten. De var en kraftigt underskattad fara. Alla människor visste att man skulle passa sig för krokodilerna, men som Oscar hade förstått var det flodhästarna som utgjorde det största hotet, det var därför afrikanerna ogärna slog nattläger intill vatten.

De hade klarat av jakten under morgontimmarna och kunde därför återvända med loket och sin fulla köttlast under middagshettan när landskapet förvandlades till en drömvärld av dallrande hägringar. Fartvinden fläktade inte mycket, trots att loket gjorde sina modiga fyrtio kilometer i timmen.

Deras samtal hade somnat av och de klippte alla med ögonen och kunde mycket väl ha åkt förbi akaciakorset utan att se någonting. Men Kadimba såg och höjde handen till tecken på halt. Spåren över banvallen talade sitt tydliga språk. En stor grupp människor hade passerat någon gång på morgonen.

Kadimba gick en stund framåtlutad och muttrande när han undersökte spåren. I vanliga fall var hans ansiktsuttryck utslätat när han spårade, vad han än undersökte var hela hans attityd outgrundlig ända tills han lugnt och konkret berättade vad han sett. Men inte den här gången, och Oscar började känna en växande skräck utan att ens förstå varför. Till slut tog Kadimba ett djupt andetag och började berätta vad han läst i banvallen och den torra förbrända jorden.

"Krigare från kinandi", sade han med ett tonfall som om hela vidden av en katastrof därmed skulle stå klar. "De passerade för sex timmar sedan, ett hundratal, i gryningen, alldeles efter att vi kom förbi. De måste ha sett oss, åtminstone hört oss. Och så väntade de tills vi var borta."

"Hur vet du att de är krigare?" frågade Oscar utan att kunna dölja sin osäkerhet.

"De kommer springande, de är bara män i krigarålder, de bär sina vapen med sig", förklarade Kadimba.

Först stod det still i huvudet på Oscar och han tänkte att det var hettan som gjorde honom trögtänkt. Sedan växte skräcken han anat än mer.

"Missionärerna?" frågade han och Kadimba nickade nästan omärkligt med bortslagen blick.

"Men varför skulle krigare ge sig på ett stackars obeväpnat missionärspar?" frågade Oscar med en röst som nästan sprack av förtvivlan. Han ville egentligen inte veta.

"Kinandis män av andevärlden, deras män med magiska krafter, dem muzungi kallar häxdoktorer, Bwana Oscar. De hatar den vite mannens gudar. De vill visa sin styrka."

Oscar försökte desperat räkna på tiden. Kinandikrigarna hade fem timmars försprång och det var bara en kilometer ner till Elise, Joseph, deras lilla dotter och de fem anställda kvinnorna. Han måste stålsätta sig och han måste ta befäl över både situationen och sig själv.

Han gick tillbaks till järnvägsvagnen där de fyra askarisoldaterna sov bland högar av urtagna antiloper och buffelkalvar och beordrade tre av dem att göra sina vapen skjutklara och följa honom, medan den fjärde med sitt liv måste försvara Schnell framme i loket.

De gick till en början raskt men snart insåg Oscar att man måste slå av på takten. Det var ingen bra idé att jäkta, att komma fram uttröttad i den våldsamma hettan. Elise och Joseph kanske levde, allt var kanske inte över. Den sista delen av stigen måste de alltså gå lika tyst som på jakt.

Det behövdes dessvärre inte, insåg han när de hade några hundra meter kvar. I trädkronorna runt Elises och Josephs läger, det som skulle ha blivit en missionsstation för att sprida ljus i mörkaste Afrika, hade gamarna redan flockat sig. Han försökte intala sig att det bara var missionärernas getter som låg döda där borta, men förnuftet talade skoningslöst emot en sådan förhoppning.

Ändå avancerade de den sista biten in mot lägret med sina gevär skjutberedda. Det enda liv de såg var några gamar som lyfte tungt från marken för att nätt och jämnt orka upp i trädkronorna runtomkring.

Lägret var byggt som en boma, med barriärer av taggiga buskar i en vid cirkel runt hyddorna och de halvfärdiga husen i soltorkat tegel. Öppningen var vid och de såg på långt håll att de kom för sent och att ingen levande människa fanns i närheten. Elise och Joseph låg fjättrade vid marken framför en eld som fortfarande pyrde, brann för tre timmar sen, tänkte Oscar medan han förtvivlat oförsiktigt sprang fram den sista biten. De andra kom långsamt gående efter honom med sänkta huvuden.

Att de var döda var bara alltför uppenbart. De låg fastnaglade i marken med armar och ben utspända som ett Andreaskors. Elise hade fått båda sina bröst bortskurna, det ena när hon fortfarande levde, det andra när hon var död, noterade Oscar som om han med denna typ av exakta iakttagelser skulle kunna värja sig inför det ohyggliga. Joseph hade fått penis och testiklar avskurna, medan han fortfarande levde, och hela paketet hade sen pressats ner i hans mun. De var båda helt nakna. Gamarna hade gått hårt åt dem.

Oscar kände en stum förlamning, som om det ohyggliga helt enkelt inte kunde vara verklighet utan bara mardröm. På nytt försökte han återta kontrollen över sig själv genom att göra skarpa iakttagelser och tolka dem som rent vetenskapliga observationer.

Både Elise och Joseph hade fått sina huvuden intvingade i ett märkligt arrangemang. Deras skallar var fixerade med käppar som man hamrat ner i marken och deras munnar uppspärrade med små hårda trästycken av akacia. Deras näsborrar var märkligt nog igentäppta med svart lera.

De andra männen stod helt stilla i en halvcirkel runt honom. Ingen av dem sade något.

"Varför?" frågade Oscar i riktning mot Kadimba och tecknade

samtidigt mot sina näsborrar. Han förstod inte avsikten med leran som skulle täppa till.

"För att de skulle drunkna, Bwana Oscar", viskade Kadimba. "Kinandi vill se sina fiender dö långsamt och helst drunkna på det här sättet."

Oscar förstod inte till en början. Men han ville inte heller fråga medan han tänkte efter. Drunkna? Hade de hämtat vatten för att…?

Naturligtvis inte. De hade dränkts med urin, stanken kändes tydligt. Det var därför deras munnar var låsta i uppspärrat läge och deras näsborrar igentäppta med lera.

Han såg det plötsligt framför sig, som i en mardröm som inte gick att besvärja, som när han var barn och bad till Gud att han inte måtte få den där drömmen igen som alltid gjorde honom vettskrämd fastän han aldrig kunde komma ihåg den. Han såg de flinande triumferande dansande krigarna gå fram en och en för att sikta och under skratt och glada uppmuntrande rop från de andra börja pissa. Han ville skrika, falla ihop i gråt, tyst grät han redan ohjälpligt trots att han befann sig bland underlydande.

Ändå var det inte nog. Han hade inte sett det värsta.

När han vände sig bort från den outhärdliga scenen föll hans blick på något han först inte kunde tolka. I den improviserade eldstaden framför de döda föräldrarna låg den lilla dotterns huvud, svartnade rester av hår kletade runt flagnat förkolnat skinn. Hennes ögonhålor gapade tomma och rosa. På tvärslåarna över elden fanns rester av hennes kropp, men man måste stirra länge för att kunna ta till sig vad man faktiskt såg. Där var bålen, förkolnade revben, där låg en liten fot. Men armar och ben saknades.

Nej, inte saknades. Skelettdelarna låg kringspridda här och var, renskrapade, eller snarare rengnagda från kött.

Det kändes som om hans huvud skulle sprängas av insikten. Meningen med att ordna riten på detta sätt kunde bara vara att äta dottern i föräldrarnas åsyn innan man mördade också dem.

Han sprang undan och trodde att han skulle kräkas. Men förtvivlan var mycket starkare än äcklet, han såg synen alldeles för skarpt framför sig, som på fotografier. Bilderna ville inte ge vika, de klistrade sig fast i hans hjärna, de gick inte att undkomma. När han försökte ta sin tillflykt till en av lerhyddorna för att de andra inte skulle se honom i hans odisciplinerade tillstånd kom nästa chock. Där hängde slaktresterna efter tre kvinnor, de första tre som Elise och Joseph omvänt till den Rena Evangeliska Läran. Deras bröst hade skurits av medan de fortfarande levde, armar och ben saknades, bålen var översköljd med blod. Han började föreställa sig vad som hänt kvinnorna medan de fortfarande levde och försökte förtvivlat skjuta undan synerna som man likt mardrömmar inte kunde värja sig för. Han slog armarna om huvudet och vrålade utan någon som helst behärskning.

Kanske hade han rentav svimmat. Det nästa han var medveten om var att Kadimba satt intill honom med ena armen runt hans axlar och försökte få honom att dricka vatten som mest hamnade på hans svettiga kakiskjorta.

"Vi är i en farlig situation, Bwana Oscar, vi måste tänka snabbt och handla klokt", viskade Kadimba.

Det var som om han fått en spann kallt vatten slagen rakt över sitt huvud. Nu gällde det liv eller död för de ännu levande.

"Du har alldeles rätt, min vän Kadimba", sade han och reste sig tvärt, drog några djupa andetag, knöt och slöt sin högerhand några gånger för att se att han fortfarande fungerade som människa, åtminstone på det mekaniska planet.

"Kadimba, säg mig sanningen även om den är ond", sade han och drog ett nytt ljudligt andetag genom näsborrarna. "Är kinandikrigarna på väg mot vårt basläger?"

"Ja, Bwana Oscar, det tror jag. Spåren går åt det hållet."

"När kan de vara framme och när kan vi vara framme om vi tar de döda med oss? För vi kan inte lämna dem åt gamarna."

Kadimba tänkte noga efter.

"Om vi bär de döda med oss försenar det oss en timme upp till tåget. Vi kan då vara framme en timme före mörkret. Om kinandikrigarna går mot lägret utan att vila kan de vara framme samtidigt."

Oscar kalkylerade. Det hade klarnat för honom, han tänkte i vitglödgat raseri. Han gick ut på gårdsplanen där de tre askarisoldaterna fortfarande höll till runt liken och snarare nyfiket än chockade diskuterade vad de såg. När de upptäckte hur Oscar närmade sig i raseri sträckte de genast upp sig och slätade ut sina ansiktsuttryck till militär okänslighet. Han utdelade sina order snabbt och med hög röst. De döda skulle läggas tillsammans i en av lerhyddorna, man skulle riva ner en av väggarna över dem, som en provisorisk förvaring, inte begravning. Sedan måste alla ge sig av mot tåget i ilmarsch. De döda måste inte bara skyddas mot gamarna, utan än värre mot hyenorna som ju var en sorts hundar och kunde gräva djupa gryt med sina framtassar. Men allt måste gå fort.

Efteråt sprang de alla mot tåget.

När de halvannan timme senare, när himlen redan börjat färgas röd som blod, närmade sig lägret fick Schnell order om att oupphörligt låta ångvisslan gå så att alla skulle samlas där järnvägsvagnarna stod tillsammans med det andra loket.

Det var ingen tvekan om hur försvaret skulle organiseras. Den timme man hade på sig innan mörkret föll gick åt till att släpa taggbuskar och bygga en barriär femtio meter från rälsen åt båda hållen. Det skulle inte stoppa några kinandikrigare, men det skulle hindra dem från att genomföra ett överraskningsanfall.

Oscar var skytt och jägare, men sannerligen inte militär. Men så mycket ansåg han sig begripa att ett hundratal svarta krigare med spjut och *assegajer* i händerna skulle kunna döda alla i lägret om de fick övertaget i ett nattligt tumultartat överfall.

I dagsljus var det omvända roller. Tio askaris som drillats av tysk militär och därtill han själv och Kadimba, som hade betydligt större träffsäkerhet, skulle mycket väl kunna hålla stånd mot hundra man med blankvapen. Levde de till gryningen skulle de också överleva.

Medan större delen av arbetsstyrkan desperat byggde rishindren runt de sammandragna järnvägsvagnarna ordnade Oscar och Kadimba försvarsvallar av mahognystockar uppe på de öppna järnvägsvagnarna så att varje skytt skulle sitta med stöd för armbågarna, med större delen av kroppen i skydd bakom mahogny, sannolikt den dyraste palissaden någonsin, konstaterade Oscar. Men skämdes omedelbart för att han inte kunnat hindra sin hjärna från att tänka den cyniska skämtsamheten. Och på nytt överfölls han av mardrömssynerna från den plats som skulle ha helgats åt Gud och människans godhet.

Han flydde desperat från fortsättningen på den tankegången in i praktiska frågor. Längs risbarriären borde man ha eldar som lyste upp tillräckligt för att kinandikrigarna skulle framstå i silhuett om de anföll. Ingen fick sova i tält den här natten, där var man fast som i en råttfälla och hade man dessutom ljus där inne syntes man alltför tydligt och blev ett lätt mål för spjut. Han hade den största respekt för afrikanernas spjut, både de långa kastspjuten och de kortare assegajerna, krigarnas vapen.

Själv tänkte han tillbringa natten bakom mahognybarriären på en av de öppna järnvägsvagnarna i mitten, så att han fick ett så stort skjutfält som möjligt. Han hämtade en madrass och ett par kuddar från sitt tält och sade åt Kadimba att göra detsamma. Arbetarna fick tränga ihop sig i de täckta järnvägsvagnarna där de var oåtkomliga för spjut.

När allt var organiserat satt två man i varje öppen järnvägsvagn med gevär och rikligt med ammunition. Banvallen höjde sig en och en halv meter från marken och sedan tillkom ytterligare samma höjd upp till de förskansade skyttarna. Nu var det som att vänta på Simba, med den skillnaden att Simba alltid kom tyst och kunde se i mörkret.

Natten där ute var nästan helt stilla, han hörde bara ljuden från några avlägsna hyenor. Kadimba låg utsträckt några meter bort i andra änden av järnvägsvagnen med händerna under nacken. Det såg opassande avspänt ut.

"Tror du att de kommer, Kadimba?" viskade han.

"Ja, Bwana Oscar, de kommer helt säkert. Kanske inte i natt, men de kommer", svarade Kadimba i normal samtalston. Oscar insåg att det inte fanns något särskilt behov av att viska. Det här var inte jakt. Och kom hundra man där ute så kunde de i alla fall inte röra sig tyst.

"Hur kan du vara så säker på att de kommer till oss?" frågade han.

"De är snart hungriga, de bar bara vapen med sig, ingen proviant, och de åt bara några kvinnor och barnet där borta hos era gudsdoktorer", svarade Kadimba med en kvävd gäspning.

Sakta sjönk Kadimbas ord in i Oscar. Kinandi måste anfalla för att stilla sin hunger, om inte annat. Man hade sagt honom att kannibalismen var utrotad i Afrika, den liksom slaveriet, och att detta tillhörde civilisationens välsignelser. Det var alltså inte sant. Han hade sett med egna ögon att det inte var sant.

"Ditt folk, Kadimba, och ert broderfolk massajerna äter inte människor. Varför gör kinandi det?" frågade han när han inte längre stod ut med tystnaden.

"Kinandi kommer långt bortifrån. De färdas snabbt och bär bara sina krigarvapen och kan inte jaga när de färdas på det viset. Kanske är det därför. Då äter de sina fiender. Eller så har några av deras ledare sagt åt dem att de får den vite mannens styrka om de äter hans barn. Kanske är det därför", svarade Kadimba och vände sig åt sidan på sin madrass som om samtalsämnet nu var helt uttömt. Det verkade som om han hellre ville sova än samtala.

I tystnaden började det åter storma inne i Oscars huvud, den förvirring och ångest som han försökt jaga bort med att samtala kom tillbaka. Liksom synerna från missionsstationen, de var omöjliga att tränga undan. Så hade Gud lönat sina mest hängivna och oskyldiga troende.

När han var nio år hade han hatat Gud men inte vågat säga det till någon eftersom han förmodligen skulle ha fått stryk och bannor för att framföra en sådan hädelse, även om han vid den tiden inte ens hört ordet hädelse. Men Gud hade tagit deras far och farbror och lämnat sex barn faderlösa och två änkor utan försörjning. Ändå hade de alla rott till kyrkan vareviga söndag då man kunde ro, och stretat i timmar i snöglopp eller storm på skidor när man inte kunde ro, bara för att få höra Guds ord. Och för det hade Gud lönat dem med den grymmaste av orättvisor.

Sedan dagen då Far försvann på havet hade Oscar aldrig bett till Gud, men det var ingenting han talat högt om. Befann han sig i Dar och det var söndag så infann han sig i propra kläder till högmässan i den evangeliska kyrkan. Allt annat skulle ha ställt till med onödiga besvär. Och när man talade om den välsignelse som missionärerna spred bland negrerna, ett ord han förresten slutat använda, så hummade han bara med. Jo, självklart ingick spridandet av den rena läran i allt det goda som den germanska civilisationen skänkte Afrika. För somliga föreföll den saken till och med viktigare än järnvägen.

Det hördes ljud där ute i natten, nej mer än så, det var buller. Kinandi gjorde ingen som helst hemlighet av att de hade kommit fram. Oscar såg automatiskt upp mot natthimlen. Det var halvmåne och stjärnklart, tillräckligt med ledljus för att färdas om natten om man tog det försiktigt. Det verkade som om de slog läger på andra sidan risbarriären. Snart hördes en rytmisk sång från många män. Oscar uppfattade orden, men förstod inte innebörden.

"Förstår du vad de sjunger?" frågade han Kadimba.

Kadimba hade satt sig upp för att lyssna han också, men skakade på huvudet och tog sedan ett imponerande vigt språng över mahognystockarna och landade mjukt som en leopard nere på banvallen och försvann. Efter en stund kom han tillbaks med en av arbetarna som han höll i nackskinnet som en kattunge och utan att bry sig om bullret kastade upp på järnvägsvagnen.

"Han är kinandi, inte riktigt men nästan, släkten nandi från norr", förklarade Kadimba med ett förnyat grepp om nacken på sin fånge, som med rädda ögon hade börjat lyssna ut i mörkret för att tolka sången. Nu hördes också trummor. Kadimba och hans fånge inledde en intensiv viskande konversation, då och då hårdnade Kadimbas grepp om nacken på den andre. Till slut fick fången gå och Kadimba tänkte efter på sitt vanliga sätt innan han bestämde sig för vad han skulle berätta.

"Det är goda nyheter, Bwana Oscar", började han. "De tänker äta det sista av kvinnorna i natt, inte för att bli mätta utan bara för att bli starkare, en liten bit åt var och en. Men i morgon när det är ljust skall de anfalla oss för att sedan kunna äta sig mätta. De tappraste skall få äta de vita männens hjärtan."

"På vilket sätt är det goda nyheter?" frågade Oscar, noga med att ställa frågan rakt på utan att ironisera. Kadimba var helt okänslig eller oförstående när det gällde ironi.

"Det är i sanning goda nyheter", svarade Kadimba allvarligt. "För om de stormat oss i mörkret alla på en gång, så hade vi dödat många. Men till slut hade de dödat oss. Men nu när de tänker anfalla oss i dagsljus kommer de inte att klara det. Deras sång berättar allt."

"Vad berättar deras sång?"

"Att de har en stor ledare med stor magi som hade en spådom om att en svart orm skulle komma med vita män från kusten. Den svarta ormen skulle sluka allt i sin väg om inte en stor ledare från kinandi hindrade det. Och där är vi nu. De har ätit sig till magisk styrka genom att sluka en vit oskuld och det gör dem okänsliga för våra kulor, som kommer att förvandlas till vatten när vi skjuter mot dem. Det har deras store ledare försäkrat. För att alla ska se hans stora kraft sparar de anfallet tills i morgon."

"Hur kommer de att gå till väga?"

"Det är inte helt klart i sången, Bwana Oscar. Men jag tror jag har förstått. De kommer att ha sin magiska fest på det sista köttet nu. Sedan sova till gryningen. Då tar de bort våra rishinder och ställer upp hela sin styrka framför oss och börjar sin krigssång på nytt. Så att alla deras män fylls av mod och vi av rädsla. När den store ledaren ger tecken kommer de springande som en man, kastar sina spjut och fortsätter att springa mot oss och dödar dem av oss som ännu inte är träffade med sina assegajer."

Kadimba tystnade och avvaktade. Han hade åtminstone enligt sin egen uppfattning sagt allt väsentligt.

Oscar begrundade det han fått veta. Han kunde inte komma fram till annat än att Kadimbas första omdöme var helt korrekt. Detta var i sanning goda nyheter. De kunde överleva.

Förutsatt att alla skött som de skulle. Han försökte kalkylera effekten av ett frontalanfall med hundra afrikanska krigare i dagsljus mot tolv gevärsskyttar på femtio meters håll. Det var inte lätt. Allt hängde till en början på hur krigarna skulle reagera när de såg att den vite mannens kulor alls inte förvandlades till vatten. Om de undgick att se och förstå och bara rusade på framåt skulle de trots stora förluster i dödade och sårade ändå kunna vinna. Om de drabbades av panik och tog till flykten var de förlorade. Åtminstone som Oscar såg situationen framför sig.

Det hördes ett lätt snarkande ljud bortifrån Kadimba i mörkret. Han var tydligen så säker på sin förståelse av situationen att han obekymrat tillåtit sig att somna, trots att de nu befann sig i en mycket farligare situation än om de varit ute i mörkret efter Simba.

Det kunde förstås inte skada med lite sömn, för den som kunde förmå sig till det. Någon gång efter gryningen måste Kadimba och han själv döda ungefär tjugo man var för att själva överleva. De måste träffa med varje skott. Om deras askaris träffade med vartannat skott var det vackert så, de verkade annars som om de ansåg att det var själva ljudeffekten av vapnet som var avgörande. Förresten satt de kanske på helspänn just nu alldeles i onödan. Kadimba hade tydligen ansett att det var tillräckligt att informera bara Oscar om läget. Och var befann sig egentligen Doktor Ernst?

Han masade sig över mahognystockarna och gled ner på marken i ett misslyckat försök att göra det lika ljudlöst som Kadimba. Sedan gick han från vagn till vagn och talade med askarisoldaterna som förstås satt på helspänn. Han förklarade att de gott kunde försöka sova lite, novembernatten var ljum och anfallet skulle inte komma förrän efter soluppgången. Därefter gick han med beslutsamma steg mot Doktor Ernsts tält.

Vetenskapsmannen sov med nattmössa under sitt moskitnät och blev djupt upprörd över det nattliga intrånget i hans privata domän.

Oscar bad självklart om ursäkt men hänvisade med en ironi som inte gick fram till att det bara gällde deras liv. Han uppmanade enträget och vädjande Doktor Ernst att strax före soluppgången infinna sig i mittenvagnen uppe på banvallen, bugade, önskade godnatt och bad än en gång om ursäkt för sitt intrång, som dock haft det goda uppsåtet att försöka skydda Tysklands just nu viktigaste vetenskapsman i Afrika.

Fjäsket bet förvånansvärt nog på Doktor Ernst, som sken upp och lovade att infinna sig "enligt order", ett uttryck som lät främmande i hans mun.

Tillbaks uppe på järnvägsvagnen drog Oscar en filt över sig, mer för insekternas skull än för den obetydliga kylans. Han hann tänka att detta måste ha varit den dag han haft sitt livs mest fruktansvärda upplevelser, värre till och med än dagen då dödsbudet om Far och farbror Sverre kom. Mot all rim och reson somnade han mitt i den tankegången.

Det var trummorna som väckte honom, därefter ljudet av hur risbarriärerna började släpas undan bakom de sedan länge falnade eldarna. Han satte sig upp och kontrollerade att Mausern var laddad med ett skott i loppet och fullt magasin och att det låg tre fyllda magasin inom bekvämt räckhåll, likaså de halvöppna patronaskarna.

"Jag tyckte du sade att spåren efter kinandi visade att de bara bar vapen och sköldar med sig, Kadimba. Men somliga släpade med sig trummor i alla fall?"

"När kisnandi går ut i krig är trummor också ett vapen, Bwana Oscar. De tror att de skall vinna med den store mannens magiska kraft mer än med spjut", muttrade Kadimba.

Oscar kom på sig själv med att faktiskt uppskatta Kadimbas alltmer obesvärade och jämlika tilltal. Och så skämdes han omedelbart för att ha tagit sin tillflykt till sådana trivialiteter i tanken. Han skulle döda människor den här morgonen och det hade han aldrig gjort, eller ens föreställt sig att han skulle göra. Aldrig hade han hatat någon så, han måste ha levt ett lyckosamt liv. Den ende han hatat var

Gud, men det var bara en abstraktion. Krigarna där ute var skapta som han själv, teoretiskt av samme Gud. Men enligt den Rena Evangeliska Läran skulle de inte komma till Himmelen när han sköt dem, utan till Helvetet. Eftersom de i stället för att samarbetsvilligt låtit sig frälsas av Elise och Joseph hade torterat dem till döds efter att ha ätit upp den lilla dottern i föräldrarnas åsyn.

Han kramade gevärskolven och kände hatet flyta värmande genom hela blodomloppet.

Där ute hade kannibalerna börjat om sin dans och sin sång på mindre än sjuttio meters håll. Han hade redan nu kunnat börja skjuta dem som sittande fågel, en efter en. Fast det hade förstås varit ytterst oklokt.

Kadimba gjorde ett tecken som han inte förstod och tog ett nytt vigt språng över deras barrikad. Oscar lyssnade, men hörde ingen duns av Kadimbas landning på banvallen. Han vände blicken upp mot de dansande krigarna och tänkte att de nog skulle hålla på ett tag för att hetsa upp sig till frenesi eller extas eller övermänskligt mod, eller vad man nu skulle kalla det. Än så länge trodde de att de kanske var osårbara, men om de kunde arbeta upp sina känslor mer, så skulle de snart ha övertygat sig själva. Ungefär så? Ja, förmodligen.

"Inställer mig enligt order, Herr Diplomingenjör", anmälde Doktor Ernst när han mödosamt krånglade sig över stockbarriären.

Han var uppklädd i den officiella tyska kolonialuniformen, grå uniformskläder, till och med en underlig gradbeteckning som gjorde honom till löjtnant, och vit tropikhjälm. Över axeln bar han ett gevär som Oscar aldrig hade sett, han hade inte ens anat att den stillsamme vetenskapsmannen hade något vapen.

"Vad har ni för gevär, Doktor Ernst?" frågade Oscar med ett antagligen mycket misslyckat försök att inte verka förvånad.

"Mannlicher-Schönauer, samma kaliber som ni själv ser jag, Herr Diplomingenjör", svarade den lille mannen och sträckte på sig.

"Mycket bra, Herr Doktor, vill ni vara så snäll att inta platsen här i mitten, så att ni kan nå mina ammunitionsaskar om ni behöver påfyllning. Och öppna inte eld förrän på min order!"

"Uppfattat!" sade Doktor Ernst, snörpte på munnen och slog sig genast ner på anvisad plats. Han laddade snabbt och med säkra rörelser sitt gevär.

Samtidigt kom Kadimba tillbaks med sin motvillige tolk i samma grepp om nacken som kvällen innan och tryckte ner honom intill sin plats, ordnade med kuddar för den andre att sitta på och för sig själv att ha som stöd vid den kommande eldgivningen.

Ute i den röda soluppgången började dansceremonierna ta sig mer ordnade former. Från början hade bara något tiotal män deltagit, men snart var de uppemot hundra och då formerade sig dansarna i flera cirklar som rörde sig kring varandra, varannan motsols. Då och då sökte Oscar Kadimbas blick men fick bara huvudskakningar till svar. Än var det inte dags.

Oscar reste sig upp och skrek så högt han förmådde till askarisoldaterna att ingen fick ge eld innan han själv gjorde det. Men då gällde det att alla i gengäld brassade på så mycket de hann.

"De sjunger samma saker i sin dans nu som i går kväll", meddelade Kadimba efter en stund. "De tänker äta er och doktorn först", tillade han med ett tveksamt leende. Oscar fann ingen anledning att översätta det för Doktor Ernst.

Dansen fortsatte på samma sätt i mer än en timme, ingenting tycktes förändras. Kadimba och hans tvångsrekvirerade tolk hade åtminstone ingenting nytt att berätta. Oscar tänkte att krigarna slösade med sin energi.

När solen förlorat sin röda färg och den första värmen kom smygande inträffade äntligen en förändring där ute. En man som var påfallande mycket större än de andra krigarna, både på bredden och höjden, och prydd med vita strutsplymer runt huvudet, kom dansande från de bakre leden och ner mot centrum. Hans krigare vek åt sidan och började formera sig på led, de spred sig åt sidorna, höjde sina sköldar och började röra dem rytmiskt till dansen och trummorna. Bakom den väldige ledaren bildades ett rakt led av män med liknande strutsplymer, men mindre.

Plötsligt tystnade all sång och alla trummor. Den store ledaren med strutsplymerna skakade två spjut över sitt huvud och korsade dem och slog dem tre gånger mot marken och tre gånger mot skyn. Sedan talade han högt och i stackato.

"Byt till helmantel, Bwana!" uppmanade Kadimba. "Skjut så fort han tar det första steget framåt!"

Oscar gjorde som Kadimba sagt och insåg samtidigt varför. Häxdoktorn stod rakt framför honom, de andra männen med strutsplymer hade formerat sig i en linje bakom honom så att Oscar knappt såg dem längre. Sköt han med en solid kula rakt genom den linjen av män skulle han döda, fälla eller skada tio man med ett enda skott. Kadimbas idé var fullkomligt briljant, tänkte han när han laddat om.

Häxdoktorn började plötsligt vagga framåt med en sorts bredbent gång och männen bakom honom följde efter så att hela kolonnen med strutsplymer snart stod något framför den övriga styrkan som nu tydligt gjorde sig beredd att anfalla på bred front.

Oscar lade an mot mitten av bröstet på ledaren, korrigerade något när han insåg att marken inte var helt jämn. I ögonvrån såg han hur alla andra gevärspipor pekade framåt, också Doktor Ernsts. Det här var läget. Ändå tvekade han. Om han tvekade längre och kannibalernas anfall kom igång skulle allt bli kaos, han måste alltså skjuta nu och inte senare.

Och så gjorde han något han ansåg sig ha tränat bort sen åratal tillbaka. Han blundade innan han tryckte av. I samma ögonblick han kände rekylen brakade alla gevär i närheten av i en kanonad som bara fortsatte och fortsatte eftersom alla suttit med svetten pärlande och nerverna spända till det yttersta och nu kunde släppa rädslan lös.

Oscar hade mycket riktigt skjutit minst tio män med sitt första skott, den solida kulan hade inte ens bromsats av att passera häxdoktorns hjärta utan bara fortsatt rakt genom allt kött och ben som fanns bakom.

Fältet framför dem hade på några sekunder förvandlats till ett blodigt kaos av döda och sårade och vrålande män som oskadade sprang bakåt och då sköts i ryggen en efter en. Det var fri sikt ganska långt och Oscar liksom Kadimba koncentrerade sig på att skjuta de flyende som hunnit längst bort så att ingen enda skulle komma undan. De som halvhjärtat försökt gå till anfall, eller sprungit åt fel håll, eller skadade som försökte släpa sig bort, sköts skoningslöst sönder och samman av askarisoldaterna.

När Oscar laddat sitt fjärde magasin och tittade upp bakom de tjocka mahognystockarna hade det blivit nästan tyst och han såg inte längre någon som sprang, bara enstaka rörelser där nere i en obeskrivlig massa av döda och sårade. Han vände sig om i järnvägsvagnen för att se sig omkring och upptäckte att den var full av spjut som fastnat antingen i trägolvet eller i stockvärnet på andra sidan.

Han befann sig fortfarande i någon sorts feberliknande trance och det ringde i öronen av alla skott som avfyrats. Ett sammelsurium av bilder for genom hjärnan, han hade träffat gång på gång på gång, laddat om och börjat om, laddat om och börjat om. Det var vidrigt. Han ville aldrig resa sig upp, aldrig mer säga ett ord, aldrig mer någonting, bara sitta stilla och sluta ögonen. Hans Afrika dog här och nu.

Då började hörseln komma tillbaks och med den alla skrik från många sårade. Han måste ta sig samman.

"Doktor Ernst!" röt han. "Vi har sårade, se till att ta hand om dem." Han reste sig tungt upp, som om hans kropp vägde hundratals kilo och noterade att Doktor Ernst energiskt klättrade ner från vagnen och på förvånansvärt begriplig swahili kommenderade två askaris att hjälpa honom med sårade till läkartältet.

Oscar tog Kadimba och fyra askaris med sig ut på slagfältet. Ingen försökte längre fly. De som var dödligt sårade sköt man i huvudet. Enstaka lindrigt skadade samlades upp och bakbands, därav två som hade vita strutsplymer fästa kring huvudet. Den väldige häxdoktorn, som träffats först av Oscars helmantlade kula, var stendöd. Han som skulle förvandla den vite mannens kulor till vatten.

De hade åtta fångar med god prognos och några som förmodligen var döende. De räknade till åttiosju döda. De inspekterade fiendens läger och fann resterna efter deras sista rituella måltid, fyra lårben från människa.

Dessa kannibaler var omänskliga, tänkte han. Ändå människor. Inför den Gud som Elise och Joseph hjärtskärande måste ha bett till inför kannibalerna strax före sin fasansfulla död var alla lika. Just nu en vidrig tanke. Han sköt ännu en svårt sårad kannibal genom huvudet.

De samlade upp alla vapen och sköldar som låg på slagfältet, staplade de döda i två järnvägsvagnar som de rensade från mahognystockar, släpade ut två fångar som var för svårt sårade för att Doktor Ernst skulle kunna lappa ihop dem, sköt dem och lassade upp dem bland sina fränder på likvagnarna.

Frågan var sedan vad man skulle göra med de sex överlevande och lindrigt skadade, däribland två med strutsfjädrar som kunde betraktas som ledare av något slag.

Doktor Ernst ansåg att det mest rationella vore att skjuta dem, trots att han haft visst besvär med att ta hand om deras skador. Men det hade med hans läkared att göra. Han hade bara gjort sin plikt, nu var de inte längre hans ansvar.

Man kunde inte gärna ordna massbegravning för närmare hundratalet människor. De kunde naturligtvis inte heller vara kvar som ruttnande lik vid baslägret. Oscar måste fatta de nödvändiga besluten.

Likdispositionen var det enklaste. Man skulle köra ner dem något tiotal kilometer längs järnvägen och lämpa ner dem i den flodarm som fortfarande hade vatten. Krokodilerna skulle sköta resten. Och det som eventuellt flöt upp på stränderna skulle städas undan av gamar, hyenor, maraboustorkar och schakaler och slutligen insekter.

De döda var enkla att hantera. Men återigen, vad göra med de levande?

Kadimba menade att det helt avgörande var att ingen enda av

kinandikrigarna skulle få återvända levande. Deras häxdoktorer hade lovat en stor seger. De hade haft för avsikt att förinta och äta den vite mannen. Och så hade det visat sig att den vite mannens trolldom var så stark att ingen enda kinandikrigare överlevde. Det skulle ha en avsevärd pedagogisk effekt på andra häxdoktorer in spe.

Kadimba uttryckte sig inte så, hans ordval var mer brutalt. Men huvudsaken var att ingen häxdoktor bland kinandi någonsin skulle kunna börja tala om hur man kan äta vit oskuld för att förvandla kulor till vatten. Följaktligen borde man skjuta de sex återstående. De var krigare och hade förlorat. Det var rättvist.

Oscar våndades inför beslutet. Att skjuta anfallande fiender som hade för avsikt att tortera en själv efter tillfångatagandet, och därefter rentav äta ens hjärta, var en moraliskt oantastlig åtgärd.

Att mörda krigsfångar var en helt annan sak. Meningen med den vite mannens ankomst till Afrika, den börda vi alla tagit på oss, var att befria Afrika från barbari. Vi skulle införa civilisation, lag och ordning, moral och eventuellt en religion som åtminstone var mindre blodtörstig. Det var det heliga uppdraget, det var så mänskligheten måste gå framåt mot en bättre värld.

Alltså kunde man inte avrätta krigsfångar. Det var barbari. Rättvisan måste ha sin gång.

Oscar drog sig tillbaks till sitt tält för att gå igenom vad som måste göras. Han bad sin privata tjänare Hassan Heinrich om starkt kaffe på vägen.

Han öppnade sitt skrivschatull och tog fram papper, bläck och penna.

**

Gudstjänsten i Vår Frus Heliga Kyrka i Dar es-Salaam blev utdragen. Biskopen hade mycket gott att säga om Elise och Joseph Zeltmann, deras Heliga Kall och stora uppoffring, allas vårt kall, betydelsen av vår närvaro i mörkret där vi med oförtröttlig energi steg för steg, och med

Guds hjälp oemotståndligt, förde civilisationens framsteg till Afrika.

Allt detta var det gamla vanliga, vad Oscar anbelangade. Han var inte på något sätt emot, tvärtom höll han i princip med. Det var bara det att det blev så utdraget. Dessutom irriterade det honom att de fem afrikanska kvinnorna från missionsstationen, som också hade dött en förfärlig martyrdöd för den Heliga Saken, inte fanns med där framme. Vid högaltaret stod bara två vita kistor för vuxna och en hjärtskärande liten för deras dotter. Där dessvärre inte mycket fanns kvar av henne i kistan.

Paret Zeltmann hade förstås ingen släkt i Dar es-Salaam så det blev ingen social tillställning efter begravningen. Var och en föreföll att gå till sitt. Oscar hade beordrats att infinna sig på lunch hos Dorffnagel, som han numera fick kalla högste chefen, vid det vanliga bordet uppe på Tyska klubben.

Han hade inte väntat sig något annat sällskap men Dorffnagel satt tillsammans med en officer när han kom, absolut i tid men de andra hade kommit före överenskommen tid. De båda herrarna reste sig när han kom fram till bordet. Dorffnagel presenterade Oscar för en överste Paul von Lettow-Vorbeck som inte såg mycket ut för världen, kort, spenslig, liten mustasch.

Oscar väntade med att sätta sig tills hans chef visat med handen att det gick för sig. Eftermiddagssolen föll in med skarpt ljus från havsglittret där ute. Dorffnagel upptäckte det först när Oscar satt sig och fått solen i ansiktet. En stund gick åt för att kalla på personal och organisera markiser.

"Gott, herr ingenjör! Vill ni vara så vänlig att kort men precist redogöra för slaget ni just genomlevt!" beordrade översten.

Det här skulle inte bli konversation utan förhör, tänkte Oscar. Men det var Dorffnagel som ordnat sammankomsten så det gick knappast att krångla. Han samlade sig några sekunder, insåg att historien rent sakligt sett var enkel att berätta och klarade av den på mindre än fem minuter. De två höga herrarna satt därefter tysta och tankfulla en stund innan militären tog ordet.

"Mina komplimanger, herr ingenjör. Inte bara för er föredömliga föredragning utan än mer för det som av naturliga skäl ligger mig närmast om hjärtat, er taktiskt väldisponerade operation. Ett enda litet taktiskt fel och ni hade alla varit döda. Jag får gratulera."

"Ni är alltför vänlig, herr överste, jag gjorde bara vad omständigheterna krävde och jag är tekniker och inte militär", svarade Oscar osäkert men utan att visa osäkerhet.

"Inte alls!" nästan röt officeren. "Ni är i så fall en ingenjör med märklig naturbegåvning för taktiska militära dispositioner. Och ni har gjort oss ovärderliga tjänster. Om ett sånt här rövarband har framgång tänder det en präriebrand. Ni kan ha kvävt en hel upprorsrörelse med er rådighet. Jag kommer just från Tyska Västafrika, vi var tvungna att likvidera tiotusentals upprorsmän av hererostammen för att återställa ordningen och det är ingen angenäm syssla. Men till saken! Jag har alltså för avsikt att enrollera er som löjtnant i vår Schutztruppe!"

Han såg ut som om han hade erbjudit något strålande och Oscar blev totalt överrumplad av det groteska förslaget, som dessutom lät mer som en order än ett förslag. Och när han tänkte efter för att komma på artigast tänkbara sätt att avböja syntes det tydligt att de två äldre herrarna tolkade hans tvekan som om han vore överväldigad av någonting i stil med ära, nationen, för att inte återigen tala om den civilisatoriska missionen, fast nu med vapen i hand.

"Låt mig då, herr överste, med all respekt naturligtvis, få påpeka att jag är en ytterst civil person", började Oscar trevande, "och därmed lika ytterst olämplig som militär. Min uppgift, som åtminstone jag själv finner väl så viktig som det ni militärer uträttar, är att bygga järnväg. Som jag ser det är järnvägen den viktigaste delen av vår mission."

"Självklart, självklart", myste översten. "Men ingenjörer går det tretton på dussinet, förlåt mig Dorffnagel men så är det faktiskt. Men personer som ni, herr Lauritzen, är utomordentligt ovanliga. Nio av tio ingenjörer hade dött om de hamnat i er belägenhet, och därmed alla andra i lägret. Jag har därför, som högste chef för de väpnade tyska styrkorna här i Tyska Afrika, beslutat att helt enkelt kommendera er till officerstjänst. Ni kan komma att beklaga er till en början, men jag kan försäkra er att ni hamnar där ni var avsedd att hamna."

"Jag är smickrad, men ändå rädd att jag måste avböja", svarade Oscar med en känsla av att ett fångstnät höll på att dras åt kring honom.

"Det var minsann det dråpligaste!" skrattade officeren. "Unge man, ni tycks inte ha förstått, ni kan inte 'avböja' en order från mig här i Tyska Afrika, en order från mig är en order från Tyskland."

"Ja, det inser jag herr överste men..."

Oscar blev plötsligt osäker på om hans sista argument var giltigt, även om han först känt sig helt säker. Men nu var det bara att löpa linan ut.

"Det är nämligen så att jag inte är tysk", fortsatte han. "Jag är norrman, närmare bestämt medborgare i unionen Sverige-Norge."

De två andra stirrade häpet på honom. Så log officeren först brett och brast plötsligt i skratt.

"Då får jag verkligen återigen gratulera er, herr Lauritzen, för er utomordentliga tyska. Och så hoppas jag att vi ändå får en trevlig lunch och en god stund tillsammans."

"Det får vi säkert", sade Dorffnagel. "På min bekostnad. Det kan det vara värt för att få behålla Lauritzen i vår tjänst!"

Efter lunchen ägnade Oscar resten av eftermiddagen och den tidiga kvällen till fiske ute på Jarnvägsbolagets utriggare. Han kom hem blöt och genomsköljd, också i själen, just när solen började sänka sig röd över stadssilhuetten.

Lunchen hade visserligen varit riklig och långdragen, men det var nu länge sedan, och när han duschat av sig saltvattnet klädde han sig i sin nytvättade och strukna linnekostym och gick med knorrande mage ner mot klubben. Det var första dagen på hans permission och även om det inte fanns så mycket att göra i Dar så kunde det aldrig kännas enahanda första kvällen, som det gjorde efter en vecka när han helst ville tillbaks ut i bushen.

Just när han kom fram till huvudingången uppstod tumult därför att någon tydligen skulle kastas ut. Grova svordomar och några av tyska språkets värsta förolämpningar genomkorsade den heta natten och ut kastades, bokstavligen, en liten indier. Någon av busarna med det vulgära språket rusade fram för att sparka den redan slagne och mycket spenslige mannen.

"Stopp!" skrek Oscar och skyndade fram och hjälpte den skräckslagne mannen på fötter och borstade av jorddammet från hans, det såg till och med Oscar, påtagligt dyra sidenkostym av indisk typ.

Varifrån han fick detta infall som nu ändrade hela hans liv visste han inte. Det var kanske bara en trotsig känsla av osportslighet som måste tillbakavisas. Hans äldre bror Lauritz skulle i alla fall tveklöst ha reagerat just på den grunden.

"Herr Singh är min gäst i kväll, så här tycks föreligga ett allvarligt missförstånd", sade han avsiktligt lugnt, kanske snarare kallt.

Det blev fullkomligt tyst. De fyra busarna som stått för utkastandet, två från personalen och tydligen två "frivilliga" av den mer storvulna germanska typen, stirrade tysta ner i marken.

För om Oscar blivit celebritet redan vid den våldsamt överdrivna och av pressen lika romantiserade som förfalskade lejonhistorien, så var det ett intet mot nu. En "seger" över hundra vilt framstormande kannibaler.

Busarna vek åt sidan medan han lugnt lade armen vänskapligt om indiern och ledde honom tillbaks in i krogen.

"Förlåt det där med Singh, jag vet ju inte vad du heter. Förstår du tyska?"

"Lite, men inte tillräckligt. Tack!" viskade den andre.

"Talar du swahili?"

"Ja, mycket bättre."

"Bra, vad heter du?"

"Mohamadali Karimjee Jiwanjee."

"Själv heter jag Oscar Lauritzen."

"Det vet jag, men jag måste öva mig på uttalet."

De skred värdigt in i lokalen, sida vid sida, och sorlet lade sig så att det blev helt stilla medan de visades fram till det bästa bordet. När de satte sig ner och fick sina matsedlar återgick allt till ordningen på klubben och sorlet steg på nytt mot taket.

"Du är alltså inte Singh, du är Mohamadali, jag antar att du inte dricker öl och vin?" konverserade Oscar. "Isvatten?"

"Jatack. Men jag äter faktiskt ko."

De skrattade åt skämtet. Oscar beställde två heta indiska grytor med strimlat kokött och isvatten för två.

"Jaha", sade han. "Här sitter vi nu och får göra det bästa av situationen. Vad gör du i Dar, Mohamadali?"

"Affärer. Försöker åtminstone, även om det inte är så lätt att tränga sig in på den tyska marknaden här. Min familj har ett handelshus på Zanzibar och man har olyckligtvis gett mig uppdraget att försöka upprätta en filial här."

Oscar började bli nyfiken. Mannen talade utmärkt swahili, var elegant klädd och använde ordet *handelshus* om sin familjs affärer på Zanzibar. Det betydde inte ett litet stånd för torkade melonkärnor.

"Och vad gör du själv i Dar?" frågade Mohamadali.

"Jag är vid järnvägen, bygger broar och räls, skjuter en och annan elefant och säljer en och annan mahognystock som blir över vid järnvägsbygget", svarade Oscar lite avsiktligt slängigt. Han ville verkligen inte komma in på ämnet kannibaler.

"Jag vet", sade Mohamadali. "Hur mycket betalt får du per ton mahogny?"

"25 pund."

"Du blir kraftfullt lurad."

"Det är möjligt, men det är mer som manna från himlen och jag är ingen affärsman", svarade Osar i samma lättvindiga stil när han började äta av sin currygryta.

"Men jag är", svarade Mohamadali. "Hur länge har du ledigt?"

"Tio dagar in alles, nio dagar från och med nu, hurså?"

"Ett av våra skepp seglar mot Zanzibar tidigt i morgon bitti. Följ med så ska jag dels visa dig vackra ting, dels ska vi göra affärer som nog blir mycket bra för båda parter."

Det var så enkelt det hade börjat. Det skulle alltid bli svårt att förklara hur det hade gått till. En sak var kanske att Oscar efter ett par år i Afrika hade lärt sig den vite mannens första läxa. Alla är inte som barn, alla stjäl inte, alla är inte vidskepliga, alla är inte totalt okunniga om allting.

Kadimba hade blivit hans vän, nära vän, när Oscar äntligen passerat alla de där initiala föreställningarna.

När han alltså såg Mohamadali första gången såg han inte en usel indier som borde dra hans cykelkärra. Han såg en välklädd, bildad och intelligent man. En man som, det utgick han ifrån, förstod en mängd viktiga ting som han själv inte hade den minsta aning om.

Monsunen var härligt uppfriskande, seglatsen till Zanzibar ganska kort, de kunde redan första kvällen äta en utsökt måltid på grillade skaldjur och nyfångad fisk nere i hamnen.

Staden var alldeles vit och ren, som en saga. Mohamadalis familj var mycket stor, de hade verkligen ett handelshus som imponerade, en stor kontorsbyggnad mitt i staden med någon sorts västerländsk ordning med sekreterare, telefon och minutiös städpersonal. Deras hem var ett palats i utkanten av staden, en vit byggnad i en stil som han skulle kalla morisk i brist på bättre. Mohamadali förklarade att den snarare skulle kunna beskrivas som sydarabisk eller omansk.

Lika charmerande som Mohamadali och hans bröder var när det gällde samtal om jämförelser mellan Orienten och Europa, lika hårt, nästan tyskt, effektiva var de när de skisserade ett kompanjonskap.

Oscar skulle äga 60 procent av aktierna, det gjorde företaget "tyskt", vilket var viktigt i Dar.

Själva skulle de äga 30 procent, det gjorde deras ägarandel väsentlig, och företaget var fortfarande "tyskt".

Järnvägsbolaget skulle erbjudas, som en generös gest, tio procent av aktierna. Det legitimerade affärerna.

Annars skulle man på järnvägsbolaget förr eller senare ha upptäckt vad man gick miste om och återkallat alla muntliga löften.

Och vad handelsfirman Karimjee & Jiwanjee vann på detta, förutom 30 procent av aktierna i det gemensamma bolaget?

En fot i Tyska Östafrika. Det var värt en hel del.

De borde verkligen veta, resonerade Oscar. De handlade med hela världen, mest kryddor och kopra, men också elfenben och nu snart mahogny. Slavar hade man dock aldrig sysslat med, hävdade alla bröderna med sådant eftertryck att Oscar trodde dem.

Det nyetablerade företaget i Dar skulle heta Lauritzen & Jiwanjee. All mahogny och allt elfenben Oscar i fortsättningen kom över skulle givetvis gå den vägen. Och på järnvägsbolaget borde man bli mycket nöjda. Och då borde de tyska myndigheterna i Dar bli mycket nöjda.

Affärerna var snabbt avklarade. Resten av tiden på Zanzibar ägnade Mohamadali och Oscar åt att resa runt och se på arkitektur, äta gott och dricka iskallt vatten.

Sultanen, numera brittiske undersåten – eller partnern, eller samarbetsmannen, eller fången – hade en egen smalspårig järnväg för att komma till sommarstället, faktiskt byggd långt före alla tyska järnvägsprojekt i Afrika.

IX
LAURITZ
FINSE–BERGEN–FRØYNES
DECEMBER 1902–JUNI 1903

DEN ANDRA JULEN på Finse kom han sig inte hem till Mor på Osterøya. Det var omöjligt, inte ens brevbäraren kunde ta sig fram. Snöstormen hade börjat just när han tänkt ge sig iväg, den 23 december, och pågick oavbrutet fram till mars månad. Inte en enda dag med finväder.

Två ingenjörer uppe på Finse var en för mycket, det enda arbete som kunde genomföras på vintern var att borra och spränga sig fram i Torbjørnstunneln. Under sommaren hade Daniel Ellefsen organiserat arbetet på en 200 meter lång snötunnel fram till berget där den riktiga tunneln skulle ta vid. Det betydde att snötunneln, som man stadgade med timmer och plank, blivit tio meter längre än man planerat för själva Torbjørnstunneln genom berget. Men något annat sätt att lösa problemet kunde varken Daniel eller Lauritz komma på. Tunneln inne i berget var ännu för kort för att man skulle kunna lagra stenmassorna där inne, de måste ut i snötunneln.

För de två arbetslagen med rallare uppe i baracken var snön inget större problem. Deras hus var helt översnöat, bara den svarta skorstenen stack upp, men de hade grävt en egen transporttunnel under snön, direkt från baracken till Torbjørnstunnelns mynning. Det enda stora problemet vad arbetet beträffade var ventilationen.

Efter varje sprängning inne i berget tog det uppåt en timme innan rökgaserna hade letat sig ut genom den långa snötunneln. Och innan gaserna försvunnit var det farligt att ge sig in, en av rallarna hade varit nära att dö. Det var i sista stund man lyckats släpa ut honom i frisk luft.

Lauritz som kände en svår leda av sin sysslolöshet satte sig vid ritbordet uppe på övervåningen där man skottat rent kring fönstret för att åtminstone få några timmars dagsljus. Också ingenjörsbaracken var helt översnöad.

Teoretiskt var problemet enkelt. Det behövdes ett luftschakt från Torbjørnstunnelns mynning i berget till friska luften. Till en början föreföll det praktiskt omöjligt. Från tunnelmynningen upp till friska luften var snölagret 18 meter. Grävde man ett schakt i brantast tänkbara vinkel på 45 grader skulle det bli för långt för att få någon större effekt. Att gräva en kanal rakt uppåt var knappast praktiskt möjligt, dessutom skulle en sådan skorstensliknande lufttrumma snart pressas ihop av tryck och rörelser inne i snön och störta samman.

Han löste ändå problemet ganska lätt, trodde han åtminstone. Inne i snötunneln fanns ett upplag av tomma cementtunnor. Om man slog ur botten på tunnorna och monterade dem ovanpå varandra hade man en fungerande skorsten, förklarade han optimistiskt för kollegan som inte visade någon som helst entusiasm, utan bara kom med invändningar om svårigheterna att gräva sig rakt uppåt i snö och ännu värre om man skulle försöka från andra hållet. Det skulle aldrig gå att få någon stabilitet i tunnor som bara staplades på varandra.

Lauritz surnade till och gick tillbaks till ritbordet. Nästa kväll ansåg han att han löst problemen.

Man skulle gräva sig nerifrån och upp och konstruera en spiraltrappa runt de staplade tunnorna. Trappstegen i spiraltrappan behövde bara bestå av brädlappar som man fixerade i snön och hela konstruktionen skulle dessutom få stöd av den spiralformade snöväggen runt stapeln med tunnor.

Daniel Ellefsen granskade misstänksamt Lauritz ritningar och såg till en början ut som om han bara ville komma med nya invändningar. Efter en stund sken han oväntat upp, nickade och sade att den här idén faktiskt såg ut att kunna fungera. Han kunde i alla fall inte se varför den inte skulle göra det.

Efter tre dagar var konstruktionen färdig. Det hade gått trögt från början genom de nedersta snölagren som var isiga och fyllda med grus, kanske tiotusentals år gamla. Men allteftersom man arbetade sig uppåt gick det lättare och de sista åtta meterna grävdes på en dag. Och ventilationen visade sig fungera mer kraftfullt än vad man hoppats, förmodligen på grund av temperaturskillnaderna. Det var permanent plus 18 grader nere i berget, sommar som vinter, och minusgrader uppe vid ytan. Den varma luften där nere skapade helt enkelt ett sug uppåt.

Det man förlorat i mantimmar på skorstensbygget skulle man lätt ta igen på att väntetiden efter varje sprängning reducerades med mer än hälften. Dessutom hade luften blivit mer hälsosam, vilket man inte borde underskatta. Rallarna hade mer än två månader kvar av sitt mullvadsliv innan de kunde övergå till nya beting ute i friska luften.

Under några dagar i mars såg det ut som om den tre månader långa snöstormen äntligen var på väg att lägga sig. Deras fängelsetid föreföll att vara över, och inte bara deras. Kokerskan Estrid hade inte varit utanför baracken under hela denna tid om man inte räknade hennes korta promenader ut i snötunneln till deras kolförråd.

Lauritz och Daniel hade åtminstone tagit sig ut då och då för att skida upp till tunneln och göra sina kontrollmätningar. De använde då fönstret i kontoret på övervåningen som ytterport där deras skidor stod nedstuckna i snön, vid pass fyra meter ovan fast mark.

De skottade snö i tre dagar för att gräva fram ytterdörren och fönstret till köket, så att Estrid inte skulle behöva vistas i permanent mörker. Det var drygt och tungt arbete, men de hade ändå inget bättre för sig. Lauritz var redan på andra varvet i Shakespeares samlade verk och Georg Brandes lärda kommentarer. Daniel fördrev tiden med ett uppslagsverk där han kommit fram till bokstaven E. De skämtade om att ifall man kunde tillägna sig den samlade kunskapen i Nordisk Familjebok så borde man därefter framstå som en ytterst bildad man som åtminstone kunde lite om allt. Problemet var att man lätt tappade koncentrationen vid läsningen och förlorade sig i detaljer. Likväl uppstod ljusa ögonblick med jämna mellanrum, som nu när Daniel plötsligt kunde berätta vad Fridtjofs vikingaskepp hette, nämligen Ellida. Det var ett kvinnonamn med isländskt ursprung.

Lauritz hade någon kväll berättat om sin sanndröm, som han alternativt kallade den överoptimistiska illusionen, att han en gång skulle befinna sig i en vacker egen ägandes segelbåt och ha Ingeborg på armlängds avstånd nere i sittbrunnen. Segelbåten skulle antingen heta Ran, efter sjöguden Ægirs hustru, eller också ha namn efter Fridtjofs vikingaskepp, det namn som han förargligt nog glömt bort.

Ellida var något av en besvikelse. De enades om att Ran var både vackrare och mer kraftfullt.

Efter nästan tre dygns uppehåll i stormandet började vinden friska i på nytt. I värsta fall skulle all snö de skottat undan kring ytterdörr och köksfönster komma tillbaks i samma mängd redan under en natt. Nästa morgon var det söndag och då måste de oavsett väder ta sig upp till tunnelarbetet. Söndagsmorgon från klockan 06:00 till kvällen klockan 18:00 var enda tiden då ingenjörerna kunde arbeta i tunneln utan att stoppa sprängningar och borrningar och transport av stenmassor. Det var mellan de timmarna man bytte skift. I veckorna rullade det på så att det ena skiftet kom hem till baracken när det andra skiftet just ätit och skulle ge sig iväg för att återkomma sex på morgonen när man byttes av, den enes frukost blev därmed den andres middag. På så vis stod arbetet aldrig stilla. Vid andra årstider hade skiftbytet säkert någon vettig funktion. Nu kunde man fråga sig om det hade någon betydelse alls. Ingen såg skymten av dagsljus i alla fall, oavsett om man jobbade morgon eller kväll.

Snöstormen kom dånande in över dem vid tretiden på natten. Det kändes märkligt hemtamt när vinden slet i tak och husknutar och det knakade överallt i trävirket, de hade vant sig under evighetsstormen sen i julas. Det hade rentav varit svårt att sova i tystnad några nätter, men nu var alltså allt som vanligt igen.

Hursomhelst måste de upp till tunneln med sina mätinstrument, snöstorm eller ej. Ytterdörren gick naturligtvis inte att få upp, deras trägna insats med snöskovlarna hade varit meningslös. De fick ta sig ut genom fönstret på övervåningen som vanligt.

Det var en ilsken storm som hade börjat om på nytt, men inte värre än att de kunde ta sig fram efter att ha snört igen sina anoraker runt ansiktet och tagit på sig snöglasögon. Det var bara knappt två kilometer till tunnelbygget och så fort de kommit runt husknuten hade de vinden i ryggen och kunde nästan segla uppför fjällsidan.

Värre var att ingången till snötunneln hade rasat. Man kunde inte ens se var den hade börjat, snöstormen hade utplånat varje spår. Nå, det var bara de sista tvåhundra meterna, sen var de framme vid sin spiraltrappa vid luftintaget. Det låg en jordkällardörr över ingången och skorstenen av cementtunnor stack upp en god bit ur snön och ledde dem rätt. De grävde fram ingången med händerna, klev ner i spiraltrappan och tände sina gruvlyktor.

Nere i tunneln mötte de några av de sista rallarna på väg från skiftet och basen Ole Lænes, som förhörde sig om hur vädret var där ute. Av vinandet runt barackens skorsten att döma hade det blåst upp igen. Så om det var ogörligt att ta sig hem efter mätjobbet var herrar ingenjörer välkomna att stanna över natten i rallarbaracken. De tackade och sade att de skulle tänka på saken. Om inte annat fick man se hur det var senare, när man stack ut huvudet uppe vid ventilationstrumman. Eftersom de var två man behövde de heller ingen hjälp med att hålla mätstänger eller hänga lod, det var inga svårare ting de hade framför sig.

När de blivit ensamma arbetade de några timmar med kontrollmätningar och skrev ner en del instruktioner till basen på nästa skift, packade ihop sin utrustning och krånglade sig bort mot ingången till lufttrumman. Det började bli svårt att ta sig fram i tunneln eftersom stenmassorna hade vuxit högt överallt. Så var det alltid i slutet på vinterperioden, innan man kunde börja skyffla ut det man sprängt och spettat.

De lämnade sina instrument väl inpackade i säckväv i lufttrumman och klättrade sedan upp.

När de baxat upp luckan i toppen på spiraltrappan insåg de genast att stormen hade blivit allt värre. Medan de snörde ihop sina anoraker och drog på sig snöglasögonen diskuterade de skrikande om det var värt besväret att ta sig ner till den egna baracken, eller om de hellre skulle vänta ut stormen hos rallarna. De enades om att det i så fall kunde bli ett långt uppehåll. Deras Estrid skulle bli orolig om hon lämnades ensam. Och det var trots allt bara två kilometer hem. Även om sikten var nästan helt borta kunde de förlita sig på kompasskursen. Nej, de skulle hem.

De hade fört hela diskussionen skrikande på knä vända mot varandra och måste ha sett ut som två hundar som stod och skällde. När Daniel reste sig för att ta tag i sina skidor och stavar slogs han genast omkull av stormen och gled bort flera meter på skaren innan han resolut högg ner en skidstav för att förankra sig och kröp sen hukande tillbaks mot Lauritz och skrek att de måste släpa skidorna efter sig och krypa på skaren.

En stund senare kröp de mot stormvindarna på den isiga skaren där ingen vinddriven snö kunde fastna, Daniel först, Lauritz efter honom med skidorna i en bogsertamp efter sig. Det visade sig snart vara ett hopplöst sätt att ta sig fram och under dessa omständigheter var två kilometer inte längre en struntsak. De försökte resa sig upp och gå hukande framåtlutade mot stormen, men slogs snart omkull i en kastvind och tumlade om varandra bakåt några tiotal meter på den isiga snön.

De hade ett nytt skrikande rådslag och kom fram till att det sinkade dem för mycket att släpa på paketet med skidor. Men de hade å andra sådan ingenstans att lämna ifrån sig skidorna och visste inte var de var i förhållande till luftschaktet. De organiserade om så att var och en fick släpa på sina egna skidor, i gengäld erbjöd sig Lauritz att krypa först eftersom han hade den bästa kompassen med självlysande symboler.

Det var flera timmar tills det skulle bli mörkt, men det hade ingen betydelse. Snöyran förblindade dem lika mycket som mörker.

De var båda envisa män. Ingen av dem hade en tanke på att ge upp. Dessutom var det inte längre möjligt. De kunde hitta hem med hjälp av kompasskursen, men de skulle aldrig finna luftschaktet. Alltså hade de inget val.

De band en tamp mellan sig för att inte tappa bort varandra.

Kanske kröp de på det sättet i någon timme, det var svårt att avgöra och ännu svårare att bedöma hur långt på väg de egentligen var. Stormen övergick i orkan, i de hårdaste byarna kunde de inte ens krypa längre, eftersom de då bildade ett för stort vindfång och riskerade att svepas iväg över skaren, i värsta fall hundratals meter. Då och då måste de pressa sig platta mot snön, med armarna sträckta framför sig och tryckta mot öronen.

Sakta började det gå upp för Lauritz att döden fanns nära, att han faktiskt kämpade för sitt liv. Om de tumlade bort över skaren skulle de vara förlorade. De hade ingen skovel med sig, kunde inte gräva ner sig. Temperaturen föll, det kändes i kinderna, vindfaktorn fördubblade kyleffekten.

Döden hade han aldrig ägnat annat än en flyktig tanke, döden var något som kom i slutet av livet, i en mycket avlägsen framtid. Han var tjugosju år, idrottsman, diplomingenjör i Dresden och följaktligen odödlig. Tills nu.

Ingeborg skulle aldrig förlåta honom, tänkte han galghumoristiskt. Hela hennes projekt att trotsa baronen skulle gå om intet bara för att den hon svurit att gifta sig med gick ut på fjället och dog av ren dumhet. Om det åtminstone varit ett våldsamt stenras eller en störtande bro. Men ren dumhet! Det var oförlåtligt.

Gud ville han inte dra in i problemet, även om det på nytt kändes som om Gud skrattade åt honom. Gud skulle man inte besvära med själviska ting.

I de värsta orkanstötarna låg de stilla, tryckta som flundror mot underlaget. Så fort de anade att vinden tillfälligt gav efter, som om den hämtade andan inför nästa attack, kröp de några meter framåt. Vänster arm, höger knä, vänster knä och så dra upp skidorna efter sig och börja om.

Plötsligt tycktes vinden minska i styrka trots att dånet i luften var detsamma. De hade hamnat i lä för någonting. Det visade sig vara ett upplag av transportskenor, täckt av presenningar och hårt surrat. Här kunde de lämna sina skidor och nu visste de att de var på rätt kurs, på väg upp hade de passerat upplaget på något tiotal meter. Det betydde att de bara kommit lite mer än halvvägs. Men utan skidorna att släpa på skulle resten av krypandet gå betydligt lättare.

Bakom upplaget kunde de ställa sig upp en stund i lä och sträcka på ryggen. De skyfflade in sina skidor under presenningar och transportskenor och gick runt hörnet, ut i stormen, och slogs genast till marken av vinden.

De fortsatte att krypa på kompasskursen. Vinden kom från sydväst vilket var ovanligt, det var därför de nästan kunnat vindsegla upp till tunnelbygget. Det hade varit bättre om det varit tvärtom.

Efter en kvart, eller om det var tjugo minuter, eller tio eller trettio, började det hårda isiga underlaget mjukna och efterhand ge vika. De var på väg ner i en svacka som hade fyllts med nysnö som blev djupare och djupare, det gick snart inte att krypa längre, då skulle de drunkna i snö. De måste ställa sig upp, luta sig framåt så mycket det gick i motvinden och vada sig fram genom nysnön, som snart stod dem över midjan.

Orkanen kunde inte längre kasta dem som vantar ut i mörkret. Men det gick trögt att pressa sig framåt i den djupa snön. Nu skulle de ha behövt sina skidor, men det var omöjligt att vända tillbaka, de skulle aldrig hitta och dessutom förlora sin kompasskurs.

Inget fanns att säga, ens om de kunnat tala med varandra. De kunde bara fortsätta att sega sig fram, meter för meter. Alltså började de svettas. Det betydde att de inte längre kunde stanna, de måste gå resten av vägen utan paus, även om de fann lä på nytt, hela tiden hålla kroppstemperaturen uppe. Stannade de skulle svetten på deras kroppar frysa till is. Det var också döden.

Lauritz började tänka på hur han i nästa brev skulle beskriva den vådliga hemfärden för Ingeborg. Det var som en besvärjelse. Eftersom han skulle skriva till Ingeborg kunde han inte dö. Och när han tänkte närmare på saken kom han fram till att han helst borde författa en humoristisk berättelse, klädsamt självkritisk. Den unge diplomingenjören som fick sin odödlighet satt på prov, eller snarare fick en påminnelse om sin dödlighet. Eller ännu hellre att den intressanta slutsatsen var att det här järnvägsbygget inte krävde världens förnämsta teoretiska utbildning. De tekniska problemen i sig var inte så märkvärdiga, det fanns bara ett enda brobygge som var verkligt avancerat. Allt annat, broar, tunnlar, skäringar och banvallsbygge vilade på en stadig halvsekelgammal grund av kunskap. Alla som sagt att det saknades tillräckliga ingenjörskunskaper i Norge för att bygga Bergensbanen hade haft fel. Det var inte ingenjörernas teoretiska kunskaper det hängde på, utan den praktiska förmågan att överleva. En järnväg var en järnväg. Skillnaden var att här uppe byggde man i orkanvindar och bland arton meter höga snödrivor.

Frågan var förstås hur intresserad Ingeborg skulle vara av sådana resonemang? Han skulle kanske inte alltför mycket fördjupa sig i detaljer när han skrev.

De kröp plötsligt in i den övre delen av gaveln på ingenjörsbaracken, alldeles under taknocken. När Lauritz drog av sig sina snögoggles upptäckte han att de var nästan helt igenisade. Klockan var ännu inte fyra, det var fortfarande ljust i snöstormen. Det hade han inte förstått, han hade varit nästan halvblind den sista timmen.

De kravlade runt huset och fann att fönstret till kontoret var reglat inifrån. Estrid hade förstås blivit rädd att orkanen skulle slita upp fönstren och gjort helt rätt. Men nu gällde det att komma in. Daniel började banka så hårt han vågade på det stängda fönstret, Lauritz kravlade upp till skorstenen, tog fram en kniv och började slå mot plåten. Strax hörde han Daniel vråla där nere. Estrid hade öppnat fönstret.

Hon hade lagat sådan mat som man kunde hålla varm länge, försäkrade hon, och aldrig gett upp hoppet om att de skulle komma hem. De fick ärtor, fläsk och en rejäl sup till middagen.

* * *

Vårknipan var den period på året då det var svårast att härda ut, tiden mellan mars och maj. Transporter var bara möjliga en kort tid i april, när packhästar, slädar och arbetssökande trampade upp breda stigar i hård snö.

Då kom också de första hästtransporterna från Taugevand, men till en början bara med bränsle och virke, så på Finse måste man fortsätta ännu någon tid med den enahanda kosthållningen, torkad fisk, konserver och kondenserad mjölk.

Var det finväder kunde man långt bort se en smal svart orm ringla sig uppåt i den blixtrande vita snön. Det var rallarna som kom för att söka jobb. Att de kom för tidigt för allt arbete som hade med brobygge, banvallar och skäringar att göra – i tunnlarna fanns ju redan folk – hade en enkel förklaring. Ju tidigare man kom, desto säkrare att få jobb.

På vägen upp övernattade männen i de tomma arbetarbarackerna. Men nätterna var fortfarande svinkalla och årstidens väder var opålitligt, det blev ofta kraftiga bakslag med snöfall. Järnvägsbolaget hade visserligen försökt ordna med ett reservlager av ved utanför varje barack, men de som kom för tidigt kunde inte finna vedstaplarna eller kolförrådet eftersom allt fortfarande var översnöat. För att inte frysa ihjäl under de kalla vårnätterna eldade männen med allt de kom över, bord, stolar, sängar.

Det var därför de första packhästarna kom med kol och virke i stället för proviant. Man måste få barackerna beboeliga. Lasten på en packhäst betalades med fem öre per kilo till Finse. Den som inte ägde någon häst kunde åta sig att bära virke och kol på egen rygg. En man som kallades Lærdalsborken bar nästan som en häst, 50–60 kilo åt gången. En annan bjässe var Daniel Vidme från Flåmsdalen. Han bar lika mycket, sades det åtminstone.

Rallarna var för tunt klädda och utmattade när de kom pulsande fram mot kontorsbyggnaden på Finse. Men tillfälligt jobb fanns i övermåttan, eftersom man i stort sett bara kunde ägna sig åt snöskottning den närmaste månaden, i gengäld desto mer. Därutöver erbjöds bara en del reparationsarbeten och snickeri i de delvis demolerade barackerna nedåt linjen.

Daniel Ellefsen och Lauritz fick ett abrupt avbrott i vinterns segt långsamma arbetsrytm när de nu måste sköta nyanställningar och utbetalningar till de rallare som skulle ge sig av hemåt efter vinterns tunnelarbete. De två arbetslagen som jobbat skift uppe i Torbjørnstunnln halverades på så vis, men då fick basarna Johan Svenske och Ole Lænes ansvara för nyrekryteringen och vem de än rekommenderade för anställning godtog ingenjörerna utan någon som helst diskussion – arbetsbok eller inte arbetsbok.

Den var en sorts legitimation, ett bevis på tidigare utfört arbete, som de flesta bar med sig varthän de än luffade runt i landet på jakt efter jobb. Det fanns förstås män som saknade denna värdefulla passersedel till arbete och skälen kunde vara många, både sådana som gick att förklara och sådana man nog gjorde klokt i att förtiga. Men basarna Johan Svenske och Ole Lænes sade sig med en enda blick kunna avgöra om en man var av rätta virket, så de frågade inte ens efter arbetsbok.

De som anställts kunde nu gå till handelsboden i Finse och få kredit hos handelsman Klem. Men hos Klem kunde det vara kinkigare med krediten om man saknade arbetsbok. När Lauritz var inne för att ersätta ett par borttappade solglasögon hamnade han mitt i en oförglömlig disput över ämnet kredit. Nå, oförglömlig eller ej så gick han genast efteråt upp på kontoret för att ordagrant skriva ner formuleringarna från en lång mager svensk som vägrats kredit:

"Jag som vart i Luleå och Haparanda. Som har skådat det Heliga Landet och Jesu Christi grav och badat i Jordanfloden och två gånger sjunkit till botten på Göta kanal! Och ändå nekar du mig kredit, ditt förbannade tennöga!"

Mannen fick sin kredit. Daniel hade omåttligt roligt när Lauritz deklamerade utbrottet vid deras enkla kvällsvard.

De rallare som inte hade turen att bli uttagna av Johan Svenske eller Ole Lænes hamnade i snöskottningskompaniet, det innebar åtminstone två månaders säkert jobb. En efter en skickades de över till den stora fyrtiomannabaracken man byggt i Finse och där blev de mottagna av järnvägens mest fruktade kocka Kristin. Hon var lika bastant som argsint, knappt basarna vågade säga emot henne och inträdesproceduren i hennes barack var inte nådig. Rallaren som kom med hatten i hand och sade att han just fått anställning kommenderades omedelbart att klä av sig naken. Män som inte hört talas om Kristin tvekade, eller trodde kanske att de hört fel. Men Kristins regemente gällde kompromisslöst lika för alla, norrmän som svenskar som finnar: Av med kläderna och lägg dem i en hög!

Strax kom hon ut med en balja vatten och en näve grönsåpa och instruerade med hög röst. Här skulle tvättas från huvudhåret och nedåt, särskilt i skrevet och det skulle tvättas ordentligt. Nya kläder kastade hon ut intill tvättbaljan, de gamla bar hon mellan två pinnar mot en av de stora koppargrytor där hon kokade såväl barackens mattor som de nyanställda rallarsluskarnas kläder. Inte en endaste lus var välkommen i hennes barack.

Det var dock ett förbud som somliga löss tycktes omedvetna om. Rallarnas vanligaste botemedel mot lusplågan var antigen att sprida ut snus i bingen eller smyga åt sig lite dynamit att lägga under madrassen. Somliga löss tycktes omedvetna även om effektiviteten i dessa beprövade huskurer.

Lauritz blev vittne till Kristins procedur när en ilsken finne kom tillbaks till kontoret och påstod att en sexualdåre till kärring hindrade honom från att ta den plats han rätteligen blivit anvisad av herr ingenjörn. Det lät egendomligt och han följde med upp till den stora nybaracken för att eventuellt rätta till något missförstånd. Men Lauritz hade intet att invända mot Kristins regemente gentemot nyanlända när han väl förstått avsikten.

Man hade också byggt stall för över hundra hästar och i stallet fanns alltsomoftast plats för dem som bara fått snöskottningsjobb för tio öre kubikmetern. Vilket ändå inte var så illa, somliga kunde komma upp i sju kronor om dagen.

När den nyanlända bataljonen av snöskottare satte sig i rörelse för att öppna transportvägen ner till Taugevand såg det i Lauritz ögon ut som en omöjlig uppgift. Snön var på sina ställen sammanpackad i mer än tre meter höga drivor. Men där det var som högst skottade man inte, där spred man ut sand, grus och aska för att låta vårsolen sköta resten. Sommartid märktes vägarna ut med höga stänger så att man skulle finna dem vintertid.

Efter tio dagars hektisk anställningstrafik tycktes rusningen vara över och Lauritz skidade upp till baracken vid Torbjørnstunneln för att planera sommarens arbete med Johan Svenske. Med sig hade han en del nya ritningar som han arbetat med under vintern.

Johans arbetslag skulle först avsluta vinterarbetet i tunneln och han måste sen ersätta de rallare som ville hem, eller till krogen i närmaste stad, med sådana män som inte bara kunde göra rätt för sig i en tunnel vintertid utan också kunde klättra högt på byggnadsställningar sommartid. Bygget över Kleivefossen var inte att leka med, de hade förra sommaren varit nära att förlora två män.

Därför inledde Lauritz med att tala om en del säkerhetsarrangemang som han hade tänkt sig. Varje man borde vara försedd med en kraftig lädersele uppe på ställningarna. Och på varje våning skulle man spänna en stålvajer tvärs över. Mellan stålvajern och lädersele skulle man ha en löplina som fästes med karbinhakar i båda ändarna. Den som snubblade och föll skulle få gunga lite över stupet, vilket kunde vara nog så obehagligt. Men överleva.

De extra utgifterna hade han fått godkända hos ledningen i Voss,

Skavlan hade gillat idén. Karbinhakarna skulle han själv inhandla snart, eftersom han planerade ett besök nere i Bergen. Stålvajrarna skulle komma med ordinarie materialtransporter från Sogn.

Johan Svenske föreföll som om han var högst måttligt imponerad av Lauritz förslag. Han muttrade att det var lite fegt att gå omkring selad som ett barn. Men å andra sidan var det ett problem med höjden för somliga. Det kunde vara svårt vid nyanställningar, för då måste han ju nämna att i hans arbetslag skulle man snart vidare och jobba på höga ställningar över självaste Kleivefossen. Och då var ju frågan om herr *renhårige slusken*, som det hette när man svenskade sig, kände någon tveksamhet inför utsikten att jobba med timmerkonstruktion uppe i himlen.

Problemet var att ett fåtal svarade ja på den frågan, men ett flertal ljög.

Följaktligen, med tanke på att det fanns för många räddhågsna män här i världen, och de också hade rätt att leva och försörja sig i god socialistisk anda, var det nog ett bra förslag med selar och karbinhakar.

Mer intressant var att se om det nya sättet att slå upp dubbla byggnadsställningar hade lönat sig, tillade Johan Svenske med ett förtjust grin.

Det hade varit mycket diskussion om saken, eftersom Lauritz modifierat ritningarna till ställningarna så att materialkostnaderna steg med nästan 80 procent. Den frågan hade man till slut löst efter en lång skriftväxling med huvudkontoret. Men sedan hade förändringarna dessutom ökat på arbetstiden med ungefär lika mycket. Och då påverkades ackordet. Det hade man också löst, men mycket dyrare än beräknat hade brobygget redan blivit.

"Det har varit en del ovanligt elaka stormar i vinter", sade Johan Svenske menande. "Så det kanske blir som med vår snötunnel utanför Torbjørn. Pengar i sjön, men det drabbar ju ingen fattig, inte bolaget i alla fall. Möjligen drabbar det ingenjörn, om hela skiten ligger nerblåst i dalen när vi kommer upp."

Det var inte illasinnat menat, antog Lauritz. Bara ett sätt att utmana, vänner emellan. För vänner var de.

"Allright Johan, då gör vi så här, du och jag", svarade han. "Vi slår vad om en veckolön. Jag förlorar om bygget har rasat, du om det står kvar. Vågar du det?"

Det fanns naturligtvis ingenting som Johan Svenske skulle medge att han inte vågade. Men för säkerhets skull kom de överens om att den som förlorade skulle betala med sin egen veckolön, ingenjörslön i det ena fallet och baslön i det andra. När de tog i hand kunde Johan Svenske inte låta bli att spela Old Shatterhand. Vilket inte på minsta vis förvånade Lauritz. Men han bekämpade smärtan i handslaget och försökte låtsas som ingenting. Vilket vännen Johan både genomskådade och uppskattade.

De ägnade därefter en stund åt att studera de nya ritningarna för överbyggnaden. Om allt gick väl och vädret inte var för elakt i sommar skulle de bli klara till hösten. Sen återstod två somrars arbete med att bygga själva stenvalvet över stupet.

"Du ska veta en sak, Lauritz", sade Johan Svenske när de skiljdes. "Det här är tammejfan det jävligaste arbetet på hela linjen. Och det bästa. Det är faktiskt storslaget."

När Lauritz gled nedför skaren mot "Finse station", man sade redan så på skämt, grubblade han över ordet som Johan Svenske använt. Storslaget. Det var förstås alldeles sant. Men det var en utbildad mans ordval, om han själv använt det skulle det inte skära sig. I Johans mun lät det fel, fast det var så rätt.

Om slumpen skickat Johan till Dresden, på ungefär samma sätt som han själv och brodern Oscar hade hamnat där? Och om han själv och Oscar skickats ut i rallarsvängen, i stället för till repslageriet, hade rollerna då varit omvända?

Ja, tvivelsutan.

I barackerna var männen socialister. Två år i rad hade de genomfört demonstrationer på första maj, sjungit kampsånger och låtit agitatorer hålla tal. Det var helt i sin ordning, så länge det inte störde arbetet. Däremot hade det stört honom att demonstrationen riktade sig mot ingenjörsbaracken, det berodde på att ingen klassfiende fanns på närmare håll. Lauritz gillade inte att bli betraktad som klassfiende. Dumt nog hade han till och med försökt diskutera saken med en av agitatorerna, tidpunkten var dock illa vald. Och så hade det inte blivit mer av den saken. Men rent filosofiskt tålde problemet att tänka på.

Snöskottningen var igång, de flesta baracker reparerade, kol fanns i alla förråd och transporthästarna började äntligen komma upp med kött, ost och bröd, till och med whisky och brännvin.

I början på juni gav sig Lauritz av. Snöföret var slask, han sjönk ner ett par decimeter, fast han använde sina bredaste hickoryskidor. Det var en tung tur, men skulle den bli av så var det nu. Det var ännu minst en vecka innan Johan Svenske och hans förnyade arbetslag och kocka kunde ge sig iväg mot Kleivefossen.

Isarna så här års kunde vara opålitliga, stora gråa fläckar här och var, så han undvek vattendrag så ofta det var möjligt.

Nere i Moldådalen var han förstås tvungen att ta av sig skidorna och bära dem över axeln, samma sak i Raundalen, men han reste med lätt packning, så det var inget stort problem.

Han ställde av sina skidor på huvudkontoret i Voss och löste tågbiljett till Bergen. Färden så långt hade bara tagit honom ett dygn, han hade övernattat på fjället. Det skulle han aldrig ha klarat som färsk ingenjör vid Bergensbanen.

Det var en svårförklarligt hisnande känsla att ta tåget ner till Bergen. Det var så här det skulle bli, också där uppe på fjället. Även om skillnaderna i naturen var så stora att det var som att resa mellan helt olika världar. Snart var all snö borta och tåget tuffade fram genom ett grönt landskap där sluttningarna ibland var helt vita, fast av blommande fruktträd. Barn badade och stänkte vatten på varandra i en liten göl och korna gick ute.

När han steg av vid den ruffiga och till synes provisoriska Jernbanestasjonen i Bergen blev hans första tanke att det var ett alldeles för påvert mottagande för dem som en dag skulle göra den första turen ända hit från Kristiania. Hans dröm om att bygga en ny Hauptbahnhof levde i högsta grad.

Hans nästa tanke var att det måste ha varit en evighet sedan han gick i Katedralskolan här i staden. Det fanns så mycket nytt, spårvagnar skramlade fram vildsint plingande åt fotgängare, han såg två automobiler och utefter trottoarerna fanns numera gasljus som i vilken anständig europeisk stad som helst. Det var på något underligt vis som att ånyo komma in från Osterøya till den stora staden. Efter att ha sett Berlin och bott i Dresden i fem år trodde han att han skulle komma till en by. Så var det alltså inte. 1900-talet var i sanning den stora, nej den ofattbart enormt stora utvecklingens århundrade.

Han hade per brev beställt rum på Bergens Missions-Hotel eftersom han fått veta att där fanns en barbersalong i bottenvåningen. Men till hans förvåning tvekade den unga kvinnan i receptionen när han sade sitt namn och bad att få nyckeln till sitt rum. Det var som om hon ytterst ogärna ville acceptera honom som gäst. När han frågade vad som stod på svarade hon rodnande med nedslagen blick att Missions-Hotellet kanske inte var rätta stället för järnvägsbyggare. Med tanke på vissa strikta regler beträffande nattliga besök på rummet. När han frågade hur hon kunde veta att han arbetade vid järnvägen såg hon bara ner i sin pulpet. Han försäkrade att han inte planerade vare sig dryckenskap eller nattliga besök och fick rummet.

Framför spegeln i barbersalongen förstod han allting. Han såg ut som en vildman. Håret hängde ner till axlarna, skägget var lika vildvuxet som på Johan Svenske och det lilla som syntes av ansiktet var brunt som läder. Han var alltså en rallare som kommit till stan för att göra av med hela sin lön på sus och dus.

Det tog en och en halv timme att få honom att se ut som en diplomingenjör, åtminstone vad gällde snagg och mustasch. Möjligen var kontrasten mellan hans svartrödbruna näsa och kindknotor och hans vita kinder, nu befriade från skägg, något egendomlig.

Han gick ut i staden för att ekipera sig, han ville inte komma i sina slitna arbetskläder till Mor. Men han hade inte gått länge innan han fick märkligt ont i smalbenens framsida och under fotsulorna. Först begrep han ingenting, under två års tid hade han undan för undan kämpat ned alla smärtor efter skidåkningen, av den var han numera oberörd, även efter den senaste sjumilaturen mellan Finse och Voss. När han tänkte efter insåg han att han under de senaste två åren mest åkt skidor men gått mycket lite så som man går i en stad eller på flat mark. Han var helt enkelt otränad på att promenera. Att cykla skulle förmodligen gå bättre, det hade med låren mer än med fotsulor och smalbenen att göra.

Att ekipera sig gick bättre. Hans korta hår och nyvaxade mustasch talade sitt tydliga språk, liksom hela hans attityd, han uppförde sig som om han vore tillbaks i Dresden och fick utomordentlig betjäning.

Inte heller att köpa en resväska, det hette numera så, i svinläder innebar några komplikationer.

Han åt middag ute på stan, eftersom Missions-Hotellet på Strandgaten inte serverade vin till maten. Han drack en flaska rhenvin till sitt fläskkött med knaperstekt svål, stillsamt drömmande om Ingeborg och Tyskland.

Ändå sov han dåligt den natten. Han oroade sig för mötet med Mor. Hans besök förrförra julen hade blivit en besvikelse. För Mor var julen ingen glädjens högtid utan en period av strikt tystnad och bävan över vår frälsares födelse då alla måste ha nedslagen blick och begrunda Evigheten. Ungefär så som man snarare kunde föreställa sig påsken. Han mindes inte sina barndomsjular på det sättet. De hade varit fattiga, om än inte så fattiga som grannarna, men de hade sannerligen inte firat jul med nedslagen blick och viskande samtal.

Och hur var det nu hemma på Osterøya, i början på juni, pingsten, hänryckningens tid? Nu måtte väl ändå ett eller annat kunna bli sagt?

Att han somnade mycket sent, trots vinet, gjorde inte så mycket. Färjan skulle inte gå förrän mitt på dagen. Han vaknade ändå tidigt.

Ta en promenad kunde han inte, komiskt nog eftersom han fått en ilsken träningsvärk av att gå som folk. Ingenting hade han att läsa, och inga skrivdon. Han försökte fördriva tiden efter frukost, bastant frukost med römmegröt, ägg och fläsk, med att ligga på sin säng med händerna knäppta under nacken och då och då tvinna sina mustaschspetsar, låta tankarna fladdra än mellan barndomsminnen på Osterøya och Dresden, mellan fisketurer med Far och onkel Sverre och första gången han såg salutorget i den stora staden Bergen. Och däremellan varannan tanke till Ingeborg.

Färjan till Osterøya, och de tolv andra bryggorna, gick från Tyskebryggen precis på slaget tolv.

Det var kärt att återse ångbåten Ole Bull, men den hade krympt avsevärt. Åtminstone föreföll det så, han mindes den som betydligt större. Efter någon tvekan löste han däcksplatsbiljett när han steg ombord, trots att han utan tvekan var klädd som en förstaklasspassagerare. Men såvitt han kunde se höll hela förstaklassalongen på att fyllas med tysktalande turister och han fick en känsla av att där skulle han inte höra hemma. Inte här och nu, ombord på Ole Bull på väg mot Tyssebotn. Det var dessutom finväder för ovanlighetens skull, därav anhopningen av turister, och det kunde rentav vara angenämt att sitta ute i de ljumma sommarvindarna. Sådant var han numera inte bortskämd med.

Vid varje brygga där Ole Bull lade till kom turisterna ut i flock och beundrade högljutt utsikten. Så fort båten lade ut på nytt försvann de in i sin salong. Deras beteende gjorde ett svårförklarligt komiskt intryck, han förstod inte vari det roliga bestod, ändå kunde han inte låta bli att småle varje gång scenen upprepades.

Ju närmare Tyssebotns brygga han kom, desto underligare blev han till mods. Naturligtvis ville han återse sin mor, han älskade henne som varje god son älskade sin mor, men han beundrade henne också för hennes stoiska styrka, han kunde inte undgå att få tårar i ögonen var gång hans tankar snuddade vid den tragedi som en gång drabbat henne.

Men det var inte det, det var inte den högst naturliga kärleken till sin egen mor som fick den underliga känslan att växa inom honom. Förmodligen handlade det om en oro, eller rentav rädsla, för att tala med henne. Förrförra julen hade ingenting blivit sagt då Jesus Kristus tagit över. Men nu i sommartid under en sen pingst?

Det var vad han skulle säga om Oscar och Sverre, insåg han till slut när båten var på väg att lägga till vid den brygga som en gång varit hans hemmahamn. Varit?

Jo, för inte fanns hans hem längre här och var han än skulle bo i framtiden, i Bergen, Dresden eller Berlin, så skulle Frøynes aldrig bli annat än en plats att besöka för att hälsa på Mor, som nu.

Om de nu verkligen skulle tala med varandra, vilket ändå tedde sig oundvikligt, vad hade han då att säga om Oscar och Sverre, bröderna som svek? Där, just där, fanns alltså den svaga punkten och hans obehag. Det var nästan en lättnad att se problemet så klart.

Han hamnade i kö efter de tyska turisterna när landgången lades ut, för här skulle de tydligen gå iland allihop. Orsaken var ett litet stånd längst in på bryggan med en liten handtextad skylt med det något kryptiska meddelandet "Tröjen und Lusekoften". Där stod en ung blond kvinna i en typ av folkdräkt som han aldrig sett i Tyssebotn, svart väst i stället för grön, korta ärmar i stället för långa, och det var mot henne som turistflocken satte kurs. Genast var kommersen igång, sedlar, "Tröjen und Lusekoften" bytte raskt ägare under ett stigande tjatter. När han gick närmare kände han igen den unga kvinnan som ansvarade för försäljningen, det måste vara hans kusin Solveig som han inte sett på tio år, då var hon fortfarande ett barn. Nu såg hon ut som en bild stigen ur en folksaga.

Han ställde ner sin resväska och betraktade skådespelet. Köparna var så ivriga att de trängdes med varandra. Det var mycket vackert stickade tröjor och lusekoftor, den egenartade stilen och den starka koboltblå färgen talade sitt tydliga språk. Det var hans mors arbeten som turisterna slet åt sig.

Snart fanns bara en kund kvar som krampaktigt höll i den sista tröjan medan det övriga sällskapet glatt återvände mot båten och visade sina fynd för varandra När han försiktigt gick närmare upptäckte han till sin häpnad att den sista kunden prutade. Hon ville bara betala tjugo kronor i stället för tjugofem, knappt fyra mark! Det gjorde honom plötsligt tvärilsken.

"Förlåt att jag är lite sen till kommersen", sade han till den tyska kvinnan som var i hans egen ålder och tämligen elegant klädd, "men jag bjuder fyrtio kronor för den här utsökta tröjan."

Han öppnade sin plånbok och plockade långsamt upp fyra tiokronorssedlar och lade dem på den lilla provisoriska disken framför sin kusin, som inte verkade ha känt igen honom.

Den tyska kvinnan tycktes gripa ännu hårdare om sitt rov.

"Min herre kom efter mig och bör kanske betänka vad artigheten kräver", sade hon.

"Och min nådiga fru bjuder bara tjugo kronor för ett vackert plagg som skulle kosta hundrafemtio hemma hos er i Berlin", svarade han med en artig bugning.

"Hur vet ni att jag är från Berlin!"

"Ert uttal är mycket distinkt, min nådiga fru."

"Och ni min herre kommer alltså nånstans från Sachsen, men varför lägger ni er i det här?"

"Varför prutar ni på ett så lågt pris?"

"Naturbefolkningen får inte skämmas bort, det har vi ett ansvar för!"

Naturbefolkningen? Det var ett ord han aldrig hört, han rentav tvivlade på att det existerade i god tyska. Hans häpnad fick den ilskna berlinerkvinnan att tro att hon vunnit såväl diskussion som tröja, hon kastade föraktfullt sina två tiokronorssedlar på disken och låtsades vara på väg att gå.

"Tröjan är naturligtvis er om ni bjuder över mig", sade Lauritz kallt.

Han sneglade på Solveig, hon hade fortfarande inte känt igen honom men tycktes förstå åtminstone innehållet i det tyska samtalet som hon följde spänt uppmärksamt.

Berlinerkvinnan tvekade, fnös, tog upp sin handväska och rotade bland alla sedlar tills hon hittade en femtiolapp, lade den demonstrativt sakta på disken och norpade därefter åt sig sina tior.

"Gratulerar min nådiga fru, ni har just gjort en mycket god affär", sade Lauritz.

"Kanhända, men om min herre inte hade lagt sig i hade den blivit ännu bättre", fnös hon på nytt. "Varför gjorde ni det förresten?"

"Därför att den här unga damen som ni förödmjukade är min kära kusin. Jag är nämligen själv 'naturbefolkning', just hemkommen föralldel."

Lauritz lyfte på hatten och bugade till avsked. Båda kvinnorna stirrade på honom med uppspärrade ögon, tyskan bestört över sin genanta felbedömning av Lauritz och Solveig för att det först nu gick upp för henne att främlingen med stadsmustaschen, den höga svarta hatten och den flotta rocken var hennes kusin Lauritz.

Tyskan vände på klacken och gick bort mot båten, Solveig kom häpet leende fram till Lauritz för en välkomstkram.

"Skulle det inte vara gröna ärmar till Nordhordlandsdräkten, det är åtminstone så jag minns den från min barndom?" mumlade Lauritz i omfamningen, generad både över kärvänligheten och sin föga spirituella öppningsreplik.

"Nej, käre kusin Lauritz, vi bytte till svart väst för tre år sen."

Där avstannade deras konversation, om av blygsel eller för svårigheten att fortsätta det egenartade samtalsämnet. Lauritz hjälpte sin vackra kusin att plocka ihop ståndet och lasta in det i en liten bod intill bryggan. Han kvävde en impuls att tala om hur man skulle skriva skylten på korrekt tyska. Det hade antagligen sin charm som det var, turisterna hade uppenbarligen ingen som helst svårighet att tolka budskapet.

De gick hemåt Frøynes, tysta en stund med ögonen i marken. Lauritz började så fråga ut sin kusin om affärerna.

Alla kvinnorna på Frøynes arbetade nu med att sticka tröjor till turisterna. På det fick man in fyra gånger så mycket pengar som om man haft fiskande fäder kvar i livet. När fåren var klippta på sommaren började arbetet, först med att bereda all ull, sedan färgning av garnet. Hela hösten och vintern satt man vid brasan och stickade, sedan kom den korta sommaren då allting såldes.

Solveig hade funnit en metod för att alltid sälja slut, så att hon inte behövde bära någonting tillbaks till gården. En timme innan Ole Bull skulle lägga till kastade hon bara en blick på himlen. Ösregn och storm, då var det över huvud taget ingen idé. Lagom fulväder tre eller fyra tröjor, gärna fyra, två av vardera sorten. Och en strålande dag som den här, lika många som det fanns passagerare i förstaklasssalongen på Ole Bull, nämligen tjugo. En dag som idag gick hon alltså hem med femhundra kronor i börsen.

Hon berättade ivrigt och glatt, Lauritz var nöjd med att han efter sin fumliga start på samtalet tycktes ha hittat rätt ämne. Men så hade han en fråga. Som hon just sett kunde man lika gärna ta femtio kronor som tjugo för en tröja. Varför sålde man till underpris?

På det hade Solveig inget svar, hon bara ryckte på axlarna och mumlade något om att mor Maren Kristine bestämde allt, det var ju hon som stod för alla mönster och det var hennes får.

De skiljdes nära tunet vid huvudbyggnaden på Frøynes, Solveig småsprang glatt ner mot den mindre gården, Lauritz stod kvar och tog några djupa andetag innan han gick upp mot porten.

Just när han skulle knacka på slogs porten upp och där stod hans mor klädd i den gamla sortens Nordhordlandsdräkt som han kände igen. Hon sade ingenting, utan drog bara honom in i sin famn och kramade hårt om honom en god stund.

Till slut sköt hon honom ifrån sig, höll honom med raka armar om axlarna och såg på honom länge, fortfarande utan att säga någonting. Hennes blick var så varm att han inte kunde stå emot, hans ögon tårades. Naturligtvis inte hennes, han hade aldrig sett henne gråta.

"Mor har också klätt sig i folkdräkt, är det nya vanor här på bygden?" fick han till slut ur sig och insåg att det var andra gången på kort tid som han gjorde sig enfaldig i denna fråga.

"Ja", sade hon. "I tre dagar har jag nu klätt mig så här vid båtens ankomst, jag visste ju inte när du skulle kunna ta dig ner från fjället. På Osterøya bär vi alltid dessa kläder när en man som varit länge borta till slut återvänder. Och du är mannen i detta hus, nu när de andra blivit borta."

Hon sade inte mer, visade bara med handen att han skulle stiga in. På bordet i salen stod en skinande kopparpanna med kaffe och ett överdådigt fat med sötebröd.

De satte sig i de gamla stolarna med drakmönster som Sverre skurit och såg en stund på varandra, insöp synen obesvärade av tystnaden, obesvärade också av att visa sin hänförelse.

Han såg en kvinna som, klädd på annat sätt än i Nordhordlandsdräkt, skulle ha varit en mycket elegant dam på Semperoper i Dresden. Han såg också välstånd, de sex silverspännena på hennes gröna västjacka, tre på vardera slaget, borde kosta som en fiskares årsförtjänst och till det silverskärpet med de två broderade flänsarna som hängde ner över det randiga förklädet och visade att hon var en gift kvinna. De stjärnmönstrade pärlbroderierna under hennes barm berättade också om välstånd. Och han såg hennes mörka röda hår med begynnande inslag av silver sticka fram under den toppformade vita huvudbonaden. Hon närmade sig, nej hon hade redan fyllt fyrtiofem, många män borde ha trånat efter henne.

Hon såg i sin tur en ung kraftfull man i stadsmundering med hår och skägg som en bergensisk borgare, en man som Ödet inte utsett till fiskare utan till att bli något stort i världen, precis som hon fruktat den gången de kom och tog pojkarna ifrån henne. Så hade det blivit, två var försvunna. Men han var den förlorade sonen som återkommit.

Hon serverade honom kaffe och sköt fram kakfatet under tystnad.

"Berätta!" befallde hon sen. "Berätta för mig om Bergensbanen. Man talar ju mycket om den här på bygden. Somliga säger att det är omöjligt att bygga en sådan järnväg. Men du som bygger måste veta sanningen."

Han var mer än nöjd över att samtalet började i den änden och nästan snubblade in i dramatiska detaljer om snöstormar och tunnelras innan han fick ordning på berättelsen. Han talade länge för att vara på Frøynes, men såvitt han kunde bedöma lyssnade Mor hela tiden uppmärksamt och intresserat. Han slutade med prognosen att han skulle vara fri inom fyra år, kanske tidigare men det berodde på vädergudarna. Fyra år, sedan hade han betalat tillbaka sin skuld. Betalat också för Oscar och Sverre.

Han ångrade genast det slutet på sin berättelse. Nu låg fisken fullt synlig uppe på land.

"Vad hände med Oscar, varför kom inte han?" frågade hon mycket riktigt, samtidigt som hon lugnt serverade dem båda mer kaffe, alldeles stadig på handen trots att pannan var tung. Hennes minspel avslöjade inga andra känslor än lugn och moderlig kärlek. Men den enkla fråga hon ställt, som hon undvikit hela förra julen, var outhärdligt svår att besvara.

"Oscar flydde från hela världen därför att han drabbades av kärlekssvek. Han tog det mycket hårt. Jag kan förlåta honom flykten, men inte den långa tystnaden", svarade han och insåg att i samma ögonblick han steg in i det här huset så fanns inte längre utrymme för onödiga ord. Så här talade man på Frøynes, så talade i högsta grad Mor.

"Lever Oscar och var tror du att han lever?" frågade hon.

"Han lever, det känner jag inom mig. Jag tror han for till Afrika för att skapa ett nytt liv i kolonierna och hjälpa negrerna att bli som vi. Det var en del studenter i Dresden som talade om sådant och han hörde till dem", svarade han.

Hon nickade eftertänksamt som om det trots sveket mot Bergensbanen ändå inte var så illa.

"Och Sverre?" frågade hon tonlöst.

Det var den outhärdliga frågan, den han fruktat mest av alla. Han kunde inte gärna ljuga för sin egen mor. Han kunde inte heller tala sanning.

"Sverre...", började han osäkert med hela den kärva jargongen bortspolad ur huvudet, "Sverre drabbades också av en sorts kärleksbekymmer med svåra sociala konsekvenser..."

Sociala konsekvenser? Vilket idiotiskt sätt att tala till Mor.

"Alltså han... ja, det blev något av en skandal och, ja. Han for i alla fall till London. Och... ja, till London. Det är allt jag vet."

Hon såg lugnt oberört på honom en stund innan hon sade det högst oväntade.

"Jag vet allt om Sverre. Du behöver inte skydda honom mot mig, hans egen mor. Han har skrivit och bekänt allt. Det har fått mig att grubbla mycket."

"Vad har Mor grubblat över?" frågade Lauritz lågt och med nedslagen blick.

"Över hans styggelse. Han är en av oss, samma kött och blod. Varför blev han sådan? Varför skulle han ådraga sig Guds eviga straffdom? Varför inte du? Eller jag?"

"Kvinnor kan inte... Mor måste förstå...", försökte han invända.

"Jo!" klippte hon av. "Också kvinnor kan drabbas av denna förbannelse. Jag vet. Jag har sett. Också på nära håll."

"Jag förstår", sade Lauritz utan att förstå det minsta.

"Kärleken är en stor kraft", fortsatte modern långsamt. "En större kraft än någonting annat jag känner. Din far lever inom mig. Om nätterna drömmer jag om hans famntag. Kärleken tål inte förnuft. Inte ens 'sociala konsekvenser', låt oss hoppas att Sverre har funnit en sådan lycka åtminstone i jordelivet. Även om inte heller jag kan förlåta."

De satt tysta en stund. Men samtalet var definitivt inte över, det var uppenbart för Lauritz.

"Och du själv?" frågade hon till slut.

Han kunde inte gärna spela dum. Turen hade alltså kommit till honom själv och kärleken. Det var inte lätt att berätta, men i alla fall lättare än förfärligheten med Sverre.

Det var ändå en bekant nordisk saga som så många andra sagor, en berättelse som de flesta människor på Osterøya skulle känna igen, eller åtminstone ha en stark känsla för, så också hans mor.

Den unge hjälten av ringa börd. Hans älskade Ingeborg, ja faktiskt Ingeborg. Den stränge patriarken, hennes far, som inte kunde godta ett sådant äktenskap. De två unga svor varandra evig kärlek. Den unge hjälten for ut på haven och... tja, ungefär där befann man sig just nu i sagan om Ingeborg och Lauritz.

Det gick geschwint att berätta. Till hans förvåning log Mor Maren Kristine allt bredare och varmare när han galopperade fram i sin kärlekssaga med hemliga möten på operan i Dresden och till och med den första kyssen. Hon bara log och nickade, nästan som om hon kände igen sig själv.

"Det kommer att ordna sig", sade hon. "Om ni älskar varandra så som du säger kommer det att reda sig. Om du misstagit dig så går ni skilda vägar i livet, men ingen stor skada är skedd. Alltså kommer det att reda sig. Kärleken är större än allt."

Hon hade i några få ord sammanfattat den fråga han ägnade hälften av sin vakna tid till att grubbla över. Enkelt och klart. Kärleken är störst av allt. Om kärleken mellan honom och Ingeborg var sann, så var de oövervinneliga. Och på Ingeborg tvivlade han lika lite som på sig själv.

"Vi kommer att ha välkomstfest i kväll", sade hans mor med ett helt annat och kortare tonfall, som om allt som måste sägas nu var sagt. "Kusinerna och mor Aagot kommer till oss. Vi är alla klädda i den välkomststass som jag själv bär. Du får antingen ha dina egna kläder som du bär nu. Eller Fars dräkt, jag har snyggat till den."

"Jag klär mig med vördnad och stolthet i Fars dräkt", svarade han hest.

"Det är gott. Har du dina arbetskläder i kofferten du bar? Din klädsel är ju nyköpt. Bra, i så fall. Här på gården finns mycket att göra för en händig karl. Till och med för en diplomingenjör från Dresden."

X
OSCAR
DAR ES-SALAAM
DECEMBER 1902

GOTTFRIED GOLDMANN HADE större delen av sitt yrkesliv varit verksam som professor i straff- och processrätt vid universitetet i Heidelberg. Nu, som professor emeritus, hade han slagit sig ner i Tyska Östafrika för att ägna sina sista yrkesverksamma år till det stora projektet, att sprida civilisationen till Afrika.

Han var tveklöst den skarpaste juridiska hjärnan i Dar es-Salaam, så det var ingen slump att generalguvernör Schnee hade utsett honom att sitta ordförande i den domstol som skulle avgöra målet mot kannibalerna. Saken hade diskuterats ingående inom förvaltningsbyråkratin innan man kom fram till att det tycktes oundvikligt att hålla rättegång.

Järnvägsbolagets befäl hade ju återvänt till huvudstaden med sex fångar, vilket det förstås muttrades en hel del om på sina håll. En sedvanlig diskret "fågelbegravning" i det fria hade undanröjt problemet på ett betydligt enklare sätt.

Men det gick inte att ändra på i efterhand, nu var fångarna här och då måste lagen ha sin gilla gång. Ett fungerande rättssystem tillhörde de allra viktigaste förändringarna som tysk överhöghet hade skyldighet att införa i protektoratet. Det var helt enkelt inte möjligt att kompromissa med en sådan civilisatorisk princip.

Trots dessa goda föresatser och noggranna förberedelser fick rättegången en snopen start. Rättens ordförande, Doktor Goldmann som han föredrog att tilltalas, fann det oacceptabelt att tolkningen från kinandi till tyska inte fungerade. Då de tilltalade knappast syntes förstå ens anklagelsernas innebörd kunde de naturligtvis inte heller besvara frågan om de godtog eller förnekade det som lades dem till last. Rättegången ajournerades i tre dagar, i väntan på att tolkfrågan skulle lösas.

Oscar var illa till mods när han infann sig till den återupptagna föreställningen. Han tänkte inte på procedurerna som en riktig rättegång utan just som föreställning, ett spel för gallerierna.

Saken var såvitt han förstod avgjord på förhand. Väntetiden i Dar hade dessutom varit sällsynt sysslolös. Han hade försökt fördriva en del tid inne på sitt nyinredda kontor, men den platsansvarige chefen Mohamadali Karimjee Jiwanjee befann sig i affärer på Zanzibar och då kunde ändå inga vettiga beslut fattas. Tyska klubben ville han så långt som möjligt hålla sig borta från, där var alltför många som ville bjuda på öl och schnaps och hålla honom fast som social trofé vid sitt bord. Och han var evinnerligt trött på att tala om lejon och kannibaler.

Förgäves hade han sökt upp åklagaren, kapten Eberhardt Schmid, för att utverka tillstånd att avge ett skriftligt vittnesmål i stället för att bara gå och vänta. Åklagaren hade sagt sig förstå hans otålighet men beklagat att han inte kunde godta ett skriftligt vittnesmål, rättssäkerheten tillät inte ett sådant förfarande. Dels måste han ju faktiskt avge en vittnesed inför sittande domstol. Dels hade försvaret en oavvislig rätt att ställa frågor till åklagarens enda vittne.

Till slut skulle det ändå bli av. Man sammanträdde i klubbhusets stora sal, som möblerats om till domstol. Det fanns oväntat många åhörarplatser, folk hade strömmat till från när och fjärran för att se kannibaler i verkligheten.

De såg dock inte så märkvärdiga ut, noterade Oscar. De fördes in kedjade tillsammans två och två med fotkedjor som bara tillät korta steg. Samtliga var klädda i en sorts grå fångkostym, förmodligen för anständighetens skull. Självklart kunde man inte ha nakna krigare i en domstol.

Oscar var uppklädd i kolonialuniformen i tjockt grått tyg och med koppel och en krage som satt för hårt åt i halsen. Decemberhettan var som värst, fläktarna i taket hade ingen märkbar effekt och han längtade intensivt ut till bushen där han åtminstone kunde göra nytta. Och dessutom klä sig betydligt bekvämare.

Medan procedurerna inleddes framme bland domare och åklagare satt han längst bak och betraktade de sex fångarna. Deras ansikten var helt orörliga, man kunde inte få någon som helst uppfattning om vad de tänkte eller trodde. Kedjorna runt deras anklar var märkligt identiska, som om det funnits något stort förråd av sådana ting.

Slavarna, insåg han. Afrika hade fortfarande gott om fotkedjor för slavar, det var så de hade kommit stapplande från inlandet till kusten, ibland tvingade att bära en elefantbete på upp till 60 pund över axeln. En vara som bar en annan vara. För mindre än tjugo år sedan måste sådana transporter ha varit en vanlig syn i Dar. Och nu hade dessa vedervärdiga järnkedjor kommit till användning på nytt, fast förstås i civilisationens och den tyska rättvisans tjänst.

Åklagaren kapten Schmid hade inlett sin sakframställan där framme. Oscar lyssnade inte särskilt uppmärksamt, han visste ju vad som skulle berättas. Därför överraskades han av att kallas fram redan efter några minuter, det kunde rentav ha verkat som om han suttit och nickat till eftersom han reagerade något senfärdigt på åklagarens anmodan.

Besvärad torkade han svetten ur pannan när han steg fram och bugade inför rätten, han var rädd att han också rodnade men tröstade sig med att det knappast kunde synas under hans kraftiga solbränna. Han anvisades ett bord och en stol som skulle motsvara ett vittnesbås och där avkrävdes han en ed med handen på Bibeln, att så Gud hjälpe honom måste han nu tala sanning. Rättens ordförande lämnade därefter ordet till åklagaren.

Kapten Schmid steg fram och bad honom först med egna ord berätta hela historien i ett sammanhang innan det skulle bli dags för mer detaljerade frågeställningar. Ett sus av förväntan hördes från den svettiga publiken där solfjädrar viftade fram och åter vid nästan varje plats.

Han försökte berätta så kort och korrekt han förmådde, först om sina iakttagelser vid den plundrade missionsstationen, sedan om själva striden vid järnvägslägret. De mest förfärliga detaljerna försökte han undvika, men då fick han en känsla av att såväl åklagaren som publiken blev besvikna. Kanske borde han ha förstått det. Varför skulle det annars ha kommit en så stor mängd goda medborgare, om inte för att få en portion skräckhistorier? Men det var i så fall åklagarens sak att tillhandahålla, själv skulle han bara tala sanning.

"Er framställan var föredömligt kort och saklig, herr diplomingenjör Lauritzen", inledde åklagaren sitt egentliga vittnesförhör när han nu steg ut på golvet i sin röda mantel. "Men det återstår likväl en del klargöranden. Ni har berättat att ni fann makarna Joseph och Elise Zeltmann samt deras dotter Roselinde mördade och fjättrade vid marken. Jag måste dessvärre fråga hur de hade mördats?"

Oscar svalde och tog ett djupt andetag och det blev knäpptyst i salen, bara det svaga gnisslet från en av takfläktarna hördes.

"Elise och Joseph hade först torterats och lemlästats medan de levde, jag menar förstås att de levde även när de lemlästades, självklart levde de när de torterades...", började han nervöst svamla.

"Jag förstår att det här är svårt att berätta, herr diplomingenjör", sade åklagaren milt, liksom medömkande. "Men jag ber er ändå ta er samman. Hur hade de lemlästats och hur kan ni säga att det var före eller efter döden?"

"För att vara mer exakt var det båda delarna", svarade Oscar med en plötslig känsla av svindel, han ville inte framkalla synerna på nytt men han insåg att han måste ta sig samman enligt order. "Elise hade fått sina båda bröst bortskurna, det ena medan hon levde, det andra när hon var död. Joseph hade fått sin... sina genitalier bortskurna medan han levde. Och nerpressade i sin mun efter att han var död."

"Och vad bygger ni de slutsatserna på?"

"Jag såg det med egna ögon."

"Jag menar förstås hur kan ni fastställa vad som skedde före och efter döden?" Åklagaren hade blivit skarp i tonen, som om han förhörde en misstänkt. Oscar fick anstränga sig för att bibehålla en korrekt och saklig ton.

"Om man lemlästar en levande människa uppstår ett kraftigt blodflöde", svarade han sammanbitet. "Efter döden, när hjärtat inte längre pumpar runt blodet i kroppen blöder det nästan inte alls från ens stora sår. Det lär man sig i jaktsammanhang. Och eftersom kinandi hade mördat såväl Elise som Joseph genom att dränka dem, kan man alltså inte ha placerat Josephs köns... genitalier i hans mun förrän efter döden."

Det uppstod tumult i salen bakom honom, en kvinnas skrik, kvinnor som svimmade och föll till golvet och en skrovlig mansröst som krävde att man omedelbart borde skjuta de satans hundarna.

Ordföranden Doktor Goldmann, också han klädd i röd mantel liksom åklagaren, slog då kraftfullt sin klubba i bordet framför sig och hutade åt församlingen med att meningsyttranden eller opassande ljud inte fick störa förhandlingen och om det inte blev omedelbar bättring skulle han låta utrymma salen. Den tyska rättvisan var en alldeles för helig del av vår kultur för att kränkas av pöbelfasoner.

Tystnaden lade sig snabbt och åklagaren kunde fortsätta.

"Ni säger, herr diplomingenjör, att de två föräldrarna hade dränkts", fortsatte åklagaren. "Mitt ute på en gårdsplan? Hur hade det gått till?"

"De mördades huvuden hade fixerats med pålar i marken..", började Oscar men måste göra ett uppehåll och samla sig innan han kunde fortsätta. "Och deras munnar hade spärrats upp med flisor av hård akacia. Deras näsborrar hade täppts till med lera. Därefter hade kinandi turats om att urinera i offrens upptvingade munnar..."

På nytt blev det tumult i salen av kvävda skrik, kvinnor som måste ledas ut, men inga nya krav på omedelbar lynchning. Rättens ordförande nöjde sig med att titta strängt på församlingen.

"Och då kommer vi till era iakttagelser rörande kannibalism, herr diplomingenjör", fortsatte åklagaren som om han njöt av att långsamt, nästan smeksamt i tonen ställa den förfärliga frågan.

"Herr ordförande! Jag måste be att få avbryta!" invände försvararen löjtnant Vortisch, som nu yttrade sig för första gången. "Frågan saknar rättslig relevans."

"Hur menar ni då, herr löjtnant?" frågade ordföranden intresserat.

"De tilltalade är inte åtalade för kannibalism, då det brottet saknas i tysk lagstiftning, herr ordförande", svarade löjtnanten med en säkerhet som imponerade starkt på Oscar. "Frågan är bara ägnad att underblåsa en fientlig inställning till de tilltalade och bör därför inte tillåtas. Dessutom bör vi med tanke på såväl domstolen som framför allt brottsoffren visa tillbörlig hänsyn", avslutade försvararen lika tvärsäkert.

Det blev besviket mummel i salen och allas blickar vändes mot ordföranden som märkligt nog såg nästan road ut när han tänkte efter och tankfullt kliade sig i skägget innan han började formulera ett svar.

"Er invändning saknar inte juridiskt skarpsinne, herr advokat", började han tankfullt. "Brottet kannibalism existerar inte, följaktligen föreligger inget åtal på den punkten. Rent juridiskt kan det därför förefalla som ni funnit en relevant invändning. Dessutom är er hänvisning till den goda smaken sympatisk. Emellertid har frågor som rör mördares motiv eller särskilda hänsynslöshet i hög grad betydelse när det gäller själva straffmätningen. Jag kommer därför att tillåta frågeställningen. Varsågod att fortsätta, herr åklagare!"

Försvararen såg först ut som om han tänkte komma med nya invändningar, men resignerade och såg ner i sina papper. Åklagaren verkade desto mer nöjd när han nu på nytt vände sig mot Oscar.

"Vi var alltså framme vid era iakttagelser rörande kannibalism, herr diplomingenjör. Vad kan ni berätta om den saken?"

Nöjt mummel i salen. Spänningen steg. Oscar vantrivdes intensivt, det här var någonting helt annat än han väntat sig. Att bara berätta sanningen var tydligen inte så enkelt eller snabbt avklarat. På nytt samlade han sig så gott han kunde.

"Lilla... förlåt vad hette flickan?" började han nervöst.

"Roselinde Zeltmann."

"Roselinde, ja. Hon hängde delvis uppgillrad på ett halster framför föräldrarna. Kroppen var parterad, huvudet skilt från kroppen och ögonen i kraniet utplockade efter lång tids stekning. Kroppen var urtagen. Armar och ben hade stekts separat, benresterna var rengnagda."

Domaren slog ihärdigt med sin ordförandeklubba som för att förekomma den uppståndelse som var på väg att flamma upp i salen.

"Iakttog ni andra tecken på kannibalism, herr diplomingenjör", passade åklagaren på att fråga just som tystnaden återvänt i salen.

"Ja, jag gjorde liknande observationer när det gällde de tjänsteflickor som missionärsparet städslat. Vissa kroppsdelar bar kinandi med sig från missionsstationen till sitt härläger vid järnvägen. Jag fann rester därstädes av en sådan måltid."

"Då tror jag vi kan bespara allmänheten ytterligare detaljer i just detta ämne", konstaterade åklagaren och bläddrade i sina papper som han böjde sig en kort stund över vid sin pulpet innan han åter vände sig mot Oscar.

"Några detaljfrågor bara", fortsatte han vänligt som om man nu passerat allt plågsamt eller svårt. "Ni tog alltså sex man till fånga, men från början var väl banditflocken betydligt större?"

"Ja, omkring hundra man."

"Varför tog ni de sex som sitter här i salen till fånga?"

"Därför att de överlevde, de hade mindre blessyrer som Doktor Ernst kunde behandla."

"Varför sköt ni dem inte?"

"Förlåt, vad menar ni, herr åklagare?"

"Ni hörde mycket väl vad jag frågade. Varför sköt ni dem inte i stället för att lappa ihop dem och föra dem inför rättvisans skrank?"

"Därför att de inte längre var stridande fiender. De var fångar. I vår kultur avrättar vi inte fångar."

"En utmärkt inställning, herr diplomingenjör. Och vad gjorde ni med alla döda fiender?"

"Vi återbördade dem till naturen. Allt annat hade varit strikt medicinskt olämpligt."

"Jag förstår. Utmärkt. Då har jag bara en sista fråga rörande två av de tilltalade, dem vi betecknar som nummer 1 och nummer 2. Är de att anse som särskilt ansvariga för det inträffade?"

"Ja, enligt min mening var de i befälsställning."

"Kan ni förklara det lite närmare?"

"Ja, det hoppas jag. Kinandi anfördes av en häxdoktor med stora vita strutsplymer kring huvudet. Han var tvivelsutan ledaren, det var han som genom svart magi kunde förvandla våra kulor till vatten. Det framgick av kinandis stridssånger natten innan de anföll oss. Jag hade en översättare till hands som kunde redogöra för innehållet i sången. Runt ledaren fanns en grupp på ett tiotal yngre män som hade strutsplymerna arrangerade på samma sätt som ledaren och de hade en särställning inom den fientliga styrkan. Inga andra hade liknande dekorationer och slutsatsen blir därmed att strutsplymerna fungerade som gradbeteckningar."

"Utmärkt, tack! Herr ordförande, jag har inga fler frågor", avslutade åklagaren och satte sig nöjt ner och viskade något, med ett opassande brett leende, till sin assistent.

Ordföranden beordrade paus men påminde samtidigt Oscar om att han måste komma tillbaka efter uppehållet, eftersom förhöret inte var slut. Oscar som trott att pärsen var över gick fram till åklagaren och frågade vad som skulle komma härnäst. Han fick det något nedlåtande beskedet att tysk rättsordning faktiskt erbjöd försvaret att korsförhöra åklagarens vittnen.

Oscar följde med strömmen ut för att få lite friskare luft. En svag bris drog in från havet, det var en föraning om de kommande monsunregnen. Han ångrade sig dock när han upptäckte tidningsfotograferna med sina trebenta åbäkiga lådor. De tvingade honom att posera en stund men det var långtifrån det värsta. Plötsligt leddes de sex kedjefångarna ut och radades upp bakom honom som jakttroféer. Det var avskyvärt, ändå kunde han inte förmå sig att bara gå därifrån.

När rättegången återupptogs var det försvararens, löjtnant Vortisch, tur att förhöra vittnet och Oscar som trodde att allt väsentligt redan var genomtröskat var inte beredd på annat än en viss långtråkig upprepning. I efterhand förbannade han sin naivitet på den punkten.

"Låt oss börja med frågan om strutsfjädrarna, herr diplomingenjör", inledde advokaten lika vänligt som obesvärat, som i vilken som helst konversation. "Två av de tilltalade bar alltså ceremoniella huvudbonader av strutsplymer när ni tillfångatog dem?"

"Ja, det stämmer."

"Och er slutsats är att strutsplymerna representerade en sorts gradbeteckning, att de sålunda dekorerade krigarna vore att anse som befäl?"

"Ja, det var min slutsats."

"Men det är bara er slutsats? Ni vet alltså inte säkert?"

"Nej, men det är en rimlig slutsats."

Advokaten gjorde en paus medan han tankfullt betraktade sitt vittne. Oscar sneglade oroligt mot rättens ordförande, som om han sökte hjälp. Men Doktor Goldmann tycktes intensivt koncentrerad på det han hörde. Inte heller de tre biträdande domarna tog någon notis om Oscar.

"Om jag berättar för er vad dessa två mina klienter själva har för förklaring till sin utstyrsel, skulle ni vara beredd att göra en rimlighetsbedömning då också, herr diplomingenjör?" frågade advokaten långsamt, mycket tydligt och misstänkt vänligt.

"Jag kan i alla fall försöka", svarade Oscar och kände att han börjat svettas mer än vad han borde.

"De två tilltalade varom här är fråga", började advokaten och såg ner i sina papper, "dem vi alltså kallar nummer 1 och nummer 2, ehuru deras namn är, och det vill jag att rätten noterar, Kiskunta och Kiskinte, uppger att de deltog i anfallet mot järnvägsbygget obeväpnade, att det var magin i deras tidigare initiering som skulle göra dem hårda mot den vite mannens kulor. Samt att, för den händelse att magin var för svag, skulle de tjäna som mänskliga offer för att likväl stärka sin ledares magiska kraft. Vad anser ni om den förklaringen, herr diplomingenjör? Är den också rimlig?"

Oscar tvekade, han kände sig fångad och det gick runt i huvudet på honom.

"Jag måste uppmana vittnet att besvara frågan", förklarade rättens ordförande myndigt. "Ni är fortfarande under ed, herr diplomingenjör."

"Ja, det är också en rimlig förklaring, jag kan inte avvisa advokatens tolkning", klämde han till slut ur sig.

"Alldeles utmärkt", fortsatte advokaten. "Men hur var det med deras beväpning? Såg ni med egna ögon om de tilltalade Kiskunta och Kiskinte bar några vapen i händerna när anfallet mot järnvägen inleddes?"

"Nej, männen med strutsfjädrar stod på ett rakt led bakom anföraren, som var en mycket storvuxen man och det var åt det hållet jag riktade min första eldgivning och så förvandlades hela scenen snabbt till kaos", svarade Oscar medan han grubblade över om det han nu sade var sant eller inte. Jo, det var sant.

"Men såg ni om några andra av dessa särskilt dekorerade män, dem ni sköt, bar några vapen i händerna?" frågade advokaten lugnt vidare.

"Deras anförare bar utan tvekan vapen, en assegaj i vardera handen. Men han var som jag sade en mycket storvuxen man, han skymde de andra som stod rakt bakom honom."

"Så ni såg alltså inte om någon enda av de övriga fjäderdekorerade männen bakom ledaren bar några vapen i händerna?" frågade advokaten som om han mer konstaterade än frågade.

"Nej, men alla de andra krigarna runt omkring bar utan tvivel såväl spjut som sköldar, så jag antog att..."

"Jag får nog uppmana er som edsvuren, med all respekt givetvis, att inte anta någonting", avbröt försvararen. "Svara bara på vad ni vet och har sett, är ni snäll! Då kan vi således gå vidare till nästa fråga. Har ni sett någon av de tilltalade här i rättssalen begå brott?"

"Jamen alla deltog i de två överfallen...", invände Oscar lamt.

"Det är också ett antagande är jag rädd. Min fråga är mycket precis. Här på de anklagades bänk sitter sex män. Har ni sett någon av dem begå brott?"

"Jamen alla...", försökte Oscar på nytt.

"Herr diplomingenjör, nu får ni verkligen ursäkta, jag vill inte komma åt er personligen, inte tillrättavisa er heller. Men med domstolens tillåtelse, utgår jag ifrån, måste jag nu upplysa er om att tysk lag inte godtar begreppet kollektiv skuld. Det betyder att var och en tilltalad måste överbevisas om sin brottslighet. Så då frågar jag igen. Har ni sett någon av dessa män begå brott?"

Oscar kastade en vädjande blick mot ordföranden Doktor Goldmann, som satt spänt framåtlutad med blicken stint riktad mot advokaten. När han upptäckte att vittnet vädjade om hjälp ändrade han snabbt kroppsställning, harklade sig och vände sig mot Oscar.

"Ja, herr diplomingenjör, advokaten har alldeles rätt. Jag måste be er besvara frågan."

Oscar kände sig försatt i försvarsställning, som om det var han som plötsligt skulle ifrågasättas. Den uppflammande ilskan gjorde att han trodde sig tänka klarare och han försökte sig på ett resonemang om att samtliga tilltalade bevisligen måste ha befunnit sig i det avgörande anfallet eftersom de åtalade hade träffats av kulor, låt vara lindrigt, och därefter kunnat tillfångatas på själva slagfältet. Alltså var de banditer.

Domaren tycktes nöjd, smålog rentav, åt hur Oscar trasslat sig ur knipan. Men advokaten gav sig inte så lätt.

"Säg mig, herr diplomingenjör", började han med något högre röst, det hade uppstått ett visst otåligt sorlande i salen, folk tyckte nog att de juridiska hårklyverierna började gå för långt.

"Säg mig, herr diplomingenjör", upprepade advokaten. "Skulle ni känna er allvarligt hotad av en man som sprang obeväpnad mot er med en strutsplym i tron att era kulor skulle förvandlas till vatten?"

"Jag förstår inte vart ni vill komma med den frågan, herr löjtnant", svarade Oscar undvikande.

"Då ska jag försöka göra det enklare", fortsatte advokaten. "Ni är naturvetare, anser ni det möjligt att kulor kan förvandlas till vatten?"

"Självfallet inte!"

"En man som anfaller er med den föreställningen i sitt aldrig så övertygade andliga bagage blir skjuten som alla andra, i det läge varom vi talar?"

"Ja, naturligtvis!"

"Inte ens den omständigheten att vederbörande stärkt sin magiska motståndskraft med att äta vit oskuld kan påverka situationen?"

"Herr ordförande!" vädjade Oscar som nu blivit rejält upprörad. "De här frågorna finner jag närmast oförskämda, måste jag svara på dem också?"

"Ja, det var faktiskt en tanke som föll också mig in", medgav Doktor Goldmann, fast med en något för road min i Oscars tycke, "jag får nog be advokaten att förklara innebörden i ert senaste frågetema. Kort sagt, vart vill ni komma med det här?"

"Jag kan inte besvara den frågan, herr ordförande, utan att i onödan undervisa vittnet i uppsåtsläran", svarade advokaten med troskyldig min.

"Ånej, försök inte med den maskeraden, herr advokat! Den har jag hört för många gånger", fnös domaren. "Åter till min fråga, vart vill ni komma med era, om jag så får säga, häxkonster?"

"Jag vill visa att två av de tilltalade, Kiskunta och Kiskinte, inte kan ha haft något uppsåt att döda", svarade advokaten utan att röra en min.

"Förklara er tydligare!" grymtade domaren.

"Mina klienter har enligt gällande tysk rätt inte haft något uppsåt att döda, än mindre skada, när de anföll med sina strutsplymer och sin vidskepelse som enda beväpning. Deras subjektiva förhoppningar spelar ingen roll, det var i rättslig mening ett otjänligt försök, det är min poäng. Vittnet har redan instämt i den bedömningen, så jag kan gärna fortsätta till ämnet kannibalism, om herr ordförande tillåter?"

Det gick ett sus av förväntan genom salen. Domaren skakade leende, utan att ens dölja att han log, på huvudet och visade med handen att advokaten kunde fortsätta.

Och så började mardrömmen om för Oscar. Han tvingades gå med på att de kannibalistiska vidrigheterna nog snarare hade en magisk innebörd än att det vore frågan om att äta mat. Riktigt så var det inte, kinandikrigarna försörjde sig på människokött när de drog ut på krigsstigen, åtminstone enligt Kadimba som ju borde veta bättre än alla här i rättssalen. Men han fick aldrig tillfälle att förklara det, han tvingades fram som en ko i slakthagen mellan advokatens alla uppställda hinder med att bara svara ja och nej och inte "spekulera".

Och inte ens efter den pärsen var det över.

"Till slut har jag en mycket enkel fråga, herr diplomingenjör, därefter är ni befriad, det lovar jag", började advokaten om på sitt alldeles förbannat vänliga sätt. "Och frågan lyder i all sin enkelhet: Varför överföll de här männen missionsstationen och järnvägsbygget?"

"Därför att de ville döda oss", svarade Oscar surt. Han hade nu lärt sig att det inte lönade sig med några långa resonerande svar.

"Tvivelsutan ville de döda er. Men varför? Jag medger att svaret nog är svårare än frågan. Men jag ber er ändå försöka, herr diplomingenjör."

"Deras häxdoktor hade övertygat hela gruppen om att det var nödvändigt att döda oss", svarade Oscar och knep ihop munnen. Sorlet hade lagt sig i salen och alla väntade på Oscars fortsättning. Så också advokaten, som inte ens frågade på nytt utan bara vänligt höjde på ögonbrynen och gjorde en roterande gest med handen som för att få igång Oscar igen.

"Det var nödvändigt att döda oss", tvingade sig Oscar att fortsätta efter en kraftig harkling, "därför att häxdoktorn spått att en stor svart orm skulle komma över hela landet för att uppsluka det. Den vite mannens orm, vi får förstå det som järnvägen. Och därmed skulle kinandis heligaste mark, där förfäderna är begravda, och deras boskapsbeten, förstöras. Man ville inte förhandla med oss utan kriga, om det fanns minsta utsikt till seger. Jag antar att häxdoktorn motiverade den inställningen med att det ändå aldrig går att lita på *muzungis* ord. Det är så jag och mina medarbetare har förstått banditernas motiv, om det var det ni var ute efter."

"Alldeles utmärkt, herr diplomingenjör, mina komplimanger", sade advokaten. "Och jag vill göra domstolen uppmärksam på att detta är exakt, nästan ordagrant, vad de tilltalade uppgett som motiv. Jag kommer i min plädering att utveckla detta tema. Men tack än en gång för er medverkan, herr diplomingenjör! Jag har inga fler frågor, herr ordförande."

"Vittnet är entledigat och kan stiga ner", konstaterade Doktor Goldmann och slog sin tunga klubba i bordet.

Oscar reste sig tvärt, bugade stelt och generat mot domstolens ledamöter och gick omedelbart ut. Han ville inte sitta kvar och se fortsättningen, han skämdes för mycket, kände sig förminskad och förlöjligad.

En stund senare uppe på sitt rum i bolagets Gasthaus slet han av sig den tjocka och otympliga uniformen i vredesmod och kastade den i en hög på golvet. Han satt en stund naken på sängen och betraktade apatiskt klädhögen innan han tog sig samman, tog fram en galge och hängde upp uniformen snyggt och ordentligt i klädskåpet, kastade en blick ut genom fönstret för att se vad klockan var, hur många timmar solen hade kvar innan mörkret föll. På promenaden från domstolen hade han sett att högvattnet var på väg in. Bolagets fiskebåtar skulle snart lägga ut. Snabbt klädde han om till sina bushkläder och gav sig iväg mot stranden. Han hann precis kliva ombord på en av de blåfärgade utriggarna.

Man använde långrevar i kraftigt garn och stora krokar agnade med småmakrill. Bolagets fiskare hade sen länge insett att han inte behövde några närmare instruktioner och att han inte, som somliga andra bolagsgäster, var till besvär i de små båtarna. Han var en lika så god fiskare som alla de andra, det satt i från barnsben.

Och det var fiskare han skulle ha blivit, tänkte han när han tog spjärn mot durken för att hala in en ovanligt tung fångst. Och just nu, i december, hade i så fall hans liv varit som hårdast ute på fjorden. Torsken tog ingen hänsyn till hårt väder, mörker och fuktig kyla, i värsta fall under noll grader men lik förbannat fuktigt.

Hans fångst krånglade och rusade, det verkade som en enda fisk och någonting helt annat än den vanliga matfisken, barracuda eller mindre gulfenad tonfisk. De andra männen pekade och skrattade och uppmuntrade Oscars beslutsamma kamp. De halade snabbt in sina revar för att den rusande fisken inte skulle trassla in sig och ställa till virrvarr bland linorna. Därmed blev det envig, till allas förnöjelse.

När den första tomma kroken dök upp ur vattnet kom den besvärligaste biten. Det var nu tjugo meter lina kvar med krokar och det gällde att hålla stadigt i reven så att inte fisken med ett ryck kunde få linan att glida mellan fiskarens händer och kroka honom också.

När han halat sig förbi ytterligare en krok rusade fisken tio meter åt sidan innan den steg mot ytan och tog ett flera meter högt språng. Det var en hänförande syn, ett stycke glittrande guld och smaragd mot det sneda solljuset och de annalkande svarta molnen, en dorada!

Han hade alltid velat fånga en dorada, vackrare fisk fanns inte. Den liknade ingenting som fanns hemma i Norge, starkare färger, guld, smaragd och azur, en egendomligt spolformad kropp med all tyngd i fören och smäcker feminin akter, förvånansvärt att den konstruktionen kunde leverera så mycket kraft och fart.

Till slut tröttnade fisken och gav upp och han kunde dra in den nära relingen. De andra sade att den var ovanligt stor och att den måste väga uppåt tjugo kilo. Han höll den stilla så att två man kunde kroka den, hala den ombord och sticka den bakom huvudet. Den slog vibrerande med den eleganta utdragna stjärtfenan och låg sedan alldeles stilla på durken, glittrande som en jättelik ädelsten.

Alla kastade glatt pratande ut sina revar på nytt. Oscar tvekade, han kunde inte släppa sin fisk med blicken eftersom han visste vad som var på väg att hända. Doradan var den vackraste av fiskar så länge den levde. Men efter döden bleknade den snabbt och skulle snart bli helt grå. Den blev då sin levande motsats, fulare än alla fiskar därför att den grå färgen, som den tyska uniformsfärgen, framhävde den groteska formen och förvandlade prinsen till ett troll.

Hans eufori bleknade i samma takt som doradans färger, metamorfosen påminde obehagligt mycket om det han själv just varit med om. Han hade stigit in i rättssalen som en prins, målad i grälla färger av sensationstidningarna. Han hade slunkit ut med svansen mellan benen. Känslan av förnedring växte i samma takt som doradan grånade.

Det värsta var att den intensiva känslan av obehag var svår att analysera. Han kunde inte sätta fingret på något som han gjort direkt fel, han hade ju varit edsvuren, inför en gud han knappast höll högt men likväl edsvuren inför Tyska Östafrika, inför medborgarna och domstolen, och därför talat sanning efter bästa förmåga men ändå blivit behandlad som en lekboll, nedlåtande tillrättavisad som ett barn eller någon mindre vetande. Jurister var verkligen ett avskyvärt släkte, hårklyvare som med tricks, finter och små petigheter gjorde svart till vitt. Det hade varit bättre att skjuta de där fångarna.

Nej! Han blev skräckslagen inför tanken redan innan han hunnit tänka den till slut. I den germanska civilisationen sköt man inte fångar, allra minst för att skyla över sina egna personliga tillkortakommanden.

Doradan var nu grå.

Han kastade på nytt ut sin långrev, men fick i fortsättningen nöja sig med några barracudor, som skulle gå till personalmat, och enstaka små gulfenade tonfiskar som skulle till klubbens restaurang.

De återvände till stranden på de sista högvattenströmmarna strax före mörkret. Han var noga med att ta var och en av sina fiskarkolleger i hand när de landat båten, det lustiga swahilihandslaget där man först tog i hand som vanligt och därefter snabbt vred handleden nedåt så att tummarna hakade i varandra. De log breda vita leenden och kallade honom Bwana Dorada till avsked.

När han gått ett kort stycke brakade det till av åska och dånande regn i samma ögonblick. Han skyndade inte ens på sina steg, kläderna var fulla med fiskfjäll och slem och skulle ändå tvättas, det ljumma regnet var som ett reningsbad i mer än ett avseende och gjorde honom på bättre humör.

Han var plaskvåt när han steg in i bolagets Gasthaus och lämnade ett brett spår av vatten efter sig på vägen upp till sitt rum där han snabbt klädde av sig och pressade ner hela klädbyltet i en tvättsäck, innan han svepte en badrock om sig och gick ner till duschrummet. När han gjort sig ren och tvättat håret rakade han sig noga och njutningsfullt vid en flämtande fotogenlampa som då och då fladdrade till av lufttrycket från åskknallarna ute i det dånande regnet.

Han klädde sig i sin vita linnekostym, valde en smaragdgrön slips, som lite av en dorada, och gick bort genom en smal korridor som var smitvägen inomhus ner till klubbens restaurang. Nu först slog det honom att han inte ätit någonting sedan tidig frukost och att han var hungrig som en varg. Som ett lejon, rättade han sig.

I stora matsalen var det ovanligt mycket folk och det var inte svårt att gissa vad som var det stora samtalsämnet, dagens kannibalrättegång. Hans tillkämpade goda humör sjönk snabbt. Han skulle omöjligt kunna få ett bord för sig själv och var han än slog sig ner skulle han avtvingas mer detaljer om kannibaler och eldstriden och lik som lämpades till krokodiler och i värsta fall om hur måltiden på Roselinde inför föräldrarna gått till. Kunde förefalla som ett märkligt samtalsämne vid middagsbordet, men tyskar var förvånansvärt hårdhudade i sådana avseenden, åtminstone afrikanska tyskar.

Han hade stannat villrådigt och såg sig omkring, genast vinkade man åt honom från flera bord att han var välkommen att slå sig ner. En av de indiska kyparna kom ilande till hans undsättning och viskade att Doktor Goldmann åt ensam i ett av de separata rummen på övervåningen och gärna ville se herr diplomingenjören som sin gäst.

Valet föreföll enkelt. Den gamle domaren hade nog helt andra samtalsämnen på lager än kinandis matvanor. Han bugade sig snabbt ursäktande åt några av dem som försökt invitera honom och skyndade sedan iväg efter kyparen.

Doktor Goldmann satt ensam mellan två fotogenlampor i ett litet rum med fönster åt havet. Åskan tycktes ha slagit ut delar av husets elektricitet. Just när Oscar steg in och bugade sig dränktes hans hälsning av en serie sammanhängande åskknallar och samtidiga blixtar utanför fönstret lyste upp hela rummet till bländande vitt. Han hörde inte ett ljud av vad den gamle domaren sade men tolkade hans gest som att det bara var att komma och sätta sig.

"Det gläder mig mycket att ni kunde komma, herr diplomingenjör", hälsade domaren när åskdundret mattades. "Jag kunde inte undgå att notera att ni inte kände er särskilt väl till mods i rättssalen, så vi har nog ett och annat att språka om. Men vad säger ni, ska vi inte beställa vår mat först?"

Oscar mumlade ett instämmande och kyparen som stått kvar i rummet med händerna på ryggen tog genast upp deras beställningar, kalvlägg med rotmos och bayerskt öl till Doktor Goldmann, samma öl men lätthalstrad tonfisk till Oscar. När han var nere vid kusten passade han på att äta fisk varje dag, kött fick han mer än nog av ute i bushen.

"Den där löjtnant Vortisch som besvärade er så mycket...", började Doktor Goldmann långsamt funderande, "är faktiskt ett utomordentligt domar- eller advokatämne. Synd att han föredrar sin anställning i Schutztruppe. Vi pionjärer här i barbariet skulle behöva många som han."

"Ni får ursäkta, Doktor Goldmann, men juridik förstår jag mig inte på", svarade Oscar reserverat. Han hade inga varma känslor för löjtnant Vortisch.

Den gamle professorn betraktade honom med en outgrundlig min medan han omständligt och stånkande knöt en stor vit servett under hakan. Hans rondör gjorde att han måste sitta ett stycke från bordet, så arrangemanget var säkert välbetänkt. Mellan munnen och tallriken var sluttningen av bröstkorg och den storartade magen så pass lång att det säkert var ett äventyr att balansera kalvlägg och rotmos hela den vägen med tillräcklig precision.

"Ni lämnade rättssalen utan att lyssna på pläderingarna, herr diplomingenjör. Ville inte veta hur det gick? Eller trodde ni att saken var klar?" undrade domaren nästan troskyldigt.

"Naturligtvis ville jag veta hur det gick...", svarade Oscar. "Men ärligt talat var jag precis som ni säger, illa till mods även om jag inte riktigt vet varför. Kanske kände jag mig dum helt enkelt."

"Det har ni absolut ingen anledning att göra, er uppgift var att tala sanning och den skötte ni galant. Men nu skall jag ändå berätta vad som hände, för det anser jag att ni bör känna till. Det är ju ändå ni som orsakade rättegången."

"Genom att inte låta mörda fångarna?"

"Just precis..."

Doktor Goldmann avbröts när han tycktes dra andan för att inleda en längre föreläsning av att två kypare kom med deras mat och öl, en gigantisk portion kalvlägg med rotmos och en likaledes rejält tilltagen halstrad sida av tonfisk.

Artigheten krävde att de åt en stund innan föreläsningen kunde börja. Oscar fick en kort men vällustig respit, tonfisken var dagsfärsk, kanske hade han fiskat den själv. Doktor Goldmann åt snabbt och energiskt en stund innan han slog av på takten för att kunna äta och föreläsa samtidigt.

Han började sin redogörelse med en kort lovsång till löjtnant Vortisch som skulle ha blivit en sån utomordentlig, och här i vilda östern särskilt välbehövlig, advokat. För Oscars del var det en något avkylande start, men snart fångades hans intresse mer och mer av den gamle juristens brinnande entusiasm och märkliga talekonst, förstärkt med livliga gester med kniv och gaffel när han till synes ordnade argumenten med bitar av kalvlägg på ena sidan tallriken och små högar med rotmos på den andra. Och så betade han bokstavligt av dem ett i sänder, så att det uppstod en kort paus för eftertanke varje gång han gjorde uppehåll för att tugga.

Försvaret hade alltså satsat högt och djärvt på att få de två männen med strutsplymer helt frikända. Resonemanget var lika enkelt som logiskt. De hade inte burit vapen och kunde därför inte påstås vara skyldiga till mordförsök enligt tysk lag. Deras försök att döda med magiska strutsfjädrar var otjänligt och därför straffritt, då det var objektivt sant att strutsfjädrar och trolldom inte kunde göra den tyska besättningen i järnvägslägret någon skada.

Rejäl tugga kalvlägg åkte in i gapet på Doktor Goldmann.

De övriga fyra tilltalade var enligt försvarets medgivande skyldiga till mordförsök, spjut var onekligen livsfarliga vapen, fortsatte Doktor Goldmann sin redogörelse. Mord kunde däremot inte komma i fråga, för vad gällde morden på missionsstationen hade man ett hundratal misstänkta att välja mellan, varav över 90 procent var döda och ingenting visade att just de tilltalade skulle vara skyldiga.

Nya stycken kalvlägg som sköljdes ner med några rejäla klunkar ur ölkruset medan Oscar pillade i sig lite mer fisk. Tonfisk var mättande.

Försvaret hade alltså medgett mordförsök, vilket var strategiskt välbetänkt. Det gick ändå inte att slingra sig ifrån och dessutom var det självklart bättre att anföra förmildrande omständigheter när det gällde försök och inte fullbordad gärning, även om huvudprincipen var att domen skulle bli densamma i båda fallen.

De förmildrande omständigheterna – kort paus för att rensa tallriken från de sista kalvläggsargumenten – var intressant nog av politisk natur. Försvarets ståndpunkt var att kinandifolket hade goda skäl att frukta att den vite mannen skulle begå oacceptabla ingrepp på deras territorium, alltså hade de en sorts moralisk nödvärnsrätt. Det friade dem inte från ansvar, men det var förmildrande omständigheter.

Där försvann de absolut sista argumenten från Doktor Goldmanns tallrik, han tuggade beslutsamt, torkade sig om munnen, rev loss sin servett, grep efter ölkruset och såg Oscar rakt i ögonen.

"Nå, min unge järnvägsbyggare, vad anser ni om de resonemangen?"

frågade han, tömde ölkruset och hytte med det mot en av kyparna som väntade borta vid dörren och genast skyndade fram för att hämta det. Nya blixtar lyste upp rummet så att allt blev vitt någon sekund. För Oscar kändes hela upplevelsen nu fullständigt overklig, och det var inte lätt att hitta på något att säga.

"Jag är som sagt järnvägsbyggare, lagtolkning förstår jag mig inte på", försökte han smita undan.

"Det är just det som gör er inställning så intressant för en gammal uv som jag", sade Doktor Goldmann och knäppte med en nöjd suck upp två knappar i den svarta västen. "Juridik är inte bara ett spel, juridik är, säger åtminstone vi själva, en blandning mellan moral och sunt förnuft. Och möjligen tio Guds bud, om det gäller strafflagen. Så vad säger er instinkt och rättskänsla när ni hör det här? Det skulle jag gärna vilja veta."

Oscar insåg att han inte hade någon möjlighet att slingra sig undan. Alltså måste han verkligen försöka formulera en åsikt om något han inte begrep.

"Sant är...", började han tveksamt, "sant är att strutsplymer och häxkonster är verkningslösa vapen mot Mauser och Mannlicher. De två som försökte döda oss med den metoden begick alltså ett... otjänligt försök, var det den juridiska termen?"

"Helt korrekt, var snäll och fortsätt!"

"Om otjänligt försök är straffritt enligt vår lag...", trevade sig Oscar försiktigt vidare, "finns det alltså logik i argumentet att de inte begick brott?"

"Bra! Då lämnar vi den frågan", konstaterade Doktor Goldmann utan att med en min visa vad han själv tänkte om saken. "Och så traskar vi vidare i ullstrumporna. Vad anser ni som lekman om argumentet att kinandi hade en förmildrande omständighet i det att de subjektivt trodde sig ha rätt att med våld försvara sitt eget land?"

Oscar satt tyst en stund, såg ner i bordet och ritade cirklar med pekfingret i den vita linneduken. Som av en plötslig ingivelse bestämde han sig och såg upp.

"Det är sant!" sade han utan att längre tveka. "Utifrån sina egna utgångspunkter hade kinandi rätt att försvara sitt land. Men frågan är ju då om vi kan erkänna den rätten? Det kan vi förstås inte, vi är här enligt beslut som fattats av världssamfundet och det väger tyngre. Men... förmildrande omständighet är det väl?"

Doktor Goldmann svarade inte på en stund eftersom det serverades mer öl, man hade för säkerhets skull burit in ett krus åt Oscar också. Doktor Goldmann drack begärligt, torkade sig om munnen med sin serviett som han sedan lade åt sidan, plockade upp ett cigarretui och sträckte det mot Oscar, som skakade avböjande på huvudet. Därefter drog Doktor Goldmann ytterligare ut på spänningen genom att pyssla en stund med sin cigarr innan han njutningsfullt kunde dra sitt första bloss. Han betraktade kritiskt cigarrglöden innan han vände sig mot Oscar.

"Vet ni min unge vän, ja förlåt det familjära tilltalet men det kom rent spontant, vet ni att ni gör mig mycket glad med det ni säger?"

"Det var i så fall mer tur än skicklighet, men hurså?" undrade Oscar.

"Som jag sade förut", fortsatte Doktor Goldmann och sköt med förvånansvärd skicklighet ut en stor rökring i rummet, "så är juridik bara moral och sunt förnuft. Vilket skulle bevisas med era instinkter. Och förstås er rättskänsla, den ni visade när ni vägrade att mörda fångarna. Nåväl. Vill ni veta hur jag dömde i det här målet?"

"Självfallet, Herr Doktor."

"Först var jag länge inne på att faktiskt frikänna de där strutsmännen. Rent lagligt hade det varit fullt möjligt. Men det hade också varit stötande för det allmänna rättsmedvetandet, som är ett diffust begrepp, det medges. Ändå är det mitt ansvarsområde som domare att ta hänsyn till. Alltså kompromissade jag och dömde strutsmännen till ett års fängelse för försök till plundring. Sådant uppsåt kan man nämligen med rätt stor säkerhet säga att de hade. Alltså ett år för dessa båda, vad tycker ni om det?"

"Jamen vad kan jag säga, jag kan inte gärna säga emot en fackman på området."

"Och så kommer vi till de fyra andra åtalade. Jag dömde dem för mordförsök, men med hänsyn till de förmildrande omständigheter ni själv godtagit, inte till döden utan till sex års fängelse. Vad tycker ni om det, inte som fackman utan som medborgare och kolonisatör, om jag får be?"

"Det verkar sunt och riktigt", funderade Oscar. "Argumenten är lagenliga och vår uppgift är att sprida vår civilisation och det är inte bara kristendom och järnvägar, det är förstås i högsta grad ett rättsligt system där lagen gäller lika för alla. Nej, jag har faktiskt inga invändningar mot er dom, Doktor Goldmann, även om jag skam till sägandes tog för givet att alla skulle dömas till döden."

"Det gjorde de också, alla sex dömdes till döden!" klippte Doktor Goldmann av och blossade ilsket på sin cigarr.

"Förlåt, men jag tyckte just ni sade att... ni inte?"

"Vi var som bekant fyra domare. Jag överröstades med siffrorna 3-1, även om en av de andra ärade ledamöterna tvekade in i det längsta, då hängde de sex männens liv på en skör tråd. Hade han anslutit sig till mig hade det blivit 2-2 och min röst varit utslagsgivande. Detta är dessvärre den fula sidan av juridiken, att ovidkommande resonemang kan ta över och väga tyngre än lagen."

"Vilka ovidkommande resonemang?" frågade Oscar besviket. Under samtalets gång hade han fattat allt större sympati för denne gamle man som i mer än ett avseende kom från en helt annan värld än han själv.

"Jag måste förbanne mig sträcka lite på benen, har med matsmältningen att göra", grymtade Doktor Goldmann och knuffade sig mödosamt ut mellan sin fasta väggbänk och bordet, gick ut på golvet, lyfte som en hund på ena benet och släppte en imponerande fjärt och gick sedan med långa steg fram och åter några gånger medan de sista avlägsna blixtarna lyste upp honom i silhuett.

"Det kallas Realpolitik, dessvärre ett tyskt ord som omvärlden tycks ha slutit i sin språkliga famn. Det betyder att det finns politiska skäl som väger tyngre än exempelvis lag och god moral. Det är en sorts nyttofilosofi av det mer cyniska slaget. Mina ärade bisittare i domstolen menade alltså att rent juridiskt hade jag rätt, de var rentav respektfullt noga med att påpeka den saken. Men när det gällde Realpolitik hade jag således fel. Det vill säga, negrerna är ännu inte mogna för den sanna tyska rättsordningen, först måste vi få lugn och stabilitet, vi måste vara noga med att statuera exempel, infödingsuppror är besvärliga och således måste vi emfatiskt inpränta i negerbefolkningen att makten och härligheten är vår allena. Och nu min tvivelsutan såväl moraliske som intelligente unge järnvägsbyggare, vad anser ni om den sortens resonemang?"

Oscar hade absolut ingenting att säga om detta, åtminstone inte till en början innan han förstått vad samtalet egentligen handlade om. Doktor Goldmann, som eldat upp sig själv när han gått några varv fram och åter över golvet med rockskörten fladdrande efter sig, kom tillbaks till bordet, hängde av sig den tjocka rocken, vilket var på tiden eftersom han svettades ymnigt i armhålorna, beställde prompt två flaskor riesling från Rheingau och drog fyr på sin halvslocknade cigarr.

Ämnet från och med nu och de närmaste timmarna var helt enkelt Tysklands höga uppdrag på den mörka kontinenten. Tyskland hade kommit in sent i kapplöpningen till Afrika. Bismarck hade länge varit emot sådana äventyr, mest med argumentet att det kostade mer än det smakade. Det kanske det gjorde, hittills var det inte mycket som tydde på motsatsen. Men det var ju inte huvudsaken. Det allt överskuggande var det moraliska ansvaret att överföra civilisationen, det kunde såväl en gammal jurist som en ung järnvägsbyggare enas i. Men var det civilisation att låta avrätta afrikaner som rätteligen inte skulle ha avrättats? Nej, självklart inte. Det var att korrumpera civilisationen, det var att bibringa negrerna den falska föreställningen att den vite mannen kommit till Afrika för att härska och stjäla, det var att införa förtryck.

Att de engelska grobianerna sysslade med sådant var en sak. Annat var inte att vänta från dem. Men om också Tyskland skulle börja uppträda som imperialister så hade det uppstått ett fundamentalt fel.

Järnvägar kunde dock aldrig vara fel, tröstade sig åtminstone Oscar med. Det fanns förstås en lustig skillnad jämfört med Vilda Västern. Där hade kolonisatörerna kommit först på sina oxkärror och sedan järnvägen. Här i Afrika var det tvärtom, här löpte järnvägen rätt in i det mörkaste hjärtat av Afrika långt före all annan civilisation, och först därefter kunde nybyggare och missionärer komma bekvämt resande med den nya tidens tekniska och agrikulturella välsignelser.

Doktor Goldmann hade möjligen haft överoptimistiska föreställningar, medgav han, att han på ålderns höst skulle avstå från att njuta sitt otium som professor emeritus i det vackra och behagliga Heidelberg, för att i stället bidra med sin sista kraft till att bringa lag och ordning till det tyska protektoratet. Land skall med lag byggas, sade redan våra nordgermanska grannar för länge sedan, men den visdomen höll fortfarande. Utan lag, ingen ordning, inget land, ingen civilisation.

Men nu hade han blivit mer osäker. Dödsdomar som utfärdades av realpolitiska skäl var inget gott omen. Somliga måste ha missförstått civilisationens uppdrag i Afrika.

Oscar sov illa den natten. Kvällen hade blivit mycket lång och Doktor Goldmanns sällskap var, om än aldrig så underhållande och befrämjande för nya tankegångar, inte särskilt hälsosamt. Det hade inte bara blivit en ny omgång vin från Rheingau, tyvärr hade han också låtit sig trugas på ett par cigarrer. Och samtidigt åskväder och drypande het fukt som förvandlade hans från början svala och nymanglade linnelakan till våta rep ovanpå den hårt stoppade kapokmadrassen. Och när han då och då började glida in i gränslandet nära sömn tvingade sig avrättningsscenerna på honom. Han såg de sex männen ledas ut på en rad i sina fotbojor till Kaiser Wilhelm Platz där sex galgar och en lika välklädd som förväntansfull publik väntade. Det gick inte att tränga undan de scenerna ens med att försöka repetera minnen från lejonjakt eller de uppställda kinandikrigarna beredda att gå till anfall mot järnvägslägret. Avrättningsfantasin slog ut allt annat.

Gryningen kom som en befrielse, tåget skulle gå i soluppgången.

När han såg sig själv i rakspegeln skämdes han över sin anskrämliga uppenbarelse: hålögd med röda ögonvitor och håret på ända. Den tunga oljerocken och sydvästen av fiskarmodell skulle förstås maskera det mesta av hans sorgliga skepnad, rakningen gjorde också sitt till. Han måste ju passera huvudkontoret för att kvittera ut den ovanligt stora tilldelningen av ny ammunition och glaspärlor och hämta posten till Doktor Ernst, förhoppningsvis äntligen något glädjande besked från Tyska vetenskapsakademien, det brev som aldrig tycktes komma och som alltid gjorde Doktor Ernst lika besviken när han snabbt bläddrade igenom sin korrespondens.

Man hade börjat transportera passagerare upp till Dodoma och Kilimatinde, mest jordbrukare med otympliga bagage, allt från spadar och järnspisar till getter och höns, alla alltid lika förväntansfulla och uppfyllda av det stora äventyr som man trodde sig ha framför sig. Regnperioderna var sämsta tänkbara tid att flytta upp i landet, de flesta jordlotter som folk tilldelats var då på väg att förvandlas till lervälling.

Han övervakade de fem nya askarisoldaterna när de lastade ammunitionslådorna och glaspärlorna i den täckta godsvagnen där de själva skulle resa på halmbäddar och tätt packade tältdukar. Han beslöt att göra dem sällskap i stället för att sitta i passagerarvagnen och tvingas svara på tusen och en omöjliga eller naiva frågor om afrikaner, lejon och jordmånens bördighet, förutsättningar för sisalplantor, kaffe eller kokos.

Han stuvade om några packar tältduk till ett krypin för sig själv i godsvagnens ena ände, drog den våta sydvästen över huvudet, lyssnade en stund på regnets smattrande mot plåttaket och somnade redan innan loket stånkat igång. Han sov drömlöst i flera timmar.

Efter Kilimatinde där de sista passagerarna lämnade tåget och tidtabellen inte längre var så viktig tog han sitt gevärsfodral och flyttade över till loket. Från och med nu ökade risken att man skulle stöta på någon vresig gammal noshörning som hellre lät sig skjutas än att lämna spåret, eller till och med försökte anfalla loket. Noshörningen var med god marginal Afrikas dummaste djur.

Eller med lite tur kunde man passera en hundrapundselefant på lämpligt avstånd. Den skulle han i så fall ta på sin egen licens, han hade två djur kvar på årets kvot. Det var ett nytt påfund, att elefantjakten inte längre skulle vara fri utan begränsas med byråkratiska regler och till och med olika former av vite. Det påstods ha med djurskydd att göra, också det ett av den vite mannens ansvarsområden i Afrika, att begränsa jakten för arternas säkra bevarande och vad man nu sade. Fast det gällde förstås inte noshörningar som bara var en sorts ohyra, dessutom praktiskt taget utan ekonomiskt värde, till skillnad från elefanterna.

Järnvägsbolaget hade förstås en obegränsad licens när det gällde elefanter, som alltid kunde sägas hota järnvägen på det ena eller det andra sättet. De elefanter han sköt för bolagets räkning blev ändå en icke föraktlig sidoinkomst. Allt sådant elfenben togs om hand av firman Lauritzen & Jiwanjee. Och eftersom järnvägsbolaget ägde tio procent av aktierna i företaget fick man också del av inkomsten på ett högst bekvämt sätt, genom årliga utbetalningar och utdelning. Inga järnvägstjänstemän behövde belastas med allt besvär som ingick i elfenbenshanteringen, vilket man var tacksam för på huvudkontoret. Man tycktes inte ens reflektera över att Oscar tjänade sex gånger så mycket på varje elefantbete som de själva. Mohamadalis idé att göra järnvägsbolaget till minoritetsägare i företaget hade i sanning varit närmast genialisk.

De första timmarna efter Kilimatinde var vädret klart och behagligt med årstidens hotfulla mörka moln långt borta i sydost. Ute på savannen såg han förstås elefanter här och var, men mestadels kor och kalvar på långt avstånd. Ingenting värt att besvära sig för. Resan blev snart långtråkig och den nye lokföraren verkade tvär och totalt ointresserad av konversation. Oscar dåsade till.

Den stora elefanttjuren mitt på spåret kom som en total överraskning. Själv hade han slötittat ut mot nordsidan och märkte ingenting förrän loket gnisslande började bromsa in.

Och där stod han som i en dröm, mitt på spåret med hotfullt utfällda öron, synbarligen utan tanke på att ge vika. Betarna var på minst 120 pund styck, kanske ännu mer. Oscar hade ännu inte lärt sig behärska konsten att beräkna tjocklek gånger längd. Men stor var han och avståndet var kort och han stod alldeles stilla och fladdrade med öronen, det var ett skott som ett barn skulle ha klarat av, mindre än femtio meter.

Han var något fumlig när han öppnade sitt vapenfodral och rotade fram en ask med helmantelammunition, rädd att chansen skulle försvinna. Alltför ivrig lade han upp geväret mot lokets fönsterkarm, osäkrade och siktade rakt mellan djurets ögon, något högt.

I sista ögonblicket besinnade han sig. Kulan skulle slå rakt in i elefantens hjärna, bakbenen skulle vika sig först och sedan skulle han mjukt sjunka ihop mitt över rälsen. Sex ton elefant flyttade man inte med rep och några askaris, det skulle bli ett elände med lång försening.

Elefanten såg ut som om han tänkte anfalla närsomhelst, tog några steg framåt och vek öronen bakåt. Det var hans anfallssignal och nu var goda råd bokstavligen dyra.

Oscar sköt avsiktligt för högt, så att kulan skulle gå genom tjurens tjocka fettlager ovanpå huvudet, men inte tränga in i hjärnan och döda honom.

Tjuren knäade till och kom av sig av träffen, men föll förstås inte utan vek långsamt åt sidan som en ragglande boxare och tog två vingliga steg framåt. I nästa ögonblick skulle han sätta av i sken. Oscar sköt på nytt mot huvudet, denna gång från sidan, lite högt mellan ögat och örats centrum och hade tur. Den lilla rörelsen framåt som tjuren påbörjat var precis tillräcklig för att båda bakbenen skulle ha lämnat spåret när han välte framåt nedför banvallen och blev liggande några sekunder innan han sträckte sitt ena bakben darrande rakt ut i luften, styvt som en stock. Det var ett omisskännligt tecken, han var död.

Oscar behövde inte gå för att hämta hjälp, alla ombord på tåget hade störtat fram för att se vad som hade hänt. Han befallde att man skulle hämta ett par yxor och vassast tänkbara panga eller assegaj och visade sedan hur snittet skulle läggas i en halvcirkel runt snabelfästet och därefter rakt nedåt på ömse sidor. Med hjälp av yxorna kunde man sedan lätt hugga loss hela det nosparti där betarna trängde upp i sina rötter. Den dolda biten av en elefantbete kunde svara för en tredjedel av hela vikten, så här fick man inte slarva med oförsiktiga yxhugg. Elfenben var hårt men skört, varje felaktigt yxhugg kunde kosta som en årslön för en askarisoldat.

Förseningen blev inte mer än tjugo minuter innan hela paketet med de två betarna och det blodiga nospartiet hade lastats och surrats på en av de öppna godsvagnarna. Gamarna syntes redan uppe i luften och Oscar gav order om att man skulle öppna djuret på några ställen så att asätarna slapp kämpa med det två tum tjocka skinnet. På så vis skulle allt ruttnande kött vara borta redan när tåget återvände om ett dygn. Bara benen skulle ligga kvar på marken, utan att stinka särskilt mycket.

På nära håll, och när han provat med att försöka omsluta betarna med dubbelt handgrepp just där de gick in i tandköttet, uppskattade han vikten till mer än 140 pund styck. Det betydde, lågt räknat, att de motsvarade tre årslöner för en enkel diplomingenjör och brobyggare.

XI
LAURITZ

FINSE
1905

ATT VÄNJA SIG vid bygget av Bergensbanen uppe på Hardangervidda var att vänja sig av med tid. Alla tycktes ha samma upplevelse. I tunnlarna på vintern, sen ut på brobygge, sen tillbaks in i tunnlarna och sen ut igen. Någon hade sagt att det var samma som skedde med män i fängelse, att tiden upphörde att röra sig framåt och förvandlades till ett enda långt nu.

Lauritz ansåg att jämförelsen med fängelseliv var missvisande. Det utdragna och enahanda kunde förstås vara likartat, men alla järnvägsbyggare var fria män. Var och en hade rätt att närsomhelst lägga ner sitt spett och vandra hem om det passade bättre. Det var en avgörande skillnad och den gällde i princip också Lauritz. Det som höll honom kvar uppe på vidderna var inte bara plikten, hans skyldighet att göra rätt för sig, han skulle inte ge sig förrän tågen gick.

Det som möjligen höll honom kvar lika mycket som plikten var viljan att se brospannet färdigt, att vara med den dagen man äntligen kunde börja riva byggnadsställningarna. Basen Johan Svenske hade samma känslor, de hade talat en del om saken. Bron över Kleivefossen var deras bro, ingen annan skulle få komma in på slutet och lägga sista handen vid arbetet och ta åt sig äran. De skulle aldrig svika sin bro. Den var hela järnvägsbyggets svåraste projekt, juvelen i kronan som skulle stå kvar hundratals år efter att både ingenjör och bas var borta. Det var en svindlande tanke.

Nu stod byggnadsställningarna stadigt. Två hårda vintrar hade inte rubbat dem det minsta och det berodde på att Lauritz konstruerat en ny form, där basytan för bygget var mer än dubbelt så bred som man tänkt sig från början. Därmed uppstod ett tryck inåt och hela vägen upp. Hade man följt ursprungsidén och bara byggt rakt uppåt hade snöstormarna gjort processen kort med konstruktionen, ungefär som med snötunneln uppe på Finse som rasat två vintrar i rad.

Denna sommar skulle man börja anlägga stenvalvet, tryggt och säkert som inne i en jättelik vagga. Två år hade det tagit, men nu var man äntligen där.

Det var i början av juni när Johan Svenske och hans arbetslag installerade sig i den nya baracken som låg på fjällsluttningen bara några hundra meter från bygget. Där hade också Lauritz skaffat sig ett eget krypin, för att inte behöva lägga ner tid på att gå fram och tillbaka från ingenjörshuset i Hallingskeid, som annars skulle vara hans sommarbostad. Han ville vara med så mycket som möjligt nu när själva brospannet äntligen skulle slås över avgrunden.

Den första arbetsdagen gick åt till att rensa ställningarna från all snö som låg kvar i skrymslen och vrår dit solen inte nådde, träbjälkarna satt ju mer än dubbelt så tätt som på den vanliga sortens byggnadsställningar.

Nästa åtgärd skulle bli att kontrollera alla säkerhetsvajrar, Lauritz hade varit bestämd på gränsen till halsstarrighet med att ingen fick röra sig där uppe utan säkerhetssele. Under två års tid hade de klarat sig med enstaka brott på armar och ben, men utan dödsfall. Så skulle det förbli, tjatade Lauritz. Och tjata måste han in på tredje året tycktes det, eftersom en och annan rallare ansåg att det var lite fegt att gå omkring med sele. De påstod att det hindrade dem i arbetet.

Och så skulle även denna sommar glida vidare utan att något särskilt hände, som föregående sommar, och nästkommande. När de måste dra sig undan framåt hösten vid de första snöstormarna skulle de visserligen med förundran kasta en sista blick uppåt och se att där stod en halvfärdig bro som de inte märkt förrän nu. Den ena dagen skulle gripa in i den andra i ett enda nu tills det plötsligt var höst. Ingenting skulle hända.

Men just denna junidag var det som om flera års händelser rasade över Lauritz inom loppet av några timmar. Han skulle inte vara samme man på kvällen som den man som på morgonen skakat hand med Johan Svenske uppe vid bygget.

Det började med att det kom en sorts inspektion från Myrdal. Det såg i alla fall på avstånd ut som en inspektion, flera män på rad, självklart i vandrarkängor och klädda i engelska tweedkavajer med skjorta och slips. Och med sig hade de en fotograf som kämpade med kamera och stativ.

Sällskapet hörde inte till Jernbanebolaget, utan till den privata entreprenören Horneman & Haugen som var Bergens största enskilda ingenjörsfirma. De hade fått några riktiga godbitar på entreprenad redan från 1895 och framåt. Deras största bygge, i tid och pengar, var Gravhalstunneln, 5 300 meter till ett pris på 2,8 miljoner, och vidare sträckan från Opset till Kleivevand, tio kilometer för 6 miljoner kronor. Deras ansvar tog alltså slut precis där Lauritz och Johan Svenskes bro byggdes. Och nu ville de titta på bygget, som om de vore turister.

Lauritz fann visserligen denna förfrågan lite underlig men såg inget skäl att sätta sig på tvären. Först tog han med sig sällskapet nedför fjällsluttningen så att man nerifrån kunde få perspektiv på hela bygget. Det var faktiskt en imponerande syn, insåg han nu när han försökte se konstruktionen med nya ögon, som de nyanlända kollegerna – han antog att de alla var kolleger.

De ville ta några bilder och krånglade upp en kamera på fotografens stativ och poserade glatt. Lauritz fick en idé och frågade om han inte kunde få en bild på sig själv för att sända till sin fästmö i Tyskland. Det beviljades omedelbart.

Därefter började de gå uppför trapporna i själva bygget. Lauritz pekade och förklarade alla räcken och säkerhetsanordningar och besvarade frågor om det nya sättet att resa byggnadsställningarna. Till slut hade de kommit högst upp och kunde med blicken följa stenvalvets tänkta sträckning djupt nerifrån ena fjällsidan, upp till den högsta punkten där de själva stod, och så ner igen mot den andra fjällsidan. Besökarna pratade ivrigt, tycktes i hög grad uppskatta vad de såg och det mumlades något om ett vad. Man passade på att ta nya bilder, också av Lauritz med ryggen mot avgrunden och den milsvida utsikten.

När de kom ner beklagade Lauritz att man ännu inte riktigt kommit igång med organiserad mathållning och att det därför fanns mycket lite att bjuda på. Men de uppspelta besökarna viftade glatt undan alla sådana ursäkter med att man ju ändå var norrmän, snart fria norrmän till och med, vad de nu menade med det, och därför självklart medfört egen skaffning på fjället. Dessutom hade man kommit objudna.

De slog sig ner framför baracken och började gräva upp matsäcken ur sina ryggsäckar. De samtalade ivrigt, men lågt och med sidoblickar på Lauritz som gjorde honom både undrande och besvärad. Vid närmare eftertanke såg de inte riktigt ut som ingenjörer, en del av deras frågor uppe på bygget hade dessutom varit mer än lovligt okunniga, också för ingenjörer från 1870-talet och Köpenhamn. Själv var han tomhänt och kunde inte bestämma sig för om han skulle slå sig ner av artighet eller helt enkelt gå därifrån.

Den yngste av männen, den ende i hans egen ålder, löste problemet genom att komma fram till honom, kärvänligt lägga armen om hans axlar, väl intimt i Lauritz smak, och föra honom ett stycke åt sidan. Där gjorde han tecken att de skulle sätta sig.

"Jag är alltså Kjetil Haugen", sade han. "Som man kan ana har det med Horneman & Haugen att göra, jag är nämligen arvtagare till den ena delen. Ska förresten hälsa från överingenjör Skavlan, det är på hans inrådan vi tog en tur hit. Han talar mycket väl om dig."

"Det gläder mig", svarade Lauritz avvaktande. "Och de andra herrarna i ditt sällskap, förlåt men vi säger alltid du här på fjället..."

"Det passar mig utmärkt. Jo, de andra herrarna i mitt sällskap är helt enkelt styrelsen för Horneman & Haugen. Vi har alla kommit för att se med egna ögon."

"Se vad?"

"Det som Skavlan sagt mig, och inte bara han för den delen, att du är den skickligaste ingenjören på hela Bergensbanen, med en helt annan utbildning än alla andra. Från Dresden har jag förstått?"

"Ja, jag studerade fem år i Dresden."

"Och nu kanske du förstår varför vi kom?"

"För att se ett ovanligt intressant brobygge, antar jag."

Det var åtminstone den första tanke som rann upp i huvudet på Lauritz, för ett ovanligt intressant brobygge var det ju. Men det fanns en puttrande förväntan i den andres ansikte som antydde att det var frågan om något annat.

Kjetil Haugen såg ut ungefär som han själv, åtminstone som han skulle se ut om han befann sig nere i civilisationen, och de var i samma ålder, hade kunnat vara kusiner. Eller kanske inte, för Kjetil Haugen talade en distinkt överklassbergensiska. Båda från Vestlandet men alltså inte släkt, rättade sig Lauritz.

"Saken är helt enkelt", fortsatte den bergensiske ickesläktingen, "att vi vill att du går in i vår firma. Vi har en åldrande ledning av gamla ingenjörer, det kommer att byggas många broar och tunnlar på Vestlandet i framtiden. Min idé är att sådana som du är just vad vi behöver för att modernisera firman, se på våra ärade styrelsemedlemmar där borta, så ivrigt de pratar, de har samma uppfattning som jag. Och förresten vann jag ett vad."

"Jag kan omöjligt sluta mitt arbete i förtid", svarade Lauritz sammanbitet.

Att han någon gång i framtiden, efter att tågen gick i reguljär trafik över Hardangervidda, skulle söka arbete på en ingenjörsfirma var inte precis någon sensationell tankegång, även om han hittills aldrig tänkt längre än till nästa bro eller tunnel.

Den andre lät sig inte nedslås det minsta av hans avböjande svar.

"Du är tjugonio år har jag inhämtat från Skavlan", fortsatte arvtagaren. "Själv är jag inte mer än tjugoåtta, vi har framtiden för oss. Men jag ville vara ute i god tid, för när den här järnvägen är klar och alla drar ner från fjället kommer det att bli slagsmål om dig. Vi har konkurrenter och jag tycker inte om möjligheten, eller risken snarare, att de kommer före oss."

"Så vad är det för någonting särskilt du vill erbjuda mig för att jag inte ska ta anställning hos konkurrenterna?" frågade Lauritz utan att tänka efter.

Nästan omedelbart insåg han att han nog ändå sagt någonting ganska listigt.

"Delägarskap!" svarade Kjetil Haugen blixtsnabbt.

"Jag får bli delägare i Horneman & Haugen?"

"Ja. Det är det som gör vårt förslag mer attraktivt än vad konkurrenterna kan tänkas erbjuda. Horneman & Haugen är den äldsta, den största och den, om man ska vara diplomatisk, historiskt mest framgångsrika ingenjörsfirman på hela Vestlandet. Och vi vill ha dig. Det gör oss bättre, och dig rikare."

"Jag antar att du inte är ingenjör som jag", undrade Lauritz för att vinna tid.

"Nej för attan, jag är företagsekonom, ett nytt yrke med framtiden för sig. Jag kan inte rita och räkna på vinklar, men pengar kan jag räkna."

"Jag förstår", sa Lauritz. "Och om vi då talar om pengar. Hur ska jag betala mitt delägarskap i Horneman & Haugen?"

"Vi hade tänkt 15 000 kronor för 20 procent av aktierna, det är ett kraftigt underpris, en av gubbarna ska sälja, vi kompenserar honom på annat vis."

"Några sådana pengar har jag inte."

"Nej, jag vet det, Skavlan var mycket öppenhjärtig när han berättade om ingenjörslönerna här uppe. Men att du inte har pengar just nu är inget problem."

Lauritz gjorde sitt bästa för att dölja hur förkrossad han var över det omöjliga i den stora möjligheten och hur häpen han dessutom var över Kjetil Haugens bekymmerslösa sätt att kalla bristen på pengar för "inget problem".

"Varför skulle det inte vara ett problem att jag inte har råd?" frågade han så lugnt och neutralt han förmådde.

"Du kan låna, och det är heller inget problem."

"Och var skulle jag låna?"

"I Bergens Privatbank. Du får ett skriftligt intyg från mig med garanterad anställning i Horneman & Haugen. Då behövs ingen säkerhet."

Han gick hem till Hallingskeid med lätta steg den kvällen. Det var ruskväder, bara någon grad över noll och snöblandat regn, men det bekom honom inte det minsta. Det kändes snarare som att gå i strålande mild junisol när det vassa vårljuset äntligen dämpats.

Gång på gång tänkte han över saken utan att se någonting som kunde störa hans lyckorus, utan att kunna se det som hänt annat än som en skänk från ovan. Äntligen hade han en verkligt god nyhet att skriva om i nästa brev till Ingeborg. Han skulle bli delägare i Bergens ledande ingenjörsfirma, hela livet hade förändrats under några minuters samtal. Det var en förunderlig känsla.

Hennes far baronen hade, med viss faderlig logik, det måste man erkänna, anfört hans fattigdom som äktenskapshinder. Ingen dotter i släkten von Freital finge gifta sig så långt under sin klass. Det var inte bara det att det inte gick an i någon sorts historisk mening. Sådant kunde man överse med, vikingablod kunde vara väl så gott som blått blod, rentav bättre och mer livskraftigt. Men fattigdom var oförlåtligt. I längden kunde inte ens den mest rosenskimrande ungdomliga kärlek stå emot en sådan kall verklighet.

Baronen hade varit lika obeveklig som vänlig när han lade ut texten i detta ämne.

Delägarskap i en ingenjörsfirma i det exotiskt avlägsna Bergen motsvarade knappast baronens föreställning om ordnad hushållsekonomi, men det borde vara ett långt steg från hans tidigare fattigdom.

Återigen denna känsla av mirakel. På morgonen hade han stigit ur sängen som en man som inte ägde stort mer än de kläder han bar och 1 800 kronor på banken. Och han skulle gå till sängs som en blivande god borgare i Bergen med ordnad ekonomi. Och till detta kom framtidsutsikterna. Det var säkert alldeles sant som Kjetil Haugen sagt, att det skulle byggas mycket i och runt Bergen under de kommande åren och då skulle 20 procent av firmans vinst tillfalla honom, förutom hans antagligen väl tilltagna lön.

Det gick inte att göra sig en konkret föreställning om vad detta kunde innebära, i sådana banor hade han hittills aldrig haft anledning att fundera. Men med alla rimliga mått mätt borde det betyda "ett anständigt liv", baronens nyckelfras, till och med för en adelsfröken från Sachsen. I all synnerhet en politiskt radikal adelsfröken, även om baronen var lyckligt ovetande på den punkten.

Han hade omedvetet skyndat på sina steg så att han nästan småsprang eftersom han kokade av iver att få diskutera sina nya framtidsutsikter med Olav Berner till kvällsvarden på Hallingskeid. Berner hade levt ett långt liv som ingenjör på Vestlandet och kände förstås utmärkt väl till Horneman & Haugen och borde alltså kunna konkretisera allt det som Lauritz själv bara kunde fantisera om när det gällde innebörden av delägarskap i ett sådant aktat företag.

Eller skulle han hålla tyst om saken?

Den bleka eftertanken drabbade honom fullständigt överraskande. Hålla tyst? Varför det? Han saktade ner på stegen.

Därför att det kunde ses som förmätet att komma hem en vanlig kväll och börja skrodera om hur han i ett enda sjumilakliv skulle ta sig förbi alla andra ingenjörer på Bergensbanen. Det var orättvist. Det fanns inget godtagbart skäl för att han som bara arbetat några år skulle belönas så skyhögt över alla andra. Möjligen skulle den nye assistentingenjören på Hallingskeid, Ole Guttormsen, kunna förlika sig med tanken. Men avdelningsingenjör Olav Berner, som var en bra bit över femtio år?

Han gick allt långsammare. "Så går beslutsamhetens friska hy i eftertankens kranka blekhet över", tänkte han. Shakespeare hade varit hans fasta vintersällskap i två år, innan det blev hotell på Finse och sällskapsliv på kvällarna.

När han vridit och vänt åtskilliga varv på frågan om att berätta eller inte berätta för kollegerna fann han en lätt testfråga. Om Ole Guttormsen kommit glädjestrålande tillbaks till ingenjörshuset en kväll och berättat samma sak som han själv tänkt berätta – hade han då uppriktigt kunnat glädjas med Ole?

Ja, självklart. Tänkte han först. Men tvivlade genast på sitt reflexmässiga svar. Avund var en dödssynd, ingen människa ville bli förknippad med avund. Därför skulle alla svara "ja, självklart" på den frågan.

Men det var inte självklart, eftersom det var orättvist. Alltså skulle han hålla tyst om saken.

Alla hans moralgrubblerier visade sig betydelselösa så snart han steg in på Hallingskeid. De båda kollegerna satt med håret på ända, röda i ansiktet av upphetsning och drack whisky, vilt diskuterande. Lauritz hann knappt stampa slasket av fötterna innan de båda kom rusande och talade i mun på varandra. Den ene orerade om att Norge blivit fritt, den andre om revolution och krig.

När Lauritz satt sig vid bordet och själv fått en redig whisky, som enligt Berner skulle föreställa champagne, det här var det närmaste man kunde komma i huset, gick det att någorlunda reda ut begreppen. Man hade ringt från huvudkontoret och berättat.

Stortinget hade tidigare under dagen tagit beslutet att upplösa unionen med Sverige. Norge var därmed ett självständigt land i alla avseenden. Från huvudkontoret hade man meddelat att inga svenskar fick anställas längre. Men samtidigt, något motsägelsefullt, påpekat att de svenskar som redan var anställda skulle få behålla jobbet. Det rörde sig kanske om ett hundratal man utefter hela linjen.

Ordern från huvudkontoret saknade praktisk innebörd så här långt in på säsongen när alla anställningar redan var klara för tiden fram till jul, eller åtminstone fram till de första vinterstormarna. Det där om krig och revolution som de båda kollegerna talat så upphetsat om visade sig snart, åtminstone enligt Lauritz uppfattning, vara högst överdrivna spekulationer. Enligt Berner skulle svenskarna aldrig finna sig i Stortingets beslut, utan genast gå till anfall med sin armé. Och det var då det enligt Ole Guttormsen skulle uppstå revolution.

"Det där tror jag inte ett ögonblick på", sade Lauritz avmätt. "Vi lever trots allt på 1900-talet, de stora framstegens århundrade. Krig hör hemma på historiens sophög, inte ens svenskar skulle längre gå i krig. Och revolution? Vad föreställer ni er egentligen, en giljotin på Karl Johan?"

Om nu Lauritz haft för avsikt att gjuta olja på vågorna så fungerade hans inlägg tvärtom. Den äldre och den yngre kollegan blev lika upphetsade. Berner menade att den svenska regeringen var närmast tvingad att gå i krig efter Stortingets beslut, då det rent konstitutionellt kunde ses som uppror. Guttormsen fortsatte tankegången med att alla som därefter ställde sig på den svenska regeringens sida, ämbetsmän och andra höga herrar i Kristiania, liksom förstås alla svenskar inom förvaltningen, då måste ses som landsförrädare. Alltså revolution, han föreföll faktiskt mycket nära att vilja resa en giljotin på Karl Johan.

Lauritz lät sig inte ryckas med i upphetsningen. Sverige och Norge var i union, det vill säga fram till dagens beslut i Stortinget. Unionen hade inte inneburit att Norge var svensk egendom. Norge var ett land, ett folk med ett språk, sedan tusen år tillbaka. En union var som ett äktenskap, om ena parten absolut ville skiljas, vad kunde den andre göra åt det? Inte gå i krig i alla fall.

Den och liknande svala invändningar fick de två kollegerna att ifrågasätta Lauritz patriotism, så han måste snabbt slå till taktisk reträtt och utbringa ännu en skål för det fria Norge. Sedan försökte han i stället blanda bort korten, eller åtminstone distrahera diskussionen.

"Så nu har vi alltså ingen kung längre", låtsades han grubbla. "Kung Oscar får nöja sig med att regera över Sverige. Men vad med oss? Ska vi skaffa en ny kung och hur ska det gå till?"

Olav Berner menade att man kunde utse kung på genealogisk väg, leta upp en släkting i rakt nedstigande led till den siste norske kungen, vem nu det var. Ole Guttormsen ansåg att man borde välja kung på tinget, så som förfäderna gjort.

Det blev en allt längre diskussion och ytterligare många skålar för Norge, långt in på andra flaskan. Lauritz kunde äntligen ursäkta sig och dra sig tillbaks till kontoret utan att framstå som opatriotisk. Med dagens post borde han ha fått brev från Ingeborg.

Hennes brev låg mycket riktigt på hans ritbord tillsammans med en tysk ingenjörsvetenskaplig tidskrift som han prenumererade på. Men under tidskriften låg ännu ett brev, poststämplat i Dresden det också. Han kände inte igen den kantiga, kraftfulla handstilen, men när han vände på kuvertet var det ingen tvekan om vem avsändaren var. Där fanns ett monogram i guldtryck med en sjutaggad krona över. Det var ett brev från hennes far, Manfred Baron von Freital.

Det snurrade runt i huvudet, inte bara av för mycket whisky. Vilket brev skulle han nu läsa först? Han valde hennes och sprättade försiktigt upp kuvertet eftersom det tycktes innehålla något mer än ett par brevark.

Det var ett fotografi på Ingeborg, ett mycket ovanligt fotografi, stelt arrangerat utan några som helst lustigheter. Han betraktade bilden intensivt grubblande över avsikten. Hon var klädd i en uniformsliknande jacka, mycket strikt, ingen som helst urringning utan knäppt upp i halsen. Hon bar en höghalsad vit krage och en vit fluga under hakan. Mer sedesamt än så kunde det inte bli.

Inte mer upphetsande heller, tänkte han. I hennes blick fanns något av utmanande ironi, som om hon i nästa ögonblick utan vidare skulle kunna slita av sig både den vita flugan och uniformsjackan. Hon smålog nöjt som ville hon säga honom att här ser du din älskade tillkommande som alltid får sin vilja igenom. För så var det förstås.

Hon var nu utexaminerad sjuksköterska, det var helt enkelt en sjuksköterskeuniform av något slag. Ännu ett steg mot hennes läkarutbildning således.

Han lade ömsint ner bilden på ritbordet, ångrade sig och lyfte den mot sin mun, kysste den försiktigt utan att väta den.

Så tog han ett djupt andetag och vek upp hennes brev. Till sin besvikelse upptäckte han genast att det var mycket kortare än vanligt.

Dresden den 2 juni 1905
Min älskade Lauritz!
Detta brev skriver jag i all hast därför att något ytterst ovanligt, för att inte säga gåtfullt, har inträffat. Och det kräver för närvarande all vår koncentration, möjligen också vår list och eftertanke.

Det har kommit till min kännedom, på vilket sätt spelar just nu mindre roll, att Far har för avsikt att bjuda Dig till Kieler Woche för att hjälpa till på hans segelyacht under kappseglingarna. Ni har ju talat en del om segling har jag förstått och vadhelst Du berättat om Dina färdigheter har Du tydligen gjort stort intryck på Far. Nej, förlåt Min Älskade, jag menar inte att vara ironisk. Det kan ju lika gärna handla om att du är norrman, således naturbegåvad viking. Far är ju som Du vet Norgegalen, som så många andra i våra kretsar.

Tillbaka till ordningen. Jag är på mitt strikta humör idag, känner mig som jag ser ut på fotografiet jag medsänder i detta brev (håll ändå med om att det är en rolig bild, sådan har Du aldrig sett mig förut).

Det jag frågar mig är vad Far har för avsikter med denna till synes generösa inbjudan till en man han så bestämt avvisat. Vill han förödmjuka Dig – och därmed mig – i ett sammanhang där han förmodar att Du inte skulle reda Dig? Tanken tilltalar den misstänksamma sidan i min läggning, men jag har ändå svårt att få det att gå ihop. Att Du inte skulle kunna segla och därmed skämma ut Dig ombord? Nej, varför skulle han, som kommer från Sachsen sedan 700 år och inte kan sägas ha seglingskonsten i generna, tro att Du, som är uppvuxen på havet, inte skulle kunna hantera eventuella svårigheter i Kielbukten minst lika väl som andra?

Så låt oss utesluta det alternativet.

Tror han att Du vid dessa tillgjorda middagsbjudningar och liknande begivenheter inte skulle kunna uppträda tillräckligt junkermässigt och på så vis framstå som omöjlig i våra kretsar, som en negativ kontrast till alla de sprättar med långa efternamn som han sedvanligen försöker para ihop mig med under denna seglingsvecka?

Kanske, men jag är inte säker. Under Dina år i Dresden fick Du ju, inte minst genom Dina sportsliga framgångar och allt vad det medförde i form av ceremonier och banketter, och kanhända än mer genom att Du och Dina bröder bodde gediget borgerligt hemma hos Frau Schultze, rikliga etnografiska möjligheter att instudera sederna i det högre infödingslivet.

Det verkar så ologiskt som illasinnat försök. Icke desto mindre har jag företagit vissa försiktighetsmått, så långt mina begränsade ekonomiska resurser har räckt till. När Du kommer till Kiel – jag förutsätter nämligen att Du gör det, Min älskade, Du måste! – skall du först av allt uppsöka Boysens Skeppskonfektion på Ufer Strasse (alla vet var det ligger). De kläder jag beställt åt Dig är dels en gastuniform med vårt svartvita standar, dels en särskild typ av blå kavaj som man använder i Kiel under seglingsveckan, till alla sammanhang utom dem där det kräves frack. Sålunda försedd kan Du åtminstone inte framställas som vildman från Nordgermanien.

Vid närmare eftertanke måste jag medge att min misstänksamhet kan förefalla överdriven. Men upphovet till denna min Fars inbjudan, som kanske redan har kommit Dig tillhanda, eller strax kommer, är ett häftigt gräl mellan mig och Far, som han säger, eller en intensiv debatt, som jag säger. Saken var mycket riktigt seglarveckan i Kiel, dit han nu vill frakta mig för femtioelfte gången. Först vägrade jag och sade att nu fick det vara nog och att hur mycket han än ansträngde sig skulle jag aldrig gifta mig med någon jag råkade träffa där. Och där "råkar" man för övrigt inte träffa någon. Så antingen skulle jag gifta mig med Dig – eller inte alls!

Han avvaktar nu Ditt svar. Och när han fått det kommer han, liksom i förbigående, nämna för mig att han har en ny gast ombord vid årets kappseglingar...

Och så får han mig på kroken, givetvis. Vilket han är väl medveten om. Men vad är då meningen med denna uträkning från hans sida? Ja, där sluter sig alltså cirkeln i mitt resonemang.

Jag förutsätter att övervakningen av min sedlighet kommer att vara rigorös under seglarveckan. Vi kommer inte precis att få intilliggande rum i samma hotellkorridor. Men Christa kommer också och hennes kammarjungfru Bärbel är inte bara en av våra förtrogna i den hemliga kvinnoklubben, hon är också mycket förslagen. Minst en natt tillsammans skall vi lyckas stjäla i Kiel.

Ett slag funderade jag på möjligheten att bli med barn med Din benägna hjälp. Det skulle lösa en del problem. Men också skapa nya, eftersom Du har två års arbete kvar på Ditt hedersuppdrag. Men därefter, Min Älskade! Det vore underbart att bli "tvungen att gifta sig" med Dig. Dessutom en rättvis hämnd gentemot min förstockade Far. Jag ville till sist framkasta detta förslag för att fresta Dig, så att mitt i all hast nedklottrade brev inte huvudsakligen skulle bestå av intriger och förhållningsregler.

Jag sänder Dig tusen kyssar, längtar som alltid och ser med värkande hjärta fram emot möjligheten att vi snart ses, låt vara bara i Kiel, Tysklands tristaste plats. Men när Du kommer förvandlas Kiel till Tysklands mest underbara plats.

Din för Evigt Ingeborg

Lauritz händer skakade av upphetsning när han lade ifrån sig brevet. Han hade läst texten sammanbitet och så koncentrerat berusningen tillät, fram till det erotiskt inbjudande slutet. Ja, visst ville han mer än något annat göra Ingeborg med barn! Men nej, hon hade också rätt i att det inom de närmaste två åren skulle vara omöjligt. Ingen av ingenjörerna hade någon kvinna med sig på fjället.

Men om två år i Bergen. Han skulle skaffa dem en våning på någon av de förnämsta gatorna på Nordnes, en bostad som anstod en delägare i Horneman & Haugen.

Lika berusad av whisky som av lycka fick han kväva en impuls att omedelbart ta fram skrivdonen och överösa Ingeborg med kärleksförklaringar och den nya möjlighet de förunnats från och med just denna dag då han fick hennes brev.

Men han insåg att han var för full för att kunna skriva så vackert som han måste. Och så var det baronens brev.

Det var ytterst kortfattat och korrekt:

Mycket ärade herr diplomingenjör Lauritzen,

Jag har härmed nöjet att inbjuda Eder som gast ombord på min yacht för att deltaga i årets kappseglingar under Kieler Woche. Jag är pinsamt medveten om att min inbjudan kan te sig något senkommen, men saken är den att en av mina medhjälpare har fått ett hastigt uppkommet förhinder. Jag vore utomordentligt tacksam om Ni likväl kunde ha tid för att komma. Inkvartering självfallet ordnad. Min telegramadress: Freital.

Eder Manfred Baron von Freital

PS. Ingeborg kommer också att närvara. Jag har förstått att hon ser fram emot att återse Eder.

Lauritz satt en stund och vägde baronens brev i handen, guppade på stolen så att han till slut föll baklänges. Det avgjorde saken. Först av allt måste han sova. Det var omöjligt att längre samla tankarna. Varför hade baronen lagt till detta post scriptum om Ingeborg i sitt annars så kyligt formella brev?

Han ville locka dem båda med varandra, så mycket var klart. Men lika lite som Ingeborg kunde Lauritz förstå orsaken. Att baronen skulle ha mjuknat och drabbats av romantisk förståelse inför den oemotståndliga unga kärleken mot vilken även gudarna sades kämpa förgäves? Nej, omöjligt. Inte den mannen.

På nedervåningen i ingenjörsstugan i Hallingskeid sjöng hans kolleger fortfarande det fria Norges lov, högre än väl. De var alltså inne på tredje flaskan.

Själv måste han sova, något överväldigad av sprit men mer av dagens omvälvningar. Detta hade varit den viktigaste dagen i hans liv. Men sova måste han. Nästa dag skulle han såväl ordna med telegram, som skriva brev och ringa ett telefonsamtal innan han gick upp till brobygget.

* * *

Den morgonen kom han sent till rallarbaracken invid brobygget och hade väntat sig att finna huset tyst och hela arbetslaget igång uppe på ställningarna eller med stentransporter. Men här pågick tvärtom ett upphetsat politiskt möte. Karlarna stod i en vid ring runt Johan Svenske, som balanserade uppflugen på en tunna. Han var i färd med ett anförande i agitatorstil. Gång på gång underströk han det han sade med en höjd klasskampsnäve mot skyn. Det var ett politiskt uttryck som väckte en del obehagskänslor hos Lauritz. Han föreställde ju gubevars klassfienden i brist på närvarande kapitalister.

Arbetardemonstrationerna och agitationstalen 1 maj hölls nu regelbundet utanför ingenjörshuset i Finse. Ingenjörerna hade aldrig riktigt kommit underfund med hur de skulle förhålla sig. De kunde inte gärna gå ut och vinka uppmuntrande till klasskampen utanför huset. Men att sitta där inne och trycka tills det hela var över kändes inte heller rätt. Och Lauritz var själv högst osäker på om han skulle tro på Johans urskuldande förklaring om att ingenjörer var det närmaste man kunde komma borgarklass och överhet här på Finse, varför demonstrationerna skulle ses som någon sorts symbolisk gest snarare än som allvarligt menad klasskamp.

Men nu, av stämningen utanför baracken att döma, var han på väg rakt in i klasskampen på nytt och han kunde inte gärna springa och gömma sig, alla hade redan sett honom komma. Han svalde och marscherade beslutsamt fram till församlingen.

"Bra att du kommer, Lauritz!" ropade Johan. "Kamrater! Jag överlämnar genast ordet till kamrat ingenjör Lauritz så kan han redogöra för det senaste."

Det blev tyst och alla vände sig förväntansfullt mot Lauritz som inte hade den ringaste aning om vad han skulle säga, än mindre vad han förväntades säga. Något agitationstal kunde han inte gärna ge sig in på. Det var väl bara att informera om läget?

Johan hoppade ner från sin tunna och starka armar lyfte i stället upp Lauritz på den improviserade talarstolen.

"Jaha, kamrater rallare", började han tveksamt. "Som ni redan tycks veta förklarade Stortinget igår att vi lämnar unionen med Sverige..."

"Jo vi vet! Men vad händer med alla svenska kamrater här uppe?" ropade någon.

Det var förstås lättare att tala om. Under gårdagen hade det kommit direktiv om att alla svenskar som jobbade på Bergensbanen skulle få behålla sina jobb, men att inga ytterligare svenskar fick nyanställas. Och idag på morgonen hade det kommit nya direktiv som gick ut på att de svenskar som ville återvända hem för att eventuellt inkallas i den svenska armén hade tillstånd att göra så och inte på något vis fick utsättas för trakasserier.

Beskedet möttes av råa skratt.

Det roliga visade sig bestå däri att ingen enda svensk, här i Johans förstärkta arbetslag fanns nio stycken, hade någon som helst avsikt att återvända hem för att bli inkallade. Ett krig, om det nu skulle bli krig, var inte deras sak, inte arbetarklassens sak. Ett krig skulle inte stå mellan svenskar och norrmän, utan mellan storsvensken – den svenska borgarklassen alltså, möjligen i union med den norska borgarklassen – mot alla arbetare som skulle skickas ut som kanonmat. Men den proletära internationalismen skulle sätta stopp för allt sådant. Här skulle ingen, vare sig norsk eller svensk kamrat, ansluta sig till något borgarklassens krig.

Blev det ändå krig hade den norska majoriteten i laget bestämt att visserligen klå upp svenskarna. Men inte avskeda dem. Och detta inte enbart beroende på den proletära internationalismen, utan mest på att man i så fall skulle förstöra ackordet.

Läget var alltså inte så krisartat som Lauritz först hade fått för sig. Arbetet skulle pågå som vanligt, krig eller inte krig. Och upp till Finse och Hallingskeid kom inga soldater, särskilt inte svenska soldater, i första taget.

Så mycket mer fanns inte att säga. Mötet ebbade ut och man återgick till arbetet.

Lauritz kunde så småningom ta Johan Svenske åt sidan för att förbereda honom på att han under de närmaste tio dagarna skulle få ansvara ensam för brobygget, eftersom Lauritz måste resa bort i en tvingande angelägenhet.

Det var inget angenämt besked att komma med, det verkade som något av fanflykt att lämna arbetet i just detta känsliga skede. Han inledde därför samtalet med Johan i en helt annan ände.

"Kamrat Johan", började han halvt på skämt. "Det är en sak med socialismen som jag inte begriper. Är jag verkligen din klassfiende?"

Johan log brett och behövde inte tänka så länge innan han svarade, det var utan tvekan ett samtalsämne han tyckte om.

"Du är ingenjör, tillhör alltså borgarklassen", började han.

"Men jag är född i fiskarklassen, den fattiga fiskarklassen, och det måste väl ändå räknas som arbetarklass", avbröt Lauritz utan att dölja sin irritation.

"Jomenvisst. Fast nu är du borgarklass", flinade Johan glatt. Han verkade inte ta frågeställningen på samma allvar som Lauritz.

"Så någonstans på vägen, närmare bestämt i takt med min teoretiska utbildning så förvandlades jag till din klassfiende?" invände Lauritz.

"Nu ska kamrat ingenjörn inte hetsa upp sig, så ska jag förklara hur det ligger till", fortsatte Johan oberörd av Lauritz irritation. "Man föds in i en klass, arbetarklass eller borgarklass och så långt är det enkelt. Men om man som du får utbildning kan man byta klass. Fast lugn nu! Det är inte det avgörande. För det är nämligen skillnad på klasstillhörighet och klassståndpunkt. En arbetare kan vara klassförrädare och ta ställning för både borgarklass och strejkbrytare. Särskilt om han är av gudsnådelig frimickeltyp och tror på rättvisa först efter döden. Gud står nämligen på borgarklassens sida. Och en ingenjör kan på samma sätt vara klassförrädare, särskilt om han är född i arbetarklassen, och ta ställning för vänstern. Så enkelt är det med den saken."

"Jaha, det var ju trösterikt att höra", muttrade Lauritz. "Så då kan vi kanske, kamrater emellan, tala lite om själva arbetet?"

Johan lade in en stor pris snus som svar, det gjorde han alltid inför viktiga beslut. Lauritz vecklade upp sina ritningar och förklarade liksom i förbigående att det nu närmast gällde planeringen för tio, tolv dagar framåt, den tid han nämligen själv måste resa bort.

Johan Svenske rörde inte en min vid det beskedet, såg inte det minsta oroad ut, vilket fick Lauritz att känna sig både lättad och sårad.

Nästa morgon gav sig Lauritz av mot Voss direkt efter frukost. Snösmältningen hade kommit ovanligt tidigt detta år, så skidor var inte till att tänka på. Han skulle gå till fots hela vägen och få den vanliga träningsvärken under fötterna och på smalbenens yttersidor som kom sig av att han de senaste sju månaderna gått mycket lite men åkt skidor desto mer.

Han nådde fram till huvudkontoret i Voss i kvällningen, just när man reglementsenligt halade flaggan, åtskilliga flaggor visade det sig. Han tyckte sig se något konstigt med flaggorna och upptäckte snart vad det var. De svenska färgerna uppe i vänstra hörnet var bortsprättade, där syntes nu antingen klippta hål eller ljusa färgflikar. Det var en struntsak kunde man tycka, en liten trotsig detalj, men ändå något som frammanade en känsla av högtidlighet. Norge var fritt.

Överingenjör Skavlan bjöd på överdådig middag där det serverades dilamm, så små och läckra stekar att det föreföll närmast syndigt att slakta djuren så tidigt. Lauritz som ändå var uppvuxen bland får hade aldrig smakat något liknande. De åt i köket, bara Skavlan själv, hans hustru och Lauritz. Det serverades vin till köttet och varm äppelkaka till efterrätt. Skavlan insisterade på att man inte skulle tala politik vid matbordet.

Efter middagen bjöd Skavlan in Lauritz på pjolter i biblioteket. Nu var han desto ivrigare att diskutera politik och det slog Lauritz att före den 7 juni 1905 hade inga ingenjörer talat politik annat än i undantagsfall, nu gjorde alla det oavbrutet.

Skavlan trodde lika lite som Lauritz att det skulle bli krig, men av helt andra skäl. Han menade att ett land som Norge var omöjligt att inta för en främmande armé, än mer omöjligt att hålla ockuperat. När norrmännen själva hade så stora svårigheter att ta sig fram i det egna landet över alla fjäll och fjordar, hur skulle det då inte bli för stackars svenska soldater? Ett helvete, rent ut sagt.

Det tog sin tid av militärstrategiska och politiska kannstöperier innan Skavlan äntligen bytte ämne. Men då gick han i gengäld rakt på sak. Hade Horneman & Haugen kommit med ett anbud?

Lauritz kunde bara bekräfta den saken, men försäkrade att han ställt som villkor att inga sådana dispositioner kunde komma ifråga förrän Bergensbanen gick på tidtabell. Eftersom Skavlan såg mycket nöjd ut vid det beskedet passade Lauritz på att meddela att hans permission den här gången måste bli lite längre än han först tänkt sig, närmare två veckor.

Då mulnade Skavlan.

"Man anhåller om permission, man meddelar inte saken som om det vore eget beslut", sade han strängt. "Befinner du dig inte alldeles i början på själva stenarbetet med brospannet?" fortsatte han. "Det förefaller som en ytterst olämpligt vald tidpunkt att förlänga en permission. Jag hoppas du har ett godtagbart skäl."

"Det har jag", sade Lauritz.

"Jaså, det har du?"

"Tvivelsutan."

"Nå, låt höra!"

"Jag ska till Kiel för att träffa den kvinna jag älskar och som jag inte sett på fyra år", svarade Lauritz sammanbitet och långsamt.

Något avslag från Skavlan tänkte han inte acceptera.

"Jag kommer också att träffa hennes far", fortsatte han. "Och om det vill sig väl har nu äntligen det ögonblick kommit då jag kan anhålla om hennes hand."

Skavlan rörde först inte en min och föreföll dröja sig kvar i sin ilska över självbeviljad permission. Lika plötsligt som överraskande sprack hans bistra mask upp i ett glatt leende som fullständigt förvandlade hans magert fåriga och brunbrända ansikte.

"Då får jag verkligen önska lycka till!" sade han. "Och denna goda sak bör firas med ännu en pjolter."

Lauritz tog morgontåget ner till Bergen.

Det luktade malkulor om hans stadskläder som hade hängt ett år i en garderob på huvudkontoret där han nu i stället hängt in sina arbetskläder. Resväskan han tagit med sig var tom, under dagen måste han hinna med inköp av svarta skor för aftonbruk, underkläder, stärkkragar av den nya och lägre typen, minst tre vita skjortor, ett par tre nya slipsar, tunna strumpor för aftonbruk och eventuellt en väst för dagtid och en för aftonklädsel. Tillsammans med resekostnaden till Kiel försvann därmed hälften av de pengar han sparat på sitt blygsamma konto i Bergens Privatbank.

Färjan till Jylland skulle gå nästa morgon, så han hade bara denna enda dag för att klara av sina ärenden – och sammanträdet på banken. Dessförinnan måste han hinna klippa och raka sig på barbersalongen på Missions-Hotellet. Som vanligt så här års såg han ut som en vildman. Självfallet var det ingen som fäste sig vid sådant uppe på fjället, inte ens på huvudkontoret i Voss. Men nere i Bergen var det en helt annan sak.

Utanför fönstret gled snart det sommarlummiga fjordlandskapet förbi, äppelblom i stora vita moln längs sluttningarna, kor som gick ute, barn som vallade kritterna. Det var en lika förunderlig förvandling var gång, även om man visste vad som väntade.

Den avgörande skillnaden den här gången var att det då och då kändes som om pulsen rusade. Han var på väg till seglarveckan i Kiel och där skulle han träffa Ingeborg, där skulle han kanske också vara hos henne på natten. Om någon sagt honom detta för bara fyra dagar sedan hade det framstått som lika sannolikt som en resa till månen. Skulle förresten någon tysk landa på månen före detta århundrades slut som ingenjörsfakultetens rektor trott sig kunna förutspå i sitt tal på examensdagen? Det föreföll otroligt på en helt annan nivå än hans egen resa till Kiel.

Att förstå hur man med maskiners hjälp kunde ta sig fram genom lufthavet var en sak. Teorierna var enkla. Antingen tillämpade man principen lättare än luften – som i värmeballonger, metoder som var kända sedan 1700-talet – eller också kunde man rida på luftmotståndet med hjälp av mekanisk kraft. Samma princip som med en båtpropeller, inte heller det så svårt att förstå.

Men i rymden där ingen luft fanns? Jules Verne hade tänkt sig en gigantisk kanon, nedsprängd genom jordytan till en mils djup. Men hur i all världen skulle den som sköts upp genom jordens alla luftlager och ut i tyngdlösheten kunna komma tillbaks? Han hade glömt hur Jules Verne hade löst det problemet, antagligen därför att författarens förslag omöjligen skulle ha fungerat.

Jernbanestationen i Bergen var fortfarande lika anskrämlig och provisorisk. Där fanns bestämt en uppgift för Horneman & Haugen.

Hans första, och som det snart skulle visa sig, jämförelsevis småttiga, missräkning kom när han just tagit in på Missions-Hotellet. Barberaren var borta i något ärende och det var oklart när han skulle återkomma.

Det hade varit slöseri med tiden att bara sätta sig och vänta, så i stället jäktade han ut på staden för att klara av sina inköp. Mötet på banken var klockan tre.

När han återkom till hotellet med sin nu åtminstone halvfulla kappsäck hade barberaren ännu inte kommit tillbaka, men receptionisten försäkrade att det nog inte skulle dröja så länge.

Hon hade fel och det insåg han alldeles för sent. Om han genast kastat sig ut i staden på nytt hade han säkert löst problemet, nu hade han i stället väntat bort den dyrbara tiden. Han måste alltså gå till banken med hår och skägg som en rallare.

Chefsnotarien Michal Mathiesen hade sitt spatiösa tjänsterum på andra våningen. Lauritz fick sitta utanför de stora bruna dubbeldörrarna och vänta en kvart efter avtalad tid innan en betjänt kom och öppnade för honom.

Det stora rummet var dekorerat med gigantiska marinmålningar och hade ett par falska marmorpelare, i målat trä men skickligt gjort, vid sidan av rummets tre dubbeldörrar.

Mathiesen, som tycktes vara ungefär tio år äldre än han själv, var klädd i halvlång rock, sidenväst, kravatt med en liten pärla i och mycket spetsiga blanka skor. Hans pressveck var knivskarpa och hans handslag lite slappt, nästan förskräckt, som om han markerade att han var rädd att smutsa ner sig av att ta denne buse i hand. Hans svarta mustasch stack ut i två tunna hårt tvinnade och vaxade spetsar, hans ögon visade öppet förakt.

Lauritz förbannade den försenade barberaren och försökte intala sig att han nu fick låtsas som om han såg ut som sitt vanliga stadsjag och uppträda därefter.

"Varsågod och sitt, herr diplomingenjör", sade Mathiesen och pekade på en för liten stol klädd i ljusblått siden som stod framför hans mörka och ytterst blankpolerade skrivbord. "Jag hoppas ni haft en behaglig resa uppe från... vidden? Säger ni inte så i era kretsar, vidden?"

"Jo, det äger sin riktighet."

Bankmannen sorterade prudentligt några papper framför sig på skrivbordet och låtsades studera dem med intresse en stund innan han behagade titta upp och yttra sig på nytt. Hans utstrålning var fientlig och dessutom obestämt främmande. De sirliga handrörelserna, de små händerna påminde Lauritz om några av de små löjliga engelsmännen som... ja, som hans yngste bror umgåtts med i Dresden.

"Nåväl, då ska vi se hur vi ska ta itu med det här ärendet", sade bankmannen till slut. Lauritz insåg att det var samma spel som att låta honom sitta utanför dörren och vänta. Det här bådade inte gott.

"Jag har här ett översvallande rekommendationsbrev från Horneman & Haugen, faktiskt från herr Haugen själv", fortsatte bankmannen. "Man erbjuder er anställning, en alls icke underordnad position och dessutom delägarskap i företaget. Det var inte illa. Säg mig herr Lauritzen, är ni en mycket skicklig ingenjör?"

"Det äger nog också sin riktighet. Annars hade jag inte fått det här mycket generösa förslaget", svarade Lauritz, noga med att lägga band på sin ilska. Den lille sprätten drev med honom.

"Ja, så får man väl se det... kanske. Men herr Lauritzen... jag har också ert konto här i banken framför mig. Efter morgonens uttag får man väl säga att kontoställningen ter sig något mager. Åttahundra kronor, närmare bestämt. Får jag då fråga, vad kostar de där aktierna i Horneman & Haugen som man erbjudit er att köpa?"

"Femtontusen", svarade Lauritz sammanbitet.

"Åhå! Femtontusen? Ja, det får väl å ena sidan anses vara ett mycket hyggligt pris. Men får jag då fråga hur ni tänkt finansiera det köpet, med tanke på att ert bankkonto ser ut som det gör?"

"Jag hade tänkt låna hela köpesumman i banken", svarade Lauritz och försökte förtvivlat föreställa sig att han såg ut som en modern junker och inte som en aldrig så renhårig rallare.

"Jaså, minsann!" utbrast bankmannen med överdrivet spelad förvåning. "Ni tänkte låna hela köpesumman? Här hos oss, förmodar jag?"

"Ja, naturligtvis", svarade Lauritz kort.

Den lille sprätten drog nu ut på seansen, och njöt av det. Han började plocka med ett munstycke, tog upp ett silveretui med cigarretter och bjöd Lauritz som bara skakade på huvudet, pillade med spretande lillfinger in en cigarrett i sitt munstycke, drog eld på en tändsticka, tände, drog ett första njutningsfullt bloss, såg mot taket när han blåste ut röken.

Jag kommer att slå ihjäl den lille skiten! tänkte Lauritz och förskräcktes i samma ögonblick över en reaktion så olik honom själv, så olik allt han ville vara åtminstone.

"Det är klart att man kan tänka sig detta lån", sade bankmannen överrumplande mitt i ett rökutblås. "Förutsatt förstås att vi har en säkerhet för lånet? Har vi det?"

"Ja, exempelvis de aktier i Horneman & Haugen som jag erbjudits", svarade Lauritz. "De är värda mer än så, tror jag mig kunna bedöma."

Bankmannen tycktes skratta utan att riktigt göra det och skakade samtidigt på huvudet.

"Vet ni herr Lauritzen, det var verkligen en finurlig idé. Tyvärr är den lagstridig, förutom att det vore en osund affär, jag menar vem skulle inte kunna köpa upp halva Bergen om själva köpet vore säkerhet?"

"Jag själv är säkerheten", försökte Lauritz. "Den lön jag förväntar mig på Horneman & Haugen räcker såvitt jag kan förstå till ett gott liv och avbetalning av detta lån på bara några år."

Bankmannen skakade medlidsamt på huvudet.

"Snälla herr Lauritzen, med all respekt för såväl er duglighet som er ungdom. Inför ödet är det ingen garanti, ingen säkerhet i ekonomisk mening. En av de nya spårvagnarna där ute skulle, om herr Lauritzen råkade vara det minsta oförsiktig på väg över gatan, lika definitivt som tragiskt kunna avsluta denna säkerhet. Kan vi tänka oss något annat som säkerhet?"

"Inte vad jag kan se", svarade Lauritz uppgivet. Han bedömde redan slaget som förlorat.

"Det var ju lite bekymmersamt", sade bankmannen och lade huvudet på sned. "Men säg mig, herr Lauritzen är väl äldste son i familjen?"

"Ja, det stämmer", svarade Lauritz med en gnista nytt hopp. Det var ändå en fråga han kunde besvara med ja.

"Jag ser här i papperen... få se, jo här! Frøynes gård, hm, enligt uråldrig hävd ett markområde på åttio tunnland. Och så tillkommer två huvudbyggnader. Med den egendomen i pant kan vi möjligen... Vi är ofta mycket generösa här på Bergens Privatbank. Med egendomen i pant kan vi bevilja ett lån på hela summan, 15 000 kronor. Så är problemet löst!"

"Menar ni att jag skulle sätta min mors och mina kusiners hem och härd i pant?" frågade Lauritz ursinnigt, nu brydde han sig inte ens om att försöka dölja sin vrede.

"Det är precis vad jag menar", svarade bankmannen, blossade på sin cigarrett, höll munstycket med spretande lillfinger och såg övermåttan förtjust ut.

"Kommer inte på fråga!" kved Lauritz. Det gjorde närmast fysiskt ont i honom.

"Då måste jag verkligen beklaga, herr Lauritzen, men i så fall är vårt samtal dessvärre slut. Åtminstone för den här gången."

Lauritz reste sig och gick utan ett ord. När han två timmar senare såg sig i barbersalongens spegel, såg sitt återställda stadsjag, eller till och med det jag som skulle uppträda i Kiel, föreställde han sig att allt var den senfärdiga barberarens fel. Om han sett ut så här på banken, och inte som en rallare, hade allt kunnat vara annorlunda nu.

Han var ändå inte riktigt nöjd med den bortförklaringen. Den där förbannade pederasten hade bestämt sig på förhand, inget mustaschvax i världen hade kunnat ändra på det. Och vad saken i övrigt anbelangade så övergick de ekonomiska resonemangen hans förstånd. Han var sannerligen ingen företagsekonom, det som enligt Kjetil Haugen skulle bli framtidens yrke.

Den strålande nyhet han hoppats få med sig till Kiel hade lösts upp till ingenting. Och han hade redan varskott Ingeborg om en framtidsutsikt som inte längre fanns. Men till Kiel måste han under alla omständigheter, bland annat för att han lovat baronen att ställa upp som gast på seglingarna. Mest därför att han skulle kunna komma Ingeborg nära.

 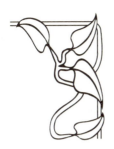

XII
OSCAR
TYSKA ÖSTAFRIKA
1905

REGNPERIODERNA VAR DEN tid på året när han kunde ägna sig åt att läsa. Regnet kunde forsa ner till den grad att allt arbete blev omöjligt, dessutom timmar i sträck. Då var det bara att lägga sig på rygg inne i tältet och vänta. Det blev enahanda utan någonting att läsa, och det var inte som under den heta årstiden att man bara ville kasta sig ner på sängen och somna.

För det mesta studerade han facklitteratur, särskilt om den moderna betongtekniken som kom väl till pass vid hans brobyggen, det ena mer komplicerat än det andra. Men det hände också att han lånade böcker av Doktor Ernst om Afrikas flora och fauna. Det ovanliga med den bok han kommit över nu, hos Hassan Heinrich av alla människor, var att det kändes som att återse en gammal vän och samtidigt minnas åren i Kristianias tekniska realskola för gossar, dit Den gode Hensikt hade skickat de tre bröderna Lauritzen.

Karl May var såvitt han förstod Tysklands mest läste författare, vanligtvis till skollärarnas illa dolda irritation. Enligt skollärare borde små gossar, om så borta från fjordarna på Vestlandet, läsa Goethe och Schiller, möjligtvis något modernt som Heinrich Heine, men sannerligen inte den där vulgäre Vilda Västern-författaren som för övrigt aldrig satt sin fot i Amerika.

Desto märkligare då att både han själv och bröderna i Kristiania, och Hassan Heinrich långt nere i Afrika, råkat på lärare med samma radikalt moderna syn på pojkar och litteratur. Magister Mortensen i Kristiania hade smusslat in Karl Mays "Björnjägarens son" som bredvidläsning i tyskundervisningen, och Old Shatterhand och Winnetou visade sig bli en betydligt större succé i klassen än Faust. Orden var inte bara lättare. Man slapp versen och dessutom handlade det om något spännande och begripligt, och när man stötte på ord man inte kunde var det med betydligt större intresse man slog upp dem än om det gällt Faust. I det senare fallet riskerade man dessutom att inte heller på norska förstå ordet man slog upp.

Det var en fascinerande tanke att han själv och bröderna läst dessa äventyr med samma iver som Hassan Heinrich och hans klasskamrater på missionsskolan i Dar es-Salaam.

Norge låg bara obetydligt närmare Vilda Västern än Tyska Östafrika, men tydligen hade fantasin lika breda vingar på små norska gossar som på afrikanska.

Han läste småleende historien som han fortfarande kom ihåg i grova drag, trots att det vid det här laget måste vara mer än femton år sen sist. Det var inte svårt att förstå varför han alltid hade velat vara indian när man skulle leka Vilda Västern. Författarens sympatier kunde man inte missta sig på som vuxen, och antagligen inte heller som barn.

När han närmade sig upplösningen där Old Shatterhand och Winnetou, apachehövdingen, skulle segra på grund av ett vulkanutbrott som i sista stund uppslukade fienden, kom han till en reflektion från en av hjältarna som någon, förmodligen Hassan Heinrich eftersom det var hans bok, hade strukit under:

"Varje indianskalle som kommer i dagen för nybyggarnas plog är ett stumt vittnesbörd om de vitas blodskuld."

Han kom av sig i läsningen, lade ifrån sig boken, knäppte händerna under nacken och såg upp mot den bågnande tältduken. Regnet visade just nu ingen som helst tendens att minska.

Mycket märkligt. Det hade han läst och förmodligen sympatiserat med som trettonåring, vit trettonåring i Kristiania niotusen kilometer norrut. Han var alltså en ädel vit trettonåring som höll på indianerna.

Men när Hassan Heinrich strök under meningen, den enda understrykningen i boken, vad hade han tänkt då? Att varje skalle från en svart människa som kom i dagen för nybyggarnas plog var ett stumt vittne om tyskarnas skuld?

Skillnaden var ju oerhörd mellan Amerika och Afrika. Eller var den det?

Ja, det måste den vara. Vi är här för att sprida ljus och tekniska framsteg, vi bygger järnvägen åt afrikanerna. Nybyggarna i Amerika hade bara ett intresse, att för egen del stjäla så mycket som möjligt av indianernas land. Vi stjäl inte land. Vi har dessutom avskaffat slaveriet.

Regnet hade plötsligt upphört. Han märkte det inte först eftersom det droppade så häftigt från trädens grenar ovanför lägret. Men så lystes rummet upp av solens återkomst som nästan bländade honom fast han befann sig under tältduk. Han fick en stark känsla av att det äntligen var över, regnperioden var förbi för den här gången. Det brukade alltid sluta lika snabbt som det började, efter några år hade man en känsla för när det bara var ett tillfälligt avbrott och när det till slut äntligen var över.

Han steg ut ur tältet med ena handen över ögonen till skydd mot det skarpa och ovana solljuset. Nu väntade en flera månader lång period av prunkande växtlighet. Och malaria, träsken var fyllda till brädden och myggorna skulle med den stigande temperaturen snart kläckas i miljarder.

Resten av dagen skulle han ägna åt mätningar borta vid brofästet. Nu när vattenståndet var maximalt högt var basta tiden för sådana beräkningar, hans plan var att bygga en serie broar, så att hela sträckan över träsken kunde läggas högt upp. Det skulle bli både tids- och materialkrävande, men den tiden skulle man tjäna in i framtiden på att slippa reparera långa sträckor av raserad eller bortspolad järnväg. Och det var den sista träskmarken på vägen mot slutmålet vid Kigoma och Tanganyikasjöns strand. Terrängen efter träskmarkerna bestod dessutom mest av lättforcerad skog och savann. Resan närmade sig sitt slut, en tanke han hittills aldrig varit i närheten av. Nu var det bevisligen så och det kändes nästan overkligt, eller om det var något han bara stängt in i sitt undermedvetna och vägrat tänka på. För vad skulle han göra sedan?

Inom en inte alltför avlägsen framtid var tåget framme i Kigoma, den sista rälsbiten lades nära sjöstranden, något högdjur, förmodligen överdirektör Dorffnagel eller rentav generalguvernör Schnee, kom i paraduniform för att slå ner den sista rälsspiken och man spelade Die Wacht am Rhein med mässingsorkester och allt var över.

Vad återstod då för hans del? Resa hem till Norge och ta plats i arbetet uppe på Hardangervidda tillsammans med Sverre och Lauritz? Om det nu var där de befann sig, det visste han strängt taget ingenting om.

På väg bort mot brofästet med stövlarna klafsande i den vattensjuka marken och mätinstrumenten balanserande på axeln bestämde han sig för att ånyo strunta i framtiden och bara löpa järnvägslinan ut.

Mätningarna borta vid det första brofästet var snart avklarade, han behövde bara göra några mindre justeringar. Betongformarna hade hållit utmärkt stånd mot regnen och översvämningarna. Redan nästa dag skulle man kunna börja gjuta, armeringsjärnen var på plats, grushögarna hade inte regnat bort och cementen kunde man rulla upp på en flat järnvägsvagn utan besvär. Åtminstone här vid det första och viktigaste brofästet. Solen värmde redan och han kunde ta Kadimba med sig ut på sena eftermiddagen för att skjuta ihop kött, djuren var som tokiga att ge sig ut på bete just när regnen upphörde.

Kadimba kom släntrande mot brobygget, som om han hade tankeläst, just när tätningsarbetena och vattenpumpningen började bli klara. Men det var inte jakt han ville tala om och han såg lite underligt generad ut när Oscar bad honom sätta sig på en av de tunga bjälkarna högst upp i formbygget. Svindel hade ingen av dem något bekymmer med.

"Ja. Nu är regnperioden över", konstaterade Kadimba.

"Tack för upplysningen, min vän, men jag har trots allt ögon att se med, så varför berättar du det självklara? Vill du ut på jakt? För själv tänkte jag just den tanken", svarade Oscar undrande.

"Gärna, Bwana Oscar, men inte idag. Kanske i morgon. Nej, inte i morgon heller, för då är vi inga bra jägare. Dagen efter i morgon kanske. Men det här är första kvällen efter regnperioden."

"Ja, Kadimba, du påpekade det alldeles nyss. Och vad är det med det?"

"Det är då vi ska vara gäster hos drottning Mukawanga av barundifolket", sade Kadimba, han såg ut att vara generad över att behöva påminna om saken. "Jag vill gärna följa dig, Bwana Oscar, och det vill Hassan Heinrich också. De kommer med båt för att hämta oss en timme före solnedgången."

Det var så sant. Det var därför han hade med sig ett extra förråd av glaspärlor. Barundifolket var den sista stammen som man måste affärsförhandla med på vägen mot resans slut. Med större eller mindre mängder glaspärlor, eller buntar med vävt bomullstyg, hade man förhandlat med vartenda folk längs järnvägslinjens sträckning. Man hade kommit överens på ett högst civiliserat och affärsmässigt sätt med alla folk utom kinandi, som föredragit krig.

Drottning Mukawanga hade, sades det, anfört ett rikt och mäktigt folk så länge slavhandeln var den dominerande affärsverksamheten. Den nya järnvägslinjen följde i stort sett den gamla slavrutten. Och för att komma förbi de träskmarker som låg framför dem som sista hinder av större dignitet på vägen mot Kigoma hade också slavhandlarna varit beroende av barundifolkets välvilja. Det hade tydligen varit affärer till nytta för båda parter, slavar mot glaspärlor, indiska tyger eller vapen. Rådde det brist på slavar tog de arabiska handelsmännen lika gärna emot elfenben.

Men nu i moderna tider hade Oscar inte mandat att förhandla med andra varor än glaspärlor och bomullstyg och var därutöver hänvisad till att försöka beskriva järnvägens välsignelser och eventuellt lova att upprätta en station inne i träsken på passande avstånd från barundis huvudstad, om nu det var rätt ord.

"Ska jag bära vapen när vi besöker drottning Mukawanga?" frågade Oscar.

"Nej, Bwana Oscar", svarade Kadimba i samma sakliga tonfall som Oscar frågat, "barundifolket är krigare. Om de vill döda oss gör ingen enstaka Mauser någon skillnad. Det är större mod att komma till dem utan vapen. Får Hassan Heinrich följa med? Jag svor på att fråga för hans räkning."

"Ja, om han är så angelägen så får han naturligtvis det", svarade Oscar dröjande, eftersom han inte riktigt förstod undertonerna i samtalet. Om nu detta gamla krigarfolk var så farliga, varför ville då en kristnad husneger som Hassan Heinrich prompt följa med? Husneger var förresten inget bra ord, man borde hitta ett nytt.

Doktor Ernst slog vilt ifrån sig, som om han blivit förolämpad, och rodnade gjorde han också, när Oscar liksom i förbigående erbjöd honom att följa med på fest hos barundifolket. Oscar fick en tydlig känsla av att de andra visste något som han själv var okunnig om.

En timme före solnedgången gled två stora kanoter in vid brofästet. I den ena satt tolv män. Alla var uppklädda i krigarmundering med stora halssköldar i buffelhud med glaspärledekorationer och hade vita fiskörnsfjädrar i kransar kring huvudet och leopardskinn spänt över kroppen. I den andra kanoten med plats för gästerna föreföll besättningen mindre krigisk, men också de bar assegajer och deras paddlar var spetsade som spjut, tvivelsutan vapen. På väg in paddlade de i en lugn men mycket vägvinnande stil medan de sjöng något som lät mer som krigssång än ett sätt att välkomna gäster. Ceremonierna på stranden klarades fort av med några bugningar och handen mot hjärtat till tecken på fred och snart gled Oscar tillsammans med Kadimba och den påtagligt storögde Hassan Heinrich ut i träskets myller av dungar och små holmar med fyra eller fem meter höga papyrusbuskage där en främling skulle ha villat bort sig inom några minuter.

Kanoterna var tillverkade av urholkade kraftiga trästammar. Perfekt jämnt slipade på utsidan för att reducera vattenmotståndet, konstaterade Oscar när han svepte med handen ner i vattnet mot utsidan av kanoten. De passerade flera familjer av flodhästar, som inte gjorde minsta ansats till att vilja anfalla, här och var låg krokodiler i den sista solvärmen på stränderna och verkade inte heller ta någon notis om passerande människor. Solen var på väg att bli ett stort rött klot i höjd med trädtopparna. Det skulle vara helt mörkt inom tjugo minuter och rimligtvis omöjligt att orientera sig i labyrinten av holmar och småöar.

Men just innan mörkret fallit syntes stora eldar i fjärran och snart närmade de sig en stor ö ute i träsket med en palissad som tycktes omsluta en hel by. Eldarna som hängde i järnskålar uppe på bålverket skickade reflexer ner i vattnet som annars blivit helt svart så att man bara med svårighet kunde se en öppning mellan två portar.

Kanoterna gled in genom öppningen samtidigt som portarna började dras igen efter dem, innanför fanns en hamn med hundratals festklädda människor som redan börjat sjunga.

När kanoterna lagt till greps gästerna från alla håll av tjänstvilliga händer och på starka armar bars de tillsammans med sitt bagage mot en huvudbyggnad ovanför hamnen. Framsidans fasad var dekorerad med vita buffelskallar och i mitten reste sig en minst fyra meter hög port dekorerad med ett myller av reliefer och skulpturer som föreställde människor, förmodligen förfäder, välkända djur och fantasidjur som inte kunde vara någonting annat än andeväsen. De bars fram mot porten mellan två led av dansare. I sina rörelser kastade de upp och ner med huvudbonader av förlängt, helt vitt hår. Oscar hann börja grubbla över vilket djur som hade så lång vit svans, men kom inte på något svar innan de två stora portarna slogs upp och han tillsammans med Kadimba och Hassan Heinrich bars in i en stor sal där drottningen satt på en hög tron översållad med skulpturer i ebenholts, omsluten av två enorma elefantbetar. Hon var klädd i något som faktiskt såg ut som indiskt siden och lika överraskande bar hon en guldkrona på sitt huvud. Hon såg mycket gammal ut, men det var omöjligt att avgöra hur gammal. Tänderna hade hon kvar, för hennes vita leende lyste i dunklet.

Framför hennes tron fanns tre sittkuddar av arabisk typ, otvivelaktigt ornamenterade med arabisk kalligrafi hann Oscar notera när han tillsammans med de två andra lämpades av och sången i salen steg till ett dallrande crescendo.

Sedan blev det lika överraskande som plötsligt helt tyst. Drottningen såg bara på de tre gästerna, eller om de var fångar, och gjorde ingen ansats att säga något. Oscar sneglade sig omkring, alla spjutbeväpnade män runt honom stod nu helt stilla som om de varit skulpturer i ebenholts. Värden eller värdinnan brukar först hälsa välkommen. Om hon inte säger något, vad gör jag då? tänkte Oscar nervöst.

Drottningen sade ingenting, ingen i salen rörde en muskel eller minsta min. Oscar svettades under sin gråa uniformsjacka.

"Memsahib och drottning Mukawanga", började han med för svag röst och måste harkla sig innan han fortsatte. "Det är en ära för oss tre män från järnvägsbyggarna i den stora staden Dar es-Salaam att få komma hit som edra gäster. Förlåt, men kan jag tala swahili?"

Drottning Mukawanga stirrade häpet på honom som om frågan varit obegriplig.

"Min ärade gäst och järnvägsbyggare", svarade hon lugnt, hennes röst var nästan lika mörk som en mans, "ni kan tala swahili, arabiska eller engelska med mig. Men er swahili är bra, jag känner glädje över ert besök."

Oscar antog att han nu måste gå in på själva affärsförhandlingen, eftersom drottningen inte tycktes vilja fortsätta. Men då han inte hade kunnat föreställa sig hur mötet skulle gå till hade han ingen plan. Han gjorde ett försök.

"Vårt bygge av järnvägen mellan havet och den stora sjön är snart färdigt", började han. "Den resa som förr tog er två eller tre månader kommer nu att ta två dagar. Ert folk kommer att kunna resa fritt på vår järnväg. Den är också er järnväg, en gåva från mitt folk långt uppe i norr, långt norr om Egypten."

"Ni menar Europa, ni menar Tyskland", avbröt drottningen. "Jag har aldrig varit i Tyskland men jag är glad att för första gången ha en tysk gäst."

Där stannade hon, hon hade inte med en min visat vad hon ansåg om att få tillgång till en järnväg.

"Vi kommer alltså att anordna en plats nära er där tåget kan stanna och ni och ert folk kan resa antigen till den stora sjön, eller ända ner till havet, eller till någon annan plats på den sträckningen", fortsatte Oscar, fortfarande utan att kunna notera minsta reaktion av glädje eller tacksamhet hos drottningen. Han tänkte desperat på hur han skulle fortsätta, men kom inte på något mer att säga utan pekade på de tre lådorna med glaspärlor man ställt ner vid sidan av de stora arabiska sittpuffarna.

"Det här är vår gåva till er, drottning Mukawanga, som tack för att vi får bygga järnvägen genom ert land!"

Han tecknade åt Hassan Heinrich att öppna de stora lådorna först och till sist den lilla med blå glaspärlor.

Det gick ett sus av hänförelse genom salen när lådorna öppnades, särskilt den lilla lådan med blå glaspärlor. Som om det varit guld och silver, tänkte Oscar. Drottning Mukawanga tycktes dock inte vara imponerad.

"Det var alls ingen dålig gåva ni kom med Bwana Tysk", sade drottningen när sorlet lagt sig. "Men muzungi ger ibland och tar ibland. Ni ger järnväg men tog ifrån oss slavhandeln som var vår bästa affär. Jag har därför en befallning."

"Jag är beredd att höra er befallning, drottning Mukawanga", svarade Oscar så kontrollerat han förmådde, han hade redan uttömt sitt mandat och kunde egentligen inte lova någonting alls utöver det.

"Min befallning är", fortsatte drottning Mukawanga och gjorde en paus för att vänta in fullständig tystnad.

"Att ni varje år vid den här tiden, vid festen för regnens slut", fortsatte hon och gjorde en ny paus, "kommer med en likadan gåva som denna. Då har vi en affär, ni järnväg över mitt land, jag era smycken."

Oscar gjorde ett kort överslag. Formellt låg ett löfte om leverans av glaspärlor för obestämd tid utanför hans befogenhet. Å ena sidan. Å andra sidan var glaspärlelådorna som ställts upp mellan honom och drottningen på sin höjd värda 100 till 150 Reichsmark. Det var billigt för en järnvägskoncession på 70 kilometer över Mukawangas land. Och det var dessutom ett fredsavtal, det låg i sakens natur. I värsta fall, om han hölls strängt ansvarig för icke godkända utgifter, kunde han betala leveranserna ur egen ficka.

"Ni har mitt ord, drottning Mukawanga, att det skall ske som ni önskat", svarade han högtidligt.

"Ert ord är inte gott nog, Bwana Tysk", svarade drottningen snabbt och hårt. "Vi ska skriva ett avtal. Vi ska skriva det nu utan dröjsmål eller förhinder. Först därefter går vi till festen!"

Häpet nickade Oscar sitt bifall och genast bars papper och skrivdon fram. Hassan Heinrich fick skriva texten på swahili efter Oscars diktamen:

Avtal om järnvägstrafik

§ 1. Detta avtal har slutits mellan Järnvägsbolagets representant, 1:e ingenjör Oscar Lauritzen, och barundifolkets representant, drottning Mukawanga.

§ 2. Avtalet gäller Järnvägsbolagets rätt till fri tågtrafik på den upprättade järnvägslinjen över barundifolkets land.

§ 3. Barundifolket och drottning Mukawanga förbinder sig att inte hindra eller störa järnvägstrafiken.

§ 4. Järnvägsbolaget förbinder sig att som ersättning för denna koncession, årligen vid tiden för de långa regnens slut, ersätta barundifolket och drottning Mukawanga med 500 vita glaspärlor, 500 röda, 500 gröna och 50 blåa glaspärlor.

Barundi huvudstad den 3 maj 1905

Drottning Mukawanga   1:e ingenjör Oscar Lauritzen

Det hade gått snabbt och lätt för Oscar att diktera avtalet, han hade trots allt lärt sig en del under sina dryga tre år som innehavare av en handelsfirma i Dar.

När han läste upp det för drottningen lyssnade hon uppmärksamt och nickade då och då som om hon fann allt i sin ordning. Hon hade inga invändningar och hade liksom sina utländska gäster märkt att det börjat uppstå en viss otålighet bland de uppställda krigarna i salen.

Oscar skrev snabbt en översättning till tyska i två exemplar medan Hassan Heinrich kopierade swahilitexten på ett nytt papper. Därefter undertecknade Oscar snabbt de fyra dokumenten och räckte dem mot drottningen. En av krigarna sprang fram och nappade åt sig papperen ur Oscars hand och bar högtidligt upp dem till tronen. Till Oscars förvåning sträckte drottningen befallande ut handen mot pennan och en ny krigare löpte fram och hämtade den från Oscar och bar den som om den varit ett magiskt föremål upp till tronen. Med fortsatt uttryckslöst ansikte skrev drottningen under dokumenten och räckte en tysk och en swahiliversion mot Oscar och fick dem snabbt överburna.

Drottningen hade skrivit under på rätt ställe, fullt läsbart med latinska bokstäver. Kunde kvinnan läsa och skriva?

Därefter klappade drottningen myndigt i händerna och utdelade några order på sitt eget språk och krigarna lämnade salen. I nästa ögonblick bars fyra kalebasser in, först till drottningen och sedan till gästerna.

"Mina vänner och jag har ett gott avtal!" utropade drottningen. "Ett gott avtal, säger araberna som vet mest om sådant, är då båda blir nöjda. Det ska vi dricka för!"

Hon såg verkligen mycket nöjd ut när hon drack.

"Drick försiktigt, Bwana Oscar", viskade Kadimba bakom honom.

Det var någon sorts oljigt, aningen trögflytande palmvin, tänkte han medan han drack. Förmodligen alkoholstarkt. Hur de hade fått drycken att jäsa ville han helst inte fundera över, det var ändå inte möjligt att avvisa en vänskapsskål. Förresten var det ganska gott, bara man inte tänkte på hur... det var omöjligt att inte tänka på. De gamla kvinnorna tuggade frukterna när de blivit övermogna och spottade ut i stora kar.

"Ni är en klok kvinna när det gäller affärer, drottning Mukawanga", sade han när han ställde ner sin kalebass.

"Jag har levt länge, gjort många affärer med arabiska handelsmän, lärt mycket, tjänat guld och glaspärlor, sålt slavar och elfenben", förklarade drottningen kort.

"Säljer ni fortfarande elefantbetar?" frågade Oscar spontant utan att hinna tänka över lämpligheten i att i detta officiella sammanhang ge sig ut på egna affärer.

"Ja, om ni betalar bra", medgav drottningen.

"Vad är ert pris?" frågade Oscar snabbt.

"En elefantbete som en man kan bära långt för lika många blåa smycken som ligger där", svarade drottningen påtagligt intresserad och pekade på den lilla boxen med femtio glaspärlor i vacker blå färg, närmast lapis lazuli.

Oscar gjorde ett snabbt överslag. Så mycket en man kan bära långt betydde åtminstone en vikt på 50 pund. En blå glaspärla per pund. För varje investerad Reichsmark tusen mark i vinst.

"Jag är säker på att vi kan göra goda affärer, drottning Mukawanga", konstaterade Oscar.

"Nu går vi till festen!" avbröt drottningen affärsförhandlingen och reste sig.

Där ute dånade nu trummorna och sång i flera stämmor steg mot stjärnhimlen, Kadimba viskade att det var en välkomstceremoni, men att drottningen måste gå först.

Hela den öppna platsen mitt i byn nära hamnen var upplyst med eldar i upphissade fat och korgar av järngaller och från en rad eldar på marken där fisk och smågrisar stektes, penslades med kryddor och omsorgsfullt vändes i jämn och långsam takt. En grupp unga resliga kvinnor, klädda i bara höftskynken och utsmyckningar i silver runt överarmarna och anklarna dansade på ett långt led framför en sorts hederstribun med fyra arabiska sittpuffar. Marken omkring tribunen var täckt med stora mjuka bananblad.

Drottningen och hennes gäster hälsades av krigarna som på ett brett led gjorde en sorts skenanfall med stridsrop men bromsade upp i sista stund och kastade med huvudena så att de skapade en vit virvel i luften av sina säregna huvudbonader.

Drottningen tog först plats och bjöd sedan med en vid gest sina gäster att sätta sig ner. Sången ändrade karaktär och blev högtidlig och långsam. Det påminde om nationalsång, tänkte Oscar.

Efter sången tog trummorna vid på nytt och kvinnornas dans blev allt häftigare och, det gick genant nog inte att ta fel på, alltmer utmanande. Oscar kunde inte låta bli att stirra på ett sätt som i den civiliserade världen skulle ha ansetts ytterst opassande.

Mat bars fram på palmblad av unga nästan helt nakna kvinnor och snart serverades nya kalebasser med fruktvin. Dansen pågick utan avbrott. Det spröda skinnet från spädgris knastrade ljuvligt mellan tänderna, kryddsmakerna var av ett slag som Oscar aldrig varit i närheten av, starkt och sött blandat, sammantaget rent himmelskt. Det arabiska inflytandet från slavhandelns dagar hade dessbättre inte påverkat barundifolket när det gällde svinkött och vin. Däremot deras utseende, de dansande kvinnorna vars kroppar nu blänkte av svett såg ut mer som svarta européer än som afrikaner, deras näsor var i många fall tunna och spetsiga snarare än negroida, de var alltså en arabisk-afrikansk blandning, gissade Oscar. Men hur hade det gått till?

Han försökte tala med drottningen om saken, men möttes bara av skratt och undanviftande förklaringar om gästfrihet och gäster som stannade länge.

Han upplevde en stigande berusning som inte var som vanlig berusning, han drömde och såg syner, samtidigt som han var högst klarvaken med blicken stint riktad mot de underbara svettiga kvinnokropparna, deras hår flätat i små hårpiskor, deras bröst som hävdes upp och ner i dansen, deras smäckert runda bakdelar som de då och då samtidigt, liksom på kommando, vände mot gästerna och rörde fram och åter på ett sätt som oundvikligen skapade starka känslor, deras leende ögon som hela tiden försökte fånga hans blick, kryddorna som gjorde honom berusad på det främmande sättet, vinet som gjorde honom berusad på det välbekanta sättet, allt blandades till en hallucinatorisk vakendröm och han kände en obetvinglig, men förstås högst opassande, lust så att det bulnade under hans uniformsbyxor.

Två av de unga kvinnorna rörde sig rytmiskt men bestämt allt närmare Hassan Heinrich, tog tag i honom och ledde honom resolut runt hörnet ut i byns icke upplysta del och försvann medan den övriga dansgruppen skrattade högt och applåderade innan de kom tillbaks in i rytmen. Inget skådespel Oscar någonsin sett hade gjort starkare intryck, det här var inte Semperoper, det här var ingenting annat än verklighetsdröm.

En av kvinnorna var vackrare än de andra. Hur han bestämde sig för det kunde han inte förklara för sig själv, men det var hans fasta övertygelse. Snart såg han bara på henne och hon mötte oblygt hans blick och log mot honom medan hon utan att tappa koncentrationen följde med i hela dansgruppens komplicerade rörelser. Hennes fötter var små och nätta, hennes fotsulor nästan helt vita.

Han slutade äta, tog bara ännu ett stycke spädgris men med mycket av den gröna smetiga kryddan. Han böjde lycklig huvudet bakåt och såg hur stjärnorna rörde sig, hur Södra korset sakta roterade som ett pariserhjul, två av de dansande kvinnorna hämtade Kadimba, som inte lät sig trugas det minsta och som, noterade Oscar generad, hade ett mäktigt stånd under byxorna när han glatt lät sig ledas bort i mörkret. Förresten hade han själv ett obetvingligt stånd. Där stannade hjärnan och inom honom dansade okontrollerade drömscener från när och fjärran i takt med trummorna och sången, han trodde sig till och med skymta fjorden hemma, men mer säkert det smaragdgröna vattnet utanför Zanzibar.

Hon var en av de två som kom och hämtade honom och till dallrande jubel från de dansande kvinnorna leddes han bort i mörkret och in i en tom hydda med en bred brits övertäckt med mjuka fällar från ett djur som inte hade den vanliga hårda afrikanska korthåriga pälsen. *Sitatunga*, träskantilopen, var det sista han tänkte.

För sedan tänkte han inte, allt var bara dröm, hans händer över deras smidiga kroppar som var som sagoväsen, den djupa svanken, det svettblanka skinnet, den rundade starka baken, brösten, de breda mjuka läpparna. I drömmen gjorde han allt med dem, gång på gång utan att tappa kraften. Och de var lika outtröttliga som han och han lämnade världen, sin egen germanska värld, den värld han alltid levt i, där han lärt sig allt om en väluppfostrad mans beteende, och flög, jo han kände att han flög över den månbelysta savannen i rasande fart på låg höjd över flyende elefanter som protesterade högljutt trumpetande, över flockar av zebror som skingrades vilt galopperande åt alla håll, nära förbi giraffernas huvuden så att de satte av i sina långsamma gungande rörelser som ändå förde dem så fort framåt, över råmande buffelhjordar som skenade i ett dammoln, som inte gärna kunde vara sant så här års i den regnvåta marken, över enstaka värdiga kudutjurar som vägrade att fly i tron att de inte syntes, över en grupp lejon som förvånat såg upp och därmed släppte sin uppmärksamhet över den fällda buffelkalven så att ett par hyenor snabbt utnyttjade tillfället, han flög tillbaks in i hyddan och hans händer smekte i verkligheten de väldoftande kvinnokropparna. Det var en dröm som bara började om på nytt, som aldrig ville ta slut.

När han vaknade i det första gryningsljuset visste han inte var han befann sig, det var märkligt nog hans första tanke. Först därefter slog det honom att han låg naken med en kvinna slank som en gasell i sin famn, han hade båda armarna runt henne och hon sov som ett barn. Han gjorde sig försiktigt fri, lade sig på ena armbågen och betraktade henne.

Sakta försökte han rekonstruera sitt minne, eller åtminstone olika fragment av minnet. Han hade älskat besinningslöst med en kvinna för första gången sedan Maria Teresia bedrog och lämnade honom, återvänt till en del av livet som han trodde han stängt av lika oåterkalleligt som om han skurit testiklarna av sig.

Hennes ansikte var som en skulptur, som Nefertiti med vackrare och fylligare läppar. Han lutade sig fram och kysste henne, mer höviskt än erotiskt, som om han ville säga tack. Hon slog upp ögonen och log med glänsande vita tänder, vred lustfyllt på sig som en katt och kysste honom skämtsamt snabbt tillbaka.

"Förstår du mig om jag talar swahili?" viskade han.

"Nästan alla här talar swahili", svarade hon lågt. "Och arabiska."

"Vad heter du?"

"Aisha Nakondi. Vad heter du?"

"Oscar."

Hon fnittrade till och han frågade varför.

"Det betyder stor kuk på vårt språk."

"På mitt språk betyder det Guds spjut, nästan detsamma."

De föll båda i skratt. Men han var för förlägen för att fortsätta samtalet. Han hade tusen frågor surrande som moskiter i huvudet eftersom han inte förstod vad han varit med om, inte förstod varför han kunde ligga med en sagolikt vacker kvinna i sin famn utan att bli dödad med hundra spjut. Hon frågade heller ingenting, men betraktade honom som om hon ville veta något som han helt säkert inte kunde gissa. De tvekade en stund och såg på varandra, båda helt säkert lika förundrade över den andres ögonfärg, hans ljust blåa, hennes svarta. Hon vred sig plötsligt mot honom samtidigt som hon grep efter hans kön och han kände lusten flamma upp som under gårdagens förgiftning, böjde sig fram och kysste henne passionerat hungrigt och tänkte att drömmen åtminstone i ett avseende var helt sann. Hon kysstes på samma sätt som han.

* * *

Vad han än gjorde såg han hennes ansikte framför sig. Inte hela tiden, men hon kom och försvann utan förvarning, utan samband med något annat. Som när han var uppe hos högste chefen Dorffnagel med sina modifierade ritningar och fick underkänt.

Det var ingen svår motgång för honom eftersom ledningens invändningar inte var tekniska utan ekonomiska: förseningar, invigningen redan planerad, budget och kostnader.

När styrelseordföranden generalguvernör Schnee talade om den planerade invigningen och vikten av att den inte förlades till en regnperiod med tanke på regnkänsliga detaljer i honoratiores uniformer, för att inte tala om kvinnliga festkläder, såg han Aisha Nakondis leende framför sig, de fylliga läpparna, de vita tänderna.

Ekonomidirektören Franken talade för andra gången och mer ingående om budgetfrågorna. Och Oscar såg hur hon böjde huvudet bakåt och skakade sina rader av små flätor som piskor runt huvudet. Han kom själv med ett kompromissförslag, och detta var det underligaste, att han kunde tala tydligt och klart, visa på ritningar och kartor, men ändå med hennes ansikte framför sig.

Ekonomer käftade han annars aldrig med, det uppfattade han som meningslöst. Han förklarade bara kort att nu hade han sagt sitt. Och bolagsledningen gick honom delvis till mötes och beslöt att rekvirera en kraftigt ökad leverans av korallfyllning. Han bugade och gick därifrån utan att känna vare sig besvikelse eller triumf. Han ansågs vara något av ett snille när det gällde broar, hade han sent omsider förstått. Länge hade han trott att det snarare var dödade lejon och en icke föraktlig sidoinkomst till bolaget från mahogny som skänkt honom en viss, klart iakttagbar, aktning trots hans ringa ålder. Men då han redan efter två år fått huvudansvaret för alla passager med brobyggen så var det alltså hans ingenjörsförmåga som stärkt hans ställning i bolaget, inte hans lejonjakter eller förmåga att generera sidoinkomster.

När han gick från mötet tänkte han ironiskt att det tydligen var sådana här mer fåfänga funderingar som kunde hålla hans huvud fritt från Aisha Nakondi i mer än en minut.

Det hade varit detsamma under den senaste hårda veckan när han och Kadimba kombinerat jakt och ihopsamling av mahogny. Brofästena var klara och att bygga de två spannen i timmer var en såpass enkel uppgift att hans ersättare, en ingenjör Hans Zimmerman, "Ritnings-Hans", utan bekymmer kunde anförtros två veckors arbetsledning medan han själv sysslade med det till synes okvalificerade arbetet att städa träd efter järnvägslinjen och samla bränsle till tågen, som staplades i två meter höga och väl synliga högar på varje kilometer, brännbart trä hugget i meterlängder. Att han bara tänkte på henne när han sysslade med ved var fullt förståeligt. Men så var det också när han gick in i skogen med Kadimba, alltid med ett gevär över axeln, eller för att leta efter Doktor Ernsts särskilda träd med den malariadödande alkaloiden i barken, eller när ett stort mahognyträd som visserligen stod mycket längre än stipulerade femtio meter från järnvägen ändå skördades. Vad han än gjorde eller tänkte var hon hela tiden närvarande. Trädsamlingen var ändå som jakt. Han fick en distinkt pulshöjning när han upptäckte de nedfallna mahognyfrukterna på marken, kardborrar med runda vingar, eller ett träd för malariamedicin. Det var nästan som att se en leopard komma smygande, en leopard som av någon anledning rörde sig på dagen och utan att känna den mänsklige jägarens närvaro. Det hände föralldel inte så ofta.

Men just den senaste veckan hade det hänt. Och när han siktade bakom en trädstam där leoparden skulle komma, och hans beräkning för en gångs skull var helt rätt, och när han lugnt som om det gällt att kvista ett mahognyträd sköt *Chui* genom vänstra bogen så att han omedelbart slog döende i marken, inte ens då var spänningen en starkare känsla än bilden av henne.

När han och Kadimba satt på huk för att flå leoparden arbetade de som vanligt tyst och effektivt. De var helt koncentrerade på att inte skära för djupt någonstans så att de skadade skinnet. De hade alltid utfört detta arbete under total tystnad, avbruten enbart av Kadimbas grymtande tillrättavisningar. Men ingenting hindrade egentligen samtal.

"Kadimba, min vän", sade han, noga med att alltid sedan den där lejonjakten betona ordet vän. "Det var en del du inte berättade för mig om barundifolket och om varför du och Hassan Heinrich var så angelägna att följa med mig. Varför det?"

"Bland mitt folk, Bwana Oscar, säger man att en god överraskning inte ska förstöras av för mycket kunskap", svarade han utan att tveka, såg upp och log menande.

"Du visste alltså att de kan förmå en man att...?"

Han letade efter ord. Älska var fel. Knulla var fel. Behärska, äga, rida, nedlägga, vänslas med, ha nära vänskap med? Hans ordförråd på swahili hade vuxit en hel del, insåg han. Ändå kunde han inte formulera sin fråga. Men Kadimba tycktes inte se eller förstå hans bryderi.

"Barundi har en magisk dryck och magiska kryddor som gör en man så här stor!" skrattade han och illustrerade med en högst oanständig gest. "Alla vet det utom muzungi och jag var säker på att det skulle bli en glad överraskning för Bwana Oscar."

"Varför är det så hos barundi?"

"Varför? Det finns inget varför. Människor är. Hos massajerna kan vi få nästan samma glädje som hos barundi. Hos kinandi skulle vi ha dött på hårt sätt om vi bara tittat för länge på en av deras kvinnor. Ingen vet varför det är så. Vi har olika gudar också."

"Hur är det hemma hos dig, Kadimba?"

"Mer kinandi än barundi eller massaj, men med vänner lite som hos massajerna. Människor är olika."

Kadimba såg förväntansfull ut, men Oscar kom inte på hur han skulle fråga. De ord han kände till på swahili för kärlek räckte inte till. Kan de göra en man galen av kärlek? Det var vad han ville fråga, men vågade inte.

"Längtar du tillbaka till de kvinnor du hade hos barundi?" försökte han i stället.

"Ja, men det var då. Nu är vi här", svarade Kadimba med en axelryckning samtidigt som han koncentrerade sig på att försiktigt skära loss trampdynorna och klorna från Chuis vänstra framtass. Oscar kunde inte komma på någon fortsättning.

Han slet hårt med timmer den följande veckan, men det gick inte över. Aisha Nakondi var hela tiden lika närvarande för hans inre syn. Under alla affärstransaktionerna i Dar gick det heller inte över. Han rekvirerade glaspärlor, köpte knivblad för säkerhets skull, och tio balar bomullstyg och medan han gick på sina förrättningar längs Acacien Allee, som affärsgatan kallades, så tänkte han fortfarande mer på henne än på något annat.

Han övervakade avlastningen av mahogny till det egna bolaget och det var en ovanligt stor last, delvis därför att han tänjt lite på 50-metersregeln. Mohamadali var med honom för att övervaka instämplingen och vidaretransport av stockarna till deras nya och större lagerutrymmen. Kompanjonen var fylld av lovsång till de tjocka och raka stammarna och till Oscars exceptionellt stora elefantbetar som kommit i samma last. Men Oscar tänkte på annat.

De promenerade i maklig takt till sitt kontor och Mohamadali visade stolt på den nya skylten, inte längre i röd målarfärg mot vit botten. *Lauritzen & Jiwanjee A/G* läste man nu i guldglänsande reliefbokstäver mot en bakgrund svart som ebenholts. Förmodligen var det ebenholts. Skyltens ram var också den förgylld.

Hela byggnaden hade restaurerats och de steg in på ett kontor som glänste i polerad mahogny, ebenholts och mässing. Med en demonstrativt stolt gest anvisade Mohamadali plats i en sitthörna med stora arabiska sittpuffar ornamenterade i guld och grönt. Mellan kuddarna stod ett runt bord på trästativ i hamrat silver. Oscar kunde inte undgå att visa sig imponerad och det var nästan omöjligt för honom att acceptera tanken att han själv var huvudägare till all denna prakt.

"Jag har tagit mig vissa friheter, som du ser", sade Mohamadali och klappade snabbt tre gånger med händerna. En tjänsteande i lång vit *kanzu* och röd fez dök blixtsnabbt upp genom det rasslande hängdraperiet i kontorets bortre ände.

"Te, antar jag?" frågade Mohamadali mot Oscar som bara nickade tyst till svar.

"Socker?"

"*Mazput*, lagom alltså."

"Du hörde, Salim, en utan socker, en mazput!" kommenderade Mohamadali och tjänaren bugade och försvann.

Oscar kom sig inte för att säga något, han hade glömt vad han skulle fråga om. Nu satt han som förstummad i vad som måste vara Dar es-Salaams mest eleganta kontor och det var högst oförtjänt. Han var bara en fiskarpojke från Vestlandet som Försynen utrustat med en ingenjörsexamen, all denna rikedom var Mohamadali Karimjee Jiwanjees verk. Och där satt nu Mohamadali i sin blandning av västerländska och orientaliska kläder, den svarta yllerocken med skört, de pösiga byxorna i sidenbrokad, lugnt tillbakalutad och väntade ut Oscar med ett roat leende. Just när han skulle ta sats för att säga det han måste säga kom tjänaren Salim in med teglasen, ställde ner dem på silverbordet och försvann. Teet var starkt och gott.

"Från Tanganyika?" frågade Oscar när han försiktigt ställde tillbaks teglaset.

"Ja, vår egen upphandling, från höglandsregionen vid Mufindi. Vi måste tänka framåt. Järnvägsbygget till Kigoma är snart slut och då finns ju en risk att våra leveranser av gratis mahogny tar slut. Man vet ju inte hur det ser ut vid nästa järnvägsbygge. Kopra och sisal är andra möjligheter jag tänkt på."

"Det här är inte rätt!" utbrast Oscar spontant. "Det är i verkligheten ditt företag och ditt arbete som byggt upp allt det här. Då borde du också vara den störste ägaren och inte behöva hålla till godo med 30 procent!"

"Vill du redan sälja?" frågade Mohamadali förvånat. "Det förefaller lite tidigt, alltså en inte särskilt god affär."

"Nu förstår jag inte alls hur du tänker", mumlade Oscar resignerat. Affärer begrep han sig inte på, ansåg han.

Men det gjorde sannerligen Mohamadali och lika lugnt som roat började han förklara hur allt var tänkt. Familjen Karimjee Jiwanjee hade drivit en affärsrörelse på Zanzibar i över hundra år och nu handlade man med hela världen, också ibland med avlägsna hamnar som Hamburg och Bergen. En del erfarenheter hade varit dyrköpta men alla värdefulla. Den viktigaste förutsättningen för att ha en stabil affärsrörelse var att ha ett gott förhållande till makten, om det så var sultanen av Zanzibar, eller de koloniala myndigheterna i London, som nu när sultanens makt hade glidit över i engelsmännens händer. Och här i Tanganyika, det land som en gång för inte särskilt länge sedan varit sultanens, men nu genom outgrundliga beslut som fattats tusentals kilometer bort, blivit tyskt, så gällde det alltså att ha ett gott förhållande till tyskarna, helst borde man också lära sig tyska.

För om vi nu bara tänkte efter lite hur det hela hade börjat. Själv hade Mohamadali som yngst av tre bröder skickats från Zanzibar till Dar es-Salaam, från engelska härskare till tyska, för att försöka registrera och upprätta en handelsfilial till Karimjee Jiwanjee. Det var inget lätt uppdrag och det var inte heller meningen. Inom familjen fanns en tradition att den tillträdande generationen måste få svåra arbetsuppgifter tidigt och inte bekvämt luta sig tillbaka i den rikedom som tidigare generationer byggt upp.

Det hade inte börjat så bra för Mohamadali i Dar. Första dagen hade han blivit utkastad från kolonialkontoret där tjänstemännen bara fnös åt hans ansökningshandlingar, möjligen för att de var skrivna på engelska och swahili, möjligen och i värsta fall därför att de ogillade indiska affärsmän. Därefter hade han nesligen blivit utkastad från restaurangen på den tyska klubben, dit han sökt sig i den klart överoptimistiska föreställningen att han skulle kunna knyta kontakter.

Just när han försökte resa sig och börjat borsta av sig, och redan bestämt sig för att nästa morgon ge upp och lämna Dar, kom en norsk lejonjägare, just då hjälte bland alla tyskarna, och bjöd in honom. Viktigare kontakt hade han inte kunnat få.

Det ena gav sedan det andra. Oscars sagolikt frikostiga licens att ta vara på all mahogny som fälldes längs järnvägsbygget hade inte varat länge om den bara vilat på ett spontant muntligt beslut från överdirektören vid järnvägsbolaget.

Och där, men först där, hade Mohamadali kunnat bidra med något viktigt, att skapa ett bolag där järnvägsbolaget erbjöds tio procent och den norske hjälten 60 procent. Det varken kunde eller ville de koloniala myndigheterna ifrågasätta.

Sakligt sett var det en strålande affär för alla parter. Till och med för järnvägsbolaget, eftersom man fick tio procent av vinsten utan att lyfta ett finger. Nå, bolagets anställda järnvägsarbetare lyfte mer än så när de lastade stockarna för gratis transport till Dar på tomma returvagnar. Och även om det var en kostnad för järnvägsbolaget så syntes den inte i bokföringen och ingen byråkrat kom på att ifrågasätta den ordningen.

För företaget Karimjee Jiwanjee var arrangemanget också strålande. Man hade upprättat en filial med minimala kostnader och stora omedelbara vinster från mahogny och senare elfenben. Och ingenting av allt detta hade varit möjligt utan Oscar som majoritetsägare. För byråkraterna i administrationen skulle aldrig drömma om att försöka leta upp lagar och regler med vars hjälp man skulle kunna ta ifrån Oscar hans företag. I sinom tid skulle företaget vara så etablerat i Dar att vissa förskjutningar i ägarförhållandena inte skulle påverka företagets ställning. Då kunde det bli dags för Oscar att göra en god affär, att sälja, låt säga 40 procent av sina aktier, behålla 20 och fortfarande stå med i ägarnamnet, få en god årlig utdelning utan att behöva bekymra sig om affärer.

Oscar var fylld av beundran inför all logik som hans vän Mohamadali utvecklade. De var jämngamla och båda välutbildade, men Mohamadali var honom oändligt överlägsen i allt som rörde affärer och politik.

"Du skall få köpa mina aktier billigt när den tiden kommer", försökte han skämta. Men Mohamadali viftade bara avvärjande med handen och skrattade, klappade på nytt i händerna och när Salim visade sig i draperiöppningen bad han att få fram räkenskapshandlingarna.

En stund senare var han klar med sin redogörelse. Under fyra år i rad hade företaget år från år fördubblat sin omsättning. Vid nästa års bokslut skulle järnvägsbygget till Kigoma vara avslutat och därmed upphörde mahognyinkomsterna från den källan. Men då skulle den ackumulerade vinsten uppgå till mellan 190 000 och 200 000 pund Sterling. Detta förutsatt en fortsatt leverans av såväl mahogny som elfenben i ungefär samma volymer som hittills. Därefter skulle det bli dags att satsa mer på sisal och kopra, möjligen också te. Såvida inte samma möjligheter som hittills erbjöd sig vid nästa järnvägsbygge, det fanns ju flera planerade. Det vore ändå klokt att i tid se om sitt hus och investera i annat än den hittillsvarande mannan från himlen.

Siffrorna dansade i huvudet på Oscar och blandades ihop med Aisha Nakondis leende ansikte framför hans ögon. Om han förstått saken rätt, och det måste han ha gjort eftersom Mohamadalis redogörelser var lika kortfattade som klara, så skulle han inom kort ha gjort en vinst på 120 000 pund. Det var ganska precis trehundra årslöner. Han var en fullt anständigt avlönad 1:e ingenjör vid järnvägsbolaget och det rörde sig ändå om trehundra årslöner. Det var obegripligt.

"Hur tycker du jag ska disponera mina pengar?" frågade han i ett matt försök att låta affärsmässig.

"Du bör köpa aktier i järnvägsbolaget, det knyter oss än mer samman, det är klokt politiskt, och samtidigt såvitt jag förstår en mycket säker investering. Och du bör köpa ett vackert hus, eller snarare låta bygga ett nytt, med utsikt över hamnen, det är också en bra investering", svarade Mohamadali med sådan självklarhet att Oscar fick för sig att han sedan länge förutsett frågan.

Några ytterligare frågor hade Oscar inte att komma med när det gällde den svindlande ekonomiska världen. Däremot ville han gärna bjuda på middag på ett ställe där han inte visste om man släppte in indier. Förrän i kväll.

Han syftade på det nyuppprustade Kaiserhof nere vid hamnen,

mellan den lutheranska och den katolska missionskyrkan. De promenerade själva, utan att ta någon cykelriksha, arm i arm som spatserande tyska junkrar och på strålande humör.

Om man verkligen haft någon underförstådd bestämmelse om att inte släppa in indier på Kaiserhof så syntes nu intet av en sådan inställning. Oscar var sedan flera år en celebritet i staden. De fick det bästa bordet, egentligen avsett för sex personer, med utsikt över hamnen och tidvattnet som kom rullande in i skymningen.

Oscar beställde in fisk och lamm, noga med att undvika allt fläskkött som annars dominerade matsedeln, isvatten åt Mohamadali och en kall öl åt sig själv. Kyparen rekommenderade en just inkommen Frankfurter Weissbier.

Fiskrätten bestod av halstrad småmakrill och en kraftig vitköttig fisk som påminde om *breiflabb*, han hade glömt vad den hette på tyska. *Seeteufel*, kanske?

De åt en stund under tystnad innan Oscar bestämde sig för att ta upp det känsligaste av alla ämnen. Men någon måste han tala med och Mohamadali var jämte Kadimba hans bäste vän i landet.

"För någon tid sedan var jag inbjuden till en affärsförhandling med drottningen av barundifolket", inledde han försiktigt. Men då höll Mohamadali på att sätta i halsen av förtjusning.

"Aha!" utbrast han. "Du har varit ute på erotiskt äventyr?"

"Ja, så kan man kanske uttrycka det. Men hur kunde du veta det?"

"Barundi var länge, framför allt på slavtiden, en av de mest kända knutpunkterna för handel i det inre av sultanens Tanganyika. Även om vi aldrig sysslade just med slavhandel på Karimjee Jiwanjee så gjorde vi också affärer med dem, vi levererade indiska varor, siden och dolkar mest, mot elfenben. Barundi är berömda för mer än sina handelsvaror. Nå, vad tycker du om upplevelsen? Jag är faktiskt ganska nyfiken?"

Mohamadalis glättiga sätt att nalka sig det för Oscar så känsliga ämnet gjorde honom förlägen. Men han kunde förstås inte komma undan när han själv tagit upp saken, utan refererade efter bästa förmåga sina iakttagelser av effekterna från drycken och en viss grön krydda och det hallucinatoriska och upphetsade tillstånd som följde. Det gick några varv i en samtalston som mer påminde om studenters skryt efter verkliga eller påhittade erövringar, än om seriösa affärsmän i huvudstaden innan Oscar lyckades lirka stämningen rätt för att fråga om det allt överskuggande.

"Du får ursäkta om jag blir alltför privat, men du är min nära vän och en av de få jag kan anförtro mig till", började han osäkert. Mohamadali ändrade genast attityd och slätade samtidigt ut sin förtjusta uppsyn.

"Ja, jag är glad att vara din vän, Oscar. Fråga mig om vadsomhelst och jag skall svara dig som vän."

"Det är svårt att formulera, jag vet inte…"

Oscar tvekade. Mohamadali såg bara lugnt allvarligt på honom och väntade.

"Jo, alltså…", tvingade sig Oscar att fortsätta. "Att barundi kan framställa en stark lust efter den fysiska kärlekens fröjder tycks vi vara överens om. Vore inte det en strålande affärsidé förresten?"

"Jo, men vi kan återkomma till det. Fortsätt!"

"Min fråga kan nog väcka en viss undran. Men nu är saken den att jag ser den kvinna som… jag ser henne hela tiden framför mig, vad jag än gör, om jag så talar med dig om affärer, till och med för inte så länge sedan när jag sköt en leopard."

"Den kvinna du alltså vänslades med hos barundi?"

"Vänslades är knappast ordet. Jag har aldrig varit med om någonting liknande. Det var en verklighetsdröm."

"Som förklaras av barundis särskilda kemiska kunskaper."

"Nej, inte alls. Jo, kanske det också. Men kemin förklarar inte den plats hon tog i mitt medvetande. Så då kommer min fråga. Kan barundi förhäxa människor? Jag… ja, du förstår att jag tvekade. Jag tror inte på häxkonster, tvärtom har jag sett några fatala misslyckanden i den branschen. Men…"

"Men nu har du blivit osäker?"

"Ja. Ärligt talat ja. Även om jag skäms för det måste jag svara ja."
Mohamadali hade lutat sig framåt, stödd på ena armbågen och betraktade honom allvarligt. Oscar kände att han rodnade. Mohamadali såg ut att tänka intensivt.

"Jag tror mig ha förstått att det var mer eller mindre en impuls som gjorde att du reste till Afrika", sade han efter en lång betänketid. "Var det en kvinna inblandad i det hastiga beslutet?"

"Ja."

"Som du älskade över allt annat och ville leva resten av ditt liv tillsammans med och så svek hon dig? Eller dog?"

"Ja. Hon svek mig."

"Och du svor att aldrig mer i livet älska någon annan kvinna?"

"Ja."

"Och nu undrar du om du är förhäxad? Förresten, vad heter hon, den nya?"

"Aisha Nakondi. Fast vad menar du med den nya?"

"Lugn, låt mig fortsätta. Och du höll ditt löfte till dig själv. Under mer än fyra år i Afrika, nej fem är det väl, vidrörde du aldrig en annan kvinna. Eftersom du svurit att inte göra det?"

"Ja, det är också sant. Men hur i all världen kan du veta...?"

Mohamadali tänkte efter länge, det syntes att han ansträngde sig för att inte med en min avslöja åt vilket håll hans tankar gick. En vana han lagt sig till med som affärsman, tänkte Oscar.

"Jo, du är sannerligen förhäxad", började Mohamadali långsamt. "Det är nog den äldsta formen av förhäxning som människan känner. Du har drabbats av en vild passion, kanske djup kärlek. Och det kan jag veta av ett mycket enkelt skäl. Jag känner igen mig i dig. Jag var med om samma sak på Zanzibar för sju år sedan. Det är en lång historia, vi älskade varandra intill gränsen för vansinne, hennes familj var shia, i vår familj är vi sunni. Så för att göra den långa historien kort. Jag svor att aldrig älska någon annan och levde i avhållsamhet. Nu är jag sedan ett år tillbaka mycket lyckligt gift med en helt annan kvinna och vi väntar vårt första barn."

"Jag får gratulera!" utbrast Oscar häpet. "Det visste jag inte."

"Nej, vi har ju talat mycket lite om sådant. Som jag förstod det var det privata inte sådant du ville tala om. Kommer du att träffa henne igen?"

"Jag hoppas det, om en vecka ska jag tillbaks för att göra elfenbensaffärer med drottning Mukawanga. Förresten kanske vi borde tala lite om det. Jag tror drottningen har oanade resurser och..."

Men så mycket mer samtal mellan viskande vänner blev det inte. Kapellet spelade upp, det var visserligen ingen mässingsorkester som stod för underhållningen på Kaiserhof utan en betydligt mer elegant och frackklädd stråkkvartett med pianist som inledde med det givna succénumret Eine Kleine Nachtmusik. Och strax kom en tydligt berusad chef för stadens nya elverk, Herr Schlickeisen, dunkade Oscar i ryggen, drog ut en stol och slog sig ner utan att fråga, samtidigt som han beställde ett literkrus med öl. Han började omedelbart beklaga sig över sitt öknamn, "Kurzschluss Paul", och menade att det var djupt orättvist. Alla tekniska installationer hade sina initialsvårigheter, varje system krävde sin tid att trimma in, eller hur? Det borde ju Herr Lauritzen vara väl medveten om?

De hann inte tala så mycket mer om teknikens svårigheter i det stigande sorlet, då också musikanterna kompenserade med högre spel, innan Hans Christian Witzenhausen, som Oscar kände något så när, slog sig ner med samma självklarhet som nyss Kurzschluss Paul.

Witzenhausen och Oscar hade anlänt med samma ångare från Genua och druckit sig berusade i hettan på Röda havet innan de landsteg för första gången i Dar es-Salaam. Hans Christian Witzenhausen kom då direkt från Deutsche Kolonialschule, var utbildad i tropiskt jordbruk och skulle inleda sin lyckas erövring i Afrika på en kokosplantage utanför Bagamoyo. Med arbetet under de här åren hade det gått både bra och dåligt, han funderade på att slå sig på storviltsjakt i stället, hade just skjutit en elefant som härjade i plantagens majsfält, en hygglig tjur med betar på 60 pund. Dessvärre hade plantagens ägare tagit hand om den extrainkomsten. Det hade ändå gett honom idéer. Möjligen något triumferande över sin bedrift frågade han "Herr Järnvägarn" om denne någonsin skjutit en elefant.

"Ja, något hundratal", svarade Oscar avmätt och viftade efter notan. Dessa burdusa tyskar gjorde honom generad inför Mohamadali. Det var inte en helt osympatisk stil man hade i kolonin, att alla var en sorts pionjärer i såväl broderskap som jämlikhet så att följaktligen vem som helst kunde slå sig ner varsomhelst framåt kvällen. Men nu ville han distansera sig och önskade sina ärade tyska pionjärkolleger en god afton. Mohamadali hann förekomma honom, sade godnatt och gick innan Oscar var klar med notan.

De andra vid bordet föreslog med en mun att man åtminstone borde dela en omgång öl innan kvällen var slut. Witzenhausen erbjöd sig galant att stå för den första rundan. Oscar insåg att han var fast.

De sista omgångarna stod han själv för och det blev inte bara för mycket öl. Framför allt blev det för många jakthistorier, de flesta framförda med förbluffande sakkunskap av jordbruksaspiranten Witzenhausen.

Oscar var följaktligen bakfull när han tog tåget tillbaks nästa morgon. Dessutom ångrade han att han lånat ut pengar till Witzenhausen för att denne skulle komma igång som jägare.

XIII
LAURITZ
KIELER WOCHE
SOMMAREN 1905

FJÄLLVINDEN LÄKTE HELA hans överhettade jag. Under resan tillbaks från Kiel hade tankarna snurrat som i en karusell där till slut alla färger blandas till ingenting, vid varje skenskarvs dunk på tåget upp över Jylland hade det varit som ett hopp när en grammofonskiva byter spår och allt rördes ihop till kakofoni. Så mycket hade varit ont och vidrigt, mötet med Ingeborg himlastormande, själva seglingarna närmast komiska och hans hjärna hade varit fullkomligt oförmögen att sortera allt detta.

Tills nu, efter Voss, när han var på väg tillbaks i sina vanliga arbetskläder och slitna vandrarkängor. Med den svala sommarvinden mot pannan började han fungera på nytt. Det var som tillnyktring.

Han hade åtta timmar kvar och bestämde sig för att spara allt om Ingeborg till sist, så att han uttröttad kunde gå till sängs med bara henne. På vägen skulle han tänka igenom allt det andra, ett ämne i taget, som att rensa undan allt tankebråte som var i vägen för henne.

Han bestämde sig för att börja med själva seglingen.

Det mest imponerande i Kiel, det som förstummade honom vid ankomsten, var seglarveckans omfattning, över 800 båtar som tävlade i ett tiotal klasser.

Det minst imponerande var den största klassen för båtar på 20 till 30 ton, lyxjakter som man utan vidare skulle kunna segla över Atlanten, i genomsnitt 25 meter långa och med segelytor upp mot 180 kvadratmeter. I den klassen fanns bara femton tävlande, men den räknades som den absolut förnämsta. Varför var inte så svårt att förstå, i yachtklassen tävlade kaisern själv med sin båt "Meteor" och hans gemål kejsarinnan med sin "Iduna".

Vilka löjeväckande namn på segelbåtar var inte dessa! En båt som for fram som en "meteor"? Och Iduna skulle förstås vara något fornnordiskt, fast man måste ha trasslat till saken. Skaldekonstens gud Brage hade förvisso haft en hustru som hette Idun, hon som skulle vakta ungdomlighetens äpplen. Men i tyska öron lät förstås Idun som ett mansnamn och därför hade något kejserligt ljushuvud lagt till ett a på slutet.

Kronprins Frederick Williams båt hette "Angela" och om det var väl inte mycket att säga. Prins Adalberts båt hette "Samoa III" medan prins Eitel Frederick hade valt det mer bombastiska "Friedrich der Grosse".

En tredjedel av de tävlande om veckans förnämsta pris, kejsarens pokal, var alltså den kejserliga familjen.

Baronens båt var, självklart när man väl såg det, döpt till "Ellida". Han var ju Fridtjofgalen. Det avgjorde saken för den högst eventuella framtid då Lauritz skulle ha en egen båt och Ingeborg på armlängds avstånd i sittbrunnen. Alternativet Ellida fanns inte mer.

De var fyra gastar ombord på Ellida, alla i vit uniform med sjömanskrage, båtmössa med von Freitals vapen och familjens emblem ovanför vänster bröstficka. Alla gastar ombord på miljonärsklassens båtar hade likartade uniformer.

Lauritz hade tilldelats ansvaret att sköta skoten till förseglen, det minst krävande jobbet ombord, särskilt om man bara skulle agera på rorsmans, baronens, order. Två man, mer eller mindre avlägsna släktingar till baronen, hade det mer komplicerade jobbet att byta de olika förseglen beroende på vinden. Och två man skulle sköta skoten till storseglet.

Det påminde mer om skutsegling med frakt utefter fjordarna än om kappsegling. I kejsarklassen var alla båtar övertyngda – de fungerade också som nöjesfarkoster med fullt inredda sällskapssalonger, köksutrustning, porslin, glas och vinkyl.

Om man var uniformerad som gast ombord på någon av båtarna i kejsarklassen hade man också tillåtelse att passera grindarna ut på den pir där alla yachterna låg förtöjda mellan boj och brygga.

Bara en av de stora båtarna hade imponerat på honom, det var en engelsman med det storståtliga namnet "The Golden Eagle". Den var smäckrare till formen än alla de andra, tycktes ha mycket enklare inredning och betydligt större segelyta. Det borde vara segraren i alla fyra seglingarna, trodde han.

Vid första starten lade sig de fem kejserliga båtarna på linje längst fram närmast startlinjen och ingen av de övriga gjorde någon ansats att försöka tränga sig in där. De tio andra tävlanden fick avvakta i bakgrunden.

Det såg ut som om allting var uppgjort på förhand. Den enda båt som tog in på de fem ledande kejserliga under första benet, som var vind snett bakifrån, var som man kunde vänta den engelska. Nio förmögna tyskar, varav de flesta med "långa efternamn" som Ingeborg brukade skämta, låg snällt avvaktande i bakvattnet.

Men när de vänt vid första bojen blev det kryss på nästa ben. Att baronen då trasslade in sig var inte direkt oväntat, han hade ingen som helst känsla för när man skulle slå och förlorade i varje vändning, låg dessutom hela tiden för lågt i vinden.

Det märkliga var att det kejserliga gänget då märkbart drog ifrån alla andra, bara med den engelska båten i sällskap. Tyskarna med långa efternamn sackade efter mycket mer än vad artigheten eventuellt krävde.

Prins Eitel Frederick vann den dagen med sin Friedrich der Grosse, kaisern själv kom på andra plats, knappt före den engelska båten.

Kan man kryssa, kan man segla. De kejserliga båtarna hade klarat just den uppgiften avsevärt mycket bättre än sina adliga undersåtar. Det var uppenbart.

Och det fanns en förklaring. När han slog sig i slang med några av gastarna ombord på kejsarinnans yacht den eftermiddagen visade det sig att de alla var officerare i den tyska flottan och medlemmar i Marine-Regatta-Verein där man inte accepterade civila medlemmar, adliga eller ej.

Kejsarfamiljen hade helt enkelt städslat Tysklands bästa, åtminstone mest hängivna, seglare som gastar. Och själva åkte deras kejserliga högheter med som passagerare.

Dag två gick till på samma sätt, med den skillnaden att engelsmannen nu vann och prins Eitel Frederick kom tvåa. Ellida hade kommit nia dagen innan och nu åtta.

Var det en dumhet han begick att ta baronen åt sidan när de kommit iland andra dagen med "ett fall framåt", som baronen kallade det?

Antagligen inte. Deras avslutande samtal sista dagen hade nog haft en annan karaktär om han bara suttit still i båten, skotat hem för hårt och tappat fart.

Ärlighet varar inte alltid längst, han var medveten om det. Ärlighet kan skapa lika starka fiender som oförskämdhet och somliga kan inte se skillnad på det ena och det andra. Att baronen betraktade i stort sett alla människor utom kaisern som sina underlydande var sedan länge fullständigt klart. Och så kom alltså den där förarglige norrmannen som envisades med att springa efter hans dotter utan ett öre på fickan med kritik och förslag!

Men ingen utomstående hörde deras samtal. De stod lite vid sidan av ute på bryggan och båda talade med mycket små gester.

Baronen var vit i ansiktet och talade lågt, men mellan sammanbitna tänder.

"Du byter plats i morgon med den man som sitter närmast mig. Du kommer med förslag på vad jag ska göra, diskret givetvis. Om vi då seglar bättre har du vunnit något. Om vi seglar sämre har du kommit till Kiel för sista gången."

Det var ett tydligt avtal. Ändå inte så mycket att oroa sig över.

Baronen var en naturligt usel seglare. I en av de hårda klasserna, för mindre och mer tävlingsinriktade båtar, hade han inte haft en chans. Så sämre kunde det inte gå, annat än med extrem otur av något slag.

De kom femma nästa dag, slog åtminstone kejsarinnans Iduna. Sista dagen, efter vilodagen, kom de fyra, nu slog de förutom kejsarinnan även Prins Adalbert. Baronen var euforisk och badade i lovord från alla håll. Han hade så att säga vunnit den icke kejserliga divisionen av klassen. Om man undantog den där engelsmannen som förargligt nog kom tvåa sammantaget.

När baronen låtit sig gratuleras en stund uppe på den stora kryssarpiren gav han order om att norrmannen var entledigad från efterarbetet – hänga segel på tork, svabba mahognydäcket med sötvatten, hänga ut fendrar och allt övrigt för att ge Ellida ett sjömansmässigt yttre – och bjöd ner honom till salongen. Där tog han fram två konjakskupor och serverade dem varsin tysk brandy av bästa märke.

De skålade under tystnad.

Han mindes det följande samtalet praktiskt taget ord för ord. Eller gjorde han det?

Han hade gått länge över fjället som i trance medan han spelade upp alla scenerna för sitt inre och fötterna valde som av sig själva stegens längd och placering i stenskravlet. Mindes han verkligen ord för ord, min för min och tonfall för tonfall som han föreställde sig?

Han satte sig ner på en sten för att vila, som om det skulle göra minnet klarare. Jo, han mindes till och med dofterna av brandy, fernissa, trä, tjära och segelfukt där nere i salongen. Och baronens ansikte, först hans lycka, sedan hans vrede.

"Äran tillfaller mig, du och jag vet att det är din förtjänst", sade baronen när han höjde sitt glas till en lätt markerad skål.

Jo, exakt så hade det börjat och det verkade förstås lovande.

"Du måste verkligen ha seglingen i blodet", fortsatte baronen. "Jag är en amatör, seglar för mitt nöjes skull och för själva begivenheten här i Kiel. Du är verkligen en viking. Och du har berett mig stor glädje, det kanske verkar barnsligt i dina seglarögon men det är icke desto mindre sant. Jag vill gärna återgälda. Be mig bara om en tjänst, utom den du redan bett om och fått nej."

Det var det avgörande ögonblicket. Om det inte vore för den förbannade homofilen på Bergens Privatbank hade han nu bett om Ingeborg, trots det uttalade förbudet.

Något annat hade han inte kunnat tänka sig att be om. Han lyssnade en stund på det kluckande ljudet av vatten mot bordläggningen, ett av de vackraste och mest behagfulla ljud han kände, medan han tänkte efter.

Sedan bad han om ett lån på fem år med tio procents ränta på 2 500 mark. Givetvis en struntsumma för baronen. Båten de satt i var värd åtminstone hundratusen mark.

Ändå blev baronen rasande, till en början helt obegripligt.

"Du bad just, trots min uttryckliga reservation, om exakt det jag inte ville att du skulle be mig om!" röt han som om han tappat kontrollen. Men i så fall återtog han den snabbt, lutade sig lätt bakåt och markerade en ny skål med konjaksglaset.

Det gällde att försöka hålla sig kall.

"Jag bad bara om ett smärre lån som skulle komma mig utomordentligt väl till pass just nu."

Hade han svarat så försiktigt välformulerat? Jo, det hade han.

Och det var nu baronen tappade behärskningen på nytt och försade sig å det grövsta.

"Du vill kort sagt ha 15 000 norska kronor! Det kan jag mycket väl förstå med tanke på att ditt konto i Bergens Privatbank för närvarande har ett saldo på 800 kronor, det vill säga drygt hundra mark! Det är vad du åstadkommit under dina första år som diplomingenjör, du som hade de mest strålande anbud. Några anbud som jag själv, skam till sägandes, instigerade, eller åtminstone uppmuntrade. Du är inte lite fräck!"

"Det är en fråga om heder."

"Det kan jag respektera. Men att leva upp till sin heder kan stå en dyrt. Ibland övermåttan dyrt. Jag har lovat dig en tjänst, be mig om något annat än Ingeborg!"

Ungefär så måste orden ha fallit. När minnet var så färskt, eller så intensivt, borde han kanske skriva ner det när han kom hem till Hallingskeid. Han reste sig och gick vidare.

Det skulle vara midnatt när han kom fram, särskilt om han gick så här fundersamt släntrande och tog pauser då och då. Sommarnätterna hade mörknat, men i gengäld var det klart väder och starkt månsken. Den nya stjärnan i Perseus hade bleknat år för år, snart kanske den inte syntes längre.

Där hade han alltså för andra gången förlorat möjligheten att köpa in sig i Horneman & Haugen. Och vad skulle han då be om? Äran att ytterligare någon gång få sitta intill rorsman och förklara när man skulle vända, gå över stag eller slacka på skoten? Nej, det var snarare baronens sak att be om.

"Jag ska be om en ny tjänst, det är något jag skulle vilja veta", sade han urskuldande, möjligen spelat undergiven. "Hur kunde Herr Baron veta att jag hade 800 norska kronor på mitt konto i Bergens Privatbank?"

Frågan tycktes träffa baronen som en örfil. Det syntes mycket väl att han insåg att han försagt sig.

"Återigen, unge herr seglarmästare", började han långsamt, inte längre så sammanbitet. "Ingen hör oss, vi är ensamma om detta samtal, inte sant? Nå, jag har stora affärer med Bergens Privatbank. Som ni vet står jag kaisern rätt nära och... ja, jag har ivrigt uppmuntrat hans idé om att låta upprätta en jättestaty av Fridtjof, över tjugo meter hög, vid Vangsnes i Sognefjorden. Det är en stor affär både politiskt och ekonomiskt, jag litar på er diskretion. Men det innebär alltså att jag har mycket intima förbindelser med Bergens Privatbank. Kaisern har nämligen gett mig förtroendet att hantera denna strålande sak. Min avsikt var enkel. Ni skulle belåna er mors egendom, jag skulle köpa upp skulden. Därefter vore problemet med ert rännande efter Ingeborg löst. Och här och nu hade vi slutgiltigt kunnat göra upp den saken. Det är den enkla, kanske inte så charmerande, men den enkla sanningen."

Uppriktigheten hos baronen kunde man inte klaga på. Och det hade inte precis handlat om hans frisyr när han satt i Bergens Privatbank med den äcklige lille chefsnotarien Mathiesen, ty den hade alltså varit köpt av såväl kaiser som baron.

Det fanns inget mer att säga, inget mer att fråga om, bara försöka byta ämne.

"Varför i all världen ska ni bygga en staty av Fridtjof vid Vangsnes?" frågade han mest för att de båda skulle slippa undan pinsamheten.

"Men karl, vet ni inte det, ni som är norrman! Det var ju där Fridtjof hade sin gård. Självklart är det rätta platsen. Kaisern är dessutom mycket förtjust i hotellet som ligger på andra sidan fjorden, vad det nu heter? Jo! Kviknes heter det."

Fjällvinden friskade i mot Lauritz ansikte och temperaturen föll med det sjunkande ljuset. Han stannade för att gräva fram sin anorak ur ryggsäcken, det såg ut att komma regn.

Det var så otroligt dumt att det nästan trotsade fantasin. "Det var ju där Fridtjof hade sin gård", sade denne fånige vikingaentusiast. "Fridtjof" var för helvete en fantasifigur i ett långrandigt jävla versepos av en svensk författare, dessutom det! En fantasifigur som varken bott på Vangsnes, Kviknes Hotell eller någon annanstans. Och hur skulle han då avbildas på en tjugo meter hög staty? Förmodligen med gåsvingar eller kohorn på hjälmen.

Själv hade han aldrig varit i Sognefjorden, för övrigt. Men det hade tydligen kaisern. I vissa avseenden var tyskarna galna, skam till sägandes eftersom det var världens ledande nation när det gällde kultur och vetenskap.

"Då har jag bara en sista önskan", vidtog han efter att ha ratat alla idéer om vikingapolemik. "Vid nästa seglarmiddag vill jag ha äran att föra Ingeborg till bordet."

Han hade väntat sig ett nytt raseriutbrott, i stället möttes han av ett roat småleende.

"Beviljas!" sade baronen. "Men i kväll är det den kejserliga banketten och dit bjuds av naturliga skäl inga gastar, ja utom på de kejserliga yachterna förstås. Och i morgon bär det hemåt. Men om ni ville vara så vänlig att assistera min segling vid nästa Kieler Woche år 1906, så ska detta arrangeras vid första kvällens mer familjära middag."

I det läget fanns inget mer att säga. Han hade bara rest sig, bugat korrekt och lämnat Ellida.

Han skulle snart vara hemma i Hallingskeid, skymtade redan ingenjörsbostaden. Det hade gått fortare sista timmen. Antagligen för att han haft så mycket av sin dödsfiende baronen i tankarna och fått extra adrenalin ut i kroppen. Dödsfiende? Nej, det var att gå till överdrift, någon dödsfiende hade han inte.

Det var släckt i huset där borta, antingen hade Berner och Guttormsen gått och lagt sig eller också sov de över på sina arbetsplatser. Snart skulle han dra duntäcket över både sig själv och Ingeborg, huttra lite i den första kylan men snart känna värmen stiga. Särskilt i hennes drömda sällskap.

Ingeborg...

Nej, han skulle spara henne till sist, till sängen. Hon fanns ändå med i allt han tänkte. Som en speciell doft eller som skön musik i bakgrunden. Snart skulle de sova omslingrade. Men först Oscar.

De flesta av Tysklands ledande tidningar fanns i gastmässen, dit alla uniformerade gastar hade tillträde. Det var där han av en ren slump upptäckte bilden på en förstasida i händerna på en kejserlig gast som satt mitt emot honom. Han väntade otåligt men artigt tills kollegan läst färdigt, vilket tog olidligt lång tid. Visst kunde han ha misstagit sig, han hade bara skymtat bilden som hastigast. Men en bror måste väl känna igen en bror?

När han äntligen fick tidningen i sin hand såg han namnet i bildtexten: Oscar Lauritzen.

Det var ett oerhört ögonblick. Också nu, svettig uppe på fjället, huttrade han till precis som han hade gjort då.

Det var en lång artikel som ingick i en serie om framstående män i Tyska Afrika, i det här avsnittet handlade det alltså om storviltjägaren och järnvägsbyggaren Oscar Lauritzen, en hjälte i uppbyggnaden av det nya afrikanska Tyskland. På en av bilderna stod han i bredbrättad hatt med gevär i armhålan, ett patronbälte snett över bröstet och faktiskt en pipa i munnen. Hade han börjat röka? En osund vana såvida det inte gällde någon enstaka cigarr efter en bättre middag. Oscar såg dock ut att vara i god form, bredaxlad och smärt. Bilden förde tankarna till Vilda Västern och Karl May.

Den långa tidningsartikeln berättade dramatiskt om hur Oscar dödat människoätande lejon och hur han skyddade järnvägsbygget mot vresiga noshörningar och elefanter. Han beskrevs också som det tyska järnvägsbolagets främste expert på brobyggnationer, en upplysning som framkallat tårar i Lauritz ögon.

På ytterligare en bild stod han framför en hop kedjade negrer som ingått i en stam kannibaler som överfallit järnvägsbygget. Hela anfallet hade Oscar slagit tillbaka praktiskt taget på egen hand.

Det framgick ändå att Oscars huvudsakliga arbete var brobyggnation vid järnvägen. Han levde. Och han levde tydligen ett hårt och sunt liv i Afrika.

Oscar hade flytt från sin plikt, det var obestridligt. Men hans flykt hade inte med girighet att göra, för inte heller i Afrika var väl järnvägsbygge något att leva fett på. Den som hjälpte till att föra civilisationen till Afrika kunde man inte klandra, det måste ses som en god gärning i Guds ögon.

Men vartör hade han aldrig hört av sig? Inte ens skrivit till Mor och berättat var han fanns och att det inte gick någon nöd på honom. Att Sverre hade all anledning att vara återhållsam när det gällde sina göranden och låtanden i London kunde man gott och väl förstå. Men Oscar?

Skulle han själv nu skriva till Oscar? Adressen var given, det där järnvägsbolaget i Dar es-Salaam. Självklart skulle han skriva, men vad?

Den sista kilometern fram till ingenjörshuset tänkte han noga igenom hur han skulle formulera sitt brev till Oscar utan alltför många bannor.

Det var kallt i huset, där hade inte eldats på ett par dagar. I skafferiet hängde en rökt fårfiol, det första man såg när man öppnade dörren. Medan han sysslade med att göra upp eld på både bottenvåningen och övervåningen kom han att börja grubbla något över brödernas olikheter.

Hade det funnits något ödesbestämt i valet av sidointresse när de befann sig i Dresden? Oscar skaffade sig, utan att ha en bittersta aning om framtiden, just den färdighet som skulle tjäna honom bäst i Afrika när han gick med i skarpskyttarna. Själv hade han byggt upp en benstyrka och lungkapacitet i velodromen som närmast var en tvingande nödvändighet på Hardangervidda.

Nej, resonemanget sprack ändå på Sverre. Eller det kanske det inte gjorde. Var pederaster verkligen särskilt begivna på opera? Sådant prat hade han alltid avfärdat som förtal av operakonsten.

Han hade hängt duntäcket på uppvärmning framför öppna spisen på övervåningen. Det kändes närmast högtidligt att nu äntligen bära det bort till sängen, dra av sig kläderna och naken krypa ner mellan kallt och varmt som snart skulle förena sig i hans egen kropp.

Nu!

Nu var huvudet äntligen rensat från allt annat, bara Ingeborg återstod. Skulle han genast kasta sig ut i det förbjudna, ljuvaste och mest himlastormande? Nej, hellre dra ut på det, spela upp den fantastiska, för att inte säga fräcka, intrigen först!

Där satt han alltså i gastmässen och läste sina tidningar, kanske var han bedrövad av alla svårigheter som tornade upp sig för att bara komma åt att växla några ord med henne. Baronen vaktade henne som en drake ruvande på en guldskatt.

En tjänsteflicka, klädd som alla andra tjänsteflickor i svartvitt, kom plötsligt fram till honom med ett litet kuvert på en silverbricka.

"Biljett till diplomingenjör Lauritzen", sade hon och knixade lite innan hon med lätt uttråkad min försvann samma väg hon kommit. Hela scenen såg självklar ut, ingen hade så mycket som lyft på ögonbrynen eller höjt blicken från tidningen.

Och där satt han med ett litet vitt linnekuvert med Ingeborgs monogram i diskret relieftryck på baksidan. Hans puls steg som inför en hundrametersspurt när han med låtsad likgiltighet sprättade upp kuvertet.

Kort och precist redogjorde Ingeborg för hela planen och slutade med att ironiskt parafrasera: "Kvinnans list övergår baronens förstånd."

Listig var planen. Men det var kärleken och ingenting annat som övervunnit baronens förstånd.

Han var outhärdligt nervös när han låg på sängen inne i sitt lilla kyffe till hotellrum och väntade. Tiden sniglade sig fram. Gång på gång steg han upp och kontrollerade allting på nytt, detta "allting" som sannerligen inte var mycket. En karaff med sherry, två glas, en vas med röda rosor.

Exakt på slaget, en kvart efter att den kejserliga avslutningsbanketten börjat, knackade den överenskomna signalen, tre korta och en lång.

Han fick yrsel när han steg upp från sängen, det kändes som om han skulle svimma och han vinglade något när han steg fram till dörren och öppnade.

Och häpnade. Ingeborg hade inte kommit ensam, bredvid henne stod väninnan Christa och Christas kammarjungfru, Bärbel, som så skickligt spelat komedin med brev på silverfat. Alla tre var klädda som tjänsteflickor i svart och vitt. Väninnorna knuffade fnissande in Ingeborg, vinkade och försvann.

När han stängde dörren tog Ingeborg ett resolut grepp om sin vita spetsdekorerade hätta, slet av den och skakade ut hela sitt långa rödblonda hår. Han försökte säga något men då tog hon ett snabbt steg framåt och kysste honom med omedelbar vild passion och började bara efter några sekunder knäppa upp hans kläder och strax fumlade han med hennes, medan den långa allt vildare kyssen fortsatte.

När de var nakna sånär som på någon glömd strumpa måste båda ha mer luft och flämtade våldsamt när hon nu tryckte sig mot honom och förde hans ena hand mot sitt sköte samtidigt som de började kyssa varandra på nytt tills lusten blev dem båda närmast outhärdlig.

"Gör mig med barn, genast!" viskade hon när hon knuffade ner honom på sängen, vigt kom efter och gränslade honom och hjälpte honom in.

Hon red honom med en kraft och oblyghet som han inte ens hade kunnat föreställa sig i sina mest hemliga fantasier, hon förde hans händer mot sina bröst medan hon bet sig hårt i underläppen för att inte skrika.

För Lauritz blandades upphetsningen med häpenhet och undran över att det var hon som älskade med honom snarare än tvärtom. Annars hade han genast exploderat i henne, men nu kunde han för första gången vänta på henne. Och när hon var nära slog hon upp ögonen och böjde sig fram och viskade att hon ville se honom i ögonen när han kom i henne. Då exploderade han.

De älskade ytterligare två gånger utan att säga mycket, som om de inte hade tid med ord, de återhämtade sig fort och glöden inom dem flammade upp lika fort. Andra gången gjorde de som vanligt, tredje gången bad hon honom lekfullt att ta henne bakifrån, jo, hon bad faktiskt, hon sade att hon ville veta.

Efteråt låg de nakna och svettiga, omslingrade i den smala hotellsängen. Ljuset strilade in mellan de tunna vita tyllgardinerna. Hon petade honom då och då på näsan som för att retas. Han låg stilla, överväldigad och förmådde sig varken till att säga något eller att retas tillbaka.

När de svalnat och svetten började torka på deras kroppar rullade hon över på mage, stödde sig på armbågarna och sade att de nu bara hade två timmar på sig. Far kunde omöjligt lämna kaiserns bankett, även om han nog anade argan list. Hon måste vara tillbaks och spela sjuk och eländig på sitt rum före klockan elva. Hon fick gärna bli ännu mer svettig och rufsig i håret om en stund, men de måste hinna tala också. Hon anade ungefär vad som hänt och bad honom berätta.

Han började med det katastrofala mötet på banken i Bergen, det som hade verkat så obegripligt då, men som fått en lika logisk som obehaglig förklaring vid baronens försägelse nere i aktersalongen. De var alltså bara ett par tusen mark ifrån att kunna förbereda resten av livet tillsammans.

Hon skulle inte tveka att rymma till Lauritz så fort han hade ett hem. Far skulle självklart göra henne arvlös som straff, men det betydde ingenting, bara de själva fick tak över huvudet och mat för dagen.

Han började optimistiskt fundera över att låna de där pengarna någon annanstans, i en annan bank eller rentav från Den gode Hensikt, även om det alternativet kunde te sig i framfusigaste laget.

Hon började ivrigt berätta om en förmögen moster, änkefru som numera bodde i Leipzig. Hennes far kunde inte gärna förbjuda henne att besöka moster Bertha. Och ett par tusen mark var så lite och saken så oändligt stor. Moster Bertha uppträdde visserligen överdrivet strikt och talade oroväckande mycket om ungdomens moraliska förfall. Men hon hade ju varit ung själv, kanske själv upplevt kärlek med förhinder? Det var i alla fall värt ett försök. Fick Ingeborg pengarna skulle hon via Deutsche Bank telegrafera dem till hans konto i Bergens Privatbank. Men hon måste ha hans kontonummer, det fick de inte glömma.

Mot slutet av samtalet lade han sin hand över hennes stjärt, hon tog tag i hans ena mustasch och drog honom till sig. Deras passion flammade blixtsnabbt upp på nytt. De började om från början, i samma ordning som första gången.

Efteråt när hon stod framför spegeln och krånglade med sin maskeradkostym som tjänsteflicka började hon tala politik, vilket sårade honom. Men kanske var sådana tankar oundvikliga i denna klädsel. Hon sade att efter så många år på Kieler Woche skulle normalt mer än hundra människor ha känt igen henne på promenaden mellan

Kaiserhof och det mindre seglarhotellet. Men ingen såg en tjänsteflicka. Själv hade hon känt igen åtminstone tio personer på vägen, till och med sett en gammal skolkamrat i ögonen utan att möta minsta glimt av igenkännande. Tjänstefolk räknades inte som människor, de hade lika gärna kunnat vara tre fiskmåsar som gled förbi. Den här gamla omänskliga världen måste bort.

Det var den förslagna Bärbel som hade tipsat dem, Christa och Ingeborg hade båda blivit lika häpna över idén, men snart accepterat tanken. Det hade känts som att kasta sig ut över en avgrund när de trippade ut från Kaiserhof. Men det tog inte många sekunder innan de upptäckte att Bärbel hade förskräckande rätt.

Exakt på utsatt tid hördes knackningen på dörren. Där ute stod Christa och Bärbel, tydligt förtjusta. Men när Bärbel beslutsamt började ordna till Ingeborgs spetshätta på huvudet måste de stänga dörren.

Det var en antiklimax. Ett egendomligt sätt att skiljas och dessförinnan ett högst oromantiskt sista samtalsämne tänkte han där han stod moloken bakom dörren, nästan som förstenad.

Då kom signalen på nytt på dörren. Han öppnade försiktigt. Det var Ingeborg som sträckte fram sin mun för en sista snabb avskedskyss.

"Blir man inte med barn efter detta blir man det väl aldrig", viskade hon och var borta.

Det var bara tre dagar sen. I en helt annan värld. Nu låg han under sitt duntäcke i Hallingskeid och spelade upp de erotiska minnena för sin inre syn. Det var ofattbart att de inte skulle ses på närmare ett år. Såvida hon inte verkligen blivit med barn. Och vad hände då?

Ingen av ingenjörerna uppe på fjället hade hustru, alla var ungkarlar. Det var inte på något sätt mot reglerna, bara det att man bodde i en värld som passade illa för kvinnor. Och var omöjlig för barn.

När han tre veckor senare fick hennes brev där hon berättade att planen inte hade lyckats drog han spontant en suck av lättnad. Han skämdes lite för den saken, det kändes illojalt mot henne.

Men han hade också sett något tankeväckande vid den föga romantiska avskedsscenen då hon krånglade med sin utstyrsel. Hon var politiskt radikal, en fritänkare som diskuterade med samma säkerhet som en man, fast ofta mer välbetänkt. Inget samtalsämne var henne främmande och det var nog just dessa drag hos henne som gjort honom så upp över öronen förälskad redan efter en mycket kort bekantskap. Men ibland kunde hennes politiska radikalism göra henne blind för verkligheten. Det var inte sant att det enda hon behövde var tak över huvudet, mat för dagen och hans outsinliga kärlek. Hon visste inte hur man satte upp håret under en tyllhätta eftersom hon hade haft tjänstefolk hela sitt liv.

XIV
OSCAR
TYSKA ÖSTAFRIKA
SEPTEMBER 1905

DUSCHEN BESTOD AV en tunna upphängd på träställning bakom hans tält med skydd runt om av flätad vass. Från tunnan löpte en slang som slutade i ett duschmunstycke tillverkat av en perforerad konservburk. Gravitationen ordnade resten. Det fungerade utmärkt och skymningssvalt vatten var en svåröverträffad njutning under den heta perioden.

Till middag serverades en gryta på pärlhöns, dock utan vin i såsen. Hassan Heinrich hade blivit en allt bättre kock. När Oscar nyrakad, mätt och sval slog sig ner med Hassan Heinrich för deras ständiga övningskonversation där han talade tyska och fick svar på swahili, sedan svarade själv på swahili och blev korrigerad om han sade fel, föreslog han en förändring. I fortsättningen skulle de bara konversera, men han fortfarande på tyska och Hassan Heinrich på swahili. Innehållsmässigt hade ju deras flera år långa konversation varit tämligen torftig, eftersom den var mer språklektion än samtal.

Han ville veta mer om Hassan Heinrich och det var på tiden, han hade närmast dåligt samvete för sitt hittills bristande intresse. Hans förhållande till Kadimba var ett undantag, men de befann sig ofta i situationer där livet hängde på att de förstod varandra väl och att den ene i varje ögonblick visste vad den andre skulle göra. Dessutom hade Kadimba räddat hans liv.

Till en början var Hassan Heinrich blygt motvillig när man skulle försöka sig på detta nya sätt att samtala. Men allteftersom Oscars nyfikenhet ökade flöt samtalet lättare.

Hassan Heinrich hade tre bröder och fyra systrar och alla hade de kristnats vid den lutheranska missionsskolan inte långt från Hotell Kaiserhof. Familjen bodde en bit norrut längs stranden i två hus, byggda som alla andra hus med skiftesverk av trä, där väggarna fyllts igen med lera. Och så det vanliga taket av *viungo*, flätade palmblad. Det var lätt att se framför sig.

En nyhet för Oscar var att skiftesverket som skulle hålla väggarna uppe alltid måste byggas i mangroveträd. Först tog han för givet att det kunde förklaras med de närliggande mangroveträsken, att det helt enkelt var första bästa byggmaterial. Men när han frågade mer om saken förklarade Hassan Heinrich att skälet var ett helt annat, att "de vita myrorna" inte gav sig på mangroveträd som om det varit miombo eller akacia. I förbigående hade Oscar fått en ytterst värdefull upplysning: termiterna var järnvägsbyggarens gissel. Även om han försökte behandla syllar såväl som brokonstruktionernas bjälkverk med kreosot, så visste man ännu inte hur länge de skulle stå emot termiter. Om mangroveträdet på något sätt var resistent mot termiter skulle det kunna förändra en hel del. Som det nu var diskuterade man möjligheten att, trots tidsutdräkt och extra kostnader, gjuta järnvägssyllarna i betong. Det märkliga, eller kanske rentav genanta, med att få denna upplysning om mangrovens speciella och i Afrika synnerligen värdefulla egenskap, var att den kommit som en självklarhet, närmast i förbigående, första gången Oscar satt sig ner och verkligen talat med Hassan Heinrich.

Och när samtalet fortsatte kom nya överraskningar. Hassan Heinrich var gift, och hade en fru som väntade deras första barn. Hon var också kristnad och hette Mouna Maria och bodde för närvarande hos Hassan Heinrichs föräldrar.

Oscar lovade genast att låta bygga ett nytt hus åt den unga familjen. I nästa ögonblick talade han om att bygga ett eget större hus vid stranden inne i Dar, i närheten av hamnen, och att han då skulle komma att behöva någon som stod för hans hushåll. Om Hassan Heinrich vore villig att ta sig an det arbetet kom han mycket närmare sin familj. Och lönen skulle han för övrigt inte oroa sig för, han skulle få bättre betalt än på järnvägsbygget.

För det var ändå så, resonerade Oscar, att man snart såg slutet på hela det stora projektet. Nå, järnvägsbyggen tog egentligen aldrig slut, men det stora språnget var sträckan från Dar es-Salaam till Tanganyikasjön. Nya byggen skulle förvisso följa på det, kanske först sträckan från Tabora till Mwanza vid Victoriasjöns södra strand. Därefter troligen en linje från hamnstaden Tanga upp till Arusha. Men om man förr eller senare skulle sluta med järnvägsbyggande och flytta hem från bushen och leva som vanligt folk i hus? Det var bara en tidsfråga innan man borde göra sig beredd på den omställningen och ett stort hus vid havet kunde man inte lämna utan tillsyn, särskilt om ägaren då och då hade jobb ute i bushen. Inom ett år skulle den linje man just höll på med vara framme vid Ujiji eller Kigoma, vilket nu skulle räknas som slutstation av de två angränsande platserna. Redan då var det kanske dags att tänka på något nytt?

Hassan Heinrich såg ut som om han inte riktigt visste vad han skulle tro, som om det varit för många nya och storslagna nyheter på en gång. Oscar hade blivit uppeldad av sina vildsint spontana planer.

Han visste dock väl med sig vad som satt igång tankekedjan. Det var när han hörde att Hassan Heinrich hade en ung fru som väntade barn och som borde få ett eget hem, kanske rentav ett hus vid havet. När han försökte föreställa sig Hassan Heinrichs fru såg han Aisha Nakondi framför sig, på stranden nedanför ett stort vitt hus i morisk stil och med Indiska oceanen i bakgrunden. En sådan fantasi kunde få honom att rusa iväg och lova vadsomhelst.

Och hans fantasier om Aisha Nakondi visade inga tecken på att blekna under de följande dagarna när han arbetade med den förstärkta banvallen som man beslutat om i stället för en låg men utdragen brokonstruktion över träskmaskerna framför lägret. Minst en gång var femte minut kastade han en blick över axeln för att se om några barundikanoter närmade sig för att hämta honom.

Till slut satt han ändå där i en tungt lastad kanot med sex barundikrigare som skötte paddlarna. De manövrerade sig först ut genom de höga trädstammarna i den del av träsket som låg närmast fast mark. När han riktade blicken uppåt var det som att befinna sig i en ljusflimrande katedral. Längre ut i träsket när färden vindlade fram mellan holmar av papyrus började han känna en närmast skräckblandad förtjusning inför vad som väntade. Allt var antagligen möjligt. Men ovissheten var svåruthärdlig.

Det som hade hänt förra gången kanske inte kunde hända igen. Årstiden var fel och ritualerna nu helt annorlunda. Förfädernas andar var på ett helt annat humör, eller att det som var tillåtet vid festen då regnen upphörde var strängt tabu nu när man befann sig inne i växtperioden, eller vilken som helst annan afrikansk förklaring. Han måste förhärda sig inför tanken på att han den här gången inte ens skulle få se henne.

Han måste under alla förhållanden hålla sig lugn. Kyla ner sig. Uppträda med värdighet när han kom fram. Avsluta alla affärssamtal med drottning Mukawanga utan att med så mycket som en min avslöja att det fanns annat på platsen som intresserade honom tusenfalt mer. Han måste använda all sin vilja för att ta sig samman, förlita sig på ordning och disciplin.

Alla dessa goda föresatser till trots steg hans puls så högt att han fick andningssvårigheter när portarna till barundis hamn ljudlöst öppnades framför kanoten. De sex männen tog två sista kraftiga paddeltag och lät kanoten landa i sanden.

Hon fanns inte bland alla nyfikna som väntade inne i hamnen.

Man lastade ur hans bagage och började bära det mot den stora byggnaden som var drottningens residens, men mot baksidan den här gången. Ingen gjorde någon ansats av att bära honom på sina axlar, ingen sjöng, det stod fullt klart att det här besöket var mindre formellt än det förra och han såg inte tillstymmelse till festklädsel.

Det verkade mer som ett rutinmässigt affärsbesök av ett slag som barundifolket måste ha vant sig vid under hundratals år.

Han visades in genom en mindre dörr på baksidan av den kungliga byggnaden och kom in i ett rum som verkade vara mer kontor än festsal. Drottning Mukawanga satt bakom ett stort bord i svartbrunt träslag, klädd i en lång blå kanzu som bara smyckades med vita silkesbroderier kring halsen och en djup glipa ner över bröstet. Intill det stora träbordet stod tre äldre män med uttryckslösa ansikten.

Drottningen reste sig när han kom in, gick emot honom med framsträckta händer och hälsade honom hjärtligt och anvisade en stor klumpig stol, faktiskt en stol, mitt emot det stora bordet. Någon kom bakifrån och serverade honom en stor kokosnöt med avhuggen topp och han tog först för givet att det var *madafu*, färsk kokosmjölk. Men när han drack kände han en omisskännlig smak av alkohol, han hade fått *ulanzi* i stället, bambuvin som inte jästs med hjälp av de gamla kvinnornas saliv. Han riktade kokosskålen först en gång mot drottningen, sedan mot de tre äldre männen och drack. Därmed var hälsningsceremonierna över för den här gången.

"Jag är glad att du är min gäst på nytt, Bwana Tysk. Vi hade en affär och du har kommit för att avsluta den och du har dina varor med dig så som vi kom överens", hälsade drottningen utan några som helst utvikningar eller artigheter.

"Ja, drottning Mukawanga, jag är också glad över att vara tillbaks hos dig för att vi ska göra så som vi kom överens", hälsade Oscar tillbaks i ett försök att anlägga samma sätt att tala rakt på sak som drottningen. "Jag har en karta med mig för att visa var vi ska bygga en station vid järnvägen där barundis kan resa", fortsatte han, böjde sig ner mot sitt bagage och rotade fram kartan.

Platsen där man skulle anlägga järnvägsstationen var geografiskt sett självklar, helt enkelt den punkt på järnvägssträckningen som låg närmast barundis stad. Drottning Mukawanga hade inga invändningar.

Därefter bars de åtta elefantbetar fram som han hade beställt.

Men han hade underskattat storleken. Betarna såg ut att vara över 100 pund styck och det var rimligtvis betydligt mer än "en man kan bära långt", som beställningen löd. Han erbjöd sig därför att betala mer än den ursprungliga överenskommelsen och han såg att drottningen tydligt uppskattade hans gest. Då föreslog han att den extra betalningen skulle ske i knivämnen som han genast började plocka fram ur sitt bagage. För egen del ansåg han att det var bättre betalning, handeln med glaspärlor gjorde honom alltid generad. Enligt Mohamadali var den sämsta affären den där båda parter ansåg sig lurade och den bästa den där alla inblandade kunde känna sig nöjda också på längre sikt. Och det föreföll honom högst osäkert om den som en gång avhänt sig elfenben för tusentals pund mot en låda blåa glaspärlor för tre pund för alltid skulle kunna vara nöjd.

Drottning Mukawanga var måttligt road av den extra betalningen i knivämnen men blev påtagligt upplivad av att se lådorna med glaspärlor öppnas den ena efter den andra, och snart talade hon och Oscar ivrigt om att utvidga affärerna till skinn från *Chui* och *Mamba*, leopard och krokodil, mot ytterligare knivämnen och kokkärl i järn. Skjutvapen kunde Oscar inte ge sig in på, den handeln var förbjuden i Tyska Östafrika. Däremot kunde han leverera rent bly, vilket visade sig vara en lika värdefull valuta som knivstål från Solingen.

Plötsligt tycktes affärerna vara avslutade och på ett tecken från drottningen bars det in mat som dukades upp på det bastanta bordet. Drottningens tre tysta bisittare flyttade fram till bordet utan att visa några särskilda förväntningar. Och till Oscars förvåning serverades en mycket enkel måltid som bara bestod av grillad fisk och lite bambuvin. De åt en stund under tystnad tills en av de tre äldre männen började diskutera något med drottningen på deras eget språk som Oscar inte förstod en stavelse av.

Drottningen tänkte efter en stund, nickade sedan beslutsamt bifall och vände sig till Oscar med en fråga som var lika direkt som överrumplande.

"Aisha Nakondi vill komma till dig. Vill du, Bwana Os Kar...", hon log gåtfullt när hon uttalat hans namn, förmodligen åt vad Oscar betydde på hennes eget språk. "Vill du komma till henne?" frågade hon.

"Ja, det vill jag!" svarade Oscar utan att tveka, även om han insåg att frågans innebörd kanske inte var helt klar. Men för hans vidkommande fanns inget annat svar än ja om det gällde henne.

"Då så!" sade drottningen och reste sig abrupt och kastade undan den fiskbit hon just fört mot munnen. "Då går vi till folket."

Drottningen markerade åt Oscar att gå bredvid henne innan de steg ut från det stora huset och vek av åt vänster från hennes residens.

Solen höll på att gå ner, det skulle snart bli mörkt. Den kungliga processionen, drottningen och han först, de tre äldre männen bakom dem, skred långsamt genom byn som visade sig vara mycket större än Oscar föreställt sig. Först följde de en gata som löpte längs den tjocka palissaden som föreföll att omringa hela byn. Några barn försökte ansluta till processionen, men blev åthutade och bortryckta av sina mödrar och storasystrar under skratt och fnitter. De män som de mötte på väg hem från jakt eller fiske gjorde glada miner, en del av dem också obscena rörelser med underkroppen medan de klappade i händerna mot Oscar. Han blev generad och försökte distrahera sig med att ställa några frågor till drottningen.

Var stockverket vid byns ytterkanter till för att hålla fiender eller krokodiler och flodhästar borta?

Inte längre mot fiender, för mot fienden hade man stark hjälp av moskiterna, flodhästarna kunde däremot ställa till mycket besvär på nätterna, fick han veta.

Men moskiterna plågade väl alla människor lika mycket, invände han. Nej, inte barundi, förklarade drottningen med en axelryckning. Andra människor fick malaria, men inte barundi.

Mer i förbigående noterade han att den upplysningen måste vara av stort vetenskapligt intresse. Hade barundi ett fungerande motmedel mot malaria och i så fall vad? Men det var omöjligt att hänga sig kvar i sådana praktiska funderingar nu när han, på ett eller annat sätt, tycktes vara på väg mot henne.

Omvägen blev i så fall stor, för den växande processionen där krigare med spjut i händerna börjat ansluta, såg ut att gå runt hela byn. De passerade smedjor där drottningen stannade och visade ett knivämne för smederna, som granskade materialet kritiskt och sakkunnigt innan de med glada miner visade sin uppskattning. De mötte en stor grupp jägare på hemväg som nedlagt ett tiotal antiloper av den sort som ser ut som impala, men är grövre i kroppen och lever i träskmarker, de mötte fiskare som bar tunga bördor med karp- och abborrliknande fiskar. Alla män var klädda i höftskynken av mjukt läder som såg ut som sämskskinn. Det var tydligen det vanligaste klädesplagget, men här och var i hyddöppningarna, där kvinnorna flockats och gav sitt bifall med höga kvillrande skrik och klappade i händerna, såg han en del klänningar i bomullstyg. I bortre änden av byn fanns en ytterligare stor öppning i palissaden, men ingen båthamn utan en anlagd väg som ledde ut mot några holmar där man röjt undan alla papyrus och odlade grönsaker och något som Oscar gissade var ris.

Grisar, höns och getter sprang överallt, men gränderna mellan husen var noga sopade och någon orenlighet riskerade man inte att trampa i. Han gissade att byn, eller samhället rättare sagt, kunde ha upp till tusen invånare. I så fall krävdes en väl fungerande, närmast sofistikerad, organisation för att klara försörjning och hälsovård, funderade han. Och då slog det honom att han inte såg några sjuka eller lytta, inga utmärglade eller svaga människor. Och detta mitt ute i ett malariaträsk!

Processionen som vuxit till ett hundratal man med spjut och sköldar kom äntligen fram dit Oscar börjat hoppas, till den plats där man haft den stora festen för att fira regntidens slut, där maten och vinet varit magiska och där hon lett honom till en av hyddorna strax bakom festplatsen.

Just där stannade man och processionen formerade om sig till en stor halvcirkel med drottningen och Oscar i mitten, strax framför öppningen till den hydda där han älskat med Aisha Nakondi.

Dörren till hyddan öppnades och där stod hon. Eller han antog att det måste vara hon, klädd i en heltäckande svart dräkt med silverbrokad. Hennes ansikte var täckt med en slöja.

Det blev alldeles tyst som på en given signal. Gestalten som måste vara Aisha Nakondi sträckte ut sina händer mot honom. Han hade så hög puls att det dunkade i tinningarna.

"Du tar hennes händer. Går in och kommer inte ut förrän det är fullbordat", beordrade drottningen. Just när Oscar skulle ta ett första steg lade drottningen till en sista förklarande instruktion.

"Mama Ramuka skall hjälpa er med allt."

Drottningen gav Oscar en lätt puff i sidan och nickade mot kvinnan med de utsträckta armarna. Han tog ett djupt andetag, drabbades av panik när han fick för sig att benen inte skulle bära honom, att han blivit förlamad. Men så tog han sitt första osäkra steg framåt och kunde strax gripa hennes utsträckta händer, jo det var utan tvivel hennes händer. Mjukt drog hon honom med sig in i hyddan och stängde dörren bakom dem.

Där ute steg jubel och sång mot den mörka himlen och det lät som om publiken återupptog en av de danser han sett och hört vid den stora festen.

När hans ögon vande sig vid dunklet såg han att Aisha Nakondi satt sig ner vid en stor matta av flätad vass där det stod en rad korgar med lock i olika storlekar. Hon tecknade åt honom att sätta sig mitt emot. Nu först upptäckte han två andra gestalter där inne som just fäste tjärbloss i järnhållare runt den stora sängen och på en av sidoväggarna. I det flackande ljuset såg han att de två främmande kvinnorna, han antog att de var kvinnor, också var klädda i heltäckande svart, men inte med en slöja för ansiktet utan masker som fick honom att tänka på lejoninnor.

De två demonliknande gestalterna tog upp en låg entonig sång och började gå rytmiskt runt honom och Aisha Nakondi, en av kvinnorna svängde en tygpåse fram och åter och spred på så vis en stark doft som påminde om barundis speciella kryddor.

Proceduren pågick en stund tills en av gestalterna gick fram till Aisha Nakondi och långsamt lyfte undan hennes svarta slöja. Hon såg på honom med sitt mest strålande leende, hennes vita tänder lyste i dunklet, och han kände en berusande lycka, kanske också lättnad över att hon verkligen var hon eftersom han oemotståndligt höll på att glida in i en sorts galenskap där dröm och verklighet nog snart inte skulle gå att skilja åt.

Sången där ute hade blivit ljusare i stämmorna och mer rytmisk, ett stort antal kvinnor tycktes ha anslutit till festen, om det nu var en fest och inte en magisk rit.

De två kvinnogestalterna inne i hyddan satte sig ner vid den dukade vassmattan och grep efter varsin liten korg med flätat lock och tog upp något som såg ut som ett litet stycke torkat kött med en drypande kryddblandning. Som på kommando stoppade de in föremålen i munnen på först honom, sedan Aisha Nakondi. Han ville inte fantisera om vad det var han åt, gissade på orm eller krokodil, men smaken av kryddblandningen kände han väl igen från förra gången.

När de tuggat i sig och svalt gick båda kvinnogestalterna fram till Aisha Nakondi och hjälpte henne sakta upp i stående och drog sedan med ännu mer långsamma rörelser, närmast utstuderat, av henne de svarta tygsjoken. Hon stod naken framför honom med ett band av små vita flodsnäckor runt magen som enda dekoration och hon log lyckligt mot honom och sträckte ut armarna som om hon ville komma i hans famn genast. Men då ingrep en av häxkvinnorna, steg resolut in mellan dem och visade med tydliga ilskna gester att de inte fick röra varandra. Därefter vände de sig båda mot Oscar för att klä av honom också, men hamnade snart i beråd. Hans skjorta var lätt att få av, men de höga läderstövlarna satt hårt. Det gick inte att fortsätta proceduren med stilla värdighet. Han måste sätta sig ner och sparka av sig den ena stöveln och få hjälp av två knotande maskerade kvinnor med den andra. Om han inte hade varit så uppfylld av sin längtan hade han funnit scenen komisk.

Till slut stod han lika naken som hon vid kanten av den flätade mattan med alla skålarna och han sträckte händerna mot henne på samma sätt som hon hade gjort och det var tydligen helt rätt och han fick en plötslig ilning genom kroppen som om han börjat frysa, vilket var omöjligt så här års och så här dags. Håren reste sig ändå på hans armar.

De fick på nytt sätta sig ner och matades i en andra omgång på samma sätt som det börjat. Den här gången var han rätt säker på att det var orm han åt, den starka kryddsmaken från den undergörande gröna smeten var dock densamma. Därefter följde en procedur med vin som serverades i kalebasser, ett vin som han inte druckit förut, det smakade vare sig som det tjocka palmvinet eller som det lättare och sötare bambuvinet.

När de druckit ur lyfte en av de svartklädda kvinnorna av locket på den största korgen i mitten av arrangemanget, sträckte blixtsnabbt ner handen och drog upp en orm som hon höll i ett stadigt grepp bakom det väsande huvudet. Oscar stelnade till av skräck, det var en pufform. Betten var inte alltid dödliga, men ledde till förfärliga sår och missbildningar. Ormen slingrade sig ilsket kring häxkvinnans starka arm. Den andra tog Aisha försiktigt om axlarna och pressade ner henne på mattan och lade henne till rätta med benen lätt åtskilda och armarna utefter sidorna. Oscar uppmanades med tecken att lägga sig likadant så att hans fötter mötte Aisha Nakondis, det var en ilande beröring och han fick en ny köldsensation. Ormen väste ilsket.

Så gjorde de något med Aisha Nakondi och han kunde inte låta bli att lyfta lite på huvudet för att se, men ångrade sig genast när han såg ormen frisläppt komma ringlande upp mellan hennes ben, över hennes sköte och upp mellan hennes bröst innan den på nytt togs fast med ett stadigt grepp över nacken.

Han slöt ögonen och väntade, ville inte tänka på fortsättningen, försökte fjättra sin fantasi vid bilden på hennes ansikte. Det enda han såg var ett jättelikt trekantigt ormhuvud, det typiska huggormsutseendet med stora giftkörtlar på sidorna. När den torra, svala ormen slingrade upp mellan hans ben kände han till sin skräck att hans kön höll på att resa sig. Det var så förbluffande orimligt att han kom över sin rädsla efter några sekunder. Han knep ihop ögonen ännu hårdare och koncentrerade sig på vetskapen att vad som än hände fick han inte göra några häftiga rörelser. Det kändes som en lätt ilning över hans pung, samtidigt som han av ormens väsande och piskande svans trodde sig förstå vad som hände. De pressade ut ormens gift över honom.

De fick två nya bitar av den magiska kärleksmaten instoppade i sina munnar och en ny omgång vin. Hans stånd ville inte ge sig, Aisha Nakondi såg det och nickade glatt uppmuntrande och just då var han tacksam för att de två häxkvinnorna bar svarta masker så att han och Aisha Nakondi ändå på något sätt var ensamma i rummet med det allt svagare fladdrande ljuset.

De låg stilla en stund utan att röra sig medan allt på den flätade vassmattan plockades undan och nya bloss sattes upp runt sängen. Han längtade outhärdligt efter henne, det bultade närmast smärtsamt i hans kön.

En av kvinnorna tog nu Aisha Nakondi lugnt i händerna och vred upp henne så att hon kom att stå på knä med pannan mot marken, fasthållen i båda armarna. Hon vaggade sakta fram och åter med sin vackra bak, som om hon ville hjälpa till att fresta honom. Vilket inte alls hade behövts, han kände en obetvinglig längtan efter henne nu och såg redan, som han tidigare tvångsmässigt sett bilden av hennes ansikte, hur han trängde in i henne och gav sig hän.

Han trodde också det var meningen och gjorde en ansats att närma sig henne, men stoppades genast av den andra häxkvinnan som om han varit på väg att förstöra allt. En ny procedur vidtog. Från ett par av korgarna kom tjock vit och ockrafärgad färg som den som inte höll fast Aisha Nakondi först smetade på hennes svettglänsande bak, över hans ansikte och runt hans styva lem. Sedan visade häxkvinnan honom till rätta, fick honom att gå på knäna så att han kom så nära Aisha Nakondi, som nu flämtade av vällust, att han nästan vidrörde henne.

Han fick nu gripa tag om hennes midja, men när han försökte tränga in i henne blev han genast hindrad, det var outhärdligt. Så kände han häxkvinnans stadiga grepp runt hans lem, han blev varken chockerad eller förvånad, och så drog hon honom framåt och förde in honom. Det kändes som om han var på väg att svimma, Aisha Nakondi gav upp ett jublande skri och rörde sig häftigt åt sidorna och upp mot honom och när häxkvinnan bakifrån tog ett stadigt grepp om hans testiklar och kramade till exploderade han i en utlösning som var den längsta och mest extatiska han någonsin upplevt. Utanför hyddan steg samtidigt sången från de dansande kvinnorna till ett jublande crescendo, som om de sett allting och visste att nu var det fullbordat.

Aisha Nakondi kunde äntligen kyssa honom och de fick tala med varandra men hade till en början inte så många ord att säga. Hon tryckte sig mot honom som en ung lekfull leopardhona. Hans händer, som längtat så mycket, smekte henne som han fantiserat så länge. Inte en enda mygga fastnade egendomligt nog när han förde sina händer över hela hennes nakna kropp.

Han hade hoppats att de nu kunde vara ensamma eftersom häxkvinnorna omärkligt hade packat ihop sin utrustning och lämnat hyddan. Men det visade sig att hon och han hade plikter som för stunden måste gå före den privata njutningen. Hon klädde sig i en sedesam blå dräkt, mycket lik den som drottningen tagit emot honom i, och tog fram en likadan åt honom.

När de steg ut ur hyddan möttes de av jubel, skratt och stormande applåder. Och den följande festen påminde mycket om den första. Liksom den följande natten.

* * *

Han var matt lycklig när han återvände till järnvägslägret med sina åtta stora elefantbetar, som kostat järnvägen en dags försening, arbetet hade en tendens att gå långsamt om han själv inte var på plats och övervakade allting. Dåligt samvete hade han ändå inte, han skulle ta igen tiden de närmaste dagarna. Och mer än så de följande veckorna, han skulle inte återvända till barundifolket på en månad och det hade inte bara med hans affärer med drottning Mukawanga att göra, utan också med Aisha Nakondi. Hon var nu i ett välsignat tillstånd, det var den bästa översättning han kunnat få till, och måste hållas i absolut renhet i en månad för att barnet inom henne inte skulle störas under den allra första och känsligaste delen av sitt liv. Man hade berättat detta för honom som om det vore självklarheter.

När hans elfenben var undanstuvat tog han genast itu med arbetsledningen och slet så hårt han förmådde ända fram till och en bit in på dagens heta timmar då alla vanligtvis gick undan för att sova.

Han duschade först, men vattnet i tanken var lite för hett för att det skulle vara riktigt behagligt. Att sova svettig var han annars van vid.

Just när han skulle gå och lägga sig upptäckte han att det kommit post från Dar. Det var det vanliga brevet med olika nya idéer och förhållningsregler från huvudkontoret som han numera inte brukade fästa mycket avseende vid. Det var en sak att sitta och rita på kontor under en fläkt i Dar, en helt annan sak att få det gjort här ute.

Han kastade trött undan brevet men upptäckte då ytterligare ett och stelnade till som om han fått kortslutning. Brevet hade norska frimärken. Handstilen var lika bekant som om den varit hans egen.

Han satte sig ner på sin säng och vägde brevet i handen, som om han inte riktigt vågade öppna det. Brevet kändes som ett högt rop från ett annat liv, en annan tid och i högsta grad ett annat land. Men det gick inte att undkomma. Han drog sin jaktdolk och sprättade upp kuvertet.

Brevet var daterat för sex veckor sedan.

Finse den 7 augusti 1905

Dyre, saknade och käre Broder,
Jag skriver dessa rader med vånda och tillbaka på min post efter en ytterst angenäm men samtidigt plågsam tillvaro vid regattan i Kiel, Kieler Woche, Du har säkert hört talas om den begivenheten. Jag hade den delvis dubiösa äran att få tjänstgöra som gast ombord på Baron von Freitals yacht "Ellida", ja den heter så, mannen är synnerligen begeistrad i sagan om Fridtjof.

Seglingarna gick efter omständigheterna väl, vi placerade oss hedrande, det vill säga strax efter de fem första platser som synes vara reserverade för kejsarfamiljen. Några seglare är dock icke dessa förnäma människor, Du och jag skulle med en någorlunda hygglig båt lämna dem alla långt bakom oss. Nog om detta.

Under min vistelse i Kiel råkade jag upptäcka en artikel i generöst format publicerad i Hamburger Abendblatt där Din bild prydde förstasidan med tillfångatagna negrer i bakgrunden. Inne i tidningen fanns ytterligare ett fotografi av min käre bror och där redogjordes för Dina mellanhavanden med lejon. Därmed sagt att jag äntligen vet var Du är och vad Du gör. Som av en Ödets ironi är vi således båda järnvägsmän och brobyggare, precis som avsikten var från början.

Ty jag har, sedan jag efter vår examen i Dresden återvände till Norge, städse arbetat vid vår unga självständiga nations största ingenjörsprojekt någonsin och Du vet mycket väl vad jag talar om, det storartade järnvägsbygget mellan Kristiania och Bergen som kommer att få en så enastående betydelse då vi kan sammanlänka Sankt Petersburg med England.

Vedermödorna har varit avsevärda, men jag skall icke trötta Dig med utförlighet på den punkten, snöstormar och is och mörker, kort sagt.

Av texten i Hamburger Abendblatt förstår jag att Ditt järnvägsbygge inte heller är lättvindigt, ehuru svårigheterna är av, skall vi säga, rakt motsatt geologisk och meteorologisk natur. Nog om detta också. För vi kommer ändå att ha mycket att berätta den dag Ödet åter för oss samman.

När jag fick invitationen att tjäna som gast på baronens yacht fylldes mitt hjärta förstås med vissa förhoppningar eftersom Ingeborg och jag har svurit att aldrig gifta oss med någon annan. Kanske hade den gamle sachsarens hårda sinne äntligen mjuknat. Men nejdå! Han förhörde sig nogsamt om jag ännu byggt någon förmögenhet. Då jag upplyste honom om att mitt arbete på världens hårdaste järnvägsbygge (det trodde jag då, vi kan disputera om den saken senare i livet) inte var lönsamt, utan en fråga om heder och plikt och nationellt sinnelag lät han sig ingalunda imponeras.

Saken blev inte bättre av att jag, desperat som jag var, förödmjukade mig till att försöka låna pengar av honom. Listig trodde jag att jag var när jag framställde mitt blygsamma önskemål om ett lån på 2 500 Reichsmark vid vår avslutningsfest då vi trots allt kunde fira att baronen placerat sig bättre än någonsin tidigare (vilket berodde på att han lät mig råda honom, mannen kan själv inte kryssa och knappt hantera vanlig undanvind).

Saken var den att ingenjörsfirman Horneman & Haugen, som är det mest välrenommerade byggnadsföretaget i Bergen, erbjudit mig anställning såväl som delägarskap efter järnvagsprojektets avslutning. Jag skulle få köpa tjugo procent av aktierna för den närmast symboliska summan, antar jag, om 15 000 norska kronor, således omkring 2 500 Reichsmark.

Jag är säker på att även ett obetydligt inflöde av moderna tankegångar i firmans ledning omedelbart skulle kunna avsevärt förbättra vinstmöjligheterna. Men därav blev alltså intet. Det hade annars varit den stora möjligheten för mig och Ingeborg att gifta oss.

Också Bergens Privatbank vägrade mig detta lån, vilket för övrigt baronen faktiskt låg bakom. Det kan förvisso låta egendomligt, jag vet, men det sammanhänger med att baronen för kaiserns räkning sköter vissa affärer mellan Norge och Tyskland.

Förlåt, käre Oscar! Min avsikt är verkligen inte att trötta Dig med triviala betraktelser kring min ekonomi. Men varav hjärtat är fullt talar man, och ytterst handlar dessa bekymmer om Ingeborg.

Jag sliter alltså uppe på fjället för tre män och jag medger att det funnits stunder då jag snuddat vid bitterhet. Staden Bergen gav oss vår utbildning, men bara jag betalar tillbaka. Vad Sverre beträffar vill jag inte höra hans namn, även om jag just skrev det, men det var trots allt mellan bröder. Sverres förfärliga engelsmän förledde honom till värre ting än den kvinnliga smak han utvecklade så demonstrativt under våra sista år i Dresden, nämligen till rena avskyvärdheter. Jag har förstått att sådant måhända går för sig i London och därför förvånar det mig icke att det tycks vara dit han tagit sin tillflykt. För mig finns han inte längre.

Hårda ord kan tyckas. Men jag kan inte hjälpa det, han svek oss dubbelt. Din desperata flykt har jag större förståelse för, även om jag finner den svår att ursäkta. Jag kan inte tro annat än att Dina känslor var lika starka som mina var och är för Ingeborg. Jag vet alltså av egen erfarenhet hur kärleken kan driva den starkaste man till förtvivlan. Det drabbade oss båda, Du genom att Du blev skändligen bedragen, jag genom baronens hårdhet. Dock fanns en stor skillnad mellan oss. För mig fanns hopp. Vi var yngre och mer optimistiska. Men för Dig fanns likväl bara det stora sveket. Och jag kan inte säga vad jag själv skulle ha tagit mig till i en sådan situation. Hade Ödet velat annorlunda kanske jag varit i Afrika och Du på Hardangervidda. Nej, ärligt talat tror jag inte jag hade passat lika väl i Afrika som Du.

Mina fingrar stelnar, det är en ovanligt tidig snöstorm där ute och allt arbete ligger för närvarande nere. Därför vill jag till sist fatta mig kort. Min plikt vid Bergensbanen är snart ett avslutat kapitel, jag har betalt vår skuld. Om jag förstår saken rätt är Du också snart framme vid resans slut, den stora sjön som jag just nu glömt namnet på. Vi har goda praktiska erfarenheter båda två, under de mest skiftande omständigheter som världen kan erbjuda. Borde vi inte återförenas och bygga nya broar?

Frågar Din käre bror mitt i en snöstorm
Lauritz

Oscar läste brevet långsamt och två gånger. Han grät, det var inget att göra åt det. Och han hade i mellanakten hällt upp ett glas sprit som nu var tömt.

Först kände han bara en tung maktlöshet och skam. Naturligtvis var han en svikare, eller hade åtminstone varit. Vilket var illa nog och det som sved mest i sinnet när han läste Lauritz brev.

Lauritz kämpade alltså ensam där uppe på Hardangervidda eftersom Sverre flytt till London. Det var en nyhet. Hade de där engelska barnsligheterna satt sig så djupt i Sverre att han lät dem avgöra hela hans livsbana? Det var inte sunt, även om det inte heller var den katastrof som Lauritz domedagspredikade om, men det hade kanske med hans egendomliga gudstro att göra, den som ligger hos en man skall stenas till döds? Så märkligt primitivt och så oväntat från en annars så moralisk och modern människa som Lauritz.

Om nu detta engelska beteende var barnsliga lekar eller en sorts sjukdom kunde man väl inte säga säkert. Men i båda fallen gick det väl att bota? Om inte annat fick man skicka Sverre till drottning Mukawanga på festen vid regnets slut. En sådan behandling borde bota den mest hårdnackade engelska pederast.

Det var på ett helt annat plan brevet från Lauritz ställt den stora moralfrågan som han just nu ville undvika ännu ett slag genom att gripa sig an den tredje, och lättaste frågan först. Segling.

Han hade lust att lägga sig på sängen medan han funderade över saken, men vågade inte. Det var säkert över 40 grader varmt inne i tältet och han skulle bara somna och det vore just nu väl genant. Han gick ut och tog en ny snabb dusch, alltid kylde det något om han bara lät vattnet dunsta från kroppen utan att torka sig.

Baron von Freital hade nådigt låtit städsla Lauritz som sin gast. Antingen var det en gest av förakt, för att visa Lauritz hans rätta plats, eller också ville han bara av ren elakhet ha nöjet att än en gång släcka Ingeborgs och Lauritz förhoppningar.

Han satt naken på en stol framför sitt lilla skrivbord och märkte hur han fylldes av rena hämndfantasier, som om förolämpningen mot Lauritz riktat sig lika mycket mot honom själv.

Om man då tänkte sig att bygga en segelbåt tillräckligt stor för den där kejserliga klassen i Kiel? Det fanns ju skeppsbyggare av allehanda slag i Bergen, som de som hade upptäckt de små repslagarlärlingarnas försök att bygga en skalenlig modell av Gokstadsskeppet, då när deras liv tog en helt ny vändning.

Och om man vidare tänkte sig att skrovet kunde byggas i slät lackerad mahogny i stället för klintbyggas i ek eller förses med plåtskrov eller vad man nu vanligtvis använde för de där stora leksakerna för ofantligt rika män... så måste vattenmotståndet reduceras med kanske upp till 30 procent. Det fanns tekniska problem med att få ett sådant skrov helt tätt, men det borde gå att lösa. Resten var en fråga om naturlagar, ren matematik, segelytan i förhållande till skrovets längd och tyngd. Och förstås form, de hydrodynamiska aspekterna kunde bli nog så intressanta.

Den senaste mahognylasten han levererat till den egna firman bestod av ovanligt långa och raka stockar. Han skulle tala med Mohamadali om saken. Om Karimjee Jiwanjee redan hade etablerade affärsförbindelser med Bremen och Hamburg så... förresten hade han rentav nämnt Bergen. Mahognyn till båtbygget skulle alltså med lätthet kunna levereras från Zanzibar.

Och på den segelbåten, av ett slag som Tyskland aldrig skådat, skulle Lauritz föra sina dubbla priser hem från regattan i Kiel, segerpokalen och Ingeborg. Det vore en strålande hämnd, men också en vacker och uppmuntrande fantasi. Så fick det bli. Och nu gick det inte längre att smita undan från den mest smärtsamma frågan. Pengarna.

Lauritz trodde att hans lycka hängde på 2 500 Reichsmark för att kunna köpa in sig i den där ingenjörsfirman i Bergen. Det var groteskt. Ute på en av järnvägsvagnarna låg hans väl surrade elefantbetar som han förhandlat till sig från drottning Mukawanga, en affär bland många, närmast i förbigående eftersom det funnits så mycket större angelägenheter hos barundifolket.

Var och en av de åtta betarna där ute var värd mer än 2 500 mark. Han hade inte kommit till Afrika för att göra affärer. Han hade flytt från sin förnedring i första hand och först senare börjat tänka sig att han skulle göra något gott på annat håll än i Norge och han hade framför allt inte strävat det minsta efter att bli förmögen. Medan Lauritz kämpat förmodligen lika hårt som han själv uppe på Hardangervidda, också han uppfylld av en idé, att bli tillräckligt rik för att enligt baronens säregna måttstock förtjäna Ingeborg. Samtidigt som han skulle uppfylla sina moraliska plikter för en summa av gissningsvis 3 000 norska kronor om året. Vad blev det? 600 mark kanske.

Gud var sannerligen inte god mot den strikt moraliske och troende Lauritz, dock ytterligt ironisk.

Han satt en stund bakåtlutad och vägde på sin fällstol medan han utvecklade planen. Om det inte varit för Aisha Nakondi, deras väntade barn och det stora vita huset han skulle bygga nere vid havet så skulle han ha återvänt till Norge för att "bygga nya broar" med Lauritz. Det var närmast självklart. Men det han skulle göra nu i stället var också självklart.

Han öppnade sitt skrivschatull och tog fram ett linnepapper som alldeles uppenbart var för fuktigt så att bläcket skulle flyta ut, tände en av fotogenlamporna och hängde pappret på tork, förhoppningsvis i lagom höjd så att det inte skulle ta eld.

Sedan skrev han en disposition till Deutsche Bank från handelsfirman Lauritzen & Jiwanjee om vissa överföringar till herr diplomingenjören Lauritz Lauritzen med konto i Bergens Privatbank, Bergen, Norge.

Därefter formulerade han ett telegram:

Läste Ditt brev stop Djupt rörd stop Mahogny kommer bygg ny båt och vinn i Kiel stop Köp hela ingenjörsfirman i Ditt och mitt namn stop Fria till Ingeborg stop Ser fram emot att mötas stop

Där stannade han, eftersom slutet på meddelandet var oklart. När skulle de ses? Han hade inget svar och kunde inte längre lämna Afrika.

XV
LAURITZ
FINSE/BERGEN
SEPTEMBER 1905

DANIEL ELLEFSEN RINGDE från Finse och undrade om de inte skulle ta den där fisketuren uppe på Hallingskarvet. De hade ju talat om det hela sommaren men det hade aldrig blivit av, mest beroende på vädret. Det hade varit en kall, regnig och allmänt usel sommar. Men nu när det egentligen skulle vara början på vintern så hade man i gengäld fått den varmaste hösten i mannaminne. Så då var det väl nu eller annars först nästa år, menade Daniel.

Lauritz höll med. Det hade verkligen varit en usel sommar, snöstorm till och med i augusti. Det hade ändå inte spelat så stor roll, han hade inte ägnat sig åt någonting annat än bron, där sten fogades till sten, sakta men säkert. De hade slagit valvets understa del tvärs över stupet. Nyckelstenarna, så oändligt noga slipade och anpassade, det var ju de stenarna precis i mitten som allting bokstavligen hängde på, var äntligen på plats. Det var precis rätt tid att lämna bygget några dagar, nu när man skulle börja om nerifrån och slå nästa valvbåge. Dessutom kunde det vara bra om han och Johan Svenske fick vara var och en på sitt håll några dagar, Johan var inte så förtjust i att ha honom hängande över sig på arbetsplatsen med alla, i Johans tycke, mer eller mindre onödiga kontrollmätningar. Om Johan såg att en sten passade, så passade den. Det var Johans enkla filosofi och den stämde hittills alltid, sånär som på några små och petiga korrigeringar från Lauritz. Man kunde aldrig vara nog försiktig, var nämligen hans filosofi.

På väg mot Finse kunde han gå med bara en tunn skjorta under anoraken, det var verkligen en egendomlig höst. Utan skidor tog det också betydligt längre tid, det fanns alldeles för lite snö. Men han behövde också lite tid för sig själv, tyckte han. I arbetarbaracken kunde han aldrig känna sig riktigt privat, det var som om han blygdes över att i andras sällskap tänka över hennes senaste brev.

Den fria kärleken var en central tankegång hos henne och hennes lika kvinnosaksivriga väninnor. Den fria kärleken förutsatte jämlikhet också sexuellt mellan man och kvinna. Det var ett förlegat ideal att njutning bara var till för mannen och att kärleksakten var något som kvinnan bara skulle uthärda, eller snarare underkasta sig. Redan Martin Luther hade påpekat att denna, som vi nu kallade viktorianska, men föralldel lika mycket kejserliga, uppfattning var förlegad och antihumanistisk. Redan då, på 1500-talet.

Så långt var han med. Så länge hon diskuterade i allmänna filosofiska eller politiska termer, om det nu var så stor skillnad, var han med. Mer besvärad blev han när hon tog deras egna erfarenheter som grund för diskussionen. Hon hade kommit fram till vissa slutsatser rörande det som hänt dem senast. Om mannen tog kvinnan bakifrån så var han överheten. Om kvinnan red mannen så var det i gengäld hon som behärskade honom. Ensidigt bruk av endera positionen skulle följaktligen vara fel. Slutsatsen därför enkel: växlade man så uppnådde man jämlikhet. Hon hade läst mycket i ämnet som hon, ibland alltför utförligt enligt Lauritz, redovisade i sina brev.

Han höll med henne i sak. Och han ansåg inte att det fanns vissa samtalsämnen, om ens några, som enbart borde föras mellan män. Också där höll han med henne och det vore det nog få män som skulle göra.

Det var bara det att han blev så generad. Vissa ting borde förbli outtalade. Man kunde inte diskutera kärlekens fröjder som om det gällde att lägga upp taktiken inför ett cykellopp.

Å andra sidan var denna hennes intellektuellt nyfikna och ständigt prövande sida kanske det som mer än något annat var skälet till hans överväldigande förälskelse. Sade man om henne att "hon är inte som andra kvinnor" så var det ingen allmän komplimang utan betydde bokstavligen just det. Hon var det nya århundradets kvinna. Pionjär kanske, även om hon alltid hänvisade till moderna författare som han aldrig läst eller i de flesta fall ens hört talas om. Men likväl var hon pionjär, ungefär som ingenjörerna i detta stora århundrade.

Fast hans bror Oscar, förvisso ingenjör, tycktes dessvärre vara offer för feberhallucinationer. Han hade fått ett telegram från Oscar som föreföll fullständigt förvirrat, om att köpa hela Horneman & Haugen, bygga segelbåt och liknande fantasier. Mycket sorgligt. Genant också, men framför allt mycket sorgligt. Kunde antagligen vara malaria eller någon liknande febersjukdom. Bara att hoppas att han repade sig.

Lauritz hade förträngt sina ekonomiska bekymmer. Nu dök de upp bakom nästa fjällkam som svarta demoner. Hur mycket han än vridit på frågeställningen hade han inte hittat någon väg ut. Han hade minst två år kvar av sin moraliskt tvingande tjänstgöring på Bergensbanen. Det var orubbligt. Det enda som hade kunnat förändra detta kategoriska imperativ vore om hon verkligen blivit med barn. Då hade det uppstått ett moraliskt undantagstillstånd.

Skulle han verkligen fara hela vägen till Kiel nästa sommar för att vara gast hos den oduglige seglaren som var hennes far? Jo det skulle han. Skälen var enkla. Dels den utlovade middagen första seglingsdagen där han enligt baronens löfte skulle få föra Ingeborg till bordet. Dels möjligheten att de skulle kunna stjäla en stund för att komma varandra nära på nytt.

Han föredrog att uttrycka saken så, mer vagt, mindre konkret, mer romantiskt.

När han kom till Finse var det middagstid. Han och Daniel skulle vara uppe på Hallingskarvet till kvällen, lagom för fiske. Daniel hade packat två mesar med renskinnssovsäckar, tungt att bära, särskilt om de fick mycket fisk, men nödvändigt för att klara nattfrosten.

De gick ett par timmar under tystnad, var och en i sina egna tankar. De gjorde en bra distans, Lauritz kunde numera gå lika långt och fort som de flesta andra ingenjörer på Hardangervidda.

De hittade en halvt förfallen renvaktarkoja och drog in enris och fjällbjörk till varsin sovplats där de rullade ut sina tunga sovsäckar. Sedan skyndade de ivrigt ner till närmaste vattendrag. Som alltid i tiden strax före isläggningen var fisken desperat på hugget och när det började bli mörkt måste de ge sig för att inte få så mycket fisk att de måste avstå morgonfisket.

De rensade sin fångst med allt stelare fingrar och packade den med fjällbjörksris i sina ryggsäckar. Tillbaks i kojan halstrade de varsin lagom stor öring och tog sig en rejäl dramm för att sova, de ville båda upp för att se soluppgången som skulle vara något alldeles särskilt uppe på Hallingskarvet.

Vid sextiden steg de upp, drack sitt morgonkaffe under tystnad och började sen gå uppför fjällsluttningen för att få ännu mer höjd till sin utsikt. I öster färgades redan horisonten mörkröd.

Hela högplatån vilade ännu i skymningsljus, violett över myrarna, vitt över de många vattenspeglarna som fortfarande låg blanka och stilla i väntan på den första solbrisen. Plötsligt steg den röda glödande skivans överkant upp över avlägsna fjäll och snart exploderade hela nejden i färg och fjälltopparna i blixtrande rött. Fjällsluttningen mitt emot dem låg fortfarande i skugga och såg helt svart ut. Strax hade solskivan stigit så att det såg ut som om den vilade direkt på fjällen borta i öster. Ljuset spred sig som när man slår upp en solfjäder, sikten över hela landskapets brinnande höstfärger blev oändlig, ända till de glimmande fjälltopparna i Jotunheimen mer än tolv mil bort.

Det var en underlig, nästan skrämmande tanke, att de två kanske var de enda människorna som just nu såg detta väldiga skådespel. Och att det lika gärna hade kunnat vara för tusen år sedan, eller om ytterligare tusen år.

För Lauritz kändes stunden som en svårförklarlig vila från allt som hade med det övriga livet att göra, brobyggnad, penningknipa och allt slit de kommande åren innan han skulle bli fri.

De fiskade ett par timmar och hade då fått så mycket öring att de inte skulle kunna bära mer.

Det tog dem sex timmar att gå ner till Finse, eftersom den tunga lasten sinkade dem.

De lämpade av det mesta av fisken hos handelsman Joseph Klem och resten i köket hos hans fru Alice, som flyttat ner från Myrdal för att öppna hotell i Finse. Det var än så länge ett mycket litet hotell, men paret Klem räknade med att det skulle bli fart på turisterna så fort järnvägen var färdig, och det var numera inte avlägset i tiden. Åtminstone inte om man såg optimistiskt på tillvaron.

Betalt för fisken tog de självklart inte, de skulle ändå bli bjudna på både mat, dryck och underhållning till kvällen. Efter middagen brukade man samlas i hotellets salong där Joseph Klem spelade gitarr eller rentav hade små uppvisningar i modern dans. Han var en stor beundrare av en amerikanska som hette Isadora Duncan och hon dansade inte enligt några regler utan "fritt", som Joseph kallade det. Mest såg det ut som om han bara skuttade runt lite planlöst, fastän han kallade sin komposition "Aases död". Lauritz var osäker på vad han ansåg om denna nya dansstil, men han antog att Ingeborg skulle ha tyckt mycket om den.

* * *

Förhösten var den tid då hela glaciären på andra sidan Finsevand speglade sig i vattnet med en alldeles särskild lyster. De som förstod sig på förklarade det ovanliga ljuset med att det var så mycket lera som runnit ner i sjön från fjällen att vattnet reflekterade mer. Vad det än berodde på så var det ett ständigt pågående och föränderligt skådespel, särskilt framåt kvällen när det sneda röda ljuset spelade i glaciärens isblåa tunnlar, grottor och högresta pelare. Det var en syn att försjunka i, särskilt om man för en stund ville glömma allt annat. Det var ett magiskt bildspel som helt enkelt inte lät sig förklaras. Stilla kontemplation av det slaget blev det alltför lite tid för när så mycket skulle hinnas med före den första snön.

Lauritz hade tagit en skidtur upp på glaciären och vid hemkomsten berättade köksan på Finse att någon hade ringt från Bergen och sökt ingenjör Lauritzen på telefon. Det var någonting om bankpapper och köp av aktier.

Mer konkreta besked än så hade hon inte och hon hade glömt namnet på den som ringt. Lauritz sov oroligt den natten.

Sin vana trogen steg han upp klockan sex på morgonen och satte sig i hotellsalongen intill telefonen för att vänta. Han vågade knappt gå därifrån för att äta frukost, men som han borde ha räknat ut dröjde det till framåt nio på förmiddagen innan telefonen äntligen ringde. Joseph Klem gick högtidligt fram till apparaten, lyfte av hörluren, tryckte taltratten mot sin mun och svarade dovt "Finse, handelsman Klem".

Samtalet var mycket riktigt till Lauritz och strax var det en främmande röst i hans öra som presenterade sig som bankdirektör Sievertsen på Bergens Privatbank. Det var en lättnad att det inte var den lille ondsinte homofilen.

Vad bankdirektören faktiskt meddelade blev dock mer förvirrat än klart. Han lät nervös och konstig på rösten. Tydligen önskade han i alla fall ett sammanträde så fort ingenjören kom till staden för att diskutera närmare dispositioner av innestående medel, samt formellt avsluta förvärvet av aktieposten i Horneman & Haugen.

Även om beskedet var svårtolkat lät det förstås mycket lovande. Hade Ingeborg verkligen lyckats få fram pengar från sin moster i Leipzig? Ja, så var det naturligtvis!

Lauritz gjorde upp om ett sammanträde om tre dagar, klockan tre på eftermiddagen. Senare på dagen gick han med raska steg uppför Kleivegjelet på väg mot brobygget. Johan Svenske var inte överdrivet hjärtlig när de träffades och Lauritz begrep mycket väl vad det handlade om. Johan trivdes bäst när Lauritz inte hängde över honom och kontrollerade allting. Han sken mycket riktigt upp när Lauritz berättade att han bara skulle stanna ett dygn, eftersom han måste vidare till Bergen.

Och hur petnoga Lauritz än mätte och räknade uppe på bygget fann han inte minsta detalj som borde ha gjorts på något annat sätt. Hela konstruktionen vilade tungt och i absolut balans och man hade använt sig av betydligt mindre cement än beräknat. Det visade att stenblocken var minutiöst tillskurna och på någon annan plats på jorden hade man inte behövt någon cement i fogarna över huvud taget. Här gällde inte så mycket att hålla ihop konstruktionen som att täppa till alla sprickor och hål där vatten kunde tränga in. På låglandet skulle sådana små vattenmängder bara strila vidare ner genom stenblocken utan att göra någon skada. Men här skulle allt vatten förvandlas till is mer än halva året och isen hade en otrolig sprängkraft.

Det enda som fanns att diskutera var hur länge man skulle våga hålla på i väntan på den första snön. Det var redan september, snön kunde egentligen ha kommit för länge sen och det var omöjligt att veta hur länge det snöfria vädret skulle stå sig. Johan menade att det bara var att jobba på. Man hade redan fått upp ett nytt lager presenningar och det skulle inte ta lång tid att täcka över de känsligaste partierna, exempelvis högst upp över nyckelstenarna, när snön kom.

Lauritz kunde inte komma på några invändningar. Johan ursäktade sig buttert och började ta sig nedför en lejdare, han skulle se till inpassningen av två nya block nere vid basen. Lauritz stod kvar en stund med armbågarna stödda mot ett bastant träräcke och betraktade den hänförande utsikten ner över dalar, fjällsidor och forsar. Han måste bekämpa sin svindelkänsla, för det mesta hade han undvikit att se ut över avgrunden när han befann sig här uppe, nu tycktes han ha vant sig nödtorftigt. Han fick ett infall, drog fram sin räknesticka och fann att tåget, vid en hastighet av 50 kilometer i timmen, skulle passera bron på 11,8 sekunder. Märkligt. Ut ur en tunnel, svindlande ljus och milsvid utsikt och vips in i en ny tunnel. Resenärerna skulle aldrig hinna ägna en tanke åt dem som byggt bron. Och när han själv tog med sig Ingeborg på första resan måste han sitta beredd och säga till så att hon inte råkade doppa näsan i en bok just då de passerade bron.

Skulle de bosätta sig i Bergen? Ja, det var där han skulle vara delägare i en ingenjörsfirma, det var därifrån man skulle utgå för nya brobyggen och rentav bygga en liten förmögenhet som, åtminstone med hans mått mätt, förhoppningsvis också Ingeborgs, borde garantera "ett anständigt liv".

Plötsligt blev han rädd att han gick händelserna alltför mycket i förväg. Hans första besök på Bergens Privatbank kunde nog beskrivas som hans livs största besvikelse, möjligen också hans värsta förödmjukelse. Bankmän var inte till att lita på. Men om nu allt ändå gick väl på banken den här gången, intalade han sig som en besvärjelse, så måste han passa på att besöka Mor och kusinerna efteråt. Efter ledigheten under Kieler Woche hade han inte haft samvete att ta ytterligare permission av privata skäl utan genast återvänt till brobygget. Och i gengäld fått dåligt samvete för att han svikit sin mors förhoppningar. Han var ju den ende sonen som fanns på något sånär håll.

* * *

Bankhuset var byggt i grå och röd granit, tre våningar högt, svart glaserat tegel på taket, fyrkantigt och tungt som ett fort. Första gången hade det inte sett lika skrämmande ut, nu var det som en enda stor demonstration av makt. Att man ovanför huvudingången dekorerat med en fanborg av norska flaggor förtog inte på något vis det maktfullkomliga officiella intrycket. På det stenlagda torget utanför banken stod en stor nyrest kvadrat av flaggstänger med nytillverkade norska flaggor där det inte längre syntes minsta spår av den lilla svenska blågula symbolen.

Lauritz kände ett växande obehag som påminde om illamående när han steg in genom den tunga porten. Han hade anlänt precis på slaget tre som avtalat, han utgick ändå från att man skulle hålla honom en stund i väntrum som förra gången. Men en ung dam med något för snäv lång svart klänning kom skyndande mot honom och meddelade att bankdirektör Sievertsen väntade och att hon med nöje skulle visa vägen upp.

Det rum han steg in i var dubbelt så stort som förra gången, inga marinmålningar utan mest tavlor som föreställde norska landskap. I taket hängde tre kristallkronor och marmorpelarna intill rummets dörrar verkade äkta och inte bara målat trä. Rummet dominerades av ett enormt blankpolerat bord, från kortänden steg en äldre lite korpulent man upp och gick Lauritz till mötes med utsträckt hand och ett överdrivet leende som verkade mer nervöst än hjärtligt.

"Ingenjör Lauritzen! Så alldeles utmärkt att ni kunde komma på så kort varsel", hälsade bankdirektören och anvisade Lauritz plats högst upp vid det gigantiska sammanträdesbordet där bankdirektören och en yngre medarbetare suttit och väntat. Han presenterade medarbetaren, en kamrer Bjørgnes.

Kamrerens handslag var torrt och kallt, bankdirektörens hade tvärtom varit varmt och fuktigt.

De satte sig ner. Lauritz fick ta sig rejält samman för att inte visa hur nervös han var. Bankdirektören harklade sig och såg ner i högen av papper framför dem på bordet. Kamreren sköt undergivet fram några dokument och pekade diskret, bankdirektören nickade och harklade sig på nytt.

Lauritz hade redan bestämt sig för att vänta ut dem. Den här gången skulle han inte förnedra sig med någon begäran som de kunde avslå. De tycktes mycket riktigt vänta sig att han skulle säga något först, båda såg spänt på honom. Men han gav sig inte, kastade i stället demonstrativt en blick upp i taket, det var ljust himmelsblått med små keruber målade direkt på takytan, det såg ut som om de simmade snarare än flög mellan kristallkronorna.

"Ja, som jag hade nöjet att meddela ingenjör Lauritzen per telefonering", började till slut bankdirektören, tvingad av Lauritz tystnad, "så har vi tillåtit oss att reglera inköpet av en aktiepost i Horneman & Haugen om 15 000 kronor, aktierna är nu registrerade på ingenjör Lauritzen, både i aktieboken på företaget och här hos oss i banken."

Koloratur, tänkte Lauritz. Sådant där språk är som koloratur på operan, ett särskilt tillgjort språk för egenartad smak. Men innebörden kunde inte vara annan än att han nu faktiskt ägde dessa förbannade aktier som kostat honom både vånda, förnedring och grubbel. Han borde ha rest sig upp och jublat med händerna knutna mot taket eller något i den stilen. Men det fanns fortfarande något nervöst avvaktande i de två bankmännens attityd som fick honom att känna sig osäker. Var fanns haken? Ingen av dem såg särskilt glad ut, de verkade snarare rädda. Stämningen var omöjlig att förstå.

"Jag antar att ni har fått pengar översända från ett konto i Deutsche Bank?" frågade han mer av artighet än för att han hade något att säga. De båda andra nickade samtidigt och tre gånger i takt. En oavsiktlig lustighet, Lauritz hade svårt att helt hålla inne med ett leende.

"Jaha", sade han och slog ut med armarna. "Är vi då färdiga med varandra eller har ni fler goda nyheter?"

"Det finns ett helt spektrum av möjligheter", svarade bankdirektören lågt. "Jag råkar veta att det finns en betydande post aktier till försäljning när det gäller det Hornemanska innehavet i ingenjörsfirman. Ja, det är den grenen som är på väg att dra sig ur ägandet, familjen tänker sig investeringar i ett par turisthotell i stället. Skulle ingenjör Lauritzen möjligen vara intresserad av att ytterligare utsträcka sin ägarandel i företaget?"

"Ja naturligtvis", svarade Lauritz förvånad. "Men får jag fråga... utöver de 15 000 kronor jag väntade mig från Tyskland... hur mycket finns egentligen kvar för nya investeringar?"

Nu var det bankmännens tur att bli förvånade. De stirrade med vidöppna ögon på honom i flera sekunder innan den äldre mannen fann sig någorlunda.

"På den punkten kan jag nog komma med lugnande besked", sade han ansträngt. "Era tillgångar överstiger vida det samlade aktiekapitalet i Horneman & Haugen."

Lauritz kunde inte missta sig på själva ordalydelsen. Ändå förstod han just nu ingenting.

"Förlåt", sade han, "men här är något jag ärligt talat inte riktigt förstår. Kan ni möjligen upplysa mig om den exakta kontoställningen vi har att disponera?"

"I tyska mark eller i norska kronor?" frågade den unge kamreren som snabbt plockat åt sig några papper i högen.

"Gärna i norska kronor", svarade Lauritz.

Den unge bankmannen gjorde en snabb uträkning med blyertspenna. Så såg han upp mot Lauritz. Nu visade också han små tecken på att svettas.

"I norska kronor blir kontoställningen", sade han och tog ett djupt andetag, "tre miljoner åttahundrasjuttiofem tusen och femtio öre. Men det är alltså efter att vi betalat de femtontusen för aktieköpet."

Lauritz satt helt stilla, som om blixten slagit ner i honom. 3 875 000 kronor? Och femtio öre. Tusen årslöner på Bergensbanen. Det kunde inte vara sant, det var ett grymt missförstånd av något slag. Nu gällde det att sköta saken snyggt och värdigt.

"Jag är rädd att här föreligger någon form av missförstånd", sade han. "Jag väntade visserligen pengar som skulle överföras från Deutsche Bank. Men ett avsevärt mindre belopp, förmodligen avsänt från filialen i Dresden av en Ingeborg Freiherrin von Freital. Stämmer det?"

"Deutsche Bank stämmer alldeles utmärkt", svarade kamreren ivrigt. "Men inte från Dresden utan från kontoret i Dar es-Salaam i Tyska Östafrika, avsändaren är en viss Oscar Lauritzen, vi tog för givet att det var en nära släkting. Stämmer inte det?"

"Jo, det stämmer alldeles utmärkt", svarade Lauritz matt. "Min bror tycks ha lyckats mycket bättre med våra afrikanska affärer än jag vågat hoppas. Säg, skulle jag kunna få något att dricka?"

"Champagne?" föreslog bankdirektören ivrigt. "Vi har fortfarande en hel del kvar sen självständighetsfirandet."

"Det låter som ett alldeles utmärkt förslag", svarade Lauritz till sin egen förvåning. "Sen tror jag bestämt vi har en del angenäma affärer att diskutera."

Champagnen serverades så kvickt att arrangemanget måste ha varit förberett. När de skålade var den ansträngda stämningen dem emellan helt bortsopad. Själv hade Lauritz fruktat nya förödmjukelser, som förra gången. Vad de två bankmännen varit rädda för förstod han inte, men det var knappast rätt läge att fråga om den saken.

Han bad om papper och penna, fick det blixtsnabbt serverat på en liten silverbricka, skrev ett kort meddelande till sin mor, bad om ett kuvert, förseglade det och bad att man skulle ombesörja att detta meddelande, till hans mor nämligen, skulle sändas med Ole Bulls sena eftermiddagstur ut till Osterøya och överlämnas till flickan i ståndet för försäljning av tröjor och lusekoftor.

Ny champagne serverades. Serveringsflickor kom in och bjöd runt små kanapéer.

"Tillbaks till våra affärer!" utbrast Lauritz som om han redan vant sig vid att vara såväl miljonär som en av bankens viktigaste kunder. "För det första har ni min fullmakt att köpa alla aktier i Horneman & Haugen ni över huvud taget kan komma över. För det andra vill jag att ni upprättar en donationshandling, jag antar att det är så det går till, på 150 000 kronor till välgörenhetslogen Den gode Hensikt."

Kamreren antecknade fort med raspande blyertspenna. Men bankdirektören tog sig eftertänksamt om hakan, han verkade inte gilla det han hörde.

"Om ingenjör Lauritzen alltså är ute efter att köpa hela familjen Hornemans aktieinnehav...", funderade han, "så är priset ingen självklarhet, det är en förhandlingsfråga. Med hela familjen Hornemans aktier i er hand, plus den post ni redan förvärvat, så uppstår dramatiska konsekvenser. Vi kan återkomma till det. Vad gäller en donation på 150 000 till Den gode Hensikt så är det naturligtvis enastående generöst, en ofantlig donation. Jag skulle drista mig att säga att det är tilltaget i överkant. Förlåt om jag redan agerar som er ekonomiske rådgivare, det kanske är att gå händelserna i förväg. Men som sagt, det går inte direkt någon nöd på Den gode Hensikt, jag vet då jag själv sitter i styrelsen."

Det kändes som om Lauritz plötsligt hade fått svar på en fråga som han grubblat över för bara en liten stund sedan, varför de båda bankmännen var så besvärade, nästan räddhågsna.

"Skulle ni inte vilja göra mig glädjen att bli min ekonomiske rådgivare, direktör Sievertsen? Åtminstone för den närmaste framtiden?" frågade han och höjde sitt glas till en skål. Den lättade minen hos bankmannen var svar nog. I den högtidliga tystnaden som bara stördes av ett uppflammande bråk där ute bland trutar och måsar höjde de sina champagneglas mot varandra.

En tung sten hade fallit från de båda bankmännens bröst. Kanske hade de alltför väl känt till vad som hände Lauritz under hans första besök på banken. Om han nu bad att få den där obehaglige lille typen med cigarrettmunstycket avskedad, rullad i tjära och fjädrar och sänkt med ankare runt halsen till fjordens botten, så hade de säkert accepterat med glädje.

Så skulle han inte bete sig. Hämnd var en lika stor synd som girighet.

"Nå!" sade han i stället med en alldeles ärligt strålande glad min. "Vad var det nu för första råd ni ville ge mig i vårt förhoppningsfullt långa och givande samarbete?"

Det ena gällde alltså en alldeles för stor donation till Den gode Hensikt. Den frågan visade sig vara den lättaste. Lauritz sade bara som det var. Den gode Hensikt hade bekostat hans egen och brödernas hela utbildning. Och ovanpå det hade deras mor fått en visserligen blygsam änkepension, dock på livstid. Vid brödernas examen i Dresden hade de alla tre fått en gratifikation ovanpå alltsammans. Men bara en av bröderna hade, av olika skäl, använt denna examen till vad den varit avsedd för. Att komma tillbaka och bygga Bergensbanen. Broder Oscar hade i stället, som torde ha framgått, sökt lyckan i Afrika. Den tredje brodern i London.

Den moraliska skulden till Den gode Hensikt var avsevärd. Därav donationens storlek.

Den unge notarien satte genast igång ett räknestycke och kunde snart meddela att summan 150 000 kronor likväl var runt 70 procent mer än vad välgörenhetslogen kunde ha lagt ut.

På det svarade Lauritz kort att det här inte rör sig om affärer, utan om att gengälda stor generositet. Därför stor generositet också från hans sida, nu när han såsom av en gudomlig nyck fått så stora medel till sin disposition.

Han tyckte inte riktigt om sig själv för den nonchalanta formuleringen, den smakade inte gott. Å andra sidan ansåg han sitt förhållande till Gud som något högst privat. Självklart var det Gud som skänkt honom denna vändpunkt i livet. Men då gällde det också att förvalta dessa tillgångar på ett anständigt sätt. Gud ingrep inte på grund av någon "nyck".

Han hade utstått prövningen. Det var så enkelt som så.

Nästa fråga var mer komplicerad, visade det sig. Det var det där om att inköpa hela den Hornemanska familjens aktieinnehav i ingenjörsfirman. Det vore oetiskt att genomföra en sådan transaktion i skymundan, med tanke på familjerna Hornemans och Haugens långa samarbete. Därför borde man först erbjuda Haugen att köpa, även om företaget kommit till långt innan det fanns regler om hembudsklausuler.

Lauritz begrep inte problemet, men avstod från att förhöra sig om hembud och etik för att inte krångla till samtalet. Han frågade bara kort om råd.

Rådet blev att erbjuda familjen Haugen att köpa. Och sedan bjuda över dem. Det var därför det kunde bli lite dyrare än beräknat.

Hur dyrt då?

Kring en och en halv miljon.

Lauritz gjorde ett överslag. Han hade tydligen råd. Nickade bifall.

Ändå tycktes det inte vara så enkelt.

Med ett gediget övertag i likviditet, kort sagt reda pengar, var det inte så svårt att gå segrande ur striden, förklarade bankdirektör Sievertsen. Han var nu påtagligt munter, lutade sig bakåt i stolen och ropade efter mer champagne.

Frågan var också om detta var en god investering, resonerade han vidare. Alla visste att ingenjörsfirman Horneman & Haugen, om så den äldsta och mest respekterade i sitt slag på Vestlandet, var något chanserad. Det som räddat den de sista åren var några lysande kontrakt uppe på Bergensbanen.

Men problemet var alltså om denna något ålderdomligt styrda firma var värd en så stor investering? Det fanns andra och mer moderna framtidsutsikter, som exempelvis familjen Hornemans planer på nya turisthotell inne i fjordarna.

Lauritz måste tänka efter. Ekonomi var en besvärlig disciplin, just därför att det inte var vetenskap. Ekonomi var förnuft, brutalitet, tur, astrologi och lite av varje som han inte behärskade. Utom möjligtvis förnuft.

"Lyssna på vad jag tror och säg sen om det är en klok investering", sade han samtidigt som han utan att protestera lät sig serveras mer champagne. "1900-talet kommer att bli de stora tekniska framstegens århundrade. Människorna som lever om hundra år kommer att se på oss som vi idag ser på stenåldern. Ekonomin är kanske densamma, plus eller minus i kassan. Men inte teknologin. I vårt århundrade, jag tvekar inte att säga det, kommer vi att uppleva inte bara järnvägar som går tvärs över kontinenter utan också mellan kontinenter, vi kommer att uppleva flygtrafik, med passagerare, såväl mellan olika länder som mellan kontinenter, inom kort kommer det att finnas tusentals automobiler i Bergen och ett väldigt behov av nya vägar och broar. Det finns ingen gräns ens i fantasin för de tekniska framsteg vi kommer att uppleva under 1900-talet och vi, mina herrar, befinner oss bara i början. Och jag har den förnämsta tekniska utbildning världen kan erbjuda. Liksom min bror Oscar. Han kommer snart tillbaka från Afrika, vi ska äga firman tillsammans. I det nya fria Norge kommer det att byggas mycket och överallt. Det är mina argument för att köpa aktiemajoriteten. Behöver jag säga mer?"

Det behövde han inte.

Bankdirektör Sievertsen bad att få bjuda på middag.

* * *

Det första han tänkte när han slog upp ögonen på morgonen var att det var sant. Han hade inte drömt och han var något tagen efter en alltför bastant middag på bankens bekostnad. På ett sätt var verkligheten högst påtaglig. Tvivelsutan låg han i en för smal säng uppe på vindsvåningen i Missions-Hotellet för 3 kronor och 25 öre natten, inklusive frukost, torr i munnen och med en lätt huvudvärk. Det var ingenting märkvärdigt med det, så långt var allt lätt att acceptera.

Men att det var första morgonen han vaknade i ett helt nytt liv, som en rik man, kändes overkligt. Under gårdagen, från det oerhörda ögonblicket då den lille kamreren med blyertspennan meddelat honom att han hade tre miljoner åttahundrasjuttiofem tusen kronor, och femtio öre, på sitt bankkonto hade han som självförsvar försökt lägga sig till med en sorts teaterroll. Svårt att förklara ens för sig själv, det kändes helt enkelt som om han inte ville genera bankmännen och därför genast spelat rik, som av artighet.

Här i ensamheten måste han få det att sjunka in på riktigt, lära sig hur det var att vara rik, att han från och med nu hade råd med allt. Det var ett tillstånd som han aldrig ens snuddat vid i sin fantasi. Hans drömmar hade aldrig sträckt sig bortom gränsen för "ett anständigt liv", det liv han måhända något orealistiskt drömt om att snart kunna leva tillsammans med Ingeborg.

Han måste förresten skriva till henne, och posta brevet innan han tog färjan till Osterøya. Frågan var hur han skulle formulera brevet så att hon inte reagerade på samma sätt som han själv när han fått det virriga telegrammet från Oscar. Kanske borde han bara återhållsamt lakoniskt meddela att hon inte längre behövde bekymra sig om den förmodligen lika besvärliga som pinsamma planen att låna tvåtusen mark av sin moster.

Tvåtusen mark? Jo, så var det. Och han fick återigen den där overklighetskänslan krypande in under skinnet så att håren på armarna reste sig. För mindre än tjugofyra timmar sedan hade tvåtusen mark utgjort skillnaden mellan lycka och olycka. Och nu var den summan fullkomligt betydelselös. Det var ofattbart.

Men hur skulle han få Ingeborg att förstå det han knappt själv förstod? Borde han kanske bara, om möjligt fortfarande återhållsamt, berätta att han nu genom en oväntad vändning i livet faktiskt uppfyllde baronens krav att kunna erbjuda hans dotter ett anständigt liv?

De behövde en plan och de hade gott om tid. För det kunde ändå inte komma på fråga att lämna Bergensbanen förrän arbetet var klart, förrän bron var färdig och tågen kunde börja gå. Och det skulle dröja ytterligare två år.

När han morgonrakade sig var han lite klumpig och ovan, fjällslusk som han var, och skar sig på ena kinden men tänkte att det inte spelade någon roll eftersom han numera var immun mot varje motgång, stor som liten.

Efter Missions-Hotellets vanliga bastanta frukost med römmegröt, fläsk, ägg, rågbröd och getost spatserade han ut på stan.

Just det, spatserade. Han kom fortfarande ihåg hur lustigt ordet föreföll honom och bröderna när morbror Hans förklarade vad man gjorde när man spatserade.

Omedvetet styrde han stegen bort mot Nordnes, liksom för att upprepa barndomens första promenad runt Lille Lungegårdsvann där alla de nya ståtliga stenhusen paraderade längs Kaigaten. Nu skulle han kunna köpa vilket han ville av dessa hus. Tanken svindlade på nytt. Det skulle ta tid innan han hade lärt sig hur det var att vara rik.

Han var på väg mot Cambell Andersens repslageri, insåg han när han passerade Domkirkegaten. Nu gick det verkligen an, nu kunde han med gott mod och utan något dåligt samvete söka upp deras välgörare Christian Cambell Andersen, som vid det här laget måste vara repslageriets ägare. Och kanske satt han fortfarande i styrelsen för Den gode Hensikt? I så fall en viktig bekantskap, från och med nu behövde han många viktiga bekantskaper i Bergen. Till en början i Den gode Hensikt, där han snart skulle vara medlem. Efter en donation på 150 000 var han fin nog.

Han hade svaga minnen av Christian Cambell Andersens utseende, men desto starkare av den avgörande stunden. Mor och tre små söner befann sig alla i djupaste förtvivlan. Alla tre hade de gruvligt svikit Mor Maren Kristine. I stället för att bidra till familjens försörjning som repslagarlärlingar hade de kommit hem som glupande trutungar, svåra att mätta. Och så kom denne höge herre från staden för att straffa dem ännu mer.

De satt uppradade på en träbänk i det lilla de hade av kyrkoklädsel och skämdes, vågade inte ens se på den främmande mannen, vågade knappt lyssna och förstod inte till en början vad som höll på att hända, att Gud hade sänt en ängel till deras räddning.

Ängeln erbjöd dem en spikrak väg rätt in i en ljus framtid, en förvandling lika dramatisk som under gårdagens sammanträde på banken. Och Mor hade först avvisat honom. Det ögonblicket var fasansfullt, där avgjordes deras liv ånyo till det sämre.

Det var Oscar, den modigaste eller möjligen den dumdristigaste av bröderna, som i sista stund hade fått balansen att tippa över genom att beveka Mor. Exakt vad han sade kom Lauritz inte längre ihåg. Det var någonting om att detta önskade de alla tre mer än någonting annat i livet. Och det var ju sant.

Men Oscar hade också sagt att de alla tre svor på att alltid ta väl hand om Mor. Och det var inte sant, åtminstone inte i Oscars fall. Desto obegripligare nu när det stod klart att han hade enorma summor till sitt förfogande.

Repslageriet hade inte förändrats mycket, han skulle utan svårighet hitta till kontoret. Det var bara att gå rakt genom repslagarbanan och uppför en trappa längst bort i byggnaden.

När han steg upp på övervåningen kom en vresig sekreterare och frågade om han hade avtalat sammanträde. Här rådde tydligen moderna tider. Han beklagade om han kommit olägligt, men sade sig vara säker på att direktör Cambell Andersen nog skulle vilja träffa diplomingenjör Lauritzen.

Det var en inte alltför djärv förmodan. När sekreteraren snörpt på munnen och trippat iväg på samma sätt som sekreteraren i banken, det var tydligen de där något för snäva långa kjolarna som fick dem att svänga baken fram och tillbaka när de gick, dröjde det inte många sekunder innan Christian Cambell Andersen kom utstörtande. Han hade utslagna armar som han berett sig på att ta Lauritz i famn, men ångrade sig snabbt och räckte i stället fram handen till handslag.

"Diplomingenjör Lauritzen, det var verkligen ett besök! Kom genast in på mitt kontor, jag har tusen frågor!"

Bara några sekunder senare satt de mitt emot varandra i varsin stor engelsk läderfåtölj och mönstrade varandra.

Lauritz såg en man kring fyrtio med rödblont helskägg och elegant uppåtvridna väl ansade mustascher, lite väl långhårig kanske, men fortfarande smärt om midjan, en man med pondus, van att befalla.

Christian Cambell Andersen såg en extremt solbränd sportsman med militärisk snaggfrisyr av utländsk typ, välklädd in i minsta detalj, renrakade kinder men mustascherna i exakt samma färg som hans egna.

De var båda gripna av stunden och först förmådde sig ingen av dem att ta initiativet.

"Du måste berätta för mig om järnvägen", sade Christian Cambell Andersen till slut. "Vi hade överingenjör Skavlan hos oss på Jernbaneforeningen på föredrag och han försäkrade att allt gick väl. Han talade förresten mycket berömmande om dig. Men det finns fortfarande så många elaka tungor här i stan. Så vad är sant? Det är väl förresten i sin ordning att vi säger du till varandra?"

Det var det självklart, intygade Lauritz. Och så berättade han kort om läget. Bygget skulle vara klart om två år, inte tu tal om den saken. Men det var inte helt säkert att reguljär trafik skulle komma igång redan från första året. Man behövde nog ytterligare ett år för att se var snöhindren blev för stora och då bygga en del trätak och andra snöskydd. Men det fanns absolut inga svårigheter kvar som inte gick att lösa. Järnvägen över Hardangervidda skulle bergsäkert bli verklighet.

Christian Cambell Andersen lutade sig lyckligt bakåt i den knarrande fåtöljen och härmade ett ånglok, ganska skickligt.

"Ja, vi gör så där när vi skålar i Jernbaneforeningen", förklarade han lätt generad när han såg Lauritz häpna min. "Men jag visste det! Jag har aldrig tvivlat. En sån fantastisk invigningsfest vi ska ha. Vad tänker du förresten göra sen?"

"Jag har köpt in mig i Horneman & Haugen, tänker förlägga min fortsatta verksamhet här i Bergen."

"Det är ju alldeles strålande! Då får vi många tillfällen att träffas, hoppas jag."

"Det hoppas jag också. Till exempel i Den gode Hensikt, där jag ämnar gå in som medlem."

Christian Cambell Andersen mulnade något.

"Jaa, i och för sig", sade han dröjande. "Man går liksom inte bara in i klubben, man väljs in på rekommendation av två betrodda medlemmar. Men det ska kanske ordna sig."

"Det tror jag säkert", sade Lauritz.

"Vad hände med dina två bröder efter examen, det har jag aldrig förstått?" frågade Christian som för att snabbt komma ifrån ämnet.

"De drog ut i världen", svarade Lauritz, men insåg genast att svaret var för torftigt. "De hade båda förfärliga kärleksbekymmer, jag tror det avgjorde saken. Oscar for till Afrika, men jag hoppas att han snart kommer hit till Bergen. Sverre for till London och där tror jag han blir kvar. Men säg mig... finns vikingaskeppet kvar?"

"Jaa!" ropade Christian Cambell Andersen och for upp ur fåtöljen. "Kom med ska jag visa dig!"

Båtmodellen stod ännu kvar i sitt skjul, precis som de hade lämnat den. Det var ett rörande ögonblick när Lauritz såg den på nytt, som ett plötsligt språng bakåt i tiden, till en helt annan värld med helt andra och mycket mindre möjligheter.

"En av mina närmaste vänner, Halfdan Michelsen, han är skeppsbyggare, har tjatat på mig i åratal om att få henne", berättade Christian Cambell Andersen. "Men jag tänkte att ni tre... en dag skulle få avsluta jobbet."

"Det gör vi gärna, mycket gärna faktiskt. Det var ju med henne allt började. Sa du skeppsbyggare? Du måste presentera mig, jag har en idé som bland annat innebär att herr skeppsbyggaren till slut får en färdig modell av Gokstadsskeppet."

* * *

Vädret var varken bra eller dåligt, duggregn växlande med uppehåll, och förstaklassalongen på Ole Bull var bara lite mer än halvbesatt av turister. Den här gången tycktes alla utom paret som satt närmast Lauritz vara engelsmän. De bredvid honom talade hamburger-dialekt, en distinkt sådan. Man kunde inte låta bli att tjuvlyssna.

Det unga paret talade mest förbi varandra. Han försökte föreläsa för henne om vikingar, hon tycktes mest bekymra sig om vilka vänner som skulle bjudas på deras välkommen hem-fest och vad hon skulle ha på sig om de inte kunde ha festen på altanen, alla älskade ju deras utsikt mot Alster. Han återkom envist till sina vikingar.

Ungefär halvvägs till Osterøya började hon bläddra i en liten tryckt broschyr. Hon hade ringat in ett stycke med rubriken Osterøya, såg han när han sneglade lite över axeln på henne. Men mer kunde han inte läsa.

"Förlåt min herre", sade hon plötsligt och vände sig mot Lauritz, "men förstår ni möjligen tyska?"

"Ja, det tror jag nog man skulle kunna påstå", svarade han med en ironisk bugning.

"Åh, förlåt!" sade hon och rodnade. "Jag hade ingen aning om att jag talade till en landsman. Men eftersom min herre reste ensam, så tänkte jag…"

"Åh för all del min nådiga fru", svarade Lauritz road av missförståndet, "det är ingen skam att bli tagen för norrman. Men varmed skulle jag kunna stå till tjänst?"

"Ja frågan kanske faller… jag undrade bara om ni möjligen kan säga när vi kommer till den här platsen?"

Hon räckte fram sin lilla broschyr och pekade på rubriken Osterøya. Lauritz fick nöjet att ta fram sitt nyinhandlade guldur ur västfickan och knäppte upp det, aningen ovant.

"Om trettioen minuter", meddelade han. "Säg, skulle jag möjligen kunna få låna er broschyr?"

Texten handlade om olika sevärdheter i Bergen med omgivningar. Under rubriken Osterøya var texten kort men mycket upplysande. Där stod en anvisning om hur man hittade färjan Ole Bull och en tidtabell. Om själva Osterøya fanns bara en notering. *"Här kan man köpa de sagolika Osterøyatröjorna, bekvämt vid ett stånd redan på bryggan. Dessutom till vrakpris!"*

"Mycket intressant", sade han och lämnade tillbaks broschyren. "Jag antar att ni tänker fyndhandla på bryggan?"

"Oh ja!" bekräftade hon ivrigt. "Två väninnor till mig gjorde den stora fjordturen förra året och vid kom hem-festen var det dessa *Lusekoften* som vi alla beundrade mest. De säljs väl fortfarande? Förlåt, det kan ni kanske inte förväntas upplysa om."

"Nåja", sade Lauritz. "Det kan jag nog förväntas upplysa om. Men det brukar bli rusning av båten för att komma först till ståndet. Och varorna brukar ta slut. Så jag ska ge er en diskret signal två minuter innan vi kommer fram, så kan ni och er man smyga iväg och ställa er först vid landgången."

"Min herre är ytterst vänlig! Men får jag vara så indiskret att fråga vad ni själv har för ärende här ute i fjordvärlden?"

"Jag ska besöka min mor och mina kusiner, jag brukar göra det så här års", svarade Lauritz.

Hans svar gjorde den tyska turisten så konsternerad att hon inte kom sig för att säga något spontant. Och efter en stund hade tystnaden varat så länge att hon inte gärna kunde återkomma med frågor som kunde ha verkat ofina.

Lauritz hade dessutom fullkomligt tappat intresset för sitt tyska sällskap. Han hade fått något att fundera över som översteg hans ingenjörskompetens.

Mors tröjor och lusekoftor var alltså berömda, till och med försedda med beteckningen "Osterøya". Och de såldes till "vrakpris". Turister ansåg att de var värda en särskild resa. Detta var fakta i ekvationen.

Men ekonomi var inte matematik. Han insåg att han var någonting på spåret, men hade ingen aning om hur ekvationen skulle angripas.

Men det hade förstås hans nye kompanjon Kjetil Haugen, den blivande minoritetsägaren i... Lauritzen & Haugen?

Skulle man ändra firmanamnet? Om han och Oscar var majoritetsägare och Horneman borta ur bilden så vore väl det både hederligt och rimligt. Men tog man då bort ett respekterat firmanamn?

Å andra sidan skulle han själv och Oscar föra in så mycket modernitet i företaget att det blev någonting helt nytt. Och då vore det väl klokt?

Allt detta måste han diskutera med Kjetil när tiden var mogen. Då kunde han också passa på att ta upp det där med de berömda tröjorna, förmodligen "textilprodukterna" på Kjetils jargong.

En sak föreföll dock självklar. "Vrakpris" var alltför mycket till köparens fördel och till mors nackdel.

Två minuter före ankomsten till bryggan på Osterøya – Lauritz hade fått flera tillfällen att öva på konsten att obesvärat knäppa upp ett guldur – gav han en diskret signal till det tyska paret genom att hålla upp två fingrar, och de släntrade med likgiltig min, utan att göra sig någon brådska som skulle väcka uppseende hos engelsmännen, ut för att ställa sig först vid landgången. Men när de väl stod där ute väckte de engelsmännens misstänksamhet och så blev det likväl rusning och snabb välordnad köbildning.

Själv gjorde han sig ingen brådska, han skulle ändå vänta på bryggan tills Solveig var klar med sin försäljning. Han utgick från att det skulle vara Solveig som stod där. Varför det?

Därför att hon var den överlägset vackraste av kusinerna. Kunde Mor verkligen tänka en sådan, som Ingeborg skulle ha sagt, kapitalistisk tanke? Ett ordval som hon för övrigt helt säkert delade med Johan Svenske.

Det där var nog ytterligare ett faktum som herr kompanjon och ekonom Kjetil skulle få stoppa in i sin ekvation. Om nu ekonomer arbetade med ekvationer.

Proceduren vid Solveigs stånd hade genomgått vissa förändringar. Hon hade nu beräknat två inköp per turist. Men när den sista tröjan slets ur hennes händer kunde man ana att hon nog kunnat släpa ner ett ännu tyngre lass.

Han talade något om saken när de var på hemväg efter att ha packat in det hopfällbara ståndet i boden vid bryggan. Jo, hon hade upptäckt att det blev bråk, nästan slagsmål, när hon hade för få saker till försäljning. De hade nu blivit lika ivriga att köpa två tröjor som när de förut köpte en. Lauritz kunde med manlig auktoritet som äldste kusin, förklara att det berodde på att de köpte presenter till sina vänner förutom till sig själva.

Mor Maren Kristine väntade hemma med kaffe och sötebröd, självklart klädd i sin Nordhordlandsdräkt, av den äldre modellen med gröna ärmar.

Han berättade i försiktiga, och alls icke skrytsamma ordalag, om att Oscar inte bara levde väl i Afrika utan att han också blivit en rik man och att han nog skulle komma tillbaks till Norge snart.

Det var tredje gången han ljugit om den saken och det fick honom att tänka på Petrus som ljög tre gånger innan hanen gol. Eller om inte ljugit så åtminstone låtit sin förhoppning springa i förväg.

Försiktigt berörde han ämnet vrakpris, men mor Maren Kristine ville alls inte höra talas om sådant. Girighet var den värsta av synder, menade hon. Deras stickning hade gett dem en trygghet som få fiskare på Osterøya kunde förvänta sig. Det var mer än nog. Gud hade välsignat dem med denna gåva. Att tänja den längre vore att visa Gud otacksamhet.

Han lät ämnet falla. Att Oscar levde och dessutom levde väl, tycktes inte vara någon överraskning för henne och ingenting hon ville veta mer om, även om hon såg lycklig ut, fick en glans i ögonen när de talat om Oscar som han inte kände igen.

Det skulle som vanligt bli stor middag, till och med större, då det vankades både lax och lamm.

Till dess kunde han gott göra nytta med hammare och spik, påpekade hon när hon dukade undan kaffet. Han klädde lydigt om till arbetskläder. Han hade inte vågat berätta att han var miljonär.

XVI
LAURITZ
FINSE
JANUARI–JUNI 1907

TILL SLUT VAR de tvungna att gräva ner sig i snön. De var utmattade, det hade varit livsfarligt att fortsätta sökandet som de inlett i gryningen femton timmar tidigare. Alla var angelägna om att få gräva, det var över tjugo grader kallt och stark vind. Att bara stå stilla och vänta föreföll outhärdligt. Men de hade bara två spadar med sig i pulkan, så de fick dra lott.

Uppsyningsman Hakestad hade hittat en snödriva som var tillräckligt hög och djup för att duga som tillfällig sovplats. Lauritz, som var en av de lyckliga vinnarna i lottdragningen, satte genast igång. Han visste på ett ungefär hur det skulle göras men hade bara tvingats övernatta två gånger på fjället just så här.

Han grävde en stund som besatt tillsammans med en av uppsyningsmännen och snart började grottan ta form. Efter en stund kunde männen börja krypa in i hålan och kura ihop sig ovanpå ryggsäckarna medan Lauritz och den andre spadvinnaren formade de snöblock som skulle mura till öppningen. Snart satt de alla tätt tillsammans och hörde knappt stormen där ute.

Uppsyningsman Hakestad körde upp en skidstav genom taket och vred den fram och åter för att få upp ett lagom stort hål som luftintag. Sedan rotade han fram en stearinljusstump och tände den. Så länge ljuset brann var det ingen fara, då var syretillförseln tillräcklig.

Stämningen var tryckt och ingen sade något. Inte för att någon av männen var orolig för egen del, en sådan här natt skulle de alla överleva. Men de hade tvingats ge upp och nu var allt hopp ute. Hakestad och de andra fjällvana uppsyningsmännen hade sagt att om man inte fann den försvunne under första dygnet så var han räddningslöst förlorad. Och så hade det alltså blivit.

Distriktskassören Juel-Hansen hade kommit skidande nerifrån Haugastøl till Finse vid ettiden på eftermiddagen. Stormen hade ännu inte tagit i på allvar men det föreföll äventyrligt att fortsätta upp till Hallingskeid när dagen var så långt framskriden. Men Juel-Hansen hade avfärdat alla varningar med förklaringen att lika populär som han blev när han kom med avlöningen i tid, lika mycket ilska väckte han när han kom försenad. Det var en hygglig inställning som nu av allt att döma lett till hans död där ute i stormen.

Eftersöksgruppen hade gjort allt vad man kunde begära. De var nästan ända framme vid Hallingskeid och hade finkammat hela sträckan från Finse utan att finna minsta spår efter den försvunne distriktskassören. Det fanns ingen anledning till dåligt samvete och dessutom var de inte helt säkra på var de befann sig. Det hade varit vansinne att försöka kämpa vidare.

Lauritz dåsade snart bort i någon sorts halvsömn. Temperaturen inne i snögrottan hade snabbt stigit till omkring noll och där skulle den förbli.

Han hade köpt ett hus på Nordnes i Bergen, precis som han drömt om. Det låg på Allégaten och han hade fått det till fyndpris, enligt banken. Huset var nämligen i behov av en genomgripande renovering, som byggnadsfirman Lauritzen & Haugen tagit sig an. Han hade själv gjort ritningarna och satt nu i halvslummern och gick igenom rum efter rum och såg dem möblerade framför sig på än det ena, än det andra sättet.

Han grubblade vidare över en del hydrodynamiska problem som han tagit upp med skeppsbyggare Halfdan Michelsen. Det handlade om att flytta båtens tyngdpunkt bakåt, ändra vinkeln på kölens framkant och göra förskeppet lättare och smalare. De modifieringarna skulle garanterat ge mer fart.

Han tänkte ut brev till Ingeborg, försökte göra om sina formuleringar så att de skulle bli mindre enahanda, inte uppehålla sig så mycket vid exempelvis hydrodynamik och utformningen av moderna försegel som spinnaker, kanske mycket hellre berätta om hur diskussionen om kvinnlig rösträtt såg ut i Norge.

Han drömde om hur han och Johan Svenske satte arbetslaget till att riva byggnadsställningarna runt Kleivebron, han såg den alldeles tydligt framför sig, som ett ljus inne i snögrottans dunkel. Stormen hördes bara som viskningar med hemlighetsfulla meddelanden utanför snöväggen.

Där någonstans somnade han.

De frös som hundar när de krånglade sig ut nästa morgon. Stormen hade lagt sig och det var klar sikt. De upptäckte att de bara befann sig trehundra meter från baracken i Hallingskeid. Röken stod hemtrevligt välkomnande ur skorstenen. Där hade de kunnat få en betydligt varmare natt.

Nu vankades åtminstone mat, för om de frös som hundar var de hungriga som vargar. Under gårdagen hade de gått femton timmar på skidor praktiskt taget utan proviant, det hade varit så bråttom att komma iväg.

De åt sitt fläsk och drack sitt smälta snövatten under tystnad i baracken. Det var inte illa att få stilla en så våldsam hunger, men de hade förlorat en man. Distriktskassören var tvivelsutan död och skulle kanske aldrig återfinnas. Också en så erfaren man som han kunde villa bort sig på fjället i en förblindande snöstorm. Och föll man nedför ett stup eller ner i en skreva så var det knappt att korparna kunde finna liket. Framåt sommaren skulle de spana efter cirklande korp i området. Men nu fanns inget mer att göra.

De skulle ta sig åt olika håll därifrån. Hakestad och de andra uppsyningsmännen hade ärende till huvudkontoret i Voss. Lauritz och Daniel Ellefsen måste tillbaka till sitt tunnelbygge vid Finse.

Vädret såg återigen opålitligt ut när de gav sig iväg, så för säkerhets skull hade de tagit med sig en av snöskovlarna och lite extra proviant. Det var att ta en risk, och det visste de, men i dagsljus var turen till Finse inte så besvärlig och de ville mycket hellre hem till den egna sängen och braskvällarna hos paret Klem i det lilla hotellet intill stationsbyggnaden.

De kom undan med blotta förskräckelsen. Snöstormen som vällde in över fjället när de lyckligtvis hade Finse inom synhåll var den värsta det året och varade i nio dagar utan uppehåll.

Det var torsdag och de hade därmed några dagars ledighet innan det var dags att dra upp till Torbjørnstunneln för att kontrollmäta mellan skiften på söndagsmorgonen. Det var en betydligt lättare expedition nu än häromåret när de sånär dukat under på väg hem. Snötunneln kunde inte längre rasa, numera var den förstärkt med stenväggar och ett gjutet valvtak. Och från deras hus upp till snötunnelns mynning hade de spänt ett rep som både skulle hålla dem upprätta och leda dem rätt om det var storm.

Lauritz lade sig ovanpå sin säng medan vindens tjut steg allt högre utanför väggarna. Han hade ställt fram en fotogenlampa och hämtat det senaste numret av den tyska ingenjörsvetenskapliga tidskrift han prenumererade på. Där fanns en lång artikel som verkade oerhört intressant, om hur amerikanerna redan för trettio år sedan genomfört ett ännu mycket större och svårare järnvägsbygge i snö och is än vad de själva höll på med. Det var det amerikanska transkontinentala järnvägsbygget över Klippiga bergen. Såvitt han kunde förstå hade amerikanerna byggt längre och snabbare än vad man ens kunde fantisera om på Hardangervidda. Det föreföll till en början mycket märkligt.

Det var det också. Men inte ur ingenjörsvetenskaplig synvinkel utan mänsklig. Eller, som Johan Svenske skulle ha sagt, politisk.

I Förenta staterna fanns självklart inte någon ingenjörskunskap som överträffade den tyska, långt därifrån. Förklaringarna till det snabba bygget var allt annat än överlägsen teknik, de kom sig i stället av omänsklig brutalitet.

För att spränga sig fram fort, upp till tio meter om dagen, använde sig amerikanerna inte av dynamit, utan av nitroglycerin. Det var en högst uppskakande nyhet för Lauritz.

Sprängkraften i nitroglycerin var förvisso avsevärt större än i dynamit. Men nitroglycerin är ett ytterst instabilt ämne som måste sättas samman praktiskt taget på plats. Och den som gör det riskerar att dö vid minsta darrning på handen. Det gjorde de också, arbetarna hade dött som flugor. Amerikanerna hade därför importerat en särskild slavarbetskraft för ändamålet, kineser.

Man beräknade att det amerikanska transkontinentala järnvägsbygget kostat mer än 30 000 kineser livet, de flesta till följd av olyckor med nitroglycerin. Hela järnvägslinjen var en enda utdragen kyrkogård. De många döda hade också ökat lönsamheten för de entreprenörer som fått kontrakt på bygget, eftersom de hade infört regeln att varje arbetare skulle få hela lönen när kontraktstiden på två år löpte ut. Då nästan ingen kines överlevde i två år slapp byggfirmorna i praktiken undan större delen av lönekostnaden. Kinesiska slavar hade alltså gratis byggt världens mest beundrade järnvägsbygge. I stället för lön hade de själva fått betala med sina liv.

Lauritz gick och hämtade sin räknesticka och gjorde några överslag. Om man använt samma metod här skulle järnvägen ha varit klar för fyra år sedan men kostat ungefär 5 000 liv.

Det var ofattbara siffror. Just nu arbetade som mest 900 man samtidigt på Bergensbanen. Mot hederlig betalning. Och de amerikanska ingenjörerna hade utan att tveka offrat mer än trettio gånger så många man. Utan betalning.

Oförutsedda olyckor var omöjliga att undvika, till och med dödsolyckor. Ras från sprängsten kunde överraska vem som helst. Bergensbanen hade hittills kostat ungefär ett dussin liv.

Men tvingade man arbetarna att använda nitroglycerin visste man utan tvekan vad kostnaden skulle bli. Och ändå hade de fortsatt så, år efter år.

Han hade inte träffat så många amerikaner. Det fanns enstaka amerikanska studenter med tysk familjehistoria vid universitetet i Dresden. De skiljde sig inte märkbart från andra människor, vad han kunde erinra sig. Möjligen var det en särskild sorts amerikaner som sökte utbildning vid europeiska universitet, en mer förfinad sort kanske. Talade lite högre än andra och gick med ändan före in i bänkraden på teater och opera, annars inget uppseendeväckande.

Senare vid middagen nere i hotellets matsal tog han upp ämnet med Alice Klem. Hon var engelska, från en aristokratisk familj, som på outgrundliga vägar hittat en norsk järnvägsingenjör, gift sig och snart befunnit sig uppe på en av Europas vildaste och mest otillgängliga högplatåer.

Också det var en fråga han gärna ville diskutera med henne, aristokratisk dam och enkel norsk järnvägsingenjör, men hittills hade han varit för blyg för att ta upp ett så personligt ämne.

Vad amerikaner beträffade hade Alice Klem lika chockerande som enkla förklaringar. De var jordens mest brutala folk, härdat av oerhörda umbäranden under kolonialtiden och under det grymmaste och blodigaste inbördeskriget i historien. De hade utan att tveka utrotat större delen av indianbefolkningen och satt den överlevande folkspillran i fångläger, de var ett folk av råskinn. Finge de en möjlighet, vilket Gud förbjude, skulle de behandla alla andra som kom i deras väg på samma sätt, vita, gula eller svarta spelade ingen roll. Jo förresten, just hudfärgen kanske spelade en viss roll. De skulle aldrig ha kunnat importera engelska slavar på samma sätt som de tydligen gjort med kineser. Själva var de ett blandfolk som uppstått ur fattiga emigranter från Europa – förbrytare och religiösa fanatiker om vartannat. Men de respekterade vita människor på ett helt annat sätt än röda eller svarta och, tydligen med tanke på den förskräckliga historien om deras järnvägsbygge, den gula rasen. För världens framtid var det nog avgörande att kulturnationer som England och Tyskland stod upp mot den fara som detta brutala folk utgjorde.

Lauritz protesterade milt mot det där sista om Amerika som en sorts militär fara för världen. Krig i Europa var knappast tänkbart längre i vår tid av explosionsartat snabba tekniska framsteg. Senast hade vi ju sett hur svenskarna avstått från krig i ett läge där man i äldre tider omedelbart skulle ha gått till militärt angrepp med pukor, trumpeter och fladdrande fanor. Och ett kulturellt sammanhållet Europa skulle vara alldeles för starkt för att amerikanerna skulle komma på tanken att gå till anfall.

Samtalsämnet klingade sakta av som om det vore lite pinsamt. I salongen på Hotel Finse talade man ogärna politik efter maten, än mindre under maten.

Som på beställning visade sig hermelinerna och fick genast alla på andra tankar än krig och amerikanskt barbari.

I början av vintern hade vinden svept upp en hårt sammanpackad snödriva mot det största salongsfönstret i hotellet. Ett par hermeliner, som vintertid levde under snön, hade dragit upp en gång tätt intill fönstret, således med snö på ena sidan och glasrutan på den andra. I början hade de varit ganska skygga, man såg dem bara smita förbi som vita streck då och då. Men efterhand hade de tyckts vänja sig vid det mänskliga sällskapet och satt då och då, som nu, stilla bakom fönsterrutan och betraktade nyfiket människorna inne i rummet. De tycktes ha förstått att de var säkra på andra sidan glasrutan. De var alltid en lika munter distraktion.

Efter en stund försvann hermelinerna ner i sin gång, efter att först blixtsnabbt ha utfört något som faktiskt såg ut som ett försök att avla nya hermeliner, till åskådarnas något generade nöje. Joseph Klem muttrade med spelad indignation om modern frigjordhet, Daniel Ellefsen slätade över med synpunkter på hermelinernas fräckhet när det gällde att leta upp de köttförråd man gömt i snön. De gjorde små gångar där också, in i stek som kotlettrad, så att man fick slänga allt.

Efter detta jordnära inpass ursäktade sig Daniel och drog sig tillbaks. Även Joseph Klem fann anledning att resa sig och sträcka på sig som markering att nu var det dags också för hans del.

"Får det lov att vara en sista nattmössa innan vi gör kväll?" frågade Alice Klem Lauritz, kanske mest för formens skull. Nattmössa betydde sängfösare, det hade han lärt sig. Alice Klem talade en lustig engelsknorska och flera av hennes felöversättningar, som det här med "night cap", hade blivit en del av den interna jargongen på Finse.

"Jatack, gärna, jag tar gärna ett glas vin", svarade Lauritz till sin egen förvåning.

Alice Klem, eller som han såg henne just nu, Lady Alice, reste sig genast med ett vänligt leende och gick ut mot köket för att hämta vin. Herrarna sade godnatt till varandra.

Förr eller senare borde han ta upp ämnet med henne. Hon om någon borde veta. Och han hade fått för sig att det här var precis rätt läge.

Hon kom tillbaks med en flaska av järnvägens vanliga rödvin och serverade två glas.

"Du vill mig något?" frågade hon som om det vore självklart när han markerade en skål mot henne.

"Ja faktiskt", svarade Lauritz trots att han hunnit ångra sig. "Det kanske är alldeles för indiskret, men jag fick för mig att du vore den jag kunde tala med om slika ting."

"Vilka ting?"

Och så började han berätta. En ung adelsdam i ett av Europas kulturländer blir förälskad i en fattig norsk järnvägsingenjör. Damens far är, av lätt insedda skäl, stark motståndare till denna mesallians. Han ställer ekonomiska krav som sannolikt aldrig kommer att kunna uppfyllas av den unge mannen. Men om han då ändå mot rim och reson...

"Tack, det räcker!" sade Alice Klem och höll upp handen till stopptecken för att understryka att här gick en gräns av något slag. "Jag kan min egen historia. Varför vill du gräva i den?"

Hon såg inte road ut, om man nu skulle använda ett sånt där engelskt understatement, tänkte Lauritz. Men det fanns ingen återvändo.

"Därför att det är min historia", sade han. "Det handlar inte om Lady Alice utan om en viss högvälboren Ingeborg von Freital. Och jag älskar henne över allt annat på jorden."

"Berätta! Berätta mer!" manade Lady Alice.

Hon hade ett ögonblick tidigare sett nästan ilsken ut. Hon var en kraftfull kvinna, långt ifrån vad man föreställer sig som aristokratisk, mörkt hår i en hårt tuktad uppsättning, lite fyrkantig i överkroppen och med ett stort ansikte med grova drag och tjocka svarta ögonbryn. Ena stunden, som alldeles nyss när hon befallde stopp, kunde hennes ansikte te sig både befallande och lite elakt. När hon log åt något skämt gav hon ett varmt och humoristiskt intryck. Nu såg hon bara djupt intresserad ut.

Lauritz försökte berätta om Ingeborg. Han hade aldrig talat ingående om henne med någon annan människa, inte ens med sin egen mor, och nu visade det sig svårare än han kunnat föreställa sig.

Han försökte i första hand framhäva Ingeborgs intellektuella kvaliteter, hennes radikala syn på kvinnans ställning i samhället, frågan om rösträtten och kvinnans kommande erövring av vetenskapen, också den manliga vetenskapen. Sexualiteten undvek han. Den ekonomiska möjlighet som nyligen uppstått beskrev han mycket kortfattat och möjligen alltför blygsamt. Alice Klem lyssnade intensivt med ett både vänligt och ironiskt leende.

"Har ni älskat med varandra i hemlighet?" frågade hon förkrossande rakt på sak när Lauritz till slut börjat svamla och tveka.

"Ja, det har vi", svarade han vilt rodnande.

"Utmärkt! Det här kommer nog att ordna sig. Intressant tanke att vi skulle bli två ladies på Finse. Bara inte klasskämparna där ute får reda på saken. Hursomhelst. Så var det för mig. Lösningen på problemet är helt enkelt att rymma från den tyranniske fadern när man blivit myndig och sen är det bara att gifta sig. De kan te sig dyrt, så det är bara att väga kärleken mot arvlöshet. Den möjligheten har ni väl övervägt?"

"Jadå och Ingeborg är redan myndig", svarade Lauritz.

"Och varför har ni inte gjort det?"

"Därför att jag måste vara kvar på Bergensbanen tills bygget är klart. Det är en hederssak."

"Struntprat! Allt män säger om heder är struntprat. Accepterar verkligen din Ingeborg ett sådant resonemang?"

"Ja, det gör hon. Så fort jag kommer ner från fjället, när det här bygget är klart, kan jag erbjuda henne ett helt annat liv i Bergen. Jag håller redan på att inreda ett nytt hus åt oss. I år kommer jag att för andra gången anhålla om hennes hand när jag träffar hennes far under regattan i Kiel. Förlåt, en regatta är..."

"Jajaja. Jag vet naturligtvis vad en regatta är. Det är där bland seglarbaler och liknande tillställningar sådana som jag och din Ingeborg bjuds ut till äktenskap med lämplig man. Ju fulare man är, som jag själv, desto äldre man. Så nu ska du humiliera dig... förlåt heter det så på norska?"

"Förödmjuka mig. Jo, det ska jag göra för andra gången."

"Och om gubbtjyven säger nej?"

"Då gifter vi oss i alla fall."

"Excellent! Ja det var väl det hela. Men vad i all världen var det du egentligen ville veta?"

Lauritz blev plötsligt osäker. Frågan var högst befogad. Vad ville han egentligen veta?

Snöstormen där ute ven allt högre, det pep och skrek i hela huset från alla ställen där vinden kunde hitta minsta skrymsle att tränga sig in. De var båda vana vid den saken och lät sig inte störas. Men möjligen var stormen en påminnelse om vilken fråga som gnagde honom, en nästan hemlig eller osynlig fråga som han aldrig riktigt erkänt för sig själv.

"Det är kanske pinsamt", sade han. "Å andra sidan är det en fråga som ingen annan människa på Finse utom du kan svara på. Kan en aristokrat som Ingeborg i längden leva med en plebej som jag?"

Först bara häpnade hon. Sedan brast hon ut i ett långt skratt som gjorde honom alltmer generad ju längre det varade. Hon skrattade så att hon måste sträcka sig efter en kvarglömd servett för att torka tårarna.

"Vet du, min käre Lauritz", sade hon till slut. "Om Ingeborg är den du beskrivit för mig är det där det minsta av dina bekymmer!"

* * *

En ung pojke dog uppe i Torbjørnstunneln. Han hade gjort det vanligaste av misstag vid tunnelarbete, att gå in för tidigt efter sprängningen för att börja röjningsarbetet. Ett stenblock uppe i tunnelns tak hade lossnat och träffat honom rätt över huvudet. Det var särskilt tragiskt när en så ung människa miste livet, det var alla på Finse överens om. Kanske var det också extra tragiskt för att olyckan var så onödig. Vid sprängning utvecklas stark hetta, när berget sedan svalnar krymper det och då kommer rasen. Alla visste det.

Nu var det dessutom januari och ingen kunde ta sig vare sig till eller från Finse annat än på skidor. Vid en annan tid på året hade man gett hela arbetslaget ledigt någon tid, det var förman Emund Hamres lag, inte Johan Svenskes. Lauritz kände en liten men samtidigt skamsen lättnad över att det var så det förhöll sig. Han och Johan Svenske hade under tre års arbete uppe på Kleivebron inte förlorat en enda man. Någon hade hamnat dinglande över stupet i säkerhetslinorna, men ingen hade skadat sig värre än blåmärken och klämskador. På den besvärliga transportvägen uppför Kleivegjelet hade en och annan hästtransport störtat nedför fjällsluttningen, men inte heller där hade någon dött eller kommit till allvarlig skada, man hade bara förlorat några hästar.

Stämningen uppe i Torbjørnsbaracken var självfallet mycket dyster när Lauritz kom dit. Det var inte bara sorgen över en förlorad arbetskamrat, man kände sig skamsen lite till mans. Någon borde ha stoppat pojken när han var för ivrig att gå in i tunneln, särskilt basen borde ha tagit det ansvaret. Nu nyttade det ändå inte till att känna skuld. Olyckan hade skett och ingenting kunde ändra på det.

Och eftersom permission inte var att tänka på under dessa snöförhållanden kunde man bara jobba vidare som vanligt, fast det inte skulle kännas som vanligt.

Man hade också ett psykologiskt problem, även om basen Hamre inte uttryckte det så. Frågan var vad man skulle göra med liket. Man kunde inte ha det liggande i tunneln i väntan på vårens första transportväg. Det var för varmt. Än mindre kunde man förvara den döde arbetskamraten inne i baracken. Och hur skulle man meddela den dödes föräldrar? Ingen i baracken var mycket för att skriva brev.

Lauritz kved inombords av de obehagliga problem som nu lassades på honom, men han gjorde sitt bästa för att inte visa det. Brevet till den dödes föräldrar åtog han sig att skriva samma kväll så att det kunde sändas med morgondagens postgång, förutsatt att inte brevbäraren fick stormhinder. Vad liket beträffade skulle man svepa det i presenning, surra det med rep och få ner det till snötunnelns mynning. Där skulle han själv och Ellefsen möta upp med en släde och sedan ordna med tillfällig begravning nere i Finse. Detaljerna gick han inte in på och ingen frågade.

Begravning i någon vanlig ordning var inte till att tänka på. Först ett snödjup på minst tre meter, sedan tjäle i marken.

Ett par timmar senare mötte Lauritz och Daniel Ellefsen hela Hamres arbetslag vid mynningen till snötunneln. När de placerade sin döde arbetskamrat på släden höll Hamre en kort grötig predikan medan alla stod med hatten i hand och sänkta huvuden i en ring runt släden. Sedan vände de på klacken och gick utan ett ord tillbaka in i tunneln.

Lauritz och Daniel spände sig själva som hästar framför släden och skidade ner till de stora stallarna vid Finse. Där fanns verktyg och byggnadsmaterial. De snickrade en kista, noga med att göra den tät. Inga hermeliner skulle kunna gräva sig in och vanställa den döde.

De begravde honom under några meter snö, så som de brukade förvara renkött och fisk.

Bland anställningslistorna på kontoret hittade Lauritz, nästan till sin besvikelse, den dödes ordentligt antecknade namn och hemort. Han var Elling Ellingsen från Eidfjord.

Han satt länge uppe i deras arbetsrum med penna i hand och stirrade på ett blankt papper. Till slut bet han ihop, doppade pennan i bläckhornet och inledde rakt på sak med att det var hans sorgliga plikt att härmed meddela att unge Elling dött i en rasolycka under arbete i Torbjørnstunneln vid Finse.

Några tröstens ord kunde han inte komma på, inga sådana ord skulle ha någon verkan vare sig från präst eller ingenjör. Det visste han av egen erfarenhet.

Ändå försökte han, genom att berätta att sonen hade varit en bland många som offrat sitt liv på Norges största och svåraste byggnadsprojekt någonsin och att den som, i en nära framtid, kunde ta tåget över Hardangervidda helt säkert skulle förstå vilket stort och viktigt arbete, till gagn för hela Norge, som denna järnväg innebar.

Där stannade han och tvekade då han insåg att han inte kände till de nya försäkringsreglerna. Skulle familjen Ellingsen få ut någon livförsäkring? Det var för sent för att ringa till huvudkontoret och fråga, men han ville bli av med brevet och skrev att en första livförsäkringssumma om 1 000 kronor skulle komma att utbetalas redan i den närmaste framtiden från Bergens Privatbank och att senare besked i ärendet skulle komma från Jernbanebolagets kontor i Voss. Han avslutade med att än en gång beklaga sorgen och förseglade kuvertet.

Genast skrev han en anvisning till bankdirektör Sievertsen att från hans privata konto betala 1 000 kronor till familjen Ellingsen i Eidfjord.

Så var han av med den saken, drog en suck av lättnad och kastade sig över det tjocka kuvertet från sin kompanjon Kjetil Haugen, fylld av förväntningar. Kjetil hade under det senaste året dragit in ett flertal stora projekt till firman. Allt gick mycket bättre nu när det börjat gå upp för bergensarna att järnvägsprojektet var på väg mot framgång och att allt annat bara varit illasinnat sladder. Från att det varit något av en belastning för Horneman & Haugen att vara så starkt knutna till Bergensbanan hade det nu, för Lauritzen & Haugen, tvärtom blivit den största tillgången. Framför allt när det gällde nya broar och bryggor runt Bergen hade orderingången varit strålande.

Ändå blev han genast besviken när han började läsa. De beslutande myndigheterna i Bergen hade underkänt deras förslag till ny järnvägsstation.

Det var obegripligt. Deras nye partner, arkitekten Jens Kielland, var liksom Lauritz utbildad i Tyskland och de hade genast funnit varandra och utformat idén till den nya järnvägsstationen under en mycket glad kväll där de hela tiden föll varandra i talet, till slut på tyska.

Kjetil menade att det bara var att tänka om. Kanske ville den bergensiska överheten ha något som föreföll dem mer nordiskt. Det ratade förslaget hade kanske snarare drag av en medeltida tysk borg. Jens var redan igång med att rita nya förslag.

Kjetil hade också dragit upp riktlinjer för hur mor Maren Kristine kunde göra väsentliga framsteg i sina affärer – utan att det föreföll som "girighet", han hade förstått att Mor var känslig på den punkten. Men hinder var till för att övervinnas – och det gällde till och med Gud.

Det senare var ett skämt som inte föll Lauritz i smaken.

Kjetil hade till att börja med inregistrerat ett varumärke med text och bild. Märket var "Frøynes" i silver mot svart botten och med en bild som föreställde ett hus i vikingastil på en udde vid en fjord. Turisterna skulle få lära sig att det var just detta man skulle fråga efter, att det var Frøynes och ingenting annat som var à la mode. Det var första steget.

Andra steget var att låta de två förnämsta affärerna i staden få produktionen från Frøynes i kommission, att sälja så dyrt de förmådde och ta 25 procent för egen del. Det blev vinst i flera led. Man slapp större delen av försäljningen men kunde ändå sälja mer. Och för högre pris.

Det tredje steget vore att faktiskt bygga ett långhus i vikingastil ute på gården, ålderdomligt i exteriören, gärna med drakhuvuden och slikt, men naturligtvis modernt isolerat med större fönster, ordnad belysning och två stora öppna spisar.

Där kunde Mor organisera arbetet hela vintrarna. Och på somrarna kunde den stadsboende delen av familjen, allteftersom den växte, ha långhuset som sommarvistelse. Alla bergensare ville nuförtiden ha något sådant ställe på öarna för att barnen skulle leva sunt på somrarna. Här kunde man, menade Kjetil, i högsta grad förena nytta med nöje.

Att omsättningen för Frøynes skulle kunna bli sju–åtta gånger så stor med dessa rationaliseringar och investeringar var tämligen givet. Lika givet var, resonerade Kjetil förvånansvärt insiktsfullt, att detta knappast var argument som skulle imponera på den gudfruktiga Maren Kristine. Därför fanns en mycket viktig sak att påpeka för Mor, sonens sak snarare än kompanjonens. Hon skulle anställa alla grannar och släktingar och på så vis sprida Guds gåvor även till dem. Osterøya var en mycket fattig ö. Nu skulle många människor där ute kunna få det mycket bättre. Hur i all världen skulle Mor kunna motsätta sig det?

Ja, det var inte lätt att veta, medgav Lauritz. Men Kjetils materialistiska sätt att tänka var, hur logiskt det än kunde förefalla Lauritz, mycket fjärran från Mor. För henne var fattigdom på något sätt en central del av det andliga livet, som om fattigdom vore en sorts välsignelse för dem Gud älskade mest; "det är svårare för en rik man att komma in i Himmelriket än för en kamel att ta sig genom ett nålsöga".

Det gick inte att förutsäga hur hon skulle reagera på alla de här omstörtande förslagen, skrev han i sitt svarsbrev till Kjetil. Men tanken på att dela med sig till andra var stark också i hennes stränga kristna tro. Han skulle påminna om hur exempelvis Den gode Hensikt hade hjälpt dem själva i deras svåraste stund. Och om Gud dessutom välsignat Mor med denna konstnärliga gåva, så kunde det inte vara mot Hans avsikter att hon med hjälp av den kunnat bistå kusinerna och sin svägerska Aagot. Varför då inte undsätta fler nödlidande i den nära omgivningen på ön?

Det borde övertyga. Eftersom han själv var övertygad om att det var sant.

När han var klar med brevet till Kjetil skrev han kort till arkitektvännen Jens om att bygga lägre, tyngre och mer nordiskt, fast fortfarande med två torn, och skapa en dekor invändigt av norska symboler i stenreliefer, lejonet med yxan, norska järnvägens bevingade hjul och varför inte ett vikingaskepp eller två?

Nästa brev riktade han till banken. Därefter till sin nya vän, skeppsbyggaren Halfdan Michelsen och sedan till repslagarmästaren Christian Cambell Andersen.

I praktiken hade denna skrivbordsverksamhet blivit hans huvudsakliga arbete denna sista vinter på Finse. Det fanns ingen anledning till dåligt samvete för den sakens skull, hans enda arbetsuppgift denna tid på året var mätningarna i den vrenskande Torbjørnstunneln. Och kontorsarbetet bar frukt för framtiden. Lauritzen & Haugen hade ökat sin omsättning med 117 procent senaste året och även om största förtjänsten för den saken tillkom Kjetil så hade han själv bidragit en hel del genom sitt fjärrarbete.

Han måste förresten hinna med ett brev till segelmakeriet innan han gick och lade sig. Brevbäraren brukade komma tidigt på onsdagar.

* * *

Så snart skaren hårdnat i februari och vårknipan började sätta in ledde basen Hamre sitt arbetslag var söndag ut på tur för att leta efter liket Juel-Hansen. Det var inte enbart pietet och kristen omsorg som drev honom och hans män att systematiskt genomsöka först sträckan upp till Hallingskeid och därefter i allt vidare cirklar i helt andra riktningar.

Järnvägsbolaget hade utlyst en belöning på 1 000 kronor till den som fann liket. Inte heller det enbart av pietet och kristen omsorg. Juel-Hansen hade haft omkring 25 000 kronor i sitt särskilt tillredda kassaskrin som han bar med sig i seldon på ryggen.

Sökandet tedde sig efter några månader meningslöst. Men Hamre gav inte upp.

I början av juni när man inte längre kunde gå på skaren utan bara ta sig fram på skidor, vilket dock inte hade avskräckt Hamre, kom han en söndagseftermiddag ner till Finse och sökte upp Lauritz. Han såg högtidlig ut.

"Jag har funnit honom", meddelade han korthugget. "Jag har åtminstone funnit kassaskrinet och hans skidor."

"Var det långt härifrån?" frågade Lauritz.

"Nej, men åt fel håll, nedåt Finsevand till. Kan ingenjörn vara så god att ta en skidpulka och följa med så kanske vi kan hämta'n. Han måste ju ligga i närheten."

"Så det har du inte undersökt?" frågade Lauritz brydd. "Varför inte det?"

"Därför att det sägs att han hade 25 000 kronor i kassaskrinet."

Till en början förstod inte Lauritz vad som menades med det konstaterandet. Det visade sig dock desto tydligare när han själv, med skidpulka efter sig, tillsammans med Hamre och Daniel Ellefsen, som också släpade på en pulka, kom fram till fyndplatsen där de kunde se ett par skidor sticka upp ur snön bredvid ett svart kassaskrin som solen bränt fram i öppen dag.

"Här!" sade Hamre och pekade ner i sina egna skidspår där han vänt om. "Här stannade jag som ni ser. Och så återvände jag till Finse. Men nu när vi alla är vittnen på varandra kan vi gå fram."

Skrinet verkade orört, men det var inte låst. När Lauritz öppnade det knirkande isiga låset kunde han snabbt konstatera att skrinet var fyllt med sedlar. Förmodligen hela summan, varför skulle en tjuv nöjt sig med mindre? Det verkade ändå högst ofint att börja räkna pengar innan man hittat Juel-Hansen själv. Han, eller resterna av honom, borde ju finnas i närheten.

De behövde inte leta länge. Han låg femtio meter bort under en stor sten där han tagit skydd. Bredvid honom låg en halvdrucken ölflaska och några smörgåsar. Underligt att inte rävar och korpar hittat fram.

De skidade ner liket och kassaskrinet till Finse. Inne på kontoret kontrollräknade Lauritz och Daniel för formens skull pengarna. Summan stämde, det var 26 403 kronor. Lauritz skrev ett uttagskvitto som han lät Hamre signera och räknade därefter upp 1 000 kronor som han överräckte. Hamre tog emot pengarna med stort allvar snarare än triumf.

"Vad ska du göra med pengarna, inte krogen väl?" försökte Daniel skämta.

"Nej int fan, ingenjörn. Hälften går in till ackordet, hälften skickar vi till den olycksalige pojken Ellings föräldrar", svarade Hamre allvarligt, lyfte på hatten och gick.

I dörren ångrade han sig och vände sig om.

"Det blir int fan krogen förrän den förbannade tunneln är genombruten", sade han. "Vi ligger ju sist, men till mitten av juli slår vi igenom, det lovar jag. Sen blir det krogen."

Så var han borta.

"Vi har ett nytt lik utanför", påminde Daniel. "Vart ska vi skicka det, Voss eller Haugastøl?"

"Vet icke", medgav Lauritz. "Vi får väl ringa och höra efter."

* * *

Det var en hänförande syn, något Lauritz sett tusen gånger i sina drömmar och halvsovande vakendrömmar de senaste fyra åren. De sista byggnadsställningarna höll på att tas ner vid Kleivebron. Först nu kunde man se hur vacker den var. Himlen ovanför ljust blå, nästan molnfri, och nedanför den skummande forsen där vårfloden fortfarande rasade. Det var som ett mirakel trots att han alltid vetat att den skulle se ut just så här, han kunde varenda sten i huvudet. Men ritningar och verklighet är inte alls samma sak. Och det gällde mer än broar.

Hästtransporterna med virket från byggnadsställningarna gick i en oändlig rad, som en karavan, från byggnadsplatsen och ner i dalen. Han ville helst dröja sig kvar tills allt var borta och det enda som återstod att se var bron. Den såg ut att kunna bära tio tåg staplade ovanpå varandra, förmodligen ännu mer. Trots styrkan var den vacker.

Han frågade sig om det här var hans största ögonblick som ingenjör. Hans största ögonblick som människa var något helt annat, rentav något i en nära framtid, om hans och Ingeborgs planer blev verklighet, men största ögonblick som ingenjör?

Ja, utan tvekan. Den blå himlen, den vita skummande forsen, det grå stenvalvet över avgrunden.

På låglandet hade han, eller nästan vilken ingenjör som helst, byggt en sådan bro på ett år. Här uppe var det en helt annan sak. Åtta månaders vinter. Snöstormar på uppåt 40 sekundmeter, is som kunde tränga sig ner i och spränga minsta hålighet. Såvitt han visste fanns ingenting liknande i världen. Amerikanerna hade aldrig kunnat bygga så här med sin kinesiska slavarbetskraft. På Kleivebron hade inget liv gått till spillo. Inte ett enda på fyra år.

Han försökte inpränta ögonblicket, hålla det kvar som en kinematografisk bild inne i huvudet som han skulle kunna spela upp närsomhelst och varsomhelst resten av livet.

Någon dunkade honom så hårt i ryggen att han måste ta ett vacklande steg framåt, alltså ingen tvekan om vem.

"Det här gjorde vi inihelvitte bra, eller vad säger du, ingenjörsvalp!" röt Johan Svenske.

"Jo du din rallarslusk, det här gjorde vi inihelvitte bra", svarade Lauritz. "Och jag har fyra flaskor whisky med mig i mesen till kvällstoddy."

"Fyra flaskor? Dubbel ranson och dessutom på en onsdag. Men jobbet måste bli klart först, till dess inte en droppe. Eller hur?"

"Jo, det verkar klokt. Sätt dig förresten för jag har ett förslag."

De satte sig intill varandra på en flat klippa som stack ut några meter över den vilda forsen och såg på nytt upp mot bron, båda lika hänförda.

"Vad ska du göra nu Johan, nu när Bergensbanen snart går sin gilla gång?" frågade Lauritz.

"Ja det vete fan", svarade Johan och rev sig i det svarta helskägget. "Jag är och förblir en renhårig rallarslusk, du vet. Jag drar vidare och så är det inte mer med det. Livet går vidare tills det tar slut."

"Jag skulle vilja anställa dig, en fast anställning i Bergen", sade Lauritz, högst osäker på vilken reaktion som nu skulle möta honom. Han väntade sig vadsomhelst, allt var möjligt.

Johan stirrade häpet på honom, men svarade inte. I stället spottade han ut sitt snus och trevade efter dosan för att lägga in en ny pris medan han såg intensivt på Lauritz som för att kunna avgöra om det hela var ett skämt.

Men att han lade in en ny pris snus var ett säkert tecken på att han hade något allvarligt att överväga.

"Fast anställning? Fy fan! Jag föredrar ackord som du vet", svarade han till slut och spottade ut en kraftfull brun stråle snusblandad saliv som uppslukades i den vita forsen där nere.

Det var ändå ett förhandlingsbud, bedömde Lauritz.

"Vad tjänar du som bäst en månad här uppe, Johan?" frågade han.

"Är ackordet bra och graniten inte för oväntat vrång kan det bli en 700 kronor. Och det är ju inte så illa pinkat, det gör man inte med någon fast utsugarlön."

"Jo, det kan man göra", invände Lauritz försiktigt, han kände att han tassade ut på okänd mark. "Jag bjuder dig en månadslön på 900 kronor, som bas på en byggnadsfirma. Det betyder alltså 900 kronor varje månad på året, det betyder lön även om det stormar och regnar småspik så att alla måste huka inne i baracken. Det finns bara en hake."

"Och vilken är den haken?" frågade Johan misstänksamt.

"Du måste bosätta dig i Bergen. Firman kommer att ordna bostad."

"Så att jag blir norrbagge på riktigt!"

"Ungefär så, ja. Själv kan jag inte se några avgörande nackdelar med att vara norrbagge."

Johan skrattade till och skakade på huvudet.

"Nej, men du har ju för fan inget val", muttrade han, fortfarande tankfull eller rentav skeptisk.

"Har du fru och barn?" frågade Lauritz fast han visste svaret.

"Ja, och jag försörjer dem väl. Men ser dem alltför sällan. Kärring har jag och två ungar, fem och sex år gamla."

"Då börjar de i skola i Bergen och blir norrbaggar innan du vet ordet av. Och efter jobbet kommer du mestadels hem till familjen, åtminstone om vi har projekt i Bergens närhet och där finns mycket att göra", fortsatte Lauritz sin försiktiga övertalning.

"Och vad är jobbet?"

"Samma som nu. Broar och tunnlar. Jag ritar och mäter, du är bas och bestämmer som vanligt vilka du vill ha i ditt lag."

"Det här låter inte så illa", sade Johan efter en lång tankepaus. "Får jag vad man kallar semester också?"

"Tio dagar betald semester varje år. Förutom jul och påsk."

"Men vad i helvitte är det här! Hur kan du komma med såna schangtila erbjudanden?"

"Du vet Horneman & Haugen, ingenjörsfirman som byggde Gravhalstunneln och en hel del annat här? Firman heter nu Lauritzen & Haugen, jag äger en stor del av den. Och jag behöver folk som du, rallarna på Bergensbanen är de bästa och du är bäst bland dem. Därför hög lön, bostad och semester, så som det kommer att se ut i framtiden."

"Så du har gått och blivit kapitalist!"

"Ja, det är möjligt att du kan se saken på så vis, Johan. Men tänk efter nu. Jag är i så fall en kapitalist av det nya århundradet. Jag är inte bara för allmän och kvinnlig rösträtt och…"

"Va! Ska fruntimren rösta?"

"Jo, det tycker jag. Men ta det lugnt nu, Johan. Tänk på vad jag erbjudit, tänk på att vi är vänner för livet efter att ha byggt den här bron, ingen har byggt en sådan bro. Men jag vill att vi ska bygga fler. Och tänk på vad det här betyder för din familj, du får lika stor nytta av mig som jag av dig."

Johan sänkte huvudet mellan knäna och tänkte efter så att det rentav tycktes göra ont. Det dröjde kanske en halv minut, olidligt länge för Lauritz, innan han rätade på sig och sträckte fram sin väldiga hand.

"Här har du kardan, kapitalistjävel!" sade han med ett brett snusbrunt leende. Och självklart försökte han krama sönder Lauritz hand i handslaget.

XVII
INGEBORG
KIEL
SOMMAREN 1907

DE TVÅ VÄNINNORNA satt på fördäck på kaiserns privata fartyg Hohenzollern och talade obesvärat om ting som skulle ha gjort deras närmaste omgivning djupt chockerad. De planerade varsin skandal.

De tillhörde båda societeten på Kieler Woche och hade därför en stående invitation ombord på Hohenzollern, där de allra bästa utsiktsplatserna fanns. Man satt högt upp och kunde se ut över hela seglarhamnen bort mot raden av gråa krigsfartyg som låg för ankar med flaggspelen uppe, och vidare ner längs piren där de allra största tävlingsbåtarna låg förtöjda, den kejserliga familjens fem båtar längst ut, därefter alla de andra. De hade just sett den amerikanska båten, en ny tävlande för i år, segla in i för hög fart genom inloppet till hamnen och trassla till det för sig när de skulle lägga till. Ju senare ankomst desto trängre, så de fick väl skylla sig själva. Engelsmannen som anlänt någon timme tidigare hade inte heller haft det så lätt. Nu återstod bara en reserverad plats för de tävlande i yachtklassen. Ingeborg behärskade sig, visade inte med en min sin nervositet och försökte i stället koncentrera sig på deras skandaler. Det var kanske sista gången de sågs på lång tid.

Christa skulle rymma nästa dag, mitt under kappseglingen då hennes far befann sig ute till havs på Die Valkyrie utan minsta möjlighet att ingripa. Men det var inte bara därför som tillfället var väl valt. Precis som sina systrar medförde Christa ett omfattande bagage, och kläder kunde hon behöva i framtiden. Fast kanske snarare för att omsätta i pengar när hon kom fram till sin avantgardistiske konstnär i Berlin, än för att klä sig. Sak samma med alla privata smycken som hon självklart fått ta med sig till Kiel, där hon förväntades vara strålande med olika kläder och smycken var supékväll.

Att en förhyrd bil gled upp framför Hotel Kaiserhof och att en ung dam med florhatt och stort bagage steg in och försvann skulle inte väcka något som helst uppseende i trängseln och röran framför entrén. Och därefter var hon bara borta. I Hamburg skulle hon ta tåget vidare till Berlin och där skulle Franz möta henne på stationen.

De hade gått igenom planen hundra gånger, åtminstone kändes det så, utan att hitta något som kunde gå fel. Stötte hon oturligt ihop med någon släkting eller bekant till familjen skulle hon bara åberopa ett anfall av kvinnlig svaghet, ta sig för pannan, sjåpa sig lite och låta chauffören stänga bildörren. Därefter spelade det ingen roll vad som kom fram i uppståndelsen under kvällen, när skandalen var ett faktum. Spåret efter henne tog ändå slut i Hamburg. Nej, ingenting kunde gå fel.

Ingeborg beklagade att hon inte kunde vara med och säga ett sista farväl. Men det gick ju inte an eftersom hon måste spela totalt ovetande och lika "chockerad" som alla andra. Hon skulle sitta just där de satt nu för att se kappseglingarna och verka orolig för att bästa väninnan saknades.

De avbröts i sitt konspirerande av att någonting hände ute i hamninloppet och att folk omkring dem reste sig och gick fram till relingen för att se bättre. De skyndade sig att göra detsamma. Där ute kom en stor segelyacht som inte såg ut som någon av de andra i den största klassen. Och den förde norsk flagg. Pulsen steg och det hamrade i bröstet på Ingeborg så att hon fick svårt att andas. Med en kort nick bekräftade hon för Christa att det var Lauritz som anlände.

Upphetsningen steg bland åskådarna på Hohenzollern, någon pekade och gestikulerade, en kvinna tog sig förskräckt för munnen. Den norska båten hade på tok för hög fart, den riskerade att braka in med full kraft bland bryggor och förtöjda konkurrenter.

Men i sista stund, alldeles intill Hohenzollern, gjorde norrmännen en högst förunderlig manöver. De vände hela båten i en enda snäv sväng med så kraftig lutning att man kunde se en stor del av köl- och bottenfärgen, den var djupblå med vit rand i stället för röd, och när båten återkom i balans stod den helt stilla med fören rätt mot vinden med fladdrande segel. Medan gastarna tog ner storseglet och surrade det provisoriskt runt bommen vred sig båten med hjälp av focken majestätiskt långsamt runt sin ursprungliga kurs. Namnskylten i aktern blev synlig. *RAN* stod det med stora guldbokstäver och där under *Bergen*.

"Ran är havsguden Ægirs hustru", viskade Ingeborg till Christa. De var båda lika tagna som alla andra av den våghalsiga manövern.

Eftermiddagssolen blixtrade i det bruna blanka mahognyskrovet när Ran sakta och värdigt gled förbi dem på väg mot sin reserverade plats medan gastarna skyndade att hänga ut fendrar runt båtens sidor och en av dem gjorde sig beredd i fören med en båtshake. Konststycket lyckades perfekt, farten var så väl avvägd att den stora segelyachten gled in på sin plats utan att ens vidröra grannarna och utan att stöta för hårt i bryggan.

Norrmännen, alla klädda i blåa mönstrade tröjor och vita byxor, fick en stormande applåd från både bryggor och förstaklasspubliken uppe på Hohenzollern. En upphetsad man intill Ingeborg och Christa förklarade att det var den mest sjömansmässiga landning han sett någon göra, att det var förunderligt att manövrera en tjugofem meter lång båt på säkert över tjugo ton som om den vore en jolle. De här norska vikingarna kunde bli något att bita i för den segervana kejsarfamiljen.

"Kom", viskade Ingeborg, "vi går ner och hälsar, det kan absolut inte vara opassande, vi är ju bekanta."

De var emellertid inte ensamma om att vilja se närmare på Ran, det var redan kö vid landgången och på yachtbryggan blev trängseln ännu värre. Det tog dem olidligt lång tid att ursäkta och slingra sig fram till Ran där besättningen var i full gång med att bunta ihop segel och spänna förtöjningen akterut till en boj och förut till knaparna i bryggan.

Hon såg honom stå längst bort i sittbrunnen och med vana rörelser rulla upp en tunn lina, förmodligen något skot, mellan armbågen och tummen. Hon ropade och vinkade, han såg henne och tog först ett språng upp ur sittbrunnen och såg ut som om han tänkte börja springa över däcket upp till bryggan. Men lyckligtvis fann han sig, saktade ner farten och försökte se ut som om han bara skulle träffa gamla bekanta. När han kom fram till fören upptäckte han att det inte skulle vara så klokt att bara hoppa iland på bryggan. Där stod folk alldeles för tätt sammanpackade.

I stället drog han hårt i ena förtöjningstampen så att först Christa, sedan Ingeborg kunde hoppa ombord. Han kysste dem båda på hand och visade dem nedför däcket så att han kunde presentera sina gastar.

Den formella proceduren var olidligt utdragen. Men självfallet oundviklig, eftersom det stod hundratals nyfikna vittnen längs bryggan. Allt måste gå synnerligen korrekt till.

"Får jag presentera, det här är min vän och affärskompanjon Kjetil Haugen, Bergens Segelsällskap, det här är min tyska väninna Ingeborg von Freital och det här är Ingeborgs bästa väninna Christa Freiherrin von Moltke."

Handkyssar och bugningar.

Och så föreställde han i tur och ordning Halfdan Michelsen, Jens Kielland och Christian Cambell Andersson.

Nya handkyssar och bugningar.

När hälsningsceremonin äntligen var över slog Lauritz teatraliskt ut med handen och pekade mot ruffen och sade med hög röst att damerna var välkomna att se salongerna.

När de stigit ner i aktersalongen ursäktade han sig bara kort till Christa, drog Ingeborg intill sig och kysste henne, liksom hon kysste honom, alldeles för länge med tanke på den skvallriga publiken uppe på bryggan, som förmodligen räknade sekunder.

Till slut tvingade hon sig att skjuta honom ifrån sig.

"Kom fort, vi måste upp och visa oss!" uppmanade hon och så inledde hon ett glatt samtal om absolut ingenting med Christa. Uppe i sittbrunnen pekade Lauritz menande på den vackert snidade rorkulten, drömmen han så ofta skrivit om som nu blivit verklighet.

"Har ni plats ombord för en dam på hemresan?" frågade Ingeborg med ett ansiktsuttryck som om det gällde artig konversation.

"Ja, vi har ett litet krypin i förpiken", svarade han i samma teaterstil.

"Bra", sade hon och låtsades betrakta någon intressant detalj i sittbrunnen, "för på det ena eller det andra sättet ska jag resa med dig hem den här gången. Säg förresten adjö till Christa, hon rymmer till sin kärlek i morgon."

Lauritz bugade sig högtidligt mot Christa, önskade henne lycka till på resan och kysste åter hennes hand.

Därmed var det dags för de icke gifta kvinnorna att bryta upp, insåg de alla tre. Lauritz eskorterade dem uppför däcket och fick hjälp av Kjetil att dra in fören till bryggan.

"Nu bor jag också på Kaiserhof", viskade han.

"Jag vet, men vänta inget besök i natt", viskade hon tillbaks med ett artigt leende, "vi får inte äventyra middagen i morgon, far har inte bestämt sig."

"Vad hänger det på?"

"Första seglingen i morgon, tror jag."

"Hurså, ska vi vinna eller lägga oss efter kejserligheterna?"

"Helst vinna!"

Lauritz hoppade upp på bryggan när fören låg tillräckligt nära och Kjetil höll den på plats. Sedan hjälpte han de båda kvinnorna iland, de grep vant hans hand samtidigt som de höll sig i förstaget. Därmed var visiten över och den hade inte på något sätt varit synbarligen skandalös.

Trängseln på bryggan hade upplösts något, men nya människor strömmade till och här och var stod små grupper av förståsigpåare och diskuterade den nya båtens ovanliga form. Ingeborg och Christa satte näsorna i vädret och promenerade bort arm i arm, noga med att inte säga ett ord till varandra så länge någon fanns inom hörhåll.

"Det fullkomligt ångade om er när ni kysstes, jag trodde jag skulle bränna mig", fnittrade Christa första gången de bedömde sig vara i säkerhet.

"Ja, det var verkligen en stark känsla", medgav Ingeborg. "Och märklig på flera sätt. Dels det där drömlika att man undrar om det blir lika starkt i verkligheten som i fantasin, dels hur vi sen måste spela teater och skynda oss upp tillbaks i alla anständiga människors åsyn."

"Ja, det är på sätt och vis komiskt att vi till varje pris måste undvika skandal just idag. När vår första skandal brakar loss i morgon", funderade Christa. "Men håll med om att även om det är teater så är den vansinnigt spännande."

Utanför hotellet skiljdes de eftersom de bara hade halvannan timme på sig för att klä om. Deras fäder anordnade traditionsenligt en mindre buffémiddag för nära vänner första kvällen inför tävlingsstarten. Den sortens tillställningar kunde ogifta unga damer omöjligt slingra sig ifrån. Greve von Moltke hade dessutom tre stycken, inklusive den bångstyriga Christa. Men för hennes del hade han nästan gett upp hoppet. Den nya tidens ungdom präglades i förskräckande utsträckning av upproriska idéer som var som sjukdomar. Kunde drabba vem som helst, hög som låg, ungefär som pesten. Skada bara att hans äldsta dotter tillhörde de besmittade.

När Christa inte kom till deras reserverade platser på Hohenzollerns fördäck nästa morgon blev Ingeborg nästan förvånad på riktigt. Hon beklagade sig för en löjtnant i besättningen och undrade om man inte kunde vänta lite till, hennes väninna Freiherrin von Moltke var nog bara försenad. Löjtnanten bugade stelt och förklarade artigt att fartyget avgick på kaiserns fastställda tidtabell. Starten skulle dessutom gå exakt på slaget 10:00.

Hohenzollern lät ångvisslan gå och lättade ankar. Den första anhalten var vid själva starten mellan en kobbe där det stod en kanon och en stor röd boj några hundra meter ut till havs. De stora yachterna trängdes bakom mållinjen i en enda röra. Kejsarens Meteor och hans hustru kejsarinnans Iduna såg som vanligt ut att händelsevis ligga bäst till inför starten. Ran låg långt bak, men hon var inte svår att se på grund av reflexerna i hennes förunderligt blanka skrov. Det var en solig sommardag med lätta vindar, sex sekundmeter enligt anslagstavlan.

När startskottet gick såg det ut som vanligt. Meteor och Iduna skar mållinjen i jämnbredd, därefter kom prins Eitel Frederick med sin Friedrich der Grosse, sedan hans bror Adalbert med Samoa III och slutligen prins Frederick William med Angela. Så började det alltid.

Sedan blev det trängsel om positionerna, den amerikanska båten Spokane, underligt namn, var nära att kollidera med den engelska The Golden Eagle och måste göra ett extra slag och förlorade tid. Heinrich von Moltkes Die Valkyrie låg bra till, liksom faktiskt Fars Ellida och Krupp von Bohlen und Halbachs Bertha. Men Ran låg fortfarande långt bak.

Faktiskt gick Ran sist och till synes långsammare över startlinjen och hade av någon anledning inte hissat focken utan gick bara för storsegel. Dessutom valde norrmännen en helt annan kurs än det övriga sällskapet som snällt lagt sig bakom den kejserliga familjen i täten. I sin teaterkikare såg hon hur Lauritz och hans män nu äntligen hissade focken, men samtidigt försvann allt längre bort. Ingeborg visste inte vad hon skulle tro. I sina brev hade Lauritz varit så hoppfull.

Den unge löjtnanten som hade tillrättavisat henne angående svårigheterna att överpröva kaiserns fastställda tidtabell, hade som av en händelse kommit och ställt sig framme vid relingen alldeles i närheten. Han höll en stor militärkikare i handen. Då och då tycktes han kontrollera något och nickade för sig själv. Ingeborg var övertygad om att han spelade teater inför henne, och beslöt sig för att nappa. Hon var både nyfiken och orolig. Vad höll Lauritz på med?

Hon reste sig och gick utan att tveka fram till löjtnanten som inte tycktes märka att hon kom.

"Förlåt, herr löjtnant om jag besvärar", började hon.

Han vände sig snabbt om och såg nästan äkta förvånad ut.

"Självklart min fröken, varmed kan jag stå till tjänst?"

"Om ni kunde vara så vänlig, ni har ju en stor kikare, att berätta lite för mig vad som händer där borta?"

"Självklart, har fröken bekanta i tävlingen?"

"Ja, min far seglar Ellida och jag undrar hur han ligger till nu?"

Efter några meningslösa upplysningar på den punkten frågade hon vad man skulle tro om den nye norrmannen. Löjtnanten blev genast ivrig.

Norrmännen hade helt avsiktligt börjat med att lägga sig sist, fick hon veta. Skälet till det var att de ville överraska alla andra genom att välja en helt annan väg. De gick högre upp i vind, fick på så vis en längre sträcka att segla, men med lite tur, eller om det var något de förstått, tydligen högre fart.

Han kontrollerade i kikaren och nickade bekräftande för sig själv, räckte över kikaren och förklarade. Det hon skulle se var att Ran faktiskt gick mycket fortare än alla andra, hon lutade mycket mer så att man såg lite av hennes blåa bottenfärg. Det var inte illa i så pass svaga vindar. De där norrmännen var nog inte att leka med. Mycket intressant båt, för övrigt.

"Ja, det låter onekligen mycket intressant", svarade Ingeborg. "Skulle löjtnanten inte vilja vara så vänlig att hålla mig sällskap, jag har ju en reserverad stol ledig?"

Hon försatte honom i en knepig situation, vilket roade henne. När hon sagt att hennes far seglade Ellida, hade hon i själva verket tydligt presenterat sig. Alla som visste någonting om regattan i Kiel, en löjtnant på Hohenzollern tillhörde tvivelsutan den kretsen, kunde ägarna till de båtar som seglade i kaiserklassen på sina fem fingrar.

Han visste alltså vem hon var, fastän han inte låtsades om det.

Och en enkel löjtnant kunde inte fraternisera hursomhelst med passagerarna ombord på Hohenzollern. Å ena sidan.

Å andra sidan. Hon hade faktiskt bett honom. Artigheten krävde att han då villfor hennes begäran.

Hur han än gjorde skulle han göra mer eller mindre fel. Det skulle bli lustigt att se hur han valde.

"Skulle jag möjligtvis kunna förse fröken med någon förfriskning?" försökte han rädda sig ur knipan.

"Ja, herr löjtnant, mycket gärna. Skulle ni inte vilja dricka ett glas rhenvin tillsammans med mig? Och samtidigt berätta för mig om seglingarna? Det skulle göra mig mycket glad."

Hon hade dragit åt skruven hårdare. Han våndades.

"Jag skall se till att fröken omedelbart serveras ett glas rhenvin", sade han och gjorde en ansats att gå. Men så lätt skulle han inte slippa undan.

"Det vore utomordentligt vänligt, herr löjtnant", sade hon med sitt blidaste leende. "Men lova bara att ni själv kommer tillbaka och berättar allt för mig om de här seglingarna. Jag skulle så väldigt gärna vilja förstå mer!"

Han gjorde honnör och försvann.

Det var sånt här hon hade uppfostrats till, tänkte hon. Hon var född till ett helt liv på det här sättet, spel och falskhet, och hon kunde det ut i fingerspetsarna. Snart skulle hon leva ett annat liv, i det fjärran Norge, i en stad som hette Bergen, i ett litet hus på en gata som hette Alleestrasse och som enligt fotografierna såg ut att ligga i en tysk småstad. Hade de universitet i Bergen? Självklart, det var Norges näst största stad. Men fanns där en medicinsk fakultet? Antagligen.

Lustigt att löjtnanten fortsatt att tilltala henne "fröken" även sedan han insett vem hon var.

Skulle bli intressant att se hur han gick tillväga när han snart, liksom av en händelse, förstod att han måste ändra sitt tilltal och be om ursäkt för sin tidigare blunder.

Var detta konvenansens fängelse lika vidrigt för män som för kvinnor? I rättvisans namn kunde man mycket väl ställa den frågan. Men svaret var nej. Män hade fortfarande alla privilegier och det skulle ta hundra år att ändra den saken.

Löjtnanten kom tillbaks med en servitör bakom sig som bar ett glas rhenvin och ett litet sidobord.

"Infinner mig hos fröken enligt order", sade han med uppbådande av all sin charm och gjorde honnör. "Anhåller om att få sitta ner!"

"Ni är så välkommen, herr löjtnant", kvittrade hon. "Berätta nu för mig hur det går där ute, är ni snäll!"

Han hade just varit på väg att sätta sig i Christas stol – Herregud, i detta ögonblick ändrades Christas hela liv! – men tog i stället två språng fram till relingen och höjde sin kikare.

Måtte hon lyckas. Måtte inte bilen få punktering, hennes mor snubbla i vägen för henne eller något annat!

"Det har skett en del dramatiska förändringar nu när de snart är framme vid första vändningen", berättade löjtnanten när han kom tillbaka.

"Var så artig och sitt, herr löjtnant", sade hon. "Vilka förändringar?"

Kappseglingssällskapet var nu nära första rundningen, rapporterade han korthugget. Kaisern ledde fortfarande men hade tre förföljare som låg ganska nära. Det var amerikanerna och norrmännen och möjligen också Friedrich der Grosse. Vinkeln och det långa avståndet gjorde det svårt att se det exakta inbördes läget mellan kaisern och utlänningarna. Men hoppet var inte ute, för nästa ben var kryss, den svåraste seglingen där man var mest beroende av en samtrimmad besättning. Och de bästa seglarna i Tyskland fanns ju ombord på de kejserliga jakterna. Det var möjligen därför man alltid lade in ett så långt kryssben i dessa seglingar.

Ingeborg blinkade och låtsades inte ha förstått anklagelsen om att seglingarna var riggade till kejsarfamiljens fördel.

"Vad anser ni om den norska båten, de är ju debutanter?" frågade hon.

"Åh!" sade han och skakade uppgivet på huvudet. "Det är sannerligen inte lätt att säga. Det är en helt ny konstruktion, i flera avseenden tvärtom mot vad vi är vana vid. Blankpolerad mahogny, antagligen någon sorts fernissa runt skrovet och bara ett försegel. Däcket däremot, där vi brukar använda blank mahogny, är målat med en sorts vit skrovlig färg. Självklart inte så vackert, men praktiskt."

"Hurså?" undrade hon, den här gången helt uppriktigt.

"Jo, det hjälper förstås gastarna. Våt blank mahogny är, förlåt uttrycket, djävulskt halt. Om man skall upp och byta försegel, och det är bråttom, tja… jag skulle hellre vilja springa på ett skrovligt underlag än ett vackert."

"Jag förstår. Är det något mer som är märkligt med den norska båten?"

"Ja, formen! Den är mycket smäckrare, ligger dessutom högre upp med fören i vattnet, väger förmodligen mindre än de andra tävlande. Jag skulle ge bra mycket för att se den i en torrdocka, ger mig den, förlåt uttrycket, på att den har en annan form på kölen också. Mycket intressant!"

De avbröts av att matroser gick runt med griffeltavlor där man skrivit upp ställningen efter första rundningen:

1. Meteor
2. Ran
3. Spokane
4. Friedrich der Grosse
5. The Golden Eagle
6. Iduna
7. Angela
8. Ellida
9. Samoa III
10. Die Valkyrie
11. Bertha

"Min far ligger alltså åtta", konstaterade Ingeborg. "Det är ungefär där han brukar hamna. Och Kruppie med sin Bertha brukar ändå alltid komma sist. Fast norrmännen har alltså seglat upp sig från sista till andra plats?"

"Ja, de visste nog vad de gjorde när de gick ut sist och valde en annan väg. Men nu blir det ett långt kryssben, då kommer ställningen att kastas om igen, då seglar kejsarfamiljen alltid upp sig. Och nu måste jag verkligen be om ursäkt, min nådiga Freiherrin."

"Hurså? Ni har verkligen ingenting att be om ursäkt för, herr löjtnant", svarade Ingeborg uppriktigt förvånad, eftersom hon inte trodde att han skulle låtsas upptäcka saken så tidigt.

Men det var väl att hon använt det familjära ordet "Kruppie", det kunde ingen ha sagt som inte kände familjen Krupp.

"Jag ber återigen om ursäkt, min nådiga Freiherrin, men först nu insåg jag att ni är dotter till baronen von Freital. Ytterst angenämt, mitt namn är Ernst Wolf."

"Jag är glad att göra er bekantskap, löjtnant Wolf. Men säg, vad händer nu?"

Frågade hon som om hon inte visste.

"Jo, nu kommer den långa kryssen, då agnarna så att säga skall skiljas från vetet. Och då går vi på Hohenzollern långsamt tillbaks mot Kiel för att ligga i en perfekt position när båtarna kommer hem för full läns. En strålande syn med alla ballongsegel."

Det heter numera spinnaker, tänkte hon. Men det ser faktiskt ut som ballonger.

"Och då antar jag att det är dags för lunch. Jag har ett bord reserverat. Skulle löjtnant Wolf vilja göra mig den stora glädjen att överta min väninna Christa von Moltkes plats vid lunchbordet?"

Hon var sataniskt elak, det visste hon. Hela matsalen skulle stirra ögonen ur sig om hon slog sig ner med en besättningsman.

"Jag är naturligtvis utomordentligt smickrad av er vänliga invitation, min nådiga Freiherrin, men tjänsten omöjliggör dessvärre detta. Efter lunch skall jag gärna komma tillbaks hit, det blir en magnifik syn på det sista benet hem för yachterna, det kan jag försäkra."

Han reste sig, gjorde honnör och vände på klacken.

Skillnaden är, tänkte hon, att när Lauritz kom till Dresden var han fullständigt oskuldsfull, i motsats till den här optimistiske löjtnanten med det enkla namnet Wolf, som det gick tretton på dussinet. I Norge hade de inte ens vanlig lågadel, än mindre prinsar, hertigar, grevar och baroner. Det var mycket tilltalande. Så skulle framtiden se ut. I det nya stora århundradet skulle inte bara kvinnan befrias från denna hackordning, utan också mannen.

Lauritz var den förste man hon någonsin mött som talat till henne som en jämlike, som om hon varit man, som om det hon sade och tänkte räknades. Och han visste inte ens vad ordet mesallians betydde. Han var för att kvinnor skulle kunna bli läkare, bara en sån sak.

Ja, bara en sån sak. När hon sökt till den medicinska fakulteten i Dresden hade man sänt en delegation hem till hennes far för att i all diskretion avstyra dumheten, eller "den kvinnliga nycken" som någon sagt. Far hade blivit rasande, inte på fakulteten, utan på henne.

Någon gång hade hon fruktat att hon älskade Lauritz mer av principiella eller politiska skäl än av hjärtats skäl, just därför att han var en så modern människa, en fattig fiskarpojke från en av Europas avkrokar som genom lyckliga omständigheter fått utbildning och visat sig vara intellektuellt överlägsen nästan all överklass som utan ansträngning kunde få samma utbildning. Han var den nya människan i det nya århundradet, på så vis en idealbild. Och då var frågan om det bara var den bilden hon älskade.

När de kysstes i aktersalongen på Ran upprepade hon frågan i samma ögonblick hon mötte hans läppar. Och i samma ögonblick hade hon svaret.

Efter denna regatta skulle de leva tillsammans. På ett eller annat sätt. Med Fars välsignelse och högtidligt eklaterande av förlovning redan på avslutningsbanketten. Eller som flykting i förpiken ombord på en ovanligt vacker yacht på väg hem i storm mot Norge. Skandal, alltså.

Det var avgjort nu. På ett eller annat sätt.

Hon petade lite ointresserat i maten och drack försiktigtvis bara två glas rhenvin till lunchen. Inkokt lax, rädisor, gelé, majonnäs, att de aldrig kunde hitta på något nytt. Det var det där med att kvinnor ansågs behöva mild mat som kokt fisk. Och det var övervägande kvinnor på lunchen. Männen seglade.

Två timmar senare, oändligt långtråkiga timmar efter trist lunch och ytterst vanligt umgänge och pladder i kaffesalongen, satt hon äntligen på plats igen. Vinden hade friskat i, hon hade svårt att hålla sin roliga hatt med fruktarrangemanget på plats, den figursydda kräppade sidenklänningen i svart och vitt, för att hedra färgerna i Ellidas standert, stramade lite runt magen. De nya skorna hade för hög läst och hon hade fått ett litet skavsår.

Att hon kunde intressera sig det minsta för sådana trivialiteter nu när det närmade sig ett avgörande! Hohenzollern låg parkerad en tredjedel från mål och med rundningsmärket långt bort i fjärran. Det var där båtarna skulle vända en sista gång och gå mot mål för full läns.

Löjtnant Wolf infann sig punktligt, gjorde honnör och anhöll om att få slå sig ner. Hon klappade i händerna av tillgjord förtjusning, eller om det helt enkelt var spänningen.

"Vad vi kommer att få se långt bort i fjärran", började han sin redogörelse, "är vilka ballongsegel som dyker upp först i blickfånget. Är de alla dekorerade med den svarta örnen, kejsarfamiljens alltså, eller är de helt vita? Tja, det är det vi snart får veta. Kan jag servera min nådiga Freiherrin något?"

"Nej, men tack för er omtänksamhet, löjtnant Wolf. Ni har en mycket stark kikare."

"Ja, men först upptäcker man dem bara som små vita prickar, då ser man knappt den kejserliga örnen."

"När väntas de dyka upp?"

"Om ungefär tio minuter. Nej vänta!"

Han lyfte kikaren mot ögonen och stirrade intensivt.

"Det ser ut som ett rött segel!" meddelade han upphetsat.

Ingeborg knep ihop ögonen hårt för att inte börja gråta. Hon intalade sig intensivt att hon var en fin flicka som alltid kunde behärska sig och sade ingenting på en god stund.

Då och då lyfte löjtnanten upp kikaren till ögonen och började se alltmer konsternerad ut.

"Ser ni några fler segel?"

"Nej, ännu inga andra, bara det röda."

Minuterna tickade på.

Matroserna kom på nytt med sina griffeltavlor som meddelade ställningen:

1. Ran
2. The Golden Eagle
3. Friedrich der Grosse
4. Meteor
5. Iduna
6. Ellida
7. Spokane
8. Angela
9. Samoa III
10. Die Valkyrie
11. Bertha

"Gratulerar min nådiga Freiherrin, er far har seglat upp sig till sjätte plats", sade löjtnant Wolf.

"Tack så mycket", svarade hon. "Det blir i så fall en av hans bästa placeringar någonsin. Men säg, ligger inte den där norska båten väldigt långt före?"

Löjtnanten höjde genast kikaren till ögonen.

"Herregud!" utbrast han. "Hela ballongseglet är en enda stor norsk flagga! En sådan arrogans, en sådan skandal!"

"Vari består skandalen?" frågade hon oroligt. "Finns det regler mot norska flaggor?"

"Nej, naturligtvis inte. Men i alla fall…"

"Hurså i alla fall?"
"Så gör man bara inte."
"Men kaisern och hans familj har ju den svarta örnen på sina spinnakers?"
"Det är förstås en helt annan sak. Jag vill ogärna rätta er, min nådiga Freiherrin, men ballongsegel heter det."

Ran seglade in över mållinjen och fick kanonskottet mer än tjugo minuter före de andra tävlande, vek av ner mot Hohenzollern och sänkte sin akterflagga till hälsning. Hohenzollern svarade sensationellt, och det skulle nog inte varit möjligt om det inte gällt segraren, med att sänka den kejserliga flaggan och hissa den på nytt. Ran svarade på samma sätt och gick över stag, bytte försegel och vek av in mot hamnen i Kiel.

Det var fortfarande spännande, men ställningen från tidigare höll sig. Kaiser Wilhelm II hade aldrig placerat sig så lågt som på fjärde plats. Baron von Freital sällan så högt som sjätte plats.

Nya tider hade kommit också till Kiel.

* * *

Skandalen drabbade societeten i Kiel som ett plötsligt åskväder och förvandlade snabbt sommarljuset till åskmörker. Det var en oerhörd händelse att äldsta dottern till en av "seglarfamiljerna" rymt hemifrån av egen fri vilja. Enleverad var hon ju inte, det framgick klart av såväl omständigheter som vittnesmål.

Man förhörde chauffören och bannade honom, även om det naturligtvis inte tjänade någonting till. Man måste faktiskt ge honom rätt när han förklarade att han som enkel chaufför inte kunde se någonting egendomligt i att en av greve Moltkes döttrar plötsligt fått annat att göra och med fullt bagage avrest mitt på dagen.

Av pietet gentemot familjen von Moltke inställde "seglarfamiljerna" alla fester den kvällen. Baron von Freital höll dock förhör med sin dotter.

Ingeborg spelade oskyldigt ovetande som avtalat. Hon påstod sig inte ha haft en bittersta aning om att Christa hade så drastiska planer. Rymningen var en fullständig överraskning.

Fadern menade att detta var omöjligt. Christa och Ingeborg hade varit bästa väninnor i många år och det låg i sakens natur att så nära kvinnliga vänner aldrig hade några hemligheter för varandra. Tvärtom älskade kvinnor, unga som gamla, att skvallra om allt och alla.

Dottern invände att Christa nog haft två goda skäl att inte säga ett pip om sina planer ens till henne. För det första risken för försägelse, det två vet är en hemlighet, det tre vet, vet hela världen. För det andra, och viktigare, hade Christa hemlighållit sin kommande skandal för att inte göra bästa väninnan moraliskt medskyldig.

Fadern hade inget motargument. I hedersfrågor hade män kunnat resonera likadant.

Dottern fick då en idé om att sätta press på sin far.

"Far har naturligtvis rätt i att Christa och jag vanligtvis aldrig haft några hemligheter för varandra. Jag visste alltså inte att hon skulle ställa till med skandal. Men jag vet varför."

Fadern nappade omedelbart på hennes bete.

Dottern förklarade att det självklart handlade om olycklig kärlek. Ja, alltså besvarad kärlek, sedan flera år för övrigt, men sådan kärlek som fäder av viss sort, exempelvis inom seglarfamiljerna här i Kiel, rynkade på näsan åt och betraktade som otillbörlig. Till slut återstod då bara denna sista förtvivlade utväg.

Det antydda hotet bet på fadern. Han bleknade märkbart och ville byta samtalsämne.

"Apropos det", sade han som ett underförstått medgivande att han uppfattat och förstått dotterns hot, "så inställer vi alltså middagen i kväll. Jag vet att du blir besviken, men jag ber dig behärska dig. I morgon ändrar vi våra planer och inställer också den tänkta middagen med von Moltkes, det skulle inte passa sig under rådande tragiska omständigheter."

Han gjorde en paus och log mot henne, faktiskt både vänligt och kärleksfullt, innan han fortsatte.

"I morgon improviserar vi i stället och bjuder hela den norska besättningen på Ran. Och ja, du får Lauritz till bordet. Som jag lovat."

"Far får nog skynda sig på med inbjudningarna i så fall. För efter att Ran har segrat i morgon så kommer inbjudningarna att hagla över Lauritz och hans besättning."

Fadern såg tankfullt på dottern en stund utan att säga något. Sedan nickade han instämmande.

"Jag går bort till kontoret och skriver inbjudningen genast och skickar ner den till receptionen. Jag har förstått att herr diplomingenjören bor någonstans i de övre räjongerna här på hotellet. Så gör nu inga dumheter."

Han reste sig ur fåtöljen och vandrade bort till den del av hotellsviten där han hade sitt arbetsrum.

Ingeborg satt kvar och försökte gå igenom vad som egentligen hänt i samtalet. Far hade uppfattat hotet om att också hon kunde överväga skandal. Men i stället för att brusa upp hade han avfärdat det närmast i förbigående. Det var ett gott tecken.

När hon impertinent sagt att Ran skulle vinna i morgon igen hade han inte heller protesterat. Förmodligen var det också ett gott tecken.

Norrmännen på Ran segrade än mer förkrossande den andra dagen och kom tjugosex minuter före tvåan in i mål. I förhandsdiskussionerna hade det varit en vanlig uppfattning att det skulle bli kejserlig seger den här dagen, eftersom banan man seglade andra dagen traditionsenligt var mycket längre och innehöll två kryssben. Och när det gällde att kryssa mot vinden brukade skicklighet gå före allt annat. De kejserliga familjerna hade hårt trimmade besättningar uttagna bland Tysklands bästa seglare, det var självklart en oerhörd ära att få gasta ombord på en kejserlig yacht. Alla seglare som fick det erbjudandet skulle omedelbart inställa sitt eget deltagande i Kieler Woche.

Och många skulle ha gett högra armen för ett sådant erbjudande, som ledde till många öppnade dörrar i det tyska samhället.

Norrmännen visade sig dock vinna ännu mer på kryssbenen än vad de gjorde på att länsa hem med den överdimensionerade och ostentativa spinnakern.

Lauritz och hans besättning infann sig oklanderligt klädda till middagen hos von Freital, alla i vita byxor, seglarskor, djupt koboltblåa kavajer, låga vita kragar och svart slips. Det var en lättnad för Ingeborg att de inte fått för sig att komma i frack. Men Lauritz hade haft två år på sig att lära sig seglarfamiljernas seder och bruk.

Dessutom var norrmännen obesvärat trevliga och talade mycket bra tyska, en av dem, en arkitekt som hette Jens, dessutom med berlineraccent. Redan vid välkomstdrinken kändes det att det skulle bli en lyckad kväll. Andra gäster som fick komma på seglarmiddag brukade vara spända och nervösa, hos norrmännen fanns inte ett spår av sådan oro.

Ingeborg gissade att det berodde på att det norska samhället var så mycket mer öppet än det tyska. Norrmän var du och bror med varandra lite till mans, hade hon förstått. Och i Norge visste folk inte ens vad en baron var. Norrmännen var kanske rentav ett föregångsfolk i det nya, snart demokratiska, Europa.

Far höll en ovanligt lång och rentav panegyrisk välkomstskål vid middagsbordet. Han framhöll till en början att det var en ära att vid sitt bord se de bästa seglare han någonsin haft nöjet att möta ute på vågorna.

Den typen av förbehållslösa erkännanden hade hon aldrig hört från sin far, inte ens när det gällde de kejserliga båtarna.

Efter ytterligare några artigheter vände han sig mot Lauritz, med vinglaset i handen, tecknet på att talet höll på att avslutas och att Lauritz var särskilt viktig bland gästerna, och blev tyvärr kryptisk.

"Till rorsman på Ran vill jag bara säga att det är ett oväntat återseende, även om du gått här i huset som en inte alltid välkommen gäst."

Så skålade Far, riktade sig först mot Lauritz, därefter mot de övriga gästerna och slutligen mot mor och dotter.

"Vad var det där för gåtor?" viskade Lauritz när han vände vinglaset mot sin bordsdam Ingeborg.

"Oväntat återseende syftar på en dramatisk förändring, inte alltid välkommen är en förtäckt ursäkt", viskade hon snabbt tillbaka.

För att vara en enkel familjemiddag var måltiden, särskilt ur norsk synvinkel, överdådig. När man ätit sig igenom de tre första rätterna, hummer, lax och sjötunga med viner från Rhen, Mosel och Franken, började måltiden på allvar med hjort och vildsvin och två sorters blauburgunder, så följde ostar och dessert med eiswein och allt detta tog sina modiga timmar.

Jens Kielland, som hade värdinnan till bordet, en mycket vacker dam som sällan tycktes ha något att säga, tackade kort för maten med några glada skämt om att vi norrmän utsatts för en tysk sammansvärjning. Ingen norrman kunde segla på minst fjorton dagar efter att ha oskadliggjorts med detta kalas.

För Ingeborgs del var det en av hennes livs mest underbara familjemiddagar, till och med den konventionella maten som oupphörligt dukades in av hotellets livréklädda personal föreföll henne ovanligt smaklig. Och hon satt hela tiden med sitt vänstra ben över Lauritz högra, linnebordsdukens knypplade kant gick långt ner över bordet, den var förmodligen avsedd för ett större bord, man var ju inte så många gäster och hade bara använt en mellanskiva för att alla skulle få plats.

Hennes enda obehag, som steg ju längre måltiden led, var att så snart middagen var klar skulle män och kvinnor skiljas åt. Kvinnor, unga som gamla, förväntades då dra sig undan och knyppla eller brodera eller något lika enfaldigt, medan män skulle tala med män om sådant som kvinnor inte förstod. Möjligen skulle de först spela kort eller biljard, men någon biljard skulle det inte bli här, sviten innehöll inget biljardrum.

Vid slutet av måltiden måste hon viska det nedslående meddelandet, men hon hade tänkt över det noga.

"Jag kommer inte till ditt rum i natt hur mycket jag än längtar…"
Där måste hon göra uppehåll för att låta sig serveras ännu ett glas efterrättsvin.

"Kiel är just nu mycket skandalkänsligt, jag är hårdbevakad", fortsatte hon snabbt. "Far är mycket välvillig, bjud ut honom på segling i morgon."

Lauritz fick ingen möjlighet att fortsätta samtalet. Inte till hans, men till de norska kamraternas förvåning, skulle nu män och kvinnor gå åt skilda håll, som om man hamnat på herrklubb. Den vackra och åsiktslösa baronessan seglade iväg med sin dotter Ingeborg i släptåg.

Baronen visade de manliga gästerna in i en salong där personalen väntade med konjak och whisky.

Tredje dagen, alltså nästa dag, var alltid en fridag under kappseglingarna så att man skulle få tid att reparera eventuella skador ombord inför den avgörande sista seglingen påföljande dag.

Baronen var på strålande humör och Ingeborg djärvt klädd i vida seglarbyxor, blus med sjömanskrage och seglarmössa, ungefär som man klädde små barn. Om nu det var opassande så hade hon låtit det praktiska gå före det anständiga och hennes far hade förvånansvärt nog inga invändningar, tycktes det i alla fall. Att klä sig så, som en pojkflicka, gick kanske bara an i Kiel.

Ran manövrerade sig långsamt ut ur hamnen med bara focken uppe, vinden var frisk, kanske åtta sekundmeter och alltså varken för svag eller för hård.

Ingeborg kunde inte undgå att se hur hennes far tindrade med ögonen som ett barn när han såg norrmännen i arbete, båten var ju nästan lika stor som hans egen och det brukade bli mycket paddlande och stötande med båtshakar fram och tillbaka i trängseln i seglarhamnen innan man tog sig ut på fritt vatten. Och dessa norrmän bara seglade ut för ett försegel som om det vore den enklaste sak i världen.

Hon satt på ena sidan Lauritz vid rodret, just som i drömmen. Men han kunde inte hålla hennes hand, inte ännu. På andra sidan i sittbrunnen fanns Far.

Så snart de var ute ur trängseln inne i hamnen åkte storseglet upp och Ran sköt omedelbart fart.

Hon såg hur Far drog efter andan. Också hon förstod och kände skillnaden. Om båtar vore hästar, tänkte hon, så var Ran ett arabiskt fullblod och de andra båtarna i samma klass var ardennerhästar.

"Varför är Ran en så mycket snabbare båt än Ellida?" frågade Far.

Hon förstod mycket väl att nu skulle det bli en lång stunds tal som män i allmänhet, och hennes far i synnerhet, förmodade att hon inte skulle begripa, fastän Lauritz under de senaste två årens korrespondens mycket ingående, ibland väl ingående, berättat om sin forskning, sina diskussioner med segelmakare, båtbyggare och marinarkitekter. Men hon hade ingenting emot att höra allt på nytt, särskilt nu när hon i smyg kunde betrakta sin far och se hur han reagerade. Och om han över huvud taget begrep. Måtte inte Lauritz krångla till det för mycket! Men låt gå, för hennes del blev det som att sitta på teater en stund.

"Vi går undan i vinden, herr baron, så att vi kan lägga oss på kryss, så blir det lättare att beskriva", började Lauritz. "Men till att börja med. Ran är, till skillnad från Ellida och alla de andra, underskuren. Det betyder att hon ligger mycket högre med fören i vattnet än med aktern. Det blir så att säga mycket mindre Ran som möter vattenmotståndet än vad Ellida gör."

Konstigt, tänkte Ingeborg, det var ju det den där löjtnanten på Hohenzollern, Wolf eller vad han hette, hade sett omedelbart.

"Vårt skrov", fortsatte Lauritz långsamt och vänligt, utan minsta tendens till överlägsenhet, vilket var helt rätt enligt Ingeborgs uppfattning, "är i afrikansk mahogny. Spanten är av galvaniserat stål. Det betyder att vi är minst fem ton lättare än Ellida. Den polerade mahognyn är lackerad och inte målad med tjock vit målarfärg, det minskar också vattenmotståndet."

Utmärkt, konstaterade Ingeborg, han förklarade det utan några som helst hydrodynamiska formler, han har fattat galoppen.

"Jamen vi har större dragkraft, vi har tre försegel och herr diplomingenjören använder bara ett. Jag trodde ni var chanslös när jag såg det och jag trodde i min enfald att det handlade om brist på pengar. Men så kan det alltså inte ha varit?"

"Inte alls", sade Lauritz avmätt, "det här är inte bara den modernaste utan också den dyraste segelbåt som någonsin byggts i Skandinavien."

Först blev Ingeborg chockerad när hon hörde penningskrytet. Inte bara för att sådant var vulgärt, utan också för att det var fullkomligt olikt Lauritz. Han som rentav menade att det var en "synd" att förhäva sig.

Hon tänkte efter en stund innan det gick upp för henne. Vad hennes älskade Lauritz hade meddelat, säkert med viss självövervinnelse för sättet att säga det på, var helt enkelt: Jag kan numera, herr baron, erbjuda er dotter ett anständigt liv.

"Jamen vad är då meningen med att reducera antalet försegel, faktum är ju att dragkraften då måste minska, eller hur?" envisades Far.

"Nej, herr baron, vi har att göra med två samtidigt verkande fysiska lagar där den ena motverkar den andra. Vi lägger oss nu på kryss mot vinden så kan jag förklara bättre."

Lauritz ropade ut några kommandoord på norska, besättningen hukade vant när den stora bommen kom farande och båten vände snett upp mot vinden.

"Vill herr baron nu vara så snäll att ta rodret?" frågade Lauritz och Far hoppade över och bytte plats, ivrig som ett barn, faktiskt med blossande kinder. Men det kunde förstås bero på den friska vinden.

"Så gör vi som vi gjorde förr, herr baron", fortsatte Lauritz sina instruktioner, "jag beskriver och ni gör som jag säger. Lite mer styrbord! Så där, det är bra! Känner herr baron något ovant?"

"Ja för tusan, rodret!" utbrast Far. "Obetydligt motstånd, hur kommer det sig?"

"Där har vi de motverkande krafterna jag talade om", fortsatte

Lauritz utan minsta krångel med vetenskapliga termer. "Om vi nu, liksom Ellida och alla de andra tyska båtarna, haft ett bogspröt för att hålla ett tredje försegel, och därefter ett andra försegel och till sist fock. Vad händer då?"

"Dragkraften ökar?" föreslog Far.

Aj! Behandla honom inte som ett barn, tänkte Ingeborg.

"Ja, dragkraften ökar där framme", medgav Lauritz. "Men då pressas fören ner i vattnet, då blir båten mer lovgirig, då måste man hålla emot hårt med rodret. Och med rodret ställt på tvärs, jag är säker på att herr baron blivit stark i högerarmen av att segla, så minskar farten med en knop, kanske mer. Det blir en avsevärd skillnad om man skall slå tio, femton gånger på en kryss."

"Tio femton gånger? Fem brukar väl räcka?"

"Men herr baron måste väl ha sett under våra seglingar att Ran slår mycket oftare än alla andra. Vi seglar en kortare sträcka, med andra ord."

Bra! Enkelt förklarat utan åthävor, tänkte Ingeborg. Samtidigt började hon undra om hela utflykten bara skulle handla om segling.

"Då har jag bara en sista fråga", sade Far. "Ni tävlar mot Europas mest trimmade besättningar. Vad gjorde ni åt det problemet? Löst det har ni tydligen, men hur?"

Lauritz log för första gången under samtalet.

"Det var jag mycket väl medveten om", svarade han fortfarande leende. "Så jag och mina vänner i det nystartade Bergens Segelsällskap har legat tre veckor ute på Nordsjön innan vi angjorde Kiel. Vi har övat, övat och åter övat. Vi är nu en mycket samtrimmad besättning. Vi är också en helt ny fri nation. Vi ville helt enkelt visa den norska flaggan i storformat här i Kiel, i världens ledande nation."

"Och vid Gud det gjorde ni, i dubbel mening", samtyckte Far och brast ut i ett så hjärtligt skratt att Ingeborg inte kunde erinra sig sådan munterhet från sin strikte far, alltid annars så mån om sin värdighet.

"Vill kapten vara så god att återta rodret!" kommenderade Far.

"Jag har verkligen fått en enastående lektion, jag är full av beundran, det medger jag förbehållslöst. Därmed till en helt annan sak!"

Ingeborg och Lauritz stelnade omedvetet till och rätade något på sig. Nu måste det komma.

Far drog ut på det. Säkert inte av elakhet, han bara finslipar formuleringarna, tänkte Ingeborg. För hans ögon var ljusa och vänliga, inte bara för att det blå havet gav dem extra lyster.

"Du skall inte behöva fråga mig en tredje gång, Lauritz. I fortsättningen tänker jag kalla dig Lauritz."

Far gjorde på nytt en teatralisk paus. Ingeborg jublade inombords eftersom hon visste vad den där lilla formaliteten betydde. Men hennes älskade blivande man tycktes inte förstå. Han såg rentav lite fåraktig ut efter att som tack för sitt föredrag inte längre få tituleras Herr Diplomingenjör.

"Jag skänker dig med största glädje och stolthet Ingeborgs hand", fortsatte Far långsamt och allvarligt. "Jag ställde kanske orimligt hårda krav på dig, men det berodde på mina omsorger om min äldsta dotter. Du uppfyllde dem. Du vann. Förresten vann ni båda, Ingeborg har inte varit lätt att tas med. Jag har bara ett villkor. Och på den punkten viker jag inte!"

Han såg plötsligt sträng och omedgörlig ut.

"Vilket villkor!" ropade både Lauritz och Ingeborg samtidigt. Det var första gången under seglatsen hon yttrat sig.

"Att förlovningen eklateras under kaiserns avslutningsbankett, där Lauritz under alla förhållanden kommer att sitta vid honnörsbordet. Så även du, min kära Ingeborg, som självklart får din trolovade till bordet än en gång."

Ingeborg flög honom om halsen och kysste honom på båda kinderna och kramade honom hårt.

Ran vände ner i vinden och bergensarna tog snabbt itu med att få ner focken och spinnakern upp.

"Säg, skulle man kunna få köpa den här båten billigt nu?" skämtade baronen.

Förmodligen skämtade han, tänkte Lauritz.

"Mja", svarade han och drog sig tankfullt i ena mustaschen. "Det blir nog till att ackordera en hel del om priset i så fall. Men då får väl herr baron ändå byta spinnaker, men jag känner en bra segelmakare."

Han pekade upp mot skyn där en väldig norsk flagga slog ut som en blomma.

* * *

Kaisern höll ett kort men mycket sportsligt tal vid banketten innan han överräckte hela Kieler Woches förnämsta segerpokal till Lauritz. Därefter gratulerade han segraren till en ännu större vinst, att denna dag ha förlovat sig med den högvälborna och likaledes förtjusande Ingeborg Freiherrin von Freital. Och så utbringade han en skål för de unga tu.

Segerpokalen, en förgylld silverskål på fyra höga ben, empirestil skulle man ha sagt utanför Tyskland, placerades på bordet framför de nyförlovade.

"Är det ditt livs lyckligaste dag?" frågade Ingeborg utan att längre behöva viska.

"Ja, utan tvekan", sade Lauritz.

"Vad gör dig mest lycklig, världens förnämsta seglarpris eller jag?" frågade hon.

Han visste att det var ett skämt och tänkte en stund för att komma på ett någotsånär fyndigt svar.

"Utan pokalen skulle jag aldrig fått dig. Utan dig skulle jag ha fått pokalen", svarade han, lutade sig mot henne och kysste henne oblygt som nyförlovade hade rätt att göra, till och med vid kaiserns bord. Omgivningen applåderade förtjust.

XVIII
OSCAR
BELGISKA KONGO
1909

BELGARNA VAR VERKLIGEN jordens avskum, det fegaste, grymmaste och mest usla folk som Gud skapat. Och Leopold II var den vidrigaste och mest blodbesudlade kung som suttit på en europeisk tron. Någon sådan ledare skulle aldrig ha varit tänkbar vare sig förr eller senare i Tyskland.

Det var åtminstone Hans Christian Witzenhausens fasta, och ofta högljutt proklamerade, uppfattning. En sådan massmördare skulle Europa aldrig mer skåda och om det fanns någon kristlig rättvisa roterade Leopold nu och för alltid på grillspett i helvetets värsta krets.

Oscar hade inga invändningar. Nu på andra safarin i Kongo hade de redan fått en mängd nya vittnesmål. De hade passerat flera ödelagda byar där miomboträd och buskar börjat ta över åkrarna, hyddorna rasat samman av vind och regn och intet mänskligt liv längre syntes. Bland hundratalet nya bärare de anställt efter Edvardsjön då de måste fortsätta till fots, hade åtminstone en tredjedel haft ena handen avhuggen. I rekryteringskön hade de gjort sitt bästa för att dölja sitt handikapp och till en början hade Kadimba saklöst avvisat stympade sökanden. Men Oscar hade sagt åt honom att anta också sådana bärare om de för övrigt såg starka och friska ut. Dels skulle de ändå bära sina bördor på huvudet och det räckte med god balans och en hand för att då och då rätta till lasten. Dels hade de satans belgarna lastat en tung skuldbörda på alla andra vita män i Afrika.

Det var en belgisk specialitet, det där med att hugga av de förslavade kongolesernas händer om de inte levererade tillräckligt med gummisav en gång i månaden när soldaterna kom för att hämta den alltmer värdefulla råvaran.

1902 hade gummipriset stigit brant i Europa. Det var de nya automobilerna som låg bakom den oväntade utvecklingen. Eftersom kung Leopold ägde Kongo privat hade han snabbt gjort sig en kolossal förmögenhet på det enklaste och mest brutala vis. Gummiplantan växte vilt i Kongos skogar. Varje by fick ett pensum per månad som var så stort att nästan alla män i byn måste ägna all sin tid åt att gå runt i skogarna för att hitta små plantor eller helst stora träd och tappa av dem saven, knåda den till bollar och samla i korgar. Och när soldaterna kom och fann att leveransen var otillräcklig, och det fann de alltid, skar de öronen av folk. I bästa fall. Annars händerna eller fötterna eller i värsta fall huvudet. Och så spikade de upp de avhuggna kroppsdelarna på träd och husstolpar mitt i byn som varning. Och förbjöd invånarna att ta ner dessa ting hur illa de än börjat stinka.

Det fanns tre K som motiverade européernas närvaro i Afrika. Kristendom, Kultur och Kommers. Med dessa tre K:n skulle Afrika räddas från fattigdom, vidskepelse, stamkrig, sjukdomar och annat elände, för att upphöjas till den vita världens nivå. Så var det uttänkt och sagt och sådan var också Oscars övertygelse, särskilt om man tillfogat ett fjärde K för Kommunikation. Och om man i ordet kultur räknade in överföringen av modern teknik.

Om kongoleserna hade fått skörda gummi i egen takt, och fått betalt för varan, så hade det varit kommers helt i enlighet med detta credo. Men de fick inte betalt, bara rätten att bli stympade och mördade och se sina byar, den ena efter den andra, tömmas på allt levande.

En särskild ironi var att många byar här i östra Kongo hade försörjt sig på elefantjakt. De jagade elefanterna med förgiftade pilar, smög nära inpå och sköt in i elefantens mjukare underdel, förföljde sedan djuret tills det dog och tog vara på köttet lika noga som elfenbenet. Belgarna hade låtit mörda alla elefantjägare man träffade på, eftersom de ansågs onyttiga för gummiskörden.

Sådana män, enstaka överlevande elefantjägare, var särskilt värdefulla att få tag på. Väl framme i ett basläger kunde man använda dem som spårare. Och med uppåt 150 man att försörja var det lika värdefullt att ha med sig folk som kunde hantera elefantkött. Kongoleserna åt det med förtjusning. Själv fann Oscar det något motbjudande, en fadd höliknande smak. Men han och Kadimba skulle knappast ha några svårigheter ens på denna andra och mycket större safari att skaffa annat kött.

På den belgiska tullstationen vid Edvardsjön var det samma katt-och-råttalek som förra gången. De presenterade sig som en handelssafari på väg upp mot de nordöstra delarna av landet som gränsade till Sudan (och som händelsevis varit kung Leopolds privata park och nu efter hans frånfälle tills vidare saknade ägare). De belgiska tulltjänstemännen var förstås inte dummare än att de insåg vad alla dessa vita äventyrare, som kom från när och fjärran med sina "handelssafaris" var ute efter – elfenben. Nu, år 1909, upplevde Afrika sin sista stora elfenbensrusch.

Men viss formell ordning måste råda till och med bland belgare. Och handel var inte bara tillåten i Afrika, den var en av de officiella välsignelserna som den vite mannen förde med sig till kontinenten. Så visst stämplade man de resandes dokument och gjorde honnör. Och räknade med att knipa elfenbenstjuvarna på hemväg när de skulle ta sig över Nilen och in i Uganda.

Förra året hade Hans Christian lyckats med ett fenomenalt bedrägeri. Det motiverade hela hans deltagande på resan, för mycket till elefantjägare var han inte.

Man hade kommit lite sent på dagen till tullstationen och procedurerna drog ut på tiden så det vore lika bra att övernatta och starta tidigt nästa morgon. Hans Christian bjöd då in en av de belgiska tullcheferna till sitt tält och talade till en början vitt och brett om sitt påstådda handelsprojekt. Samtidigt bjöd han rikligt på den whisky man hade i bagaget, naturligtvis en raritet i gränslandet mellan Kongo och Uganda. Efter några omgångar, där tullaren lät sig trugas tämligen enkelt, bekände Hans Christian att han, skam till sägandes, var livrädd för elefanter. Och nu hade han hört att det uppe i kung Leopolds före detta privata park, som man olyckligtvis måste genomkorsa, fanns en oroväckande stor mängd elefanter. Men om nu herr tulltjänstemannen ville vara så vänlig att tala om var dessa bestar höll till, så kunde man kanske undvika de områdena på sin resa norrut?

Han fick en detaljerad karta med varje större elefantpopulation noga utritad. De gjorde en vinst, även efter att ha betalat tull till de giriga engelsmännen när de passerade gränsen till Uganda, på över 30 000 pund.

Om lyckan stod dem bi kunde det bli ännu bättre den här gången. Förra året hade de gett sig iväg för sent, så de fastnade i regnperioden mot slutet av safarin utan att kunna uträtta särskilt mycket. Nu hade de fyra månader framför sig utan en droppe regn. Det skulle bli hett. Men hetta är lättare att stå emot än kyla, åtminstone enligt Oscars erfarenheter, och det skulle säkert löna sig.

Vägvisarna gick först, därefter följde Oscar, Kadimba och Hans Christian, som bara bar sina vapen. Efter dem följde den långa ormen av bärare som nu, på väg mot jakten, hade lätta bördor på sina huvuden. På hemvägen skulle det förhoppningsvis bli mycket tyngre.

De första dagarnas marsch var i Oscars tycke alltid svårast. Man kom in i det efter någon tid och ingen var ändå så dum att han använde kängor som inte var ingångna (utom Hans Christian vid förra resan) för då slutade det med att man måste låta sig bäras i en fåtölj av fyra man som byttes ut en gång i halvtimmen. Sånt sinkade.

Första dagarna var kroppen ovan, man kände sig stel och det bultade i ben och fötter när man äntligen kunde börja slå läger i den röda solnedgången. Det var helt i sin ordning. Men den här gången hade man ändrat något på resrutten och hamnat i ett område där tsetseflugorna anföll i så täta moln att de nästan förmörkade sikten. Hur de kongolesiska bärarna med sina nakna kroppar kunde stå ut övergick Oscars fattningsförmåga, han hade mer än nog med att freda sitt ansikte. De små sattygen såg ut ungefär som en hederlig norsk vattenbroms, men deras bett var dubbelt så smärtfyllt. Och slog man till en norsk släkting till dem så föll han snällt ner och dog. Någon miljon års naturligt urval bland hårdslående afrikanska svansar hade emellertid förädlat tsetseflugorna till ett stenhårt släkte. Slog man till som på en broms så hade det ingen effekt, det lilla odjuret gjorde bara en kort sväng ut i luften och anföll på nytt. Man måste smyga sig på dem, ta dem långsamt i handen och sen rulla dem några gånger mellan fingrarna. Vilket var svårt att lära sig, den plötsliga smärtan framkallade reflexmässigt snabba rörelser. Och då kom de undan till följd av sin svansträning.

Oscar hade lärt sig med åren. Men det var mer som tidsfördriv han knådade tsetse från sina kinder. Ibland räknade han fällda flygfän, hans rekord var 476 på en dag. Vilket borde vara en per tionde anfallande.

Första kvällen slog de läger intill en liten biflodsarm till Nilen, vattnet var fortfarande rinnande så afrikanerna kunde dricka av det som om de vore zebror. För de två vita männens del kokades vattnet först. Att gå tio timmar om dagen med en kraftfull afrikansk diarré var inget att eftersträva.

Området tycktes vara malariafritt, åtminstone inga moskiter, konstaterade Oscar när man rest det stora fyrmannatält där han själv som safarins ledare, Kadimba och Hans Christian skulle bo.

De hade haft ett kort gräl om saken. Hans Christian ansåg att han inte kunde tälta med en neger. Oscar hade lagt band på sig, kort och bestämt meddelat att Kadimba inte var "neger", utan jägare och biträdande chef för safarin. Och intet mer ord hade därefter yttrats i den frågan.

Hassan Heinrich skulle egentligen också ha bott i samma tält under safarin, men hans ansvar för frukosten, fortfarande men snart inte längre stekta ägg med fläsk, tvingade honom att gå upp mycket tidigare än de andra. Han hade ju också utfodringen av 150 bärare att organisera.

Till middag serverades ryggfilé av gnu och grillad flodabborre med belgiskt rödvin.

Det var en skön kväll, stjärnklar och sval och inga moskiter. Det var en sån kväll då man kände att man var på väg på riktigt. Allt paddlande uppför sjöarna, alla tjatiga förhandlingar, allt schackrande om kanothyror och liknande gav inte den riktiga känslan. Men nu satt de här i sitt läger på andra kvällen och var verkligen på väg mot rikedom eller död. De var inte ensamma. Elefantjägare från hela Afrika, engelsmän, tyskar, fransmän, en och annan amerikan och i värsta fall till och med belgare fanns i närheten och många av dem skulle dö snarare än komma tillbaks med en förmögenhet. Det var ett bekymmer som dock inte gällde Oscar, ansåg han. Ingen elefant skulle döda honom, han var fortfarande odödlig på unga mäns vis.

"Strängt taget är vi tjuvar", skämtade han innan han njutningsfullt sippade i sig lite konjak ur den rundade kupan.

"Fast oklart från vem", fortsatte han efter att ha väntat in de andras förvånade miner. "Från den omänsklige kung Leopolds dödsbo kan det inte vara. Enklaven kommer inte att tillfalla dödsboet. Från det vidriga lilla landet Belgien kan det ju inte heller vara, även om enklaven nog kommer att hamna hos dem till slut. Så just nu är vi tjuvar från ingen. Rätt intressant."

"Då är vi inte tjuvar!" invände Kadimba på swahili. Han hade tydligen förstått den tyska konversationen.

Eftersom Hans Christian knappt kunde säga goddag eller ens lejon på swahili måste de hålla sig till tyska.

"Belgien har ändå förverkat sin rätt i Kongo", sade Hans Christian. "De har hela Afrikas centrum, hjärtat, som de skurit sönder och samman. De är människoplågare, en sorts barbarer som är en skam för oss vita. Säg det till din vän Kadimba, en skam för den vite mannen som vi alla ber om ursäkt för!"

"Jag har redan förstått", svarade Kadimba på swahili. "Den vite mannen har det inte lätt, många hatar honom utan anledning."

"Vad sa han?" frågade Hans Christian.

Oscar översatte och de nickade alla tre tankfullt.

"Ja, det påminner mig om en sak som jag inte förstår", fortsatte Oscar. "Om några afrikaner borde ha gjort uppror så är det kongoleserna. De är många fler än de vedervärdiga belgiska sadisterna. Ändå låter de sig ledas som djur till slaktbänken. Om någon skulle höja en panga för att hugga av mig handen skulle jag inte bara viljelöst sträcka fram den, jag skulle dö under motstånd."

Han översatte det sista till swahili. Men Kadimba, som börjat få enstaka gråa hår vid tinningarna, skakade på huvudet och sade att människor är galna ibland och ibland inte. Tyskarna är mycket godare människor än belgarna, det vet alla. Tyskar skulle aldrig kunna begå sådana grymheter. Men det var ändå tyskarna som fått det ena upproret efter det andra på halsen.

Oscar översatte till tyska. Det blev tyst en stund.

"Hur var det med vårt senaste uppror 1905?" frågade Oscar. "Jag var ute på järnvägen på den tiden och kom inte tillbaks till Dar förrän det hela var över. Vad hände egentligen?"

Hans Christians och Kadimbas versioner var förvånansvärt samstämmiga, vilket fick Oscar att tro att han hörde sanningen.

Det började i byn Nagrambe i nordost. Där fanns en häxdoktor som hette Kinjikitile som påstod att han ägde en orms ande vid namn Hongo. Han byggde ett litet tempel för andedyrkan, nja inte så litet, det rymde ett par hundra personer. Dit kunde man komma för att lyssna på andens röst, alltså Kinjikitiles röst, fastän han låg gömd under en vassmatta. Allt fler strömmade till. Vartefter började Kinjikitile slå mynt av sin publika framgång. Han sålde ett elixir på ricinolja och hirsfrön som påstods ha den magiska effekten att den som drack blev osårbar för kulor. De som köpte var först folk från stammarna matumbi, kichi och ngindo, som alla var raka motsatsen till krigare. De var bönder och ingenting annat. De hatade i första hand krigarstammen ngoni nere i söder. Vilket inte var så konstigt eftersom ngoni i alla tider varit slavjägare. I andra hand hatade de alltså arabiska slavhandlare och först i tredje hand vita män.

De här tre stammarna borde vara de minst sannolika upprorsmakarna just därför att de var jordbrukare och inte krigare. Men ormen Hongos ande gjorde dem tydligen galna och till slut hade ett gäng från ngindo druckit så mycket av Kinjikitiles elixir, med vissa förstärkningar av öl, att de med sina pangas hackade ihjäl en biskop, han hette Spiss och var chef för katolikerna i Dar, två benediktinermunkar och två nunnor, alla ute på safari. Och så var eländet igång. Guvernören, greve Adolf von Götzen, rekvirerade 200 marinsoldater som förstärkning.

Men sedan tog det slut ganska snabbt. Enda orosmomentet var att ngonikrigarna i söder anslöt sig till upproret. Ngoni kom ursprungligen ännu längre söderifrån, de var besläktade med zulu och militärt organiserade på samma sitt. Ursinniga hade de varit länge för det där med den avskaffade slavhandeln.

Men de kom från en lång krigartradition och därför kunde det te sig märkligt att de fått för sig att man i alla fall borde pröva den omtalade magin med elixir på ricinolja och hirsfrön. De prövade bara en gång, när de över öppen mark anföll två kulsprutor. Och så var upproret i praktiken över. Återstod bara att infånga och hänga några ledare, Kinjikitile lämpligt nog först.

Så mycket mer fanns inte att säga om uppror, utom att de var både olyckliga och onödiga och drog alltför många oskyldiga med sig i döden.

Samtalsämnet hade släckt all entusiasm. Just nu kunde man inte bara kasta om och övergå till optimistiska spekulationer om vad de skulle få uppleva när de kom till den första av de platser som den tillmötesgående belgiske tulltjänstemannen markerat som extremt tättbefolkad av elefanter. De hade missat det området förra året på grund av regnen.

De gick och lade sig utan att säga så mycket mer än godnatt. Det var som vanligt alldeles i början på en safari, deras kroppar värkte.

De vandrade en vecka utan att se annat än enstaka elefanter i fjärran, ingenting värt att stanna för, mest kor och kalvar.

Men när de kom fram till det område som den belgiske tullaren markerat på kartan var det ingen tvekan om att de befann sig på rätt plats. Landskapet var en typisk biotop för elefanter, högt gräs på slätterna och täta skogsbestånd med jämna mellanrum. Från en hög termitstack kunde de se hundratals, kanske rentav uppåt tusen elefanter på en gång. Det var en desto skönare syn eftersom himlen var alldeles fri från kretsande gamar. Det betydde att inga andra elefantjägare hunnit före dem och att de hade hela denna skatt för sig själva.

Det var ingen brådska och man kunde planera attacken noga. Det var viktigt att inte förhasta sig, framför allt inte gå rakt ner i det höga gräset mot mitten och skjuta första bästa elefant som dök upp framför en. Djuren skulle då fly åt alla håll så att hela den sammanhållna gruppen splittrades. Det gällde att hitta en väg in från sidan genom skogspartierna, helst överraska en grupp tjurar där inne så att man kunde skjuta fyra, fem stycken på en gång innan de fattade från vilket håll faran kom. Då skulle de överlevande fly ut mot de öppna fälten. Sedan fick man se. Antingen skulle de flyende då lugna ner sig när de såg alla de andra elefanterna beta i lugn och ro. Eller också skulle paniken sprida sig så att hela hjorden gav sig iväg, men i så fall åt samma håll så att man kunde upprepa manövern efter någon dag.

Vinden var konstant nordöstlig, så den inledande taktiken var inte mycket att diskutera. Man skulle alltså först gå österut en bit, sedan norrut mot ett större skogsparti. Därefter var det bara en tidsfråga.

Oscar sände bud efter ett par av de kongolesiska elefantjägarna. Inte för att man behövde hjälp med att läsa av elefantspår, utan för att de hade en nästan övernaturlig förmåga att upptäcka elefanter i tät snårskog.

Det var sådant man skämtade om i Dar, att den och den skulle inte ens upptäcka en elefant på tio meter. Det var den okunniges skämt, både Oscar och Kadimba hade många bevis för den saken. En gång hade de kommit smygande i tät skog i tron att de hade en stor tjur ungefär hundra meter framför sig. Villrådigt, och tursamt, hade de stannat till utan att vare sig se något eller höra annat än fågelsång. Plötsligt dånade det intill dem av magen från en stor tjur som stod och halvsov och smälte maten bara tio meter bort. Hade han upptäckt dem på det avståndet hade de troligen blivit dödade. Gamla tjurar gillade inte att bli överraskade på nära håll och när de anföll i skog gick de rätt igenom alla träd och buskage fortare än vad en man kan springa.

Den gången hade det gått bra, de hade smugit bakåt ett stycke och sen framåt i en halvcirkel tills de såg hans huvud. Betarna hade dock inte varit så märkvärdiga, kanske 60 pund.

Händelsen påminde Oscar om en ny instruktion han tänkt ut. Man skulle helst inte skjuta elefanter med större betar än 70 pund. Det var lagom för en man att bära utan att spetsen doppade för djupt i marken och gång på gång revs ner från bärarens huvud av buskar och segt gräs. En bete på 100 pund eller mer måste bäras av två man på stång. Det var inte bara en obekväm börda, stången måste vara så lång att lasten hängde fritt så att varken den främre eller den bakre bäraren snubblade på den. Och en tjock stabil bärstång ökade ytterligare på vikten. Det hela var egentligen ren matematik. Om varje bärare bar en börda på 70 pund eller mindre blev det sammanlagda resultatet bättre än om man för var och varannan bete måste ta till två bärare.

Ett undantag hade han lovat Hans Christian, men bara ett. Hans Christian ville ha ett par rejält stora betar för att omgärda sin ytterdörr till den jaktfirma han tänkte öppna. Om hugade spekulanter såg ett par betar av det slag som bara Oscar hade fört med sig hem från bushen, så skulle de genast lägga upp sina pengar.

Oscar hade ingen större förståelse för Hans Christians barnsliga dröm om att bli professionell storviltsjägare, han kunde inte tänka sig att det skulle vara någon större affär. Dessutom ville väl sådana rika kunder bara jaga det farliga viltet, noshörningar, elefanter, lejon och buffeltjurar. Den som enbart inriktade sig på sådan jakt skulle med statistisk säkerhet bli dödad själv, förr eller senare. En usel affär.

De hade gått raskt genom det höga gräset bort mot ett skogsparti där de skulle börja själva jakten. Inte för att de hade bråttom, för om de skötte sin taktik väl hade de upp till fjorton dagar på sig med den här stora hjorden. Men det var obehagligt att gå genom det höga gräset där man bara såg en meter framför sig. Nästa gång man förde gräs åt sidan kunde man stirra rakt in i en noshörning, eller ännu värre stöta på en rasande *mbogo*, buffeltjuren, som stått och väntat på rätt ögonblick att anfalla.

Därför var det en lättnad när gräset glesnade och blev kortare och de skymtade utkanten på skogen. Där stannade de och spanade en stund, Oscar med sin nya Zeiss, de kongolesiska spårarna behövde ingen kikare. I skogskanten betade en flock zebror, det var inte så bra. De skulle fly ut åt öppen mark när de upptäckte människor och kanske störa elefanterna. Kadimba som självklart förstått problemet visade med tecken att det inte gjorde någonting. Om zebror flyr tror *tembo*, elefanten, att de har lejon efter sig och tycker nog att det bara är zebrornas problem.

Det föreföll högst troligt. Oscar tecknade att man skulle avancera, zebrorna reste genast huvudena och betraktade dem misstänksamt några sekunder innan den äldsta märren försvann utåt savannen med sitt föl efter sig, efter en kort tvekan följde den övriga gruppen efter åt samma håll. Bättre än om de sprungit in i skogen, tänkte Oscar och Kadimba samtidigt och behövde bara utväxla ett kort ögonkast för att förstå att de var överens.

Skogen bestod mest av miomboträd och var till en början behagligt gles, de hade mer än hundra meters sikt, inga torra löv som prasslade. Elefanternas väderkorn är så bra att det ibland kan förefalla övernaturligt, men de gick mot vinden som inte bara förde bort deras vittring utan också de olika ljuden från deras fötter, afrikanernas bara fötter som var nästan ljudlösa, européernas och Kadimbas kängor som var allt annat än ljudlösa. Men en vit man skulle inte klara sig långt med bara fötter. I sina indianböcker hade Karl May talat om "ömfoting" och som gymnasist i Kristiania hade Oscar aldrig riktigt förstått innebörden. Den hade han fått lära sig grundligt i Afrika.

Tembo hade urusel syn, var nästintill halvblind också i skarpt dagsljus. Alltså var alla förutsättningar nu på deras sida. De skulle säkert höra elefanter på långt håll innan de själva hördes. Det var fortfarande tidig morgon och det betydde att elefanterna åt, och när de åt inne i skogen var det sannerligen inte ljudlöst.

Mycket riktigt behövde de bara gå någon timme innan de hörde ljudet av träd som brakande föll till marken. Elefanter.

Nu började deras försiktiga ansmygning, de måste komma nära för att få gott om tid att bestämma om de skulle skjuta. Den första skottsalvan skrämde inte bort elefanthjorden där ute på savannen, särskilt inte om det här var ojagade elefanter, vilket föreföll högst troligt. Men för varje gång man sköt kom den stora flykten allt närmare. Hjorden kunde få för sig att helt enkelt lämna området och det betydde att de på en enda natt kunde ta sig bort tre eller fyra dagsmarscher.

När de var inne på mindre än femtio meter från elefanterna berättade en av kongoleserna ivrigt för Kadimba vad man hade att göra med. Där framme fanns sex elefanter, alla tjurar. Det var alltså en mycket gammal man, med betar på över 120 pund, som omgav sig med fem askaris, livvakter. Det var ovanligt många, den gamle måste alltså vara ovanligt högt värderad bland de yngre tjurarna.

Den inbördes uppgörelsen mellan tjurarna var i sak mycket enkel. De yngre skulle skydda den gamles liv. Det betydde att de utan att tveka skulle anfalla allting i närheten som kunde verka farligt. I gengäld fick de under några år ta del av den gamles minne, kunskap om var vatten fanns under torrperioderna, var man kunde berusa sig på amarullafrukter just när de blivit övermogna, var det fanns mänskliga odlingar att plundra, hur man skulle undvika människor, eller döda dem, allt som var värt att veta.

De befann sig alltså i en situation som var både gynnsam och farlig. En enda liten vindkantring och fem elefanttjurar skulle komma rusande mot dem. Å andra sidan gavs möjligheten att få fem eller sex fullt skjutbara elefanter på en gång, dessutom på bra avstånd från den stora hjorden.

Frågan var hur man skulle göra med den gamle. Det var sådana där betar som krävde fyra man för transporten, och som Oscar helst ville undvika. Å andra sidan ville ju Hans Christian ha en stor trofé som han blivit lovad. Den här var mycket bra, men kanske inte den största man skulle stöta på. Beslutet måste bli Hans Christians.

Rent taktiskt kunde man inte bortse från fördelen att skjuta den gamle först. Hans askaris skulle då tveka och stå stilla och det var allt som behövdes. Men det borde inte påverka Hans Christians beslut. Oscar tecknade åt honom att smyga närmare.

"Jaha, Bruderlein", viskade han. "Här kanske du har din trofé till dörrposten."

"Hur många pund?" viskade Hans Christian tillbaka. "Vem av dem är det?"

"Han som står med ändan rakt mot det stora pelarträdet. Minst 120 pund, om du står mellan betarna i en båge går de ovanför dina uppsträckta händer, de är över två meter långa."

"Vilket är pelarträdet?"

"Det gulgröna med glatt stam, det som är högst där borta och förgrenar sig i två tio meter upp."

Hans Christian fumlade en stund med sin kikare innan han fick korn på den gamle. "Herregud!" viskade han. "Jag tar honom om jag får."

Oscar tecknade åt Kadimba att komma närmare och gav honom några viskande instruktioner. Sedan förklarade han planen för Hans Christian. De skulle dela på sig, för det stod tre tjurar till höger om den gamle. Hans Christian måste skjuta först. Så fort den gamle sjönk ihop död skulle Kadimba skjuta nästa, därefter Hans Christian ytterligare en och Kadimba den sista på den flanken. Under tiden skulle Oscar åta sig de två andra. Det var den enkla planen.

"Kom ihåg nu", instruerade Oscar just innan de skiljdes. "Ingen skjuter före dig så du kan ta god tid på dig. Sikta inte på ögonen, utan mellan ögonen när han ser åt ditt håll, men lite lågt. Tänk dig att han har ett kvastskaft mellan öronen, det är det du ska skjuta av."

"Jag vet, du har sagt det tusen gånger", log Hans Christian självsäkert.

Hans Christian och Kadimba tassade iväg för att finna rätt position. De två kongolesiska spårarna smög sakta bakåt mot ett stort baobabträd, de visste att de inte skulle ha med fortsättningen att göra. Och att baobabträdet var tillräckligt stort för att skydda mot en anfallande elefant.

Oscar osäkrade sitt gevär och ställde det mot den smala trädstammen framför sig. Han hoppades att det skulle bli en ganska lång väntan, att Hans Christian skulle ha tålamod att vänta in rätt läge. Att skjuta en elefant var det lättaste. Och det svåraste. Särskilt om man ville ha den död på platsen.

Det var förhållandevis svalt i skuggan inne i skogen, han svettades bara obetydligt. Förmodligen befann de sig på hög höjd, frånvaron av tsetse var en välsignelse.

En honungsfågel började uppfordrande kalla på dem. Det var inte bra. Kanske visste den gamle vad det var frågan om, att honungsfågeln lockade människor till vildbina, för att sedan få sin provision av honungen, som man alltid borde lämna kvar åt honom. Visste den gamle det? Och visste han också fortsättningen, att om en man tog all honung utan att lämna något åt fågeln, så skulle den nästa gång leda näste man till en giftorm?

Något visste den gamle tydligen, för Oscar skymtade hur han höjde sitt huvud där borta, fällde ut öronen och sträckte upp snabeln för att söka vittring. Hans livvakter gjorde likadant. Närsomhelst kunde de ge sig iväg.

Då small skottet och Oscar grep snabbt efter sin Mauser och såg hur den gamle långsamt vek bakbenen under sig, höjde huvudet med sträckt snabel rakt upp och sjönk ner. Han var död, Hans Christian hade träffat som han skulle.

I nästa ögonblick kom ett nytt skott där bortifrån, det måste vara Kadimba.

Oscar letade vinklar genom grenverket framför sig. Hans två tjurar stod stilla med utfällda öron, osäkra på vad eller åt vilket håll de skulle anfalla eftersom den gamle inte gav några instruktioner. Nu såg han båda ögonen på en av de två där framme och började söka sig in mot rätt skottvinkel, men kom av sig när ett nytt skott small bortifrån de två andra. Det blev en dyr sekund, tänkte han när han på nytt fick målet i sikte och kramade av skottet. Det syntes genast att han träffat rätt. Men då tycktes det bli för mycket för den siste, förhoppningsvis den siste levande bland den gamles askaris, för han vred sig om för att ta till flykten, hans huvud skymdes av en kraftig trädkrona, men lung- och hjärtsektorn visade sig och Oscar sköt automatiskt i samma ögonblick han såg blottan. Elefanten brakade iväg genom skogen, lyckligtvis bort från dem. Då hördes ett nytt skott från de andra, och ännu ett.

Det var antingen illavarslande eller bra. Han lyssnade intensivt, men det enda han hörde var det allt svagare brakandet av hans egen flyende elefant.

Så blev det tyst. Han svettades ymnigt och slickade av överläppen. Fortfarande tyst. Konstigt.

"Är allt som det ska borta hos er!" ropade han mot Kadimba och Hans Christian och fick jublande glada skratt och högljudda försäkringar tillbaka om att allt gått bra.

Borta hos de andra låg mycket riktigt fyra döda elefanter. Kadimba och Hans Christian berättade i munnen på varandra, den ene på swahili, den andre på tyska, vad som hade hänt.

Hans Christian redogjorde för hur han iskallt hade avvaktat rätt läge, fylld av tillförsikt och tålamod.

Kadimba berättade hur Hans Christians gevärspipa snurrat runt som en visp, men hur han till slut blundat och tryckt av i desperation, men träffat den gamle perfekt i hjärnan.

Därefter hade Kadimba skjutit nästa elefant, samma version på både tyska och swahili.

Sedan hade Hans Christian med ett perfekt skott fällt den tredje. Enligt den tyska versionen.

På swahili hette det att Hans Christian skjutit för högt, i den stora fettkudden tembo bär på sitt huvud, där en träff får honom att ta räkning som en boxare men inte skadar honom särskilt.

På både tyska och swahili hade då Kadimba skjutit den fjärde elefanten. Men enligt tysk version bara skadskjutit den.

Samstämmigt berättade de att en av de till synes döda elefanterna plötsligt rest sig upp på frambenen. Och då hade Hans Christian skjutit och definitivt dödat den och Kadimba hade skjutit ett skott helt i onödan därefter. Enligt den tyska versionen.

På swahili var berättelsen inte oväntat den omvända. Hans Christian hade skjutit på nytt i fettkudden uppe på huvudet och Kadimba hade avslutat jobbet.

Oscar hade lyssnat på kakofonin utan att med en min visa vem han trodde på, eller ens att han fått höra två oförenliga versioner.

"Gratulerar", sade han och skakade hand med dem båda. "Ni skötte er bättre än jag, för jag fick bara den ene på plats. Den andre sprang iväg med ett blodspår efter sig, vi tar honom senare."

De ägnade en stund åt att inspektera de döda elefanterna. Oscar skickade en av de kongolesiska spårarna tillbaks till lägret för att hämta folk. Hans Christians trofé var mycket bra, 130 pund på den ena beten och lite mindre på den andra. Oscar försäkrade att även om det var möjligt att de någon gång under den följande månaden skulle se någonting ännu bättre så var det ingalunda säkert. Och den här var död, så saken var avklarad.

De yngre tjurarna hade alla en perfekt vikt för bärarna. Så även om man inte fick tag på den återstående elefanten, som haft artigheten att springa in i skogen, bort från hjorden där ute, och inte in mitt bland dem för att lägga sig ner och dö och skapa panik – så var det en strålande första jaktdag.

De hade gott om tid, det var ingen brådska med eftersöket. Och det blev heller inte särskilt långt eller besvärligt och framför allt inte farligt. De fann Oscars hjärtskjutna elefant trehundra meter bort.

De firade förstås när de kom tillbaks till lägret. Kongoleserna hade tagit proviant med sig bort till skottplatsen för att arbeta hela natten med att slakta upp en av elefanterna. Det gick en eldskimrande karavan av köttbärare under natten mellan slaktplatsen och lägret.

Oscar bjöd med Hassan Heinrich till deras festmåltid den kvällen, där de nyduschade och i rena kläder drack en avsevärd del av sitt förråd av belgiskt rödvin. Det skadade inte för de skulle ändå inte jaga nästa dag. Det viktigaste just nu var att inte skingra eller skrämma bort den stora hjorden och förmodligen skulle djuren snart lugna ner sig. De hade hört skott, men inte sett döda eller än värre döende fränder. Efter ett par dagar skulle allt vara som vanligt.

Allteftersom vinflaskorna bars in och de skämtade om hur hyggliga de var som på det här enkla sättet gjorde bärarnas bördor lättare, växte jakthistorierna, särskilt för Hans Christians del. Oscar höll god min och lät Kadimba och Hans Christian hållas utan att ens ironisera över hur deras bravader tycktes växa undan för undan. Hassan Heinrich, som förstås inte kunde undgå att observera skillnaderna mellan den tyska och den afrikanska versionen av dagens insatser, såg alltmer förbryllad ut. Oscar viskade till honom att så var det med jakt och framför allt berättelser om jakt. Inte heller där fanns någon märkbar skillnad mellan den vite och den svarte mannen.

XIX
OSCAR
DAR ES-SALAAM
1912

HONUNGSFÅGELN VAR SÅ enträgen att han inte hade hjärta att motstå den, han följde efter den över stock och sten. Han försökte tala vänligt till den, försäkrade att han alltid ärligen strävat efter att göra gott mot alla och envar i Afrika, men fågeln bara manade på honom alltmer uppfordrande och innerst inne förstod han att allt inte var så idylliskt som det verkade, att han följaktligen med öppna ögon gick rakt mot döden.

När den svarta mamban reste sig upp framför honom stod den minst en meter högre än han själv och såg mycket nöjd ut och fågeln hånskrattade. Han tyckte inte om tanken att dö när någon hånskrattade, men att försöka springa var ingen idé, ingen man springer ifrån en svart mamba.

Det var det första viktiga rådet han fått ute i den afrikanska bushen: Vad du än gör, man, spring inte. Allting i Afrika springer, hoppar eller i värsta fall krälar fortare än du kan springa. Så stå kvar, man! Stå kvar och skjut rätt.

Det gjorde inte ont att dö. Mambans huggtänder var små och mjuka som gummi och den doftade på samma sätt som den lilla träankan han och bröderna haft hemma och som mor använde för att locka ner dem i badbaljan.

Nu rodde han på fjorden och det var sommar, Lauritz satt i aktern och Sverre i fören. De andra hade torskpilkar men han fick bara ro.

Lauritz berättade sagan om hur åskguden Tor en gång fiskat upp självaste Midgårdsormen.

Vinden från Indiska oceanen smekte Aisha Nakondis glänsande hud fuktig och salt. Hon älskade att se havet, han slickade hennes varma rygg som smakade en blandning mellan salt och vanilj, hon skrattade och sade att det kittlade och gjorde henne upphetsad på ett sätt som inte passade sig nu när de inte var ensamma men han kunde inte se någon människa nära dem i det stora vita huset i morisk stil och tvingade henne att böja sig framåt, men just när han trängde in i henne såg han deras son Mkal komma ut på verandan och upptäcka far och mor i en för tyskar ytterst privat situation och föll därför omedelbart i gråt och räknade skrikande upp alla prepositioner som styr dativ, aus, ausser, bei, gegenüber, mit, nach, zeit, von och zu.

"Aus, ausser...", mumlade han och insåg att han inte längre drömde. Febern skapade annars en evigt malande ström av drömmar, en del ohyggligt verkliga, andra fullständigt orimliga fantasier. Hade han drömt synen på nytt där elefanten dödade Hans Christian? Nej, inte den här gången.

Det var annars den vanligaste återkommande sanna drömmen. Han själv och Kadimba står helt stilla i det manshöga gräset och ser de fyra anfallande elefanttjurarna rusa rakt mot dem. Först han själv, sedan Kadimba, lyckades med ett frontalt skott. Kadimbas elefant dog så nära honom att han måste hoppa undan för att inte bli fångad av det döende djurets sista ursinniga försök att gripa honom med snabeln. Men de två tjurarna till höger passerade med sikte på Hans Christian som satt kurs mot ett träd och med sina rörelser avslöjat var han befann sig. Kadimba och han själv började desperat skjuta mot den bakersta, siktade på den höga höftleden och den synliga ryggraden ovanför svansen och fick till slut ner honom.

Men då var det för sent. Den sista tjuren som rusat mot Hans Christian i skydd av den som Kadimba och han själv oskadliggjorde hade redan hunnit fram, grep Hans Christian med snabeln, rev ner honom på marken och började massakrera honom med framfötterna. Det var över på ett ögonblick och det rasande djuret till och med fortsatte efter två eller tre dödliga träffar. Resterna efter Hans Christian såg inte mänskliga ut, bara en blodig massa intrasslad i mänskliga kläder.

Drömversionen var inte lika kallt saklig som minnet. När han drömde katastrofen, som han måste ha gjort över hundra gånger, var skräcken ofantligt mycket större, ibland för att det var han själv som massakrerades, ibland för att han försökte springa till undsättning och benen inte rörde sig, ibland för att han försökte skjuta och geväret inte fungerade.

Febern höll på att ge vika, insåg han. Det kunde förstås vara ett gott tecken, men också ett dåligt. Doktor Pilz hade sagt att det kunde komma en sådan parentes just före döden. Doktor Pilz som gett upp och med sänkt blick skyndat iväg mot kvinnor och barn, som om han urskuldade sig.

Man visste inte riktigt vad det var för en sjukdom. Först hade han tagit för givet att malarian till slut kommit ikapp honom, trots förmånen att redan från första stund i Afrika ha hamnat i Doktor Ernsts lyckade medicinska experiment med dekokt på bark från chinchonaträd.

Från början hade symptomen varit desamma, huvudvärk, yrsel och feber. Men så hade diarréerna och kräkningarna satt in, de som insjuknat torkade snart ut eftersom de inte kunde behålla vätskan man försökte hälla i dem, om det så var kokt vatten eller öl. I takt med uttorkningen blev han försatt i en febrig sömn som snart övergick i medvetslöshet. Allt hade varit en drömvärld, det var svårt att minnas vad som hände under de korta stunderna vid medvetande.

Och lika svårt att skilja mellan drömminnen och verkliga minnen, tänkte han och lyfte på ringklockan som stod på nattduksbordet. Hassan Heinrich kom glädjestrålande in i rummet, så fort att han måste ha suttit och väntat på en stol utanför sovrumsdörren.

"Bwana Oscar, ni är vaken! Då kommer ni att leva, tack gode Gud och Mbene!"

Oscar trasslade sig upp i halvsittande bland stinkande kuddar och lakan som låg snodda som våta rep och tog tacksamt emot den vattenbägare som Hassan Heinrich hällde upp åt honom med ivriga, darrande händer. Oscar drack girigt, det kändes som om han kunde fylla sig litervis åt gången.

"Vem är Mbene?" frågade han andfått när han tömt vattenbägaren och sträckte fram den för påfyllning.

Hassan Heinrich såg oväntat besvärad ut mitt i sin uppriktiga glädje.

"Jag for till barundi och hämtade hjälp, men Bwana Oscar bör inte dricka mer än en liter i timmen, annars kommer vattnet upp igen", svarade han undvikande.

"Du for till barundi?"

"Ja, jag använde Bwana Oscars tågpass, men fick ändå resa framme i loket. Det var så många som ville bort från stan, bort från pesten."

"Pesten!?"

"Mja, det kanske inte är rätt ord, men det är en svår sjukdom. Många döda. När Doktor Pilz viskat till mig att inget mer fanns att göra tog jag tåget till barundi. Memsahib Aisha Nakondi tog hand om resten."

Budskapet sjönk sakta in i Oscar medan han ansträngde sig för att försöka skilja mellan drömda minnen och verkliga. Han vände sig hastigt om och betraktade stengolvet framför de franska dörrarna ut mot terrassen. Mycket riktigt. Där fanns tydliga fläckar efter sot och eld, trots att Hassan Heinrich säkert gjort sitt bästa med skurhink och trasor.

De hade bränt någonting och tvingat honom att andas in röken, som varit vämjelig. Något hade de också tvingat honom att äta, som bara smakat främmande men åtminstone inte framkallat kräkreflexer. Var det alltså verklighet? Sångerna, maskerna, danserna var verklighet och inte bara afrikanska hallucinationer?

"Var häxkvinnorna här, eller är det något jag drömt?" frågade han så neutralt han förmådde.

"Ja, Bwana Oscar", svarade Hassan Heinrich oroligt. "Jag reste till barundi och fick genast träffa Memsahib Aisha Nakondi och så berättade jag om den stora sjukdomen där alla, förlåt mitt språk, sket och kräktes tills de dog. Hon tog med sig gossen och de två häx... de två läkekunniga kvinnorna och kanske vi kom hit i sista stund."

Hassan Heinrich verkade ovillig att berätta fortsättningen. Oscar tänkte efter.

"De sade att Bwana Oscar skulle vakna om tre dagar och nu har det gått precis tre dagar", fortsatte Hassan Heinrich något forcerat. Han gav ett egendomligt intryck, som om det fortfarande var saker han ville undvika att berätta.

"Är Memsahib och Mkal kvar i huset?" frågade han.

"Ja, de skulle vänta på den tredje dagen. Jag inkvarterade dem i det stora sovrummet på övervåningen, ert vanliga", svarade Hassan Heinrich och sken upp på nytt.

"Utmärkt. Och de två häxkvinnorna?"

"Jag organiserade tågbiljetter åt dem, de är tillbaka i barundi."

Oscar log åt den typiska tyska eufemismen. Hassan Heinrich var präglad lika mycket av missionsskolornas förskönande uttryck om vadsomhelst i hela världen och det logementspråk som var typiskt för det tyska järnvägsbyggets många hjältar och mer anonyma trägna arbetare i den protestantiska gudens vingård.

"Hur 'organiserade' du deras biljetter?" frågade han med strängt höjda ögonbryn. "Jag får åtminstone hoppas att de inte bar svarta masker på sig när de kom till stationen?"

"Oh nej, Bwana Oscar, då såg de ut helt som vanligt med anständiga kläder. Fast jag tog mig alltså friheten att ta ut biljetterna via ägarlistan på järnvägsbolaget som ju ger förtur och..."

Han tystnade, tydligt förlägen.

Oscar fnissade till, ett gott hälsotecken, insåg han. Men de scener han såg framför sig var oemotståndligt komiska. Hassan Heinrich hade alltså rekvirerat två förstaklassbiljetter via Lauritzens aktieägarkonto, vilket gav förtur framför de vitaste och tyskaste borgare och borgarfruar på tydligen hårt bokade tåg. Det innebar att någon säkert omåttligt generad tågmästare måste ha gett sig in i förstaklass och artigt men bestämt avvisat två passagerare med senast beställda biljetter. Med förklaringen att... ja, vadå? Att medicinskt pressande skäl, att direktionen, att militära angelägenheter, att statens intresse krävde denna uppoffring?

Och om man då tänkte sig hur en resklädd herre i *pita*, den löjliga tropikhjälmen, med välsmorda stövlar, benlindor och vit kavaj med stärkkrage och slips, tillsammans med rekorderlig hustru med solparasoll och för lång kjol och för hårt snörd midja måste lämna tåget, garanterat lågande av harm och uttalandes allehanda hotelser. Så finge man hoppas att de aldrig uppfattade vilka två passagerare som övertog deras platser i kraft av högre social status ety de reste med privilegiet att vara gäster till en person som ägde sju procent av järnvägen.

Hassan Heinrich var tydligt oroad av Oscars långa fundersamma tystnad.

"Gjorde jag något fel, Bwana Oscar?" frågade han till slut.

"Nej, Hassan Heinrich. Absolut inte! En kort fråga bara. Blev några andra passagerare avkastade när du 'organiserat' dessa förstaklassbiljetter?"

"Ja, Bwana Oscar. De var mycket ilskna när de gick förbi oss ute på perrongen. Då smet jag ut med de två medicinkunniga kvinnorna åt andra hållet och installerade dem på de två lediga platserna. De som blev avkastade såg aldrig vad som hände."

"Bra organiserat, Hassan Heinrich", nickade Oscar men kunde samtidigt inte undgå att tänka på övriga förstaklasspassagerares förvåning över att först se två anständiga borgare kastas av, sedan ersättas av två svarta kvinnor med underligt bagage. Tvivelsutan skulle historien komma ut, det skulle bli skvaller om saken i Dar.

"Men nu kommer vi till det du inte vill berätta", fortsatte Oscar beslutsamt. "Låt mig först säga att du har gjort allting rätt och mycket bra, så att det inte finns någon tvekan på den punkten. Betänk nu att du är min vän Hassan Heinrich, inte bara min husföreståndare, utan min vän sen många år. Jag är verkligen nyfiken och jag vill absolut veta. Förstår vi varandra?"

"Ja, helt säkert, Bwana Oscar."

"Hur gick det till när de räddade mig ur dödens käftar? Exakt hur?"

Hassan Heinrich tycktes sjunka ihop och flackade plötsligt med blicken på ett sätt som var högst olikt honom, det var ju sant att de var förtrogna vänner sedan många år.

Till en början fick Oscar dra historien ur honom, fråga för fråga. Först efter en stund, när det visade sig att husbonden faktiskt inte var ute efter att hitta fel eller oanständigheter, började Hassan Heinrich berätta i längre passager.

De tre kvinnorna, de två läkekunniga och Memsahib Aisha Nakondi, hade intagit sjukrummet. Gossen Mkal hade Hassan Heinrich beordrats undanskaffa till ett rum på övervåningen och förse honom med leksaker, vadsomhelst. Det fick bli ett indiskt schackspel med pjäser i silver och guld.

De hade krävt att han skulle assistera dem i sjukrummet. De började med att slita bort alla sängkläder och instruera honom att bränna dem. Sedan öppnade de alla fönster på nedervåningen så att det blev korsdrag, något som den tyske läkaren varnat strängt för. De beställde in hett vatten och tvättade sedan den medvetslöse Oscar på kapokbädden som nu bara var täckt av ett nedsvettat bomullsöverdrag. Men de hade inte enbart använt vatten och tvättsvampar, utan pressade ner vitt pulver och olja från ovanliga frukter i vattnet.

Därefter hade de beordrat Hassan Heinrich att hämta rena sängkläder och medan han bäddade om lade de ner Oscar på det kalla stengolvet, vilket den tyske doktorn också varnat för. Oscar hade sett död ut där han låg. Brisen från havet svepte hela tiden in i rummet.

Så hade de gjort upp en liten eld med eget fint tillyxat virke som de själva hade med sig där borta vid ingången från de två fönsterdörrarna, där det blåste som mest. De hade stekt, eller kanske snarare bränt, underliga saker, Hassan Heinrich hade inte haft en möjlighet att förstå vad det var, och tvingat ner en del ting i munnen på den medvetslöse Oscar, mycket lite åt gången.

De hade tvättat honom på nytt med sitt magiska vatten, nu när hans hud hade blivit nästan helt torr av brisen från havet. Sedan hade de smort in hans…

Hassan Heinrich påstod att han inte sett så noga vad de gjorde just då, vilket föreföll ytterst osannolikt. De hade tagit på sig sina masker och börjat en vaggande långsam dans, medan de hela tiden försörjde elden vid altandörrarna med en sorts kryddor som ibland gnistrade och sprakade när de hamnade i elden. Memsahib var naken och… gränslade Bwana Oscar vars manlighet nämligen stod rakt upp på ett sätt som, med tanke på omständigheterna, måste betraktas som ett Guds under, förlåt, givetvis en helt annan sorts under. Dock under.

Kärleksakten hade varit långsam och ömsint.

Detta var ingalunda något som Hassan Heinrich berättat spontant. Oscar måste närmast förhöra honom för att få fram detaljerna.

När det var över tog de tre kvinnorna tag om Oscar och lyfte honom, som om han varit lätt som en fjäder, upp på det rena lakanet. De dansade på nytt fram och åter runt sängen, Memsahib också. Efteråt bäddade de kärleksfullt ner honom.

Och så var det över. De två kvinnorna som utfört den magiska, men inte den erotiska delen av ritualen, tog av sig sina masker, torkade svetten från pannan, medan Memsahib klädde på sig sina stadskläder. Hassan Heinrich fick veta att det skulle ta tre dagar, att de två gästerna från barundi ville åka hem och att Memsahib och Mkal skulle stanna i huset i tre dagar.

Och nu hade det gått tre dagar.

Oscar var förstummad. Han hade fortfarande sviter av sin feber, han var fortfarande matt och svag. Men fullt klart var sjukdomen besegrad.

Trolldom trodde han inte på, det kunde han åtminstone inte

erkänna för sig själv. Hans vetenskap var fysik och matematik, sådan kunskap som han haft som sin kallelse att överföra till Afrika. Medicin var en helt annan del av den mänskliga kunskapsskatten.

Logiskt sett kan svarta masker och dans inte ha någon medicinsk verkan. Eller? Hursomhelst hade de hävt hans feber genom en snabb avkylning och genom att dränka in hans hud med kemiska substanser, som huden i sin tur absorberade på samma sätt som vissa växtgifter. Och de hade bevisligen hävt hans feber, den som höll på att döda honom.

Men det var bara det första steget. Det skulle säkert Doktor Ernst hålla med om. Lika ofrånkomligt var att de därefter hävt hans kropps ovilja att ta emot mat och dryck och räddat honom från uttorkning. Det var också ett faktum.

Det erotiska inslaget – fantastisk tanke att han älskat med Aisha Nakondi fastän medvetslös och döende – kunde inte rimligtvis påverka de kemiska processerna i hans kropp. Föreställningen om kärlekens helande kraft var väl ändå litterär snarare än naturvetenskaplig?

Ett annat faktum som inte heller gick att komma ifrån var att barundifolket utrotat malaria. Om så med dans, erotiska ritualer eller kemi. De hade besegrat malarian utan minsta hjälp från den vite mannen. Tvärtom var det nog så att civilisationen kunde ha stor glädje av att förstå hur barundi motstod malaria, och hur de kunde häva en dödlig febersjukdom som just nu skördade mängder med dödsoffer runt om i huvudstaden.

Hassan Heinrich såg nervös ut. Oscar brukade aldrig vara tyst så länge inför någon som väntade på instruktioner, hans tankfullhet kanske kunde misstolkas som ogillande eller skepsis.

"Nu gör vi så här, Hassan Heinrich", sade han i sin vanliga orderton. "Du förbereder ett bad. Jag vill bli ren och jag vill ha nya kläder. Sängkläderna ska du bära bort och bränna och sen bädda sängen på nytt. Jag vill raka mig. Och om tre timmar när solen går ner vill jag träffa Memsahib och min son!"

Hassan Heinrich bugade att han förstått. När Oscar försökte kasta båda benen över sängkanten för att som vanligt ta sig ur sängen med ett språng, föll han omkull eftersom benen inte bar honom. Han kravlade sig skrattande på fötter och vinkade avvärjande åt Hassan Heinrich.

"Ingen fara", sade han. "Jag trodde jag var helt frisk, det blir jag först med mer vatten. Och grillad fisk, Hassan Heinrich, till oss alla tre, serveras på terrassen. Hälsa dem det!"

Han stod länge i den ljumma duschen. Den översvallande energi han först fått av att återvända till livet hade mattats och han måste medge att han fortfarande var tämligen orkeslös. Afrika hade nästan dödat honom, som de troskyldiga missionärerna. Eller Hans Christian med sin obesvarade kärlek till jakten.

Ånyo måste han jaga undan minnesbilderna av hur Hans Christian dog på grund av sitt katastrofala misstag. Afrika hade inget förbarmande med svaghet. Eller rena ädla uppsåt heller, för den delen. Kanske skulle han ta den här senaste upplevelsen som en varning. Han hade vandrat i dödsskuggans dal utan att ens vara medveten om det själv och definitivt utan någon beskyddande Gud. Det var Hassan Heinrich och Aisha Nakondi som räddat honom, liksom en gång Kadimba. Därför att de var afrikaner. Doktor Pilz hade varit maktlös.

Han hade gjort sitt för Afrika. Alla järnvägslinjerna var klara sedan länge, tågen gick enligt tidtabell som i Tyskland. Det hade han bidragit till, mer än de flesta. Dessutom tillkom en säregen omständighet som han hade märkligt svårt att erkänna för sig själv. Till skillnad från nästan alla européer som kommit till Tyska Östafrika hade han blivit förmögen. Det hade aldrig varit meningen, den förhoppningen hade han inte haft, han hade bara flytt från sin skam i Dresden hellre än att gå och dränka sig.

Men så var det. Hur mycket han än försökt tränga undan den tanken var han en av de rikaste männen i Dar es-Salaam.

Hälften av de pengar han fått fram i rent kapital hade han investerat i ingenjörsfirman Lauritzen & Haugen. Enligt vad hans bror och delägare skrev var den en av Bergens mest blomstrande firmor. Han hade sannerligen gjort rätt för sig, med råge betalat igen sin skuld.

Duschvattnet tog slut. När han steg ut i tvättrummet var hans rakdon prydligt framlagda på vita bomullshanddukar, av det lite grova afrikanska snittet, dekorerade med småflikiga akaciablad med röda blommor. Rummet doftade av kryddnejlika och vanilj.

Hans hand darrade något och han skar sig två gånger. Det var ändå en lustfylld känsla, som om han höll på att vakna upp efter en mer än tioårig dröm. Den idiot han en gång varit, som inte bara låtit sig dåras av en ovanligt slug bedragerska, fanns förstås inte mer, annat än som ett ärr av förorättelse, ett pinsamt ungdomsminne. Han skulle resa hem med nästa båt, om det inte vore för Aisha Nakondi och deras son Mkal. De båda var för mycket afrikaner för Europa, särskilt för Bergen. Han var för mycket europé för Afrika. Det var en olöslig ekvation därför att den inte kunde angripas med logik, för vad logiken sade var inte svårt att se.

Det var bara det att han var besatt av Aisha Nakondi. Den där förhäxningen som Mohamadali skämtat bort som vanlig kärlek hade aldrig gått över. Om det nu berodde på örter med kemiskt starkt verksamma substanser, afrikansk magi, den kroppsliga kärlekens extas eller bara mänsklig slump, som om en Gud med ovanligt rått sinne för humor skapat dem för varandra. Det hade aldrig gått över.

Han steg ut på terrassen, nyrakad och barfota, klädd i slitna kakibyxor och en vacker afrikansk bomullsskjorta med mönster i grönt och silver. Det var en obeskrivlig njutning. Brisen var mild, bränningarna över revet låga och havet skimrade i smaragd inne i hamnbassängen. Tidvattnet var på väg in. Han stod stilla en stund framme vid balustraden, nickade mot hushållsflickorna som höll på att ställa i ordning terrassen för afrikanskt aftonmål. Han var klädd som en afrikan och stod med bara fötter mot den slipade ljumma korallstenen.

Om han väntat tyska gäster skulle han haft yllestrumpor, låga svarta kängor, möjligen linnekostym, om de varit unga och mindre formella gäster, annars svart bonjour med hög stelstärkt vit krage, sammansnörd med kravatt. En klädsel som gjort sig bättre i det kalla Bergen än på stranden i Dar es-Salaam.

Var han verkligen på väg bort från Afrika? Logiken talade för det och självbevarelsedriften jagade honom åt samma håll.

Aisha Nakondi och deras son Mkal vägde emot, men det var känslor som på varje punkt förlorade mot förnuftet. Men förnuftet hade ändå aldrig vunnit sammantaget.

Hon hade verkligen älskat att se havet första gången och trodde honom inte när han försäkrade att man måste resa rakt ut och i flera veckor innan man kom till ett annat land som var Indien. Han hade tagit dem båda ut på fisketur och till sin förvåning upptäckt att lille Mkal, så liten han var, förstod att gripa efter fiskarna de drog upp utan att skada sig på vassa taggar och tänder. Barundi var också ett fiskarfolk, men Mkal hade inte kunnat hantera fisk så säkert bara på grund av sitt ursprung. Han höll på att växa upp som fiskare där inne i träsklandet.

Och som krigare, säkert också som jägare. Barundi var inte som andra. Det var kvinnorna som hanterade makten, andarna, ekonomin och förbindelser med andra folk. Männen uppfostrade alla gossar kollektivt till att bli som alla andra barundi. Mkal var så långt man kunde komma från *en gutt fra Bergen*.

Den norska halvan av honom var så skoningslöst tydligt svagare än hans afrikanska halva.

Oscar hade gjort sig illusioner. Omedvetet hade han föreställt sig hur han på något självklart sätt skulle överbringa civilisationens kultur också till sin afrikanska familj. Han hade byggt det stora vita huset vid havet, den vackraste villan i Dar. Han hade hållit för självklart att Aisha Nakondi skulle bli översvallande glad, rentav tacksam, över erbjudandet att bo så mycket bättre än i en visserligen stabilt välbyggd hydda i träsken bortom Kilimatinde.

Han hade tagit henne till stadens bästa, åtminstone dyraste, damskrädderi och de hade sytt henne ett antal klänningar och dräkter som klädde henne som vore hon en gudomlighet. Och det hade hon alls ingenting emot, hon var rentav road av dessa kläder, men hon tyckte illa om västerländska skor.

Så naiv han hade varit. Han hade föreställt sig hur de skulle gifta sig i kyrkan så att ingen skulle kunna ifrågasätta deras liv tillsammans, hur Aisha Nakondi skulle bli Fru Lauritzen, hur Mkal skulle gå i den protestantiska skolan, för att omsider fortsätta sin utbildning på något tyskt universitet. Han hade till och med inbillat sig att hon skulle vara tacksam för denna upphöjelse.

I butikerna hade hon fått vänta tills alla vita, fattigare men vita, kvinnor först hade expedierats. Det var det ena.

Det andra var att hon inte hade någon som helst känsla för fördelarna och glädjen av att vara husfru i ett av stadens rikaste hushåll. Kommendera städflickor och annan personal kunde hon förvisso. Men det var för lite.

Aisha Nakondi var aristokrat. Det lät möjligen paradoxalt. Det var inte svårt att föreställa sig hur den uppblåste baronen von Freital, han som ansett att Lauritz var av för låg börd för att äkta hans dotter, hade sett ut i ansiktet vid ett sådant påstående. Icke desto mindre var det sant. Och genant att det tagit honom så lång tid att förstå det sammanhanget.

Hon var systerdotter till drottning Mukawanga och genom sin börd förutbestämd att delta i barundis ledning.

Allt detta som han aldrig kunnat föreställa sig! På ett sätt var tillkomsten av deras son Mkal det mest skakande bland hennes förklaringar när han börjat fråga ut henne, när han börjat förstå att hon inte utan vidare aspirerade på att bli societetsdam i Dars tyska koloni.

"Vi fattade beslutet att jag skulle göra barn med dig", hade hon berättat kallt sakligt. "Rådet var överens, ditt blod skulle vara helt nytt och till stor glädje. Jag gladde mig dessutom vid tanken, jag tyckte om att se på dig, jag tyckte om när vi prövade och jag tyckte ännu mer om det när vi gjorde det för att få barn, en son som vi hade bestämt. Men du äger honom inte, jag äger honom."

Hushållsflickorna hade fått upp tälttaket ute på terrassen och börjat resa väggar av flätad vass. Golvet där inne skulle täckas med dubbla vassmattor och skinn och palmblad och till slut skulle man bära in låga bord för maten, järnhållare för belysning och arabiska kuddar.

Han beställde ut sin skrivpulpet, skrivdon och en vilstol. De kom genast med det han frågat efter, tillsammans med en stor immande silverkanna med vatten.

"Bwana Hassan Heinrich sa att nu är det dags för nästa kanna vatten", förklarade flickan som räckte över vattenkannan och ett litet vinglas i kristall. Han ville inte genera henne med att beställa ett lämpligare glas. Tvärtom roade han sig med att fylla glaset fort och gång på gång och utbringade en skål för kaisern, en skål för Norge, en skål för Norges självständighet, en skål för sina bröder, för Afrikas strålande framtid och vad han kunde komma på medan han snabbt fyllde sig med vatten. Det kändes som om hans kropp sög åt sig som en svamp. Han var fortfarande uttorkad av koleran. För det var väl någon form av kolera det handlat om?

Det våldsamma drickandet gjorde honom bedövande mätt. Han lade sig ner på vilstolen för att hämta andan och slöt ögonen. Inne från staden hördes det blandade ljudet av hästdroskor, klingande från ringklockor på cykeltaxi och något enstaka bilhorn. Han hade avstått från att köpa bil, dessa fordon fick honom bara att tänka på hur bildäcken kommit till, den avskyvärde kung Leopold II.

Han kunde inte komma över Hans Christians död. Det var inte bara det att de förfärliga synerna återkom gång på gång i ett oemotståndligt flöde som han inte kunde styra över.

Det var hans fel, han hade underskattat faran. Han hade vetat att många av de äventyrare som drog upp till det laglösa Kongo efter 1909 hade dödats av elefanter. Det var en närmast filosofisk fråga vilket som var Afrikas farligaste villebråd, de flesta menade buffel och det låg mycket i det. Men om man gav sig ut för att skjuta hundra elefanter, vansinne egentligen även om det varit en oemotståndlig frestelse, så skulle man riskera livet hundra gånger. Matematiskt var det en orimlighet. Ingen skulle fresta lyckan hundra gånger på buffel.

Alltså borde han ha varsnat faran. Det var barnsligt att tolerera Hans Christians svagheter som jägare. De var uppenbara. Han sköt inte väl. Han var oerfaren, han hade en tendens att inte stå kvar och skjuta sig ur problemen utan i stället börja se sig om efter träd att klättra upp i. Det hade inte varit svårt att förstå att han löpte hög risk att dö.

En man kan inte säga till en annan man att du är en oduglig jägare. Åtminstone inte i Afrika. Det är en förolämpning av ungefär samma slag som att anspela på den andres brist på virilitet. Sådant sade man bara inte.

Det var ändå ingen ursäkt. Han skulle inte ha ställt Kadimba närmast Hans Christian när de formerade sig på linje mot de fyra anfallande tjurarna. Kadimba hade gjort vad han skulle, han sköt den elefant som kom rakt mot honom själv. Men den föll för nära honom så att han tappade överblicken och inte hann skjuta åt sin högra sida.

Fortfarande ingen ursäkt. Han själv borde ha stått där Kadimba stod.

Alla andra tog för givet att man bara skulle vända på klacken och gå ifrån resterna av Hans Christian. Dödsolyckor på stora safaris efter elefanter var inte precis någon ovanlighet och när någon dog var det bara fågelbegravning som återstod. Vita män brukade förstås gräva ner varandra, sex fot så att inte hyenorna kunde krafsa upp liket.

Det hade varit hans första tanke. Eftersom det ändå var omöjligt att ha med sig ett ruttnande kadaver i över 40 graders hetta under safarins resterande två månader så fick det bli sex fot, vad än afrikanerna tyckte om det onödiga besväret.

När han bekände sin vånda inför Kadimba och förklarade hur mycket Hans Christians föräldrar förlitade sig på den kristne guden, och att det därför var svårt att lämna vännen i en anonym grav i Afrika som man aldrig skulle hitta, så tycktes Kadimba omedelbart inse allvaret. Hans folk hade också en mycket stark vördnad för förfäderna. Han erbjöd sig att koka Hans Christians ben rena, skrapa, torka dem och paketera dem väl, också resterna av den krossade skallen. På så vis, menade han, kunde man ju transportera Hans Christian hanterligt i en säck med lite gift för att hålla undan insekterna. Och väl hemma i Dar kunde man lägga benen i en kista och begrava dem på vanligt kristet sätt.

Hans tal vid begravningen i den protestantiska kyrkan i Dar hade varit uselt. Närmast mardrömslikt uselt, vid närmare eftertanke, eftersom han försökt göra sig lustig.

Det *var* en lustig historia. Vikingarna hade funnit den mycket lustig och just sådant som skall berättas vid en fallen väns bår. Och tyskar var tokiga i vikingar, det hade han fått hundratals påminnelser om genom åren, man hade alltid behandlat honom som en särskilt aktningsvärd german eftersom han var norrman och egentligen viking. Därav hans katastrofala försök att hålla ett vikingagravtal.

Han borde ha tagit varning av att den svartklädda publiken med sänkta huvuden i kyrkan inte så mycket som släppte ifrån sig ett enda leende eller fniss när han började berättelsen om Hans Christians förmåga att lura belgiska tullare. Han var ändå fast i sin fyrkantiga plan, också detta en sorts mardröm, och kunde inte ta sig ur eländet när han väl gett sig in i det.

Och så stod han där hjälplöst fångad i sin i sammanhanget idiotiska historia om hur Hans Christian kommit på den ena metoden listigare än den andra att lura belgiska och engelska tullare. Ingen log, alla de svartklädda tittade ner i golvet. Utmarschen ur kyrkan blev pinsamt tyst. Ingen talade med honom.

Han svettades och hade dåsat till i sin vilstol.

Det var kallsvett, minnet av hur han skämde ut sig i kyrkan var en sann mardröm, konstigt att den inte hade funnits med i någon enda variation under hans feberyrsel. Nu hade det pinsamma minnet gjort honom klarvaken.

Det var ännu en timme innan de skulle äta, himlen hade börjat färgas röd, men solen gick aldrig ner särskilt vackert i Dar, där långt bakom staden, med kullar i vägen för den sista rödaste stunden.

Han sträckte sig efter en av de kylda vita bomullsdukarna man lagt fram bredvid hans vilstol och torkade ansiktet rent från svett. Hade han verkligen bestämt sig? Jo. Men då måste han skriva allt färdigt innan Aisha Nakondi kom och förtrollade honom på nytt. Inför hennes leende, hennes rygg, hennes ögon, hennes hela hängivna gestalt, föll alla hans principiella resonemang och beslut samman. Hon var i bokstavlig mening oemotståndlig, även om hennes kärlek var gåtfull.

Det ordet ingick inte i hennes vokabulär, kanske inte ens i hennes föreställningsvärld. Barundisamhället skiljde sig från alla andra han kände till, också i Afrika. Bara det att kvinnorna hade den ekonomiska och politiska makten och att man inte levde i vanliga familjer med mor, far och barn. Sett mot den bakgrunden var det självklart att hon aldrig skulle kunna förlika sig med tillvaron som försörjd hustru i staden utan andra sysselsättningar än sådana som var mer eller mindre påhittade, instruera tjänstefolk, gå på välgörenhetsmöten, kyrkliga syföreningar och societetsmiddagar. Vilket var det liv han faktiskt erbjudit henne i den kolossalt naiva tron att hon skulle bli tacksam för upphöjelsen från det vilda till civilisation.

För henne vore ett sådant liv lika meningslöst som det hon i gengäld erbjudit honom, att komma till henne, bli en sorts medborgare i barundi och ägna sig åt jakt och fiske.

Han skulle aldrig kunna leva hennes liv, lika lite som hon kunde leva hans. Det som var civilisation för den ene var bara lättjefullt nonsensliv för den andre.

Ställde man upp alla dessa sakligt oantastliga argument på rad var hans beslut lika logiskt som ofrånkomligt.

Därför måste han skriva ner och formalisera alla sina beslut och få dem ivägsända med bud innan hon kom, log mot honom, gned sitt ansikte mot hans och fnittrande viskade oanständiga komplimanger i hans öra.

Han satte en ny stålpenna i hållaren och doppade den i bläckhornet, slätade ut det första linnepapperet med hans eget namnchiffer högst upp och tog ett djupt andetag. Nu måste det ske.

Den första dispositionen till banken gällde Mohamadali Karimjee Jiwanjees stående option att köpa ytterligare aktieandelar i företaget. Han tvekade innan han beslöt att sälja så mycket som 50 procent av företaget till Mohamadali. Det innebar att han själv bara behöll tio procent, en lika stor, eller lika liten, andel som den tredje delägaren järnvägsbolaget.

I nästa steg förordnade han om köp av ytterligare tre procent av aktierna i järnvägsbolaget så att han själv kom upp i de tio procent som skulle garantera honom en plats i styrelsen. Mohamadali hade alltid understrukit betydelsen av detta.

Han grubblade en stund över hur han skulle göra med huset. Det enklaste vore att helt enkelt donera det till Hassan Heinrich, det vore han värd efter alla dessa år och han hade en växande familj.

Men det vore på något märkligt sätt taktlöst. Han kunde inte riktigt sätta fingret på vad det var, men det föreföll självklart att en man som Hassan Heinrich inte gärna kunde bo större och vackrare än generalguvernör Schnee och överste järnvägsdirektören Dorffnagel. På något svårförklarligt sätt vore det skandal och skulle bara medföra olycka, skvaller och avund.

Skulle han ge Hassan Heinrich reda pengar i stället? Och sälja huset? Nej. Aisha Nakondi hade för resten av sitt liv rätt att bo i huset närhelst hon så önskade. Han hade lovat henne det.

Lösningen måste bli att överföra hälften av ägandet till henne och förse Hassan Heinrich med ett legat, att med sin familj disponera och underhålla huset, men att återgå till sina vanliga tjänster så fort någon av ägarna infann sig. Banken skulle förse honom med samma årslön som han hade nu.

En ganska elegant lösning, tyckte han. Hassan Heinrich skulle bo i huset som sitt eget, men bara framstå som den frånvarande ägarens husföreståndare. Det skulle den tyska kolonin kunna svälja utan knot.

Kadimba hade tjänat 10 000 pund i guld på deras två elefantjakter i Kongo. Det gjorde honom till det egna folkets mest förmögne man, hans ekonomiska framtid var fullkomligt tryggad.

Så kom han till skolan i barundi. Han hade så att säga stadsfullmäktiges tillstånd att upprätta en skola, i form av Aisha Nakondis muntliga godkännande. Den protestantiska missionen fick ett legat på 3 000 pund för att i barundis huvudstad, åt folket med samma namn, upprätta en missionsskola där undervisningsspråken skulle vara swahili och tyska.

Det öppnade en framtida möjlighet för Mkal, om han skulle välja en annan väg än fiskarens, jägarens och krigarens. Som tysktalande och helt säkert kristnad (åtminstone formellt) skulle han utan vidare få tillträde till något av de två läroverken för gossar i Dar. Och han hade ju huset att bo i under terminerna.

Det var väl det hela vad gällde de afrikanska dispositionerna. Återstod de europeiska, eller närmare bestämt de norska. I kontanta tillgångar på Deutsche Banks filial i Dar återstod nu en summa som föreföll förvillande stor tills han räknade om den i pund, en svårutrotlig vana han fått genom sitt umgänge med Mohamadali, som hade sitt och brödernas huvudkontor på brittiskt territorium.

Till sin disposition hade han, efter att Mohamadalis aktieköp genomförts, en summa strax under 130 000 pund. Han fördelade hälften av pengarna till ett privat eget konto i Bergens Privatbank och andra hälften till Lauritzen & Haugens konto.

Han läste igenom sina direktiv, undertecknade och förslöt texten i ett tjockt linnekuvert adresserat till bankdirektör Würzelstein.

Så var det gjort, tänkte han, blev genast orolig och tog fram sin klocka. Hon skulle snart komma och förvandla all denna logiskt välgrundade beslutsamhet till töcken. Det fick bara inte ske den här gången.

Han ringde på mässingsklockan och Hassan Heinrich kom genast inhastande, med ännu en immande silverkaraff vatten, men med ett rejält glas den här gången.

"Det här är brådskande, det ska till direktör Würzelstein innan banken stänger", beordrade han samtidigt som han lystet grep efter vattnet. Han hade inte märkt att han blivit outhärdligt törstig på nytt och han observerade knappt hur Hassan Heinrich ilade iväg.

Det hade börjat skymma, tjänsteflickorna hade tänt belysningen inne i tältet och börjat bära fram mat och vin. Hon skulle snart vara här.

Med ansträngda ögon i dunklet gick han över sina anteckningar en gång till. Någon mahogny skulle han inte längre komma över lika lättvindigt. Elefantjakten var slut, numera kunde man bara få fyra licenser per år och sådan jakt var snarare tänkt som fritidsnöje för turister än som affär. Alla sådana inkomster var borta.

Han hade knappt 10 000 pund i kontanter, tio procent av järnvägen och handelsbolaget Lauritzen & Jiwanjee. Och huset. Det var mer än nog av afrikanska tillgångar. Han hade flytt, men kunde ändå vara kvar. Eller om han var kvar men väl förberett sin flykt. Eller hade han snarare just avslutat sin flykt? Den där förtvivlade försommardagen då han kastade sig på tåget till Berlin för att ta sig vidare till Genua föreföll nu så avlägsen att den lika gärna kunde ha inträffat i forntiden. Eller snarare hade den där paniska överreaktionen drabbat en avlägsen släkting till honom själv, en person som var mycket lik honom men både yngre, barnsligare och överdramatiskt fylld av Sturm und Drang på ett sätt som han sannerligen inte var nu längre. Hans kärlek den gången till den bedragerska som så skändligen hade lurat honom var som att sitta ensam i en livbåt på ett vredgat hav, en bild som föreföll att passa hans sinnesstämning vid den tiden. Hans kärlek till Aisha Nakondi var som att se ut över savannen mellan enstaka paraplyakacior i den dallrande hettan som gjorde hälften av det man såg till hägringar, där verkligheten flöt ihop till en blandning av tvivel och vilja, ena stunden i föreställningen om att göra goda gärningar för mänskligheten i Afrika, i nästa stund förvandlades allt till hänsynslöst dödande av det djur som kunde göra en man rik, elefanten. Ingenting var säkert i Afrika, ingen man kunde veta vem han var i sin innersta kärna. Om han ens hade någon.

Han tänkte i bilder, han hade sett savannen i stark hetta framför sig, liksom de hundratals döda eller döende elefanterna och hur betarna rensades rena från köttrester, hur de kongolesiska elefantjägarna skickligt sträckte in handen och med några snabba vridande rörelser fick ut hela den rosa pulpan och kastade den på marken där den såg ut som ett förhistoriskt djur i den röda jorden. Framför allt hade han mellan alla syner sett Aisha Nakondi.

Nu kom hon, hennes vita leende lyste i kvällsdunklet, hon höll Mkal i handen. Hon hade klätt sig i en europeisk vit klänning som gick en bit ner över hennes knän. Men hon hade ingalunda knäppt den upp i halsen och hon bar som vanligt inga europeiska underkläder så hennes vackra kropp lyste genom det vita tyget. Hon slog ut med armarna mot honom och när de gned ansiktena mot varandra viskade hon just sådana ord som han hoppats.

Han tog sin något surmulet motvillige son på armen och bjöd dem båda med en vid gest att stiga in i den afrikanska matsalen där fotogenlyktorna spred ett varmt gult ljus som gnistrade i de blåa och gröna glasen. Aisha Makondi tyckte om sent skördad riesling, sötman påminde henne förmodligen om barundis bambuvin.

"Vem är Mbene?" frågade han när de hade lagt sig ner runt den uppdukade maten.

Hon gjorde ett demonstrativt kast med sitt långa utslagna hår. Kanske hade hon på skämt kammat ut sina flätor, rentav gått till en damfrisör, för att härma de vita kvinnorna.

"Mbene", sade hon, reste sig upp och stallde sig nära honom och drog långsamt av sig den vita europeiska klänningen, "är en hemlighet. Varför vill du veta det?"

Under klänningen hade hon barundis vanliga tunna höftskynke i sämskskinn, konstigt att han inte sett det, förmodligen därför att han fastnat med blicken i hennes ögon.

"Hassan Heinrich ville inte berätta", svarade han och höjde sitt glas mot henne och de skålade på europeiskt vis. "Du räddade mitt liv, Hassan Heinrich berättade det mesta. Men hur jag än försökte fick jag inte ett ord ur honom om Mbene. Var han här?"

"Ja", sade hon och grep efter lite fisk som hon skickligt benade ur liksom i förbigående med ena pekfingret innan hon stoppade en bit i munnen på Mkal. "Anden var här men den är inte han och inte hon."

Hon sträckte sig efter mat för egen del som om samtalet var över. Han väntade lugnt ut henne, den här leken kunde de båda.

"Du var sjuk, döden hade redan ditt hjärta i sin hand", fortsatte hon efter en stund. "Du hade den vite mannens sjukdom som vi kallar *aranui*, som är farlig också för oss. Din feber kunde vi besegra, den var som annan feber, vi kunde få dig att behålla lite vatten. Men vi måste åkalla Mbene och det gör vi inte ofta. Mbene ska man inte be i onödan."

Ånyo låtsades hon att samtalet var över, log mot honom och åt, hon föreföll glupskt hungrig. Han åt själv lite försiktigt av fisken, noga med att inte få med sig några kryddor, bara vitt fiskkött. Sedan reste han sig och gick bort till tältets öppning och hämtade ett paket som han bar fram till Mkal.

"Hemma i mitt land", förklarade han när han placerade det stora paketet i Mkals knä, "ger vi gåvor till våra barn vid den här tiden. Det kommer en röd ande flygande och ger barnen något de önskat sig, eller åtminstone kommer att tycka om. Det här är den röde andens gåva till dig, min son."

Pojken såg osäkert på paketet och Oscar hjälpte honom med att visa hur man skulle riva undan papperet för att få fram sin gåva.

Det var ett leksakståg i trä, med tågset, räls och små broar. Han var lite nervös eftersom han inte hade en aning om hur pojken skulle reagera. Försiktigt visade han hur man skulle lägga ut rälsen och sammanfoga de olika bitarna. Han behövde inte undervisa länge innan pojken ivrigt fortsatte på egen hand och snart tycktes uppslukad av leken.

"Den svarta ormen kommer för att sluka vårt land, muzungis onda ande", konstaterade Aisha Nakondi, bara halvt på skämt.

"Så vem är Mbene och varför var Mbene här?" frågade han.

Hon sträckte sig efter mer grillad fisk, tuggade tankfullt en stund. Hon drack lite mer rhenvin. Han väntade på nytt ut henne.

"Os-Kar", sade hon till slut och sken samtidigt upp i det leende som fortfarande var som en dröm inom honom, "det är bara ibland Mbene måste komma till oss. Det är när allt annat hopp är ute. Du var död. Jag kallade då på Mbene med mina kvinnors hjälp, den ande som härskar över man och kvinna, den kraft som är starkare än alla andra. Och han väckte dig till liv. Men bara på ett villkor."

Det han måste fråga var självklart. Men ändå sade hon ingenting, bara lutade sig fram, smekte och kysste honom. Han föll rakt ner i hennes brunn, omedelbart fylld av lust så att det bara var med en stark viljeansträngning, medan han redan kved av vällust, som han förmådde ställa frågan.

"Vad var villkoret?"

"Att vi skänker Mbene en dotter och det gör vi nu", viskade hon i hans öra samtidigt som hon gränslade honom.

Mkal lekte obekymrat med sitt tåg, ty han var inget tyskt barn som skulle ha burits skrikande från platsen av chockade tjänstekvinnor bara för att han blev vittne till föräldrarnas kärleksakt.

"Vår dotter kommer en dag att bli drottning", viskade Aisha Nakondi och grep honom med sina starka händer om båda axlarna för att kunna röra sig fram och åter allt snabbare och ivrigare.

"För mig kommer du alltid att vara Afrika", viskade han utan att ens själv riktigt förstå vad han menade.

XX
INGEBORG
BERGEN-SOGNEFJORD
JULI 1913

HON HADE ALDRIG kommit till rätta med Ustaoset, alltså själva ordet. Sex års praktiskt taget dagliga studier i norska, hemma med privatlärare och i den lilla lägenheten på Rosencranz gate i Kristiania på egen hand, hade betalat sig väl. Hon kunde numera delta i vilket samtal som helst på norska, om det gällde getost lika väl som socialdemokrati eller kvinnlig rösträtt. Framför allt det senare.

Men sitt främlingskap för ordet Ustaoset hade hon aldrig kommit över. Platsen var annars en av de vackraste hon kände.

Hon hade för övrigt underskattat svårigheterna att lära sig norska. Grammatiken var enklare än den tyska och engelska, det var sant. Men uttalet ohyggligt mycket svårare än hon hade trott, särskilt som hennes ambition varit att tala norska lika väl som Lauritz talade tyska. Alla hörde genast att hon var utlänning och hon hade börjat resignera på den punkten. Att komma från Tyskland var ändå ingen belastning i Norge, särskilt inte i Bergen.

Ustaoset, än en gång. Närmare bestämt någonting i närheten av 400:e gången. Förmodligen hade ingen människa i hela Norge rest Bergensbanen fram och åter mellan Bergen och Kristiania så många gånger som hon. I närmare fem års tid tur och retur i solsken, regn eller snöstorm. Det fanns en hel del ironi i att just hon blivit habitué på järnvägen. Först allt som Lauritz berättat i sina brev under de hårda åren då livet inte log mot dem. Och sedan när de kom hem efter bröllopet i Dresden, när svärmor Maren Kristine, Aagot, och de tre kusinerna lyckligt återskeppats till Osterøya och hemmet på Allégaten öppnats för säsongen, så gick deras första resa upp till Finse. Då hade hon ännu inte lärt sig mer norska än några artighetsfraser, men på Finse talade alla, såväl gäster som värdparet, utmärkt tyska. Hon och Alice Klem hade genast funnit varandra och ibland när hon kunde ta det allra tidigaste tåget från Kristiania stannade hon för några timmars sällskap med Alice på verandan. Mest hade de talat om suffragetterna och om norska män som, däri var de i all diskretion fullkomligt eniga, hade vissa fördelar gentemot både tyskar och engelsmän.

Ustaoset. Det var här hon alltid, som en ritual, lade ner böckerna och vände sig mot utsikten, hon hade inte tröttnat trots att hon kanske sett den mer än någon annan. Vädret gjorde sitt till för att det nästan aldrig såg ut som förra gången, liksom årstidernas växlingar. I kärlekssolidaritet – ett ord som Christa introducerat i ett av sina brev från Berlin – med Lauritz hade hon alltid suttit med blicken riktad stint ut mot vidden. Nu kom en lång behaglig sträcka längs Ustavand glittrande i solljuset. Man sade att denna 1913 års sommar måtte gå till historien som den hetaste och vackraste, torraste sade bönderna, som någon över huvud taget kunde erinra sig på Vestlandet.

Det strålande ljuset över Ustevand var helt i harmoni med hennes sinnesstämning, hon kände sig inombords som utsikten. Det fanns något småborgerligt löjligt med att erkänna sig själv som lycklig, särskilt bland intellektuella. Det gav hon just nu blanka fan i. Just så, det var rentav njutningsfullt att tänka den grova norska svordomen som en, låt vara något småtti, protest mot sin "småborgerliga" icke intellektuella lycka.

Men så var det. Vid middagen senare i kväll skulle hon passera en av livets stora stationer. Som den gången ombord på Ran när Far plötsligt lade bort titlarna, det vill säga Lauritz titlar, och Lauritz inte förstod riktigt vad klockan var slagen, att det här var Fars slutliga kapitulation.

Det var det stora ögonblicket. För det som följde därefter var bara en följd av kapitulationen. Bröllop i den privata kyrkan på Schloss Freital, gäster, tal, champagne var ingenting. Utom möjligen svärmor Maren Kristine, fastern och kusinerna i sina exotiska folkdräkter. Lauritz mor var verkligen mycket vacker. Och värdig på något nästan drottninglikt vis som var omöjligt att få ihop med hennes enkla bakgrund.

Den första gången de älskade uppe på vinden hemma i Christas sommarresidens våren 1900.

När Far kapitulerade ombord på Ran efter Lauritz andra seger under Kieler Woche år 1907.

Och i kväll, till middagen på Allégaten i Bergen den 7 juli 1913.

Tre av livets höjdpunkter.

Men de var på något sätt i en egen klass. Barnen var en helt annan sak. Harald var nu tre år, Johanne två år.

De var som en mer eller mindre automatisk följd av att Far till slut äntligen gav med sig. I samma ögonblick stod det klart att Harald och Johanne skulle finnas en dag.

Tåget var på väg in mot Haugastøl. Förunderligt att tänka hur denna korta resa för Lauritz del handlat om timmar av kamp på skidor. Nu var tåget så självklart, som om det alltid funnits här därför att det måste finnas ett tåg här. Hur skulle man annars komma till Kristiania?

Hon hade tagit för givet att det fanns universitet i Bergen, landets andra stad, dessutom minst 900 år gammal som mer eller mindre betydelsefull stad. Ungefär som Kiel, eller Hamburg i Hansans förbund.

Men en stad utan universitet! Hon hade först inte trott sina öron. Sedan hade hon omedelbart insett konsekvenserna. Inget universitet, än mindre en medicinsk fakultet, alltså inga läkarstudier. Närmaste universitet låg i Kristiania.

En tysk äkta man skulle i ett sådant läge, föreställde hon sig, ha blivit ytterst praktisk i sina resonemang. Det vore för långt bort, det vore omöjligt för en ung gift anständig kvinna att resa ensam så många gånger på tåg, för dyrt att organisera resesällskap var gång, ingenstans att bo i Kristiania. Och ovanpå det allt bråk som måste till för att över huvud taget få henne antagen på den medicinska fakulteten i Kristiania. Ett berg av praktiska hinder. Som alla kunde beskrivas lugnt, klokt och i rationella termer av en förstående äkta man.

Lauritz var inte sån. Det var kanske därför hon fortfarande älskade honom med passion och inte bara med en rofylld känsla av att ha funnit rätt livskamrat, rätt man att organisera tillvaron med. De bergensiska societetskvinnorna, i vars sällskap hon av olika skäl hamnat ganska snabbt, hade varit förvånansvärt öppenhjärtiga när de samtalade om sådana ting. Om det här var något särskilt norskt, som skiljde sig från tyskt, kunde hon inte veta. Hon hade aldrig varit gift kvinna i umgänge med andra gifta kvinnor i Tyskland. Nästan alla hade varit överens om att passionen är ett första, förvisso nödvändigt men ändå bara ett första, stadium i äktenskapet. Efter det första barnet, då sexualiteten avstannade, gled man in i nästa stadium och sådan var tydligen naturens ordning. Det nyttade till ingenting att fantisera om en ny passion. Förutom att dra på sig skandal skulle man bara vara med om precis samma sak en gång till.

Det hade nästan verkat som om de talade om en naturlag.

Med Lauritz var det annorlunda. När hon beskrev sin heta önskan att bli läkare hade han tagit fram papper och penna och listat problemen, sett hela problemberget framför sig. Det var nästan så att han tagit fram räknestickan.

Hon mindes den stunden knivskarpt och törst nu, många år senare, insåg hon att den kanske också varit ett avgörande ögonblick mellan dem.

Han ritade upp hela berget av svårigheter i olika punkter. Sedan, som om han fortfarande varit kvar på Hardangervidda bland broar och tunnlar, tog han sig metodiskt an uppgiften att tillsammans med henne spränga berget.

För det första måste hon ha en bostad i Kristiania. Firman höll på att öppna en kontorsfilial där, mitt i centrum på Rosencranz gate.

För det ändamålet behövde man ändå en fastighet. Där skulle han låta inreda en lägenhet av passande storlek.

Så var det problemet löst.

För det andra måste hon lära sig bättre norska för att kunna tillgodogöra sig universitetsstudier. Dagliga lektioner med privatlärare fyra timmar om dagen.

Så var det problemet löst.

För det tredje fordrades antagligen intriger, politiskt inflytande av något slag för att man skulle släppa in en kvinna på den medicinska fakulteten.

Det problemet kunde inte lösas omedelbart utan måste undersökas först. Och det var inte lika svårt som det skulle ha varit i Dresden, visade det sig. I Norge avlade den första kvinnan medicinsk läkarexamen redan år 1893. Hon hette Marie Spångberg, och var numera god vän och mentor till Ingeborg.

Frågan visade sig sedan bara vara hur kvalificerad Ingeborg kunde tänkas vara för universitetsstudier i Norge. Hon hade examen från universitetet i Dresden i pedagogik, franska och engelska. Och därtill en examen från Dresdens Högre Sjuksköterskeskola.

För ett otränat, kvinnligt, öga föreföll detta som en självklar kvalifikation. Men icke så för alla de manliga ögonen i den medicinska överheten på fakulteten i Kristiania. Den första omröstningen i fakultetsledningen slutade 9–7 till Ingeborgs nackdel.

Då for Lauritz, efter att ha gjort ett icke föraktligt kontantuttag i banken, på plötslig förrättning till Kristiania. Han påstod att det gällde viktiga angelägenheter för att ordna upp saker och ting angående filialen i huvudstaden. Händelsevis sammanträffade han med några av ledamöterna i fakultetsledningen, under angenäma omständigheter. Vid nästa omröstning, när saken prövades på nytt, utföll röstsiffrorna 10–6. I Ingeborgs favör.

Så var det problemet löst.

Och språket var ett betydligt mindre hinder än man kunnat tro. Föga förvånande var världens ledande undervisningslitteratur i medicin inte på norska. Mindre förvånande var den på tyska. Och därtill en hel del på engelska. I stället för en nackdel med språket hade hon fått en fördel.

Konduktören knackade på glasrutan, mötte hennes blick inne i kupén och drog upp dörren till förstaklasskupén. De kände varandra väl.

"Jag vill bara meddela att vi har en försening från Voss, så vi blir åtminstone arton minuter inne på Finse", sade han.

"Det passar mig utmärkt, Jon", svarade hon. "Vill du bara vara så snäll att be lokföraren att inte glömma ångvisslan ett par minuter före avgång?"

"Självklart, Fru Lauritzen", svarade han med en bugning och drog försiktigt igen kupédörren.

Om hon lutade sig lite framåt kunde hon redan ana Finsevand där framme. Hon hoppades intensivt att goda väninnan Alice som vanligt skulle kika ut när lördagståget kom in från Kristiania, särskilt nu när de hade arton minuter på sig.

Alice Klem stod mycket riktigt spanande i hotellingången som bara låg ett stenkast från stationen när tåget pustande och stånkande gled in och stannade vid Finse.

Ingeborg var på språng vid förstaklassvagnens dörr och hoppade ner på perrongen redan innan tåget stannat. De två väninnorna skyndade varandra till mötes, det vill säga Ingeborg sprang på lätta fötter med kjolen uppdragen med ena handen för att inte snubbla och den andra handen om sin hatt för att den inte skulle blåsa av.

"Vi tycks vara på ett strålande humor idag!" konstaterade Alice Klem när de kindpussats.

Ingeborg tog plötsligt ett förnärmat steg bakåt och granskade Alice Klem, hotellets ägare, strängt uppifrån och ner.

"My dear Lady Alice!" sade hon med en ansträngning att härma engelsk överklass som möjligen övertygade alla utom just Alice Klem. "Would you be so kind as to from now on address me *Doctor Lauritzen*, if you don't mind!"

"My God Ingeborg, you bloody did it!"

De kramades och skrattade.

"Wirklich Untschuldigung meine gnädige Freiherrin und Frau Doktor", skrattade Alice. "How was that German, you think?"

"Ganska bra, bara ett litet fel."

"Ett glas champagne måste vi ha. Kom! Vad tyckte Lauritz?"

"Han vet inte, jag visste inte heller förrän i morse. Du är den första jag berättar för!"

De hann dricka merparten av en flaska innan ångvisslan ljöd ute på perrongen och de skiljdes under ömsesidiga försäkringar om att ses snart.

Det var högsäsong för Alice uppe på Finse så hon hade ingen möjlighet att komma till den stora begivenheten i Sognefjord. Ingeborg hängde länge ut genom fönstret och vinkade med en lång blå halsduk.

Och så var hon inne i Torbjørnstunneln. Hur många historier hade hon inte hört om den. Flera års hårt arbete, en gång nära döden.

Och vips var hon ute i ljuset igen. Som om det inte varit något särskilt att bygga den där tunneln.

Hon hade bara två ställen kvar där hon måste vara särskilt uppmärksam i solidaritet med Lauritz och hans arbetskamrater. Först stationen vid Hallingskeid. Där hade han bott en hel del.

Hon kom att tänka på den där frågan som hon dragit på i flera år. Å ena sidan hennes nyfikenhet. Å andra sidan den förfärliga risken att bli missförstådd. Till slut hade nyfikenheten segrat över, i värsta fall, omdömet.

En ofrånkomlig konsekvens av att han stöttade henne så reservationslöst i en plan som de flesta herrar i Bergen över huvud taget inte skulle ha reflekterat över, blev att hon levde utanför hemmet merparten av tiden. Var han inte svartsjuk?

Ibland kände hon sig nästan förolämpad över att han inte visade några tecken på sådan normal manlighet. Hon var inte omedveten om att hon hade en stark påverkan på män i sin omgivning. Också här i Norge där man kunde räkna bort hennes sociala status, där hon inte var ett gott parti som på regattorna i Kiel. Som Fru Lauritzen var hon anonymiserad. Männen ville ändå ha henne och det var så nära ett vetenskapligt faktum man kunde komma. Lauritz kunde inte heller vara omedveten om den saken. Men utan att tveka gav han henne fyra dagars frihet i veckan i en egen lägenhet i Kristiania långt bortanför Hardangervidda. Så varför var han inte svartsjuk? Älskade han henne inte längre?

Hon hatade för evigt sig själv för att ha lagt fram saken på det viset, hon hade druckit för mycket den kvällen.

"Jag är ohyggligt svartsjuk", hade han svarat kort och spontant innan han tänkte efter, han var förstås lika överrumplad av att ha fått frågan som hon var av att ha ställt den. "Men... nej, jag måste tänka efter en stund, ordna mina egna tankar lite."

Det var en ljum augustikväll, de satt inne i parken på baksidan av huset i den sen länge utblommade syrenbersån. Det var en hemkomstlördag som vanligt, allt hade varit som vanligt. Systrarna Tøllnes från Osterøya hade klätt och kammat barnen, man hade lekt med dem, Lauritz hade härmat ett ånglok med knäna nere i gruset. Och så hade de njutit för sig själva när mörkret sänktes och månen steg. En kort stund hade de planerat vilka rosor de borde plantera. Och så hade hon ställt den förfärliga frågan.

"I mina värsta mardrömmar", sade han efter en lång stund av tystnad, "är du... nej, saken är den att jag skäms för mina mardrömmar. Ditt projekt att bli läkare trots att du förvisats till Bergen, där inget universitet finns, trots kravet i så fall på oändliga resor över Hardangervidda, är något jag beundrar dig mycket för. Jag är en lyckligt lottad man, jag kan uppriktigt beundra min hustru. Mina vänner ser på sina hustrur som om de vore deras barn. Inte jag. Det jag gjorde på Hardangervidda, det gör du nu. Det finns en högre mening med det, jag är helt säker på det. Att vi sitter här tillsammans är ett mirakel, det måste finnas en mening med det också."

"Ja, min älskade, så är det förstås. Förlåt att jag ens tog upp frågan."

Svarade hon. Och trodde just då på det.

Och trodde fortfarande på, med känslorna. I så måtto var hon "småborgerligt inskränkt". Åtminstone enligt alla moderna teorier om att ingen äger en annan och att kärleken är både fri och ombytlig.

Men också denna sin "reaktionära" livshållning kunde hon just nu ge blanka fan i.

Än en gång njöt hon av att tänka det grova ordet.

Hon visste exakt när tåget kom till Kleivebron. Under en kort stund tog hon in den vidunderliga utsikten när tåget störtade fram över den bro han byggt. Det var inte bara en solidaritetshandling, det var lika hänförande varje gång.

Därefter skulle hon normalt ha tagit upp sina böcker på nytt. Men inte den här gången. Den fortsatta resan såg hon nu med nya ögon, struntade i alla böcker som hon lagt fram av gammal vana och tänkte att hon var på väg mot sitt livs tredje största station. Om man inte räknade barnen, som seglade i en helt annan klass.

Det hade varit det svåraste under det senaste året, när båda barnen blivit tillräckligt stora för att förstå att nu skulle mor på nytt resa ifrån dem. Tog hon nattåget på söndagskvällen gick det lättare, för då sov de sedan länge när hon kördes till stationen. Men reste hon måndagsmorgnar var de uppe sedan någon timme och grät hjärtskärande när hon inte längre kunde försöka trösta, eftersom hon då skulle missa tåget. Barnflickorna fick slita dem ifrån hennes omfamning och bära ut dem sparkande och skrikande. Hur hade hon kunnat vara så hård?

Nu var det i alla fall över. Från och med nu skulle hon kunna få en stund med barnen varje dag ända tills de kom i den ålder då de började få annat att tänka på. Som hon själv mindes det hade hon varit i åttaårsåldern när hon hellre träffade lekkamrater än sin mor. Förmodligen till mors lättnad.

När borde barnen få varsitt rum? Om två år kanske, när det nog ändå blev dags att flytta dem så långt som möjligt från mors och fars sovrum. Barn borde inte störas nattetid av sina föräldrars kärlek.

Lauritz och hon själv sov tillsammans och nakna. Det hade hon inte vågat nämna för någon i sitt bergensiska umgänge, för såvitt hon förstått hade alla anständiga människor skilda sovrum, männen pyjamas i randig bomull och ibland till och med en vit nattmössa, kvinnorna komplicerade nattlinnen i flera lager.

Det retade henne något att det närmast skulle framstå som "skandal" om det bergensiska borgerskapet visste hur hon och Lauritz tillbringade nätterna.

Merparten av deras umgänge bestod av djupt konservativa kristna, sippa och tillgjorda personer. Bland fruarna fanns till och med vissa som häpnadsväckande nog var motståndare till kvinnlig rösträtt. Med ungefär samma argument som deras män, som menade att kvinnans hjärna inte var skapt för logiska beslut.

Sådant umgänge var priset för Lauritz väl genomtänkta diplomati, en del av framgången helt enkelt. Han satt i styrelsen för Teaterselskapet, välgörenhetslogen Den gode Hensikt, Forskjønnelseskommisjonen for Bergens By og Dens Omegn, finansgruppen Det nyttige Selskap och en hel del andra liknande föreningar.

Det var bra för affärerna, helt uppenbart. När Forskjønnelseskommisjonen beställde ett nytt stort vägbygge som i sin första etapp skulle gå mellan Fløyen och Møllendal var det händelsevis Det nyttige Selskap som finansierade den stora affären. Och kanske inte lika händelsevis gick därefter själva byggnadsbeställningen till Lauritzen & Haugen.

Vinsten översteg vida priset för detta arrangemang, eftersom priset i huvudsak var att titt som tätt få en man till bordet som talade om tidens ogudaktighet och ungdomens moraliska förfall. Liksom Lauritz antagligen fick sitta med damer då och då som inte ens var för sin egen rösträtt.

Ha! Den saken var i alla fall avgjord. Just i år, 1913, pinsamt nog före Tyskland, införde Norge kvinnlig rösträtt.

Ibland efter sådana nödvändiga men förfärligt tråkiga middagar brukade de sitta en stund under palmen i den s-formade lädersoffan, mitt emot varandra och mest hålla varandras händer utan att säga så mycket. Det var som att spola en vaxpropp ur öronen, fast större, att spola hela hjärnan med ljummet vatten. De hade inget behov av att beklaga sig, och de förtalade förvånansvärt sällan kvällens gäster. Lauritz var en tolerant man, hon var säkert en mindre tolerant kvinna, åtminstone mot ren dumhet och bigotteri, men hon insåg ju det kloka i den här sortens påfrestande umgänge.

Och då och då kunde de hela sig med sina riktiga vänner och hålla "seglarmiddag" med gastarna på Ran, eller "teatermiddag" med folk från teatern och vid sådana ljusa stunder blev både samtalsämnen och tonfall av det slaget att de finare damerna i Forskjønnelsekommisjonen omedelbart skulle ha gripit efter luktsaltet men förmodligen svimmat ändå.

Ibland föll det henne in att de delvis, men förstås bara delvis, levde med teatermasker på sig. Utom just när teaterfolket var hemma på fest.

Men förställningen var nödvändig för affärerna. Lauritzen & Haugen hade fyrdubblat sin omsättning de senaste två åren.

Det var en härlig känsla att stiga ner på perrongen under det höga välvda glastaket. Hon hade ännu inte riktigt vant sig, de hade haft den stora invigningen av den nya järnvägsstationen för mindre än två månader sen, i slutet av maj. Nu kändes det som att komma hem, som att komma till en riktig europeisk stad. Det var hittills enda gången hon sett Lauritz riktigt berusad, när han och Kielland satt sent på natten och ömsom sjöng skabrösa visor och ömsom sluddrade om vilda nya byggnadsplaner.

Kusk och bärare väntade som vanligt vid perrongen, men den här gången bad hon dem att bara forsla hem hennes bagage och meddela att hon kom strax efter, då hon hade för avsikt att promenera.

På Finse hade hon inte tänkt på att det var sommarvärme, vilket inte hörde till vanligheterna där uppe, och att det förmodligen skulle vara en närmast sydeuropeisk hetta som väntade henne nere i Bergen.

Det doftade fortfarande nytt av lackfärg och murbruk inne i den stora stationshallen. De brunlackerade dörrarna glänste, mässing och glas runt restaurangen blixtrade när kyparna ilade ut och in, lördagseftermiddagarna var de livligaste på järnvägsrestaurangen och en het dag som denna skänkte den stora stenbyggnaden svalka av ett slag som bergensare normalt inte behövde efterfråga. Hon log åt reliefen av ett vikingaskepp på väg ut mot huvudentrén. Hon hade ofta tänkt att historien om de tre små brödernas vikingaskepp var så förtjusande att någon borde skriva ner den.

Ute på Strømgaten slog hettan emot henne, ja faktiskt hettan. Hon ångrade att hon bestämt sig för att gå hem, även om promenaden var kort. Hon skulle bara rakt ner förbi Lille Lungegaardsvann och in till höger på Fredrik Meltzers gate så var hon så gott som hemma vid det stora vita huset på Allégaten.

Och hon behövde en stund för att samla sig och bestämma sig för hur hon nu skulle framföra den strålande nyheten för Lauritz. Den som hon bara berättat för Alice än så länge, och då kanske gjort det på ett lite barnsligt och teatraliskt vis.

"Älskade Lauritz, det är över nu. Äntligen är det över, du håller armarna om Doktor Lauritzen."

Det var en möjlighet. En annan var att upprepa den ytterst okvinnliga positionen med armarna sträckta rakt över huvudet och bara vråla, som när han vann det sista och avgörande finalheatet i velodromen i Dresden och hon skämt ut sig. Det skulle ta några sekunder innan han förstod.

Nej, det var inte särskilt humoristiskt, hon måste komma på något bättre.

När hon gick nedför gatan slog det henne att hon kanske hade en alldeles för ungflicksaktig hatt, en platt halmhatt med konstgjorda rosor och ett svart band, lite fransk rentav. Hon var ändå Fru Lauritzen och hade redan hälsat på tre eller fyra bekanta. Men måste hon verkligen som Doktor Lauritzen bära ett större åbäke till svart hatt med hög veckad kulle och svart flor? Inte på 1900-talet, väl? Och inte det år då Norges kvinnor äntligen fått rösträtt.

På vägen nedför Strømgaten gick hon förbi minst tre byggen som var knutna till Lauritzen & Haugen. Staden höll på att förvandlas. Man sade att det numera fanns närmare fyrtio bilar i Bergen.

Lauritz hade varit frestad att köpa bil, men hon hade sagt nej. Han hade, av sentimentala skäl mer än affärsmässiga, köpt en fastighet på Kaigaten och installerat det nya huvudkontoret för Lauritzen & Haugen just där, i stället för nere i centrum där de flesta ansedda företag höll till. För henne, men inte för någon annan antog hon, hade han öppet medgett att det bara rörde sig om ett barndomsminne. När han och bröderna, alla i tioårsåldern, hade gått där på promenad första gången tillsammans med sin onkel hade dessa hus gjort ett ofantligt intryck på dem alla tre. Och nu ägde de, åtminstone två av dem, det största och vackraste. Det var kort promenadavstånd hemifrån, bil behövdes inte.

Att köpa ett barndomsminne var ett skäl så gott som något att köpa en fastighet, som hennes far skulle ha sagt. Men han förstod sig å andra sidan varken på affärer eller byggnadskonst, han var bara "naturligt rik". Han använde det uttrycket som en motsats till det mer vulgära sättet att bli rik, genom arbete. Som Lauritz.

Lauritz segertåg under en rad regattor i Kiel hade dock ur Fars synvinkel förlåtit allt småttigt som hans "nya" pengar. Den som behärskade Kieler Woche behärskade allt, enligt Far.

Hon hade dock förlåtit Far. Hon hade förlåtit honom allt för den där stunden ombord på Ran när han lade bort titlarna med Lauritz.

Och nu väntade en ny sådan stund. Hon hade ännu inte bestämt sig, måste försöka improvisera.

En av tjänsteflickorna stod med den blå porten på glänt för att spana efter henne och stängde försiktigt för att det inte skulle märkas att hon stått där. De förberedde tydligen något fuffens hemma. Hon fnittrade till, det såg ut att bli ett ovanligt kärvänligt möte den här gången, eftersom hon kom med likaledes ovanligt goda nyheter.

När hon gick uppför den korta grusgången mot porten hade hon ännu inte bestämt sig, men lutade mest åt att säga det rakt på och utan krumbukter.

När hon höjde handen mot ringklockan slogs porten plötsligt upp och där stod Lauritz med barnen i varsin hand. Hon fick bråttom att först kyssa honom sen sjunka ner för att ta dem i famn, Harald i sjömanskostym och Johanne i en, med tanke på hennes ålder, något överelegant koboltblå klänning.

"Älskade hustru! Välkommen till ett nytt hem och en helt ny tillvaro, det har hänt underbara saker!" hälsade Lauritz.

"Vadå för saker?" frågade hon med Johanne på armen, flickungen kramades och pussades som besatt.

"Till middagen! Till middagen ska jag berätta allt, min kära!" utropade han som om han befann sig på en teaterscen, vände på klacken och gick mot herrummet.

Det var visserligen så de alltid brukade göra. När hon kom hem på lördagseftermiddagarna hade han vanligtvis lite arbete kvar och medan han avslutade det umgicks hon med barnen fram tills det var dags för deras middag, i sämsta fall med gäster.

Besviken kunde hon ju inte gärna vara. En av barnflickorna följde henne upp till övervåningen, hon bar Johanne på armen och Harald som var stor nog att gå själv uppför trapporna, och absolut inte ville bli buren av barnflickan, följde efter och försökte desperat lägga sig i samtalet med mor.

Den här första stunden var alltid förvirring. Barnen talade en blandning av tyska och norska som ingen utom hon kunde förstå. Överenskommelsen var annars att föräldrarna alltid skulle tala tyska med barnen, tjänstefolket naturligtvis alltid norska.

Lauritz fuskade, därav denna förvirring första stunden hon och barnen träffades. Hon klädde fort av sig i underkläderna inne i sovrummet medan barnflickan ställde fram nya leksaker inne i barnens rum. Den här gången var det en stor vit gunghäst med svarta prickar och äkta tagelman som båda barnen absolut ville rida först. Ingeborg låtsades dra lott och satte upp Johanne först på hästen.

När barnen fick sin kvällsvard låg hon i ett ljummet skumbad i det kanske något överdimensionerade rummet som de kallade det romerska badet. Vattnet var som en smekning mot hennes kropp, temperaturen perfekt. Hon försökte tänka ut nya sätt att presentera den stora nyheten att de i mer än en mening fått ny husläkare.

Medan en av husorna borstade ut hennes hår både länge och väl, det skulle inte hinna torka före middagen så hon hade inte kunnat tvätta det, kom hon tillbaks till stämningen på tåget.

Hon var rent och skärt lycklig även om det stred mot var intellektuells uppgift i livet. Det var dock omöjligt att förneka. Hon levde i ett underbart fredligt land utan kaiser och med kvinnlig rösträtt, i ett strålande vackert hus, två små vackra barn, en man som var ett under av modernitet trots sin gudstro, hon skulle snart öppna en särskild läkarklinik för Bergens kvinnor. Och hon älskade. Trots att hon varit gift kvinna i sex år älskade hon fortfarande sin man, stick i stäv mot alla moderna teorier.

Det föll henne in att detta skulle kunna vara själva vändpunkten. Hon låg i ett skimrande blåkaklat bad omgiven av små pelare i klassicistisk stil, temperaturen var perfekt, hon hörde barnen leka i rummet utanför utan att bråka det minsta med varandra. Där nere arbetade man för fullt i köket. Som vädret var nu skulle man antagligen duka för henne och Lauritz i bersån, det var så få tillfällen på året man kunde göra det. Han sade sig ha något underbart att berätta, och hon hade det definitivt.

Var det här, precis det här ögonblicket, livets höjdpunkt?

Och i morgon bröt en väldig flodvåg in över Bergen, den engelska flottan anföll, eller pesten landade på nytt som 1350. Idag röd, i morgon digerdöden?

Nej, krig skulle det aldrig mer kunna bli, mänskligheten hade ändå kommit fram till 1913. Lauritz hade övertygat henne på den punkten.

Pesten vore i och för sig ett intressant medicinskt problem att ta tag i med det tjugonde århundradets medicinska kunskaper.

Den gigantiska meteoriten som från okänd bana plötsligt störtade mot jorden och träffade just Bergen?

Teoretiskt möjligt. Matematiskt osannolikt.

Borsta håret mer, klä sig i den nya ljusblå aftonklänningen som var lite smalare och lite kortare. Större bekymmer fanns inte. Det var hela saken.

Middagen hade mycket riktigt dukats upp i bersån med tända ljus, även om kvällen fortfarande var röd av solnedgången borta över havet.

Lauritz var på strålande humör, nyrakad med frisk doft omkring sig och klädd i frack, vilket han aldrig brukade ha när de för en gångs skull hade middag bara för sig själva.

Med en storståtlig gest presenterade han förrätten. Det var rysk kaviar, som på avslutningsfesten på Kieler Woche.

"Hur har du lyckats få hit kaviar?" frågade hon menlöst, åtminstone i sitt eget tycke menlöst.

"Från Kiel, faktiskt", triumferade han. "Det brukar alltid bli en del över efter seglarveckan och numera har vi ju de bästa förbindelser med källarmästaren på Kaiserhof."

Kaiserhof. Hon längtade verkligen inte tillbaks. Det där tillhörde hennes andra liv. Kaviar var förstås angenämt, salt metalliskt, smakade som ingenting annat, men ändå bara kaviar. Bröllopskaviar. Seglarkaviar. Födelsedagskaviar. Segerkaviar av ett eller annat skäl. Tydligen också nu.

"Nu måste du verkligen berätta vad som hänt!" sade hon efter första skålen i rhenvin. Hon hade aldrig tyckt att rhenvin passade till kaviar, det var kaiserns vulgära smak. Så det gick inte att lasta Lauritz från Osterøya. Men det var ändå inte så gott.

"Mycket stora saker har hänt", annonserade Lauritz närmast lyckostrålande när han ställde ner glaset. "Oscar är på väg hem, min bror alltså. Han håller på att avveckla sina affärer i Afrika och kommer att gå in som delägare i företaget inom ett år. Han har idag, i går rättare sagt, överfört ett minst sagt ansenligt kapital. Hälften till vårt företag och andra hälften bad han mig, lustigt nog, att omdisponera till ett rent innehav i guld. Du skulle ha sett deras miner när jag var inne på Norske Bank i går för att ombesörja den saken."

"Så din bror har ett stort guldinnehav i Norske Bank, firman har fått ännu ett stort kapitaltillskott och snart får vi träffa din bror Oscar?" sammanfattade hon med en aningen besviken ton som hennes man inte uppfattade.

"Ja, men det är inte det hela! Lauritzen & Haugen har idag förvärvat aktiemajoriteten i en av Tysklands mest ansedda ingenjörsfirmor, Henckel & Dornier i Berlin och de har en filial i Stockholm. Det blev möjligt dels genom lån i Bergens Privatbank, dels genom Oscars oväntat stora bidrag. Min älskade, vi är ett av det nya stora århundradets ledande ingenjörsföretag!"

Hon var inte emot triumfen på något sätt, hon insåg mycket väl betydelsen av att ett litet företag från Bergen plötsligt fått starkt fotfäste i självaste Tyskland, Henckel & Dornier var välrenommerade, hon kände mycket väl till dem. Hon kunde ändå inte jubla av lycka, inte helt och fullt delta i Lauritz triumf av det enkla skälet att hon kände sig liten i den stund som hon skulle ha varit som störst i deras liv. Alla dessa år över Hardangervidda, hon hade faktiskt gjort det!

Han såg det, inte genast, men han såg det.

"Älskade Ingeborg, något har hänt? Förlåt att jag bröstar mig på det här sättet, jag var bara så lycklig. Men vad har hänt?"

"Idag fick jag ut min examen, jag är läkare. Kvinna, men norsk utexaminerad läkare", svarade hon kort med tårar i ögonen.

Det var inte så hon hade tänkt det hela. Men nu var det åtminstone sagt.

Han blev alldeles tyst och stilla, såg ut att tänka efter en stund. Sedan reste han sig resolut, gick runt bordet med så raska steg att frackskörten fladdrade om honom, föll på knä i gruset framför henne och tog hennes händer.

"Förlåt", sade han. "Jag hade ingen aning, jag trodde det var först i höst som... ja det spelar ju ingen roll längre. Allt annat är mindre, glöm allt jag pladdrade om, glöm guldet, glöm till och med Oscar, glöm Henckel & Dornier. Men glöm aldrig att du är den människa jag beundrar mest, jag är så överväldigande stolt!"

* * *

De seglade Ran upp till Sognefjorden och det var inte bara för den sköna turens skull. Vartenda hotell runt Vangsnes var sedan länge överfullt, tiotusentals människor hade kommit för att se den stora händelsen. Lauritz hade fått veta att all mat höll på att ta slut i hela regionen och att till och med Kviknes Hotell snart bara kunde bjuda på ett lager kex som man annars haft svårt att bli av med. Ombord på Ran hade man alltså bunkrat rejält med mat och dryck för sex personer i tre dagar. Det skulle inte gå någon nöd på dem.

Ingeborg hade däremot varit aningen skeptisk mot sin mans försäkran att det inte var något som helst problem att härbärgera sex personer ombord. Man hade två salonger, ett sovrum och dessutom förpiken att bädda i, och de var ju alltid sex man när de seglade ner till Kieler Woche. Dessutom medförde man nu ett minimalt antal segel, så det skulle bli gott om garderobsutrymme för damerna. Lauritz hade alltså inte sett något som helst problem för tre fruar att dela på ett toalettutrymme som var så litet att man måste backa in i det. Dessutom dåligt belyst och med en spegel som var obetydligt större än två handflator. Hur hon själv och fruarna Cambell Andersen och Halfdan Michelsen, Alberte och Marianne, skulle kunna förbereda sig för den stora banketten under sådana förhållanden var tydligen ett problem som inte hade fallit honom in.

Nu var det ändå som det var med den saken och eftersom det inte fanns ett enda hotellrum att uppbringa i hela trakten så hade man trots allt det bättre ombord på Ran än de flesta andra iland. Otroligt att det kommit så mycket folk.

Ingeborg satt intill Lauritz längst bak i sittbrunnen, ena handen hade han på den vackert snidade rorkulten, med andra handen höll han ömt hennes. För gästerna såg det kanske lite underligt ut, men det var en hemlighet mellan henne och Lauritz, en fantasi han burit på långt innan det fanns minsta utsikt att fantasin kunde bli verklighet. Därför brydde de sig inte det minsta om vad vännerna eventuellt ansåg.

Jens Kielland och Kjetil Haugen hade varit tvungna att tacka nej till både ceremonierna och banketten eftersom de som vanligt var bortresta med sina familjer vid den här tiden, Jens i Tyskland och Kjetil i Italien.

Det sensationella sommarvädret, århundradets bästa och då räknade man verkligen hundra år bakåt i tiden, stod sig fortfarande nu i slutet av juli. Den sydvästliga brisen var alldeles ljum, också ute på öppet hav vid inloppet mot Sognefjorden.

Ingeborg satt lättjefullt tillbakalutad med slutna ögon och ansiktet vänt upp mot solen.

Hon njöt av sitt liv. Veckorna ute på Frøynes hade varit undersköna. Barnen var bruna som pepparkakor och tillbringade nästan hela dagarna tillsammans med sin mor på den lilla sandstrand med badbrygga som Lauritz byggt. Middagarna med farmor Maren Kristine var dessutom mindre ansträngda nuförtiden och det var i huvudsak barnens förtjänst, farmor älskade dem, skämde närmast bort dem på ett sätt som stod i häpnadsväckande kontrast till hennes annars så strikta stil. Efter bordsbönen fick de stoja och prata hur mycket de ville och det påverkade naturligtvis stämningen avsevärt när det inte längre krävdes att man bara skulle be, vara tyst och äta upp sin mat och be igen.

Hon hade ännu inte kunnat bestämma sig för vad hon ansåg om det nya "långhuset" i någon sorts vikingastil. Det var möjligen kitsch. Drakhuvuden på taknockarna, grova timmerstockar, torvtak, själva bilden av Frøynes varumärke. Ingeborg var misstänksam mot all nationalromantik, övermätt på sådant som hon var hemifrån. *Blut und Boden*, germanernas enhet, fruktansvärda statyer, värst av alla den som föreställde den germanska urhjälten Hermann, som besegrat romarna. För att inte tala om templet "Walhalla" utanför Regensburg.

Norrmännen var kanske mer ursäktade, deras stat var så ny, faktiskt ännu inte tio år.

Hon var nog ändå mest skeptisk till det där huset, även om hon måste erkänna att det var ett ytterst rationellt bygge, närmast en liten industrilokal på vintrarna där det numera satt upp till tjugo kvinnor, unga och gamla, och stickade i god belysning och behaglig värme. Väggarna var isolerade på ett helt nytt sätt, med ett utrymme fyllt med luft och fårull mellan ytterstockarna och de panelade innerväggarna. Två stora öppna spisar och några fotogenkaminer gjorde resten.

Man upptäckte förändringen i bygden redan långt ute på fjorden när man seglade in mot Tyssebotn. Alla hus i omgivningen såg numera väl underhållna ut, glänsande nymålade vita i solskenet. Svarta tegeltak hade också börjat bli vanligt. Frøynes var en välsignelse för bygden, det var det avgörande. Förresten älskade barnen huset och kusin Solveigs bröllopsfest hade blivit mycket vacker.

Framåt eftermiddagen hade de seglat så långt in i fjorden att det blev dags för Lauritz att lägga om kursen mot nordost och de fick vinden rakt in mot aktern.

Utanför Kvamsøy blev Lauritz lite betänksam, men till slut gav han den order till Christian och Halfdan som de tydligen väntat på, för de for upp på däck och fram mot fören som om det varit kappsegling. Ingeborg insåg snabbt vad som skulle ske. Och varför Lauritz hade tvekat. I både kaiserns och kung Haakons sällskap var det kanske inte helt i sin ordning att gallskrika i vare sig den ena eller den andra meningen. Det var ändå vad de var på väg att göra. I fjärran norröver skymtade redan den tyska armadan, väldiga grå krigsfartyg.

Rans spinnaker i de norska färgerna slog upp som en jättelik blomma ovanför fören och den syntes på mils avstånd, ingen där inne i fjorden utanför Vangsnes kunde vid det här laget undgå att se vilken båt som kom.

Snart seglade de in bland alla de tyska krigsfartygen som låg för ankar med flaggspelen hissade och höll kurs tätt förbi den kejserliga jakten Hohenzollern. De passerade nära och i hög fart. Uppe på promenaddäcket hurrade passagerarna och viftade med sina hattar åt den för många av dem så välkända synen.

För de tyskar som visste något om segling, och det fick man på goda grunder anta att de flesta av gästerna ombord på Hohenzollern gjorde, var Ran med sin minst sagt iögonenfallande spinnaker numera mer välkänd än kejsarfamiljens båtar, kaiserns Meteor möjligen undantagen.

Plötsligt sköt man salut från Hohenzollern. En sådan ärebetygelse kunde bara ha skett på order från kaisern själv.

Lauritz svarade omedelbart med att ta ner den norska flaggan i aktern, avvakta mothälsningen uppe från Hohenzollern som snart följde. Och sedan återställa till utgångsläget.

Gästerna ombord på Ran var förstummade till en början men började snart ivrigt tala i munnen på varandra. Alberte sade sig nu faktiskt förstå varför man fått en så fin bordsplacering vid kaiserns privata bankett om två dagar. Marianne tycktes mer uppfylld av hur societeten i Bergen skulle bli grön av avund.

Lauritz försökte, tydligt generad, förklara att kaisern var en erkänt god sportsman och att det nog mer var som ett litet skämt. Vanligtvis hade han ju fått betrakta den röda spinnakern bakifrån.

Ingen tycktes i upphetsningen förstå hans försök till skämt. De lade snart till på sin reserverade plats vid en av de nya provisoriska bryggorna nedanför Vangsnes.

* * *

Fjorden var svart av småbåtar, stränderna fyllda av tiotusentals åskådare. Ute vid Vangsnes där kaisern själv skulle avtäcka statyn, den var ju en personlig gåva från honom till det norska folket, uppstod panik i trängseln och flera åskådare föll i vattnet.

Närmast statyn var området avspärrat med kraftiga rep och tyska sjöofficerare kontrollerade noga att bara personer med gästkort släpptes igenom till det inre området där hedersgästerna samlats för att höra talen av kaisern och kung Haakon VII. Utanför den kretsen skulle naturligtvis ingen höra ett ord, men självklart skulle talen publiceras i alla norska, och förmodligen alla tyska, tidningar. Ingen german skulle undgå visdomarna.

Kaisern, med kung Haakon på sin högra sida, båda i ståtliga amiralsuniformer, uppenbarade sig på slaget. Den tyska marinens orkester spelade nationalsångerna. Kaisern gick därefter fram och drog i ett rep och ingenting hände. Han drog ännu en gång, mer bestämt, och nu rasade det enorma täckelset och blottade en sorts glänsande bronsgud stödd på ett svärd och med andra armen närmast nonchalant mot höften. Omedelbart gavs salut från det tyska slagskeppet Vaterland ute på fjorden och samfällt jubel steg mot den ljusa sommarhimlen.

Kaisern var känd lika mycket för sina bombastiska tal som för sin förtjusning över att hålla dem. Lauritz och Ingeborg visste ungefär vad som var att vänta när kaisern gick upp i en talarstol draperad med Norges och Tysklands örlogsflaggor.

"Var snäll och skratta inte så länge vi står här", viskade Lauritz till Ingeborg.

Kaisern stod stilla i talarstolen och väntade tills det blivit helt tyst i den nära omgivningen där man skulle kunna höra honom. Så tog han ett djupt andetag, det såg ut som om han tog sats, och levererade inom tio sekunder sin första bombasm:

"Denna staty, denne Fridtjof, är inte bara ett uttryck för den tacksamhet jag känner mot Norge", inledde han, "utan än mer ett kännetecken för att alla germanska stammar hör samman."

Redan där måste han göra ett litet avbrott för alla spontana applåder som strömmade mot honom. Och när publiken utom hörhåll uppfattade att de som faktiskt kunde höra något applåderade föll även de in. Några hurrarop drog ut ytterligare på tiden.

"Som Fridtjof...", försökte han men måste avvakta ytterligare innan det blev tyst. "Som Fridtjof står här, stödd på sitt svärd, som var germanernas ädlaste och käraste vapen, så kan han ensam påminna germaner, skandinaver och anglosaxare, att de alla är av en och samma stam och blod. Gud sänder oss städse nya uppgifter som vi enigt kommer att ta oss an, till mänsklighetens fromma. Och det är just detta jag önskar att alla som ser min Fridtjof skall minnas!"

Nya stormande applåder och hurrarop.

Och så där gick det på en god stund.

"Hur hög uppskattar du att den här statyn är?" viskade Ingeborg.

"Mellan 25 och 26 meter", viskade Lauritz tillbaka. "Man får ändå vara tacksam för att han inte har gåsvingar på hjälmen, som er Hermann."

"Hermann är väl ändå dubbelt så hög?"

"Drygt. 53,46 meter vill jag minnas. Men han besegrade åtminstone romarna, det är därför vi slipper tala italienska. Fridtjof är trots allt bara en fantasifigur skapad av en överhettad svensk poet."

Folk i närheten hyssjade åt dem och de slätade genast ut sina ansikten och låtsades med stort intresse ta del av kaiserns utläggningar om germanskt blod, tills Ingeborg än en gång tappade tålamodet och viskade en ny fråga.

"Vad hade engelsmännen, anglosaxarna, med vår germanska gemenskap att göra?"

"Men älskade Ingeborg, det är ju sånt du är expert på att veta. Drottning Victoria är hans mormor, eller om det var farmor, alltså är anglosaxarna också germaner med lika fint blod som vi."

"Det är ju finfint om vi håller ihop så att krigsskeppen där nere bara används vid såna här tillfällen. Jag har ingenting emot att vara enig med engelsmän."

"Kaisern menade nog inte vad han sade, det var bara en artighet. Tänk på vad som står under statyn av Hermann. Minns du?"

"Nej, något om enighet förstås?"

"Ja. Deutsche Einigkeit – meine Stärke – Meine Stärke, Deutschlands Macht. Inga anglosaxare där inte."

De blev på nytt nerhyssjade av en alltmer irriterad omgivning och båda insåg att det faktiskt inte var rätt tillfälle att kritisera, eller än värre skoja med, föreställningar om rent germanskt blod, enighet och styrka.

Kaisern dundrade ytterligare en stund och möttes av stormande jubel. Kung Haakon höll därefter, såvitt man kunde bedöma, hans dansknorska var inte alltid så lättförstådd, ett betydligt mer måttfullt tal där han tackade för gåvan och hoppades på fortsatta starka vänskapsband mellan Norge och Tyskland.

Efteråt serverades förfriskningar för hedersgästerna uppe vid statyn.

Gästerna inom avspärrningarna kallades av tyska adjutanter fram en och en eller gruppvis för att presenteras för kaisern och konungen. Lauritz, Christian och Halfdan var klädda i sina gastkostymeringar för dagligt bruk i samband med Kieler Woche. Det var givetvis helt korrekt, även om en del norrmän, som alla bar frack, sneglade undrande eller rentav föraktfullt på deras enkla utstyrsel.

Men när de kallades fram till kaisern, alla sex tillsammans, viftade kaisern genast undan den officer som stod med namnlistor för att presentera gästerna.

"Ja tack! Vi vet", konstaterade han. "Herr mästare Lauritzen, det är verkligen roligt att se er utan att behöva överräcka min egen segerpokal till er, jag hoppas vi ses på nytt under Kieler Woche 1914!"

"Med all säkerhet, ers kejserliga höghet", svarade Lauritz med en bugning.

"Gott, mycket gott! Jag stod förresten uppe på bryggan och hade nöjet att se Rans spinnaker framifrån under en god stund. För en gångs skull så att säga. Och det här är era gastar, ser jag!" Han kunde faktiskt namnen på både Christian och Halfdan, hälsade dem hjärtligt och skojade om revansch vid nästa segling. Därefter fick de presentera sina fruar Alberte och Marianne.

Sist hälsade han på Ingeborg, som neg djupt och sedesamt för honom och han kallade henne fortfarande Freiherrin, som om hon faktiskt inte hade gift sig under sitt stånd.

Under denna ovanligt långa audiens, kön hade vuxit åtskilligt bakom dem, stod kung Haakon stilla som en staty och väntade på sin tur. Han hade förstås hört samtalet och behövde bara hälsa kort på var och en. Utom Lauritz.

"Jag har förstått att herr Lauritzen är en utmärkt seglare", sade han. "Vackert försegel förresten. Min son Olav är mycket intresserad av segling, skulle jag inte möjligen kunna få nöjet att sammanföra er båda?"

"Självklart och det vore mig en stor ära, Ers Majestät", svarade Lauritz med en djup bugning.

I trängseln ner mot hamnen ringlade sig kön sakta. Lauritz, Ingeborg och deras gäster hade ingen brådska, åtminstone inte herrarna. De hade ändå tre timmar på sig innan de skulle hämtas ut till Hohenzollern.

Deras fruar var mer oroliga och otåliga, vilket männen inte alls kunde förstå. Solen sken och man skulle bara dra på sig en frack.

Irritationen av den långsamt nedringlande kön växte bland fruarna, trots att de verkade glatt upphetsade över att ha fått hälsa på både kaisern och konungen. Alberte sade sig vara överväldigad av att tillhöra den lilla utvalda skara norska medborgare som så att säga stod särskilt nära Tyskland, återigen det där med hur bekantskapskretsen i Bergen skulle bli grön av avund. Hennes man Christian höll med, inte om avunden, utan om det goda i att stå Tyskland så nära.

Först ombord började det gå upp för de tre männen varför fruarna var så påtagligt echaufferade. De stängde nämligen omedelbart in sig under däck, medan männen i godan ro drack en ovanligt god mosel.

Nerifrån salongerna hördes dämpade men, faktiskt, svavelosande eder från kvinnorna som nu skulle göra sig redo för en galamiddag framför en spegel som i alla fall dög gott till att raka sig framför.

Solen sken, vågorna kluckade mot Rans skrov. Den 31 juli 1913 var det fred på jorden. Och inte ett moln vid horisonten, varken i Sognefjorden eller i politiken.

XXI
OSCAR
DAR ES-SALAAM
AUGUSTI 1914

DET HADE VARIT som att jumpa på smältande isflak om våren. Till slut gick det inte längre hur skickligt man än hoppade. Det var möjligen en något långsökt jämförelse att ta till under den klibbiga, stigande augustivärmen i Dar. Men inom sig hade han varit på hemresa i flera år och allt oftare hade minnet sökt efter barndomens bilder av fjorden och hemmet på Osterøya.

Hela tiden hade det kommit någonting i vägen och försenat honom några månader i taget. När Mohamadali börjat investera i sisal och kokos måste företaget införskaffa en mängd tillstånd för landförvärv. Självklart underlättade det om Oscar skötte sådana förhandlingar i stället för den reelle företagsledaren Mohamadali. Den ena affären hade följt på den andra och så hade tiden omärkligt runnit iväg.

Nu var det dock sista ursäkten. Han skulle stanna över det stora jubileet i Dar för att fira Schutztruppes 25 år och järnvägsbyggena. De tusen tyska invånarna i staden hade arbetat i veckor för att få allting klart till den 30 augusti. Det skulle bli kappseglingar och ölkvällar, ett flygplan hade skeppats in från Tyska Västafrika och man sade att det skulle bli hisnande uppvisningar. Kronprins Frederick William skulle i egen hög person hedra jubileet med sin närvaro. SS Feldmarschall hade anlänt med en överdådig last av tysk mat, öl och vin.

Som om det varit ett hopp upp iland från det sista lilla isflaket om våren sökte han upp kaptenen på SS Feldmarschall och beställde en förstaklasshytt med salong för återfärden strax efter festligheternas avslutning. Han betalade i förskott. Och därmed var det oåterkalleligt, inga fler ursäkter, inga förseningar hädanefter.

Återstod bara att säga farväl. Han tog geväret på axeln, tåget till Kilimatinde och fotvandrade de 67 kilometerna norrut till Kadimbas hemby. Kadimba levde väl, hade nu tre fruar och var byns rikaste man. De drack två ölflaskor som Oscar haft med sig i ryggsäcken som om de varit heliga. En sista tysk öl två vänner emellan och därefter skulle de aldrig mer ses, men aldrig skiljas, som man sade på Kadimbas språk.

Han kom tillbaks till Dar den 5 augusti och fann att staden surrade av underliga rykten om krig. Enligt tidningarna, som hade stora rubriker och gick åt i rykande hast, hade krigshotet att göra med någon anarkist som kastat en bomb och dödat den österrikiske tronföljaren Franz Ferdinand och hans maka i en serbisk stad som hette Sarajevo. Det hade lett till att Österrike förklarade krig mot Serbien, vilket man möjligen kunde förstå, eller åtminstone förstå österrikarnas ilska. Men därefter hade Ryssland förklarat krig mot Tyskland, eller om det var tvärtom, hur nu det hängde ihop. Och då hade Tyskland förklarat krig mot Frankrike, som var allierat med Ryssland. Kriget mot Frankrike och Ryssland borde vara snabbt avklarat, påstod tidningarna.

När han läst alla de förvirrade förklaringarna om hur och varför det blivit krig duschade han, klädde om och gick till Tyska klubben för att om möjligt få veta mer om vad som höll på att ske. Där var ovanligt mycket folk, bland annat för att fem dussin tyska läkare som varit på resa i landet under något år för att utrota sömnsjukan nu hade återvänt till Dar. De skulle också fara hem med SS Feldmarschall efter jubileet. Nu talades det upprört om att fartyget inte skulle kunna avsegla mot hemlandet eftersom den engelska flottan låg och lurpassade i vattnen mellan Zanzibar och Dar.

Oscar frågade en av läkarna vad engelska flottan hade med tysk civil fartygstrafik att göra. Mannen hade sett på honom som om han var idiot och med drypande ironi förklarat att det kunde ha en viss betydelse att man låg i krig. England hade också förklarat krig mot Tyskland och där ute lurade som sagt den engelska flottan.

Oscar blev alldeles tom i huvudet, det tog tid för informationen att sjunka in. Tyskland och England i krig? Därför att en anarkist dödat någon österrikisk storhertig i Sarajevo? Var världen galen?

Packningen för hemresan stod klar i huset, fyra lårar med sådant som han inte ville skiljas från, alltifrån masker från barundikulturen till jaktkläder och fotografier, en del leopardskinn som skulle kunna sys upp till vackra pälsar, afrikanska smycken i guld, sniderier i ebenholts och liknande ting som inte kunde köpas för pengar i Bergen. Det slog honom att det kanske var bråttom att lasta ombord, så han hastade iväg mot hamnen och fick efter diverse resonemang gå uppför landgången till SS Feldmarschall för att träffa kaptenen.

Nej, fick han veta. Fartyget var tills vidare fast i Dar es-Salaam. Det var högst osäkert när man kunde avsegla. England hade minst tre kryssare där ute. De själva bara en, Königsberg som just avseglat, förmodligen för att hellre ta upp striden ute till havs än att fångas i hamn av den engelska flottan. Det var ju ett besvär med engelsmännen, de hade obestridligen en överlägsen flottstyrka där ute.

Oscar skyndade tillbaks till Tyska klubben för att utröna om det kunde finnas någon reservplan. I sinnet hade han redan lämnat Afrika, det var bara avslutningsfesten kvar. Och den var helt klart inställd.

Var Belgien med i kriget? Ja, visade det sig. Man kunde alltså inte ta sig ut västerut genom Kongo. I norr låg Uganda och Brittiska Östafrika. Den vägen var därmed också stängd, liksom vägarna sydväst mot engelska Nyassaland och Rhodesia. Hade Portugal gått med i kriget? Nej, inte såvitt man visste, åtminstone inte än, men det var kanske bara en tidsfråga.

Det fanns alltså en liten chans att ta sig ut i söder, genom det hetaste och mest helvetiska landområdet i hela Tanganyika och sedan genom liknande terräng ner till den portugisiska huvudstaden Lourenço Marques. En resa, eller snarare fotvandring, på 1 500 kilometer. Och om man klarade det, genom malariaträsken och alla floderna, så riskerade man att komma fram till ett Portugal som gått med i kriget på engelsk sida. Sakta gick det upp för honom att han var fånge i Afrika efter alla dessa år. Ironiskt nog just när han äntligen köpt biljett hem.

I vimlet inne på klubben upptäckte han två militärer, det var översten och högste chefen för Schutztruppe Paul von Lettow-Vorbeck, de hade faktiskt träffats som hastigast vid en lunch för snart tio år sedan, och chefen för militären i Dar, major Kempner. De båda männen stod stela med händerna på ryggen och besvarade frågor från alla håll, kortfattat och strikt. Oscar hade svårt att tränga sig fram, men stod en stund tillräckligt nära för att höra vad samtalet gick ut på.

Huvudfrågan var förstås vad kriget betydde för alla i Dar. Översten svarade att det kanske inte betydde så mycket över huvud taget. Tyskland skulle nämligen snabbt besegra Frankrike och då skulle de engelska trupperna där inte ha någon anledning att slåss vidare. Allt avgjordes på slagfälten i Europa och i Tanganyika var det bara att avvakta den tyska segern.

Oscar kände sig lättad. Om han nu tvingades kvar ytterligare några veckor, eller rentav månader, i Dar så var det inte mycket att bråka om. Hans obeslutsamhet under de senaste åren hade hållit honom kvar betydligt längre än så. Han gick till baren och beställde whisky och öl.

När han nästa morgon fick höra att de gripit Mohamadali trodde han först inte att det var sant. Att de fåtaliga engelsmännen i Dar skulle interneras var inte så konstigt eftersom alla tyskar i Brittiska Östafrika hade internerats. Och än värre ryktades det om att engelsmännen på Zanzibar hade börjat arkebusera färgade personer som ansågs tyskvänliga under förevändningen att de skulle vara spioner.

Det var illavarslande. Schutztruppe kunde ju få för sig att man skulle svara med samma mynt även när det gällde arkebuseringar.

Trots att det var mitt i middagshettan sprang han hela vägen upp till militärens kontor på Kaiser Allee och begärde omedelbart företräde hos major Kempner.

Han hamnade i ett väntrum som var överfullt med män som ville anmäla sig till frivillig militärtjänst. Generalguvernör Schnee hade utfärdat en proklamation om att "vi förväntas med våra liv försvara det Tyska Östafrika som vi anförtrotts". Och det tycktes som om var man som inte var halt, lytt eller uppenbart för gammal hade hörsammat kallelsen. Märkligt nog var stämningen i församlingen närmast upprymd, som om krig vore något eftertraktansvärt.

Väntrummet surrade av rykten. Kryssaren Königsberg hade uppbringat ett engelskt handelsfartyg norr om Zanzibar, City of Winchester, och kunnat förse sig med både kol och högklassig proviant. Den första segern till sjöss var alltså Tysklands, något att bita i för de högmodiga engelska sjöofficerarna.

Det var ändå bråttom att komma iväg, bort från Dar med alla trupperna. Varför verkade till en början obegripligt och de förklaringar Oscar uppsnappade gjorde inte saken klarare. Men generalguvernör Schnee hade förklarat att Dar var en "öppen hamn", vilket enligt internationella överenskommelser tycktes innebära att hamnen var "neutral" och därför inte fick angripas. Men det förutsatte att inga tyska trupper fanns i staden. Någonting sånt, om han fattat rätt.

En och en kallades männen in till major Kempner och när de kom ut viftade de stolt med sina inskrivningssedlar och begav sig mot järnvägsstationen. Nere på gården hördes en skottsalva. Oscar fruktade att det var en exekutionspluton i verksamhet. Han kände sig fullkomligt maktlös. Om han i desperation rusade in förbi kön till majoren skulle hans uppenbara brist på disciplin bara försämra hans möjligheter att få hjälp, ordningsfrågan skulle då enligt tysk logik bli viktigare än frågan om liv eller död för Mohamadali. En ny skottsalva ekade nere på gården.

Det dröjde mer än en timme innan det blev hans tur. En löjtnant med stela handrörelser visade in honom och pekade på en stol framför majoren som satt böjd över sitt skivbord och antecknade. Oscar väntade en stund i tystnaden som bara stördes av ett lätt gnissel uppe i takfläkten.

"Ah! Herr överingenjör Lauritzen, det gläder mig att se er här", hälsade majoren när han plötsligt såg upp från sina papper som han samtidigt bearbetade med ett läskpapper.

"Jag är dessvärre här i ett helt annat ärende än ni tycks förmoda, herr major. Men det är ett ärende av yttersta vikt, i värsta fall en fråga om liv eller död", svarade Oscar så återhållsamt han förmådde.

Majoren såg först förvånad ut, sedan höjde han demonstrativt ena ögonbrynet i en ironisk grimas.

"Liv eller död, säger ni herr överingenjör. Vi befinner oss som bekant i krig med Ryssland, Frankrike, England och Belgien och det är onekligen på liv eller död. Men ert ärende är tydligen av en helt annan natur?"

"Jo, herr major. Men icke desto mindre ytterst angeläget. "

"Låt höra. Men fatta er kort!"

Oscar samlade sig och tog omedvetet ett djupt andetag innan han presenterade saken.

"En vän till mig, dessutom min affärspartner, Mohamadali Karimjee Jiwanjee, har enligt uppgift internerats som fiende. Det är ett misstag. Våra affärer har blomstrat länge, vi har odlingar här i närheten, i Bagamoyo och uppe i Tanga för sisal, kokos och gummi. Vi har lämnat ett väsentligt bidrag till landets välstånd och det kommer naturligtvis att fortsätta när kriget är vunnet. Jag har förstått att det inte kommer att ta så lång tid. Det vore olyckligt om en av samhällets ekonomiska stöttepelare interneras som fiende i mellantiden. Jag skulle därför önska att min vän och affärskompanjon försattes på fri fot, jag svarar personligen för hans samhälleliga lojalitet."

Kort och tyskt koncist var det i alla fall, tänkte Oscar när han betraktade majorens orörliga ansikte för att försöka se hur framställningen mottagits.

Majorens minspel avslöjade ingenting, han drog bara ut en skrivbordslåda och tog fram några akter som han snabbt letade igenom tills han fann vad han sökte.

"Stämmer!" konstaterade han. "Zanzibarianen Mohamadali och så vidare, kategori opålitliga element, internerad tills vidare. Och ni menar att det är ett misstag?"

"Ja, herr major. Det är ett misstag."

"Gott! Ni är en aktad man här i Dar, herr överingenjör. Annars hade jag inte ens övervägt en sådan framställan. Om jag nu överlämnar sagde zanzibarian till er, vad ämnar ni då företa er med honom?"

Oscar var helt oförberedd på frågan. Vad skulle han "företa" sig med Mohamadali? Se till så att han kom hem till Zanzibar så fort som möjligt vore väl det sanna svaret. Men Zanzibar var sedan några dagar fiendeland, engelskt territorium, så det sanna svaret var antagligen lika dumt som farligt.

"Jag kommer att ta väl hand om min vän och kompanjon, det garanterar jag", svarade han korthugget.

Majoren tänkte efter en stund och såg ut att ta sats för att ställa fler frågor men ångrade sig plötsligt, tog fram ett formulär, skrev snabbt ner några rader och undertecknade.

"Här!" sade han när han torkat bläcket och räckte över formuläret. "Er vän finns i arrestlokalerna. Gå ner dit, förevisa min instruktion, ta med er vän och... som sagt, ta väl hand om honom."

Lättad tog Oscar emot frigivningsbeslutet, bugade, tackade och gick mot dörren.

"En sak till, herr överingenjör!" kommenderade majoren och Oscar tvärstannade och vände sig stelt om. Han anade oråd.

"Ja, herr major?"

"Jag uppfattar det som självklart att ni stöder Tysklands sak, även om ni formellt sett är norsk medborgare. Har jag rätt?"

"Ja, det är verkligen självklart, herr major. Jag önskar av hela mitt hjärta en snabb och skonsam tysk seger!"

"Bra! Då väntar jag er åter på mitt kontor i ett annat ärende. Vi behöver många frivilliga."

Oscar svarade inte, men sträckte upp sig som i givakt och markerade en honnör innan han gick ut och stängde dörren efter sig. Väntrummet var fortfarande överfullt av frivilliga aspiranter.

Mohamadali uppvisade en del tecken på lättare misshandel men det var ingen fara. Han föll Oscar om halsen och kysste honom på båda kinderna, till de tyska vakternas förfäran.

Två timmar senare red de mot Bagamoyo, de hade minst två fartyg där som skulle segla mot Zanzibar så fort de lastat färdigt, antagligen de sista utskeppningarna för någon tid.

Ritten upp mot Bagamoyo var för lång för att de skulle klara den under återstoden av dagen. De måste slå läger någonstans på vägen och Mohamadali oroade sig för såväl rövare som vilda djur. Oscar försökte skratta bort hans oro och försäkrade att lägerelden höll de vilda djuren borta och att han tillbringat tusentals sådana nätter i Afrika. Dessutom var han välbeväpnad och de hade filtar och mat mer än nog.

De blev inte oväntat lite sentimentala när de ätit och druckit och dästa låg och stirrade in i lägerelden. De hade gjort en lång och betydelsefull afrikansk resa tillsammans. De hade byggt plantager och gjort strålande affärer därför att de varit ett perfekt kompanjonskap. Oscars ställning i Dar som en sorts germansk pionjärhjälte hade hjälpt dem forcera den koloniala byråkratin. Mohamadalis kunnighet i affärer hade gjort resten. Som kompanjoner var de visserligen inte oskiljaktiga, Oscar hade sålt det mesta av sitt ägande i företaget till Mohamadali och var sedan en tid på väg hem. Men vänner för livet var de även om de i framtiden skulle vistas i olika världsdelar.

Fast hur det blev med den saken visste man inte längre. Det idiotiska kriget, vars upprinnelse var omöjlig att förstå, och som till synes inte angick människorna i Afrika, kunde kullkasta allting.

Mohamadali föreslog att Oscar helt enkelt skulle följa med dhowen när den avseglade från Bagamoyo vid nästa högvatten. Resan över till Zanzibar skulle man klara av på mindre än ett halvt dygn, även med full last. Och från Zanzibar skulle det inte vara så svårt att finna en transport till Europa. Kontanter till resan var självklart inget problem.

Det var ett frestande förslag. Men Zanzibar var engelskt territorium och även om Norge inte tycktes vara med i kriget, åtminstone inte än, så kunde man inte veta vad som hände i morgon eller i övermorgon. Att Norge stod på Tysklands sida höll Oscar för självklart. Så om Norge gick med i kriget måste det bli på Tysklands sida och befann han sig då på Zanzibar var han fast.

Nej, det var för riskabelt. Dessutom sade alla att kriget skulle bli kort, avklarat senast till jul. Mohamadali höll till slut med. Efter kriget skulle Zanzibar kanske övergå i tysk ägo och då kunde ju Oscar ändå resa hem den vägen, så att de kunde ha ännu en avskedsfest.

Nästa morgon skiljdes de i hamnen i Bagamoyo vid det sista av företagets fartyg som skulle segla mot Zanzibar. De omfamnade varandra hårt och länge. Här i Bagamoyo, den gamla utskeppningshamnen för slavtrafiken, fanns inga tyskar som kunde ta illa vid sig av två män som omfamnade varandra i ett tårfyllt avsked.

Det var fullmåne den natten och Oscar föredrog att rida hem hästarna till Dar utan att slå nattläger. Stjärnhimlen välvde sig enorm och gnistrande över honom och natten var nästan helt tyst, inga ljud hördes som inte borde finnas där. Det var ofattbart att världen befann sig i krig, han skulle komma tillbaks till Dar när det var morgon på krigets tredje dag och frågan var sannerligen vad han skulle göra då. Slå sig ner på verandan vid sitt hus, stirra ut över havet och invänta krigets slut och sen resa hem några månader försenad? Antagligen. Att enrollera sig som frivillig soldat hade han inte en tanke på. Om kriget inte angick Norge så angick det inte heller honom.

Han närmade sig staden strax efter att den röda solen stigit upp ur havet. Det var en lika hänförande syn som alltid och vinden var stilla, bara en lätt svalkande bris från sydost. Ute vid horisonten såg han två fartygssilhuetter, det såg ut som krigsfartyg, lägre profil än lastfartyg och med höga överbyggnader midskepps. Han grubblade inte över vad det kunde innebära. Där ute härskade den engelska flottan, det medgav till och med de tyska militärerna. Men två ynka krigsfartyg kunde väl knappast inta en stor stad som Dar? Han antog att det mer var frågan om att visa upp sig, hotfullt passera för att påminna om den engelska suveräniteten över haven, eller något i den stilen.

Samtidigt som han red in i stadens norra utkanter förbi kokosplantagerna gled de två krigsfartygen upp och vände bredsidan inåt. De var så nära att han tydligt kunde se den vita engelska örlogsflaggan i aktern.

Han var fullkomligt aningslös och så oförberedd att han inte ens när han såg mynningsflammorna och de vita rökpuffarna där ute begrep vad som hände. Några sekunder senare när tryckvågorna och ljudet träffade honom förstod han. Efter ytterligare ett par sekunder skakade hela staden av detonationer.

Han höll in sina förskrämda hästar och kände samtidigt tryckvågorna från nya salvor. Han var kortsluten i huvudet, det var ett alldeles för ohyggligt skådespel för att hjärnan skulle acceptera det ögonen meddelade. Det fick inte vara sant, det kunde inte vara sant.

Han såg eldsflammor och häftiga detonationer högst upp i staden, vid radiostationen. När de tre radiomasterna hade fallit samman och det brann våldsamt där uppe började engelsmännen skjuta mot något annat mål som han inte kunde se, han antog att det antingen var järnvägsstationen eller Tyska huset och snart slog nya våldsamma bränder upp och tät svart rök började lägga sig över staden. De sköt salva på salva innan de valde ett nytt mål, nu någonstans nere i hamnen. Den skoningslösa eldgivningen fortsatte och fortsatte. Han hörde avlägsna skrik från människor i panik och allt högre eldsflammor steg mot den ljusa morgonhimlen från tre olika platser.

Han satt stilla som förlamad med strama tyglar och försökte mekaniskt klappa sin häst lugn så länge artillerielden varade. Något annat fanns inte att göra. Eller det kanske det fanns. Men han var fullständigt förlamad i tanken. Det stod helt still, han såg skådespelet som i en dröm utan att förstå att detta var kriget. Engelska flottan överföll en stad som inte kunde försvara sig och varför var obegripligt. Där ute arbetade människor i sitt anletes svett för att döda andra människor som de varken kände eller hade något otalt med.

När de två engelska kryssarna var färdiga med sitt dagsverke vände de utåt havs och stävade utan brådska bort mot horisonten. Först nu började hans förlamning släppa och det slog honom att det måste finnas en hel del att hjälpa till med inne i staden. Han skämdes för sin sena insikt när han manade på hästarna, som vrenskades och var ovilliga att närma sig brandröken och det dånande ljudet av eld och skrikande människor. De största eldsflammorna kom nerifrån hamnen och han försökte sätta av i galopp men hästen på släp bromsade. Han höll på att rida ner några män från den frivilliga brandkåren som med slangar och pumpar var på väg åt samma håll som han själv.

Hans hus var skjutet i spillror och förvandlat till en jättelik eld där lågorna steg tjugo meter eller mer upp mot den morgonljusa himlen. Hettan från den enorma elden gjorde att ingen kunde gå närmare än femtio meter. Alla försök till släckningsarbete var meningslösa, brandmännen som kommit till platsen vände lika snabbt som de kom och började springa uppåt staden mot andra bränder som de kanske kunde göra någonting åt. Det stora vita huset, det vackra landmärket som man såg redan långt ute till havs när man seglade in mot Dar, var räddningslöst förlorat. En ring av åskådare stod som handfallna, eller hypnotiserade, när elden utan minsta förbarmande förtärde allt.

Oscar sprang längs leden av nyfikna för att fråga om Hassan Heinrich och hans familj men fick bara förvirrade huvudskakningar till svar. Ingen skadad fanns i närheten, ingen hade tagit sig ut från branden. De satans engelsmännen hade mördat hela familjen.

Någonting hände i hans huvud de närmsta timmarna som han aldrig senare i livet kunde förklara. Delar av verkligheten försvann.

Han satt på stranden för sig själv, en bit nedanför de rykande ruinresterna av sitt hus när han började fungera igen. Men han kom inte ihåg vad han gjort eller var han varit för bara fem minuter sedan. Hästarna måste han på något sätt ha fått till hyrstallet och lämnat igen, med sadelväskor och annan utrustning. Men det var en slutsats och inte ett minne. Över knäna låg hans gevärsfodral med Mausern. Han måste ha gått med geväret över axeln från hyrstallet och ner hit där han nu satt, men han kom inte ihåg att han faktiskt gjort det.

Någon hade berättat för honom att engelsmännen använde sig av två typer av granater i sitt artilleri, en som sprängde och en som fungerade som brandbomb. Men vem som sagt det och var och när hade han ingen aning om. Eftersläckningen i resterna av hans hus måste ha pågått i timmar, men det var som om han först nu blev medveten om det arbetet, och hur man höll på att avsluta det.

Hassan Heinrich hade fem barn. I de förkolnade vattendränkta brandresterna fann man mycket riktigt fem till oigenkännlighet sönderbrända barnlik, hopskrumpnade i fosterställning. Och två vuxna. Sju personer, det stämde.

Hade engelsmännen anfallit bara någon timme senare hade alla i huset varit uppe och börjat sin dag, någon hade varit på väg för att köpa bröd, tre av barnen på väg till skolan och de som befunnit sig inne i huset hade varit vakna och påklädda. Då hade de haft en chans att fly när den första granaten slog ner. Nu hade de alla fångats sovande i de engelska mördarnas fega attack.

Gråtande släktingar till Hassan Heinrich, hans mor, hans far, kusiner och farbröder höll varsamt på att spetta loss de förkolnade liken som man lade på en rad ovanpå utbredda palmblad. Oscar var inte längre förlamad i tanken, han kunde se och höra, men han kunde inte förmå sig till att hjälpa till med arbetet. En äldre kvinna rusade fram mot honom och utslungade en serie förbannelser, som om allt varit hans fel. Hassan Heinrichs far fångade upp henne, tog henne om axlarna och ledde stilla bort henne.

Han satt kvar ytterligare någon timme utan att förmå sig att ens resa sig. Ljuden av brandsläckningsarbetet dog sakta ut i staden. En kärra med sju staplade kistor kom knirkande bortifrån infödingskvarteren i norra delen av staden. Framför ögonen på Oscar flimrade då och då bilder, som hastiga elektriska stötar, av Hassan Heinrich, hans blyga hustru Madima och de tre äldsta barnen som gick i skolan och redan talade lite tyska. Vilken lyckligt lottad familj hade de inte varit i en strålande bostad som skulle ha blivit deras för all framtid. Men som i stället blev deras död.

Till slut insåg han att han måste göra någonting, vad som helst bara han gjorde något. Eftersom han inte hade något hem fick han antagligen söka natthärbärge på kontoret. Eller i Tyska huset, om det fortfarande fanns plats där. Det han nu ägde i Afrika var, förutom tio procent av järnvägen som just nu varken kunde bli till nytta eller glädje, de kläder han hade på sig och sin Mauser, ett patronbälte och, alltid en ljuspunkt, ett bälte med insydda guldmynt som han burit i åratal som reserv för eventuellt nödläge. Därutöver sin hatt.

Detta var otvivelaktigt ett nödläge. Och nu hade kriget blivit hans krig.

Det sista var en isande tanke, det påminde om tillnyktring och håren reste sig på hans underarmar. Men så var det. Med beslutsamma steg gick han upp mot det militära kontoret på Kaiser Allee.

Där rådde kaos. Vagnar lastade med dokument, vapen och soldater var på väg mot järnvägsstationen. Sotiga officerare och askaris låg och pustade ut efter hårt arbete under de två stora platanerna och baobabträdet som påstods vara tusen år gammalt. Han banade sig långsamt väg uppför trappan mot major Kempners kontor i trängseln av soldater som var på väg ner. Det rådde uppbrottsstämning. Kontorslokalerna var i oordning och nästan övergivna och han väntade sig inte längre att träffa vare sig majoren eller någon annan befälsperson som kunde behandla hans frivilliganmälan. Lite vårdslöst steg han därför in i major Kempners rum utan att knacka, mest för att konstatera att där var tomt. Till sin förvåning fann han två officerare stå lutade över ett bord med utvikta kartblad. Den ene var Kempner, den andre överste Paul von Lettow-Vorbeck, chefen för alla militära enheter i Tyska Östafrika.

"Jag ber verkligen om ursäkt... ja... jag trodde det var tomt", stammade han. Det hade han aldrig gjort tidigare i livet.

"Alls ingen orsak herr överingenjör!" utbrast översten. "Ni är alltid mycket välkommen, men låt oss först beklaga era förluster. Om ni vill ha en förklaring, vad nu det kan hjälpa, så får man förmoda att engelsmännen tog fel på er villa och guvernörens residens. På vilket sätt kan vi bistå er i denna svåra stund?"

"Jag har kommit för att anmäla sig som frivillig. Men jag är ingen soldat och vill heller inte vara soldat."

"Varför inte det?" frågade översten och pekade samtidigt på en stol för att Oscar skulle sätta sig.

De båda officerarna satte sig också och såg nyfiket avvaktande på Oscar.

"Jag är ingen soldat därför att jag inte duger till det helt enkelt", svarade Oscar. "Jag kan skjuta elefanter, bufflar och lejon, men inte människor, inte ens engelsmän."

Officerarna utbytte en snabb inbördes blick som Oscar inte kunde tolka.

"Ni minns kanske att vi har träffats förut, herr överingenjör", vidtog översten. "Det är väl nästan tio år sedan jag försökte tvångsrekrytera er till Schutztruppe. Vi hade en angenäm lunch på Tyska huset med den där järnvägsdirektören vad han nu hette?"

"Dorffnagel."

"Så var det ja. Dorffnagel. Honom minns jag inte, men er minns jag mycket väl. Ni hade nämligen genomfört en strålande defensiv manöver och grundligt besegrat en ansenlig infödingsstyrka. Det minns ni väl ändå?"

"Ja, det var mitt livs obehagligaste minne, överträffat först för en stund sedan när jag såg liken av mina nära vänner i ruinerna av mitt hus. Men vad jag menar är att jag vill ställa mina civila kunskaper i er tjänst. Jag kan allt om våra järnvägar, jag kan bygga och reparera. Om vi befinner oss på marsch kan jag bidra till försörjningen med viltkött. Det är vad jag kan erbjuda, men inte att skjuta människor."

De stirrade på honom som om han inte var riktigt klok. Generat medgav han tyst för sig själv att det kanske han inte heller var. Han hade just erbjudit sig att delta i krig med förbehållet att inte döda fiender. Det var inte svårt att föreställa sig hur två yrkesofficerare uppfattade hans paradoxala inställning.

De betraktade honom tankfullt undrande utan att säga något medan fläkten uppe i taket knirkade. Så reste sig von Lettow-Vorbeck upp och slog ner pekfingret på kartan någonstans i det nordöstra territoriet.

"Löjtnant Lauritzen", sade han vänligt men ändå med orderton, "ja, från och med nu är ni löjtnant i Schutztruppes ingenjörskompani B. Ni beordras härmed att bege er hit till Handemi. Därifrån måste vi bygga en extra järnvägsförbindelse till Mombo för att skydda vårt mest tätbefolkade område i nordost och för att underlätta trupprörelser vid gränsen mot engelsmännen. Är ni bekant med området, och vidare området runt Kilimanjaro?"

"Ja, herr överste. Jag har jagat mycket i de trakterna och österut mot Masailand. Förutom att jag deltagit i de flesta järnvägsbyggena där uppe."

"Mycket bra. Låt mig då klargöra att vi redan beslutat om det här projektet och utsett två ansvariga frivilliga, generalpostmästaren Wilhelm Rothe och regeringsrådet Franz Krüger. Är de bekanta?"

"Ja, herr överste, men kanske något ytligt."

"Gott. De är era överordnade, vid projektet, är det förstått?"

"Ja, herr överste, det är förstått. Men..."

"Nej! Jag förstår mycket väl vad ni tänker säga, herr överingenjör. Vad kan en generalpostmästare och ett regeringsråd om järnvägsbyggen? Förmodligen inte ett skit, uppriktigt sagt. Men de har anmält sig som frivilliga, vilket är hedervärt. Deras samhällsrang gör att de måste införlivas i Schutztruppe som minst kaptener, därför blir de era överordnade. Men jag är säker på att de med stor lättnad kommer att ta emot en löjtnant som kan allt de inte kan. Och som dessutom torde vara en av landets bästa skyttar. Har vi nu förstått varandra?"

"Fullkomligt, herr överste. Men…"

"Nej! Vi har alltså förstått varandra. Låt mig bara tillägga att både major Kempner och jag högt värderar ert bidrag. Vi har att göra med mycket stora områden och enorma avstånd. Om vi ska slå engelsmännen, och det ska vi, blir ingenjörsinsatser och transporter avgörande."

De utrustade honom med militära persedlar, ryggsäck med proviant och en Mauser i mer finkalibrig version än hans egen "för den händelse han skulle göra av med de tjugo patroner han medförde till sitt jaktgevär".

Just då föreföll den kommentaren inte särskilt lustig eller märklig. Men han skulle minnas den och ständigt återberätta den under resten av sitt liv. "För den händelse" han skulle avfyra mer än tjugo skott…

Så hade Oscars krig börjat. Då var det augusti 1914 när alla tycktes vara överens om att kriget skulle vara slut före jul.

* * *

För Oscars del var kriget oväntat angenämt. Han gjorde något han behärskade väl, han ledde ännu en gång ett järnvägsbygge, dessutom i nordöst på hög höjd där klimatet var behagligt och varken moskiter eller tsetseflugor plågade arbetarna. Och som överbefälhavaren Paul von Lettow-Vorbeck förutsett tog Oscars två formellt överordnade, de två "kaptenerna", det vill säga generalpostmästaren Wilhelm Rothe och regeringsrådet Franz Krüger, emot honom med öppna armar. Ingen av dem hade någonsin lagt så mycket som en meter järnväg. Men deras mer framträdande förmågor, som låg på det byråkratiska planet, kom ändå väl till pass. De var mästerliga i att se till så att strömmen av oxkärror med skenor, fyllnadsmassa, syllar, proviant och öl från Dar aldrig sinade.

Terrängen var lätt i mjuk stigning från Handemi där linjen började, upp mot Mombo, där man skulle ansluta till den stora norra järnvägen, och arbetet skulle inte ta mer än några månader och kanske inte ens hinna avslutas innan kriget var slut.

De sporadiska nyheterna tycktes alltid vara goda. Redan den 15 augusti hade tyska styrkor erövrat ett starkt fäste 25 kilometer in på engelskt territorium vid Taveta så att man både kunde försvara den egna järnvägen och hota den engelska inne i Kenya. Genomgående i alla rapporter var en med tiden alltmer överseende syn på engelsmännen. De var alltid lätta att besegra och tog snabbt till flykten. Lika överlägsna som de var till havs, lika underlägsna var de till lands, tycktes det.

Desto mer uppiggande blev därför nyheten att kryssaren Königsberg genomfört ett djärvt anfall mot Zanzibar i gryningen den 17 september och sänkt kryssaren HMS Pegasus, ett av de två fartyg som så skändligen anfallit Dar den 8 augusti.

Mardrömsscenerna från det nedbrunna huset och de förkolnade liken av Hassan Heinrich och hans familj hade plågat Oscar varje natt när han svept moskitnätet om sin säng och försökte sova. Den här natten fantiserade han i stället hämndlystet om hur mördarna, de engelska sjöofficerarna, själva fick brinna i helveteselden.

Nästa dag kom en oxkaravan av den typiska boersorten med täckta vagnar fram till bygget anförda av Christian Beyers, som var en ytlig bekant till Oscar. Christian var en boer som såg ut och i högsta grad lät som en sådan, storvuxen och bullrig. De hade tillbringat några nätter tillsammans i Kongo 1909 i väntan på rätt tillfälle att smuggla sitt elfenben över Nilen. Beyers var en omtalad storviltjägare men han hade också försökt sig på en kaffeplantage på en av Kilimanjaros sluttningar. Han tillhörde den grupp boer som lämnat Sydafrika efter engelsmännens seger i det andra boerkriget. Om Oscar från och med den här tiden och för all framtid avskydde engelsmän var hans känslor närmast ljumma om man jämförde med Christian Beyers vitglödgade hat.

Christian hade hört talas om att Oscar befann sig vid det här bygget och tagit med sig sex ölflaskor ömt och mjukt packade i oxvagnen som han nu överlämnade som gåva. Men han beklagade att ölet knappast hade angenäm temperatur och någon is fanns förstås inte i lägret.

"Inga problem", försäkrade Oscar. "En timme efter solnedgången ska jag servera kall öl."

Han tog hand om flaskorna, blötte tre par raggsockor som han svepte om dem och band upp dem så att de hängde i kvällssolen från en trädgren.

De åt tillsammans den kvällen och berättade mest jakthistorier för varandra, som om de ville undvika kriget. Och som utlovat serverade Oscar om inte direkt iskall så åtminstone behagligt sval öl till Christians förundran. Fysikens lagar, förklarade han, när vatten avdunstar avgår värme, då uppstår en kyleffekt.

De drack högtidligt och långsamt. I det förändrade stämningsläget tappade båda lusten att berätta vidare om lyckade skott på långt håll, sårade bufflar som anföll från täta buskage eller anfallande noshörningar som var så svåra att få ner med skott rätt framifrån. Boerjägaren var först med att byta samtalsämne och ställde en försiktig fråga om hur Oscar hamnat där han nu hamnat. Och snart var Oscar inne i en hatfull utläggning om engelska mördare. Han menade att inför historien, när kriget var slut, skulle det bli svårt att fastställa vilken som var den lägsta mänskliga formen, belgaren eller engelsmannen. Mycket talade förstås för belgarna. Det fanns numera uppgifter om att de mördat mer än sex miljoner människor i Kongo under den avskyvärde Leopold II:s dagar. Sex miljoner mördade! Det brottet skulle mänskligheten aldrig glömma. I inget annat europeiskt land vore sådant barbari tänkbart, framför allt inte i Tyskland och de skandinaviska länderna.

Å andra sidan var det svårt att veta hur mycket mord och grymheter som de engelska imperialisterna ställt till med i Indien och Afghanistan, sådant höll de ju visligen för sig själva.

Christian Beyers var däremot helt säker på att engelsmännen var jordens mest avskyvärda folk, *verdomte rooineks*, som han kallade dem. Han visste det av egen erfarenhet djupt in på skinnet och ännu djupare i själen. På slagfältet var de inte så märkvärdiga, försäkrade han. Så länge boerkriget varit krig var engelsmännen i underläge. Framför allt om man undvek att kriga efter deras 1800-talsregler, där två stridande förband möts öga mot öga på öppna fält marscherande i snörräta led mot varandra tills de gör halt och öppnar eld samtidigt på nära håll. I Transvaal hade boerna enbart ägnat sig åt gerillataktik och på så vis undan för undan reducerat rödnackarna utan särskilt betungande egna förluster.

Då bytte engelsmännen strategi och övergick till den fegaste krigföring som människan uppfunnit. Eftersom de aldrig kunde få tag i boermännen så gick de i stället in i jordbruksområdena, brände alla gårdar och alla skördar och förde bort alla kvinnor och barn till koncentrationsläger där de sakta men säkert svälte fångarna till döds, mer än 20 000 fruar och 6 000 barn. Och budskapet från engelsmännen var kristallklart. Om ni inte ger er kommer alla era kvinnor och barn att dö lika långsamt som säkert.

Ingen normalt funtad man kan i längden stå emot den utpressningen. Därför måste boerna ge upp, besegrade inte på slagfältet utan genom massmord på kvinnor och barn.

Christian Beyers fru och tre barn tillhörde de ihjälsvultna, de mördade. Och allt detta bara för att de avskyvärda rödnackarna ville roffa åt sig guldet i Transvaal. Och därför flydde han och många av hans kamrater till Tyska Östafrika eller Tyska Västafrika när kapitulationen var ett faktum och Transvaal införlivades i Sydafrikanska unionen under den engelska kronan.

Man kunde förstås tycka att belgarnas hårresande siffra på sex miljoner mördade vore omöjlig att överträffa i denna grymheternas matematik. Men det fanns en avgörande skillnad mellan belgare och engelsmän, menade Beyers. Belgarna hade mördat infödingar. Engelsmännen vita kvinnor och barn.

Oscar var förstummad, både av en historia om engelskt barbari som han inte haft klar för sig, och av hatet som lyste ur Christian Beyers ögon. Samtalet gick inte att fortsätta.

Det dröjde mer än två månader innan Oscar fick se något av kriget på nära håll. Då var han sedan länge färdig med den extra järnvägslinjen mellan Handemi och Momba och hade förflyttats längre norrut, till Moshi vid Kilimanjaros fot där von Lettow-Vorbeck inrättat sitt högkvarter. Strategin var att förekomma hellre än att förekommas, att befästa sig inne på brittiskt territorium så att engelsmännen fick annat att tänka på än att invadera via kusten ner från Mombasa mot den tyska hamnstaden Tanga. Oscars uppdrag hade därför blivit att bygga en järnvägslinje från eget territorium in till den ockuperade och befästa staden Taveta. På så vis skulle tyska transporter alltid ha ett överläge gentemot engelsmännen som måste avancera från andra hållet i väglöst land utan vatten för att undsätta eller återerövra Taveta.

På en officersmiddag i Moshi dit Oscar misstänkte att han bjudits mest för att det var han som stod för huvudrätten i form av tre *duikers* stekta på roterande spett fick han höra von Lettow-Vorbeck berätta om vad som skulle ske i den nära framtiden, och han blev lika fascinerad som imponerad av högste befälhavarens lugna och tvärsäkra framställning.

Eftersom engelsmännen kört fast i gränskriget till lands skulle deras nästa drag bli invasion från havet. Men de skulle inte anfalla Dar, utan Tanga. Valet av anfallsmål var nämligen självklart. Ett brohuvud ända nere i Dar måste oupphörligen försörjas från havet. Men lyckades de inta Tanga så slog de flera flugor i en smäll. De skulle då behärska början på den norra järnvägen upp till Kilimanjaro. De hade goda möjligheter att skicka förstärkningar längs kusten från Mombasa för att underhålla sitt brohuvud. Och därefter skulle den stora framstöten ner mot Dar es-Salaam följa som en självklar konsekvens. Det behövde man inte vara någon Hannibal för att räkna ut; såvitt Oscar förstod var Hannibal och Alexander den Store von Lettow-Vorbecks militära förebilder, åtminstone i antiken.

Följaktligen förstärkte man nu garnisonen i Tanga och förberedde iltransporter längs järnvägen om, eller rättare sagt när, engelsmännen anföll.

Oscar kände sig mycket civil när han lyssnade på militärernas samtal, han förstod mycket lite av deras resonemang och han förstod framför allt inte hur högste chefen kunde vara så säker på vad som skulle ske i framtiden.

Men ytterligare några veckor senare, den 3 november, kom telegram från Tanga som meddelade att nu hade den engelska landstigningsoperationen börjat, 14 transportfartyg under beskydd av kryssaren HMS Fox hade anlänt och engelska trupper, 10 000 man enligt beräkningarna, strömmade iland. I Tanga höll Tyskland bara 800 man, så nu var det bråttom med förstärkningar.

Oscars ansvar i den följande operationen var väl förberett och planerat in i minsta detalj. Han skulle ombesörja lastning och fackmannamässig surrning av artilleripjäser och ammunition på ett set järnvägsvagnar som redan avdelats för den eventualiteten. Och han skulle själv följa med tåget ner mot Tanga tillsammans med tjugofem av sina banläggare, med domkrafter och lyftkranar surrade i bakre delen av tåget, för den händelse man fick problem med urspårning. Artilleriets ankomst till Tanga kunde vara högst avgörande, ingenting fick därför gå fel under transporten.

Men det tunga tåget kunde inte heller avancera för fort, just på grund av olycksrisken. Det blev en nervpirrande resa där man gång på gång försökte öka farten men då genast hamnade i svårigheter och riskerade en urspårning. Oscar, som reste på sin invanda plats i lokklass, fick upprepat redovisa sina matematiska skäl att köra långsammare när den nervöse lokföraren ökade farten för mycket.

När de kom fram till Tangas utkanter måste de göra halt för avlastning. Beskedet var att om de tog sig fram ända till järnvägsstationen skulle den engelska kryssaren ute på redden få korn på dem.

Det var visserligen en motgång att behöva släpa artilleripjäserna för hand- och hästkraft ner mot fronten, men det hade inte så stor betydelse. I praktiken var slaget redan vunnet. Det största engelska nederlaget i modern tid var snart ett faktum, bara smärre upprensningsaktioner återstod, närmast en formalitet. Och några timmar senare när det tyska artilleriet kom i ordning var saken klar. Den 5 november visade engelsmännen vit flagg och sände en delegation för att förhandla om att få tillbaka sårade. Den tyska sidan åtog sig generöst att begrava närmare tusen döda engelska soldater.

Under dagen letade sig Oscar fram till officersmässen på Kaiserhof, där man redan börjat fira segern och mer än en officerskollega med liv och lust berättade detaljerna för honom.

Från förhör med fångar och sårade hade man fått en god bild av förloppet. För det första bestod de "engelska" styrkorna uteslutande av indier, Indian Expeditionary Force B, som avseglat från Bombay redan den 16 oktober, dessutom i hård sjö. De 10 000 indiska soldaterna var packade som boskap och sjön var hård, de sanitära förhållandena ombord såvitt man kunnat förstå outhärdliga, eftersom man bland annat drabbats av en koleraepidemi.

Det engelska vanvettet var närmast obegripligt. Efter en så påfrestande sjöresa borde man tagit in trupperna till Mombasa och låtit dem vila ut några dagar. Men de engelska generalerna hade i stället låtit frakta hela boskapslasten av indiska soldater, 63rd Palamcottah Light Infantry, direkt till Tanga. Och där helt sonika börjat lämpa ner dem i landstigningsbåtar.

Den tyska garnisonen trodde knappt sina ögon. De nonchalanta engelsmännen var så säkra på att Tanga var en oförsvarad stad, och att de hade överraskningseffekten på sin sida, att de inte ens brydde sig om att sända iland förspaningspatruller för att försäkra sig om att man inte skulle stöta på något tyskt motstånd.

Enligt telegrafiska order från von Lettow-Vorbeck, som var på väg med iltransport med ytterligare tusen soldater nedför järnvägen från Moshi, skulle garnisonen väntat med att röja sin närvaro tills ungefär hälften av landstigningsstyrkan hade skeppats iland på stränderna utanför Tanga. Man lät helt enkelt engelsmännen hållas så länge som möjligt, för att få den gillrade fällan full. När man slutligen öppnade eld, samtidigt från flera dolda positioner, utbröt förstås panik bland landstigningstrupperna. De hade till och med naturen, och inte bara sina egna generaler, emot sig. För när de försökte sig på ett förtvivlat motanfall gick de in mot staden genom gummiplantagerna där också biodlingarna fanns. Några av de tyska askarisoldaterna kom då på den briljanta idén att sätta några skott i bikuporna och de stackars indiska soldaterna fick retirera mer eller mindre förblindade i moln av ilskna bin.

Den tyska segern var överväldigande. Kvar på stränderna fanns mängder av krigsmaterial som de indiska trupperna lämnat efter sig. Förutom gevär och ammunition, kulsprutor och lätt fältartilleri, telefonutrustning, filtar, vapenrockar, uniformer, medicin och utrustning för fältsjukhus, fann man ett halvt ton chutney. Det visade visserligen att engelsmännen haft inställningen att man kom för att stanna. Men det föreföll ändå som en underlig prioritering, att se till att inlagda mangofrukter tillhörde det första man förde iland.

Från Kaiserhofs välfyllda källare delades all tillgänglig öl ut till de tyska askarisoldaterna som dansade kring eldar hela natten och sjöng sånger om indiska soldater som de liknade vid kvinnliga getter.

När den engelska förhandlingsdelegationen undertecknat sin kapitulation kunde man börja komma överens om praktiska detaljer. De skulle få med sig cirka tusen soldater som var sårade men fortfarande i transportabelt skick. De 49 sårade som bedömdes som omöjliga att flytta med mindre att faran för deras liv blev överhängande, erbjöd sig den tyska sidan att vårda på närmsta fältsjukhus. Liksom man, kanske väl generöst, redan erbjudit sig att begrava de cirka tusen stupade från expeditionsstyrkan, som låg kringströdda runt Tanga och på stränderna.

Därefter vidtog en "kapitulationsmiddag" på Kaiserhof där de engelska officerarna uttryckte sin uppskattning för tyskt öl och i övrigt visade mycket gott mod och diskuterade slaget med samma lättvindighet som om det handlat om en cricketmatch mitt i en lång serie.

Oscar var visserligen med på middagen, men i kraft av sin låga grad satt han långt ner vid bordet och kunde aldrig höra något av samtalet mellan von Lettow-Vorbeck, kapten Baumstark, major Tom von Prince och de elegant klädda engelska sjöofficerarna. Han kunde bara se deras minspel och gester. Det föll honom in att dessa så kallade gentlemen betraktade tvåtusen indiska förluster som en struntsak. Eftersom indiska liv ändå inte betydde något för dem. Han började tro på de historier han hört så ofta att han slagit dövörat till om engelsmännens ofattbara grymheter när de byggde sin järnväg mellan Mombasa och Nairobi. De skeppade in last på last av indiska kulis, men gav dem ingen medicin mot malaria eller andra plågor, eftersom medicin bara var till för gentlemen. Följaktligen dog tiotusentals indier under deras järnvägsbygge. Vilket inte bekymrade dem det minsta, eftersom de bara lät skeppa in nya laster med slavar.

Det var alltså sanna historier, förstod han nu efter slaget vid Tanga. Det hade verkat så overkligt, så orimligt, till och med så oekonomiskt, att det alltid förefallit honom som fördomsfullt förtal. Men det var alltså sant. De hade gjort samma sak den här gången.

Och förmodligen skulle de fortsätta att skeppa in nya laddningar med tätt sammanpackade indiska soldater i en ändlös ström. Som von Lettow-Vorbecks soldater skulle döda som flugor. Med små egna förluster, dock förluster, varje gång. Och engelsmännen skulle svara med att fylla nya lastfartyg med kanonmat. I värsta fall tills de segrade och kunde dela ut medaljer till alla vita överstar och generaler. De var i sanning ett omänskligt släkte. Kanske hade Christian Beyers trots allt rätt när han hävdade att engelsmän var jordens avskum.

Att arrangera massgravar ansågs tyvärr vara ett uppdrag för ingenjörsdetaljen. Ingen annan ingenjörsofficer än Oscar fanns närvarande i Tanga, visade det sig. Dagen efter festen måste han därför organisera åtta plutoner dödgrävare bland ytterst ovilliga och dessutom kraftfullt bakfulla askaris. Det var till synes en omöjlig uppgift. Som arbetsledare vid järnvägsbyggena hade han aldrig någonsin haft några svårigheter att bli åtlydd, inte ens under värsta lejonpanik. Men det här var något annat.

Att vara dödgrävare var dessutom ett förnedrande uppdrag,

sådant man inte gav riktiga soldater utan vanligtvis bara åt dem som inte dög som soldater. Det tycktes omöjligt att få igång arbetet. Han fick ta sig en funderare. Så mycket var klart att hot inte skulle hjälpa långt. Inte ens att, högst teoretiskt, låta skjuta någon för ordervägran. Etiken påbjöd att stupade fiendesoldater skulle begravas så värdigt som möjligt. Han utgick åtminstone från att det måste vara så, även om det tyska militära reglementet var honom totalt obekant. Det innebar att varje fiendesoldat skulle begravas i sin uniform, fullt påklädd och med sina förtjänsttecken och medaljer prydligt kvar på uniformen. Likaså stövlarna.

Men England höll hela Tyska Östafrika avspärrat för att stoppa all import så att, rentav bokstavligt talat, den tyska fienden till slut måste slåss barfota.

Det avgjorde saken. Han gick ner till askarisoldaternas tältläger, kallade fram en trumpetare och lät blåsa samlingssignal och avvaktade sedan den motvilliga samlingen där männen tittade dolskt på honom och demonstrativt släpade benen efter sig. De hade fullt klart förstått vad saken gällde.

Han försökte avvakta tystnad, men sorlet och det missnöjda mumlet gav sig inte. Då började han ändå tala och strax blev det tyst. Han hade nämligen sagt att viss konfiskation av de dödas persedlar, skodon och dylikt, vore fullt tillåtet. Och han behövde 200 frivilliga.

Han fick betydligt mer än så och måste till slut begränsa antalet tillströmmande förhoppningsfulla plundrare. Det föll honom inte in att han just upphävt dödsstraffet för plundring inom den tyska försvarsmakten i Afrika. Han hade ingen aning om han hade en sådan rätt, än mindre om konsekvenserna för sin egen del. Men tusen ruttnande indier måste grävas ner och det gick helt enkelt inte att komma ifrån.

Hälften av styrkan avdelade han till att gräva ett långt dike, två meter djupt och två meter brett. Andra hälften sände han ut med bårar två och två för att genomsöka terrängen bit för bit och samla in de döda.

Snart visade det sig att hans plan hade ett avgörande fel. De som släpade döda människor var snart så överlastade av stövlar och bylten på ryggen att de knappt förmådde sköta själva arbetsuppgiften. De som avdelats att gräva var djupt missnöjda över orättvisan. Instruktionerna måste revideras.

Allt som togs från de stupade indierna måste placeras i en stor hög intill graven. Fördelning fick ske först när arbetet var avklarat.

Snart fick han klart för sig att inte heller denna förbättring av instruktionen var helt lyckad. Indiska soldater var i gemen fattiga människor, det trodde han sig ha förstått. Ändå fanns det tydligen en och annan som hade någon sorts reserv, ungefär som han själv bar runt midjan med de insydda guldmynten i bältet. Stora ting som stövlar, vapen och uniformsrockar lade soldaterna prudentligt i en hög intill massgraven. Mindre ting stoppade de på sig, det kunde han inte undgå att observera när han gick runt för att övervaka arbetet.

Det första alternativet som föll honom in, att efter arbetets slut visitera alla i liklastaravdelningen, försköt han snabbt. För vad skulle han göra med tjuvarna? Låta skjuta dem?

Det fanns bara en lösning på problemet och det var genant att han inte insett det från början. För det första måste han låtsas inte se. För det andra skulle han klargöra att arbetslaget bytte uppgift efter halva tiden. Alla skulle därmed få samma rätt att plundra indiska lik.

Det var sorgligt eller värre än så, rent hjärtslitande, ett utslag av mänsklig förnedring som han bara för några månader sedan skulle ha betraktat som otänkbar i Tyska Östafrika.

Men tusen ruttnande lik var en allvarlig hälsofara, som dessutom inte drabbade engelsmännen. Jobbet måste göras till varje pris. Och såg man det så var det kanske en liten eftergift att se mellan fingrarna med den mer oetiska delen av plundringen. Att man slet stövlarna av liken var en sak. Men det där rotandet i fickorna, eller att de bände upp munnen på varje befäl de hittade för att leta efter guld, var en helt annan sak. Men det var ju krig.

Garnisonen i Tanga förstärktes i väntan på nästa försök från engelsmännen att inta staden. Nästa skeppslast med sjösjuka indier skulle ju komma förr eller senare. Den tyska huvudstyrkan återvände med tåg upp till Moshi i väntan på regnen som skulle dämpa all krigföring.

När de firade jul på officersmässen i Moshi var stämningen hög. Schultzebryggeriet i Dar hade inte minskat sin produktion det minsta. Man hade gott om vapen och proviant. Förlusterna hade varit måttliga och man hade vunnit kriget det första året.

Vid tolvslaget på nyårsafton när 1915 var ett faktum sjöng man den nya sången som Oscar aldrig hört förut:

Deutschland, Deutschland über alles
über alles in der Welt...

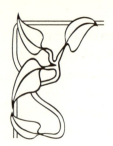 

XXII
OSCAR
TYSKA ÖSTAFRIKA
1915–1917

OSCARS TID SOM brobyggare var definitivt förbi. Staben hade fört över honom till Werner Schönfeldts sabotagegrupp och uppdraget bestod nu i att spränga såväl broar som järnvägslinjer. Till en början hade han reagerat starkt känslomässigt när han förstod vad som förväntades av honom, att förstöra lika mycket som han hade varit med om att bygga upp. Men förnuftet försökte streta åt andra hållet, det var trots allt engelska broar och engelska järnvägsförbindelser det gällde.

Det hade varit illa nog att han till en början fann uppgiften omoralisk. Det blev inte bättre av att gruppledaren Werner Schönfeldt och hans två närmaste män Fritz Neumann och Günther Ernbach öppet visade sin misstro mot honom när han infann sig i deras läger med sin tjänstgöringsorder. De såg sig som en liten men mycket hård elitstyrka där alla, svarta som vita, måste ha ett fullständigt förtroende för kamraten bredvid. Att spränga en järnvägsbro var en sak. Att komma levande därifrån, till fots, en helt annan. I ett sådant förband hörde inga civilister och universitetssnobbar hemma.

Detta klargjorde man också för Oscar med en rad avskräckande upplysningar som att i detta förband förväntades var man bära lika mycket packning på raiderna, oavsett om man var civil bärare eller löjtnant i ingenjörsdetaljen, oavsett om man var svart eller vit.

Oscar hade inget att säga till sitt försvar mot alla underförstådda anklagelser om att han inte skulle duga till. Han fann det meningslöst att framhäva sina eventuella förtjänster, som exempelvis hur länge han kunde gå efter en sårad elefant. Inte heller brydde han sig om att urskulda sig för sitt sätt att tala "fint", något som särskilt tycktes irritera Günther Ernbach som varit stålverksarbetare i Ruhr och sade sig hata ingenjörssnobbar och direktörer.

Om han dög eller inte fick visa sig i praktiken. Med ord kunde han i alla fall inte få dem att ändra inställning.

Inte oväntat försökte de knäcka honom när man gav sig iväg på nästa raid två dagar senare, fyra vita och åtta svarta bärare. Var man hade en last på 25 kilo, som afrikanerna bar på huvudet och européerna i stora arméryggsäckar. Man startade, självklart, strax före gryningen och gick rakt norrut från Taveta för att nå den engelska järnvägen någonstans mellan Tsavo och Kibwezi. Landskapet var helt torrt och bestod mestadels av tät bush och det var irriterande gott om tsetseflugor, som anföll i små svarta moln. På himlen däremot inte ett moln, fram på dagen skulle temperaturen stiga en god bit över 40-strecket.

Vid tiotiden, efter fyra timmars marsch med bara en kort paus, hade det enligt Oscars uppfattning varit dags att leta upp skugga, slå läger några timmar, äta och sova. Målet låg ändå tre dagsmarscher upp i norr, långt in på brittiskt territorium. Werner Schönfeldt, som gick i täten med karta och kompass, visade dock inga tecken på att vilja göra halt. De fortsatte oförtrutet i den stigande middagshettan. Först trodde Oscar att det hade med geografin att göra, att det täta busklandskapet som gjorde den lilla expeditionen omöjlig att upptäcka på längre håll än hundra meter snart skulle övergå i stäpp och att det var där man skulle slå läger och avvakta för att avancera över öppen mark först när det blivit mörkt.

Men landskapet visade inga tecken på att ändra karaktär och med den stigande hettan intensifierade också tsetseflugorna sina attacker. Sakta började det gå upp för Oscar att det oekonomiska sättet att slösa med krafterna var riktat mot honom, den oönskade utbölingen som blott på order från högsta ort hade kunnat tränga sig in i den väl sammansvetsade kamratkretsen. Han började tycka synd om bärarna, det var trots allt lättare att bära sin last i ryggsäck med händerna fria än att gå och balansera den på huvudet.

När den första bäraren föll var klockan ett på eftermiddagen, den absolut hetaste tiden på dagen när ingen, vare sig elefant eller människa, rörde sig i Afrika. Fritz Neumann såg också ut att vara nära kollaps när han stapplade fram till det enda trädet inom synhåll, ett korvträd, föll omkull när han krängde av sig ryggsäcken och vresigt förklarade att han bara snubblat på en rot.

Nu först delades en vattenranson ut och de tyska kamraterna fick anstränga sig för att dricka utan alltför ivriga åthävor. Man bredde ut tältdukar att ligga på och vittjade lasten på konserver. Det gick inte att göra upp eld på grund av upptäcktsrisken så kaffe måste man avstå från.

Under tystnad satt de fyra officerarna tillsammans och åt ur sina konservburkar med rökt skarpsill från Östersjön. Ingen sade något på en bra stund. Afrikanerna hade kastat sig huller om buller på de utbredda tältdukarna och sov redan. De tre tyskarna sneglade då och då forskande på Oscar och han låtsades inte märka det.

"Du är egentligen norrman", muttrade anföraren Werner till slut.

"Ja, men av olika skäl anser jag att Tysklands sak är min. Bland annat har jag haft förmånen att få min ingenjörsutbildning i Dresden", svarade Oscar så neutralt han förmådde. "Det är därför jag talar som man får lära sig på universitet", fortsatte han lite djärvare. "Det som kamrat Günther här tycks ogilla så starkt. Men jag kan försäkra att min norska dialekt, mitt modersmål, är fullkomligt proletärt."

Till hans förvåning lade Günther upp ett gapskratt som de andra omedelbart föll in i.

Oscar förstod inte vad han sagt som kunde väcka sådan munterhet och såg forskande från den ene till den andre av de utmattade och svettiga männen. De var hårda karlar, ingen tvekan om den saken. Alla med helskägg, bredaxlade och muskulösa som han själv. Werner var germanskt helblond, också i skägget, Fritz något mer rödlätt och ingenjörshataren Günther hade kolsvart hår. De tycktes fortfarande roade av det Oscar sagt, utbytte några menande blickar och började skratta på nytt.

"Bäste herr överingenjör", sade Werner till slut. "Vi är alla offer för ett beklagligt missförstånd och jag ber om ursäkt. Själv trodde jag att man placerat någon civil skrivbordsfjant i mitt förband. Ja, ni vet, den militära byråkratin är ibland outgrundlig. Och min vän här, kamrat Günther, trodde sig ha fått en klassfiende på halsen, ja han talar i sådana termer. Och så visar det sig att ni alls inte talar överklassens språk utan proletärens, också ett av kamrat Günthers ord. Jag är emot Günther politiskt, men vi är överens om att lägga ner klasskampen så länge kriget pågår. Är herr kamrat överingenjören med på det?"

Oscar kunde bara nicka instämmande och försöka le. Han hade ingen aning om varifrån han fått ordet "proletär" men det hade tydligen fungerat som isbrytare.

Isbrytare. Det var januari nu och han skulle ha varit hemma. Dessutom skulle kriget ha varit slut.

"En sak till, jag har funderat", fortsatte Werner. "Jag tror jag förstår vem du är, ja förlåt kamrat, men från och med nu säger vi du till varandra i den här kretsen. Du är lejonjägaren från Msuri, inte sant?"

"Ja, men mest har jag jagat elefanter. Och då får man gå betydligt mer än vad vi har gjort idag."

De tre tyskarna brast på nytt i skratt och började reta varandra om ett vad de tydligen haft om hur länge det skulle dröja innan göngölingen föll ihop. Därmed var isen fullständigt bruten mellan dem.

I början var deras sabotageinsatser lätta att genomföra, om man bortsåg från de långa och krävande transporterna till fots. De hade än så länge bara tillgång till dynamit som måste antändas med stubintråd. De valde en plats, mätte tiden från att ett tåg blev synligt tills det passerade över den utvalda punkten, och beräknade stubintrådens längd därefter. De grävde ner sprängsatsen och alla drog sig undan utom den som skulle tända på. Och så hade man snart ännu ett urspårat engelskt tåg och lättare packning på vägen hem.

Efter tre sådana sabotage med tre förlorade lok försåg engelsmännen sina tåg med en sista vagn lastad med askaris förskansade bakom sandsäckar och under engelskt befäl. Då blev det knepigare. Engelska askarisoldater var lika bra som afrikanerna på den tyska sidan, de kunde halvspringa länge, de kunde gå i stark hetta och var inga nådiga förföljare. Men de engelska officerarna kunde inte följa med i samma takt om det var varmt.

Werners sabotagegrupp modifierade sin taktik. Antingen slog de till mitt på dagen när hettan skulle knäcka de engelska officerarna, eller också i kvällningen eller på natten, när de afrikanska soldaterna ogärna tog upp förföljandet. Även om man gång på gång kom undan förföljarna som störtade ut från den sista barrikaderade järnvägsvagnen blev det svårare och svårare.

En gång hade Oscar varit nära att skjuta en förföljare. Det var på natten så ingen hade kunnat avläsa deras spår i den torra jorden. Förföljaren som var barfota, vilket engelska askaris ofta var, gick nästan ljudlöst i mörkret som *chui* eller *simba*. Oscar stod helt stilla och lämnade inte minsta prassel ifrån sig, det enda ljus han hade var en kvarts måne och stjärnorna. Han stod med sitt jaktgevär höjt och siktade mer efter ljud än syn. Mannen kom så nära som tre meter och hade han tagit ett enda steg till så hade Oscar tvingats skjuta honom. Werner och de andra kamraterna var mer än hundra meter bort, ett stort avstånd i mörker och bushlandskap, skottet hade bara ställt till förvirring och skräck bland förföljarna. Men som av Guds försyn ändrade sig förföljaren i sista ögonblicket, vände och gick åt ett annat håll. Oscar, som ännu inte dödat någon människa i kriget, andades ut samtidigt som han uppgivet konstaterade att det var en tidsfråga. Krig är krig. Men ju längre han kunde bedriva sitt krig under humana former, desto bättre.

Med Kronborg förändrades allting. Hon hade seglat från Wilhelmshafen under dansk flagg med jylländsk besättning. Skepparen hette Karl Christiansen. De gick norr om Shetlandsöarna, söder om Färöarna och kom en månad senare, utan att ha haft minsta besvär med den engelska flottan, till Kap Verde. Och därefter gick de under total radiotystnad hela vägen till den tyska hamnstaden Tanga. Hon var en *Sperrbrecher* som nästan lyckades. Men den 14 april upptäckte kryssaren HMS Hyacinth vad som höll på att ske och man lät inte lura sig av den danska flaggan, jakten togs upp.

Strax utanför Tanga satte skepparen Christiansen, nu med HMS Hyacinth inom synhåll, iland sin besättning, översköljde däcket med olja, öppnade bottenventilerna, satte Kronborg på grund och tände eld på oljan samtidigt som den engelska kryssaren öppnade eld. Avsikten var att lura engelsmännen att Kronborg var mycket värre skadad än hon var, oljan brann med tät svart rök. Engelsmännen gick ändå in på nära håll och satte några extra skott i henne, kanske mest som övning eller som nöje. Sedan avseglade de i tron att jobbet var klart.

Oscar fick höra historien när han förflyttats till Tanga för att delta i bärgningsarbetet, alla tillgängliga ingenjörer hade fått samma order. Det var egentligen inte nödvändigt, afrikanerna var redan på god väg med bärgningen och Oscars enda bidrag blev att bygga en väg vid stranden som kunde underlätta transporterna från alla flottarna som gick i skytteltrafik ute från fartyget. Bärgningsarbetet tog två månader och för Oscars del fanns inte mycket att göra när han väl klarat av vägbygget från stranden och upp till staden. På Kaiserhof blev han bekant med en dansk besättningsman, Nils Kock, som talade en obegriplig jylländsk rotvälska som trots allt var lättare att förstå än hans tyska. Det var från Nils Kock han fick historien om de idiotiska engelsmännen som inte haft vett att förstöra Kronborg.

Man bärgade 2 000 nya Mausergevär, 5 miljoner patroner, sprängämnen, elektriska detonatorer, teleutrustning, mat, medicin och 1 000 skott för kryssaren Königsberg som engelsmännen fortfarande inte fått tag på. Det sades att hon gömde sig någonstans söderut, men saknade kol och inte kunde förflytta sig. Kronborg hade haft med sig 1 600 ton kol avsedda för hennes hemfärd. Slaget till sjöss i Indiska oceanen kunde ändå inte vinnas mot engelsmännen, man måste vinna till lands.

Det var en ljus tid, om det nu går att betrakta krig som ljust. Allting gick till synes Tysklands väg. I början av året hade Paul von Lettow-Vorbeck själv lett en styrka som intog gränsstaden Jasin, så att han därmed låst engelsmännens möjligheter att avancera landvägen från Mombasa ner mot Dar es-Salaam.

Engelsmännen satsade i stället hårt på att gå mot Mbyuni på sitt eget territorium för att kunna återerövra Taveta. De blev slagna i grunden, förlorade flera tusen man i stupade och fångarna som uppgick till femhundra visade sig bestå av någon sorts främlingslegion, det var Loyal North Lancs, 130th Baluchis, 29th Punjabis, 2nd Rhodesians, förutom kärntrupperna som alltid bestod av askaris från King's African Rifles.

Engelska trupper tycktes alltid förvånansvärt lätta att besegra, det var ett mysterium att kriget uppe i Europa ännu inte var avgjort.

När slaget om Mbyuni rasade var Werner Schönfeldts sabotagegrupp på väg tillbaks från en lyckad raid nära Tsavo. De kunde inte ta sig igenom de engelska trupperna som just då befann sig på offensiv, utan måste slå läger på en bergssluttning och avvakta. De hade slut på proviant, men den saken åtog sig Oscar att ordna, något enstaka skott mitt inne i krigszonen skulle inte ställa till problem.

Med den nya tekniska utrustningen hade de kunnat förfina sin taktik. Det var en avsevärd skillnad om man måste tända en stubintråd för hand, och sen springa. Eller om man som nu kunde fjärrutlösa sprängladdningen elektriskt. På Oscars förslag hade man börjat angripa med två sprängladdningar samtidigt, en avsedd för loket och en för den sista vagnen med den väpnade eskorten. Några gånger hade det lyckats perfekt, andra gånger hade det gått sämre. Men man hade alltid kommit undan.

Engelsmännen hade visserligen ännu en gång ändrat taktik, så att de nu hade en extra vagn med hästar och kavallerister mitt i tåget. Men det var ingen lätt sak att anfalla med kavalleri i busklandskap, än mindre i skog.

I sådana lägen hade Oscar släpat efter de flyende kamraterna och valt lämpligt jaktpass, han såg det så, och skjutit mot hästarna, inte mot engelsmännen. Det var som att skjuta mot anfallande buffel, bara snabbare och mindre riskfyllt. Hästar var mycket mer lättskjutna.

En häst som träffades mitt i bröstet störtade framlänges när båda frambenen vek sig och ryttaren kastades som av en katapult tio, femton meter framåt mot en ytterst omild landning. Hästar bakom och vid sidan av drabbades av panik och kastade av sina ryttare och ett eller två skott senare var det fullkomligt kaos bland förföljande kavallerister.

Kamraterna berömde Oscar för den briljanta taktiken. Sårade och skadade fiender var bättre än döda fiender, eftersom de drog resurser. Men för Oscars del var det inte frågan om taktik, han ville bara inte döda människor, varken svarta eller vita. Fast självklart ville han vinna kriget.

När de låg i bivack och avvaktade den engelska framryckningen mot Mbyuni, för att nå vidare mot Taveta, hade de inte mycket annat att göra än att kikarspana och äta grillat kött som Oscar försåg dem med (han hade visat kamraterna vilka trädslag man kunde elda med för att få en vit, nästan osynlig rök). Vatten hade han också hittat i en källåder på bergssluttningen, det gick ingen nöd på dem. I godan ro avvaktade de engelsmännens anfall. Och kunde snart se deras panikartade reträtt efter nederlaget. De diskuterade engelsmännens uselhet som krigare, till och med för Oscar framstod den som uppenbar. Varför förlorade de alltid? Hur hade de då kunnat bygga ett imperium där solen aldrig gick ner? Det var ytterst gåtfullt.

Något mer trodde de sig förstå när den engelska reträtten passerat. De tog ut kompasskurs för att gå rakt mot den egna basen vid Taveta. Vilket inte var så riskfritt som det först verkat. För överallt fanns spridda engelska trupper som villat bort sig och flydde i panik, utan vare sig vatten eller proviant.

De ändrade kurs och smög sig fram genom busklandskapet och hamnade plötsligt i ett engelskt fältsjukhus, omgivet av hyenor och väntande gamar. Där fann de något av svaret på gåtan hur odugliga soldater likväl kan bygga ett imperium.

Sjuklägret var inte mycket mer än ett femton meter långt solskydd byggt med stolpar rätt ner i jorden och taktäckt med palmblad och gräs, en konstruktion som ett kompani askaris byggde upp på någon timme. På avstånd såg det förledande behagligt ut och nyfikenheten mer än något konkret militärt skäl drev sabotagegruppen att inspektera sitt fynd. Det var som att stiga in i helvetet.

Där inne låg rader av sårade, döende och döda i stora svarta moln av flugor, stickflugor, svartflugor, tsetse, köttflugor och spyflugor. De män som låg helt stilla med flugor i munnen och i de öppna ögonen var tydligt döda, andra kämpade svagt för att försvara sig mot de hundratusentals angriparna som var på väg att avsluta det som tyska kulor inte klarat. Stanken av avföring, urin, blod och ruttnande sår kändes outhärdlig. Några få av de fortfarande levande reagerade svagt uppgivet när de såg sina besökare, mumlade något ohörbart eller försökte visa med händerna att de hade gett upp och mer än gärna ville bli krigsfångar. De som hade synliga sårskador var ytterst sparsamt bandagerade så att alla förband man såg var genomblodade, en del låg med helt öppna sår där flugorna redan lagt sina högar av krälande vita larver.

Den tyska patrullen gick förfärade rakt genom anläggningen och ut i friska luften. Inget fanns att göra, de var en och en halv dagsmarsch från Taveta. Det var bara att vända ryggen åt eländet och fortsätta.

Men Msuru, en av bärarna som Oscar lärt upp i sprängteknik, bad att få tala enskilt med Werner Schönfeldt. Det beviljades förstås och de två männen stod ett stycke bort och tycktes nästan gräla om något, Msuru gestikulerade stort och teatraliskt. Werner stod helt stilla och bara nickade då och då, ryckte på axlarna och slog ut med armarna i en uppgiven gest innan han gick bort mot de övriga som väntade tysta med sänkta huvuden. Vad än saken gällde måste det vara något obehagligt.

De hade ett problem, konstaterade Werner. Msuru hade hittat en av sina släktingar där inne, inte alltför illa skadad, bara benskjuten. Och nu hade han erbjudit sig att bära denna släkting till Taveta, förutsatt förstås att de andra tog hand om hans del av packningen.

Så långt var det lätt. I Werners grupp hade man som princip att aldrig lämna någon skadad efter sig, man hade släpat på sårade förut. Och Msuru var lika mycket kamrat i gruppen som någon annan, alltså borde man hjälpa honom.

Frågan var hur man skulle gå till väga för att få ut denne Avande, som han hette, utan att skapa kaos med en hel rad stapplande sårade efter sig.

De satte sig ner under ett träd och diskuterade problemet. Fritz Neumanns förslag vann efter en stund allmänt gillande och Msuru tog två svarta kamrater med sig in bland de sårade. Snart hördes skrik och bråk där inne och den sårade släktingen släpades ut under högljudda skällsord och förbannelser om förräderi. När de kommit ett stycke bort från sjuklägret slutade de med teatern och Werner sköt ett skott i luften och tecknade åt alla att hålla käften. De bar undan den sårade och tog fram sitt medicinförråd, tvättade med sårsprit och lade antiseptiska kompresser över skottskadan och förband den noga.

Under tiden fick de höra historien om hur de två kusinerna från umbafolket hamnat på olika sidor i kriget. Umbafloden rann upp i norra delen av Usambarabergen på tyskt territorium, men fortsatte sen över den gräns som européerna skapat för att därefter rinna ut i havet på engelskt område. De flesta umba slogs på tysk sida, men en del hade liksom den sårade Avande tvångsrekryterats av engelsmännen.

Avande berättade vidare att det hade funnits tre vita engelsmän bland de sårade. Under den panikartade engelska reträtten hade det kommit en sjukvårdspatrull och räddat de tre vita. De som blev kvar var alltså afrikaner, baluncher och indier, sådan kanonmat man ändå hade en till synes outtömlig tillgång till. Förmodligen var det bättre ekonomi att skeppa in nya friska soldater än att ta hand om de sårade, enligt de omänskliga engelsmännens logik.

Man tillverkade en bår av tältduk och trästänger, fördelade de övriga bördorna och turades sen om på hemvägen att bära den krångligaste bördan, den sårade släktingen till Msuru.

Det var ett dystert återtåg, trots att man var på väg hem från en mycket framgångsrik raid. Ingen sade något på flera timmar, förrän det blev dags att slå läger för natten. Var och en tycktes gå i sina egna tankar.

Oscar antog att alla funderade åt samma håll som han själv. Hur skulle man i längden kunna besegra en fiende som var okänslig för förluster? Nu, 1915, hade Paul von Lettow-Vorbeck omkring 10 000 man till sitt förfogande, 3 500 tyskar och 6 500 askaris. Men det ryktades att engelsmännen redan hade styrkor som översteg 50 000 man. Och att de var på väg att fylla på med ytterligare lika många. Varje gång en tysk styrka besegrade en engelsk uppstod oundvikligen vissa förluster, små hittills om man jämförde med fienden, dock förluster. Som inte kunde ersättas. Oscar försökte skjuta den obehagliga matematiken ifrån sig men lyckades dåligt. Han antog att han inte var ensam om sådana defaitistiska tankar. Vad man funnit i det övergivna engelska sjuklägret var svaret på frågan hur England byggt sitt imperium.

När de kom till Taveta togs den sårade Avande omedelbart in på ett fältsjukhus och fick en del splitter utopererat från sitt högra ben. Doktor Seitz, som utfört operationen, garanterade att patienten skulle vara i stridbart skick inom tio dagar och så blev det. Werner Schönfeldt tog in honom i sabotagegruppen och Oscar fick i uppdrag att utbilda nykomlingen i sprängteknik med de nya elektriska instrumenten. Oscar var visserligen långt ifrån någon elingenjör, men de utförliga tyska instruktionerna som medföljde all ny materiel hade han inga svårigheter att tolka.

* * *

I feberdrömmarna flöt hans minnen och hallucinationer samman i en skärande disharmoni, som ljudet nere från orkesterdiket strax innan konserten ska börja. Han släpade kanoner från Königsberg efter att engelsmännen sänkt henne. Det var sextio kilometer från det ångande Rufijideltat, där vraket låg, upp till järnvägen vid Morogoro, ett till synes omöjligt projekt. Det var samtidigt som Tyska Sydvästafrika kapitulerade och han såg hur de sydafrikanska officerarna radade upp sig för att få det åtrådda engelska krigskorset, lika fint som Järnkorset av 1:a klass, de hade dödat sammanlagt tretton tyskar i det kriget, men delade ut tolv sådana medaljer. Nej, det såg han inte, det var dröm, något man berättat. Sydafrikanerna hade i alla fall gått med i kriget på Englands sida, 1st South African Mounted Brigade, fyra regementen, hade anlänt till Mombasa och han såg den helvita styrkan gå över landgångarna och hur de i triumf svängde sina bredbrättade hattar. Nej, det kunde han inte heller ha sett, också det var något han bara hört berättas.

Han försökte komma på var han befann sig, men mindes inte. Det låg en dansk sjöman i sängen bredvid, tydligen i djup febersömn. På andra sidan låg en skottskadad askarisoldat. Men här luktade inte blod eller avföring utan svagt av sårsprit och det fläktade behagligt genom de stora sidoöppningarna, där man rullat upp de flätade väggarna just för genomluftningens skull.

Han sprängde järnvägar och broar. Till slut hade de tagit en kulsprutegrupp med sig, det krävdes tre bärare för att transportera en nedmonterad kulspruta. När de engelska soldaterna kravlade ur sin omkullvräkta järnvägsvagn tog kulsprutegruppen hand om dem, själv sköt han som vanligt hästarna när kavalleristerna gick till anfall, han såg allt framför sig, drömde det som om det skedde just i stunden fastän förnuftet sade honom att det måste vara länge sedan nu. Det där hade varit uppe i norr, på engelskt område, nu var han nere i söder och nära havet för han mindes fartyget Marie som om det var alldeles nyligen, vilket det kanske var, han såg en röra av hennes last på stranden – han hade byggt landningsvägen från stranden in till byn, så var det – kanoner av flera slag, 50 000 förhandspackade bärarlaster med proviant och medicin och 200 kilo kinin mot malarian. Nu hade malarian tydligen kommit ikapp honom, förr eller senare måste det antagligen ske.

"Nej, du har inte malaria, inte den här gången heller", sade Doktor Ernst.

Han hade just vaknat, eller om det var Doktor Ernst som väckt honom genom att kyla hans panna med en våt linneduk. Det tog en stund för honom att inse att han varken yrade eller drömde och att det verkligen var Doktor Ernst som stod bredvid honom i vit rock och med en gradbeteckning som motsvarade major.

"Det var länge sen, jag är verkligen glad att se dig, Doktor Ernst", sade Oscar hest. Han var alldeles torr i munnen.

Doktor Ernst svarade inte utan räckte över en kall fältflaska med vatten som han först rengjorde med en vit trasa.

"Du behöver dricka mycket vatten, min vän", svarade han med ett mjukt tonfall som inte var likt honom. "För övrigt tilltalas jag numer Herr Oberarzt."

"Och jag i så fall Herr överingenjör", stönade Oscar andfått av sitt drickande och satte vattenflaskan på nytt till munnen och drack ur den i ett enda svep. Sedan måste han andas häftigt.

"Då föreslår jag att vi i fortsättningen säger du till varandra", deklarerade Doktor Ernst som om det varit en mycket allvarlig fråga.

"En bra idé", viskade Oscar andfått, "åtminstone så länge vi är kamrater på samma sida i kriget. Blev du också fast här?"

"Nåja, jag hade ju mitt afrikanska forskningsprojekt. Det var möjligen värre för de femtio kolleger som fastnade i Dar vid krigsutbrottet just när de skulle resa hem. Men bra för oss, vi har tjugotre fungerande fältsjukhus runt om i landet, det är mer än i hela övriga Afrika tillsammans. Och 56 procent av våra patienter kommer tillbaks i tjänst. Men kom över till mitt tält i kväll så talar vi mer om saken."

"I kväll? Jag trodde sånt här tog flera veckor att bli av med."

"Du blir kanske inte av med det i hela livet, det kommer och går. Vi tror att det är en parasit, laboratoriet uppe i Usombarabergen har en del intressanta forskningsresultat. Men som sagt, i kväll klockan sju!"

Doktor Ernst sträckte upp sig i en blandning av militär och civil hälsning och gick vidare till nästa patient samtidigt som han tecknade åt en av de svarta sjuksköterskorna att hämta mer vatten åt Oscar.

För Oscar var det som att nyktra till efter en berusning, eller som om Doktor Ernsts ord haft en afrikanskt magisk effekt. Han kände sig plötsligt mycket friskare. Han låg en stund med slutna ögon och lät sig smekas av havsbrisen och bildspelet bakom ögonlocken var nu knivskarpt som om feberfantasierna hade försvunnit. Här låg alla i rena kläder med rena bandage, med alla sårinfektioner nedkämpade. Det var något som baluchis, indier, afrikaner och annan engelsk vilddjursföda inte ens skulle kunna drömma om. Kanske kunde man trots allt vinna kriget.

När han nyduschad och åter i sin rentvättade uniform infann sig prick sju hos Doktor Ernst var det som om sjukdomen och febern var helt borta, han kände sig bara lite matt.

Doktor Ernst hade magrat och tappat håret högst upp på skallen, det var vid närmare eftertanke mer än tio år sedan de hade setts. Och åren, eller om det var kriget, hade slipat bort hans formella kantighet. Nu kunde han till och med skämta utan att det verkade alltför ansträngt. Han bjöd på en gin tonic, som påstods innehålla kinin, som välkomstdrink för att, som han sade, nyttja åtminstone någon god engelsk idé.

Extravagansen kom sig av att man lyckats bärga hela lasten från den senaste blockadbrytaren SS Marie, som under befäl av en löjtnant Conrad Sørensen hade tagit sig ända från Hamburg till Sudiviken här i närheten.

Om kriget ute i världen visste inte heller Doktor Ernst så mycket.

Läget var oklart, alla tycktes ha kört fast någonstans i Flandern. Men här gick det bättre, de nyanlända sydafrikanska trupperna hade fått stryk för andra gången vid Salaita i norr.

Men, om man därmed skulle bli allvarlig en stund, harklade sig Doktor Ernst, så var läget inte helt ljust. ÖB von Lettow-Vorbeck hade sänt en rekvisition för alla med ingenjörs- eller transportkapacitet, och dit måste ju Oscar räknas, för att evakuera laboratoriet i Amani, i Usombarabergen. Hela anläggningen måste flyttas söderut. Och det tydde ju på att överbefälhavaren förutsåg ett sammanbrott på den norra fronten. Det var förstås illavarslande.

Eller om det bara var en försiktighetsåtgärd, laboratoriet var omistligt. Man framställde *Ersatz* för en stor mängd artiklar, tvål, stearinljus, socker, bandage av bark och man hade till och med kommit på att den populära bukfyllan *kifefe*, soppa på salt och kokött, av någon anledning fungerade som ett verksamt motmedel mot de plågsamma små sandlopporna som trängde in och lade ägg under männens tånaglar. Viktigast var förstås att man tillverkade avsevärda mängder av den medicin som nu, högst orättvist, kallades "Lettow-Schnaps", alltså Doktor Ernsts uppfinning att ersätta kinin med en dekokt på barken från cinchonaträd.

Oscar höll med om att det var orättvist och lovade att i varje sammanhang han kom åt, kraftfullt rätta var och en med att det skulle heta "Ernst-Schnaps" och ingenting annat. Han lovade också att göra allt för att säkert kunna evakuera laboratoriet i Amani, om han nu skulle få det som nästa uppdrag.

Vilket han fick.

Han var fortfarande lite svag efter sin febersjukdom när han anslöt till en av de många bärarkaravanerna som gick från SS Maries landningsplats till när och fjärran i hela protektoratet. Det sades att man rekvirerat 100 000 bärare för att klara av den saken. Därmed hade man också avsevärt förlängt sina möjligheter att fortsätta kriget mot engelsmännens horder.

Av någon outgrundlig anledning hade SS Marie fört med sig ett mindre parti ammunition i Oscars jaktkaliber, så på väg upp mot Dar hade han 300 patroner att kånka på. Det var tungt, men hans ryggsäck var stabil och afrikanerna runt honom slet med betydligt värre bördor.

När han väl kom fram till Dar fick han veta att laboratoriet i Amani redan hade evakuerats. Och att man vid reträtten sprängt just den järnväg han byggt i början av kriget. Och det var inte vilka som helst som hade sprängt hans järnväg, det var Werner Schönfeldt och hans sabotagegrupp, som därefter skickats ner till Dar. Det blev ett hjärtligt återseende med såväl Werner, Fritz och Günther som Msuru och hans släkting Avande, som nu var helt återställd efter sin skottskada i benet. De gick alla på Kaiserhof för att dricka sig redlösa på öl. Schultzebryggeriet producerade fortfarande utan avbräck.

Efter alltför många öl den kvällen blev Oscar sentimental och menade att det var själva fan att kamraterna skulle spränga just den järnväg han själv byggt under sån brådska och så stora ansträngningar. De dunkade honom tröstande i ryggen, beställde in mer öl och försäkrade att det inte fanns något personligt i deras jobb och att det förmodligen skulle bli värre framöver.

Det blev det.

Den 18 maj 1916 bröt de engelska horderna tillsammans med sydafrikanerna igenom den norra fronten längs kusten och intog hamnstaden Tanga, där de blivit så förnedrande enkelt besegrade i början av kriget. Men nu hade de ett brohuvud inne på tyskt territorium som den engelska flottan hela tiden kunde förstärka.

De sysslolösa kamraterna i sabotagegruppen kunde bara sitta i Dar, vänta och försöka göra slut på ölet i staden innan engelsmännen intog den. Eller ägna sig åt strategiska kannstöperier.

Nu hade de tyska erövringarna inne på engelskt område i nordväst blivit helt irrelevanta, menade man. Det fanns bara två alternativ, det ena att samla sig för en avgörande framstöt upp i Brittiska Östafrika och försöka inta självaste Nairobi. Det andra alternativet var att retirera söderut för att försvara Dar es-Salaam.

Krogbordsstrateger var vad de var. De deltog i ett krig som de inte förstod, annat än vad gällde den närmaste uppgiften. Staben gav dem order att spränga si eller så, och så gjorde de det och allt hade länge sett ut att gå bra. Man hade alltid segrat ända tills nu.

De tillbringade två veckor utan vettigt uppdrag inne i Dar och lyckades ändå inte i sin föresats att dricka Kaiserhof torrt på öl.

I augusti, när hettan började tillta, kom överbefälhavaren von Lettow-Vorbeck i egen hög person till staden och sammankallade ett möte för samtliga officerare på Tyska huset. Man samlades andäktigt kring honom. Han var kortväxt, insåg Oscar för första gången. Eller om det bara såg så ut eftersom han magrat högst påtagligt. Hans uniform var enkel och sliten, liksom hans stövlar. Men han bar numera Järnkorset av 1:a klassen, det hade kommit med lasten i SS Marie.

De var trettio man i det rökiga rummet som just varit larmande som i en vanlig tysk ölstuga men det blev tvärtyst när han steg in och alla reste sig och gjorde honnör. Han bad dem sätta sig och höll ett kort tal.

"Mina herrar officerare, jag har nyheter av stor betydelse", började han, gjorde en demonstrativ konstpaus och fick naturligtvis alla på helspänn. "Krigsläget i Europa är fortfarande oklart. Här i Afrika kan vi inte längre se fram emot en slutseger. Vår uppgift är inte längre att segra, utan att inte besegras. För det finns goda skäl. Vi binder nu mer än 100 000 brittiska soldater i Afrika, som vi alltså håller borta från fronterna i Europa. Det är vår uppgift. Vi kommer alltså inte att låta oss besegras!"

Han gjorde en demonstrativ paus och tog emot de häftiga applåderna.

"Vad jag kan erbjuda er är bara ett ännu hårdare liv", fortsatte han. "Vi kommer från och med nu inte att ägna oss åt stora slag, vi övergår helt till den så kallade gerillataktiken. Det ger oss fördelar, eftersom det alltid kommer att bli vi som väljer tid och plats för strid. Det blir inget lätt liv, ändå skall vi segra genom att inte låta oss besegras!"

Nya applåder.

"Till sist", fortsatte han med lägre röst, "medförde vår senaste blockadbrytare SS Marie, som så skickligt lurade engelska flottan, inte bara vapen och förnödenheter utan också en laddning Järnkorset av 2:a klassen till synnerligen förtjänta. Vilket alla här i salen är. Jag beordrar er att bilda kö!"

Efter några sekunders tvekan åtlyddes ordern och så stod alla, somliga något vingliga men med järnvilja att ta sig samman inför det stora ögonblicket, på rad framför Paul von Lettow-Vorbeck.

Han tycktes känna dem alla vid namn och hade några särskilda ord för var och en. Efter att ha dekorerats gick männen med glasartad blick och stela ben tillbaks och satte sig. Utan att röra ölbägaren.

När det blev Oscars tur och von Lettow-Vorbeck sträckte sig efter ännu ett järnkors som en adjutant höll upp i en stor svart låda klädd med röd sammet, sken han upp och skämtade något om att Norge olyckligtvis ännu inte gått in på Tysklands sida i kriget, men att Oscar sannerligen var ett föredöme i germansk solidaritet. Och tydligen en mycket god hästskytt. Och så fäste han utan vidare ceremonier medaljen under Oscars vänstra bröstficka, gjorde honnör och vände sig mot näste man, som han också hade något personligt att säga.

När medaljutdelningen var avklarad blev efterfesten kort. Alla hade beordrats att infinna sig på militärkontoret nästa morgon klockan 06:00 för vidare instruktioner.

Werner Schönfeldts sabotagegrupp, där Oscar nu åter ingick, kom i samlad tropp. Deras nya uppgift var i Oscars tycke fasansfull. När reträtten och alla transporter bort från Dar es-Salaam var genomförda skulle de på ett sista tåg, väl lastat med sprängämnen, förinta hela järnvägen med broar och allt ända upp till Dodoma. Oscar insåg snabbt att han då skulle tvingas spränga många broar som han själv byggt.

* * *

I mars 1917 inleddes de häftigaste regnen som någon kunde minnas, Oscar hade i alla fall inte sett någonting liknande under sina sexton år i Afrika. Men i början av månaden hade allt verkat som vanligt, regnen kom och gick och marken hade ännu inte förvandlats till en oframkomlig lervälling, annat än för de engelska motorfordonen förstås. Engelsmännens kavalleri hade redan nedkämpats av tsetseflugorna.

Kapten Werner Schönfeldts sabotagegrupp hade omvandlats till ett specialkompani för framskjuten spaning och de skulle normalt inte inlåta sig i strid eftersom de var en mindre styrka och opererade bakom fiendens linjer. Deras specialitet var att slå till mot förråd och basläger när huvudstyrkan var ute på uppdrag, spränga och bränna lägret och därefter dra sig undan.

När de var på väg tillbaks från ett sådant uppdrag hamnade de mellan de egna styrkorna uppe på Mahengeplatån och ett regemente från Guldkusten med askarisoldater under engelskt befäl.

Det var meningen att en tysk styrka på 3 000 man skulle hålla platån fram till att regnen tog i på allvar och omöjliggjorde krig. von Lettow-Vorbecks huvudstyrka befann sig längre österut och närmare havet.

De kunde följa striderna uppe vid krönet till platån på avstånd. Så vana som de nu var att tolka ljuden från olika vapen blev de snabbt överens om att den engelska styrkan var på väg att få mycket stryk. Det var en tidsfråga innan de skulle komma flyende nedför skogssluttningarna.

De beslöt att vänta ut striden i stället för att chansa på att ta sig förbi de engelska trupperna vid sidan av. I värsta fall kunde ju de egna uppfatta dem som ett fientligt spaningsförband i färd med en kringgående rörelse och öppna eld.

Skogen var tät där de befann sig och när de satt sig ner i det överallt strilande vattnet som kom uppifrån platån var det lätt att förstå varför. Växtligheten liknade mer djungel än skog.

De småpratade lite, kände sig fullkomligt trygga. Spåren efter dem själva var sedan länge bortspolade av de häftiga regnskurarna så några förföljare bakom sig hade de inte. Och fienden framför dem höll just på att skjutas sönder och samman av de egna som var väl befästa uppe i sina kulsprutenästen.

Vad de inte räknat med var att den engelska reträtten skulle komma rakt i famnen på dem och göra halt för återsamling bara något hundratal meter bort. Werner utgick från att fienden trots uppenbart svåra förluster fortfarande var minst fem gånger så många som de själva i specialkompaniet. Alltså var det fortfarande bäst att ta det försiktigt, men Oscar fick order om att ta en man med sig och avancera för att se efter hur det stod till hos guldkusterna.

Oscar nickade och tog Avande med sig. Avande hade varit jägare i hela sitt liv och rörde sig lika tyst och osynligt ute i naturen som Oscar.

De avancerade utan svårigheter, regnet dödade alla ljud och dämpade ljuset så att exempelvis ett vitt ansikte inte kunde skina till som en plötslig reflex inne i skogsmörkret, som när det var starkt solljus. De kom in på mindre än fyrtio meter och började räkna fienden och enades snart om att de var fler än hundra, alltså alldeles för många för att angripa.

De engelska officerarna gick fram och tillbaka med stela steg och skrek ut order och de svarta soldaterna grupperade sig plutonsvis för att bli räknade, samtidigt som man började släpa bort bärare och soldater som var sårade och placerade dem i en rad på marken ett stycke närmare Oscars och Avandes position. Först förstod de inte vad engelsmännen höll på med, varför dra ut de sårade i regnet i stället för att lägga dem i skydd?

Inte ens när en av de två engelska officerarna som nu övervakade de sårade drog sin revolver och gick på en långsam inspektionsrunda längs raden av de till synes apatiska stridskamraterna kunde Oscar och Avande föreställa sig vad som var på väg att ske. Men så gick de två engelsmännen ner till varsin ände av raden och började lugnt skjuta sina egna i huvudet en efter en.

Oscar drog upp sin kikare och putsade desperat linserna för att få en närbild eftersom han tyckte sig ha sett något bekant i mitten av raden av män på väg att avrättas. Han hann se spåren efter lejonklor på kinderna, trots att mannen var skäggig, sedan suddades bilden ut av regnet som sköljde över kikaren.

Långsamt och utan att känna av den pulshöjning han måste ha haft höjde han sitt gevär och sköt den ene officeren genom huvudet. Hela tropikhjälmen exploderade som ett blodigt klot av den tunga kulan och mannen föll stelt med armarna utefter sidorna medan Oscar laddade om och sköt den andre på samma sätt.

Avande tittade förfärat på honom, till och med engelsmän borde kunna skilja mellan ljudet från en revolver och Oscars kraftfulla Mauser.

Men inget hände, inga trupper kom springande med dragna vapen.

"Avande!" beordrade Oscar mellan sammanbitna tänder. "Spring fram och släpa hit den där mannen i mitten, han med skägg och lejonärr, jag täcker dig! Hälsa från Bwana Oscar!"

Avande tvekade någon sekund med uppspärrade ögon, men sedan gav han sig hukande iväg medan Oscar tryckte in två nya patroner i geväret och tog sikte mot det engelska lägret.

Just när Avande kom tillbaka med sin fångst dök en ny engelsk officer upp bakom honom och satte en visselpipa till munnen samtidigt som också hans huvud exploderade inne i tropikhjälmen.

Oscar lutade sig snabbt ner över Kadimba och omfamnade honom utan att säga något och tecknade åt Avande att släpa med sig den tydligen svårt haltande vännen mot lägret medan han själv stod kvar och täckte reträtten, laddade i ett nytt skott och tog skydd under en buske med grova glansiga blad där regnet smattrade som avlägsen kulspruteeld. De svarta soldaterna som kommit tillsammans med den vite officeren hade försvunnit tillbaks till de andra där det nu, om Oscar räknat rätt, bara fanns en officer i tropikhjälm kvar.

Inget hände. Oscar förstod inte varför. De borde ha gått till motanfall. Å andra sidan visste de inte att de bara hade en man mot sig, de kunde ju ha sprungit på ett helt tyskt kompani. Engelsmän var dessutom naturligt fega. De kanske flydde åt andra hållet. Nej, mer intelligent vore att göra en kringgående rörelse för att ta fienden i flanken eller bakifrån.

Sakta började han röra sig bakåt medan han plattade ut sina fotspår i den svarta lervällingen och när han krupit baklänges en stund på det sättet reste han sig och spanade runt i regnridåerna. Ingen rörelse någonstans. Han tog några tunga fotsteg i fel riktning och lämnade tydliga fotavtryck som skulle synas minst en halvtimme. Sedan rörde han sig åt motsatt håll och steg då bara på grenar och stora blad för att undvika att lämna spår efter sig. Så vände han ännu en gång tillbaks och fann spåren efter Avande och Kadimba, fyllde igen dem med händerna ett stycke, gick tillbaks och gjorde nya falska spår, reste sig och spanade ut i regnridån utan att vare sig se eller höra något annat än regnet.

Han tog pass bakom en trädstam och väntade. Om fienden gett sig ut på eftersök skulle de nu komma mot honom, eller förbi på nära håll. Vanliga jaktregler gällde. Den som stod stilla hade fördelen, den som rörde sig var avslöjad, djur som människa.

Efter tjugo minuter ansåg han faran över och gick tillbaks till de andra. Werner Schönfeldt var ursinnig. Gruppen satt tätt sammanpackad under utspända tältdukar, alla var förstås ändå våta in i märgen men under skyddet slapp man åtminstone att förblindas av regnet som nu vräkte ner. Allt samtal måste ske rytande för att överrösta vattenmassornas dån, fienden skulle ändå inte höra. Det var knappt att Oscar hörde utskällningen och det enda han skrek till sitt försvar var att detta var Kadimba, hans närmaste och bäste vän i Afrika, svart eller vit, och att han skulle berätta mer när de återvänt till basen uppe på platån. Till sin tillfredsställelse såg han att de ändå hade förbundit Kadimbas fot efter alla konstens regler. Och i den här gruppen lämnade man aldrig några sårade efter sig.

De avvaktade några timmar till nästa korta uppehåll i regnandet och tog för säkerhets skull en lång omväg uppför sluttningen till Mahengeplatån och möttes av ett eget förband som försåg dem med en bår att bära Kadimba och två timmar senare marscherade de in i huvudlägret på Mahengeplatån i trygg förvissning om att nu var de säkra för flera veckor framåt. Från och med nu var allt krig omöjligt.

Fältsjukhuset uppe på Mahenge var antagligen det just nu bäst utrustade i hela den tyska försvarsmakten. Delvis var det Sonderkommando Werners förtjänst, de hade skyddat och organiserat den sista och svåraste delen av förflyttningen av alla de fältlaboratorier och den sjukhuspersonal man haft uppe i nordost. Överste Regierungsarzt Meixner var chef och fältsjukhuset mitt i lägret var sannolikt den enda plats som hölls torr och ren, oavsett väder.

Doktor Meixners preliminära diagnos av Kadimbas tillstånd var dessutom hoppingivande. Han var kraftigt undernärd och därmed försvagad och hade en stukad fot med elakartade svullnader och ett infekterat skärsår. Prognosen var att han skulle vara i stridbart skick lagom tills regnen upphörde.

Med det beskedet gick Oscar ut i ösregnet och raka vägen till lokalbefälhavaren major Kempners tält, slog upp tältduken och knackade demonstrativt på den. De två männen där inne såg förvånat på honom, de var mitt inne i ett schackparti. Den andre var konstnären von Ruckteschell, som kommit till Dar es-Salaam 1914 för att göra en serie afrikanska målerier, fångats av kriget, bytt karriär och nu stigit till kaptens grad. Man sade att han var betydligt mer lämpad som soldat än som målande konstnär.

"Vi ogillar högeligen att bli störda i våra schackpartier, det hoppas jag du har klart för dig, Lauritzen", morrade majoren. "Du sköt tre engelska officerare har jag hört, det var bra men oansvarigt. Du vill väl inte ha beröm?"

"Nej, herr major", medgav Oscar och markerade att han sträckte upp sig. "Men jag har en god nyhet. Och en begäran."

"Gott. Låt höra!" sade majoren och vred demonstrativt stolen i Oscars riktning, von Ruckteschell gjorde samma sak.

"Jag har just befriat en fånge som är en bättre skytt än alla andra här närvarande på regementet, hans namn är Kadimba, han är min närmaste personliga vän i Afrika och vi har jagat mycket tillsammans", hasplade Oscar snabbt ur sig i den tyska stil han lärt in ganska väl.

De andra männen såg oväntat roade ut.

"En bättre skytt än alla andra?" invände von Ruckteschell förvånat. "Inkluderar det även dig själv?"

"Ja och nej, herr kapten", svarade Oscar. "Med målet väl i sikte skjuter jag bättre. Men det gäller att först komma till skott och det gör Kadimba definitivt bättre än jag. Sammantaget är han alltså bäst."

"Det låter logiskt", sade majoren. "Och vad är din begäran?"

"Att min vän Kadimba, efter att Doktor Meixner har satt honom i skick, överförs till vårt Sonderkommando som soldat med graden sergeant, herr major."

De andra två utbytte en kort blick.

"Beviljas! Men stör oss aldrig mer under våra schackpartier!" sade majoren och vred lugnt tillbaks sin stol mot schackbrädet.

Oscar sträckte upp sig, gjorde honnör och gick ut i ösregnet.

Han delade tält med officerarna i Sonderkommando Werner, Werner själv och klasskämpen Günther Ernbach. Deras kamrat Fritz Neumann hade stupat, en förlupen kula, Gud vet varifrån, hade träffat honom i huvudet.

De väntade på honom med whisky. Som om något fanns att fira.

"Vi har ju den smala lyckan", log Werner när han hällde upp åt dem, "att ha fått hit ett av våra fältlaboratorier. Den här whiskyn, kanske inte direkt White Horse men i alla fall, lär ha framställts av bananvin som har destillerats till sprit och sen piffats upp med extrakt, skål för den tyska vetenskapen, bäst i världen!"

De skålade under tystnad. Drycken smakade faktiskt whisky och var tydligt alkoholstark, möjligen något för söt.

"Säg mig nu, kamrat", sade Werner, "du som aldrig skulle skjuta människor utan bara hästar. Ja, inget ont i det, såvitt jag har räknat efter måste du ha satt ett femtiotal kavallerister ur spel vid det här laget. Men nu sköt du tre engelska officerare. Genom huvudet dessutom. Vadan denna förvandling?"

Oscar måste tänka efter. Det enkla svaret, där han också började treva sig fram, var förstås hur han såg en satans engelsk officer i sin larviga vita hjälm, som ju alltid syntes på långt håll, närma sig hans bäste vän med en revolver.

Men det var något mer, som han inte kunde förklara. Jo, kanske det var en förvandling. Han hade börjat hata. Han hatade hur han tvingats spränga broar han själv byggt, där han till och med sakkunnigt kunde bedöma exakt var man skulle placera sprängladdningarna för bäst effekt. Allt han byggt hade han också förstört. Och allt var de förbannade, omänskliga arroganta, djävla engelsmännens fel.

Han fick frågan varför han skjutit dem i huvudet, mitt i tropikhjälmen så att säga, och om det också hade med hans nyväckta, eller snarare just exploderade hat att göra.

Det förnekade han. Huvudskott immobiliserar omedelbart djuret och det faller till marken utan att alarmera omgivningen, det enda man ser är rörelsen i gräset av de spasmodiskt ryckande bakbenen. Han hade bara varit praktisk.

De drack ur sin whiskyranson. Det var ingen fara med den saken, de hade paus i kriget minst en månad.

Nästa dag besökte han Kadimba, som nu var rentvättad och nyrakad. De omfamnade först varandra utan att säga något och Oscar drog fram en stol och satte sig bredvid sängen.

Kadimba berättade långsamt och lågt, han var matt och, som Doktor Meixner konstaterat, undernärd.

När de tyska styrkorna dragit sig tillbaks söderut föll engelsmännen in i de norra delarna av landet och tvångsrekryterade bärare. Allt i detta krig måste ju bäras av svarta slavar. Han hade inte vågat säga att han hellre ville ingå bland askaris om han nu ändå skulle bli slav.

Då hade han varit tvungen att berätta att han kunde skjuta och så hade de frågat hur han lärt sig det, alltså i tysk tjänst. Det hade förefallit honom oklokt att avslöja. Och därför hade han burit kulsprutor och spritransoner till engelska officerare, och matransoner och filtar runt hela landet.

Betalning hade det aldrig varit tal om, bärare som infångats i Tyska Östafrika betraktades som krigsfångar. Och de som inte orkade längre lämnades åt hyenorna. Eller, som nu senast, sköts med avfångningsskott av unga engelska fänrikar som annars alltid sprang och gömde sig om det började smälla.

Han hade gett upp och redan i tankarna rest till förfädernas andar när den där pojken kom fram med revolvern riktad mot honom. Men när han såg skitstöveln dö kände han igen ljudet från en 10,2 mm Mauser och tänkte genast att det måste vara Bwana Oscar. Och så var det ju.

Och även om det fanns en stor glädje inom honom av detta, att han och Bwana Oscar nu tillsammans kunde döda engelsmän, så fanns en sorg som var som ett svart moln över allt annat. Det var inte lätt att berätta, men det gick inte att komma undan.

När tyskarna dragit sig tillbaks ner i söder avancerade de satans belgarna från väster, från Urundi och Rwanda. Det engelska förband Kadimba tillhörde hade förenats med den belgiska huvudstyrkan strax utanför staden Barundi. Belgarna hade bränt ner och utplånat staden, tillfångatagit alla överlevande män som bärare och dödat alla kvinnor och barn. Alla. En del kvinnor hade de förstås våldtagit först, eftersom barundi hade ett säreget rykte för sina kärlekskonster. Men till slut hade de dödat dem alla, utrotat hela barundifolket. De tillfångatagna bärarnas dagar var snart räknade. Belgarna hade dessutom kongolesiska askaris som var kannibaler, så mot slutet hade de vita vänt ryggen till när deras svarta soldater förlustade sig.

Oscar kämpade i det längsta för att behärska sig. Men till slut brast det för honom som om hela hans inre slagits sönder och han föll till marken intill Kadimbas sjuksäng, skrek och fäktade vilt omkring sig för att fördriva skräcksynerna av Aisha Nakondi och barnen i de vidriga belgarnas händer. Några sjukvårdare grep och höll fast honom medan en av läkarna gav honom en morfinspruta.

XXIII
INGEBORG
BERGEN
1917

HON HADE ALDRIG sett Lauritz förkrossad. Nedslagen av tillfälliga motgångar, särskilt under de senaste åren, självklart. Besviken, bekymrad över sinande orderböcker för Lauritzen & Haugen som kunde ge intryck av rena bojkotten, ja det hade hon sett. Men aldrig förkrossad som nu.

Själv hade hon just kommit hem från en rond bland de provisoriska baracker man upprättat för en del av dem som blivit hemlösa efter den stora branden förra året. Stadens läkare turades om med detta frivilliga arbete och det hade trots allt aldrig varit tal om att utestänga henne för att hon var kvinna. Eller tyska. Hon hade ett om inte hjärtligt så åtminstone korrekt förhållande till stadens läkarkolleger.

Hon var trött, tänkte ta sig ett varmt bad efter all fuktig kyla i barackerna och var på väg uppför trappan när hon hörde honom i ytterdörren.

Men hon hörde också något mer, omöjligt att förklara vad. Det var han, men ändå inte han. Kanske var stegen långsammare än vanligt. Kanske hade han gett något konstigt ljud ifrån sig. Vad det än varit kände hon något på sig, vände i trappan och sprang ner för att möta honom.

Utan att säga något sträckte han bara ut armarna och omfamnade henne, men hon hade redan sett det där ansiktsuttrycket som hon aldrig sett hos honom förut.

"Men älskade Lauritz, vad har hänt?" frågade hon och försökte ta hans ansikte mellan sina händer för att se honom i ögonen på nära håll.

Han vred sig loss, vände ryggen till och hängde upp rock och hatt.

"Kom!" sade han och tog henne i handen och ledde henne mot salongen. "Jag har något fruktansvärt att berätta."

Det ilade till av skräck inom henne, men hon insåg samtidigt att alla fyra barnen var hemma. Alltså kunde olyckan inte vara den allra största.

De satte sig i den s-formade ljusa lädersoffan och han tog hennes hand just så som de alltid brukade sitta en stund tillsammans efter att gästerna gått. På den tiden de fortfarande hade gäster.

"De har bränt Ran, hon är bara en askhög", sade han lågt, men snyftade samtidigt till och tog sig över ögonen. Hon hade aldrig sett honom gråta heller.

"Så fruktansvärt! Vilka har bränt ner henne och varför?"

"Några småpojkar enligt vittnesuppgifter. Jag har talat med polisen och bett dem att inte anstränga sig alltför mycket med efterforskningen."

"Nej, men varför det? Ett sånt dåd kan man väl inte låta passera ostraffat!"

Han svarade inte på en stund. Hon såg sig själv sitta intill honom i sittbrunnen, minnesbilderna sköljde som vågor över henne. Ran var så mycket för dem båda, utan Ran skulle de kanske inte ens ha fått leva med varandra.

"Det är kriget", sade han efter en stund. "Det är det där förbannade sillavtalet med England, du vet. Jag var emot det hela tiden. Eftersom Norge är neutralt var det fel att låta engelsmännen köpa upp 85 procent av vår sillexport, även om det förstås var lysande affärer för somliga i staden. Och så började Tyskland torpedera våra fartyg, vi har förlorat över femtio skepp i år, mer än sextio sjömän är döda."

"Jo, det är förfärligt, men vad har det med mordbrand att göra?" frågade hon mer förvånat än irriterat.

"Antagligen en hel del", sade han medan han smekte hennes hand. Han var faktiskt likblek i ansiktet och svettades i pannan, det såg ut som ett blodtrycksfall. Hon borde kanske rentav undersöka honom?

"Innan vi fortsätter samtalet ordinerar jag dig en whisky!" föreslog hon i stället.

"Vill du också ha en?" frågade han när han omedelbart reste sig för att gå mot barskåpet.

"Jag tar hellre en tysk brandy."

"Frau Doktor!" sade han med en bugning när han räckte över hennes glas. Så sjönk han på nytt ner i lädersoffan, sippade på whiskyn och gned sig mot tinningarna som om han hade huvudvärk.

"Första året, när jag väl hade kommit över chocken att det över huvud taget blev krig fastän ingen kunde förstå varför, hoppades jag åtminstone på en snabb tysk seger så att vi blev av med eländet. Krig är en anomali, hör inte hemma i vår tid, krig är 1800-tal. Men nu segar det alltså ut."

"Förlåt, men vad har detta med Rans mordbrännare att göra?"

"Allt", sade han resignerat. "Ju fler sjömän från Bergen och övriga Vestlandet som dör i kriget, desto mer fiender blir du och jag för alla deras efterlevande. Vi är ju ohjälpligt bundna till Tyskland. Att vännerna försvinner, att orderböckerna torkar in, att folk i vår före detta vänkrets numera tittar bort eller byter trottoar när de möter oss är åtminstone inte obegripligt. Obehagligt, orättvist, och som vi nu sett rentav farligt, ja säkert. Men inte obegripligt. Och vad mordbrännarna beträffar, tre småpojkar sägs det. Jag kan tänka mig att någon av dem har förlorat sin far där ute. Så gjorde också jag och mina bröder, det är en känsla jag tror att jag förstår bättre än de flesta. Oscar och jag hade ingen att skylla på. Men det har nog de här kanske olyckliga pojkarna. Tyskland och sådana som stöder Tyskland, du och jag."

"Men de här pojkarna har begått ett brott, det är inte som för dig och dina bröder?" invände hon.

"Sant. Och åker de fast blir de skyldiga ett skadestånd som överstiger allt vad de kan tjäna i hela sitt liv och allt vad deras föräldrar äger. Och när de blivit tillräckligt gamla för att sitta i fängelse så syr man in dem. Vill du det?"

"Nej, du har rätt, Lauritz. Så långt åtminstone. Men om de ger sig på vårt hus nästa gång?"

"Det är just det", sade han uppgivet. "Min älskade Ingeborg, du har en förunderlig förmåga att alltid gå rakt på den svagaste punkten. Vill du, kort sagt, att vi går i landsflykt?"

"Det var ett stort ord."

"Ja, men inte oöverlagt. Henckel & Dorniers Stockholmsfilial ligger för fäfot. Det har kommit ett förslag från huvudkontoret i Berlin att jag övertar det. Vi har alltså en möjlighet att dra oss undan, åtminstone för någon tid. I Stockholm skulle vi inte längre betraktas som någon sorts landsförrädare. Svenskarna är mycket tyskvänliga. Vad tror du om den möjligheten?"

"Först tänker jag att jag hellre vill härda ut. Sen tänker jag att det vore en underbar lättnad att komma härifrån en tid. När vi äntligen vunnit det här förfärliga kriget kommer kanske nya tider och vi kan komma tillbaks. Nej, ärligt talat Lauritz, jag vet inte. Och nu måste jag se till barnen, vi får tala mer om saken senare."

"Jag vill också hellre härda ut", sade han. "Vi har inte gjort något fel. Världen har sammansvurit sig mot Tyskland av ren avundsjuka. Frankrike och England vill roffa åt sig fler kolonier i Afrika och Mellersta Östern och därför dör just nu norska sjömän. Det är ohyggligt, men det måste ju ta slut! Till och med ett världskrig måste ta slut och när Tyskland äntligen segrat blir kanske världen bättre."

"Och du bygger en ny båt som kommer att heta Ran II", föreslog hon när hon reste sig för att gå upp till barnen.

"Ja", sade han, "jag har redan tänkt på den saken. Lättare, smäckrare, mindre salongsutrymmen, mer till för tävling än för familjeseglatser. Men jag är inte säker på namnet, för dig och mig finns bara en Ran."

När hon lekte med barnen hade hon hela tiden tankarna på annat håll och gjorde sitt yttersta för att inte visa den saken. Harald var lite för stor för att leka med de andra, Rosa lite för liten. Hon hade därför delat upp stunderna med barnen i tre omgångar. Först Johanne och Karl tillsammans i lekrummet där lilla Rosa fick vara med som publik. Sedan en stund ensam med Rosa och sist med Harald och då handlade det mest om böcker och de sagor som han själv alltid ville hitta på om drakar, vikingar och Tor.

På ett sätt var Harald hennes största glädje. Alla moderna pedagoger hade varnat för att prägla barn samtidigt på två språk. Men hon hade envisats, hade en släkting som gift sig med en fransk vicomte och deras barn hade vuxit upp tvåspråkiga, talade franska lika perfekt som tyska och utan minsta brytning. Och samma var det nu med Harald. Han var sju år och talade både en distinkt Osterøyadialekt och felfri tyska som förmodligen var lika perfekt sachsiska. På så vis hade han fått ett världsspråk gratis och det var en lättnad att hon hellre följt sin instinkt än moderna pedagogers idéer om att barns hjärnor var för outvecklade för att ta in två språk samtidigt.

Lauritz hade inte föreslagit att de skulle flytta tillbaks till Tyskland. Först nu, när hon drog sig tillbaks från barnens stund, kom hon att tänka på det.

Berlin var världens viktigaste stad, men han hade talat om Stockholm som var en avkrok nästan lika obetydlig som Bergen. Varför det? Trodde han innerst inne att Tyskland skulle förlora kriget?

Nej, omöjligt. Det hade han aldrig kunnat dölja för henne.

Det han dolde för henne var något annat, det svåra läget i Bergen för deras familj.

För bara några år sen, det kändes som alldeles nyss, hade hon stigit av tåget på den nya järnvägsstationen som Lauritz och Jens hade byggt och livet var så mycket en lyckans dans som man över huvud taget hade kunnat föreställa sig. Överallt i staden byggde Lauritzen & Haugen hus, vägar, broar, nya kajer. Kjetil och Lauritz var stadens prinsar.

Nu hade Kjetil kommit med ett förslag att man skulle ta bort namnet Lauritzen från firmasymbolen och återgå till det gamla, Horneman & Haugen. Det skulle gå till så att någon i familjen Horneman, som nu sysslade med helt andra affärer uppe i Sognefjord, de gratia skulle överta två aktier. För att med detta symboliska ägande motivera att man återtog det gamla namnet. Lauritzen hade blivit för belastat efter att torpederingarna började.

De kunde inte gömma sig. De kunde inte få bort tidningsbilderna på hur de själva fått särskilt hedrande audiens hos kaisern 1913 när den där statyn, på sitt sätt lika löjeväckande som kaiserns tal, hade invigts. Hon mindes mycket väl hur både Alberte och Marianne hade fjädrat sig över att just då framstå som så särdeles goda tyskvänner.

Alberte och Marianne, liksom de flesta av deras vänner från den tiden som trots allt inte var så avlägsen, hade sedan länge rott bort över fjorden, som norrmännen sade.

Den möjligheten hade inte Lauritz ens om han skulle ha önskat sig, ordförande för den numera vilande vänskapsföreningen Bergen-Kiel som han var. Och sedan Tyskland inlett det oinskränkta ubåtskriget betraktade skrämmande många i hennes omgivning alla tyska människor som fienden.

Tillfällig landsflykt kunde vara en möjlighet.

Men det var för fegt. Att vika undan vore att ge det växande tyskhatet rätt, som att indirekt förklara sig själv skyldig.

Hellre stanna på sin post. Det fanns mycket frivilligarbete att ta ansvar för i Bergen, särskilt för de fåtaliga läkarna. Och tid hade hon över, eftersom ingen längre kom till hennes lilla provisoriska läkarmottagning i hemmet. Men de sårade och brännskadade som varje dag skeppades in till läkarstationen nere på Munkebryggen frågade inte om de hjälpande händerna var tyska eller norska.

* * *

Det var i början av september, en vecka efter att Harald börjat skolan, en dag som till en början såg ut att bli en dag vilken som helst. Två illa skadade fartyg bogserades in från Byfjorden och snart var överfulla livbåtar på väg mot Munkebryggen där läkarna gjorde sig beredda att ge första hjälpen. Några komplicerade operationer utförde man inte, meningen var snarare att få de sårade i sådant skick att de skulle överleva fram till ett operationsbord på något av stadens sjukhus. Framför allt gällde det att stoppa blodflödet från kross- och splitterskador och tvätta brännsår. Sjömännen som släpades upp på kajen hade alltsomoftast inte fått någon vård alls och lämnade kraftiga blodspår efter sig när de, ibland väl omilt, hivades upp ur livbåtarna.

Till ovanligheterna just denna dag hörde lasten av skadade från ett franskt krigsfartyg, en minsvepare som torpederats och satts i brand men som ändå mirakulöst höll sig flytande tillräckligt länge för att få bogserhjälp in till Bergen.

Halva den franska besättningen hade dött ute till havs men fyra mer eller mindre illa tilltygade franska sjömän bars upp till de väntande läkarna.

Ingeborg var den enda av läkarna som talade franska och de andra tog tacksamt emot hennes hjälp när hon översatte hur de skadade själva beskrev smärtor och sår. På så vis fick man en turordning bland fransmännen och kunde stoppa alla synliga blödningar och snabbt få iväg den av dem som hade splitter i buken till sjukhus. De andra tre kunde behandlas på plats.

Ingeborg tog sig an en man som tycktes ha förlorat minst en liter blod från ett djupt sår tvärs över högra bröstmuskeln. Hon hade sedan länge lärt sig att inte tveka det minsta inför stora sår, att vara fältläkare ute i första linjen var sannerligen ingenting för tveksamma. Hon fick hjälp av en sjuksyster att klippa upp uniformen över bröstet på den sårade, tvätta såret och sen pressa det samman med händerna medan man väntade på att effekten från lokalbedövningen skulle sätta in.

Mannen såg ut att vara lite över tjugo år gammal, han var vid fullt medvetande och betraktade Ingeborg närmast roat när hon förberedde sig för att börja sy ihop honom.

"Kommer ni att kunna lappa ihop mig, kära syster?" frågade han just när Ingeborg gjorde sig beredd att sätta första stygnet.

De avbröts av kvävda skrik i bakgrunden. En läkare och en syster höll på att lägga ett armbrott till rätta.

"Vad händer med min kollega?" frågade fransmannen.

"Ett armbrott, det gör ont men är ingenting farligt. Alla ni tre som är kvar här är utom fara, er kollega som vi sände till sjukhus kan vara mer allvarligt skadad i buken", svarade Ingeborg och vred beslutsamt nålen genom det första stygnet. Patienten stönade lätt mellan sammanbitna tänder.

"Titta inte på vad jag gör, är ni snäll", uppmanade Ingeborg. "Det gör mer ont om man ser på."

"Menar syster att jag inbillar mig?" frågade han förnärmat. "Har ingen av läkarna tid med mig?"

"Jag är läkare", svarade Ingeborg och satte nästa stygn. "Var snäll och försök inte titta på vad jag gör."

Han lutade sig lydigt bakåt och såg upp i tälttaket. Ingeborg arbetade lugnt och fort, det blev allt lättare för hennes assisterande sjuksyster att pressa sårkanterna mot varandra. Efter en halvtimme var det två decimeter långa såret förvandlat till en prydlig tät söm. Det var dags att börja leta efter mindre skador.

De konstaterade att en misstänkt bruten fot bara var kraftigt stukad och fann en del mindre splitterskador här och var som de rengjorde och försåg med lättare förband.

Ingeborg tog fram en undertröja och en stickad tröja ur förrådet av skänkta kläder och en mitella. De klädde försiktigt på fransmannen och visade hur han skulle stödja högerarmen i mitellan.

"Vad händer nu, Madame?" frågade han när allt var klart och han lite vimmelkantig försökte resa sig och försiktigt pröva den stukade foten.

"Menar ni i medicinskt avseende eller över huvud taget, herr löjtnant?" frågade Ingeborg medan hon tvättade händer och underarmar med sprit över en liten balja.

"Vad får er att tro att jag är löjtnant?" undrade han nyfiket.

"Två ränder på uniformsärmen, är ni inte löjtnant?"

"Ska man vara petig är jag *Enseigne de Vaisseau de Première Classe*", log han.

"Jag ber så mycket om ursäkt Monsieur Enseigne de Vaisseau, huvudsaken är väl ändå att ni är ihoplappad."

"Kommer jag att få ont?"

"Ja, utan tvekan. Så fort bedövningen släpper kommer ni att ha rejält ont i den trasiga bröstmuskeln i uppåt en vecka. Prognosen är annars god, ni borde bli helt återställd."

"Ni talar utmärkt franska, Madame, har ni varit mycket i Frankrike?"

"Nej, men jag studerade till språklärarinna en gång, sen lyckligtvis till läkare som jag tror passar mig bättre."

"Jag är er stort tack skyldig, Madame, det var nog tur för både mig och mina kamrater att vi slapp våra egna militärläkare. En gång skulle jag verkligen vilja få möjlighet att återgälda er, alltså när vi äntligen fått bukt med tyskjäklarna."

"Nåja, för er egen del är kriget i alla fall slut, ni och era kamrater kommer att interneras av de norska myndigheterna och demobiliseras och snart är ni förmodligen hemma i Frankrike igen."

Hon hade varit frestad att bemöta det fula ordet han använt om tyskar med att han nu i alla fall hade blivit väl behandlad av en tysk läkare. Fram tills han använt det ordet hade hon bara betraktat honom som en patient, dessutom en artig och prydlig patient, så långt från fiende man kunde komma. Men sakligt sett var de utan tvekan fiender i den vettlösa värld som kriget skapade.

Hon avbröts i tankegången av att en ny livbåt, tydligen tungt lastad med sårade, var på väg in och då gällde det att städa upp och göra plats för nästa grupp. Samtidigt kom en sergeant med några mannar och två hästdroskor för att samla upp de franska sjömännen och föra dem till militärsjukhuset.

"Det var verkligen angenämt att göra er bekantskap, Madame", sade mannen med den hopsydda bröstmuskeln. "Mitt namn är Henri Letang och jag hoppas vi ses någon gång i framtiden", sade han och försökte ta hennes hand med sin högra men grimaserade av smärtan och nöjde sig med en bugning. "Och förresten", tillade han på väg ut ur operationstältet ledd av två norska soldater, "så är Enseigne de Vaisseau de Première Classe bara ett steg under det som heter löjtnant på engelska och tyska."

"På tyska heter det i så fall *Oberleutnant zur See*", svarade hon utan att tänka sig för och utan att förstå det underliga ansiktsuttryck han fick. Hon hade redan uppmärksamheten riktad mot de nya skadade som bars fram mot läkartältet.

Hon arbetade hårt i ytterligare ett par timmar med nya bränn-, kross- och splitterskador. Det värsta den eftermiddagen var att sända en artonårig pojk till sjukhuset för att få hans ben amputerat. I tältet hade de inte narkosresurser utan arbetade bara med sådant som kunde genomföras med lokalbedövning. Pojken var vid medvetande och förstod olyckligtvis vad de tre läkarna enades om. Något annat hade ändå inte varit möjligt, hans högra ben hängde bara fast med några köttslamsor strax under knäet.

Han höll sig fast i båren och skrek hjärtskärande när ambulansmännen kom för att föra honom till det oundvikliga.

På ett sätt hade det varit en god arbetsdag, tänkte hon när hon promenerade hem från Munkebryggen. Det var nog enda gången som ingen av de sårade, kvidande eller skrikande av smärta, hävt ur sig förbannelser, ibland långa ramsor, om hur de hatade tyskar. Hon hade aldrig vågat kommentera sådana utbrott, inte ens efter att hon räddat någon sjöman från att förlora en lem, eller än bättre livet. De borde ha fått veta att hon var en tysk läkare.

Fältläkaruniformen skyddade henne från hat när hon promenerade genom staden. De som ville se henne som Fru Lauritzen, den tyska fienden, måste ju oundvikligen samtidigt se den vita armbindeln med det röda korset och den norska flaggan på uniformsärmen. Tanken på den norska flaggan som hennes skydd fick henne att skälva till i en underlig blandning av rysning och tendens att börja gråta. Hon tänkte på Rans spinnaker, världens sannolikt största norska flagga som för inte så länge sedan hälsats med salut från kaiserns Hohenzollern.

Ran fanns inte mer, hon hade förbränts av hat. Men hennes segel fanns kvar. Det var en insikt med åtminstone lite hopp. En dag skulle de hissa seglen på nytt.

Dagarna hade börjat bli kortare och när hon kom hem till huset på Allégaten hade det börjat skymma. Kanske skulle hon samla barnen till säsongens första braskväll inne i lilla salongen.

"Mamma är hemma! Kom alla barnen!" ropade hon in i huset när hon hängde av sig uniformsjackan och den gråa båtmössan i tamburen och från övervåningen hördes genast små ljusa pip och ljudet av kvicka barnfötter. Men det var husan som hann fram först för att hjälpa till med skorna och hon tog sig plötsligt förskräckt för munnen och bleknade påtagligt.

"Vad i all världen står på?" frågade Ingeborg utan minsta onda aning.

"Frun har inte Harald med sig?" frågade husan till synes helt i onödan. "Jag trodde frun hade hämtat honom i skolan."

Plötsligt stannade världen inom Ingeborg, samtidigt som tre glada barn trängde sig fram för att kramas. Hon kramades tillbaks halvhjärtat, utan att släppa husan med blicken och sköt sen barnen försiktigt ifrån sig. Det stod fortfarande stilla för henne, hon måste stålsätta sig, måste tänka klart.

"Menar Sigrid att Harald inte har kommit hem från skolan?" frågade hon.

"Nej frun, jag trodde han var med er."

"Men han skulle ha kommit hem för flera timmar sen?"

"Ja, frun. Men jag trodde…"

Barnen runt hennes fötter hade intuitivt förstått att något förfärligt hade hänt och blivit helt stilla. Ingeborg gick med snabba haltande steg, snörkängan kvar på ena foten, bort till telefonen och ringde till kontoret. Lauritz svarade genast, nästan som om han suttit vid telefonen och väntat.

"Harald kom aldrig hem från skolan", meddelade hon utan minsta, kärvänlig hälsning. "Han har varit borta i tre timmar, du måste ringa polisen."

"Men snälla Ingeborg, man kan inte ringa polisen bara för att en skolpojke får för sig något och glömmer tiden, polisen har värre ting att tänka på i dessa tider."

"Nej, det har inte polisen!" klippte hon av. "Kom hem! Jag ringer polisen oavsett vad du anser."

"Jag kommer hem genast, men snälla, vi kan inte göra oss till åtlöje för en sådan bagatell. Småpojkar har så mycket som kan få dem att glömma tiden, kojor, lekar på alla spännande brandtomter runt stan, kamrater som lockar..."

"Han har inga kamrater! Det vet du mycket väl. Skynda dig hem, jag ringer polisen."

Hon ringde utan vidare av samtalet och beställde ett nytt, till stadens polismästare Oddvar Grynning.

Polismästarens reaktion var märkligt nog den rakt motsatta till vad Lauritz visat upp. Han blev omedelbart yrkesmässigt kall och effektiv när han hört Ingeborgs första förtvivlade berättelse, förhörde sig noga om skolan, klassen, hemvägen och sade att han genast skulle sätta alla tänkbara resurser på saken. Innan han avslutade telefonsamtalet försäkrade han att man skulle hitta pojken och det mycket snart.

Ingeborg stod villrådig vid telefonen. Vad kunde hon göra nu? Vad hade hänt? Var Harald redan död? Låg han misshandlad och blödande någonstans? Hade de slängt honom i vattnet? Han simmade som en liten fisk, de varma somrarna på Osterøya hade såtillvida varit en välsignelse. Men kajkanterna var höga. Nej, det hade varit ljust när han försvann, då gick det inte att obemärkt kasta ett barn i vattnet.

Barnen stirrade på henne, tysta, förskräckta. Hon kvävde en impuls att rusa fram till dem och hålla om dem alla tre. Det gick inte an, inte just nu. Hon måste hålla huvudet kallt.

"Vill Sigrid vara snäll att sysselsätta barnen, jag måste ställa i ordning kliniken", beordrade hon och försökte vända på klacken, sparkade irriterat av sig kängan.

Rummet hade inte varit öppnat på flera månader. Hon började med att vädra och tog fram alla sina under senare år oanvända kirurgiska instrument och placerade dem i den elektriska instrumentkokaren och slog på strömmen. Därefter började hon metodiskt rengöra alla ytor i rummet med sprit. Det var som en besvärjelse, att om hon gjorde allt klart för operation så skulle det inte behövas, på samma sätt som makterna skulle ha verkat åt andra hållet om hon inte gjort det.

Hovklapper mot stenläggningen där ute. Lauritz kom hem.

Hon mötte honom i vestibulen, kysste honom snabbt och hjälpte honom med rock och hatt, gick sedan utan vidare resonemang före mot deras favoritsoffa i mitten av stora salongen. Serverade prompt en whisky och en tysk brandy.

När hon satte sig såg hon att Lauritz verkligen var tagen, det hade alltså gått upp för honom hur allvarligt läget var.

"Harald har kanske fått några nya vänner, han är hemma och leker med tåg hos någon som inte har telefon", föreslog Lauritz och tog en djup klunk av whiskyn.

"Han har inga vänner och du vet varför."

"Hm. Ja. Hrm. Det förbannade kriget, lika obönhörligt mot barn. Vad sade Oddvar när du ringde, jag antar att du ringde Oddvar direkt?"

"Han tog saken på största allvar, skulle sätta till alla tillgängliga resurser. Förlåt, men kan vi byta till tyska?"

"Jag trodde du ville ta vara på varje möjlighet att utveckla din norska?"

"Inte i kväll! Jag måste tänka absolut klart, det kan jag inte på norska. I närheten av skolan, om man drar en rak linje mellan hemmet och skolan, finns ett stort område som är helt förstört av branden. Barn får inte leka där, det är farligt."

"Och där tror du att han befinner sig?" frågade Lauritz förvånat, han hade lydigt bytt till tyska.

"Ja, det tror jag. Antingen död eller svårt misshandlad, eftersom han inte har kunnat släpa sig hem. Förhoppningsvis bara misshandlad, men han får inte kylas ner för mycket under natten, man måste hitta honom i kväll. Om förövarna bara är barn, hans kära norska klasskamrater, har vi i så fall en god möjlighet att rädda honom."

"Du målar fan på väggen. Barn slåss ibland, men inte så att någon blir liggande."

"Någonstans ligger han eftersom han inte är hemma, det är tyvärr vad den enkla logiken säger. Det blir en mild natt, jag såg just efter, elva grader. Nedkylningseffekten kan verka till hans fördel, jag tänkte fel förut. Det beror på skadorna."

"Men kära Ingeborg, hur vet du att han är allvarligt skadad?"

"Eftersom han lämnade skolan för fyra timmar sen och inte har förmått att ta sig hem!"

Lauritz såg ut som om han tänkte komma med nya invändningar men ångrade sig. I stället reste han sig och gick och fyllde på deras glas på nytt.

"Tack", sade hon när hon fick sin andra brandy. "Men det är det sista jag dricker i kväll. Ifall något måste göras inne på kliniken när de kommer hem med honom."

En ljus plingande silverton slog sju slag. Det var det franska uret ovanför spisen, ett auktionsfynd som Lauritz varit mycket nöjd med, som nu lät som ett hån. En liten kerubängel med blått höftskynke visade med sitt pekfinger att tiden gått fyra timmar sedan Harald skulle ha varit hemma.

Någonstans fanns han, kanske sårad, kanske grovt misshandlad, kanske döende sedan fyra timmar. Så var det. Lauritz försökte inte längre hitta på några uppmuntrande alternativ som han själv inte kunde tro på innerst inne. Snarare verkade det som om han började förbereda sig på det värsta.

Hon såg det på honom, hur han sjönk ihop och blev grå i ansiktet. Lauritz var en logisk människa som betraktade nästan alla problem genom en räknestickas perspektiv. Just nu handlade det om sannolikhetskalkyl.

"Om de har dödat Harald...", började han men hyssjades omedelbart ner av Ingeborg.

"Det är inte sannolikt att han är död, snarare svårt skadad", invände hon.

"Hur kan du säga det?"

"Han gick från skolan, förföljd av skolkamrater. De är trots allt barn, de kan misshandla ett annat barn svårt, särskilt om de är många. Men de har inte en vuxen människas kraft att döda."

"Såvida de inte använder knivar?"

"Ja, såvida de inte använder knivar. Men inte ens då är det säkert att barn skulle kunna döda andra barn, åtminstone inte medvetet. Däremot åstadkomma en viss blodförlust som blir kritisk ju längre tiden lider."

"Herregud Ingeborg! Det är vår Harald du talar om."

"Jag är utomordentligt medveten om det, jag försöker bara göra mig till läkare i högsta beredskap. Som om Harald vore vilken som helst norsk eller fransk sjöman."

"Fransk?"

"Ja, bry dig inte om det. Jag opererade en fransman idag. Snart kommer polisbilen. Jag känner det, inte som läkare utan som mor. Snart kommer de hem med honom och då måste du hjälpa mig hur otäckt det än är."

De hade inget mer att säga och kunde bara vänta. I efterhand kunde ingen av dem säkert avgöra hur länge de hade suttit tysta och väntat, tio minuter eller en timme, innan de verkligen hörde polisbilen utanför och båda sprang mot ytterdörren.

Det var polismästare Oddvar Grynning själv som kom med Harald i famnen uppför grusgången, åtminstone ett smutsigt blodigt bylte som måste vara Harald.

"Han lever, såvitt jag kan förstå, men är illa åtgången, vi fann honom på en brandtomt uppe vid Olav Kyrres gate", meddelade polismästaren i en enda flämtande mening på väg mot ytterporten. Ingeborg sprang före, visade vägen och slog upp dörren till kliniken och pekade tyst på den gröna britsen.

Hon hade genast ett stetoskop framme, lyssnade på hjärtverksamheten och nickade uppmuntrande mot Lauritz som stod i dörren med händerna hjälplöst utefter sidorna.

"Lauritz!" befallde hon. "Ring genast Odd Eiken och säg att jag behöver hans hjälp!"

"Lever han?" frågade Lauritz förtvivlat.

"Ja! Han lever. Och han kan överleva. Gör nu bara som jag säger!"

"Vi tänkte att eftersom Fru Lauritzen är läkare själv så...", försökte polismästaren.

"Ja tack, herr polismästare, ni gjorde alldeles rätt, tack så mycket för er hjälp och stäng dörren är ni snäll!"

De två männen drog sig närmast skräckslagna tillbaka.

Ingeborg blundade och försökte spänna sig till det yttersta. Detta är en dödligt sårad patient, tänkte hon. Det är en patient som jag ska behandla som alla andra patienter.

Hon tog fram en stor sax och började klippa bort blodiga kläder över pojkens hela kropp. Han andades oregelbundet. Blodtrycket och pulsen var båda över det normala. Det tydde på att patienten hade en inre skada som den lilla kroppen kämpade hårt med.

Patienten stank av hästspillning. De hade gnidit in alla sår i ansiktet med hästskit. Bakteriologisk krigföring, tänkte hon. Båda ögonen igenmurade, patienten kunde inte se på något av dem och var dessutom inte vid medvetande. Nedkylningen allvarlig men inte krisartad. Första åtgärd infektionsbekämpning.

Hon började med ansiktet, som var helt förorenat av hästspillning. Efter misshandeln hade de alltså mulat honom som barn gjorde under snöbollslekarna. Men med hästskit. Förmodligen mer för att förödmjuka än för att skapa dödliga infektioner, här fanns dock en nödvändig första åtgärd.

Hon tog fram lite ljummet vatten som hon hade förberett, en tvättlapp och vanlig tvål och började rengöra patientens ansikte. Han stönade svagt av smärta, det var ett bra tecken.

De öppna såren fanns bara i ansiktet, inga stickvapen hade använts på kroppen. Kroppen var översållad av blåmärken, patienten hade utsatts för en långt utdragen serie sparkar, förmodligen när han låg ner på marken. Hon lät händerna gå fram och åter över den späda pojkkroppen medan hon blundade och försökte känna efter. Inga stora svullna blodsamlingar i bukhålan, såvitt hon kunde förstå. Levern intakt. Mjälten gick inte att avgöra, men en brusten mjälte skulle ha betytt ett dramatiskt lägre blodtryck.

Ett andra varv sårsprit, nu lite hårdare tag, över patientens ansikte. Hästspillningsbakterierna var inte att leka med.

Sårskadan på ena kinden kunde faktiskt komma från en kniv, den var alldeles rak och med jämna kanter. Någon hade masserat in hästskit i såret, hon såg att där fortfarande fanns små bruna prickar och virade bomull runt en pinne för att tvätta såröppningen.

Hon gjorde en paus, öppnade fönstret och slängde ut alla de sönderklippta, blodiga och sotiga klädresterna och stängde på nytt.

Patienten låg naken och ren på operationsbordet. Det rentvättade knivsåret på ena kinden hade börjat blöda ymnigt, men det var bara bra, en sorts inre sköljning innan man sydde.

Odd Eiken kom instörtande med håret på ända men klädd i vit läkarrock och med stetoskopet om halsen. Han nickade bara kort innan han lutade sig fram och kontrollerade patientens puls.

"Hög, men inte kritiskt", konstaterade han. "Blodtryck?"
"Samma, högt men inte kritiskt", svarade hon mekaniskt.
"En inre blödning någonstans?"
"Ja, sannolikt, men inte lokaliserad."

"Det är ögat", sade kollegan efter att ha letat en stund över patientens nakna kropp. "Trycket som byggs upp där inne är farligt."

Ungefär så långt hade hon redan tänkt. Patientens vänstra öga var totalt igensvullet och svullnaden stor som en tennisboll. Blodsamlingen där inne skapade ett hårt tryck mot ögat, kunde utgöra ett hot mot synen.

De måste ha stått och siktat särskilt på ögat. Siktat noga och sparkat igen.

"Är vi överens om ögat?" frågade Odd Eiken.

"Ja, vi måste lätta på det där blodtrycket omedelbart", sade hon.

"Ska jag göra det, eller vill du?" frågade han.

"Jag gör det", sade hon och gick bort till instrumentkokaren och hämtade en skalpell.

"Skär i vecket, så syns inte ärret", föreslog han.

"Vilket veck?" frågade hon och satte spetsen mot det hårt spända ögonlocket, drog in andan och skar.

Blodstrålen hade en överraskande kraft och träffade henne i ansiktet och på bröstet. Utan ett ord lade hon ner skalpellen och gick bort till tvättfatet, slog upp vatten och grep efter tvättlappen. Harald skrek hjärtskärande högt, vilket var ett gott tecken eftersom det visade att han började återfå medvetandet.

Dörren rycktes upp och in stormade Lauritz. Hans uppskärrade blick vandrade mellan den nakne blåslagne sonen på operationsbordet och den av blod nersölade Ingeborg.

"Allt har gått bra, oroa dig inte, gå ut är du snäll", beordrade hon med ett tonfall som fick honom att förstå att det hon sade var sant. Han drog sig kvickt tillbaka och återvände med besked till sin gäst polismästaren.

Såret i ögonlocket behövde inte sys. Men ögat borde sköljas med utspädd sårsprit för att få bort eventuella hästbakterier. Det skulle bli plågsamt och det visste båda läkarna. På det stället gick inte att lokalbedöva. Narkosmöjligheter hade de inte.

Patienten skrek hjärtskärande under ingreppet.

Kinden kunde de lokalbedöva. Nu var patienten vid nästan fullt medvetande. Ingeborg höll ömt om hans huvud medan kollegan sydde såret och tvättade det.

De slog två filtar om patienten, allt var klart, nu gällde bara att få upp hans kroppstemperatur. De två läkarna började tvätta av sig och slängde sina operationskläder på golvet.

"Jag är verkligen mycket glad att jag kunde komma till din hjälp, det ska du veta Ingeborg, min kära vän", sade han med tung betoning på kära vän. "Det var inte bara branden som förstörde vår klinik, annars en fantastiskt modern idé, en manlig läkare och en kvinnoläkare. Det var kriget."

"Jag vet", svarade hon. "Jag vet både det och att du är en god vän och alla krig hittills i den mänskliga historien har tagit slut och det gör också det här. Vi kanske kan börja om?"

"Med största glädje, Ingeborg. Och pojken kommer att klara sig, enda krisen är ögat."

"Jag vet det också", sade hon. "När svullnaden har gått ner får jag ta honom till Halvorsens ögonklinik, så får vi se. Men det var ögonsvullnaden som låg bakom förändringarna i puls och blodtryck. Så vi klarade hans liv, jag är dig oändligt tack skyldig."

Odd Eiken hjälpte henne att bära Harald upp till ett av gästrummen där de bäddade ner honom under ett tjockt dunbolster och placerade två gummiflaskor med varmvatten på ömse sidor om honom. Han var vid medvetande, men på väg att somna. Ett alldeles utomordentligt tecken.

Den medicinska krisen för Haralds del var över. Inte den nya kris som började i exakt det ögonblick Ingeborg tog adjö av sin vän och före detta kompanjon Odd Eiken vid dörren. Deras klinik vid Strandgaten hade förintats av branden. Deras möjligheter att ha en gemensam läkarmottagning hade förintats av världskriget.

Hon fann Lauritz med polismästaren i herrummet, föga överraskande. De hade försett sig väl med pjolter och det var inget att säga om.

"Du kan gå upp och säga godnatt till Harald", meddelade hon Lauritz. "Han kan vara lite sömnig, men krisen är över."

Lauritz nickade mot henne, bugade sig mot polismästaren och gav sig närmast generad iväg. Ingeborg serverade sig en konjakspjolter hon också, slog sig ner mitt emot polismästaren och höjde glaset.

"Jag har förtjänat den här och jag behöver den", sade hon.

"Helt säkert, Fru Lauritzen, jag menar doktor Lauritzen. Jag förstod att allt gick väl?"

"Ja, patienten överlevde", sade hon. "Det återstår att se om han förlorar synen på ena ögat. Men säg mig nu, herr polismästare... Förlåt! Först och främst måste jag naturligtvis tacka er för att ni tog min oro på så stort allvar. Och att ni så snabbt lyckades hitta min son. Det var ni som räddade hans liv. Men säg mig nu det ni förmodligen redan har sagt min man, men i alla fall. Vad hände?"

Polismästaren redogjorde kort, kanske för att det var andra gången under kvällen, och på rapportspråk om vad som hänt.

När han fått telefonsamtalet från Fru Lauritzen anade han genast oråd. Just den dagen hade det kommit fjorton dödsbud till Bergen gällande förlorade sjömän. I klassen över Haralds på Katedralskolan gick två pojkar som båda hade blivit faderlösa.

Detta visste han eftersom hans yngre syster hade en tös i samma klass. De två gossarna hade uppviglat kamrater till en sorts krigsinsats, att som hämnd göra sig av med "tyskungen". Det, åtminstone för barn, ovanligt hatiska våldet kunde alltså möjligen, hur obehagligt detta än vore, förklaras på det sättet.

Följaktligen hade polismyndigheten omedelbart vidtagit två samtidiga åtgärder. Man hade inlett sökandet på brandtomterna i skolans omedelbara närhet. Och man hade samlat ihop alla barn i såväl Haralds klass som i den klass där de två gossarna just blivit faderlösa. Och förhört barnen ett efter ett. Det hade gett ett snabbt resultat.

Gärningsmännen var alltså gripna, fyra stycken. Ärendet var i den meningen polisiärt uppklarat. Problemet var att gärningsmännen, i princip skyldiga till försök till mord, var åtta år gamla. Och att två av dem var faderlösa.

"Vad säger lagen om detta?" frågade Ingeborg.

"Lagen säger, om vi nu ska hålla oss till lagens bokstav", sade polismästaren med en lång utandning, "att dessa gärningsmän skall avskiljas från sina familjer och sättas på uppfostringsanstalt under en tid icke understigande fem år."

"Och utbildas till förbrytare och samhällshatare från så att säga höger?"

"I stället för vänster, menar ni?" frågade polismästaren plötsligt road, märkligt road.

"Ja, faktiskt, faktiskt menar jag det som en stor olycka", funderade Ingeborg. "Sommarens demonstrationer här i Bergen var på sätt och vis imponerande. Femtusen man krävde Bröd, Frihet och Fred. Vem skulle inte hålla med om det? Också jag, också ni, herr polismästare. Och de här unga gärningsmännen, faderlösa sjömanssöner, skulle jag i framtiden hellre se i sådana demonstrationer än på er lista i polishuset över efterlysta rånare."

"Märkligt", sade polismästaren. "Er man var inne på liknande tankegångar. Hämnd nyttar till intet, sade han. Vem har glädje av att fyra åttaåringar döms till samhällets skuggsida för något de gjorde i förtvivlan och barnsligt omdöme? Är det så ni också tänker, Fru Lauritzen?"

"Ja, så tänker jag", medgav hon. "Det finns bara ett problem. Nej, vänta, låt mig först fråga. Kan vi som... vad heter det? Brottsdrabbade?"

"Målsägande."

"Javel, målsägande. Kan vi som målsägande bidra till att dessa barn slipper straff?"

"Ja, inte riktigt enligt lagen, men enligt gammal sed i Bergen kan ni aktivt uppmuntra de rättsvårdande myndigheterna att inte driva saken till sin spets. Förlåt om jag uttryckte mig svävande men det var faktiskt meningen."

"Jag förstår. Jag är helt säker på att jag och min man är överens på den punkten. Men om jag då får komma tillbaks till den svåra frågan. Om det visar sig vara helt tillåtet och straffritt att försöka döda tyskungar. Vad händer härnäst? Tror de sig då kunna bränna ner vårt hus?"

"Så långt hann vi inte i resonemanget, jag och er man, Fru Lauritzen, men ni slog just huvudet på spiken. Mordförsök på barn är lika otillåtet vare sig de är helnorska eller har tysk mor. Det är lagen. Den vill jag göra mitt bästa för att upprätthålla. Men om vi nu inte ska döma dessa fyra åttaåringar?"

"Ja?"

"Så tänker jag ta in dem till polishuset och prygla dem hårt. Och förklara att de slipper så lindrigt undan därför att ni skonade dem, Herr och Fru Lauritzen. Men att om de ens tänker tanken på nya militära insatser för fosterlandet, så åker de in för gott. Vi kommer nämligen alltid att betrakta just dem som de skyldiga om något nytt elände drabbar familjen Lauritzen. Och då åker de fast för allt, vare sig de är skyldiga eller oskyldiga. Så har jag tänkt."

"Men snälla polismästaren, är inte det ni skisserar olagligt?"

"Jo, i allra högsta grad! Men såvitt jag kan se den enda lösningen."

* * *

Sviterna efter pojkens hjärnskakning var helt förutsägbara. Under de första två nätterna sov Ingeborg tillsammans med honom i ett av gästrummen för att kunna gripa in om han kräktes i sömnen. Hans huvudvärk gick nödtorftigt att kurera med aspirinpulver.

Det värsta var, precis som hon fruktat, skadan på hornhinnan. Doktor Halvorsen från Bergens enda ögonklinik hade inte kunnat ställa någon säker prognos, men rekommenderat att man täckte över det skadade ögat i minst tio dagar för att det skulle vila så mycket som möjligt. Starkt ljus borde också undvikas, både för ögats och hjärnskakningens skull.

Trotsigt gick Ingeborg ändå den tjugo minuter långa promenaden från Allégaten till Munkebryggen så fort det kom telefonbesked om att nya skadade sjömän var på väg in. Hon hade dåligt samvete för att hon lämnade Harald men ville markera att hon inte var knäckt, inte låtit sig besegras av några osedvanligt grymma skolbarn och att hon var och varannan dag fanns kvar på sin post.

Ryktet hade förstås gått flera varv runt staden, det syntes på de räddhågsna eller skygga ögonkast hon fick från folk hon kände.

Läkarkollegerna på Munkebryggen var tvärtemot ytterst deltagande och förhörde sig varje dag om den lille patientens tillstånd.

Efter en vecka började hon inse att det kanske inte var Haralds fysiska skador som var det värsta, om han nu inte höll på att förlora synen på ena ögat. Han såg förstås förskräcklig ut i ansiktet med alla sina svartblåa svullnader. Men det var trots allt något övergående, han skulle bli fullt presentabel på några veckor, barn och unga hade gott läkkött.

Mer skrämmande än hans groteska ansikte var hans tystlåtenhet. Det dröjde en vecka innan hon upptäckte att han inte längre sade ett enda ord på norska, utan enbart talade tyska. Hon fruktade att det kunde bero på en kombination av hjärnskada och chocken av den utdragna misshandeln. Men när hon prövade med att tilltala honom på norska förstod han uppenbarligen allting, men svarade ändå bara på tyska. Barnens tvåspråkighet fungerade annars alltid på det sättet att de automatiskt svarade på samma språk som de tilltalats. Det var bara lilla Rosa, som ännu inte lärt sig den konsten, hon var ju bara två år. De tre äldre syskonen hade haft samma besvär i den åldern.

Med Harald var det något annat förstod hon när hon på åttonde dagen kom hem efter arbetet, genast gick upp till hans rum och möttes av en replik som han måste ha grunnat över, eftersom det var hans första ord:

"Mamma, jag vill flytta hem till Tyskland."

"Men lilla gubben", svarade hon förskräckt, "hemma är här i Bergen. Tyskland kan vi besöka på somrarna."

"Jag vill inte vara hemma i Bergen, jag vill aldrig mer tala norska, jag vill hem till Tyskland", envisades han buttert.

Något knäsvag satte hon sig ner på hans sängkant och försökte tänka efter. Det var alltså inte hjärnans språkcentrum som skadats, det var en mental förändring som kanske rentav var värre. Skulle hon nu fortsätta diskussionen eller bara låta saken bero, hoppas på att den mentala skadan skulle läkas, ungefär som alla hans blåmärken skulle blekna undan för undan?

"Jag är tysk och jag vill bo i Tyskland", vidtog han plötsligt.

"Jamenvisst är du tysk", sade hon och smekte honom försiktigt över huvudet. "Det är jag också och jag bor i Bergen. Men du är inte bara tysk, du är en liten norrman också, som din far."

"Mamma kallas tyskekärring och jag kallas tyskungen", fortsatte han lakoniskt.

"Jag vet", medgav hon. "Det är det förfärliga otäcka kriget som gör människor elaka och dumma. Men snart är kriget över och då blir allt som det var förr."

Det tvivlade han uppenbarligen på och ärligt talat gjorde hon också det. Skulle allt verkligen kunna bli "som förr" efter så många döda och så mycket hat? Det var faktiskt inte särskilt troligt.

Och i den omedelbara framtiden fanns något som inte heller kunde bli som förr, ett överhängande problem eftersom Harald snart skulle ha återhämtat sig, ett problem som hon och Lauritz undvikit att ens beröra. Det var en lika uppenbar som smärtsam fråga som inte längre gick att bortse från:

Skulle de skicka Harald tillbaks till skolan? Kunde man verkligen kräva av en sjuårig pojke att han skulle uppträda som någon sorts tapper frontsoldat och hävda sin rätt som likaberättigad norsk medborgare?

Vilket ohyggligt krav att ställa på ett barn vore inte det! Alltså otänkbart.

Plötsligt förstod hon vad sonens språkvägran handlade om. Det var helt enkelt skolan. Den som inte talade norska kunde förstås inte gå i norsk skola. Det var listigt uträknat, men en list sprungen ur ett barns desperation och dödsrädsla.

Det avgjorde saken, han skulle inte tillbaks till skolan. Privatundervisning var inget som helst ekonomiskt problem, så det kunde åtminstone bli ett provisorium. Men hur länge då? Så länge kriget varade självklart, men kanske ännu längre, beroende på vilken sida som vann.

Och skulle därefter Johanne, sedan Karl och slutligen Rosa undervisas isolerade som fångar?

Det var inte längre så mycket att fundera över. Man hade kommit till vägs ände och barnen måste gå före alla andra hänsyn. Nu fanns bara en enda återstående utväg och hon var helt säker på att Lauritz skulle vara av samma uppfattning. Särskilt när han fått höra om sonens vägran att tala norska.

Landsflykt. Till slut oåterkalleligen landsflykt.

Det var med starka blandade känslor som hon tio dagar senare steg ombord på Bergensbanen. Hon som rest denna väg över Hardangervidda mer än alla andra passagerare skulle nu kanske iväg på den allra sista turen. Det var sorgesamt.

Men barnen var alla uppfyllda av det spännande äventyret och pratade en hög och vild blandning av ömsom tyska till sin mor och norska till Sigrid, som var den enda av tjänsteflickorna som fick följa med. Alla de andra hade avskedats och skickats hem till öarna, dock med en generös kompensation.

Till och med Harald verkade glatt upphetsad och höll vid flera tillfällen på att glömma att han inte längre talade norska. Det blev rentav lite komiskt, som när Sigrid frågade honom någonting och han teatraliskt vände sig till sin syster Johanne och bad henne översätta hans tyska svar.

Lauritz hade rest i förväg för att se till att allting blev klart i det nya hemmet.

Ingeborg satt med armen om Harald när tåget tuffade ut från

stationen, Johanne och Karl stod vid fönstret, pekade och skrattade, Sigrid höll upp Rosa på armen så att hon också kunde se.

Att Harald var ointresserad av utsikten berodde antingen på att han fortfarande såg dåligt på vänster öga och skämdes för det eller på att han ville visa sig lite större och mer världsvan än småsyskonen.

Prognosen för ögat var fortfarande osäker. Hornhinnan höll på att växa sig till rätta, enligt doktor Halvorsen. Och infektionen var hävd. I bästa fall kunde synen på ögat bli helt återställd, i sämsta fall bara något nedsatt. Ärret på hans ena kind lyste ljusrött, hon hade tagit bort Odds stygn för en vecka sedan. Förmodligen skulle det läka bort helt och hållet om några år. Av hans blånader fanns bara några ljusgröna och gula skiftningar kvar i ansiktet. Han var nästan hel överallt utom i själen.

"Skall det bli spännande att börja i en helt ny skola i ett annat land?" frågade hon på norska.

"Bara man talar tyska", svarade han, på tyska.

Han lät sig tydligen aldrig luras att säga ett endaste ord på norska. Hon betraktade hans uthållighet på den punkten mer som ett utslag av envishet än som resultatet av någon chock, eller än värre hjärnskada. Hans norska språkförståelse var helt uppenbart hundra procent.

Av utsikten kände hon sorg, en tagg i hjärtat av att det kanske var sista resan och att det hon reste bort från var de lyckligaste åren i sitt liv. Genast fick hon dåligt samvete av tanken, eftersom hon satt bland sina stojande och glatt upphetsade barn. Johanne och Karl hade börjat hoppa upp och ner i förstaklasskupéns mjuka röda sammetsfåtöljer, familjen hade en hel kupé för sig själva. Sigrid försökte lugna ner dem, Ingeborg lade sig inte i.

I stället började hon på nytt leta i minnet efter något som hon eller Lauritz glömt eller förbisett. Resedokumenten för barnen, som var norska medborgare och inte kunde skrivas in i hennes tyska pass.

Hon hade aldrig bytt nationalitet, det kanske var dumt.

Deras väldiga bagage, tio polletterade packlårar i godsvagnen, måste rimligtvis innehålla allt man kunde begära för en flytt. Barnen hade sina favoriter med sig i famnen, dockor åt Johanne och Rosa, ett litet tyglejon åt Karl och, till slut efter vissa diskussioner, en ångmaskin åt Harald. I vanliga fall hade hon inte gett med sig, bara slagit fast att ångmaskiner inte passade i en tågkupé, punkt slut. Men självklart hade hon haft svårt att vara hård och bestämd mot Harald under de senaste veckorna. Det hade slutat med en kompromiss. Ångmaskinen fick vara med. Men den fick absolut inte startas.

Barnen var noga med att följa resetraditionen upp till Finse. De ropade som vanligt hurra när tåget passerade över fars bro, de vinkade åt den plats han hade bott på i Hallingskeid och jublade när tåget var "framme" i Finse.

Längre hade de ju aldrig åkt på sina sommarutflykter. Åtminstone ett par dagar varje sommar, också nu under krigsåren, hade familjen åkt upp till Finse för att andas fjälluft och hälsa på paret Klem.

Absolut fred rådde mellan Alice och henne och Lauritz. Kriget talade man inte om. På Finse var ingen tysk, engelsk eller för den delen grek.

Hon hade ringt i förväg, men paret Klem var bortresta och lika så gott var det för uppehållet blev bara tio minuter.

Sedan började den riktiga resan, den nya resan mot främmande land, först längs Finsevand ner till Haugastøl och sedan längs nästa sjö bort till Ustaoset.

De hade alla fylkat sig närmare fönstret medan mor pekade och berättade om fars många umbäranden, hans skidturer i snöstormar som i slask, de många små stenbroarna som man knappt märkte när man nu susade över dem. Det var bitterljuvt, hon hade tårar i ögonen utan att kunna bestämma sig för om det var av olycka för landsflykten, sorgen över ett farväl kanske för alltid, eller om det bara var banal gammal sentimentalitet.

Efter Ustaoset släppte spänningen på något sätt och barnen klagade över att de var hungriga. Stora matkorgar var stuvade uppe på hatthyllornas grova nät, ingen hade kunnat undgå ett märka det. Förmodligen alldeles för många smörgåspaket med get- och fårost från Osterøya, rökt renkorv, saltad fårfiol och allt det som man brukade ha med sig.

Ingeborg hade trots viss ansträngning inte riktigt förlikat sig med den norska vanan, eller ovanan, att aldrig äta riktig lunch utan i stället prassla och kladda med dessa eviga matpaket. Till och med den lille tysken Harald var i det avseendet fullkomligt norsk.

Skulle det bli ett slut på det nu, Haralds och de andra barnens norskhet? Nej, Lauritz skulle alltid tala norska med dem. De skulle alltid kunna komma hem på somrarna, ta ångbåten till Osterøya och hälsa på farmor Maren Kristine.

Det gick ingen nöd på dem på Osterøya. Affärerna låg förstås nere eftersom inga turister fanns. Men farmor Maren Kristine hade, som hon själv beskrev det, samlat i ladorna under de sju feta åren. Frøynes producerade dessutom numera ett överskott av mat.

Mat. Hon var inte särskilt frestad av smörgåspaketen som de andra, också Sigrid, nu kastade sig över med liv och lust. Hon lämnade över befälet till Sigrid och gick ut ur kupén för att söka upp restaurangvagnen. På väg bort hade hon ofta ätit middag där, som hastigast på vägen mellan Drammen och Kristiania. På väg hem aldrig, eftersom festmåltid väntade när hon kom hem till Allégaten.

Allégaten. Skulle hon någonsin återse hemmet?

Restaurangen var halvbesatt och hon fick ett eget bord, tvekade mellan köttfärsbiffar och en korvrätt tills hon upptäckte att det fanns lammstek på matsedeln. Men inget tyskt vin längre. Efter viss tvekan beställde hon en bourgogne.

Var det att gynna fienden? Hon hade druckit bourgogne före kriget och skulle dricka det efter kriget, försvarade hon sig med.

Det hade mörknat utanför fönstren, men det spelade ingen roll. Efter Geilo var det inte mycket bevänt med resan för hennes vidkommande. Skog och forsar, mer och mer skog, mindre och mindre snö. Maten var utsökt, servicen perfekt, belysningen behaglig.

"Madame doktor! En sådan angenäm överraskning att träffa er på nytt!"

Hon hörde att det var perfekt franska och såg upp och kände genast igen honom. Han var den ende fransman hon opererat.

"Ah! Monsieur *Enseigne de Vaisseau de Première Classe*! Hur är det med bröstmuskeln?"

"Tack Madame, efter omständigheterna väl. Lite stel kanske, men ingen infektion."

"Då är ni på väg att bli helt återställd. Men vart är ni annars på väg?"

Hon tvekade. Det var å ena sidan genant, numera i Norge, att tala till någon som måste stå upp. Å andra sidan hade hon en dryg halvflaska vin som hon ändå inte tänkte dricka upp. Det avgjorde konstigt nog saken, tanken att vin som man öppnat inte fick förfaras, en av hennes fars käpphästar.

"Vill ni inte vara så vänlig att sitta ner och hjälpa mig med de sista dropparna bourgogne, *Herr Oberleutnant zur See*?" föreslog hon, med hård betoning på den tyska versionen av hans grad.

"Mycket gärna Madame, ni är alltför vänlig", svarade han, bugade kort och drog ut stolen och slog sig ner.

Kyparen kom genast för att ställa fram ett nytt glas och servera dem båda.

"Är Madame händelsevis från Tyskland?" frågade han när de skålat.

"Ja, jag är händelsevis tyska. Ni är en fransk soldat som har räddats från framtida men av en tysk läkare, så är det. Men vad fick er att förstå det?"

Han tänkte efter. Hon betraktade honom oroligt för att finna spår av fientlighet men fann inga. Han var klädd i norska fritidskläder, en tröja som rentav kunde ha varit av märket Frøynes.

"Jag kan inte ett ord tyska", medgav han. "Jag bara vet hur tyska låter och hur norska låter. Och när ni översatte min grad till tyska, förra gången som just nu, fick jag för mig att bara den som behärskar språket till fulländning kan uttala det med sådan kraft och säkerhet."

"Jag har tyvärr glömt ert namn", sade hon för att komma bort från samtalsämnet. Samtidigt som hon sökt samtalet var hon rädd för det.

"Henri Letang, till er tjänst, Madame!" svarade han och höjde på nytt sitt glas. "Ett utmärkt vin ni har valt."

"Mitt namn är lite svårt att uttala, men jag heter Ingeborg Lauritzen", svarade hon. "Vinet är faktiskt från Bourgogne."

"Ingeborg Lauritzen", upprepade han långsamt och med spöklik perfektion, tyskt uttal på Ingeborg och norskt på Lauritzen. "Jag har intensivstuderat norska", fortsatte han när han såg hennes förvånade min. "Har fått ett jobb på franska legationen i Kristiania som 'ordonnans' vilket antagligen betyder springpojke."

"Då slipper ni kriget", konstaterade Ingeborg. "Förresten uttalade ni också Kristiania perfekt."

"Ja, jag blev torpederad fyra gånger av era ubåtar. Överlevde varje gång som ni ser. Nio liv har jag inte så jag blir gärna springpojke i en spännande nordisk stad. Ska ni också till Kristiania?"

"Nej", sade hon. "Jag och mina barn ska vidare. Vi måste lämna Norge därför att kriget gjorde livet outhärdligt för oss, jag tyska, mina barn halvtyska."

XXIV
OSCAR
MOÇAMBIQUE | TYSKA ÖSTAFRIKA
1917–1918

SONDERKOMMANDO WERNER FICK de mest skiftande specialuppdrag eftersom gruppen med tiden skaffat sig en bred erfarenhet, framför allt bakom fiendens linjer. Till de mer egenartade uppdragen hörde att jaga flodhäst.

Det var inte så mycket för köttets skull även om en flodhäst räckte gott till hundratals grillspett; det förslog ändå inte så långt i en styrka på flera tusen man.

Det var flodhästfettet saken gällde. *Die Ersatzabteilung*, enheten som ansvarade för framställning av surrogat till allt från whisky till kaffe och tobak, gjorde helt enkelt en beställning på flodhästfett med jämna mellanrum. Under vissa årstider hade man nämligen inte tillgång till jordnötter för att framställa stekfett, en vara som det var ett ständigt och stort behov av.

Som militärt uppdrag befanns flodhästjakt vara såväl lättvindigt som löjeväckande och omgivningen kom med gliringar när "flodhästmördarna" gav sig av.

Det var ändå inget lätt uppdrag. Oscar och Kadimba skulle svara för själva jaktinsatsen, den övriga gruppen hålla vakt och skydda dem när de koncentrerade sig på uppgiften, och sedan hjälpa till med kötttransporten om jakten gick bra.

Den rent jaktliga sidan av saken var inte så enkel som folk föreställde sig. Förvisso låg grymtande flodhästar överallt i de många vattendrag man passerade under den långa reträtten undan de sydafrikanska styrkorna. Men det var inte någon bra idé att bara döda flodhästarna ute i vattnet, det gällde att kunna bärga dem efter skottet. Och man måste träffa direkt i hjärnan, annars dök och försvann djuret och blev krokodilföda något dygn senare. Det var ett besvärligt uppdrag och gruppens båda jaktansvariga gjorde en hel del misstag i början innan de fått grepp om tekniken.

En kväll strax före mörkret när de tungt lastade återvände från ett lyckat *Sonderauftrag* gällande stekfettsersättning, det var efter de tyska segrarna vid Mahiva och Nyangao, mötte de en styrka som general Wahle hade sänt som påstådd förstärkning. Männen stapplade fram i den sena eftermiddagshettan. Nästan ingen man tycktes kunna gå för sig själv och hälften av dem var febersjuka. Det var en på flera sätt gripande syn som fick Oscar att stanna upp utan att ens tänka på att ställa ner sin 25-kilosbörda med flodhästfett. Han anade att han såg något betydelsefullt, inte bara tysk tapperhet och uthållighet, inte bara kamratskapet där vita kunde stödja sig på svarta lika väl som tvärtom. Han såg något mer oroväckande.

Hela tiden hade de slagits mot sjukdomarna, som var en mycket farligare fiende är engelsmännen. Det var till och med vanligt att man skämtade om sjukdomarna som en allierad, eftersom den tyska sjukvården var så överlägsen den engelska. Man behövde bara någon enstaka gång ha följt en engelsk styrka i spåren för att förstå skillnaden. Överallt hyenor som slank undan bland alla halvätna människokadaver. De engelska trupperna led fruktansvärda förluster och de hade varken ork eller tid längre att begrava sina döda.

Om Tyskland bara kunde hålla ut så skulle Afrika besegra engelsmännen. Det var i alla fall vad man intalat sig i Schutztruppe.

Men det Oscar såg den här kvällen var något annat, det var för illa, som om Afrika också höll på att besegra Tyskland.

Och det var tydligen vad Paul von Lettow-Vorbeck insåg när han med sin huvudstyrka förenade sig med det regemente som Oscar för tillfället tillhörde. För nästa dag ställdes hela den samlade tyska försvarsstyrkan upp för medicinsk inspektion. Överbefälhavaren von Lettow-Vorbeck höll ett kort tal där han förklarade att det man nu tänkte genomföra var en absolut nödvändighet för det tyska försvarets överlevnad. Varje man, officer som menig, vit tysk som svart tysk, skulle underkastas en sträng medicinsk kontroll på åtta olika läkarstationer som upprättades i lägret. De som inte klarade undersökningen skulle, givetvis med tillräckliga förnödenheter, lämnas kvar när den samlade huvudstyrkan drog vidare.

De som lämnades kvar hade då två möjligheter. För dem som kunde förflytta sig fanns alternativet att marschera mot de tyska samhällena Sphinxhaven eller Wiedhafen vid Nyassasjöns strand, låta sig demobiliseras och därefter underkasta sig de regler som gällde för civilbefolkning under ockupation.

För dem som inte kunde förflytta sig var alternativet mer sinistert. De måste stanna i sjukläger, förstås under medicinsk uppsikt, tills lägret intogs av de engelska styrkorna och därefter kapitulera som krigsfångar.

Andra möjligheter fanns inte. Sjuka och friska måste skiljas åt, annars var kriget förlorat.

Det var den 17 november 1917, mer än en månad innan nästa regnperiod skulle ge dem en tids respit, fast oklart var. Samtidigt som byggnadsdetaljen tog itu med att bygga regnsäkra sjukförläggningar på de högst belägna platserna i lägret började männen fylkas runt anslag som sattes upp med instruktioner om vilka enheter som skulle läkarundersökas var och när.

Werner Schönfeldts Sonderkommando skulle börja passera kontrollstationerna först om några timmar, så de drog sig tillbaks till sitt eget mindre tältläger som de byggt i utkanten av huvudförläggningen. De satte sig i en ring utanför tälten, alla i förhoppningen att någon annan skulle ha något att säga. Till en början blev det mest tystnad innan Werner försökte muntra upp dem med att i just deras gäng skulle nog alla klara den där läkarundersökningen, ingen här skulle behöva ge upp och bli krigsfånge.

Det föreföll dem alla som högst troligt att major Werner hade rätt. Tänkte man lite närmare på saken levde de bättre än de flesta andra trupper. De var oftast ute på enskilda spanings- eller sabotageuppdrag i mellan en vecka och tio dagar. De drack aldrig infekterat vatten, de åt alltid mer rent kött än de andra, särskilt sedan Kadimba hade anslutit så att man hade två jägare. Just eftersom de för det mesta höll sig för sig själva borde risken att drabbas av hostsjukan och all annan djävulskap som härjade vara betydligt mindre.

Oscar oroade sig för sin återkommande febersjukdom som man inte riktigt visste vad det var. Just nu var han i alla fall i god form. Och Kadimba hade sedan länge hämtat sig från sviterna av sin slavtid hos engelsmännen, där han till slut bara fått en näve kassavagröt om dagen. Nej, Sonderkommando Werner skulle nog vara intakt när de drog vidare nästa dag, för så var tydligen planen. Frågan var bara vart de skulle retirera den här gången. Och om deras grupp i så fall skulle få det vanliga uppdraget, att släpa efter huvudstyrkan och ligga i försåt här och var för att prickskjuta engelska officerare. Melonskottet, som man skämtade om. Kadimba hade också fått tag på en Mauser i den grövre kalibern och de hade mer än 100 skott kvar. Den ammunition de använde var egentligen jaktammunition avsedd för storvilt, med mjuk blyspets. Någon sade att det var förbjudet i krig och man skämtade om de två prickskyttarna som krigsförbrytare. Melonskott kallade man det eftersom den tunga kulan sprängdes när den slog igenom en vit engelsk tropikhjälm så att hela huvudet där inne exploderade som om man skjutit en vattenmelon.

Oscar tyckte numera om att skjuta sådana skott, han tyckte om att se de satans djävla engelsmännen dö så att de skvätte ner hela sin omgivning när melonen exploderade. Han hade rentav tagit onödiga risker genom att ligga kvar och vänta in ännu ett skottillfälle medan kamraterna drog sig undan. Om han haft känslomässiga dubier för ett par år sedan var allt sådant nu borta. Det enda han beklagade var att han aldrig fått några belgare i sikte.

De medicinska krav som von Lettow-Vorbeck ställt var mycket

stränga. Eller så visade sig hälsoläget inom den samlade huvudstyrkan vara fullständigt katastofalt.

700 européer, 2 000 askaris och 1 000 bärare klarade inte de medicinska kraven för att få fortsätta med huvudstyrkan.

Paul von Lettow-Vorbeck, som befordrats till generalmajor och bar ett blått halskors som kallades Blauer Max på soldatspråk, hade nu en försvarsstyrka som bestod av 278 tyskar, en norrman, fjorton danskar, 1 700 askaris och 3 000 bärare.

Huvudfienden, för närvarande den sydafrikanske generalen Jaap van Deventer, hade 56 000 man till förfogande, enligt den tyska underrättelsetjänsten. Det kunde ha varit värre, enligt samma källor, men England hade dragit tillbaks 50 000 man indiska trupper för att de hade besvär med en revolution i Afghanistan och uppror i själva Indien, som var viktigare att slå ner än att dela ut nådastöten mot de tyska trupperna i Afrika.

Efter läkarkontrollerna samlades alla i Sonderkommando Werner i sitt eget avskilda läger, tände en eld och delade på några flaskor surrogatwhisky som socialisten Günther Ernbach på något förunderligt sätt lyckats organisera. De var vid gott mod, trots den oväntat stora medicinska decimering som huvudstyrkan just genomgått. Men alla höll med om att ledningens analys var riktig, att det gällde att koncentrera dem som var friska i stridande förband. De var också stolta över att ingen av dem själva hade underkänts av de stränga tyska läkarna.

Alltefterso̊m de drack började de muntra upp varandra med glada minnen, ungefär som man berättade jakthistorier, och Oscar fungerade hela tiden som språklig brygga mellan swahili och tyska.

Roligast var historien om de två engelska officerarna som tvingat sina askaris att smyga fram runt fronten sjungande den marschsång man använde inom King's African Rifles, *Tipperari mbali sana sana!*

Där hade de legat på pass, dolda och väl förskansade på en sluttning. Och nere längs den uttorkade flodfåran, i fullt dagsljus, hade fienden marscherat mot dem sjungande att det var lång väg till

Tipperary. Vilket förstås var sakligt helt korrekt. Men som smygattack runt den tyska flanken tog väl ändå detta priset i engelsk enfald. Man hade förstås gett ordern om kampsång för att höja mannarnas moral. Oscar och Kadimba, som hade gevär med längre räckvidd än de andra i gruppen, hade mot givna order öppnat eld först, skjutit tre melonskott, det fanns bara tre engelska befäl i gruppen. Sedan hade Oscar ställt sig upp fullt synlig och vrålat på swahili att de engelska imperialisterna nu fått vad de förtjänat och att alla kamrater askaris fick fem sekunder på sig att retirera. Och det hade fungerat!

Werner hade först varit förbannad, men snabbt gett sig inför komiken i händelsen. Och nu när historien återberättades vrålade han av förtjusning: Tipperari mbali sana sana! De svarta kamraterna, som tydligen kunde texten, tog genast upp sången och så skrattade man på nytt. Det blev därefter inte skratt på en lång tid.

Nästa dag gick de mot portugiserna i söder. Det var logiskt, de behövde förråd och måste bunkra upp inför regnperioden och portugiser var bevisligen de sämsta soldater som Gud någonsin skapat, i vad mån Gud skapade soldater.

Ända sedan portugiserna gått med i kriget på Englands sida hade Paul von Lettow-Vorbeck använt först den framryckande portugisiska huvudstyrkan, sedan deras baser inne på eget territorium i Moçambique för att fylla på depåerna. Det berättades att Max Loof, den före detta fartygschefen på kryssaren Königsberg, hade varit först med att upptäcka fördelen med portugisernas inträde i kriget. I slutet av förra året, sent en kväll i november, hade han närmat sig den portugisiska befästningen Newala. Han hade visserligen ett par hundra man i sin avdelning, men befästningen såg alldeles för stark ut så han slog läger för natten i stället för att inleda ett anfall. Man sköt bara några få skott för att upplysa portugiserna om att de nu var belägrade.

Nästa morgon visade det sig att portugiserna smitit utan strid och lämnat allting efter sig: fordon, hästar, mulor, 100 000 patroner, medicin, proviant, allt som engelsmännen försett dem med. Den gamle sjökaptenen hade vunnit ett viktigt slag till lands efter att ha låtit avfyra ett halvt dussin skott.

Det var alltså en hygglig gissning att man nu skulle gå söderut för att förse sig av portugisiska förråd innan regnperioden gjorde krig omöjligt.

Och gick man söderut skulle man hamna i nya områden med tsetseflugor. Det var också en given fördel eftersom de som för tillfället var huvudfienden, sydafrikanerna, försökte bedriva krig som hemma – med kavalleri. Snart skulle de inte ha några hästar kvar.

Under framryckningen mot gränsfloden Rovuma gick Sonderkommando Werner först, en kilometer före huvudstyrkan. Deras uppdrag var enkelt och klart formulerat. De skulle dels hitta en framkomlig väg och lämna tydliga spår efter sig så att huvudstyrkan kunde följa dem. Dels skulle de i händelse av konfrontation med fientliga patruller överleva.

När de närmade sig gränsfloden stötte de mycket riktigt ihop med ett kompani sydafrikanskt kavalleri. De hade turen att bli de som först upptäckte fienden och kunde gillra en fälla, hade till och med tid att montera en kulspruta och sedan bara vänta in fienden.

De dödade hälften av sydafrikanerna innan deras befäl kapitulerade. Officeren som höjde en skjorta som vit flagg hade dock inte engelsk tropikhjälm utan en bredbrättad hatt av ungefär samma slag som Oscar själv bar.

Efteråt skämtade han med Kadimba om att i annat fall hade det pinsamt nog blivit ett melonskott till, trots den vita kapitulationsflaggan.

De avväpnade de överlevande sydafrikanerna, alla tydligen boer av utseende och språk att döma, sadlade av deras hästar och tjudrade dem. Hästarna skulle visserligen inte överleva i det här tsetseområdet, men de kunde mycket väl komma till pass som mat. En löpare sändes tillbaks i spåret för att rapportera till huvudstyrkan, Kadimba och Oscar avancerade ensamma mot floden utan att få kontakt med några ytterligare fiender. När de kom tillbaks till de egna slog man läger i väntan på huvudstyrkan. Vad man skulle göra med fångarna visste man inte. De var ju bara extra munnar att mätta, det fick överbefälhavaren bestämma.

Werner gav order om att några av de tillfångatagna boerna, som satt sammanfösta runt en palm mitt i lägret, skulle släppas lösa för att ta hand om sina sårade. För, som han förklarade, han förutsatte att tyskar aldrig skulle skjuta krigsfångar. Sådant var engelskt barbari.

När huvudstyrkan kom fram bestämde von Lettow-Vorbeck att man skulle frige boerna så fort de begravt sina döda. Man skulle dock ta av dem stövlarna för att i görligaste mån försena deras återförening med den egna huvudstyrkan. De hade också sina egna sårade att släpa på.

De sydafrikanska officerarna fick behålla sina engelska tjänsterevolvrar, till försvar mot hyenor och andra människoätare. Därmed var det bara att önska dem lycka till och eftersom många boer talade hygglig tyska skiljdes man under ömsesidiga hedersbetygelser.

Kort därefter gick hela den tyska huvudstyrkan på 2 000 man över gränsfloden Rovuma på ett ställe som visserligen var 700 meter brett, men där floden inte blev djupare än brösthöjd mitt ute i flödet. Om några veckor skulle den vara omöjlig att ta sig över.

Oscar och Kadimba fick organisera krokodilpatruller längs den långa kolonnen av tyska soldater som nu lämnade Tyska Östafrika. Somliga grät som om det var deras egen Heimat de tvingades överge. I nästan fyra år hade man vägrat att låta sig besegras, men nu var man utkörda. De satans engelsmännen hade inte längre något motstånd på tyskt territorium.

Det var den ena, och för ögonblicket överväldigande aspekten på det som just skett. Den andra aspekten lät von Lettow-Vorbeck omedelbart kungöra när man fått över hela styrkan på andra sidan och således befann sig i Portugisiska Östafrika. Det här var en raid för att förse sig med nödvändiga förråd. Mot sig hade man bevisligen världens sämsta soldater, dock allierade med engelsmännen. Först skulle man alltså förse sig. Sedan avvakta regnperioden. Därefter återvända till Tyska Östafrika. Det var planen.

Och det såg ut att börja bra. Redan samma kväll grupperade man sig runt den portugisiska gränsbefästningen Negomano och öppnade eld lite här och var, mest för att pröva motståndarens nerver medan man släpade fram sina två återstående artilleripjäser och ställde upp dem inom synhåll, dock utan att ge eld eftersom man hade ont om ammunition.

Den psykologiska krigföringen fungerade. Redan nästa morgon kapitulerade befästningens befälhavare, en major Quaresma, villkorslöst. De portugisiska soldaterna, dubbelt så många som de tyska, avväpnades och fick avtåga.

Bytet blev i stort det gamla vanliga, nya engelska kulsprutor, två hanterbara pjäser fältartilleri, ett par tusen gevär man ändå inte hade någon användning för, 250 000 patroner gevärsammunition och så vidare. Besvikelsen var att mat- och medicinförråden var förvånansvärt små. Den stora överraskningen var ett lager som flödade över av champagne, konjak, öl och whisky.

Senare den kvällen fanns garanterat inte en enda nykter tysk soldat, svart eller vit, i den erövrade befästningen. Hade en engelsk undsättningsexpedition nått fram just då hade kriget kunnat få ett tvärt och obehagligt slut för den tyska styrkan.

Engelsmännen gjorde egendomliga prioriteringar när de försåg sina allierade med förråd.

Under de följande veckorna tog man den ena portugisiska gränsposteringen efter den andra och kom på så vis över ytterligare artilleri, kulsprutor och en miljon gevärs- eller kulsprutepatroner. När regnen kom var man i säkerhet uppe på Makondeplatån och kunde fira en ovanligt kall jul. Nyårsafton blev bättre, särskilt för Werner Schönfeldts Sonderkommando, eftersom han insisterat på att man skulle släpa med sig två lådor champagne från den första erövringen vid Negomano.

Om kriget uppe i Europa visste man ingenting och hade heller ingenting hört på ett halvår.

* * *

Den tyska styrkan dröjde sig kvar på portugisiskt område under större delen av 1918 eftersom den strategin erbjöd så stora fördelar. Man segrade alltid i de små strider man valde att ta, de portugisiska fästena var alltid lätta att erövra och när portugiserna sände ordonnanser för att rekvirera hjälp från engelsmännen kunde man ibland välja att avsiktligt låta budbärarna komma undan så att man därefter kunde gillra en fälla för undsättningsexpeditionen. Den 3 juli utplånade Kempner och von Ruckteschell en hel sådan undsättningsstyrka bestående av en portugisisk bataljon och två engelska kompanier. Generalen Gore-Browne, som lett sin styrka i fördärv, tillhörde de få överlevande eftersom han gömt sig längst bak i sina egna trupper. Han hittades och togs till fånga, men släpptes snart eftersom man inte hade någon vettig användning av engelska fångar, inte ens generaler. Det fanns inga tyska fångar att utväxla.

Så hade man kunnat fortsätta i evighet, tycktes det. Den besvärliga och kraftigt kuperade skogsterrängen gjorde det mycket svårare för de till antalet överlägsna engelska styrkorna. De kunde aldrig veta var bakhållet väntade, deras motorfordon fungerade inte och deras hästar var döda.

Under mer än ett halvår hade Sonderkommando Werner samma uppgift. De släpade alltid efter huvudstyrkan, förskansade sig, maskerade sina positioner och väntade. Var det en mindre fiendepatrull som kom först i deras spår så försökte de utplåna den. Var styrkan övermäktig sköt de så många engelska officerare de hann med innan de drog sig tillbaka. Det var en mycket effektiv taktik. Vid varje sådan mindre sammanstötning måste fienden göra halt och kalla fram ytterligare spaningsförband för att försöka förstå om man bara råkat ut för en mindre grupp prickskyttar eller om man var på väg in i ett överfall där hela den tyska huvudstyrkan väntade.

Militärt var alltså läget gott. Men inte politiskt. För kriget kunde snart ta slut och vid krigsslutet måste von Lettow-Vorbecks styrka befinna sig på tyskt territorium. Det var så han hade förklarat att man måste återvända hem, hur stora taktiska fördelar man än hade av att hålla till nere i Moçambique.

Återtåget blev svårt därför att man drabbades av en epidemi av smittkoppor och för att feberinfluensan med svår hosta spred sig. Varje dag måste man begrava döda.

Under hela denna period opererade Sonderkommando Werner längst bak för att täcka återtåget med sina nålsticksaktioner mot engelska och sydafrikanska förföljare.

Ju längre in i Tyska Östafrika man kom, desto lättare blev terrängen för det sydafrikanska kavalleriet som nu kunde rekvirera nya hästar, Oscar och Kadimba fick återgå till taktiken att bara skjuta mot hästar.

Oscar började känna sig mycket trött, inte i kroppen utan i huvudet. Han låg på pass och väntade på rätt läge, han och Kadimba sköt några skott och drog sig tillbaka, dag efter dag, vecka efter vecka. Det började kännas overkligt och mer som en ond dröm än som en fråga om liv eller död. De hade tillsammans sjutton patroner kvar som passade till deras 10,2 mm Mauser, snart måste de övergå till de mer finkalibriga gevär som alla andra använde.

Det kändes som en evighet sedan han gått till fots från Rufiji upp till Dar es-Salaam med 300 patroner i ryggsäcken, en tung last. Om han och Kadimba nu använt mer än 280 skott så hade de fyllt en hel kyrkogård med engelsmän och sydafrikaner och ändå tog det aldrig slut. Som han mindes det hade han haft någon sorts skäl för att delta i kriget men han kunde inte längre komma på vad.

Hämnd? Jo, men hur meningslöst verkade inte det efter alla dessa år. Tyskland mot barbariet? Även om det sakligt sett var sant kunde han inte längre föreställa sig att han tänkt så. Den egna överlevnaden? Döda eller dödas. Antagligen, men till och med inför det valet började han känna likgiltighet.

Vad hade han egentligen att slåss för?

Allt han levt för i Afrika var ändå borta, allt han älskat. Aisha

Nakondi var borta. Barnen var borta, liksom allt han byggt. Och sedan själv raserat.

Det kunde förstås byggas upp igen efter segern. Men inte heller den tanken skänkte någon glädje, det var som om han inte ens orkade längta efter segern, den ständigt omtalade hägringen av lyckorus. Hans stora trötthet bredde ut sig som en regndränkt grå soldatfilt över allt han försökte tänka.

Han och Kadimba låg i försåt, halvsovande i middagshettan vid ett vägpass mellan två sydafrikanska styrkor. Uppdraget bestod den här gången i att försöka infånga någon av de motorcykelordonnanser som sändes fram och åter mellan de två sydafrikanska regementena. De egna styrkorna var i desperat behov av informationer om fiendens rörelser.

Han blev nästan besviken när Kadimba väckte honom ur halvslummern och pekade ut över den långa sträckan av fri sikt ner mellan gles skog. I ett rött dammoln där nere kom faktiskt en motorcykel med sidovagn mödosamt framskumpande mellan stenblock och trädrötter på den provisoriskt anlagda vägen.

Oscar suckade när han lade upp sitt gevär och tog stöd mot den hårda röda jorden framför sig. Han kände inte längre någon upphetsning i sådana lägen, bara den svårförklarliga trötthetten.

Som om han känt av Oscars sinnesstämning föreslog Kadimba att man bara skulle stoppa den ensamme motorcyklisten och sen konfiskera motorcykeln för att lättare ta sig hemåt.

Oscar nickade och kravlade sig upp på knä och skämtade om att deras patroner ändå börjat bli alltmer värdefulla. En sydafrikan mer eller mindre gjorde ingen skillnad, det var ordonnansens depescher som var uppdraget.

Det var en liten uppförsbacke just där de förberett sitt bakhåll så att motorcyklisterna måste sakta farten just innan man sköt dem.

Oscar steg ut på vägen när ordonnansen befann sig ett femtontal meter bort och sträckte upp handen till stopptecken. Snett bakom honom höjde Kadimba sitt gevär. Motorcyklisten höll först på att vingla av vägen i förskräckelse men fick stopp på sitt fordon alldeles intill dem, drog av gasen och sträckte båda armarna i vädret. Han var liten till växten och såg mycket ung ut.

"Håll händerna högt och stig ur fordonet!" beordrade Oscar.

"Men varför det?" undrade pojken och drog av sig motorglasögonen så att två stora vita cirklar visade sig i hans röddammiga ansikte. Han föreföll förvirrad men talade i alla fall tyska.

"Därför att vi är tyska Schutztruppe och du är sydafrikansk soldat", svarade Oscar. Irriterad över den dumma frågan höjde han hotfullt sitt gevär. Pojken lydde omedelbart, trasslade sig av motorcykeln med händerna i vädret och ställde sig i någon sorts givakt fast med händerna sträckta rakt över huvudet. Det såg komiskt ut, eller snarare rörande.

"Var har du dina depescher?" frågade Oscar.

"Där!" svarade pojken och pekade med ena handen ner mot sidovagnen men återtog kvickt sin ursprungsställning med båda armarna sträckta rakt uppåt tätt intill öronen, han såg mer förvånad än rädd ut.

"Men... men ni kan väl inte ta mina depescher?" invände pojken på ett sätt som i sin naivitet mer lockade till ett leende än till ökad irritation.

"Jodå", förklarade Oscar. "Vi kan till och med låta dig leva, men du får vara beredd att gå tillbaks till hemmabasen."

"Men kriget är ju slut", protesterade pojken och sänkte tveksamt sina händer. "Ni vet väl att det är vapenstillestånd sen två dagar?"

Det stod plötsligt helt still i huvudet på Oscar. När Kadimba frågade efter en översättning upprepade han bara mekaniskt orden på swahili, "kriget är slut".

Det tog en stund för honom att bryta sin tankeförlamning. Pojken måste ha sett det på honom och då också förstått att han inte känt till att kriget var över.

"Jag har nyhetstelegram och depescher om allt som hänt den senaste veckan här i motorcykeln", berättade pojken ivrigt. "Allting, det var meningen att informera vårt grannregemente mer i detalj, för de vet bara att det är vapenstillestånd."

När Oscar översatte för Kadimba fick han bara ett leende och en tvivlande huvudskakning till svar samtidigt som Kadimba slängde upp geväret över axeln i bärremmen och slog ut med händerna.

"Då får vi väl sno grabbens papper och ta dem till basen så fort som möjligt", konstaterade han.

Oscar tänkte efter. Kadimba hade naturligtvis alldeles rätt.

"Vad heter du, unge man?" frågade han i vanlig samtalston.

"Piet Jungs! Sergeant i 1st South African Mounted Brigade, herr kapten!" svarade pojken och sträckte upp sig som inför ett eget befäl. Ögon på skaft hade han tydligen, eftersom han noterat Oscars nya gradbeteckning.

"Det är gott, Piet! Då gör vi så här. Vi tar dina depescher, konfiskerar dem helt enkelt, därför att vi tyskar har mycket större behov av de där kunskaperna än dina kolleger på regementet här intill. Du återvänder till dina befäl och rapporterar vad som hänt. Är det förstått?"

"Förstått, herr kapten!"

"Utmärkt. Lämna över handlingarna och kör försiktigt på hemvägen!"

De tog emot en tjock brun läderportfölj, inspekterade motorcykelns sidovagn för att konstatera att där inte fanns några dolda handlingar och gjorde sedan en skämtsam honnör mot den unge mannen när han nervöst sparkade igång sin motorcykel och med visst besvär vred runt den på vägen innan han satte av hemåt.

"I värsta fall har vi ett helt jägarkompani efter oss om någon timme", muttrade Kadimba misslynt.

"Nej, det tror jag faktiskt inte", svarade Oscar tankfullt. "Jag tror att pojken talade sanning. Annars måste han ha varit en ovanligt stor skådespelare. Kriget är slut, det är vad jag tror. Och just därför kommer sydafrikanerna inte att sätta efter oss."

"Han är hemma om en timme, om ännu en timme kan de vara här och ta upp jakten", invände Kadimba tvivlande.

"Ja, men i så fall har vi två timmars försprång och om fyra timmar är det mörkt. Marken är hård och lämnar nästan inga spår och oss två skulle de ändå aldrig kunna ta", svarade Oscar obekymrat samtidigt som han stoppade ner portföljen i Kadimbas ryggsäck och hängde geväret över axeln.

De promenerade utan brådska ett stycke över öppen mark innan de kom in i en tätnande skog där de för säkerhets skull tog några extra lovar för att förvirra eventuella förföljare innan de fortsatte rakt västerut mot solnedgången.

Kadimba lät sig till slut övertygas om att det inte kunde ha varit en fälla, eller fråga om att avsiktligt låta sig tas till fånga med falsk information. För det första, argumenterade Oscar, fanns det inga som helst garantier att den i så fall mycket skicklige skådespelaren skulle överleva. Det vanliga när man tog deras ordonnanser var ju att man sköt dem. Och dessutom måste den förlorande sidan börja ta det lite försiktigt och hålla på alla krigslagar. Ingen av de där rödnackarna ville väl ställas inför en tysk militärdomstol för brott mot vapenvilan?

Eftersom han inte kunde föreställa sig något annat utgick Oscar från att Tyskland i kraft av sin högre utvecklade teknik och bättre soldater äntligen hade vunnit kriget.

Det var också von Lettow-Vorbecks föreställning när de nästa morgon överlämnade portföljen med de sydafrikanska depescherna till staben. Hans omedelbara slutsats var att huvudstyrkan nu måste ta sig till Dar es-Salaam så fort som möjligt för att där kunna ta emot de kapitulerande utländska trupperna. Såvida de inte föredrog att sticka svansen mellan benen och smita åt alla håll för att ta sig ur landet. Men till Dar måste man i alla fall. Först skulle man bara studera de stora nyheterna.

Det dröjde mer än två timmar innan någon av de högre stabsofficerarna visade sig. Paul von Lettow-Vorbeck kom först ut från stabstältet, kallade på en trumpetare som blåste till allmän samling. Han var alldeles vit i ansiktet.

Det tog bara en kvart innan hela styrkan stod uppställd på slät gräsmark utanför lägret, man var ju inte fler än på sin höjd 1 700 man. Till en början surrade glada rykten mellan leden. Men von Lettow-Vorbecks ansiktsuttryck bådade inte gott, och stabsofficerarna som radade upp sig bakom honom såg lika återhållsamt dystra ut som deras chef.

Han höll ett mycket kort tal. Det han berättade var lika kristallklart som obönhörligt.

Sedan en vecka tillbaka rådde vapenstillestånd i det stora kriget i Europa. Vapenstilleståndet omfattade även alla stridande förband på annat håll i världen. Tyskland hade förlorat kriget och var numera en republik. Kaiser Wilhelm II hade flytt till Holland där han fått politisk asyl. Elsass Lothringen tillhörde nu enligt kapitulationsvillkoren Frankrike. Rhenlandet var ockuperat av främmande trupper.

För Schutztruppes vidkommande återstod bara en fråga. Nämligen till vilket fientligt förband man skulle överlämna sig vid kapitulationen. Staben hade beslutat att även om den sydafrikanska brigaden var geografiskt närmast vore det ovärdigt att överlämna sig till sydafrikaner med tanke på de tyska truppernas sammansättning. Som bekant fanns inga askaris bland de sydafrikanska styrkorna, eftersom man i Sydafrika ansåg att svarta män inte skulle ha rätt att bära vapen. Och följaktligen inte heller behandlas som krigsfångar utan som slavar vid tillfångatagande.

Staben undersökte därför vilket engelskt förband som befann sig geografiskt närmast. Dit skulle man sedan bege sig utan vidare dröjsmål. Det var allt. Höger-vänster om marsch!

Generalen vände därmed på klacken och försvann bort mot stabstältet med alla de högre officerarna i släptåg.

Kvar ute på fältet stod resterna av den tyska, aldrig besegrade afrikanska armén som förlamad.

Det tog två dagar att planera rutten. Man skulle marschera på led i militär ordning under vit flagg, Schutztruppes banér och tyska flaggan i riktning mot Bismarcksburg intill Nyassasjön. Före ankomsten skulle man vika av tvärt söderut och gå in över den nordrhodesiska gränsen för att överlämna sig till ett engelskt förband i Abercorn.

Ordonnanser skulle sändas i förväg för att varsko engelsmännen. Persedelvården inför avfärden var viktig, alla uniformer måste repareras i mån av behov och tvättas. Man behövde bara bära med sig proviant och medicin för den beräknade transporten, ingen överskottsammunition. Däremot skulle var soldat bära sitt vapen i proper stil.

Så avslutades kriget för den tyska östafrikaarmén. Man satt och sydde och lappade på sina uniformer för att vara "proper" när man överlämnade sig i fångenskap. Stämningen var underlig bland männen, somliga var galghumoristiska och skämtade om tysk prudentlighet, eller småborgerlighet som Oscars närmaste befäl, numera majoren Günther Ernbach, ironiserade över. Han var den ende i deras förband som verkade vara på gott humör, för när det fullständiga innehållet i de sydafrikanska nyhetsdepescherna blev bekant fick han veta att den socialistiska revolutionen hade genomförts redan förra året i Ryssland. Han påstod att det var den viktigaste nyheten av alla, att världen nu skulle förändras så dramatiskt att utgången i detta världskrig snart skulle te sig betydelselös. Han gjorde sig nästan till ovän med de andra kamraterna, men till slut iddes ingen käfta med honom. Det tyska nederlaget hängde alltför tungt över dem.

Under de två dagarnas förberedelser kallades de flesta yngre officerarna, Oscar räknades som sådan, till enskilt möte med överbefälhavaren von Lettow-Vorbeck.

Oscar hade väntat sig att möta en bruten man, men så var det ingalunda. Det var som om kapitulation bara var en av många militära plikter i ett krig och som om det bara var att följa reglemente också för den saken. Generalen verkade närmast avspänd när de möttes inne i stabstältet. Han såg lika oklanderlig ut som om han just promenerat ut från ett stabsmöte i Berlin. Hans nya svarta stövlar (från en portugisisk överste) var blankpolerade, hans uniform såg ut som om den hade strukits och pressats, hur man nu åstadkommit det, och kring halsen bar han sin Blauer Max, annars inga medaljer.

"Sitt ner, sitt för all del ner, kapten Lauritzen!" hälsade han vänligt när de gjort honnör.

Oscar lydde självklart men hade ingen föreställning om vad man skulle kunna samtala om, ty vad fanns egentligen att säga?

"Ni minns väl fortfarande vårt första möte, kapten Lauritzen?" började von Lettow-Vorbeck. "Jag minns det i alla fall som igår. Det var på den tiden smärre uppror bland infödda var den enda förutsebara militära uppgiften och ni hade, så civilist ni var, organiserat ett mycket skickligt försvar mot en krigisk infödingsstyrka. Minns ni?"

"Ja", medgav Oscar. "Jag minns det faktiskt mycket tydligt. Världen var ljus på den tiden, jag byggde järnväg och broar för att göra den än ljusare. Och ni försökte göra mig till militär. Det var en vacker eftermiddag på Tyska husets lunchrestaurang, vi hade fönsterbord."

"Och ni hävdade att ni var en mycket civil person, om jag minns rätt."

"Ja, jag sa säkert något sådant."

"Och i början av det här kriget sköt ni bara hästar, med någon sorts humanistisk motivering?"

"Helt korrekt, herr generalmajor. I början sköt jag bara hästarna i förföljande engelskt kavalleri. Det var inte hyckleri, vill jag understryka."

Generalen tystnade och såg vänligt forskande på Oscar. Hans diskreta mustasch hade grånat än mer, han var smärt senig utan att på något sätt se svag ut. Och tydligen lugn som en filbunke, melankolisk snarare än bitter. Som han väl ändå borde ha varit.

"Vad som sedan hände med er vet jag inte, kapten Lauritzen", fortsatte von Lettow-Vorbeck eftertänksamt efter en lång paus. "Men något måste det ha varit. Låt oss kalla det kriget. Men faktum är att ni enligt mina sammanräknade rapporter har dödat 163 engelska och sydafrikanska officerare och underofficerare under Sonderkommando Werners insatser för framskjuten spaning. Inser ni vad det betyder?"

"Nej, herr general. Vi själva har haft mer än 6 000 man i förluster, hälften sårade, hälften döda. Engelsmännen har haft tio gånger så stora förluster, såvitt jag förstår. De har dessutom förbrukat 100 000 bärare. Så vad betyder 163 engelska officerare mer eller mindre?"

"Ni är verkligen fortfarande en sorts civilist!" utbrast generalen. "Kanske är det på något underligt sätt därför jag alltid tyckt om er, eftersom ni ändå är en pliktmänniska. Och sådant uppskattar jag. Låt mig då säga en sak om det civila, för jag antar att ni inte tänker återvända till vare sig Norge eller Tyskland för att inleda en strålande militär karriär. Har jag inte rätt?"

"Tvivelsutan, herr general."

"Gott! Det jag vill säga er är att ni kommer att återvända till ett civilt liv där ni kan fortsätta er brobyggnad, hys inga tvivel på den punkten. Jag har sett många män komma hem från krig och sedan gå vidare i det civila livet och jag önskar er av hela mitt hjärta lycka till. Det är bara en sak ni ska veta, innan jag formaliserar Tysklands tacksamhet för behjärtansvärda, heroiska insatser etcetera."

"Med all respekt, herr general. Jag tror jag vet allt jag behöver veta om vårt mänskliga liv. Jag önskar ni hade rätt om det där med nya broar."

Generalen tvekade, som om han plötsligt ändrat sig och inte tänkte fortsätta sin tankegång, vilken den nu var. Han tecknade tyst åt sin adjutant att lyfta fram ett stort svart skrin och ställa det på det rangliga skrivbordet.

"Jag har fortfarande ett litet lager av Järnkorset av 1:a klassen, sådant delar man nämligen inte ut lättvindigt", vidtog han, mer formell i tonen. "Där går för övrigt gränsen för vad jag som general kan tilldela enskilda soldater. Ni borde ha dekorerats betydligt högre. Skälet är enkelt. Ingen, jag säger ingen, jag kan inte föreställa mig det, på stridande förband i hela den tyska försvarsmakten kan egenhändigt ha eliminerat 163 engelska officerare och underofficerare. Jag ber er därför att med stolthet ta emot den här!"

Han tog försiktigt fram medaljen, likadan men större än den gamla, konstaterade Oscar, gick med lite stela steg runt skrivbordet, gjorde honnör och fäste utan vidare det stora svarta korset under

Oscars vänstra bröstficka. Oscar stod upp i givakt och gjorde honnör.

"Jag tror det var allt för idag, kapten Lauritzen", sade generalen när han gick runt skrivbordet och satte sig och såg ner i sina papper. "Vill kapten Lauritzen vara så vänlig att skicka in näste man! Utgå!"

"Ni har fel på en viktig punkt, herr general", svarade Oscar utan att göra min av att vilja utgå. "Min vän Kadimba, sergeant Kadimba i Sonderkommando Werner, har skjutit nästan lika många engelska officerare som jag själv!"

Oscar stod kvar i givakt och såg generalen beslutsamt i ögonen. Det var ett känslosamt ögonblick. Först såg von Lettow-Vorbeck ut som om han blev rasande, sedan ändrade han lika snabbt attityd. Han slickade sig om läpparna innan han sade något.

"Ni upphör aldrig att förvåna mig, herr överingenjör *och* kapten Lauritzen, civilist *och*, hur mycket ni än må ogilla den saken, krigshjälte. Ni har tillrättavisat mig och det tillhör inte vanligheterna. Men ni hade alldeles rätt. Vi är inga sydafrikanska barbarer. Vi är tyskar. Säg åt de andra i kön att vänta och se till att omedelbart kalla hit löjtnant Kadimba!"

"Generalen menar sergeant Kadimba?"

"Icke. Jag menar från och med nu löjtnant Kadimba, andre prickskytt i Sonderkommando Werner. Är ordern uppfattad!"

"Fullkomligt, herr general!"

De marscherade i fem dagar för att nå den engelska garnisonen vid Abercorn i Nordrhodesia. En timme före framkomsten gjorde man halt och bytte uniformer, slängde de trasor man gått i och bytte till sina så långt möjligt restaurerade uniformer.

Den 25 november 1918 var en blåsig och regnig dag när de marscherade upp mot den väntande engelska mottagningskommittén under ledning av brigadgeneralen W F S Edwards, som tog emot dem i sin röda paraduniform.

Oscar och Kadimba stod långt bak i kolonnen tillsammans med kamraterna i Sonderkommando Werner, så de kunde inte höra något av vad som sades där framme. De såg hur von Lettow-Vorbeck med båda händerna räckte över sitt officerssvärd och hur den engelske brigadgeneralen tydligen vägrade att ta emot det.

Därefter marscherade man långsamt förbi den väntande mottagningskommittén, fällde den tyska flaggan och lade den på marken. De som följde efter lade sedan ner sina gevär i en växande hög intill flaggan och regementsfanorna. När de kom närmare skrek man åt dem att officerare hade rätt att bära sin tjänstepistol och utmärkelser.

När de lämnat ifrån sig sina fanor och gevär skiljdes de på tre kolonner, officerare i en, vitt manskap och underbefäl i en annan och askaris och bärare i en tredje. De dirigerades mot tre iordningställda tältläger.

Då Oscar och Kadimba kom fram till fördelningspunkten uppstod en kort stunds förvirring eftersom de engelska soldaterna ville fösa iväg Kadimba till askarikön. Oscar ingrep lite väl obehärskat på sin dåliga engelska när han pekade på Kadimbas gradbeteckning och skrek något om "denne man officer" och missförståndet rättades snabbt och artigt till.

Så enkelt var det att kapitulera. Engelsmännen var oklanderligt artiga och respektfulla, till och med mot Kadimba när de förstått att han inte bara var officer utan dessutom dekorerad med Järnkorset av 1:a klassen. Det var överraskande att engelsmännen lät alla tyska officerare behålla sina utmärkelser. Det skulle boerna aldrig ha gjort, i synnerhet inte när det gällde Kadimba.

Under båttransporterna uppför Nyassasjön och Tanganyikasjön, ute i den svalkande sjöbrisen som tog bort det mesta av novemberhettan, talade de mycket om de underliga engelsmännen.

De debarkerade i Kigoma och transporterades sedan på järnväg upp till Tabora, där alla officerare avskiljdes från askarisoldaterna och där många män grät öppet. Det fanns askarisoldater som stridit i mer än femton år i den tyska armén.

Återigen uppstod viss förvirring kring Kadimba. Men även den här gången slutade det med att han skulle följa med de andra tyska officerarna till Dar.

De trodde att man därifrån skulle transporteras till något krigsfångeläger, men så blev det inte alls. En general Shepphard, också han i paraduniform, tog emot officersgruppen, nu färre än hundra man, på järnvägsstationen och eskorterade personligen, på en vit häst hur nu den kommit till Dar, de strikt marscherande officerarna ner till hamnen. Där väntade SS Transvaal för att omedelbart avgå till Europa.

För tredje gången uppstod förvirring kring Kadimba, som vägrade att gå ombord. Oscar lyckades få med sig Günther Ernbach, som talade bra engelska, ner på kajen för att förklara problemet. Kadimba var tysk officer. Man han hörde hemma, inte i Tyskland, utan i Tanganyika. Återigen var engelsmännen förvånansvärt tillmötesgående. Bara man fick av Kadimba hans tyska uniform och hans tyska insignier var han en fri man. Det tog en stund, med hjälp av två guldmynt som Oscar smugglat med sig ur sitt avväpnade patronbälte, att ordna saken.

När han omfamnade Kadimba på kajen ansträngde han sig för att inte falla i gråt och Kadimba sade att det var som förra gången de tog farväl. De skulle kanske aldrig mer ses, men aldrig heller skiljas. Så vände han och gick i sina sandaler och den vita afrikanska dishdashan rakt mot järnvägsstationen utan att se sig om. Han hade en familj att återvända till, för där i norr hade belgarna aldrig visat sig.

De tyska officerarna stuvades ganska trångt i andra klass. På en livboj upptäckte Oscar att SS Transvaal i själva verket var SS Feldmarschall, där han en gång för en evighet sedan hade betalat i förskott för en förstaklassalong.

Närmast på skämt gick han upp till kaptenen och klagade på sin stapplande engelska. Det hade han inte mycket för. Han trodde sig förstå av de långa förklaringarna att allt tyskt i Östafrika var konfiskerad egendom enligt den nya lagen om fiendens tillhörigheter. Det gällde allt, järnvägar som hus som hamnar och till och med ölbryggerier.

På väg upp mot Röda havet och Suez drack de för första gången sedan den lyckade raiden mot Negomano riktig engelsk whisky. Günther malde hela tiden på om lyckan av den stora revolutionen som skulle göra dem alla fria, till slut till och med engelsmän, belgare och sydafrikaner.

Mitt ute på Röda havet fick Oscar ett feberanfall. De inkompetenta engelska läkarna trodde att det var malaria, men han lyckades övertyga dem om att förse honom med mycket vatten. Och helst också medicin mot dysenteri. Men det hade de naturligtvis inte.

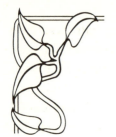 

XXV
BERLIN
FEBRUARI–MARS 1919

REVOLUTIONEN VAR KVÄVD i blod, åtminstone i huvudstaden. Socialdemokraterna och armén hade gjort sitt, flitigast när det gällde att spåra upp bolsjeviker och liknande element hade de borgerliga Medborgargardena varit. De misstänkta som man inte skjutit på fläcken hade man lämpat över till militären för att avrättningarna skulle kunna genomföras mer stilenligt, så att åtminstone de yttre formerna för slaktandet gav intryck av statlig rättsordning.

Men den formen av råttjakt, som medborgargardisterna omnämnde verksamheten, hade den socialdemokratiska regeringen snart satt stopp för. Följden blev att militären i stället överhopade de civila fängelserna med misstänkta element.

För styresmannen på Moabitfängelset var läget bekymmersamt i mer än ett avseende. Dels hade han att tampas med överbeläggningen, extrabarackerna på gården förslog inte långt. Dels hade han ett antal fångar med ytterst oklar rättslig status.

Walther Knobe fann situationen på sitt fängelse ytterst otillfredsställande. Han var en man som höll på formerna, dessutom i hemlighet socialdemokrat, något som var ovanligt inom hans gebit.

Interner på fängelse borde villkorslöst befinna sig där för att de i god rättslig ordning hade dömts i domstol. Inte för att de rafsats ihop ute på stan av sina politiska motståndare.

Men tiderna var å andra sidan fullkomligt upp och ner. Inte nog med att man hade förlorat kriget. Som lök på den bittra laxen kom strejker, uppror och revolutionsförsök. Läget hade varit kaotiskt. Eller rättare sagt än mer kaotiskt, för man kunde inte med bästa vilja i världen hävda att ordningen var återställd, särskilt inte i Berlin.

Walther Knobe var ingalunda motståndare till dödsstraff, ens för politiska brott. Däremot fann han det fullständigt otillständigt med utomrättsliga avrättningar, som den förskönande omskrivningen löd. Han hade drabbats av raseriutbrott när någon sorts befälsperson inom Medborgargardena sökt upp honom och erbjudit frivillig arbetskraft till exekutionsplutoner. Mannen föreföll bindgalen, han tycktes tro att det bara var att ta ut en laddning fångar på gården och skjuta dem och att skälet till att detta ännu inte genomförts enbart var brist på skjutkunnig personal inom fångvården.

Det hade förvisso lugnat ner sig i staden sedan militären låtit "utomrättsligt avrätta" judinnan Luxemburg och uppviglaren Liebknecht. Likväl måste sådana fasoner betraktas som ovärdigt en rättsstat. Också sådana misshagliga element hade rätt till en ordnad rättegång. På den punkten ansåg Walther Knobe det omöjligt att kompromissa.

Nu satt han ändå med över hundra politiska fångar på halsen, överlämnade av de militära myndigheterna och inte av domstol. Enligt militären behövdes inte ens några individuella brottsmisstankar. Man ansåg att alla "oroselement av elakartad karaktär" var kollektivt skyldiga. Dock oklart till vad, förmodligen uppror och landsförräderi.

Rätteligen borde han ha släppt dem alla strax efter att stöveltrampet dog bort i hans trappa. Men i dessa orostider ansåg han en rättsligt sett korrekt åtgärd alltför oförsiktig. Han hade också sitt eget skinn att tänka på. Bättre att vänta något tills läget lugnat ner sig än mer. Därefter försiktigt slussa ut dem några åt gången.

Han hade försjunkit i grubbel vid sitt skrivbord och fullkomligt glömt att han hade ett väntande besök av någon läkare som anmält ett synnerligen viktigt och *delikat* ärende.

Delikata ärenden var sällsynta på Moabitfängelset. Det var förmodligen just det väl valda ordet i besöksansökan som fått honom att ta sig tid för någon utomstående.

Nu knackade hans sekreterare försiktigt på dörren, stack in ansiktet och meddelade oroligt att Doktor Lauritzen väntat i över tjugo minuter.

Till sin förvåning fann han att det var en kvinna som kom in i rummet, ytterst elegant klädd dessutom, en dam av klass utan tvekan.

Han for upp från sin stol, hälsade så artigt han förmådde utan att kyssa någon hand och anvisade sin besökare plats i den slitna besökssoffan där nästan bara män hade suttit genom åren.

"Vadmed kan jag stå till tjänst?" frågade han vänligt när han återvänt till sin position bakom sitt skrivbord. Han hade blivit nyfiken.

"Mitt namn är alltså Doktor Ingeborg Lauritzen, född von Freital", presenterade hon sig. "Och jag har som jag anmälde ett delikat ärende att diskutera."

Hon var lugn och säker på sin sak, hennes gråblå blick vek inte undan det minsta.

"Ja, det var just det som gjorde mig nyfiken", svarade han. "Vad i all världen skulle kunna vara 'delikat' i en så pass dyster boning som Moabit?"

"Det gäller en av era fångar, en barndomsväninna till mig, vid namn Christa von Moltke", fortsatte hon lugnt som om hon uttalat vilket namn som helst.

"von Moltke, det är faktiskt omöjligt!" invände han. "Någon i den släkten har garanterat aldrig varit intagen på Moabit och är det garanterat inte nu heller. Det här måste vara ett allvarligt missförstånd."

"Det är det alldeles säkert. Men det kan bland annat komma sig av att friherrinnan är intagen under ett helt annat namn, nämligen Christa Künstler."

"Jaha, men då har vi ju något vi genast kan undersöka", svarade han när han reste sig och gick ut till sekreteraren. Han återvände strax med ett tjockt diarium mellan röda läderpärmar som han lade på sitt skrivbord och grep efter läsglasögonen,

"Varför kallar sig friherrinnan Künstler?" frågade han medan pekfingret löpte längs spalterna för nyintagna.

"Friherrinnan har behagat umgås inom den konstnärliga bohemen och jag skulle tro att hon i det umgänget fann sitt verkliga efternamn något... obekvämt."

"Ja! Här har jag henne", konstaterade Walther Knobe nöjt. "Den konstnärliga bohemen säger ni. Är det en omskrivning för politiska aktivister? Det skulle i så fall kunna förklara en del."

"Jag tror nog att unga konstnärer av idag i mycket stor utsträckning ägnar sig åt politiska frågor", svarade Ingeborg försiktigt. Sannolikt var en fängelsechef politiskt konservativ.

Men han visade ingen fientlighet utan lät sig genast nöja med det svävande svaret på den underförstådda frågan om den intagna var att betrakta som anarkist, eller något ännu värre.

"Nå!" sade han märkligt förtjust. "Vi har funnit er väninna. Vad föreslår ni att vi gör nu?"

"Det beror på. Vad är hon anklagad för?"

"Uppror och landsförräderi."

"Det kan inte vara möjligt!"

"Jodå. Det är bara det att ingen särskild anklagelse riktas just mot henne, utan mot närmare hundra personer i klump som militären lämpade över på mig med någon sorts order att härbärgera tills vidare."

Ingeborg dröjde med svaret medan hon tvekade mellan offensiv och kvinnlig underdånighet. Hon valde offensiv.

"Vi har alltså att göra med en skandal!" sade hon med något höjd röst.

"Utan tvekan. Och hur föreslår Frau Doktor att vi tar oss ur den knipan?"

Hon måste tänka efter på nytt. Mannen verkade ingalunda omedgörlig. Och han hade faktiskt en skandal på halsen.

"För det första", svarade hon, "vill jag undersöka friherrinnan för att få en uppfattning om hennes medicinska status. För det andra vill jag återvända med nya kläder som passar henne bättre än det jag förmodar att hon är klädd i här inne. För det tredje föreslår jag att hon och jag därefter diskret promenerar härifrån. Så kan vi undvika skandalen att en friherrinna von Moltke tagits in på Moabit utan att ens vara anklagad för brott. Tidningarna skulle älska en sådan historia."

"På den senare punkten har ni förstås fullkomligt rätt", sade han. "Förutsatt att allt ni sagt är sant. I så fall kommer vi redan idag, helst redan idag, marschera vidare i precis den ordning ni just föreslog, Frau Doktor."

"Förutsagt att allt jag sagt är sant! Vad menar ni Herr Styresman? Avser ni att förolämpa mig efter denna annars så belevade konversation?"

Hon var verkligen förolämpad. Och det gjorde hon ingenting för att dölja.

"Ni får ursäkta, Frau Doktor, men fängelsevärlden är alltför full av djärva och listiga flykthistorier, man blir lätt paranoid i mitt yrke. Har ni något emot att vi genomför ett litet prov?"

"Inte det minsta."

"Utmärkt. Jag kommer nu att kalla hit friherrinnan von Moltke, alternativt fröken Künstler. När hon kommer in i rummet, vill ni då vara så vänlig att inte säga något till fången innan jag ställt några frågor?"

"Självklart."

Under tio minuters väntetid försökte de föra någon sorts allmän konversation om vädret, dyrtiderna och regeringens flytt till Weimar. Det var lika påfrestande för dem båda.

När Christa leddes in i rummet var hon som Ingeborg förmodat klädd i trasor och bar spår av misshandel och hon såg sur och trotsig ut de första sekunderna innan hon upptäckte Ingeborg. Den medföljande vakten fick hindra henne från att rusa fram mot en omfamning. Ingeborg försökte teckna att hon själv måste hålla tyst.

"Jag har några frågor att ställa till er, fånge 2213", började Walther Knobe i myndig ton. "För det första, vem är damen som sitter i soffan?"

Christa såg först mycket frågande ut när blicken växlade mellan fångchefen och Ingeborg, som nickade uppmuntrande.

"Damen är min bästa väninna Ingeborg Lauritzen, född von Freital, uppvuxen på Schloss Freital och i Dresden, sedan 1907 bosatt i Norge", rabblade Christa snabbt. "Duger det som svar?"

"Det duger alldeles utmärkt. Och då till den avgörande frågan. Vem är ni själv?"

Christa tvekade och såg frågande på Ingeborg som nickade så uppmuntrande hon vågade. Christa tog ett djupt andetag, hon tycktes ha förstått vad det hela gick ut på.

"Jag är Christa Freiherrin von Moltke", sade hon. "Men inte von Moltke av den preussiska, utan av den sachsiska grenen. Räcker det som svar?"

"Det räcker förskräckande väl", medgav Walther Knobe.

De två väninnorna rusade samtidigt mot omfamningen.

* * *

Den som såg de två eleganta damerna söndagspromenera längs Unter den Linden denna soliga men kalla marsdag skulle inte behöva tveka en sekund när det gällde att fastställa vilken samhällsklass de representerade. Deras klädsel var mycket talande, ljusa bredbrättade hattar med låg kulle, inga långa svarta rockar utan kortare jackor med pälskrage, klänningar i pastellfärger. Men ingen, absolut ingen i omgivningen, skulle ens på tusen försök ha kunnat gissa deras samtalsämne.

"Jag har druckit revolutionens kalk i botten och den smakade blod", sammanfattade Christa.

De måtte ha utväxlat hundratals brev under alla dessa år och deras motsättningar hade varit så hårda att de kunde ha sprängt även de starkaste vänskapsband, ändå inte deras.

Ingeborg var socialdemokrat och hade aldrig kunnat ge med sig i frågan om hur folkmakten skulle etableras. För henne fanns bara ett alternativ, allmän och kvinnlig rösträtt.

Christa hade under de senaste åren blivit bolsjevik. Hon ansåg att folkmakten för det första bara kunde upprättas genom arbetar- och soldatråd och för det andra bara försvaras mot borgarklassens oundvikliga motattack med en väpnad folkmilis.

Det var den metoden hon nu hade varit med om att pröva när revolutionen slogs ner i Berlin. Hon var inte så oskyldig som den fjäskande och bugande fängelsechefen tog för givet när de promenerade ut från Moabitfängelset för några dagar sedan.

Det som hade fått henne att tänka om var flera saker. För det första att det misslyckade spartakistupproret, revolutionsförsöket alltså, visat att man var en så obetydlig minoritet. Medborgargardena som jagat dem gata upp och gata ner hade ingalunda bestått av kapitalister i hög hatt och gamla lantjunkrar.

I så fall hade ju så många av dem tvingats stanna upp för att kyssa henne på handen, skämtade hon.

Problemet var såtillvida enkelt. En majoritet av folket plågad av sekler av förtryck kunde säkert, som i Ryssland, göra revolution.

Men inte en minoritet, som i Tyskland.

Så långt hennes ideologiska slutsatser. På ett helt annat, och kvinnligt, plan hade hennes glöd falnat av männens sätt att behandla kvinnor. Som kamrat Christa förväntades hon passa upp. De manliga kamrater som kände hennes sociala ursprung tycktes njuta särskilt mycket av den saken och hon hade förargligt nog funnit sig alltför länge.

Till och med när det gällde att utföra kamratliga sexuella tjänster. Den "fria kärleken" som alla talade om var bara ett ideologiskt fikonlöv för männens längtan efter allmän promiskuitet.

"Herr Künstler", hon kallade honom numera bara så, hade efter någon tid börjat hantera henne som en erövrad trofé från överklassen och med långa ideologiska utläggningar försökt göra troligt att det var en storslagen gest av solidaritet att låna ut henne till andra.

Hon hade genomfört två illegala aborter, eftersom hon inte visste vem fadern var.

Att herr Künstler tillhörde de stupade sörjde hon inte särskilt mycket. Det kunde verka känslokallt, så stormande förälskad som hon en gång varit. Men när hon rymde från Kiel, den underbara sommaren för tolv år sen, hade hon varit lyckligare än någonsin. Det upproret hade åtminstone varit rätt. I princip. Eller hur? Skulle inte Ingeborg gjort samma sak strax därefter om hennes far hade envisats med sin vägran?

"Jo, helt säkert", medgav Ingeborg. "Helt säkert. Kom låt oss sätta oss en stund, jag har några frågor."

De satte sig på en ledig grön gjutjärnsbänk, lagom långt ifrån varandra för att markera att ingen annan borde ha ovettet att tränga sig ner där. Moderna berlinare kunde vara överraskande framfusiga.

Ingeborgs frågor rörde inte längre politiken, hon trodde sig redan ha den bilden klar för sig.

"Hur genomfördes de där aborterna? Hur länge blödde du efteråt?" frågade hon tvärt.

"Vi hade så många läkare i rörelsen, det var inget problem", svarade Christa med förvånat uppspärrade ögon.

"Hur länge blödde du efteråt?"

"Inte alls länge och nästan inte alls. Hurså?"

"Hur skedde ingreppet, kirurgiskt eller på annat sätt? Du vet att jag måste undersöka dig, men säg hur det gick till."

"Snyggt och prydligt på en klinik, visserligen nattetid, men på en privatläkarmottagning. Kamrat läkaren sprutade in en saltlösning, egentligen vanligt vatten fast rent. Påstod de i alla fall."

"Genom livmoderhalsen således?"

"Ja alltså... där nere och om det nu heter livmoderhalsen så var det väl det."

"Har du fortfarande normala menstruationer?"

"Herregud, vilket samtalsämne!"

"Vi är vänner och jag är läkare. Nå?"

"Ja, som ett urverk och nästan lika jävligt som i tonåren!"

Ingeborg lutade sig fram och kysste Christa försiktigt på kinden. Hon log men sade ingenting.

"Jag anser att kvinnan har rätt att bestämma över sin egen kropp och om det är så att du vill fördöma mig för det här så gör det! Men kommer jag att..."

"Sluta nu älskade vän!" avbröt Ingeborg utbrottet. "Jag var orolig för din hälsa, inte din moral. För övrigt delar jag din uppfattning i principfrågan och skulle själv ha utfört ingreppen om så hade varit. Du är fortfarande fertil, du är inte skadad, jag behöver inte ens undersöka dig. Det där med att injicera koksaltlösning är för övrigt den mest skonsamma metod som finns, om man inte gör det för sent."

De tystnade båda. Också detta stora ämne var nu preliminärt avklarat, som när vänner ses efter lång tid och måste beta av en fråga i sänder.

"Jag vill ha barn", sade Christa efter en lång stund. "Så är det, jag kan inte förneka det. Den lycka du beskrivit i breven gör mig... nej, man kan inte vara avundsjuk på sina närmaste vänner. Men som du beskrivit det är det underbart i ordets rätta bemärkelse."

"Då får du skynda dig på att hitta en man, menopausen väntar om hörnet", påpekade Ingeborg och rättade till ett klänningsveck.

"Meno... vad för något?"

"Den gräns efter vilken vi inte längre kan få barn. Du bör helst hitta en man redan idag!"

De skrattade gott och föll i varandras armar och skrattade ännu mer.

Det var ett stycke kvar till Pariser Platz där de skulle träffa Lauritz och barnen, de hade stämt möte vid ungefär den här tiden.

Ingeborg och Christa var båda lättade. Inte ens de hårdaste samtalsämnen hade rubbat deras långa vänskap. Deras humör steg mot eufori och de fnittrade och skrattade och betedde sig så att omgivningen nu faktiskt skulle kunna gissa rätt väl vad de talade om, barn, män, hushållsbekymmer.

Men inte bara det. De var, häpnadsväckande nog, på väg mot en "militaristisk" manifestation. Deras brevledes motsättningar hade i huvudsak gällt just militarismen. Socialdemokraterna stödde Tysklands krig, med argumentet att Tyskland var utsatt för en internationell sammansvärjning för att inte få växa sig för starkt.

Christa och hennes politiska vänner hade betraktat detta som ett oförlåtligt svek. Världens arbetare skulle inte låta sig förvandlas till kanonmat åt imperialisterna. Om Tysklands arbetare hade riktat vapnen mot borgarklassen i stället för mot sina klassbröder hade världen sett annorlunda ut denna dag.

Kanske.

Ingeborg anmärkte torrt att då hade Tyskland visserligen förlorat kriget snabbare och med färre förluster. Men i stort sett hade alltså läget blivit detsamma som just denna dag.

Numera var ju det en meningslös diskussion. De raskade på stegen, det föreföll som om de var lite sena och förvånansvärt nog var det svart av folk framme vid Brandenburger Tor.

Tiotusentals människor hade kommit för att hylla Tysklands enda segrare under världskriget, de tyska trupperna i Afrika, den tappra skara som fanns kvar men som aldrig låtit sig besegras av hundratusentals brittiska och sydafrikanska imperialister.

Dumt nog hade både Lauritz och Ingeborg förmodat att det skulle bli en ganska patetisk tillställning med få åskådare, och därför lätt att hitta varandra. Nu, i detta hav av hurrande människor, skulle det ta sin tid.

Eftersom de kommit så sent hade de svårt att se paraden. De trodde sig känna igen den berömde generalen von Lettow-Vorbeck på en vit häst. Bakom honom red ytterligare några högt uppsatta och därefter följde själva paraden med flera hundra man i uniform och med fladdrande regementsfanor.

De hade egentligen missat hela tillställningen. Inte ens för damer gick det att tränga sig fram i folkmängden. Det hölls något tal där borta som de inte hörde ett ord av. Sedan jublades det och applåderades och hurrades en stund och därefter verkade hela tillställningen upplösas.

"Inte mycket till militarism", anmärkte Christa.

"Vad vet man, de kanske talade för omedelbart revanschkrig, vi hörde ju ingenting", svarade Ingeborg.

I villervallan när folkmassan höll på att upplösas sökte sig Ingeborg mot själva Brandenburger Tor. Eftersom hon och Lauritz inte gjort upp om någon särskild mötesplats borde det vara den logiska plats som man tänkte sig att den andra skulle gå till.

Det visade sig alldeles riktigt. Där stod han i den glesnande mängden i hög hatt och svart rock, som en civil tennsoldat med lite mage som anstod en förmögen man. Åtminstone före detta förmögen, Ingeborg hade inte siffrorna riktigt klara för sig. Runt honom stod barnen finklädda, Harald nio år och rak i ryggen som en tennsoldat också han, Johanne som just börjat skolan i en alldeles för tunn, men förstås söt sommarklänning, Karl sex år i sjömanskostym, och Rosa fyra år i en mer bylsig men säkert också mer praktisk liten kappa. De vinkade alla glatt när de upptäckte mor och mors bästa väninna.

Det blev ett sentimentalt möte, eftersom Christa aldrig träffat barnen förut, bara lärt känna dem väl och ingående brevledes. Nu fick hon möta dem alla i verkligheten och hon grät floder när hon kramade om dem en efter en.

Barnen blev något förskräckta av denna överraskande intimitet från en vuxen som de inte kände, utan bara hört talas om.

Lauritz hade hållit sig i bakgrunden medan denna etikettsmässigt något underliga och dessutom överraskande sentimentala ceremoni pågick. Att hälsa på barn först?

Han bugade sig och kysste, möjligen något ironiskt, Christa på handen och, möjligen mer skämtsamt än ironiskt, deklarerade hur övermåttan förtjust han var att efter alla dessa år få träffa hennes nådiga friherrinna på nytt.

"Särskilt med tanke på vilka ovärderliga intriger du skapade åt oss båda", tillade han så att pinsamheten kunde upplösas i skratt.

"Det var ändå i Kiel, bland sjömännen i den kejserliga flottan, som revolutionen började", svarade Christa.

Lauritz log osäkert, han förstod inte meningen med att anspela på flottstyrkornas revolt i Kiel. Ingeborg tänkte att Christas ironi var väl djärv.

Det uppstod en paus där ingen kunde komma på något att säga. De stod mitt under Brandenburger Tor och log generat mot varandra.

Då närmade sig en man i kaptensuniform som måste ha deltagit i manifestationen. Han gick med bestämda steg rakt mot Lauritz, som stod som förstenad och bara stirrade. Ingeborg kunde inte tolka hans ansiktsuttryck.

De två männen föll omedelbart varandra om halsen, omfamnade varandra hårt medan de klappade den andre på ryggen. Ingen av dem sade något. När de skiljdes åt upptäckte de andra att båda grät och måste torka tårarna med baksidan av handen.

"Det här", sade Lauritz med sprucken röst, "är min bror Oscar, just hemkommen från Afrika. Får jag föreställa, Christa Freiherrin von..."

"Äsch!" sade Christa och räckte fram sin hand för en kyss, "vi har faktiskt träffats i vår gröna ungdom."

Ingeborg omfamnade Oscar och kysste honom på båda kinderna och presenterade sedan barnen ett efter ett.

Hon kom svagt ihåg Oscar från tiden i Dresden. Men det hade varit en ung pojk. Det här var, av medaljerna att döma, en hjälte som dessutom såg ut som en hjälte. Han var bredaxlad, längre än Lauritz och betydligt smärtare om midjan, hans ansikte var fårat och ärrat, ögonen närmast sorgsna, en man som nog genomlevt svåra umbäranden. Hon sneglade mot Christa och kunde snabbt konstatera att hon hade samma intryck, eller gjort samma analys av situationen, för att tala Christas språk. Hon såg närmast överväldigad ut.

"Jaha", sade Oscar och slog ut med armarna, "allt jag äger och har är kläderna jag står i. Engelsmännen stal alla mina tillgångar i Afrika, så jag kan tyvärr inte ta restaurangnotan i kväll."

"Du har ingen anledning att oroa dig", sade Lauritz. "Du har en betydande guldreserv i Norske Banks valv i Bergen, du är delägare i tre ingenjörsfirmor, bland annat Heckler & Dornier här i Tyskland. Det blir nya broar, oroa dig inte för det, en värld skall byggas upp på nytt, ingenjörer behövs. Inom avdelningen Dornier funderar vi på att börja med flygplan."

"Det låter som en alldeles utmärkt idé", svarade Oscar påtagligt lättad. "Jag är rätt säker på att flyget har en strålande framtid."

Där avstannade deras samtal eftersom de båda fann det något genant att börja tala affärer i damsällskap. Det nödvändigaste var i alla fall sagt och Oscars lättnad var högst påtaglig. Inom några sekunder hade han tagit steget från att möjligen vara helt utblottad till att säkerligen vara förmögen på nytt.

I det ögonblicket borde samtalet ha svängt in på mer vardagliga ting som den kalla våren eller vilken restaurang man skulle gå till. I stället tog Lauritz plötsligt Oscar lite åt sidan och inledde en snabb viskande konversation. Det föreföll mycket underligt. Oscar nickade eftertänksamt och sneglade mot barnen.

Så gick han plötsligt fram till Harald, lutade sig något ner så att hans stora svarta silverbrämade halskors dinglade i pojkens ögonhöjd.

"*Grosskreuz des Eisenen Kreuzes!*" utropade Harald, tydligen kolossalt imponerad och pekade på halskorset. "Och *Eisenes Kreuz Erste Klasse!*" fortsatte han lika exalterad.

Herregud! tänkte Ingeborg, var lär sig alla småpojkar de där sakerna?

"Helt riktigt, käre lille brorson", sade Oscar. På tyska.

De hade bara talat tyska hittills, det var självklart med tanke på Christas närvaro. Men nu bytte Oscar plötsligt till norska när han tog Harald om de späda axlarna och frågade:

"Men en sån liten klipsk brorson kan väl också tala norska med onkel Oscar?"

"Självklart kan vi tala norska, onkel Oscar. Jag är inte bara tysk, jag är lika mycket norrman!"

Svarade han på utpräglad vestlandsdialekt, samma språk han blivit tilltalad på. Det språk han inte tagit i sin mun på två år.

Ett särskilt tack

VILL JAG RIKTA till fyra författare som varit mig till ovärderlig hjälp. 1924, långt efter sina erfarenheter uppe på vidderna, gav overingeniør *Sigvard Heber* ut sina minnen i bokform: *Da Bergensbanen blev til – Fem aars ingeniørliv paa høifjeldet* (boken finns idag i faksimilutgåva utgiven av Stiftinga Rallarmuseet, Finse).

Eftersom Sigvard Hebers bok är unik gjorde han en kulturhistorisk insats, förutom att han skrev en livlig och fängslande berättelse om vardagens vedermödor under järnvägsbyggets fem sista år. En av mina huvudpersoner, diplomingenjör Lauritz Lauritzen, har ett sekel senare i mångt och mycket fått överta ingenjörskollegan Hebers erfarenheter och även fått göra samma iakttagelser. Jag har inte på minsta sätt försökt maskera denna viktiga källa, tvärtom. Det ser jag som en välförtjänt hyllning, ett sätt att låta Hebers berättelse födas på nytt.

Gunnar Staalesens i Norge välkända 1900-talstrilogi med handlingen förlagd till Bergen bygger på en ytterst imponerande research tillsammans med den grafiske formgivaren och lokalhistorikern *Jo Gjerstad*. Deras bakgrundsbok till romantrilogin, *Hundreårsboken, Gyldendal 2000*, har varit en veritabel guldgruva för mig. Och från Staalesens första del i trilogin, *1900 – Morgenrød,* har jag lika oblygt, och av samma skäl som i fallet Sigvard Heber, hämtat såväl namn på romankaraktärer som detaljerade händelser. Jag bugar mig också för kollega Staalesen.

En klassisk arbetarskildring av den typ som i Sverige kallas proletärlitteratur står *Bjørn Rongen* för i trilogin *Toget over vidda* (samlingsvolymen utgiven av Gyldendal 2009). Här har jag kunnat hämta infallsvinklar från arbetarklassen som av naturliga skäl inte var så detaljerade i Sigvard Hebers berättelser. Man bodde inte i samma baracker.

Utan dessa författarkollegers verk hade jag aldrig kunnat göra Norgedelen av min berättelse. I värsta fall varit tvungen att skicka även Lauritz till Afrika, som märkligt nog är lättare att läsa in än Hardangervidda. Och det hade blivit sämre.